Die Ehe zwischen Cornelia und dem Offizier Salvius ist keine glückliche. Salvius fürchtet seine kaltherzige Frau und findet Liebe bei der Sklavin Seleme, die bald von ihm schwanger ist. Doch auch Cornelia erwartet endlich ein Kind von ihm.

Seleme wird zur Amme beider Jungen – Marcus und Eneides. Als Cornelia die Sklavin verkauft, keimt in Marcus ein kalter Hass, der ihn sein Leben lang begleitet. Doch als sein eigener Sohn stirbt, begibt er sich auf eine lange Reise, die ihn zu Jesus und endlich zu sich selbst führt.

Marianne Fredriksson hat eine großartige Vision des suchenden Menschen entworfen und einen Roman geschrieben, der in seiner Eindringlichkeit wieder überwältigt.

Marianne Fredriksson wurde 1927 in Göteborg geboren. Sie ist verheiratet und hat zwei Töchter. Als Journalistin arbeitete sie lange für bekannte schwedische Zeitungen und Zeitschriften. 1980 veröffentlichte sie ihr erstes Buch. Im Krüger Verlag ist zuletzt ihr Roman ›Geliebte Tochter‹ erschienen.

Und als Fischer Taschenbuch liegen vor: ›Hannas Töchter‹ (Bd. 14486), ›Simon‹ (Bd. 14865), ›Maria Magdalena‹ (Bd. 14958), ›Inge und Mira‹ (Bd. 15236), ›Eva‹ (Bd. 14041), ›Abels Bruder‹ (Bd. 14042), ›Noreas Geschichte‹ (Bd. 14043), ›Sintflut‹ (Bd. 14046) und ›Sofia und Anders‹ (Bd. 15615).

Unsere Adresse im Internet: www.fischer-tb.de

Marianne Fredriksson

MARCUS UND ENEIDES

Roman

Aus dem Schwedischen
von Walburg Wohlleben

Fischer Taschenbuch Verlag

Die Übersetzung wurde gefördert
durch das Ministerium für Stadtentwicklung, Kultur und Sport
des Landes Nordrhein-Westfalen.

Limitierte Sonderausgabe
Veröffentlicht im Fischer Taschenbuch Verlag,
einem Unternehmen der S. Fischer Verlag GmbH,
Frankfurt am Main, Mai 2003

Published by arrangement with Bengt Nordin Agency, Sweden
Die schwedische Originalausgabe erschien 1988 unter dem Titel
›De som vandrar om natten‹
im Verlag Wahlström & Widstrand, Stockholm

Satz: Fotosatz Otto Gutfreund, Darmstadt
Druck und Bindung: Clausen & Bosse, Leck
Printed in Germany
ISBN 3-596-50621-2

Für Sven mit Dank für all die Hilfe

»*Der* Tod ist das Ende für den, der sich ein Bild macht«, sagte sie. »Nur dort, wo wir uns kein Bild mehr von dem Schmerz machen können, kann Mitleid geboren werden. Das ist das Geheimnis der Toten, durch sie wird das Leben rätselhaft und das Leiden unausweichlich. Daher lautet die ewige Botschaft: Sterben, um bei sich selbst anzukommen.«

Er konnte ihre Augen nicht erkennen, sie waren hinter dem schwarzen Schleier der dichten Haare verborgen. Dennoch wusste er, dass sie unendlich tief waren, und dass sich die Trauer der ganzen Menschheit in ihnen spiegelte – die Trauer derer, die bereits gelebt hatten, derer, die lebten, und derer, die noch nicht geboren waren.

Doch mit einer Geste voller Entschlossenheit warf sie plötzlich ihr Haar zurück. Er begegnete ihrem Blick und sah, dass allein dort, in dieser Unerschöpflichkeit, alles Sein war.

»Komm«, sagte sie, und ihre Bestimmtheit ließ ihn nicht einen Moment lang zögern. Er folgte ihr auf das Wasser und ließ sich neben ihr nieder, spürte die Kühle und wusste im selben Augenblick, dass der Teich so abgrundtief war wie ihre Augen.

Seine Furcht dauerte nur einen kurzen Augenblick, dann stürzte er durch die Wasseroberfläche. Während er fiel, erinnerte er sich daran, dass die Frau im Teich die Wächterin auf der Schwelle vom Tod zum Leben war, und dass er die goldfarbene Seerose, die sie in ihrer Hand gehalten hatte, früher schon einmal gesehen hatte. Er würde in das Leben eintauchen, das das Vergessen in sich barg.

1. TEIL

»Aber die Blinden will ich auf dem Wege leiten,
den sie nicht wissen;
ich will sie führen auf den Steigen,
die sie nicht kennen.
Ich will die Finsternis vor ihnen her
zum Licht machen
und das Höckerige zur Ebene.«
»Hört, ihr Tauben,
und schauet her, ihr Blinden,
dass ihr seht!
Wer ist so blind wie mein Knecht,
und wer ist so taub wie mein Bote,
den ich senden will?«

Jesaja 42,16. 19.

Sie würde einen Sohn gebären und frei sein.

Und dann, gereinigt, ja geradezu körperlos, würde sie in Junos Mysterium eindringen, wie sie es sich all die Jahre erträumt hatte.

Wie sie dort in ihrem Bett saß, die Hände über ihrem Schoß verschränkt, war sie klar und entschlossen. Nach den Jahren der Flucht hatte sich der Feind zu erkennen gegeben. In wahrer, römischer Gesinnung würde sie ihm begegnen.

Cornelia hatte viele Entbindungen gesehen, und alle hatten sie an den Krieg erinnert, an die Schlachten in den Ebenen von Dakien, an die Schreie, an das Blut und den Gestank.

Das Fleischliche an beiden Abgründen des Lebens ekelte sie an. Doch sie war vom Sieg überzeugt, ebenso überzeugt wie ihr Vater, der Feldherr Lucius Cornelius Scipio, damals in Dakien. Dorthin war sie gerufen worden, gerade fünfzehn Jahre alt, und dort war sie Marcus Salvius, einem jungen Offizier von niederer Herkunft, zur Frau gegeben worden.

In seinem Zelt hatten die Vergewaltigungen ihren Anfang genommen – blutig auch sie. Die Schreie der Gefallenen in den Ohren, hatte sie sich unterworfen. Sie hatte nicht geschrien, still und verschlossen war sie gewesen – wie eine Tote.

Bereits da hatte sie auf das Kind gehofft, das ihr die Freiheit geben sollte. Einen Sohn, einen einzigen Sohn, und Salvius würde sich nie mehr zu ihr legen. Doch die Samen, die in ihren verschlossenen Schoß gesät wurden, wollten nicht wachsen. Fünfzehn Jahre waren seit Dakien vergangen, aber der Lauf der Zeit hatte sie nicht entmutigt. In ihren Augen war es nicht sie, die alterte, sondern die Welt.

Ihre Sorge galt dem Sohn, der sich verweigerte. Doch nun war er hier, gefangen in ihrem Schoß, zu heiliger römischer Pflicht verurteilt.

Sie hörte, wie die Stadt aus dem Mittagsschlaf erwachte, in einer Kakophonie aus Lärm, wie ein Mensch, der, nach einem bösen Traum vom Tod, sich hastig vergewissern muss, dass noch Leben in all seinen Gliedern ist.

Hunderttausende Schicksale nahmen dort draußen ihren Lauf, doch Cornelia kümmerten sie nicht. Sie bedachte ihr eigenes.

»Meinen Spiegel«, sagte sie, denn sie wollte den Schwung ihrer Augenbrauen und die Entschlossenheit in ihren düsteren Gesichtszügen prüfen. Doch als sich die griechische Sklavin umwandte, sah Cornelia, dass auch sie ein Kind erwartete. Die weichen Rundungen ihres Körpers zeichneten sich deutlich gegen das Licht des Atriums ab.

Salvius, dieser Bock, hat sich wieder amüsiert, dachte Cornelia, und im ersten Moment spürte sie nur Verwunderung. Sie hatte geglaubt, seine Vorliebe für Knaben habe mittlerweile die Oberhand gewonnen. Das Haus war voll von ihnen, rehscheue Kimbern mit den Geheimnissen des Waldes in ihren Bewegungen, ein feingliedriger Grieche, zwei Kelten mit flammendrotem Haar, und dann die eher Exotischen – ein göttlicher indischer Knabe mit honigfarbener, samtener Haut, und ein aufregend schwarzer Afrikaner, dessen Augen vor Süße überliefen.

Salvius liebte sie alle, so wie er seine Bilder, die griechischen Bronzestatuen und die etruskischen Urnen liebte; Cornelia nahm sie nur mit müder Verachtung wahr.

Jetzt betrachtete sie die Griechin, als sähe sie sie zum ersten Mal.

Das Mädchen war auf eine etwas bäurische Art hübsch, schwer wie die Getreidefelder Siziliens und blond, und sie ruhte in sich – geduldig dem Kind, das in ihr heranwuchs, zugewandt. Eine trächtige Kuh.

Aber da war noch etwas anderes, eine helle Vorfreude auf ihrer Stirn und in den Händen, die Cornelia den Spiegel reichten. Wie ein heimliches Glück, dachte Cornelia und verspürte einen Anflug von Bitterkeit, ehe sie diese Betrachtungen mit ihrem praktischen Verstand zurückwies.

Ich brauche eine Amme. Das Mädchen ist gesund wie die Luft in den attischen Bergen, und ihre Brüste sind groß wie Euter.

Das Sklavenkind würde hingerichtet werden, so hatte es Cornelia auch bisher mit Salvius' Bastarden gehalten. Nur diesmal nicht sofort, denn wenn man dem Weibchen das Junge wegnähme, würde sein Euter versiegen.

Cornelia nahm den Spiegel, den die Griechin ihr hinhielt, und vertiefte sich in ihren Anblick. Der Ausdruck ihrer Augen war beileibe nicht so ruhig, wie sie angenommen hatte, und ein Zug von Ekel lag um ihren Mund, als hätte etwas Unreines sie berührt und dazu gebracht, sich zu schämen.

Sie legte den Spiegel beiseite und trank die Mandelmilch, die ihr die Sklavin reichte, dann rief sie nach ihrer Sänfte. In Junos Tempel würde ihre Reinheit wiederhergestellt werden. Sie legte die feuerrote Tunika an, und als sie in der Sänfte saß und sich ein parfümiertes Taschentuch vor das Gesicht hielt, dachte sie, sie würde das Mädchen verkaufen, sobald diese mit dem Stillen aufgehört hatte. Die Griechin war kaum siebzehn Jahre alt – noch könnte man einen guten Preis für sie bekommen. Milchweiße Haut und schwere Brüste standen in den Bordellen hoch im Kurs.

Allen entschlossenen Gedanken zum Trotz wütete heftiger Zorn in Cornelia. Richtig bewusst wurde sie sich dessen erst, als sie vor der Göttin im Tempel niedersank.

Nicht Salvius galt ihr Zorn, nein, er galt dem Kind, das das Sklavenmädchen trug.

Dieses noch unsichtbare Wesen kränkte sie.

Zum ersten Mal fragte sich Cornelia jetzt, wer dieser Mensch war, der sich da in ihr Leben drängte und um dessentwillen sie sich morgens schon übergeben musste. Die Frage war jedoch nicht an das Kind in ihrem Leib gerichtet, sondern an die Göttin, die versicherte, der Sohn sei wohlgestaltet und habe gute geistige Fähigkeiten.

Das genügte Cornelia.

Seleme, das Mädchen aus Bithyniens Wäldern, hatte gesehen und verstanden – nicht Cornelias Art zu denken und keine Einzelheiten, aber genug, um zu erschrecken. Sie fühlte ihr Herz wie einen eingeschlossenen Vogel flattern, als sie das Bett in Cornelias Zimmer herrichtete und die Tuniken zusammenfaltete, die die Herrin zurückgewiesen hatte.

Das griechische Mädchen hatte dem heimlichen Klatsch in der Küche und im Gemüsegarten draußen nie Beachtung geschenkt, diesen endlosen Geschichten der Sklaven über Cornelias Grausamkeiten. Seleme glaubte nicht an Schlechtigkeit, sie hatte Mitleid mit denen, die Böses taten.

Sie war nicht unempfindsam, die Kühle um Cornelia hatte sie wohl gespürt und diese wegen ihrer Einsamkeit und Düsternis bedauert. Manches Mal hatte das Mädchen ein unbestimmtes Schuldgefühl geplagt, als ob sie es gewesen sei, die Cornelia Salvius' Liebe geraubt hatte. Sie hatte es ihm gegenüber erwähnt, er jedoch hatte gelacht und ihr versichert, er habe seine Gattin bereits seit der Hochzeit in Dakien gehasst.

Vieles von dem, was in dem großen Haus in Rom vor sich ging, verstand Seleme nicht; daher vermied sie es, darüber nachzudenken.

Vor Cornelias Zimmer stieß sie auf Esebus, den jungen Schwarzen. Wie immer erschreckte er sie mit seiner Art, lautlos und wie aus dem Nichts aufzutauchen, und das weiße Lächeln in seinem dunklen Gesicht beunruhigte sie bei jeder Begegnung.

»Es heißt, Cornelia pflege den Sklavenkindern von Salvius eigenhändig den Hals durchzuschneiden«, sagte er. Sein Lächeln ging in Lachen über, und die rote Zunge fuhr über seine schwellenden Lippen. Selemes Furcht wuchs. Er ist ein Tier, dachte sie, ein toller Hund.

Da erinnerte sie sich an etwas, das sie als Kind gelernt hatte: Hunde besiegt man mit dem Blick. Sie durchbohrte ihn mit ihren Augen, und obwohl er nicht versuchte, die Schadenfreude in seinem flüchtigen Blick zu verbergen, zwang sie ihn, die Augen niederzuschlagen.

Er verschwand so schnell, wie er aufgetaucht war, und Seleme konnte ihren Weg fortsetzen, durch das Atrium und den Säulengang, wo der Jasmin blühte, weiter zu Salvius' Gemächern. Sie lief über den kunstvollen Mosaikboden in seine Bibliothek, durch das Schlafgemach und hinaus in den Garten. Hier wuchs eine große Sykomore und überschattete den einzigen Ort des großen Anwesens, der Schutz bot vor fremden Augen und Ohren.

Sie ließ sich auf der Bank unter dem Baum nieder und sah den indischen Drosseln zu, als wollte sie mit Hilfe der Vögel ihre Kraft wiederfinden.

Vogelmädchen hatte man sie genannt, zu Hause, in der kleinen griechischen Stadt an der Mündung des Sakarya. In Scharen kamen dort die Vögel aus den Wäldern und ließen sich in der Nähe des Kindes nieder, sobald es allein hinaus auf den offenen Platz zwischen dem Haus und der Mauer laufen konnte, die die Wohnstätte gegen die Barbaren verteidigen sollte. Die Vögel pickten aus Selemes Hand und setzten sich auf ihre Schultern, als wollten sie ihre Geheimnisse in das Ohr des Kindes flüstern.

Die Erwachsenen hatten sich gewundert und es als ein Zeichen angesehen.

Das Mädchen hatte die hohe Stirn und die hellblauen Augen der Ionier. Auch durch das blonde Haar fiel sie auf – hier, wo das helle griechische Blut eine Spur dunkler geworden war. Die

Schwermut des Orients fiel wie ein Schatten über die Menschen in den griechischen Kolonien.

Seleme verstand die Sprache der Vögel – nicht deren Gesang, aber die Botschaft, die sie in der Stille verkündeten. Sie sprach jedoch zu niemandem davon, vielleicht weil sie nicht wusste, dass diese Fähigkeit ungewöhnlich war.

Das Mädchen zog es zu den großen Wäldern, zum hellen Laub der hohen Eichen und zum Ernst der schlanken Föhren. Sie streifte am Fluss entlang und träumte davon, seinem Lauf bis in den Hochwald und weiter hinauf bis zu seiner Quelle in den schneebedeckten Bergen des Südens zu folgen.

Es war ihr jedoch streng verboten, weiter als bis zur Wasserstelle zu gehen.

Die großen Ereignisse in Selemes Leben waren die Feste der Artemis im Frühjahr. Sie liebte die Feuer, die zum Himmel emporloderten, und die ernste Freude, die sie empfand, wenn sie das Fleisch des Opferlamms mit der Göttin teilte, die die Luft mit ihrer Gegenwart und mit ihrer Zärtlichkeit für die Sterblichen erfüllte.

Mit diesen Frühlingsfesten wurde der Grundstein für Selemes Vertrauen gelegt. Artemis wachte über sie, das Vogelmädchen, das in dieser Nacht am Feuer schlafen durfte, umgeben vom Geist der Göttin. Eines Morgens nach dem Fest beschloss sie, endlich ihrer langgehegten Sehnsucht nachzugeben und dem Fluss hinauf in die hohen Berge zu folgen. Die anderen schliefen noch, kein ängstliches Auge überwachte Seleme, als sie über die flachen Felsen bei der Wasserstelle lief und zu klettern begann, hinauf, immer höher hinauf.

Der Schweiß trübte ihren Blick, als sie überrascht auf eine Furt stieß, wo der Fluss sich sammelte, ehe er sich seinen Weg in die Ebene und zum Meer im Norden bahnte.

Hier badete das Mädchen beim ersten Morgenlicht und ruhte sich eine Weile aus, ehe sie in der Schlucht weiterkletterte, die immer steiler wurde. Sie ging auf der Schattenseite und spürte noch immer die Kühle des Bades auf ihrem Körper, als sie ein Tosen vernahm und wusste, dass sie sich dem Wasserfall näherte. Die blauen Berge sind immer noch nicht näher gekommen, dachte sie, aber der Schnee auf den Gipfeln leuchtete jetzt golden in der Morgensonne. Fröstelnd zog sie ihren Mantel enger um die Schultern und setzte ihren Weg in Richtung des Wasserfalles fort.

Niemals hätte sie sich vorstellen können, dass der Wasserfall so überwältigend sein würde, die Wassermassen so ungeheuerlich und die Gischt so weiß und reißend. Beinahe andächtig stand sie dort und glaubte für einen Augenblick, dass sie der erste Mensch sei, der all das sehen durfte. Gleich darauf fiel ihr jedoch ein, dass ja der Vater hier im Frühjahr Lachs zu fangen pflegte. Er hat nie von dem Strom erzählt, dachte sie verwundert, nichts von dem Tosen und den wilden Strudeln, von der ungeheuren Kraft des Wassers.

Doch ihr Vater war ein einfacher Mann, dem die Lust der Griechen an schönen Worten fehlte.

Die Gischt spritzte über sie hinweg, aber sie fror nicht länger, und eine große Ruhe kam über sie. Die Zeit schien stillzustehen, und mit einem Mal wurde ihr bewusst, dass die Welt um sie herum verblasste und im Brausen des Wasserfalles ein großes Schweigen lag.

Gleich darauf erblickte Seleme die Göttin. Sie kam aus den Bergen und in einigem Abstand folgten ihr die tanzenden Bärenmädchen. Die Göttin und das Mädchen wechselten kein einziges Wort – und doch war es eine fruchtbare Begegnung, und Seleme spürte die Gewissheit, daß Artemis sie beschützte. Ehe die Göttin wieder vom grünen Dunkel der Schlucht aufgesogen wurde, wies sie mit einer eindeutigen Geste auf den Weg, den das Mädchen gekommen war. Und Seleme verstand, weiter in das Reich der Artemis durfte sie nicht vordringen.

Zu Hause erwähnte sie nichts von der Begegnung; sie war eine

Kostbarkeit, die durch Worte und Neugier nur Schaden nehmen konnte.

Noch zweimal kletterte sie in diesem Sommer, in dem sie fünfzehn geworden war, am Fluss entlang zu dem Wasserfall hinauf. Aber Artemis zeigte sich ihr nicht, und Seleme sah ein, dass sie sich zu viel ersehnte. Dennoch zog es sie zu dem Wasserfall zurück, und bei der dritten Wanderung erwarteten sie die Sklavenjäger der Barbaren am Ort ihrer Zusammenkunft mit Artemis.

Während der schrecklichen Überfahrt mit dem Sklavenschiff nach Rom betete das Mädchen unaufhörlich zur Göttin. Als sie Salvius auf dem Sklavenmarkt sah, wusste sie, daß ihre Gebete erhört worden waren, und mit dem offenen Blick ihrer blauen Augen zwang sie ihn, sie zu kaufen.

Sie war ein Kind; er hatte ihr noch viel über die Genüsse der Liebe beizubringen.

Cornelia nahm sie bloß als einen dunklen Schatten in dem großen Haus wahr, in dem sie besonderen Schutz genoss, keine Schwerarbeit verrichten musste und im Abseits gehalten wurde. Bis zu dem Tag, an dem Cornelias Kammerdienerin in unnötigem Übereifer vom Koch hinausgeworfen wurde, der sich schon lange über das sanfte Wesen des Griechenmädchens geärgert hatte. Ganymedes, Salvius' Hofmeister, konnte es nicht mehr verhindern, dass nun Seleme zur Herrin geschickt wurde, um sie nach dem Mittagsschlaf zu bedienen.

Seleme erhob sich von der Bank, gestärkt von den Bildern der großen Wälder, des Flusses und der Göttin.

»Nichts ist geschehen«, sagte sie laut zu sich selbst. »Und nichts wird geschehen.«

Sie legte sich auf Salvius' Bett, um auf ihn zu warten. Er verspätete sich jedoch, und sie schlief ein, schlief tief und lange.

Salvius dachte selten an Cornelia; er war darin geübt, unliebsamen Dingen aus dem Weg zu gehen. Wenn sie jedoch in seinen Gedanken auftauchte, wurde ihm jedesmal bewusst, dass er sich in einer Sackgasse befand, denn die Ehegesetze, die Kaiser Augustus geschaffen hatte, schrieben vor, daß ein Mann nach der Scheidung seiner Frau die Mitgift zurückerstatten musste.

Viele von Salvius' Freunden ließen sich scheiden, heirateten von neuem und ließen sich wieder scheiden. Es gab Männer, die eine Ehe mit freigelassenen Sklavinnen eingingen, und auch Augustus selbst hatte sich getrennt, sowohl von Clodia als auch von Sempronia, um schließlich Livia zu heiraten, die Frau, die er liebte.

Jedesmal, wenn Salvius wieder an diesem Punkt angekommen war, fühlte er sich machtlos. Im Gegensatz zu ihm hatte der Kaiser die Besitztümer seiner Ehefrau nicht beleihen müssen.

Nun aber erwartete Cornelia ein Kind – Jupiter allein wusste, wie das möglich war. Für eine Weile tröstete sich Salvius mit dem Gedanken, dass er für alle Zukunft von der Verpflichtung befreit war, einmal im Monat das Bett mit ihr zu teilen, eine Pflicht, die ihn während all der Jahre dazu gezwungen hatte, sich mit Alkohol abzustumpfen, sich aber nicht so zu berauschen, dass er keine Erektion mehr bekam.

Es war, als würde man mit einer Toten Liebe machen, deren Körper bereits kalt und starr ist, dachte Salvius schaudernd, als er in seiner Sänfte auf dem Heimweg war.

Die verängstigte Fünfzehnjährige im Zelt damals in Dakien hatte er schon längst vergessen.

»Sie ist verrückt«, entfuhr es ihm, und er dachte dabei auch an ihre Brüder und deren Wahnsinn, an den Fluch, der auf der alten Patrizierfamilie lastete. Cornelius hatte seine Söhne mit eigenen Händen getötet, als die unheilbare Geisteskrankheit sich ihrer bemächtigt hatte. Jetzt lebte er einsam in seiner herrschaftlichen Villa in den Bergen am Lacus Albanus, ohne Nachkommen, doch reich wie der Kaiser selbst und nicht ohne Einfluss.

Vermutlich wusste er aus sicherer Quelle, daß Salvius Cornelias Besitztümer verpfändet hatte – das Gut auf Sizilien und die großen Ländereien in der Ebene südlich vom Rubicon.

Salvius seufzte und trieb seine Träger an. Die Stadt war schwarz, als wäre sie in einen riesigen Sack gesteckt worden, doch im Schein der Fackeln, die die Sklaven trugen, nahm er wahr, wie die Säulen des Saturntempels flackernde Schatten auf das Forum warfen. Lange schaute er zum Tempel hinüber und dachte über die römische Schatzkammer unter dem Podium mit ihren unermesslichen Reichtümern nach.

Wie gewöhnlich hatte er zu viel gegessen und war übersättigt nach der opulenten Mahlzeit bei Setonius. Er müsste seine Schwäche für gebratenen Flamingo mit gegorener Makrelensauce endlich überwinden lernen. Schließlich wußte er seit langem, daß der Magen mit dem zähen Fleisch nicht so recht fertig wurde. Mit dem Wein hatte er sich allerdings zurückgehalten, wohl weil er ahnte, dass er an diesem Abend bei klaren Sinnen sein musste.

Es war spät, doch wie immer herrschte noch lärmende Betriebsamkeit. Bald würde in den Straßen das laute Quietschen der Räder widerhallen, wenn die beladenen Karren zur Nachtstunde durch die Gassen rollten, um die Stadt mit Früchten und Gemüse, Fisch und Fleisch zu versorgen.

Rom schläft nie, dachte er, doch dann verfiel er wieder in seine qualvollen Grübeleien.

Er konnte nicht leugnen, dass die Ehe mit Cornelia ihm Vorteile gebracht hatte: Offizier in Dakien gewesen zu sein, wo er mit einem Mal zu den Nächsten des Feldherren gehört hatte, war nur einer von ihnen. Doch zu Ehren war er nicht gekommen, der Sieger war Cornelius Scipio. Und sehr bald hatte Salvius den Geschmack an all den Unbequemlichkeiten des Lagerlebens verloren. Mit Hilfe des Schwiegervaters hatte er eine Stelle in der städtischen Verwaltung für die Wasserversorgung bekommen. Die Arbeit war weniger beschwerlich, und er wurde bestens von einem seiner griechischen Sklaven umsorgt.

Salvius besaß ein einzigartiges Talent, das sogar in Rom ungewöhnlich war, ihm jedoch nur wenige Vorteile brachte: Er liebte sich selbst mit einer reinen und beinahe kindlichen Liebe. Zu seinen Geheimnissen gehörte auch der leidenschaftliche Wunschtraum, einmal im Leben in den Genuss furchteinflößender Macht zu gelangen.

Dieser Traum hatte ihn zur Knabenliebe getrieben. Lange Zeit hatte er gehofft, die vollendeten Knabenkörper würden sein Blut zum Sieden bringen, und seine Seele würde sich im Mysterium der Auflösung selbst vergessen.

Mit äußerster Sorgfalt hatte er seine Knaben ausgesucht, und der Kauf hatte ihn in die gleiche prickelnde Erregung versetzt wie der Erwerb einer seltenen antiken Vase. Der Rausch war jedoch ausgeblieben: Die Knaben hatten ihm im Bett nicht mehr bedeutet als die Sklavenmädchen, die er im Lauf der Jahre gekauft hatte, um sein alltägliches Vergnügen zu mehren.

Im Gegenteil, eine Frau verkörperte trotz allem das Andersartige, Rätselhafte; ihr Körper war weich, wenn seiner hart war, und ihr Wesen blieb geheimnisvoll. Bald langweilten ihn die Liebesstunden mit den Knaben. Das war vorauszusehen gewesen. Ihre geschmeidigen Körper wurden zu einer schmerzhaften Erinnerung an die Jugend, die sein eigener, in die Jahre gekommener Körper für immer hinter sich gelassen hatte.

Salvius hatte beinahe aufgegeben, auf die Liebe zu hoffen,

als das Unerwartete eintrat. Eines Morgens hatte ihn ein Mädchen, ein blutjunges Geschöpf, nicht hübscher als andere, dazu etwas schwer, etwas bäurisch, auf dem Sklavenmarkt mit ihrem Blick festgehalten. Die Luft zwischen ihnen war erfüllt von Sehnsucht, und das Bezwingende daran hatte Salvius betroffen gemacht.

Die folgenden Jahre wurden die reichsten seines Lebens. Der Mittelpunkt seines Universums war nicht länger er selbst, und die Leidenschaft wuchs zur Liebe. Wie immer, wenn das Dasein lebendig wird, werden die Konturen deutlicher, das Licht schärft die Schatten, und Cornelias Macht über sein Gemüt wuchs. Er wollte nicht daran zurückdenken, was mit den Sklavenmädchen, mit denen er im Lauf der Jahre das Bett geteilt hatte, geschehen war.

Doch auch die Angst wuchs.

Er hielt Seleme nun vom Haushalt fern, und zum ersten Mal seit langer Zeit erfreute er sich wieder an den exotischen Knaben. Sie waren so aufreizend, dass sie den Sinn trübten; es war schwer, noch etwas anderes zu sehen als sie.

Cornelia war weder neugierig, noch fiel ihr etwas auf.

Ganymedes, sein getreuer Hofmeister, verstand auch ohne Worte und sorgte dafür, dass die Griechin im Hintergrund blieb; sie ging im geschäftigen Treiben der Sklaven unter.

Aber jetzt? Beide erwarteten sie ein Kind.

Er fürchtete das Pathetische, deshalb rang er in seiner Sänfte nicht die Hände, sondern gestand sich ein, dass er unerbittlich auf einen Entschluss zusteuerte. Dann jedoch klammerte er sich wieder an den Gedanken, Cornelia könnte im Kindbett sterben – eine tröstende Vorstellung, der er sich Monate lang hingegeben hatte. Wie, fragte er sich, sollte dieser tote Körper jemals Leben freigeben? Dieselbe Frage hatte er bei Cornelius Scipio wahrgenommen, dem Alten, der offen heraus gesagt hatte: »Hauptsache, der Junge bleibt am Leben.«

Richtig, dachte Salvius, das Wichtigste ist, dass das Kind überlebt. Egal, ob Sohn oder Tochter, der Erbe von Cornelius' Reichtümern sollte in seinem Haus heranwachsen – als ein Garant dafür, dass er, Salvius, keinen Mangel an den Genüssen dieses Lebens würde leiden müssen.

Schließlich war er bei der großen Villa am Abhang des Palatins angekommen, der abweisenden Fassade, die Salvius' Stolz und Augenstern hütete. Als er aus der Sänfte stieg, gelang es ihm zu vergessen, dass auch dieses Haus ein Geschenk von Cornelius war.

Salvius wurde von Ganymedes empfangen, bemerkte sogleich die sorgenvollen Runzeln auf der Stirn des Alten und wusste, daß etwas geschehen war. Salvius nahm sich nicht die Zeit, am Säulengang zu verweilen und den Duft des Jasmins zu genießen, sondern eilte auf seine Gemächer zu. Dort, auf der Liege, erwartete ihn Seleme, und als er sah, wie blass sie war, verschwanden alle tröstenden Gedanken, und er fühlte den Zeitpunkt, einen Entschluss zu fassen, wieder näherrücken.

Bald darauf hatte er ihren Bericht vernommen und entschieden, den Koch auspeitschen zu lassen, der Cornelias Sklavin fortgeschickt hatte. Doch das verriet er Seleme nicht; er tröstete sie, liebte sie, und bald schlief sie ein. Er aber lag wach und kämpfte mit der großen Entscheidung.

Bereits am nächsten Morgen, nach dem Besuch der zahlreichen Bittsteller, wollte er Selemes Freilassung veranlassen. Die Bürokraten hatten es nicht eilig, und es könnte einen oder mehrere Monate dauern, dann aber sollte das Mädchen der unmittelbaren Macht Cornelias entzogen werden.

Cornelias Zorn würde ihn treffen, am schlimmsten sollte es jedoch ihr selbst ergehen. Eine Weile genoss Salvius den Gedanken, wie sich die Schande an Cornelias versteinertem Herzen vorbeischleichen und ihre Klauen in ihren Magen schlagen würde, um die ewige Übelkeit noch zu verschlimmern. Noch kränker würde sie werden, dachte er, und dem Tod bei der Geburt noch einen Schritt näherkommen.

Sie muss sterben, uns allen zuliebe muss sie sterben, dachte er und wünschte, er könnte seine Gebete an einen wohlwollenden Gott richten. Aber ihm fiel keiner ein, und bald erlöste ihn der Schlaf von der Anstrengung.

Am nächsten Morgen erschienen ihm die Gedanken der Nacht unnötig düster. Als er aufwachte, stand Seleme in der Tür zum Garten und kämmte ihr langes Haar – den Kariatyden auf der Akropolis ähnlicher als je zuvor. Sie schien stark genug zu sein, ungeheure Lasten auf ihren Schultern zu tragen, nun, wo ihr der Schlaf ihre Sicherheit zurückgegeben hatte.

Ihm gefiel das nicht.

Wie groß, wie wichtig war ihre Unterwerfung für seine Liebe? Wurde seine Lust dadurch stärker, dass sie voll und ganz sein eigen war, ihr Leben und Denken von ihm abhing? Für diesen einen Menschen war er der absolute Herrscher, der Besitzer ihrer Träume; er befriedigte ihre Wünsche, er war der Gebende, der Zeuger.

Vor einem Jahr noch war sie scheu und ungebildet gewesen. Ihr Griechisch war arm an Worten und von einem breiten Dialekt entstellt; jetzt war ihre Sprache klar und schön.

Und das Lateinische, die Sprache, die er ihr geschenkt hatte, war nicht so dürftig wie das der anderen Sklaven, sondern klangreich und gewandt. Er dachte an Setonius, den Bruder seiner Mutter, bei dem er am Abend zuvor eingeladen war. Er hatte eine Sklavin mit der letztmalig erblühenden Lust eines alten Mannes geliebt – und sie freigegeben. Nun war die Leidenschaft gestorben, und die einstige Sklavin herrschte über die Tage des Alten, das Haus und die Geldtruhe.

Da warf Seleme ihren Kopf zurück, mit einer Geste voller Stolz, und sie lächelte, als sie sagte: »Wie du weißt, bin ich eine Auserwählte.«

Das war ein alter Scherz zwischen ihnen, doch an diesem Morgen fand Salvius keinen Gefallen daran. Als er aus dem Bett stieg, hatte er bereits beschlossen, ihre Freigabe aufzuschieben. Bis auf weiteres.

Sie stritten nie. Trotzdem hatte er eine tödliche Angst vor Cornelia und musste jeden Morgen seinen ganzen Mut zusammennehmen, um an ihre Tür zu klopfen. Der Besuch war kurz, doch die Zeit schien in ihrer Gegenwart stillzustehen, so dass er jedesmal schrecklich zu frieren begann.

»Ich hoffe, du bist bei guter Gesundheit.«

Wie gewöhnlich hatte er zwei Schritte in den Raum gemacht und war dann stehengeblieben.

»Danke, es geht mir gut.«

Sie log, es war offensichtlich, dass sie log, ihre Gesichtsfarbe wirkte gelblich, und ihre Augen brannten wie im Fieber und waren unnatürlich groß.

»Das freut mich.«

Er sah sie an, ohne sie wirklich zu sehen, so als wüsste er, dass etwas Schreckliches passieren würde, wenn er ihr Bild in sich aufnahm. Sie sah seine Furcht nicht, nur seine Verachtung, die wie die ihres Vaters war – ein Blick, der durch sie hindurchging, als würde sie nicht existieren, als hätte es sie nie gegeben.

Als er auf dem Weg zur Tür war, sagte sie: »Du hast wieder einmal einer Sklavin ein Kind gemacht.«

Er drehte sich zu ihr um, wartete mit diesem leeren Blick, der sie wertlos machte. Doch er sagte nichts.

»Ich brauche eine Amme für meinen Sohn«, sagte sie. »Für dieses eine Mal dürfen sie und das Kind am Leben bleiben.«

Er hoffte, sein Gesicht würde ihn nicht verraten; sie sollte weder seine unerhörte Erleichterung noch seinen glühenden Hass bemerken, als er sich verbeugte und auf dem Absatz kehrt machte. Noch einmal blieb er an der Tür stehen:

»Ich hatte geglaubt, es sei *unser* Sohn«, sagte er. »Aber vielleicht habe ich mich geirrt.«

Mit Genugtuung sah er, wie Cornelia für einem Moment aus ihrer Teilnahmslosigkeit gerissen wurde.

Die Schmähung traf sie wie ein Peitschenhieb. Und sie hatte Angst. Falls Salvius das Kind verleugnete, wäre es um sie geschehen. Sie blieb allein auf dem Bett zurück, und ihr Magen krampfte sich zusammen. Das tat zwar weh, schlimmer waren jedoch die roten Nebel hinter ihren Augenlidern.

Mehr als alles andere fürchtete Cornelia diesen flammenden Nebel. Dahinter nämlich verbarg sich die Vernichtung, der schwarze Wahnsinn. Oft hatte der Bruder, den sie geliebt hatte, von den wallenden roten Nebeln gesprochen, denen man widerstehen musste, um nicht zugrunde zu gehen.

Er hatte es nicht geschafft – eines Tages war er verschwunden.

Doch Cornelia würde standhalten; entschlossen heftete sie den Blick auf Junos Bild. Ihre Augen tränten von der Anstrengung, jedes Blinzeln zu vermeiden.

Lucius Cornelius Scipio war fünfundfünfzig Jahre alt, doch er sah sich so, wie die Welt ihn sah – als alten Mann.

Er gehörte nicht zu dem Zweig des Geschlechts, der Julius Cäsar in Spanien bekämpft hatte; sein Vater hatte sich auf der richtigen Seite befunden, als er in der Schlacht bei Philippi gefallen war, wo Brutus in Übereinstimmung mit seinen Träumen seinem bösen Genius begegnet war.

Cornelius saß also einigermaßen sicher in seiner Villa in den Albaner Bergen und auf seinem Platz im Senat. Nicht ohne Bewunderung sah er zu, wie Augustus die Versammlung, die einst die Welt erobert und beherrscht hatte, entmachtete und zu einer blökenden Schafsherde werden ließ. Er selbst gehörte eher zu den stummen Schafen. Er wollte leben, auch wenn es zuweilen vorkam, dass er sich fragte, wozu.

Wenn er gelegentlich von seiner Kindheit sprach, pflegte er zu erwähnen, er sei dabeigewesen, als Julius Cäsar die Mystiker auf dem Marsfeld mit dem Begrüßungswort ›Quirites, Mitbürger‹ bezwang. Doch bei dieser Art von Erinnerung konnte man sich nie ganz sicher sein. In seiner Kindheit war immer wieder die Geschichte erzählt worden, wie er auf dem Arm seines Vaters gesessen und Cäsar zugehört hatte. Seine Freunde brachten ihn wiederholt dazu, von der Verschwörung zu erzählen, stets mit der Frage, ob er keine Statue in Rom – als Vorzeichen für den Mord – hätte weinen sehen. Doch er hatte keine rechte Erinnerung an das große Entsetzen, das durch die Herzen der Römer ging, als Cäsars Leiche auf dem Forum verbrannte.

Deutlich dagegen erinnerte er sich an das Bild der Giraffe, die Julius Cäsar im Circus Maximus zur Schau gestellt hatte.

Als Feldherr über zwei Legionen hatte er den Frieden in Dakien wiederhergestellt und Roms Grenze bis zur Donau erweitert. Er war einer von Augustus' großen Generälen, doch nie hatte er einen wirklichen Triumph davongetragen. Die Ehe von Pompeius mit der Tochter des Metellus Scipio stand im Weg. Und überdies hatte der Kaiser den Janustempel geschlossen und den römischen Frieden ausgerufen.

Die Bilder des Krieges verblassten nie in seiner Erinnerung und hatten ihre Schärfe behalten. Das hatte sein Leben leicht gemacht. Als sehr junger Mann hatte er eine Cousine geheiratet. Drei Kinder hatte sie ihm geboren, doch beide Söhne waren einer Geisteskrankheit erlegen.

Die Tochter? Er war bei ihrer Geburt zu Hause, und er erinnerte sich, dass sie ihm von der ersten Stunde an gleichgültig war. Boshaft als Kind, war sie jetzt eine Frau im mittleren Alter, an der Grenze zum Wahnsinn.

Er hatte seine Söhne getötet. Seine Frau hatte Hand an sich gelegt, und das Mädchen wurde von Nadina, einer freigegebenen Sklavin, dem einzigen vernünftigen Menschen an seiner Seite, umsorgt. Krank von seinen düsteren Gedanken, war er zur Donau zurückgekehrt, wo er eines Abends den Mut fand, Coresus, dem alten Arzt, sein Herz zu öffnen. Um seinen eigenen Verstand hatte Cornelius nie gefürchtet, doch er glaubte, dass ein Fluch auf seinem Geschlecht lag.

Der Arzt hatte seine Ansicht jedoch nicht geteilt, sondern die Schuld in der Heirat mit der Cousine gesehen. Cornelius, der sowohl Hunde als auch Pferde züchtete, wusste sehr wohl, dass schlechte Anlagen im Blut ausschlagen und gedeihen konnten, wenn man sich nicht vor Inzucht hütete.

Die Worte des Arztes hatten ihm Trost geschenkt und ein wenig Hoffnung gemacht. Cornelius hatte ja immer noch eine Tochter, und bei entsprechender Heirat …

Damals hatte er Marcus Salvius ins Auge gefasst, einen Offizier, der sich durch nichts anderes auszeichnete als durch ein gutes und unbekümmertes Wesen und durch einen frischen, etwas rundlichen Körper. Sein Vater, ein Kaufmann aus Antium, hatte ein Vermögen von solcher Größe erworben, dass er sich damit für den Rang eines Ritters qualifiziert und für seinen Sohn eine Offiziersstellung in der römischen Armee erhalten hatte. Cornelius Scipio hatte mit leiser Verachtung beobachtet, wie sein Schwiegersohn letztlich der Verlockung des Goldes erlag, als ihm die Ehe mit der Tochter des Feldherren angeboten wurde.

Doch der Zuchthengst entpuppte sich als Enttäuschung; leichtfertig ging er mit Cornelias Geld um, und ein Nachkomme blieb aus – bis jetzt, nach fünfzehn Jahren. Die Nachricht vom jetzt endlich bevorstehenden lang ersehnten Ereignis ließ Cornelius eine nie gekannte Freude empfinden, die ihn selbst verwunderte. Endlich zeigte sich ein Hoffnungsstreifen am Morgenhimmel des alten Feldherrn, und täglich besuchte er seine Tochter, um sich zu vergewissern, dass es ihr den Umständen entsprechend gut ging.

Nun war sie im siebten Monat, das drohende Risiko einer Fehlgeburt war überwunden, und Cornelius beschloss, einen Dankesbesuch in Scipio Africanus' Villa abzustatten, um den Vorfahren seine Ehrerbietung zu bezeugen. Das schlichte Haus aus Quadersteinen in der überwältigend schönen Natur von Liternum erfüllte Cornelius mit Andacht. Hierher hatte sich der Mann, den man den Schrecken von Karthago nannte, zurückgezogen, als er begriff, dass seine Anwesenheit in Rom den Frieden bedrohte. Hier hatte er wie ein einfacher Bauer die Erde bestellt.

Nach dem Neuntagefest im August setzte in der Stadt am Tiber die Hitze ein. Die Bettler starben auf den Straßen wie Fliegen, und die Reichen flüchteten an die Küsten, wo der Wind Kühle versprach und die alten Bäume Schatten spendeten. Rom stank. Die Jauchegruben, in die die Armen ihre Latrinen entleerten, kochten in der Hitze. Am schlimmsten war der Gestank vor den Häusern der Tuchfärber, wo der Harn in den Bottichen gärte.

Flamen Dialis, Jupiters Oberpriester, der den Gott verkörperte und daher die Stadt nicht verlassen durfte, quälte sich in seinem Palast. Auch Cornelia war in der Stadt geblieben.

Ihre Stimmung war etwas besser geworden, nachdem Salvius mit der griechischen Sklavin verschwunden war. Cornelia hatte eingesehen, dass das Mädchen mehr bedeutete als eine bloße Laune und der alte Hurenbock nun doch einer Leidenschaft erlegen war.

Er machte sich lächerlich, und sie, Cornelia, verletzte das.

Nun waren sie fort – entschlossen strich Cornelia die beiden aus ihrem Gedächtnis. Noch immer suchten sie die roten Nebel heim, doch Flaminica, die in ihrer Ehe mit Flamen Dialis das heilige Leben der Juno lebte, hatte ihr versichert, dass diese roten Nebel ebenso zur Schwangerschaft gehörten wie die sonstigen eigentümlichen Unpässlichkeiten.

Cornelia wollte daran glauben, und es glückte ihr. Die Entbindung würde den Wahnsinn vertreiben – und sie befreien von dem Kind, das in ihr wuchs und ihr mehr und mehr wie ein

Ungetüm vorkam, das von ihrem Blut zehrte und ihre Knochen aushöhlte.

Auch Cornelius war in Rom zurückgeblieben, und einmal am Tag besuchte er sie. Er kam, um ihre Mahlzeiten zu überwachen und sie zu zwingen, unter seinem unerbittlichen Blick die stärkende, weiße Grütze zu essen. Manchmal verspürte sie den Wunsch, für ihre Heldentat gelobt zu werden, doch ihr war klar, dass sie keinerlei Anerkennung bekommen würde und dass Cornelius nicht aus Sorge um sie täglich erschien.

Salvius besaß ein kleines Landgut an der Küste südlich von Antium. Er hatte es in etwas verfallenem Zustand von seinem Vater geerbt. Cornelia war noch nie dort gewesen, und in dem Anwesen steckte auch nicht die geringste Summe ihres Geldes. Nun richtete er es für Seleme notdürftig her. Sie liebte die kleinen Gebäude, die Winde, die vom Meer heraufwehten, und den schweren Duft der Pinien in der Abenddämmerung. Hier warteten sie gemeinsam auf ihr Kind, nur von einigen Sklaven umgeben.

Der Junge kam Anfang September, nach einer Nacht voller Schmerzen. Zwischen den Wehen hielt Seleme ihren Blick fest auf die Wand gerichtet. Dort hatte sie für Artemis einen Altar errichtet, auf den Salvius eine antike Statue der Göttin gestellt hatte.

So ging während der langen Nacht die Stärke der Göttin auf sie über, die Kraft, sich zu öffnen und zu pressen. Und als der Junge in der Morgendämmerung den Griff um die Gebärmutter löste, schrie Seleme vor Glück auf.

Gleichzeitig bemerkten sie, dass das Kind seinem Vater ähnelte, mit seiner langen Nase und dem fein gezeichneten, wollüstigen Mund. Nur die Farben waren die seiner Mutter – der honigfarbene Flaum auf dem Kopf, die weiße Haut und die eindringlich blauen Augen. Mit tiefem Ernst nahm Salvius sein

Kind auf den Arm und ging beim ersten Schein der Morgensonne mit ihm am Strand entlang. Der Junge schlief, erschöpft vom harten Kampf, und als Salvius die Hilflosigkeit des Kindes sah, durchfuhr ihn ein Schreck.

Noch einmal rief er den Gedanken in sich wach, der nun zu einer magischen Formel geworden war: Cornelia musste sterben.

Seleme blieb auf dem Landgut zurück, und Salvius wendete sich in Rom wieder seinen Pflichten zu. Er stellte fest, dass Cornelia zu einem von grauer Haut überzogenen Skelett abgemagert war und einen grotesken Bauch vor sich hertrug.

Am schlimmsten waren ihre Augen, die aus den Höhlen zu quellen drohten.

Anfang Oktober kehrte Seleme mit ihrem Sohn in das Stadthaus zurück, und in der Mitte desselben Monats, an einem frühen Morgen, setzten Cornelias Wehen ein. Sie stöhnte nicht, doch der Schweiß lief ihr von der Stirn und vermischte sich mit ihren Tränen. Der große Bauch zog sich heftig zusammen, aber Cornelia war verschlossener denn je, und das Kind rührte sich nicht von der Stelle.

An ihrem Bett arbeiteten zwei Ärzte, die Cornelius gerufen hatte, badeten sie und flehten sie an, schrien auf sie ein, sie solle nachgeben – doch vergebens. Sie hatte die Orientierung verloren, kämpfte nicht länger darum, den Fötus aus ihrem Körper zu pressen, sondern führte einen Kampf gegen die Nebel, die sie auszulöschen drohten.

In der zehnten Stunde hielt es der ältere der beiden Ärzte nicht länger aus, und mit aller Kraft schlug er ihr die Faust ins Gesicht und schrie: »Gib endlich nach, Menschenskind!«

Der Schlag rettete dem Kind das Leben – und Cornelia vor dem Wahnsinn. Die ungeheure Wut übertrug sich auf die Presswehen, das Kind rutschte nach unten, und Cornelia kehrte voll glühenden Hasses in die Wirklichkeit zurück.

»Dieser Schlag wird dich das Leben kosten«, sagte sie zu dem

Arzt, und ihre Stimme klang merkwürdig ruhig. Ihre Wange blutete, dort, wo sie sein Ring verwundet hatte.

Das Kind wurde vom Großvater entgegengenommen, der in tiefer Dankbarkeit sah, dass der Junge wohlgestaltet und ihm in jeder Hinsicht ähnlich war – ein Spross des uralten Geschlechts der Scipionen.

Der Junge wurde von geübten, unbeteiligten Händen gebadet. Einen Moment lang war er versucht aufzugeben, zurückzukehren und der Einsamkeit zu entfliehen, die ihn erwartete. Doch Minuten später lag er an Selemes Brust und trank sich ins Vergessen.

Salvius, der den ganzen Vormittag auf einer Bank im Atrium gewartet und dieses Kind kaum eines Blickes gewürdigt hatte, bis es der Amme übergeben wurde, bewegte tiefenttäuscht nur ein einziger Gedanke: Cornelia hat trotz allem überlebt.

Als er sich erhob, um sich an der Tür zu ihrem Zimmer zu verbeugen, hörte er die Jubelschreie vom Forum herüberschallen – es war der Fünfzehnte des Monats, und gerade war das Oktoberpferd von Flamen Martialis geopfert worden.

Nur wenige Stunden später an diesem Tag unterschrieb Kaiser Augustus das Gebot, dass die Schätzung aller Welt nun auch in der Provinz Judäa vorgenommen werden sollte.

Wie es die Sitte verlangte, wurde der Sohn nach seinem Vater benannt: Marcus.

Ein hässliches Kind, aber geduldig und tapfer.

So sah ihn Seleme.

Zuweilen empfand sie so etwas wie Zärtlichkeit für das arme Geschöpf, das es gerade noch geschafft hatte, Cornelias Körper lebend zu verlassen, als wollte es trotz allem weiterleben. Sorgsam legte sie Cornelias Sohn immer als ersten an die Brust. Dieser setzte sich in blindem Heißhunger mit einer solchen Beharrlichkeit durch, dass Seleme zuweilen Abscheu für ihn empfand. Sie befürchtete, er würde sich alles nehmen, und das, was übrig blieb, würde für das eigene Kind nicht mehr reichen. Doch Seleme merkte schnell, dass sie sich auf ihren Körper verlassen konnte. Wie hungrig die Jungen auch waren, die Milch reichte immer, und es blieb sogar noch etwas übrig.

Marcus schrie oft vor Bauchgrimmen und Einsamkeit, wenn Seleme ihr eigenes Kind liebkoste. Der Lärm drang bis zu Cornelia hinüber; sie spürte, wie sich ihre Gebärmutter zusammenzog, und rasend vor Wut stürmte sie aus ihrem Gemach.

Selemes Besorgnis steigerte sich zu wildem Schrecken: Marcus musste ruhig gehalten werden, koste es, was es wolle. Solange die Koliken anhielten, wanderte sie nächtelang mit dem Jungen in den Armen auf und ab, bis er schließlich einschlief und sie für ein paar Stunden einnicken konnte.

Bald darauf wurde sie jedoch von ihrem eigenen Sohn geweckt, der voller Lebenskraft nach seiner Mahlzeit schrie.

Salvius floh aus dem Haus, trieb sich in der Stadt herum und war fast immer betrunken, wenn er spät nachts zurückkehrte.

Einzige und unerwartete Unterstützung erhielt Seleme während des harten Winters von dem Mann, vor dem sie sich beinahe ebenso fürchtete wie Cornelia. Jeden Abend erschien Cornelius Scipio, nahm Marcus für ein paar Stunden auf den Schoß und verbreitete Ruhe in Selemes Leben. Er sah ihre Erschöpfung, und eines Tages sprach er mit ihr über Nadina, eine alte Dienerin in seinem Haus in Albanus.

Er sagte, sie habe Erfahrung mit Säuglingen, ob Seleme sie zur Seite haben wollte?

Seleme war erleichtert, doch Salvius wurde wütend. Ihm war klar, dass Nadina kam, um sie zu kontrollieren, und dass Marcus' Recht gegenüber Eneides behauptet werden sollte.

Salvius wagte jedoch nicht, sich dem Schwiegervater zu widersetzen, und Nadina zog in das Haus auf dem Palatin ein, wo sie sogleich zu einer Wohltäterin wurde.

»Liebes Kind«, sagte sie zu Seleme, »du versiegst, wenn du nicht zum Schlafen kommst.« Also nahm sie sich nach der Morgenmahlzeit der Kinder an, und Seleme fand endlich Ruhe.

In der Umgebung der Griechin und der Kinder wurde Ordnung geschaffen. Nadina besaß die Autorität, die Seleme fehlte, und bewirkte, dass die Sklavinnen gehorchten und Respekt zeigten. Vor allem erkannte sie bald die Ursache für Marcus' Bauchweh.

»Er bekommt zu viel zu trinken«, sagte sie. »Er darf nicht so lange an der Brust liegen.«

»Aber wenn er schreit?«

»Na und, alle gesunden Kinder schreien.«

»Wenn er schreit, kommt Cornelia gelaufen.«

»Um die kümmere ich mich schon«, sagte Nadina.

Und das tat sie auch. Das nächste Mal, als Cornelia wild schimpfend aus ihrem Zimmer gestürmt kam, stand Nadina vor ihr, groß und kräftig, mit dem schreienden Marcus auf dem Arm: »Schluss mit dem Wahnsinn, Cornelia. Du weißt, was Scipio mit seinen Kindern macht, wenn sie sich im Leben nicht durchsetzen können.«

Zu ihrem größten Erstaunen sah Seleme, wie sich Cornelia schweigend und besiegt zurückzog.

Im März, als die Sonne wärmer wurde, fuhren Seleme, Nadina und die Kinder auf das Gut an der Küste. Dort sah Marcus zum ersten Mal den Himmel und das gewaltige Meer, das weiche Gras und die großen, geheimnisvollen Bäume. Langsam erwachte in ihm ein Gefühl dafür, dass die Erde trotz allem schön sei, und dass das Gras und das Meer auf seiner Seite waren.

Zu diesem Zeitpunkt hatte er bereits erkannt, dass er niemandem Freude bereitete, und dass Seleme, sein Licht, ihr Glück in Eneides fand, dem Bruder, der schöner war als alle Kinder der Welt. Doch er spürte auch seinen eigenen Wert und dass Cornelius' schützende Macht irgendwie ihm, dem kleinen, hässlichen Marcus galt.

In besonders glücklichen Stunden tanzte Seleme mit ihrem Sohn, ihrem Sonnenschein, am Strand entlang. Sie wollte ihren Bund mit den Vögeln erneuern, und dieser Bund sollte auch Eneides miteinbeziehen. Manchmal glückte es ihr, und eine Drossel oder sogar eine Möwe ließen sich auf ihrer Schulter nieder und blickten auf das Kind in ihren Armen. Doch oft wartete sie vergeblich. Sie erkannte, dass die Vögel der Küste und des Meeres von anderer Natur waren als die Waldvögel in Bithynien.

Die Kinder gediehen wunschgemäß, die düsteren Töne verklangen aus dem Leben der Griechin, und wenn sie an Cornelia dachte, dann in sanfterer Stimmung. Nadina hatte Cornelia einmal besiegt, und wenn es nötig wäre, würde sie es wieder tun.

Als im April die Felder blühten, nannte Seleme Nadina zum ersten Mal Mutter und rührte damit das Herz der alten Frau. Sie sagte zu Cornelius, der einige Male in der Woche den langen Weg bis zu ihnen hinaus machte: »Du musst sehen, daß Salvius Seleme freigibt.«

Und Cornelius versprach, all seine Kräfte einzusetzen, um Salvius dazu zu überreden, den entscheidenden Schritt zu tun.

Salvius tobte. Natürlich wagte er es nicht, dem Schwiegervater offen zu widersprechen, sondern bejahte halbherzig, obwohl es in seinem Inneren rebellierte.

Seleme und das Kind waren die einzigen, die er sich im Kampf gegen Cornelia und deren Geschlecht erobert hatte. Beim Jupiter, wie er diese Scipionen hasste, die ihn als jungen Mann gekauft hatten und seitdem sein ganzes Dasein beherrschten. Wie einen Sklaven hatte man ihn behandelt, und als er spät in seinem Leben endlich die Liebe gefunden hatte, griffen sie wieder mit ihren Befehlen ein.

Selbst den jüngsten Scipionen hasste Salvius, der ständig an Selemes Brust lag.

Nur zuweilen, für einen kurzen Augenblick, machte er sich bewusst, daß Cornelius' ständige Ermahnungen, er möge Seleme freigeben und Eneides adoptieren, vernünftig waren. Er hatte ja selbst schon daran gedacht und stand kurz vor dem Entschluss.

Doch damit war es nun vorbei.

Wie ein schmollendes Kind war er zu den Weinkrügen zurückgekehrt, zu Bacchus' Trost, dem einzigen, der ihm noch blieb, jetzt, wo ihn auch Seleme verlassen hatte.

Cornelia erholte sich erstaunlich schnell. Sie aß mit Appetit, nahm wieder zu. Der Körper erholte sich, und ihr Gemüt hellte sich auf. In Junos Tempel begegnete man ihr mit neuem Respekt, den sie ihrem Sohn verdankte.

Flamen Dialis entstammte ebenfalls einem alten Geschlecht, doch im Gegensatz zu den Scipionen war es allen seinen Vorfahren geglückt, sich im Bürgerkrieg auf die richtige Seite zu stellen. Das hatte ihm zu dem hochangesehenen Dienst als Jupiters Oberpriester verholfen.

Gemeinsam mit seiner Gattin verkörperte er nun Jupiters heilige Ehe mit Juno. Flaminica und Cornelia waren seit ihrer Kindheit miteinander befreundet, und dieses Band hatte in all den Jahren gehalten.

Flaminica hatte ein weites Herz. Sooft es der Anstand zuließ, besuchte Cornelia das Haus von Flamen Dialis auf dem Capitol. Sie gehörte zu den wenigen in Rom, die das heilige Ehebett gesehen hatten, dessen Füße der Sitte gemäß in frischem Lehm stehen mussten: Der Gott des Tages hatte die Nacht in fruchtbarer Vereinigung mit der Erde zu verbringen.

Cornelia bewunderte Flamen Dialis, doch sie fürchtete seinen Blick.

Sie dachte viel über den Mann nach, der die Hälfte des Universums beherrschte – den Kosmos des Lichts. Schwerer war für sie zu verstehen, dass seine Gattin das weibliche Prinzip und Junos düsteren Himmel verkörpern sollte.

Aber sie glaubte Flaminicas Worten, dass jede Frau, die einmal eine Frucht in sich getragen hatte, mit der dunklen Göttin und der eigenen, ihr innewohnenden Juno einen Bund eingehen könne. Die Vereinigung würde der Frau magische Kräfte verleihen und die Macht der Göttin auf Erden stärken. Oft besuchte Flaminica Junos Grotte in Lanuvium, wo sie mit Hilfe der zahmen Schlange über die verborgenen Seiten der Menschen herrschte.

Bald schon würde Cornelia, deren Körper wieder gesundet war, Flaminica auf die Fahrten begleiten, die im innersten Raum des Tempels begannen.

Mit kindlicher Erwartung bereitete sich Cornelia auf die Reise vor, doch die langen Stunden im Gebet führten sie nicht aus ihrem Körper heraus.

»Du musst Geduld haben«, sagte Flaminica.

Obwohl Cornelia täglich viele Stunden an den Kulthandlungen teilnahm, blieb ihr das Mysterium verschlossen. Flamen Dialis, der durch seine Gattin von Cornelias missglückten Versuchen erfuhr, sah darin ein Zeichen: Cornelia würde Junos Kräfte missbrauchen, falls sie Zugang zu ihnen fände.

Eines Tages sprach er mit Cornelia selbst darüber. Sie schlug die Augen nieder und verriet mit keiner Miene, wie tief er sie verletzt hatte. Doch als sie an jenem Tag nach Hause fuhr, drohte der Wahnsinn sie einzuholen.

Es war im zeitigen Frühjahr; Seleme und die Kinder hatten die Stadt verlassen, und Cornelia legte sich ins Bett. Die roten Nebel hinter ihren geschlossenen Lidern flammten wieder auf und machten ihr Angst. Alles Leiden war umsonst gewesen. Selbst die Göttin der Dunkelheit hatte sie abgewiesen.

Wahrscheinlich hätte sie dieses Mal nicht die Kraft gehabt, gegen den Wahnsinn anzukämpfen, wenn ihr nicht eine Hand gereicht worden wäre. Sie gehörte Esebus, dem schwarzen Knaben, der nach dem Verkauf aller anderen im Haus zurückgeblieben war. Salvius hatte ihn zurückbehalten, in Erwartung eines Käufers mit dem richtigen Geschmack für das Exotische, der für den Knaben einen guten Preis zahlen würde.

Schon lange Zeit gab es ein stilles Einvernehmen zwischen Cornelia und dem Knaben; ihre Blicke waren einander begegnet und hatten verstanden. Doch erst am heutigen Tag war sie so tief gesunken, die Freundschaft eines Sklaven anzunehmen.

Nun saß er an ihrer Seite und tröstete sie mit böswilligem Klatsch über Salvius und Seleme. Beinahe körperlich konnte Cornelia spüren, wie sich ihre große Enttäuschung in Hass verwandelte, und ihre Wut richtete sich gegen die Griechin, die ihr Mann und Kind genommen hatte.

Die roten Nebel verschwanden, als ihr Blick unverwandt auf dem Gesicht des Knaben an ihrem Bett ruhte und sich an der Süße seiner Augen festsog.

Sie ergriff seine Hand – eine unerhörte Geste von ihr.

»Glaube nicht, dass ich aufgegeben habe«, sagte sie. »Ich warte nur auf die richtige Gelegenheit.«

Er lächelte sie an.

Rasch und hart wurde das Band geknüpft. Schamlos zeigte sich Cornelia in der ganzen Stadt mit dem schwarzen Sklaven an ihrer Seite. Er begleitete sie zur Rennbahn und zu Empfängen, und der Klatsch erhielt reichlich Nahrung: Scipios stolze Tochter und ein schwarzer Sklave, schön wie ein Gott aus dem dunklen Afrika.

Alle Welt lachte über sie.

Oft suchten sie Zuflucht bei den großen Gladiatorenspielen, wo man sie gemeinsam jubeln sah, wenn die Spannung am größten war.

Zu Junos Tempel auf dem Capitol kehrte Cornelia niemals zurück.

Auf einem Absatz in den Albaner Bergen, in einiger Entfernung von Ciceros Tusculum, hatte Cornelius Scipio seine Villa erbaut. Er hatte den Platz sorgfältig ausgewählt: Im Hintergrund erstreckten sich die blauen Berge, und vor sich hatte er die kühlen Wälder mit immergrünen Steineichen, einem großen Bestand an Hainbuchen und Korkeichen, Ahorn und Linden in zartestem Grün.

Die Gebäude waren streng und schön. An das große Haupthaus schlossen sich, verbunden über eine Terrasse, die Gebäude für die Gäste an, dann die Festsäle und die großen Bibliotheken, eine griechische und eine lateinische.

Von der Terrasse aus konnte Cornelius auf den Lacus Albanus, den tiefen Kratersee, blicken, der in den heißen Sommermonaten der Landschaft Kühle gab.

Zwischen dem Haus und den Stallungen, den Hundezwingern und den Wohnstätten der Sklaven, die allmählich ein eigenes kleines Dorf bildeten, hatte Cornelius einen großen Garten angelegt. In seiner Artenvielfalt konnte er sich durchaus mit Cäsars berühmten Gärten auf der anderen Seite des Tiber messen. Jetzt im Frühjahr blühten schneeweiße Azaleen, rote Päonien, blaue Hortensien und die ersten zartroten Rosen. Auf der Terrasse plätscherte der Springbrunnen, und entlang der Mauer überwucherte wilder Wein die spitze Stechpalme, das goldgelbe Habichtskraut und die rosa Wildrosen.

Doch der Frühling war auch die Zeit des weißen Mondes und des Nebels. Und mit den Nebeln erhielt Cornelius Besuch von den Toten. Sie entstiegen dem See und näherten sich zögernden Schrittes der Terrasse, auf der er saß.

So viele Tote, so viele Heimatlose.

Abertausende waren es – Gefallene, die nach den Schlachten in den Wäldern Germaniens und auf der Steppe jenseits der Donau zurückgelassen worden waren. Aber auch jene, die bei der Seeschlacht vor der griechischen Küste ertranken.

Ohne Gesichter und Namen kehrten sie zu ihrem alten Feldherrn zurück. Cornelius sah von seiner Terrasse aus, wie sie sich ihm näherten und wieder zum Lacus Albanus zurückgingen, in dem sie erneut umkamen. Anfangs versuchte er den Toten noch Namen und Gesichter zu geben, er glaubte ihnen das schuldig zu sein.

Doch sie waren zu zahlreich.

Der Tod hatte sein ganzes Leben beherrscht. Dennoch wusste er nichts über ihn, wusste nicht, wie er ihm in der Stunde des Überganges begegnen würde.

Die Toten erschreckten ihn nicht. Aber sie erfüllten ihn mit Trauer – nicht weil sie einst ihr Leben geopfert hatten, sondern weil er nun nichts mehr für sie tun konnte.

Der Tod kennt keine Heimat, hatte jener griechische Philosoph gesagt, dessen Vortrag Cornelius in Rom gehört hatte. Diese Wahrheit fand er in der Schlacht bei Philippi bestätigt, als sich die Römer im Namen von Antonius und Oktavian gegenseitig umbrachten. Darüber hinaus hatte er mit der langen Rede über den Tod nicht viel anfangen können, obwohl sie von einem berühmten Philosophen gehalten worden war. Der hatte gesagt, der Tod sei ein ständiger Begleiter des Lebens, und in jedem Augenblick würde die Vergangenheit in uns sterben.

Er hatte das Leben als ein Abschiednehmen und den Tod als die einzige Gewissheit bezeichnet. Doch Cornelius hatte sich in dieser Schilderung nicht wiedergefunden. Das Leben war zu reich, um ein Abschied zu sein: Es bestand aus Freude und Schmerz, Siegen und Verlusten. Das Leben war das einzig

Gewisse, und man konnte ihm Gaben abverlangen: Schönheit, die man sich erträumen und verwirklichen konnte; ebenso Freundschaft, die zwar mehr von einem forderte, doch auch größere Freude bescherte, wenn man sie gewann. Und Treue.

Dann waren da noch die großen Gefühle, größer als man selbst: der Siegesrausch, die Macht und die Ehre. Bereits im Wüstenkrieg am Euphrat hatte er erlebt, wie sich diese Gefühle bis zur Ekstase gesteigert und ihm den Verstand geraubt hatten. Dort hatten die Toten den Ernst dieses großen Spiels bestätigt. Und Cornelius Scipio erinnerte sich, dass sogar der Tod selbst ein Rausch war – blutrot und überwältigend in seiner gewaltigen Schönheit.

Ein weiteres Gefühl, größer als der Mensch, war die Trauer. Er dachte an seine unglückselige Ehe zurück, an die wahnsinnige Gattin und an die Söhne, die er ermordet hatte. Und an die Verzweiflung, die die Grenzen seines Körpers gesprengt hatte und in einem Schrei zum Himmel gestiegen war.

Dieser Ruf hätte die Herzen der Götter erweichen müssen, dachte er, er hätte die kalten Sterne zum Erzittern bringen müssen. Doch das Universum blieb vom Schmerz der Menschen unberührt.

Nun durchbrachen einige der Toten die Kette, rückten näher, kamen sogar bis zum Rand der Terrasse. Diese Toten hatten ein Gesicht – es war Lucius, der älteste Sohn, und Gaius, der jüngere, der auf das Leben so neugierig gewesen war, ehe ihn der Wahnsinn eingeholt hatte.

»Ich habe das einzig Mögliche getan.«

Cornelius sagte es mit brüchiger Stimme, und am liebsten hätte er die Augen mit den Händen verdeckt, damit er die toten Söhne nicht sah.

Doch sie hörten ihn nicht, lächelten ihn an. Sie waren nicht gekommen, um ihn zu richten, sie suchten ihre Erinnerungen in dem alten Haus – vielleicht das dreibeinige Holzpferd oder eine Puppe ohne Augen.

Da berührte Mythekos, der Sklave, den Alten und sagte sanft: »Sie haben geschlafen, Herr, Sie hatten einen bösen Traum.«

Cornelius erhob sich mit steifen Gliedern, blickte über die Wälder und den See, der im Mondschein glitzerte. Er war wieder ins Leben zurückgekehrt.

Behutsam half Mythekos seinem Herrn ins Bett. Doch der Schlaf wollte nicht kommen. Hellwach, den Blick zur Decke gerichtet, versuchte er an die toten Söhne zu denken.

Noch einmal wollte er sich an ihre Gesichter erinnern, Zug um Zug. Möglicherweise ist es das einzige, was wir für die Toten tun können, uns an sie erinnern, dachte er. Doch es gab wenig, an dem er seine Erinnerung festmachen konnte – er war so selten zu Hause gewesen, als die Kinder klein waren.

Erst beim Morgengrauen stellte sich der Schlaf ein, und mit ihm die Träume. Und da vermochte er sie zu sehen, die Söhne: Lucius, der ein ernstes Kind war, und Gaius, den Eifrigen. Er konnte die beiden hören, ihre hellen Vogelstimmen. Aber er verstand nicht, was sie sagten.

Er hatte ihnen nie zugehört.

Im Traum sah er, dass Lucius Marcus glich, dem Kind, das Cornelius endlich zu lieben wagte.

Er erwachte mit der üblichen nagenden Sorge um Marcus.

Heute werde ich noch einmal die Frage nach Selemes Freilassung stellen, dachte er.

Eneides blieb weiterhin ein ausgesprochen hübsches Kind. Sein römisches Gesicht mit der geraden Nase, dem festen Kinn und dem weichen, ausdrucksvollen Mund stand in überraschendem Gegensatz zu dem blonden Haar, der beinahe goldfarbenen Haut und den blauen Augen.

Er war quicklebendig und es fiel ihm leicht, seine Gefühle zu zeigen, denn er konnte sicher sein, dass sie gutgeheißen würden. Sowohl die Wut, die zuweilen in seinen Augen aufblitzte, als auch die Enttäuschung, die seine Augen mit riesigen Tränen füllte, denen kein menschliches Wesen widerstehen konnte. Auch fühlte er sich schnell verletzt, wurde dann aber in die Arme genommen und mit Küssen bedeckt.

Und sein Lachen steckte die ganze Welt an.

Selbstverständlich entwickelte er sich schnell, lief schon, bevor er ein Jahr alt war, sprang wie der Wind über die Wiesen, ehe er zwei war, und plapperte unablässig in einer so niedlichen Kindersprache, dass jeder dahinschmolz.

Es fällt leicht, Eneides zu lieben, zu leicht, dachte Nadina, die alte Dienerin, und bemerkte, dass Seleme die gleichen Gedanken hegte und deshalb versuchte, ihren Stolz und ihre Freude zu verbergen.

Salvius ließ seinen Gefühlen freien Lauf, er betete seinen Sohn an – den Sklavenjungen, der seinen Besitzer um den kleinen Finger wickelte. Es kam sogar vor, dass er im Licht des Jungen eine Zeitlang nüchtern blieb und sich dann seiner Verantwortung bewusst wurde: Er mußte Eneides adoptieren und Seleme freigeben.

Doch das böswillige Spiel mit Cornelia hatte einen neuen Reiz erhalten, denn ein weiterer Stein war ins Spiel gekommen: Sie konnte ihre Abhängigkeit von dem schwarzen Sklaven nicht verbergen. Bei ihren täglichen kurzen Begegnungen erprobten Salvius und Cornelia ihre Macht übereinander. Ohne dass es offen ausgesprochen worden wäre, war beiden bewusst, dass die geringste Drohung gegen Seleme Esebus' unmittelbaren Verkauf zur Folge gehabt hätte.

Vielleicht war es menschlich, vielleicht war es auch Salvius' langer Unterlegenheit zuzuschreiben, dachte Nadina, die das Geschehen verfolgte, und sie mischte sich ein:

»Deine Überlegenheit ist kleiner, als du glaubst«, erklärte sie ihm.

»Cornelias Liebe ist zerbrechlich im Vergleich zu ihrem Hass. Eines Tages wird sie den Afrikaner aus Rache opfern.«

Nachdem sich die erste Wut gelegt hatte, musste Salvius der

Alten Recht geben. Irgendwann, vielleicht schon morgen, würde er seinen Advokaten aufsuchen. Doch dem Entschluss folgte Angst, oder eine Art Unlust, die er nicht ergründen konnte und deren Ursprung im Dunkeln blieb. Doch sie quälte ihn so sehr, dass er sie unverzüglich im Wein ertränken musste.

Wieder folgte eine Zeit des Rausches und des Vergessens. Das Spiel mit Cornelia wurde gefährlicher. Er stellte sich bloß, zeigte ihr unverhohlen seinen Hass, und wenn er die Verachtung in ihren Augen sah, musste er zu mehr Wein greifen. Aber eines Morgens gelang es dem Jungen – oder war es Seleme –, seinen Dämmerzustand zu durchdringen. Salvius blieb daraufhin einige Tage nüchtern und wurde sich plötzlich erneut in großer Angst seiner Verantwortung bewusst.

Als Dreijähriger war Eneides wild wie ein junger Hund, das Haus war nicht groß genug für seine Entdeckerfreude. Wie Quecksilber entglitt er Selemes Armen, immer unterwegs zu neuen Abenteuern. Interessiert sah er dem Koch bei der Zubereitung der Speisen zu, zerbrach Tongefäße, verbrannte sich, schrie und wurde verpflastert. Er kletterte auf die Bäume in den Laubengängen, pflückte im Garten haufenweise Blumen und streute die Blüten in den Teich des Atriums. Doch niemand brachte es übers Herz, ihm deswegen böse zu sein, und alle Vorwürfe waren vergessen, wenn sich die blauen Augen langsam mit Tränen füllten.

Eneides' größter Bewunderer und ständiger Begleiter war Marcus. Demütig folgte der Herrensohn dem Sklavenjungen auf Schritt und Tritt. Seine Entwicklung war langsamer verlaufen, beinahe zögernd, als würde er jedem nächsten Schritt misstrauen. Als Eneides schon herumsprang, krabbelte Marcus noch, als Eneides bereits lange Sätze plapperte, die die Erwachsenen dennoch verstanden, war Marcus noch stumm wie ein Fisch. Wenn Eneides vor Wut brüllte, zog sich Marcus vor Schreck zurück, und wenn Eneides auf Bäumen herumkletterte, ging Marcus mit vorsichtigen Schritten darunter her.

Er bewegt sich wie ein alter Mann, dachte Nadina verzweifelt. Aber was sollte sie machen, sie konnte Eneides weder widerstehen, noch ihm Grenzen setzen.

Marcus wurde jedoch für seine Nachgiebigkeit, seine Langsamkeit und seine Ängste belohnt. Seine Demut rief Zärtlichkeit in Seleme wach. Der arme kleine Kerl, wie sie ihn immer nannte, erhielt so weit mehr Beachtung, als wenn er ihren eigenen Jungen herausgefordert hätte.

Nur hin und wieder durchdrang die Wahrheit den alltäglichen Gang der Dinge – meistens, wenn Cornelius zu Besuch kam. Dann wurde offenbar, wer der Herrensohn war – reich und frei – und wer der Sklavenjunge, über den man sich zwar amüsieren konnte, dem aber kein wirklicher Wert beigemessen wurde.

Marcus war jedoch wenig empfänglich für die Unterstützung, die ihm der Großvater gewährte; seine Welt war Seleme, und er spürte, dass nach Cornelius' Besuchen ihre Hände hart und ihre Augen kalt waren.

Im Alter von zwei Jahren brach er sein Schweigen und begann zu sprechen – lange, wortreiche Sätze in fehlerlosem Latein. In Cornelius und Nadina weckte das Freude, in Seleme Verdruss, und in Salvius großen Ärger: Wieder einmal ließen die Scipionen ihre Überlegenheit spüren.

So sprach Marcus immer seltener, eigentlich nur, wenn er sich ereiferte.

Die Jungen waren fünf Jahre alt, als Salvius in Ungnade fiel. Seine Trunksucht hatte sein ohnehin geringes Ansehen gänzlich zerstört. Im Rausch hatte er sich bei einem Fest abfällig über den Kaiserkult geäußert, in welcher Weise, daran konnte er sich nicht mehr erinnern. Doch es wurde gesagt, er habe sich damit in tödliche Gefahr begeben. Bald darauf kam das Gerücht Augustus zu Ohren.

Cornelius erkannte die Gefahr, und nun zwang er seinen Schwiegersohn, endlich zuzuhören. Gemeinsam beschlossen sie, Salvius solle sich für einige Monate auf das Landgut in Sizilien zurückziehen. Nur unter einer Bedingung würde Cornelius Geld und, soweit möglich, Schutz zur Verfügung stellen: Salvius musste bereits morgen, vor Zeugen, Scipios Advokaten die Freigabe Selemes und die Adoption von Eneides diktieren.

Salvius nickte stumm; dieses Mal ging kein Weg daran vorbei, und er stimmte zu. Erleichtert verließ Cornelius das Haus. Sobald Salvius bei den Advokaten gewesen war, würde der Alte mit Hilfe von Bestechungsgeldern bis zum Prätor vordringen und das Abkommen gesetzlich absichern lassen.

Die Wände in Salvius' Haus an den Hängen des Palatin hatten jedoch Ohren, böse Ohren. Kurze Zeit später schon wusste Cornelia alles und nickte Esebus zu: Jetzt, endlich, sollte der seit langem fein ausgeklügelte Plan umgesetzt werden.

Das Böse hat oft das Glück auf seiner Seite. Narbo, ein Sklavenhändler aus Gallien, der sich auf die Belieferung fernöstlicher Fürsten mit exotischen Sklaven spezialisiert hatte, weilte in der

Stadt. Besser noch – sein Schiff hatte Ladung genommen und sollte bei Morgengrauen in See stechen.

Narbo war tadellos gekleidet, beinahe elegant. Seine Aussprache war perfekt, die Worte wohl überlegt, und sein intelligentes Gesicht verriet niemals seine Gefühle. Esebus wusste, in welchem der Bäder am Tiber er den Sklavenhändler finden würde. Cornelia hatte sich bereits mit ihm getroffen, und ihr Anliegen war wohlbekannt: Seleme sollte für einen in den Augen des Sklavenhändlers geringfügigen Preis an ihn abgetreten werden. Formal sollte auch Esebus für eine fiktive Summe verkauft werden, eine Summe, die niemals bezahlt werden würde; der Kaufvertrag bestünde lediglich auf dem Papier. Schon in Ostia sollte der schwarze Knabe dann wieder freigelassen werden.

Esebus und Cornelia waren unerfahren; sie mussten beide noch viel über etablierte Schlechtigkeit lernen. Des Sklavenhändlers Interesse an Seleme hielt sich in Grenzen, sie war ja nicht übel in ihrer blonden Fülle, und ihre Bildung steigerte noch ihren Wert. Allerdings gab es genug von ihrer Sorte, und wahrscheinlich würde sie sowieso in einem Bordell in irgendeiner syrischen Küstenstadt landen.

Esebus dagegen war eine Goldgrube – und ihn sollte Narbo umsonst bekommen.

Sein Gesicht ließ die Begeisterung nicht ahnen, die er früher schon verspürt hatte, als er den Knaben an einem der Kais in Ampurias traf. Bereits am Nachmittag, nach der Siesta, sollte er Cornelia aufsuchen. Zwei Männer des Stadtpräfekten würden anwesend sein, um die Dokumente zu prüfen.

Cornelias Mund war ausgetrocknet, und sie atmete heftig, als sie sich während der Mittagsruhe in Salvius' Bibliothek stahl und dort den Sklavenvertrag in der großen Truhe fand. Durch die geschlossene Schlafzimmertür hörte sie ihn mit der Griechin turteln, und ihr Ekel war grenzenlos, als sie lautlos wie ein Geist die Bibliothek verließ und durch das Atrium in ihr Zimmer zurückschlich.

Dort verschloss sie die Tür und setzte sich, um das Dokument durchzugehen.

Schnell fand sie die Vereinbarungen, die Seleme und Esebus betrafen. Als das Haus zur siebten Stunde erwachte, war sie bereit – gekleidet in die feuerrote Tunika, die wichtigen Dokumente an die Brust gedrückt.

Narbo würde erst kommen, wenn Salvius das Haus verlassen hatte. Erleichtert sah Cornelia ihn in der Sänfte auf dem Weg zu den Thermen verschwinden, um an diesem Abend ein Abschiedsfest für seine Freunde zu geben.

Seine Saufbrüder, dachte Cornelia.

Eneides und Marcus spielten am Wasserbecken, als es an der Pforte klopfte. Sie verstanden nichts von dem Wortwechsel zwischen Ganymedes und dem Sklavenhändler, hörten den alten Hofmeister nur schreien, ehe ihn Cornelia mit einer Ohrfeige zum Schweigen brachte.

Sie händigte das Dokument dem Ädil aus, der, einen Federhelm auf dem Kopf, für die Einhaltung der Gesetze Sorge zu tragen hatte. Er las es, nickte, und kurz darauf war Seleme eine Gefangene. Ihre Hilfeschreie hörte man noch weit draußen auf der Straße.

Sie schrie nach Eneides, ihrem kleinen Jungen, der von all dem nichts verstand.

Marcus blieb am Rand des Wasserbeckens stehen, und als Seleme aus seinem Gesichtsfeld verschwand, wurde es dunkel um den Jungen, fast schwarz, so dass er weder Cornelias Lachen, noch Nadinas wutverzerrtes Gesicht wahrnahm.

Die Alte hatte nur einen Gedanken: Eneides musste unverzüglich aus dem Haus gebracht werden. Als Cornelia, triumphierend, aber erschöpft, wieder in ihrem Gemach verschwunden war, fing sie den Jungen ein.

»Schweig!« zischte sie, doch ihre Furcht war unbegründet, denn Eneides war wie versteinert und brachte keinen Laut hervor. Mit Marcus auf dem Arm und Eneides an der Hand, schickte sie nach einem Wagen, einem Viergespann, zwei Kutschern. Und obwohl es lebensgefährlich war, zwang sie sie, den kürzesten Weg zum Circus Maximus über den Abhang zu nehmen.

Weit draußen auf der Via Appia ließ sie den Wagen anhalten und gab dem jüngeren der Kutscher neue Befehle. Er sollte so schnell wie möglich Cornelius ausfindig machen und ihm berichten, was geschehen war. »Schnell, beeil dich. Ich bin sicher, er weilt in der Curie.«

Als der Wagen durch das Stadttor rollte, wich die Versteinerung von Eneides. Der Junge schrie seinen Schrecken heraus, und Nadina befand, es sei das Beste, ihn nicht davon abzuhalten, daher legte sie einfach tröstend den Arm um seine Schultern. Schweigsam saß Marcus auf ihren Knien.

Als sie spät in der Nacht in Albanus aus dem Wagen stiegen, hatte Marcus noch immer kein Wort gesagt, nicht einmal ein Wimmern hatte er von sich gegeben.

Doch nun flüsterte er: »Es ist so dunkel, Nadina, ich kann nichts sehen.«

Sie trug ihn ins Haus, in das alte Kinderzimmer, das Cornelius bereits hatte herrichten lassen, legte ihn ins Bett und versuchte, mit den starren, weit offenen Augen Kontakt aufzunehmen. Doch Marcus sah sie nicht – aus einem unerfindlichen Grund sah er sie nicht. Schließlich strich sie ihm über die Augen und merkte, dass er schon eingeschlafen war. Eneides' durchdringende Schreie wurden während der Nacht immer heftiger.

In Salvius' Haus hieb der Alte auf Cornelia ein: Schlag um Schlag, wie ein Hammer gingen die Schläge auf sie nieder. Die völlig verängstigten Sklaven hielten den Atem an, als er schrie: »Wie hieß der Sklavenhändler?«

Cornelia gab keinen Laut von sich, und erst als ihr Gesicht blutete, beruhigte er sich. Niemals würde sie nachgeben, auch nicht unter Folter, das war sie ihrer Herkunft schuldig.

Das Verhör von Salvius' Hausangestellten ergab nichts, keiner hatte den eleganten Sklavenhändler erkannt. Schließlich musste Cornelius einsehen, dass er nichts unternehmen konnte, ehe am nächsten Morgen der Magistrat öffnete, wo die Einkäufe des Sklavenhändlers registriert sein mussten.

In der Dämmerung legte das Sklavenschiff vom Kai ab, passierte Ostia in der Dunkelheit und setzte Kurs Richtung Süden. Esebus waren Fußfesseln angelegt worden. Als er lauthals nach seinem Recht verlangte, das Schiff noch vor Erreichen der offenen See verlassen zu können, füllte der Sklavenhändler einen Schlaftrunk in einen Becher, der den Afrikaner von der Enttäuschung des Tages befreite.

Seleme erging es besser – sie durfte auf dem Oberdeck schlafen, ohne Fesseln. Als die Nacht am dunkelsten war, verließ sie das Schiff, kletterte behende wie eine Katze die Leiter mittschiffs hinab und verschwand im Meer.

Zielbewusst ließ sie sich sinken, hinab zu den Wäldern Bithyniens, wo die Göttin sie erwartete.

»*Der* Junge erblindete, als seine Pflegemutter verschwand?«

Cornelius zuckte zusammen: Pflegemutter? So hatte er die Sklavin nicht gesehen. Doch es stimmte, das musste er zugeben.

»Es könnte doch auch eine Krankheit sein, ein Zusammentreffen unglückseliger Umstände.«

»Mir ist keine Krankheit bekannt, bei der man von einem Tag auf den anderen erblindet.«

»Nein, mein Arzt war der gleichen Ansicht.«

Cornelius dachte an den Arzt, einen aufrichtigen Mann, soweit man das von jemandem behaupten konnte, dessen Beruf es war, Verzweifelten Auskunft zu geben.

Der junge Chaldäer runzelte die Stirn. Cornelius war nicht klar, was er eigentlich von dem Fremden aus dem fernen und unbesiegten Partherreich halten sollte.

»Nun, ich bin kein Arzt«, sagte er, und Cornelius dachte an all das, was man von dem Fremden gehört hatte: Philosoph, Mathematiker, Lehrer und Astrologe, eingeweiht in Eleusis und Heliopolis.

Ein Mann der Gegensätze: kalt und warm, berechnend und nachgebend, offen und geheimnisvoll, orientalisch unberührt und griechisch neugierig. Voller Rätsel. Ein Magier.

Oder ein Zauberer? Wohl kaum ein gewöhnlicher, doch er besitzt eine ungewöhnliche Ausstrahlung, musste der Römer zugeben. Fest steht, er kann jüngere und daher weniger schwache Seelen als mich in seinen Bann schlagen, dachte Cornelius und versuchte der Neugierde in den dunklen Augen des

Chaldäers auf den Grund zu kommen. Doch der Magier bemerkte die Absicht und senkte die langen Wimpern.

Er lässt keine Nähe zu, dachte Cornelius.

Ein langes Leben in Macht und Reichtum hatte den alten Feldherrn allerdings gelehrt, dass letzten Endes jeder käuflich war, und er begann über den Preis des Mannes nachzudenken.

»Was erhoffst du dir von mir, Römer?«

»Dass es dir gelingt …«

»Was?«

»In das Dunkel des Jungen einzudringen.«

»In seine Einsamkeit«, erwiderte Anjalis.

Es folgte langes Schweigen. »Versteh mich richtig: Ich bin an das Kind gebunden, falls es mir glückt. Noch ein Verrat …«

Cornelius nickte, ja, noch ein Verrat, und es gäbe für Marcus keine Hoffnung mehr.

»Wenn es dir glückt, biete ich dir all meine Macht und mein Geld zur Verwirklichung deiner Träume.«

Anjalis hatte keine Träume, er hatte einen großen Auftrag. Für ihn bot der einflussreiche Patrizier Schutz und Ausgangspunkt. Das war ihm wiederholt durch den Kopf gegangen, als er dem langen Bericht gelauscht hatte, der damit endete, dass Cornelius' Leute in Antiochia auf das Sklavenschiff gestoßen waren und vom Ertrinken der Griechin erfahren hatten.

»Ich möchte eine Woche mit dem Kind verbringen, danach teile ich dir meinen Entschluss mit«, sagte Anjalis.

Cornelius Scipio nickte – das war ein annehmbarer Vorschlag. Doch in seiner Stimme schwang eine beinahe demütige Bitte mit, als er sagte: »Eines musst du noch wissen: Das Kind, das Salvius mit der Sklavin gezeugt hat, ist ein ungewöhnliches Kind – ein Junge mit starkem und lichtem Wesen. Bis zu dem Zeitpunkt des Unglücks hat er hier gelebt, und manchmal glaube ich, dass Marcus nur durch seine innere Stärke überlebt hat. Doch jetzt verlangt sein Vater den Jungen zurück, und ich habe ihm nichts entgegenzusetzen.«

In den Augen des Magiers blitzte es vor Zorn: »Hat er keine Seele im Leib?«

»Das schon, er liebt Eneides und braucht ihn. Aber seine Liebe ist eigennützig, wie beinahe jede Liebe.«

»Auch deine?«

»Das nehme ich an.«

Mit einem Mal verabscheute Cornelius den Zauberer, er war ihm zu nahe gekommen, ohne selbst Nähe zuzulassen.

»Ein ganz, ganz großer Mann ist bei Cornelius, ein Königssohn.«

Eneides' Stimme bebte vor Eifer, und Marcus drehte neugierig seinen Kopf in Richtung des Bruders: »Woher weißt du, dass er ein Königssohn ist?«

»Er hat eine dicke Goldkette um den Hals, und seine Haare gehen ihm bis auf die Schultern. Und er ist so schön.«

»Hat er eine Toga an?«

»Nein, er ist doch kein Römer. Er trägt eine schwarze Tunika aus Samt und einen Mantel mit leuchtendlila Futter. Aus echter Seide.«

Nun stand das Bild klar vor Marcus' Augen, und er flüsterte: »Glaubst du, er ist ein Zauberer?«

Eneides rief mit hoher, eifriger Stimme: »Ja, ja – ein Magier aus Chaldäa!«

»Sei leise«, sagte Marcus, »er kann uns hören.«

Eneides flüsterte zurück: »Sie reden und reden, und Cornelius sieht so lieb und traurig aus.«

»Ist der Magier alt?«

»Nein, er ist jung. Und jetzt steht er auf, jetzt kommt er zu uns.«

Plötzlich nahm jemand mit langen, schlanken Fingern Marcus' Hände in die seinen, und eine Stimme sagte in weichem, klassischem Griechisch: »Ich heiße Anjalis. Und du bist Marcus?«

»Ja«, der Junge konnte es nur flüstern.

»Irgend etwas stimmt mit deinen Augen nicht, habe ich gehört.«

»Nein«, sagte der Junge. »Ich wohne in der Dunkelheit – ich will das so.«

»Ich verstehe«, sagte der Mann und ließ gleich darauf Marcus' Hände los. Seine Finger glitten prüfend über das Gesicht und den Haaransatz des Jungen, strichen ihm über die Stirn, die Brauen, berührten sanft seine Augen und streiften über die Nase, folgten dann der Linie des Mundes und des Kinns.

»Du bist ein hübscher Junge.«

»Das stimmt nicht«, sagte Marcus, »ich bin ganz hässlich.«

»Komisch«, sagte der Magier, »eigentlich irre ich mich nie.«

»Bist du auch blind?«

»Nein, ich kann mit den Augen und den Fingern sehen. Jetzt möchte ich, dass du mich mit deinen Händen anschaust.«

Erschrocken versteckte Marcus die Hände hinter dem Rücken. »Sie sind schmutzig«, sagte er.

»Dann waschen wir sie eben«, sagte der Magier, zog ein Taschentuch hervor, befeuchtete es im Springbrunnen und säuberte sorgfältig die Hände des Jungen.

»So, jetzt fühl mal«, sagte er und führte Marcus' Hände über sein Gesicht. Die Furcht des Jungen wich der Neugier, als seine Finger Zug um Zug über das Gesicht des Mannes glitten.

»Du«, flüsterte er schließlich, »du bist so schön wie ein Gott.«

»Danke. Willst du mit mir nun einen Spaziergang zum Teich machen? Ich möchte dir so gern die Seerosen zeigen.«

»Aber Eneides, du musst auch Eneides begrüßen.«

»Guten Tag, Eneides«, sagte der Zauberer. »Jetzt musst du mal eine Zeitlang alleine spielen – Marcus und ich wollen einen Ausflug machen.«

Ein Schreck durchfuhr Marcus, als er sich von seinem Bruder trennen sollte. Doch noch ehe er Einwände erheben konnte, hatte ihn der hochgewachsene Fremde schon auf die Arme genommen und war in Richtung der Wiesen gegangen. Marcus kam es vor, als würde er fliegen; hoch oben zwischen den Baumkronen fühlte er die starken Arme des Mannes, die ihn festhielten.

»Du bist riesig.«

»Ja.«

»Genauso groß wie die Bäume.«

»Nein, nicht ganz so groß. Nur einen Kopf größer als die meisten Menschen. Und du bist jetzt den Wolken näher als Cornelius.«

Marcus versuchte sich vorzustellen, wie er über dem Kopf des riesengroßen Großvaters schwebte, und der Gedanke daran machte ihn glücklich. Er lachte und erschrak darüber, drückte seinen Kopf gegen Anjalis' Hals, wo er dessen Duft wahrnahm, einen kühlen Duft, den er vom großen Jupitertempel in Rom her kannte. Nun lachte auch Anjalis, weich wie der Samt unter seiner Tunika.

Der Junge wollte fragen: »Was machst du hier bei mir?« Aber er wagte es nicht. Dann konnte er sich doch nicht zurückhalten und fragte: »Bist du ein Magier?«

»Eigentlich bin ich Lehrer«, sagte Anjalis und, als hätte er die erste, unausgesprochene Frage trotz allem gehört: »Dein Großvater hat mich gebeten, dich zu unterrichten.«

»Und was hast du ihm geantwortet?«

»Noch gar nichts. Weißt du, ich bin ein sehr guter Lehrer und ein freier Mann. Deshalb wähle ich mir meine Schüler sehr sorgfältig aus.«

»Wie denn?«

»Ich bleibe nur bei den Kindern, die ich gern habe.«

Da verlor Marcus das Gefühl zu fliegen, und Anjalis bemerkte, wie schwer er plötzlich wurde.

Bis jetzt war es einfach, und so wie immer, dachte er, ein Kind, das niemanden sieht und ohne Selbstwertgefühl ist. Rührend, sicherlich, doch das Leben ist voll von rührenden Schicksalen.

»Spürst du den Wind, der von den Bergen herüberweht?«

»Ja.« Die Antwort kam zu schnell, zu willig.

»Dann halte deine Nase in den Wind.«

Marcus gehorchte zwar, doch im Grunde seines Herzens hatte er die Hoffnung auf Anjalis schon aufgegeben und wusste, dass er sich bald wieder von ihm trennen musste.

Sie gingen zu dem kunstvoll angelegten Teich oberhalb des Hauses.

»Jetzt setzen wir uns ein wenig an den Rand und hören dem Wasser zu«, sagte Anjalis, und beobachtete genau, was in dem Jungen vor sich ging. Das berührte ihn mehr, als er eigentlich zulassen wollte. Irgendetwas war in diesem Kind verborgen: ein Gelöbnis.

»Erzähl mir von deinem Leben.«

In dem Jungen wurde es leer, still und leer.

»Es gibt nichts zu erzählen«, sagte er schließlich.

Und da wusste er, woraus dieses Gelöbnis bestand: Marcus, beinahe sechs Jahre alt, war noch nicht geboren. Einige Jahre lang hatte er versucht, das Leben zu verstehen und daran teilzuhaben, doch nun hatte er es aufgegeben und war wieder in die Dunkelheit des Mutterschoßes zurückgekehrt. Das Verbindungsglied zum Leben war die Sklavin gewesen, doch für sie hatte er nur an zweiter Stelle gestanden. Der Vater? Cornelius hatte nicht viel über Salvius gesagt, nur das Notwendigste. Und die Mutter – war verrückt.

»Du hast recht«, sagte er. »Da gibt es nichts zu erzählen. Dein Leben fängt heute an.«

Marcus' Augen, die nichts sahen, weiteten sich, das verstand er nicht. Doch die fliegende Leichtigkeit kehrte zurück, wie der hohe Ton einer Flöte.

Wieder las Anjalis seine Gedanken.

»Ich werde dir etwas vorspielen«, sagte er. »Ich habe eine Silberflöte, willst du mal fühlen?«

Zögernd strichen Marcus' Finger über das Instrument, und er flüsterte: »Ich kann es spüren, sie ist sehr schön.«

»Ja«, entgegnete Anjalis. »Es ist eine Mondscheinflöte aus

Babylon, und eigentlich darf man nur bei Neumond darauf spielen. Aber wir wollen mal hören, wie sie jetzt in der Abendsonne klingt, was meinst du?«

Marcus' »Ja« war kaum zu vernehmen.

Die Töne erfüllten ihn mit Licht, silbernem Mondlicht, und Abenteuer schienen überall zu locken, während sie weiterwanderten. Sie folgten einem gewundenen Pfad durch den Wald, die Baumstämme schimmerten weiß, sie liefen so weit, dass der Junge Angst bekam, sie würden sich verirren, und er klammerte sich an den Mantel des Zauberers. Anjalis beschleunigte den Takt seiner Flöte, der Wald lag hinter ihnen, sie standen am Rand eines Meeres, eines Sandmeeres. Marcus begriff, dass er in der Wüste war, und die weichen Dünen, die sich vor ihm ausdehnten, gehörten zur endlosen Wüste, von der Cornelius erzählt hatte.

Er fror und murmelte: »Ich habe mir die Wüste immer so heiß wie Feuer vorgestellt.«

Anjalis nahm für einen Moment die Flöte vom Mund: »Nur am Tag, nicht im Mondschein.«

Gleich darauf sah der Junge den Sternenhimmel vor sich, schön, wie nie zuvor – ein knisternder Regen aus Sternen, weit weg und doch ganz nah, klare, kalte Sterne, zu Abertausenden blickten sie auf ihn hinunter. Genau über ihm flochten die Sieben Schwestern der Plejaden ihren Kranz, und die kleinste unter ihnen blinkte ihm in freundlichem Einvernehmen zu.

»Sie sieht mich, und sie grüßt mich«, flüsterte er, und Anjalis' Flöte verstummte. Langsam kehrte der Junge wieder zum Rand des Teiches zurück, an dem sie saßen.

Zwar konnte er den Magier nicht sehen, dennoch spürte er, dass dieser mit großem Ernst seine Flöte säuberte und sie in die Manteltasche steckte.

Anjalis fiel auf, dass der letzte Stern der Plejaden hier am westlichen Himmel nur sehr schwach zu sehen war. Die Griechen bezeichneten ihn sogar als Die verschwundene Schwester und hatten in griechischer Tradition eine Sage über sie verfasst.

Doch sie war ein großer Stern – ein starker Geist musste daher in dem Kind wohnen, das an der falschen Stelle der Erde geboren war.

Anjalis hatte sich entschieden, das Kind noch einmal auf die Welt zu bringen.

»Die Seerose kann bis zu einem anderen Tag warten«, sagte er. »Jetzt müssen wir beide zurückgehen, und ich werde Cornelius Bescheid geben, dass ich hierbleibe und dein Lehrer sein werde.«

Freude erfüllte Marcus, die so unsagbar groß war, dass er sie kaum annehmen konnte. Anjalis bemerkte den Konflikt in dem kleinen, angestrengten Gesicht, das mit den Tränen kämpfte. Die Angst, Freude zuzulassen, war jedoch stärker.

Seine Trauer ist groß wie ein Fluss, dachte Anjalis. Aber eines Tages wird er über die Ufer treten und seinen freien Lauf finden.

Er nahm den jetzt schweigenden Jungen wieder auf seinen Arm und kehrte langsam mit ihm zu Nadina zurück.

»Sieh zu, dass du viel isst, und schlaf gut«, sagte Anjalis. »Morgen bei Sonnenaufgang hole ich dich wieder ab.«

Der Junge nickte schweigend, und Nadina dachte entsetzt, dass er nun auch noch stumm geworden sei. Cornelius musste verrückt sein, einen Zauberer für den Jungen anzuschleppen. Doch als Marcus seine Grütze gegessen hatte, reichte er ihr den Teller und sagte laut und bestimmt: »Ich will noch mehr.«

Damit hatte Anjalis das Vertrauen der Alten gewonnen.

Dieser lag mit Cornelius zu Tische und sagte: »Was habt ihr Römer bloß für eine üble Tradition, dass ihr so schnell eure Kinder aufgebt.«

Cornelius fühlte sich mitten ins Herz getroffen. Doch er hatte Marcus lachen gehört, und das bedeutete mehr als alles andere.

Anjalis verbrachte die Nacht gemeinsam mit den Sternen auf dem Dach der Villa. Es beunruhigte ihn, dass er seine Entscheidung so schnell getroffen hatte – es war nicht seine Art. Eine

Woche Bedenkzeit hatte er sich ausgebeten, weshalb hatte er sie nicht genutzt?

Noch einmal ließ er sich die Vorteile durch den Kopf gehen: Cornelius selbst so nah am Zentrum der Macht, seine zahlreichen, einflussreichen Freunde, seine große Bibliothek.

Ihn interessierte der Auftrag – eine Menschenseele zu retten und zu formen bedeutete Macht, und Anjalis gefiel die Macht.

»Ich mag auch den Jungen«, sagte er, und Sirius lachte weise und mild zu ihm hinunter. »Dahinter steckt noch etwas Größeres«, ließ der Stern ihn wissen, und Anjalis wurde klar, dass zwischen ihm und dem Jungen eine Wesensverwandtschaft bestand, ein Band, das, einstmals, zu Anbeginn der Zeiten geknüpft, stärker war als alle Vernunft.

Zögernd musste er sich eingestehen, dass er auch für Cornelius Sympathie empfand. Er war ein typischer Römer, einer dieser Herren, die die Welt nach ihrem Kopf gestalteten, mit der Kraft fehlenden Einfühlungsvermögens.

Er war ein vorwärtsgerichteter Mensch, wie alle Römer. Doch ein langes, schmerzensreiches Leben hatte ihn vieles gelehrt, und Anjalis empfand Respekt für ihn, denn er wusste, dass nur sehr wenige aus dem Leiden lernen.

»Es wird viel Zeit in Anspruch nehmen«, hatte er zu Cornelius gesagt, und der Alte hatte verstanden. Anjalis sah aber auch die Kurzsichtigkeit des Römers, den nur das Resultat interessierte. Für ihn ging es lediglich um die Blindheit des Jungen.

Die beunruhigte Anjalis am wenigsten, seitdem er wusste, dass die Dunkelheit selbst gewählt war. Marcus würde irgendwann bereit sein, seine Entscheidung rückgängig zu machen.

Seine Vermutung verstärkte sich, als er den Jungen am nächsten Morgen abholte und zusah, wie Nadina ihn wusch und anzog. Marcus glich seine Blindheit nicht mit den anderen Sinnen aus, wie es Blinde üblicherweise tun, indem sie ihr Gehör schärfen, mit den Händen Entfernungen messen oder Gegenstände abtasten.

»Guten Morgen, Marcus«, sagte er.

Marcus zuckte zusammen, und ein zögerndes Lächeln, das von innen heraus wuchs und dennoch auf seine Lippen gelangte, ließ das Gesicht des Jungen aufleuchten.

»Ach, du bist es, Anjalis«, sagte er. »Ich habe schon geglaubt...«

»Was hast du geglaubt?«

»Es ist vielleicht dumm, aber heute nacht habe ich für einen Moment geglaubt, ich hätte dich nur geträumt.«

Anjalis ging vor dem Jungen in die Hocke und führte dessen Hände über sein Gesicht. »Fühl doch«, sagte er, »mich gibt es so wirklich wie Seleme. Aber ich bin frei und stark, und ich verspreche dir, dass ich hundert Jahre alt werde.«

Marcus wurde blass, doch die Worte drangen in sein Inneres – sie fielen zwar auf noch unsicheren Boden, gaben ihm aber dennoch Halt.

»Und du versprichst, dass du bei mir bleibst?«

»Ja.«

»Niemand kann dir Angst machen?« fragte er.

»Nein.«

»Nicht einmal Cornelia?«

Jetzt lachte Anjalis laut, wobei er die Hände des Jungen auf seinem Gesicht ruhen ließ. Zitternd sagte Marcus: »Sie ist furchtbar, furchtbar gefährlich, Anjalis, du musst dich vor ihr in Acht nehmen.«

»Nicht doch«, erwiderte Anjalis. »Sie ist bloß eine verrückte alte Frau. Was soll sie mir schon antun? Irgendwann einmal fahren wir sie besuchen.«

»Anjalis«, flüsterte der Junge, »du bist nicht ganz gescheit.«

»Doch«, sagte Anjalis. »Viel gescheiter als all die verschüchterten Dummköpfe, die sich bisher deiner angenommen haben. Komm, jetzt schauen wir uns die Seerose an.«

Nadina, die mit vor den Leib gekreuzten Armen der Unterhaltung zugehört hatte, hielt nun nicht länger an sich: »Auf dem

Teich gibt es keine Seerosen!« sagte sie, ehe Anjalis sie mit einem Blick, der sie beinahe zu Boden geworfen hätte, zum Schweigen brachte.

Für Nadina war es ein arbeitsreicher Morgen gewesen. Seit Sonnenaufgang war sie auf den Beinen, um Eneides beim Packen zu helfen. Er sollte zu Salvius auf das Gut an der Küste reisen, wie es schon seit langem beschlossen war. Marcus hatte große Angst davor gehabt.

Nun konnten die Brüder ohne Tränen Abschied voneinander nehmen.

»Wir sehen uns bald wieder.«

»Ja.«

Während Eneides' Gepäck zum Wagen gebracht wurde, sagte Anjalis zu Marcus: »Lauf und hol deinen Mantel, draußen ist es kalt.«

Mit festem Griff hielt er Nadina zurück, und der Junge tastete sich durchs Zimmer, suchte auf Tisch und Sofa – unsicher und unbeholfen. Schließlich fand er den Mantel am Fußende des Bettes und schaffte es, ihn sich um die Schultern zu legen.

»Jetzt bin ich soweit«, sagte er, und die Stimme war laut und klar.

Marcus hatte erwartet, dass er getragen, dass er wieder zwischen den Baumkronen hindurchfliegen würde. Doch Anjalis nahm einfach seine Hand und ging mit raschen Schritten über die Hügel. Der Junge versuchte mit ihm Schritt zu halten, stolperte und wäre oft um ein Haar gefallen, aber die starke Hand hielt ihn fest.

»Hier in der Dunkelheit weiß man nicht, wo man die Füße hinsetzen soll«, sagte Marcus.

»Dann musst du wohl deine Augen wieder dem Licht öffnen«, sagte Anjalis.

»Du verstehst mich nicht«, sagte Marcus. »Das Licht kam von Seleme, jetzt ist sie fort, und es gibt kein Licht mehr.«

Ganz leise kamen die Tränen und überschwemmten die

großen Augen, die nicht sahen – endlich konnte Marcus weinen. Anjalis lächelte zufrieden. Er setzte sich auf die Erde und nahm den Jungen in die Arme.

»Das ist gut, Marcus«, sagte er, »weine nur.«

Der Junge versuchte sich zu wehren, konnte das Weinen aber nicht unterdrücken.

Eine ganze Weile weinte er, und über sein Gesicht liefen Rotz und Tränen, die Anjalis immer wieder abwischte. Dann holte er plötzlich tief Luft und sagte: »Das werde ich nie wieder tun, Anjalis.«

»Jetzt machst du mich aber wütend«, sagte der Zauberer, »du und ich, wir werden noch oft weinen.«

»Aber das ist gefährlich.« Jetzt flüsterte er wieder.

»Wer hat das gesagt?« fragte Anjalis, und der Junge hörte, dass der Zauberer zornig war.

»Seleme. Ich durfte nie weinen, denn dann wurde Seleme ...«

»Was wurde sie?«

»Böse«, sagte der Junge kaum hörbar. Und dann etwas lauter: »Und ängstlich.«

Für einen Augenblick sah Anjalis das angsterfüllte Sklavenmädchen vor sich, dessen Leben davon abhing, dass der Sohn der Herrscherin unsichtbar und still war.

»Durfte Eneides weinen?«

»Ja«, sagte Marcus, »ihn hat sie trotzdem lieb gehabt.«

Anjalis stöhnte, seine Augen blitzten, und der Junge, der die Wut spürte, flüsterte: »Warum bist du so böse?«

»Marcus, jetzt hör mir zu. Weinen ist für Kinder genauso wichtig wie Essen. Dass man dir nicht erlaubte zu weinen, war ein großes Unrecht.«

»Anjalis, sie war so wütend.«

»Das verstehe ich, Marcus. Aber jetzt ist sie tot, und du lebst. Und du und ich – wir werden schreien und weinen und lachen und tanzen.«

Sie wanderten weiter und scheuchten dabei die Waldtauben

auf, die mit schweren Flügelschlägen zum Waldrand hin verschwanden.

»Hörst du sie gurren?« fragte Anjalis und fing an, die Vögel zu beschreiben, ihre schimmernden Hälse, die hellblauen Flügel und das zarte Lila ihrer Schwungfedern.

»Seleme liebte die Vögel auch«, sagte Marcus, und dann begann er plötzlich von dem Vogelmädchen aus Bithyniens Wäldern zu erzählen, von den reißenden Flüssen und dem großen Wasserfall, an dem sie die Göttin getroffen hatte.

»Dorthin ist Jason gereist«, sagte Anjalis. »Er suchte nach dem Goldenen Vlies, aber er verliebte sich in eine Prinzessin und führte sie heim in sein Land.«

Gleich darauf erinnerte sich Anjalis an den Namen und das Schicksal der Prinzessin und dachte wie schon so oft, dass keine griechische Sage harmlos war, und dass es zwischen Medea und Seleme noch andere Gemeinsamkeiten gab als Bithynien.

Zum Glück interessierte sich Marcus nicht so sehr für die Prinzessin, eher schon für das Goldene Vlies. Also erzählte Anjalis die Geschichte des Königs von Kolchis, der sich unrechtmäßig das Vlies des goldenen Widders angeeignet hatte, und schilderte all die Heldentaten, die Jason und seine Argonauten vollbringen mussten, um es sich zurückzuholen.

Marcus war begeistert, aber nicht zufrieden. Was war das Goldene Vlies und woher stammte es?

Anjalis dachte an die Geschichte der beiden Kinder, die von ihrer Stiefmutter ermordet werden sollten, jedoch von dem merkwürdigen Widder gerettet wurden. Er seufzte und sagte: »Ich erinnere mich nicht mehr so genau, aber ich glaube, es war ein Hirsch mit einem goldenen Fell, der fliegen konnte.«

»Es muss ein komisches Land sein. Ich denke schon die ganze Zeit, dass ich selber mal dorthin reisen und mir alles ansehen werde, wenn ich groß bin«, sagte der Junge.

»Das ist eine gute Idee«, gab Anjalis zur Antwort. »Irgendwann einmal machen wir das.«

»Du vergisst, dass ich nicht mehr sehen kann.«

»Natürlich kannst du sehen«, sagte der Zauberer. »Eines Tages wirst du die Vögel wieder sehen. Weißt du, mein Licht ist viel stärker als Selemes. Auf die Dauer kannst du dich nicht dagegen wehren.«

Wie eine Muschel verschloss sich nun der Junge, denn die Angst, Anjalis könnte in seine schützende Dunkelheit einbrechen, hatte mit ihren Klauen nach ihm gegriffen.

»Ich will nicht!« schrie er voller Panik.

»Eines Tages willst du«, sagte Anjalis ruhig, »wir haben keine Eile.«

Aber Marcus war nicht zu beruhigen, er schlug Anjalis' Hände zur Seite und schrie unaufhörlich.

»Ich will, dass du weggehst, verschwinde zu den hohen Bergen in Indien, wo die Zauberer wohnen. Geh, geh weg!«

»Ich bleibe, Marcus.«

»Dann rede ich mit meinem Großvater.«

»Cornelius kann mich nicht wegschicken.«

»Er ist fast genauso mächtig wie der Kaiser.«

»Nicht einmal Cäsar persönlich könnte mich vertreiben.«

Der Junge sah ein, dass der Zauberer wohl Recht hatte, und versuchte sein laut schlagendes Herz zu beruhigen. Er presste die Hände gegen seinen Brustkorb und suchte einen Ausweg aus seiner Verzweiflung.

»Und wenn ich dich ganz lieb darum bitte?« fragte er.

»Das wird dir trotzdem nicht helfen«, antwortete Anjalis sanft. »Komm, wir sehen uns jetzt die Seerose an.«

Er nahm den Jungen wieder auf den Arm und wanderte weiter. Sie kamen zu dem Teich, der mit frischem Wasser aus den Bergen gespeist wurde – rein und klar. Er zog Marcus die Sandalen aus und setzte ihn auf einen Stein an das Ufer. Die Füße im nassen Sand, sickerte das Wasser langsam durch seine Zehen.

»Das kitzelt«, sagte Marcus, und seine Stimme hatte sich ein wenig beruhigt.

»Jetzt spiele ich dir etwas vor.«

Anjalis griff nach seiner Flöte und spielte eine Melodie – so voller Licht, dass es um sie herum zu glitzern schien. Der Junge glaubte zu fliegen, niemals hatte er sich die Welt in solchen Farben und Formen vorgestellt. Grüne Blätter, Blüten, leuchtend rot und gelb, streckten sich ihm entgegen.

»Ich glaube, ich bin ein Schmetterling«, sagte der Junge leise, so, als wolle er die feinen Töne nicht stören, die über die Blumen der Wiesen tanzten. Als die Flöte schließlich eine trillernde Schleife hoch ins Blaue schickte, fing er wieder sachte an zu weinen.

Anjalis reichte ihm sein Taschentuch, und untröstlich weinte Marcus all seinen Kummer hinein. Schließlich kletterte er zaghaft auf Anjalis' Schoß. Der Zauberer rieb die eiskalten Füße des Jungen und wiegte ihn wie einen Säugling hin und her.

Als die Tränen langsam versiegten, sagte Anjalis: »Genau vor uns treibt eine riesengroße Seerose auf dem Wasser. Ich werde sie dir beschreiben, und mit Hilfe meiner Worte machst du dir ein Bild von der Blüte. Sie muss so klar vor deinen Augen stehen, dass du sie immer, wenn du willst, hervorholen kannst. Schau einfach hin, ohne an etwas anderes zu denken.«

Und er beschrieb die Blüte, die drei Kronblätter, die einander überlappten, den hellgrünen Kelch, die langen, goldenen Blütenstände – langsam und genau zeichnete er das Bild der Blüte für den Jungen, bis in dessen Vorstellung jede Einzelheit ihren Platz hatte. Marcus beruhigte sich bei diesem Spiel wieder, und schließlich sah er seine Seerose deutlich vor sich.

»Hast du sie jetzt im Kopf?«

»Ja.«

»Ganz sicher?«

»Ja.«

»So, dass du sie sehen kannst, wann immer du willst?«

»Ich glaube schon.«

»Gut, Marcus. Nun kommen wir zum schwersten Teil. Du

musst dir deine Blüte eine ganze Weile ansehen, ohne an etwas anderes zu denken.«

Der Junge versuchte es, doch seine Gedanken flatterten wie zuvor der Schmetterling hierhin und dorthin – es waren große, ängstliche Gedanken an Cornelia, kleine prickelnde Gedanken an Eneides und fürchterlich schreiende Gedanken an Seleme.

»Halte sie an«, sagte Anjalis, und der Junge versuchte es immer wieder von neuem.

Schließlich gelang es ihm für einen winzigen Augenblick, und da wusste er plötzlich, daß er die Blüte schon früher einmal gesehen hatte – er hatte sie wiedererkannt. Mit dieser Gewissheit kam auch eine große Ruhe über ihn, und als ihn der Zauberer die Hügel hinab zu Nadina zurücktrug, schlief er tief und fest.

»Lass ihn schlafen. Und wenn er aufwacht, schickst du ihn zu mir, allein und ohne Hilfe.«

Nadina nickte – allmählich fing sie an zu verstehen.

Während der folgenden Tage weinte Marcus beinahe unentwegt – ein Weinen, das ins Herz schnitt. Jeden Abend wanderte Cornelius auf seiner Terrasse auf und ab und versuchte dem, was Anjalis ihm gesagt hatte, Glauben zu schenken: dass es jetzt für Marcus das Wichtigste wäre zu trauern.

Nadina bemühte sich, Cornelius zu trösten. »Nachdem Seleme verschwunden war, weinte und schrie Eneides tagelang«, sagte sie. »Ich dachte mir damals schon, dass mit Marcus etwas nicht stimmte. Es tat mir so leid, dass er nicht weinen konnte. Stattdessen wurde er blind.«

Cornelius hörte aufmerksam zu, so gerne wollte er glauben, dass der Junge, wenn er mit dem Weinen schließlich aufhörte, sein Augenlicht wiedererlangen würde.

Das Weinen nahm ein Ende, doch Marcus blieb auch weiterhin in seiner Dunkelheit.

Am vierten Tag zur Mittagszeit hörte Marcus auf zu weinen, wie ein Embryo rollte er sich neben Anjalis auf dem Bett zusammen. So schliefen sie eine Zeitlang. Als der Junge aufwachte, blieb er lange so liegen und betrachtete die Blüte, die er von dem Zauberer bekommen hatte.

Dieses Mal gelang es ihm leichter, alle anderen Gedanken fern zu halten, und als Anjalis erwachte, lachte er ihm sogar entgegen.

»Heute Nachmittag werden wir beide nach Rom reiten, um deine Mutter zu besuchen«, sagte Anjalis.

»Cornelia?« flüsterte der Junge.

»Ja.«

»Ich traue mich nicht.«

»Das brauchst du auch nicht, du bleibst einfach auf meinem Arm, und ich rede mit ihr.«

Cornelius weilte im Senat, und Eneides war abgereist, so konnte Marcus niemanden um Hilfe anflehen, als er plötzlich vor Anjalis auf dem Pferd saß. In wildem Galopp ritten sie in die von Menschen wimmelnde Stadt, hin zu Salvius' Anwesen. Marcus erkannte die Geräusche und Düfte wieder, die Rufe der Verkäufer, die durch die Straßen hallten, und den Gestank. Seine Angst verschlimmerte sich dadurch noch.

Ganymedes empfing sie, er hatte schon von dem sagenumwobenen chaldäischen Zauberer gehört, der Marcus' Blindheit heilen sollte, doch hatte er ihn sich viel älter und verschlagener vorgestellt als diesen jungen Mann, der plötzlich in der Tür stand und sagte: »Guten Tag. Ich bin Anjalis, der Lehrer von Marcus, und wir sind gekommen, um seine Mutter zu besuchen.«

»Sie ist krank und empfängt keinen Besuch«, sagte Ganymedes, doch der hochgewachsene Zauberer fegte ihn mit einem Blick zur Seite. In der Mitte des Atriums blieb er stehen und roch den Hass, der den prachtvollen Raum erfüllte. Dann ging er zu Cornelias Tür, klopfte und öffnete, ohne auf eine Antwort zu warten.

Sie kauerte sich auf dem Bett zusammen.

»Wer bist du?«

»Mein Name ist Anjalis, ich bin der Lehrer von Marcus und war der Meinung, er sollte seine Mutter besuchen.«

»Bisher war niemand dieser Meinung«, sagte sie, und in ihrer Stimme schwang eine solche Leere, dass sie Marcus' Angst durchdrang, bis hinunter in den Bauch, der ihn plötzlich schmerzte.

Cornelia kämpfte mit den roten Nebeln, wollte weg vom Wahnsinn und hin zu dem Mann, der vor ihr stand.

»Du bist schön wie ein Gott«, sagte sie.

»Danke«, antwortete Anjalis, »und du bist krank, wie ich sehe.«

Lange Zeit blieb es still zwischen ihnen. Schließlich sagte Anjalis: »Du tust mir leid, aber ich kann dir nicht helfen.«

Cornelia schloss die Augen.

»Dann geh auch«, sagte sie. Anjalis verließ sie, mit dem Jungen auf dem Arm. Doch im Atrium setzte er sich auf eine Bank und sagte zu ihm: »Ich werde dir jetzt deine Mutter beschreiben: Ich habe eine Frau gesehen, die einsamer ist als jeder andere Mensch. Sie ist ihrer eigenen Angst ausgeliefert, und die ist so gewaltig, dass sie ihr die Augen aus ihren Höhlen zu drängen scheint. Niemand hat sie bisher wahrgenommen, niemand hat sich gefreut, dass es sie gibt. Jetzt ist sie krank, abgemagert und hinfällig. Hast du das Bild klar vor Augen?«

»Ja«, flüsterte Marcus.

Auf dem Heimweg sprach der Junge kein Wort, sein Körper aber ruhte leichter in Anjalis' Armen. Und die Augen, die nicht sahen, waren voller Verwunderung.

An diesem Abend weinte er nicht, er war müde und nachdenklich. Und wie schon in den letzten Tagen durfte er, zusammengerollt in der Armbeuge des Zauberers, in Anjalis' Bett schlafen.

»Hör zu, Marcus, als Cornelia in die große Einsamkeit fiel, hat sie den Hass gewählt. Genauso wie du die Dunkelheit. Verstehst du?«

»Ich glaube«, sagte der Junge.

Aber Anjalis wußte, dass er nicht die ganze Wahrheit über Cornelia gesagt hatte, darüber, weshalb die Götter und die Menschen sie mieden. Dass sie ihn an seine eigenen, dunkelsten Geheimnisse erinnert hatte, an den Hass, der in sein Wesen einzog, wenn die Angst am größten war.

Und dass ihre Einsamkeit sogar ihn erschreckt hatte, den Einsamen.

In dieser Nacht weckte Marcus Anjalis, streichelte ihm über die Wange und flüsterte: »Es ist Vollmond.«

Anjalis, jeden seiner Sinne geschärft, flüsterte zurück: »Woher weißt du das?«

»Ich sehe das Mondlicht durch die Ritzen.«

»Warte.«

Anjalis stieg aus dem Bett und klappte die Fensterläden zurück. Kaltes Mondlicht floss in den Raum.

»Ach, Anjalis, bleib dort stehen, damit ich dich sehen kann. Du bist ja noch schöner, als ich geglaubt habe.«

Der Zauberer nahm den Jungen auf den Arm, und gemeinsam blickten sie über den Park, den der Mond mit Silberglanz überflutete.

Nach einer Weile sagte Anjalis: »Ich denke gerade an deinen Großvater. Er ist so verzweifelt wegen deiner Augen. Was meinst du, sollen wir ihn wecken?«

»Ja.«

Anjalis' Pfiff durchschnitt die Nacht und weckte den Sklaven vor der Tür. Marcus kicherte vergnügt.

»Geh und hole Cornelius.«

»Aber er ...«

»Geh.«

Bereits wenige Minuten später war der Alte bei ihnen, und Marcus erzählte aufgeregt von all dem, was er im Park gesehen hatte. Cornelius' Gesicht war starr von der Anstrengung, die Tränen zurückzuhalten.

Für den Rest der Nacht saß er im Garten, sein Enkelkind auf den Knien. Doch als das erste schwache Licht hinter den Bergen im Osten auftauchte, wollte der Junge wieder ins Haus. Die Angst war zurückgekehrt. Es fiel Cornelius schwer, seine Enttäuschung zu verbergen, aber der Zauberer sagte: »Es ist gut, jetzt gehen wir alle schlafen.«

Und Marcus lachte.

Sie schliefen bis weit in den Morgen hinein, und als der Junge aufwachte, war er so blind wie zuvor.

»Nun hast du den Beweis dafür bekommen, dass seinen Augen nichts fehlt.«

»Ja, aber was machen wir jetzt?«

»Abwarten«, entgegnete Anjalis dem Römer.

Es folgte eine merkwürdige Zeit in dem Haus auf dem Berg, die Zeit der Nächte. Sobald die Dunkelheit hereinbrach, wanderten der Zauberer und sein Begleiter durch die Wälder, und der Junge sah jedesmal mehr, obwohl der Mond in jeder Nacht abnahm. Sie untersuchten Steine, zerpflückten Blüten, ja, sie kamen sogar bis zum See.

Niemals hätte sich Marcus träumen lassen, dass die Welt so vielfältig sei.

Doch bei Morgengrauen waren sie wieder im Haus, und mit dem ersten Licht des Tages hatte Marcus erneut sein Augenlicht verloren.

»Wie lange sollen wir warten?«

»Ich weiß es nicht, Römer. Ich werde nachdenken.«

Und Anjalis dachte nach, er entwirrte die Fäden. Die plötzliche Besserung war nach dem Besuch bei der Mutter eingetreten, als die schreckliche Angst vor ihr abgenommen hatte.

Anjalis fragte Nadina, was an dem Tag geschehen war, als

Seleme verschwand. Nachts im Wald stellte er Marcus die gleiche Frage.

»Ich will mich nicht daran erinnern.«

»Du musst.«

»Sie hat geschrien, verstehst du, sie schrie und schrie, aber dieser Mann hat ihr mit der Hand den Mund zugehalten.«

»Was hat sie geschrien?«

Marcus besann sich einen Moment und sagte dann, verwundert: »Sie hat nach Eneides gerufen. ›Eneides‹, hat sie geschrien, ›hilf mir.‹ Cornelia stand daneben, mit ein paar Rollen in der Hand, und Marcipor wollte etwas sagen, aber der Mann hat nur die Rollen genommen und Seleme aus dem Haus geschleppt. Soldaten waren auch da.«

»Und dann?«

»Dann habe ich nichts mehr gesehen. Da bin ich doch blind geworden.«

»Und wenn sie stattdessen nach dir gerufen hätte?«

»Dann hätte ich den Mann geschlagen, ihn getreten und gebissen.«

»Bist du dir da sicher?«

»Ja.«

Der Junge war aufgewühlt und wirkte dennoch sicher. Er hat den Mut von unzähligen Generationen römischer Soldaten in sich, dachte der Chaldäer.

Anjalis zog seine Silberflöte aus der Tasche und spielte eine einfache Melodie, während sie in dieser Nacht nach Hause gingen.

Während des Gesprächs mit Cornelius am folgenden Tag dachte er fortwährend über seine Frage nach.

»Ich möchte, dass du die Verantwortung für den Jungen übernimmst. Du musst erreichen, dass Salvius und Cornelia von ihrer Elternschaft zurücktreten.«

»Ich wollte ihn immer schon adoptieren.«

»Dann mache das. Und sieh zu, dass Salvius Eneides freigibt

und ihn adoptiert. Das ist das Geringste, was er für Selemes Kind tun kann.«

»Ich werde es ihm sagen.«

Niemand erfuhr jemals, welch ein Machtwort Cornelius sprach, als er Salvius überredete. Wohlmöglich waren gar keine großen Worte nötig gewesen. Salvius war ein gebrochener Mann, und Cornelius, der bisher geglaubt hatte, er würde den Schwiegersohn hassen, versprach sogar, die Hypotheken, die auf dem Eigentum in Sizilien lasteten, einzulösen.

»Es kann zu einer Scheidung kommen«, sagte der Alte, wieder zu Hause.

»Ich glaube, du irrst dich. Ihr Hass hält die beiden zusammen.«

Cornelius war durch Bestechung bis zum Prätor vorgedrungen, und nur zwei Wochen später waren beide Adoptionen durchgeführt.

Marcus' Freude war rührend: »Jetzt bin ich also dein Kind?«

»Ja.«

Eines Nachmittags, als sie auf die Dunkelheit warteten und sich ein wenig hingelegt hatten, sagte Anjalis zu dem Jungen: »In einem Punkt habe ich mich geirrt. Erinnerst du dich, dass du gesagt hast, deine Dunkelheit wäre gekommen, als Seleme geraubt wurde, und dass sie dein Licht gewesen ist?«

»Ja.«

»Daraufhin bist du sehr böse auf mich geworden, als ich dich fragte, was du mit meinem Licht, das stärker ist als Selemes, machen würdest. Erinnerst du dich?«

»Ja, da wollte ich dich wegjagen.« Die Stimme klang jämmerlich.

»Du bist böse geworden, und das darf man auch hin und wieder sein. Doch nicht darüber will ich mit dir reden, sondern darüber, dass wir uns geirrt haben, du und ich.«

Anjalis machte eine kurze Pause, fuhr dann jedoch fort, so wie er es sich vorgenommen hatte: »Das Licht kommt nicht nur von außen, verstehst du – es kommt auch aus einem selbst.«

Marcus versuchte, das zu verstehen. »Das kann nicht stimmen. In mir ist es völlig dunkel.«

»Nein«, sagte Anjalis, »hole deine Seerose hervor und schaue sie dir an, und auch die Wüste, die du im Mondlicht gesehen hast, als ich am ersten Tag für dich gespielt habe.«

»Und die Blumen, die roten Blumen, die im Gras geleuchtet haben, als ich ein Schmetterling war.« Marcus' Stimme klang aufgeregt.

»Ganz genau«, sagte Anjalis bedächtig, als würde er nach Worten suchen. »Daran habe ich früher nie gedacht, aber sicherlich haben wir das Licht, mit dem wir sehen, in uns selbst.«

»Und was ist mit der Sonne …?«

»Ja, auch um das Sonnenlicht zu sehen, müssen wir unser eigenes Licht haben. Ein Licht, das uns das Sehen erst ermöglicht, das immer in uns ist, und das die Erscheinungen erst deutlich werden lässt. Begreifst du?«

»Nicht so richtig«, erwiderte Marcus und dachte lange nach, ehe er fragte: »Wenn ich doch so ein Licht in mir habe, wieso kann ich dann am Tag nicht sehen?«

»Wahrscheinlich ist dein Licht so stark, dass du dich nicht traust, es zu sehen«, antwortete der Zauberer, und Marcus seufzte: »Das verstehe ich überhaupt nicht.«

»Das macht nichts«, sagte Anjalis. »Jetzt schlafen wir ein bisschen.«

Doch er schlief nicht, er lag da und dachte darüber nach, was da wohl in ihm vorgegangen war, als er das Gespräch mit Marcus begonnen hatte.

Was hatte er gesagt, und was hatte Marcus geantwortet?

Plötzlich setzte er sich im Bett auf und schlug sich mit der Faust an die Stirn. Bei den Göttern Babylons, wie blind kann ein Sehender sein!

Am folgenden Morgen suchte Anjalis Cornelius auf.

»Ich habe einen Plan.«

Der Alte lauschte, überrascht und widerstrebend. Doch er hatte keine Wahl, er musste tun, was der Zauberer vorschlug.

Cornelius verabscheute Magie; tief in seinem römischen Herzen hatte er sich immer von dem Unbegreiflichen ferngehalten. Er dachte an die keltischen Druiden, die Priester, die wilde Tänze aufführten und dabei Sinn und Verstand verloren, die die Götter der Unterwelt aufsuchten, aus weiter Entfernung ihre Feinde töteten und auch Regen herbeirufen konnten. Das war barbarisch.

Er und sein alter Arzt hatten viel über das Unglaubliche, dem sie beigewohnt hatten, gesprochen. Keiner von beiden mochte die Griechen, aber bei dem Gespräch mussten sie einsehen, dass in dem griechischen Gedanken dennoch Segen steckte, der nun mit Hilfe der Römer die Welt eroberte und Zauberei und Aberglauben vertrieb.

Anjalis war kein Druide, er war ein hochgebildeter Mann. Doch die Chaldäer waren ein Volk, das die uralten, magischen Kräfte lebendig hielt, und sie waren es, die in Rom die Ansicht vertraten, der Partherkönig würde mit Hilfe der Wissenschaft den römischen Legionen widerstehen.

Nun sollte deren Zauberkunst angewandt werden, Marcus wieder sehend zu machen, und er, Cornelius, sollte dabei behilflich sein.

Am nächsten Tag sprach er mit Marcus über die Wanderung, die sie, nur sie beide, unternehmen sollten. In die Berge würden sie gehen und auf einem Plateau, genau zur Mittagsstunde, dem Geist der Vorväter ein Opfer darbringen – Brot und Wein für das alte Geschlecht der Scipionen.

Cornelius' Stimme klang trocken, und seine Rede war kurz, ohne Einleitung oder Ausschmückungen. Doch das nahm Marcus nicht wahr, auch nicht, dass sein Großvater errötete.

Lediglich Anjalis musste ein Lächeln unterdrücken. Nadina war entsetzt – wie sollte so ein kleiner Junge einen so langen Weg schaffen. Und was sie betraf, sie hatte nie zuvor von solch einer Zeremo …

Hier stoppte sie Anjalis' Blick.

Marcus sagte: »Wir gehen nachts.«

»Nein, wenn die Sonne am höchsten steht«, entgegnete Cornelius.

Marcus wurde etwas blass. Aber er dachte, dass es spannend sein würde, und dass es wichtig war – dass er jetzt wichtig war, als Cornelius' einziger Sohn und als der Letzte des alten Geschlechts.

»Versprichst du, zu tun, was ich sage?«

»Ich schwöre«, sagte Marcus.

»Es genügt, wenn du mir dein Ehrenwort als Römer gibst«, sagte Anjalis.

Feierlich reichten sie sich die Hände.

Zeitig am nächsten Morgen begaben sie sich auf die Wanderung. Cornelius trug in einem Korb auf dem Rücken Brot und Wein, um die Hände für Marcus frei zu haben.

»Denke daran, ihr müsst zügig gehen«, flüsterte Anjalis dem Alten zu, der unwillig zurücknickte – er kam sich lächerlich vor.

Marcus erhielt von dem Zauberer eine Flasche aus grünem Glas: »Hör jetzt genau zu, Marcus. Du musst alle deine Schritte zählen, und immer nach genau tausend Schritten hältst du an, nimmst den Korken von der Flasche und trinkst drei Schlucke. Nicht mehr und nicht weniger. Hast du das verstanden?«

Marcus nickte, und die beiden machten sich auf den Weg.

Eins, zwei, drei, vier. Bei zweihundertfünfzig hätte sich Marcus beinahe verzählt, doch Cornelius half ihm weiter, und den Rest des Weges zählten sie gemeinsam. Anstrengend war das, und ihnen wurde warm. Weder auf die Düfte um sich herum noch auf den Gesang der Vögel, der ihn hätte trösten können, achtete der Junge. Nicht einmal den Wind spürte er – viel zu sehr mit dem Zählen beschäftigt.

Am schlimmsten war jedoch dieser Trunk; Marcus wurde jedesmal übel, wenn er die drei Schlucke dieses fetten Öles trank.

Bei der vierten Rast schließlich musste er sich übergeben, trank aber tapfer weiter und setzte mit zitternden Beinen seinen Weg fort – bleich und jämmerlich. Während der fünften Rast legte er sich eine Weile nieder und ruhte aus, was jedoch nicht viel half, denn er übergab sich wieder; es war, als würde sich ihm der Magen umstülpen.

»Das ist Quälerei«, dachte Cornelius, doch auch er hatte Anjalis sein Ehrenwort gegeben, also mussten sie ihre Wanderung fortsetzen.

Nach achttausend Schritten hielten sie an, und Cornelius sagte: »Wir setzen uns jetzt hier auf den Stein und ruhen uns aus, ehe du wieder trinken musst.«

Irgendetwas stimmte nicht – die Stimme des Alten war hart, und Marcus hörte hinter der scheinbaren Ruhe eine große Wut heraus. Cornelius raste innerlich.

Als der Junge trank und die Übelkeit in ihm aufstieg, konnte sich Cornelius nicht länger beherrschen: »Dieser siebenmal verfluchte Anjalis!« rief er, und aus Marcus' tiefstem Inneren stieg eine Kraft auf, rot und gewaltig, eine Kraft, die imstande gewesen wäre, Berge zu versetzen. Diese gewaltige, alles reinigende Kraft durchbrach jegliche Vernunft, alle Versprechen, alle anderen Gefühle.

Sie war wie das Feuer, wie ein Vulkan, der glühende Lava aus dem Inneren der Erde spuckt.

»Dieser siebenfach verdammte Anjalis«, schrie der Junge und schleuderte die Flasche auf den Stein. Glasscherben flogen umher, und das fette Öl floss über seine Hände, die Steine und ins Gras.

Er sah es, er sah auch das Öl auf die Erde fließen, doch nichts davon nahm er wahr, zu sehr rang er mit seiner Wut, dem roten Hass, der in seinem Herzen brannte.

Doch dann konnte er seinen Blick nicht weiter verschließen, mit einem Mal wich die Wut einem großen Staunen: Berge und Wälder, Blumen, Bäume und der See im Tal – all dies sah er im gleißenden Sonnenlicht leuchten.

Cornelius wurde Zeuge dieses Wunders, und er wagte nicht zu sprechen, kaum zu atmen. Marcus richtete seinen Blick auf den Alten und sah, dass er weinte – das zerfurchte Gesicht war so aufgeweicht, als hätte der Großvater lange im Regen gestanden.

Kein einziges Wort fiel zwischen den beiden, doch ihre Blicke und Hände trafen sich. Der Junge schaute in das Gesicht des alten Mannes und nahm zum ersten Mal die große Liebe darin wahr.

Schließlich sagte er: »Du darfst niemals sterben.«

»Das verspreche ich dir«, sagte Cornelius.

»Aber du bist uralt.«

»Nein, so schlimm ist es auch wieder nicht«, erwiderte Cornelius, und sie begannen zu lachen – ein stolzes Lachen, das die Berge hinunterrollte.

»Ich habe Hunger«, sagte Marcus schließlich.

»Wir essen das Brot auf.«

»Aber die Ahnen ...«

»Die können bis zu einem anderen Tag warten.«

Marcus aß mit Heißhunger von dem frischgebackenen Brot, und er war erstaunt, wie weiß es war und wie gut es schmeckte.

Nach der Mahlzeit sagte Cornelius, sie müssten sich nun auf den Heimweg machen, und Marcus jubelte: »Ich laufe vorneweg!«

Er sprang den Abhang hinunter. Auf halbem Weg traf er auf Anjalis und flog in seine ausgebreiteten Arme, befreite sich jedoch schnell wieder.

»Wo läufst du hin?« rief Anjalis hinter ihm her.

»Zum Teich, zu der Seerose.«

»Dort gibt es keine Seerose, Marcus.«

Erstaunt hielt der Junge inne, lief zu dem hochgewachsenen Zauberer zurück und sagte langsam: »Du hast sie dir bloß ausgedacht.«

»Ja.« Anjalis wurde nicht einmal rot dabei.

»Du hast gelogen«, sagte Marcus und sah verwundert das Blitzen in den schwarzen Augen des Zauberers, als dieser antwortete: »Es stimmt, ich habe gelogen.«

Wie der Gesang der Lerche stieg das Lachen des Jungen zum Himmel empor, als er zum Teich lief – der erste selbständige Ausflug seines Lebens.

Bei einem Becher Wein erholten sich wenig später die beiden Männer, und Cornelius fragte: »Was war in der Flasche?«

»Altes Öl und saurer Essig.«

Cornelius seufzte erleichtert:

»Mit der Magie habe ich so meine Probleme«, sagte er.

Und Anjalis behielt seine Gedanken für sich, dass nämlich die verirrten Seelen der gleichen Logik unterlagen wie die magischen Riten. Sie kehrten immer wieder zum Paradies zurück, und die Buße war eine Wiederholung des Sündenfalls.

Cornelius versuchte seiner Dankbarkeit Ausdruck zu verleihen. Es fiel ihm schwer, und er gab es bald auf. Stattdessen ging er in sein Haus, um den Göttern am Ahnenaltar der Scipionen Opfergaben darzubringen.

2. TEIL

»Geht heraus aus Babel,
flieht von den Chaldäern!
Mit fröhlichem Schall verkündigt dies
und laßt es hören,
tragt's hinaus bis an die Enden der Erde
und sprecht: Der HERR hat seinen
Knecht Jakob erlöst.«

»Hört mir zu, ihr Inseln,
und ihr Völker in der Ferne, merket auf!
Der HERR hat mich berufen
vom Mutterleibe an.«

Jesaja 48, 20. 49, 1

Die Mondpriester verwalteten das Wissen der alten Sumerer. Im Laufe der Jahrhunderte war es vorgekommen, dass ihr Kreis klein blieb, nur etwa zehn Frauen und Männer. Aber es gab Zeiten, da ihr Einfluss wuchs und ihre Gemeinschaft aus weit mehr als hundert Mitgliedern bestand.

Sie hatten miterlebt, wie die Akkader das uralte Reich der Sumerer zerstörten und die prachtvollen Städte verbrannten. Sargon, und mit ihm seine Söhne und Enkel, hatten sie überlebt – ebenso wie Ninives Aufstieg und Niedergang. Zur Zeit Babylons hatten sie sich mit der Staatsmacht verbündet. Ihre Ältesten waren durch das größte der hundert kupfernen Stadttore geritten, um von dem vielbesungenen Dach des Tempelturmes aus die Wanderungen der Sterne zu berechnen und deren Einwirken sowohl auf die Geschicke einzelner wie der ganzen Erde zu bewerten.

Die Assyrer hatten sie auf einen Platz im Schatten zurückgedrängt, so nahe der alten Stadt Ur, dass sie die Ruinen der Zikkurat nur als Luftspiegelung im Westen bei Sonnenuntergang wahrnehmen konnten.

Dicht bei einer Quelle hatten sie ihre Kultgemeinde gegründet, und mittels unbekannter Verfahren war es ihnen gelungen, diese Quelle salzfrei zu halten, sogar dann noch, als die Kanäle der Sumerer schon längst wieder verschlammt waren. Sie legten Äcker und Gärten an, und sogar Palmen wuchsen dort.

Es war eine weite Wüstenlandschaft unter einem hohen Himmel, und hier befanden sich der Tempelturm, die große Bibliothek, die Hörsäle und ihre einfachen Unterkünfte – ein magischer Platz, nicht weit von dem Ort, an dem die ersten Menschen einstmals vom Baum der Erkenntnis gegessen hatten.

Selbst in Zeiten, als sie für ihre Weisheit und ihre uralte Kunst, in die Zukunft zu blicken, große Gaben erhielten, bestellten sie die Felder rund um die Quelle und versorgten ihr Vieh.

Die Welt nannte sie die chaldäischen Magier.

Sie selbst bekannten sich nicht zu den magischen Künsten, auch wandten sie niemals irgendwelchen Zauber an – doch sie zogen aus ihrem Namen Nutzen.

Im Laufe der Jahrtausende vervollkommneten sie die Kunst, ihre Botschaften zu formulieren, und vermieden so, die Herrscher der Welt zu kränken. Als Babylons Königin Nitokris, von den neuen Eroberern bedroht, ihnen einen Besuch abstattete, halfen sie ihr bei ihren Plänen, den Lauf des Euphrat zu ändern, damit nicht auch sie das Schicksal des Sardanapal in seinen Frauenkleidern erleiden müsse. Sie wussten aber, dass die schwierige Arbeit an dem Fluss sie nicht retten würde, dass die Herrschaft Babylons beendet war, und dass der Perser Kyros sich nicht aufhalten ließ. Babylon sollte sich in eine Geisterstadt verwandeln, die für Jahrhunderte das Herz der Besucher erzittern ließ.

Als Alexander, der neue Weltherrscher, die Chaldäer besuchte, vermieden sie es, ihm seinen frühen Tod vorauszusagen, stattdessen sprachen sie mit fester Gewissheit von den Großtaten, die er noch vollbringen, und von den Städten, die er noch bauen würde.

Sie sagten voraus, der junge Mazedonier werde die Welt für die Freiheit der Gedanken gewinnen, und er verließ die Chaldäer voller Stolz und beschenkte sie reich.

Das griechische Denken beschäftigte die Chaldäer, sie sannen ständig über die unerhörte, geradezu schwindelerregende Anmaßung des griechischen Traumes nach, wonach alles durch Beobachtung begreiflich werde und in logischer Folge eine Erkenntnis mit der nächsten zu verknüpfen sei.

Diese Betrachtungsweise kam den Chaldäern entgegen. Sie hatten über Jahrhunderte hinweg ihre mathematische Präzision weiterentwickelt und sich mit dem Zusammenhang allen Seins – des Lebens und des Todes, der Erde und des Sternenhimmels – intensiv befasst. Sie waren der Ansicht, einst werde in einem neuen Zeitalter eine Befruchtung zwischen Sachlichkeit und Gefühl, zwischen griechischem Denken und der Weisheit des Orients stattfinden. Eifrig studierten sie die Schriften Platons und sahen die geahnte Begegnung in Form seiner Philosophie Gestalt annehmen.

Vor zweitausend Jahren hatten sie das Sternbild des Stiers die Erde verlassen sehen und die Geburt eines neuen Zeitalters vorausgesagt, eines Äons, der vom Sternbild des Widders gelenkt werden würde.

In ihren Schriften fanden sich Berichte von Tarah, der mit seinem ganzen Volk, seinen Söhnen und zahllosem Vieh von Ur aus aufgebrochen und nach Westen in Richtung Haran gezogen war. Die damaligen Magier hatten mit mathematischer Genauigkeit das Horoskop für Abraham, Tarahs Sohn, vorausberechnet, dessen Stern darauf hinwies, dass er Melchisedek treffen werde und dass sein Auftrag mit dem Segen des Herrschers bedacht werden würde. Abraham sollte der Stammvater eines neuen Volkes werden, des ersten auf Erden, das von der Existenz Gottes erfahren würde.

Zu Beginn eines jeden Zeitalters nahm Gott die Gestalt eines Menschen an – und das Wort wurde Fleisch. Als die Geburt des Widders das Zeitalter des Stiers ablöste, wurde er als Melchisedek geboren, als der König von Kanaan.

Nun, nach zwanzig Jahrhunderten, als Parther und Römer die Welt unter sich aufteilten und die Erde im Sternbild der Fische wiedergeboren werden sollte, warteten die alten Chaldäer auf das Zeichen, das ihnen den Geburtsort des neuen Königs weisen sollte, des Königs, der beim Übergang in das Zeitalter der Fische die Gestalt Gottes annehmen würde.

Die Chaldäer waren zuweilen, ihren jahrtausendealten Erinnerungen nachgrübelnd, stumm wie die Berge. Doch ihre Kenntnis von der großen Aufgabe zwang sie, auch an Versammlungen teilzunehmen und Kontakte nach außen zu unterhalten. Einmal im Jahr bekamen sie Besuch von ägyptischen Weisen aus der Sonnenstadt, die die Chaldäer ihre Brüder nannten.

Aufgabe der Ägypter war es, die geheime Wissenschaft zu bewahren – die der Chaldäer, das Wissen unter das Volk zu bringen.

In ihren Versammlungen stritten sie oft darüber. Der Hierophant und seine Priester behaupteten, das Wissen ginge verloren, sofern es Eigentum eines jeden Menschen würde; es würde zu Aberglauben entstellt und in Fanatismus umgewandelt, in Grausamkeiten Andersdenkenden gegenüber. Die Chaldäer antworteten daraufhin, es spräche viel dafür, dass die ägyptischen Weisen mit ihrer Meinung Recht hätten, aber das Wissen, das in geheimen Schatzkammern aufbewahrt sei, würde weder die Menschheit noch die Welt verändern.

Der Streit führte indes niemals zu einem Zerwürfnis. Auch weiterhin wurden die Söhne der einen von den anderen ausgebildet. Die begabtesten jungen Chaldäer reisten zu den Mysterienschulen nach Ägypten, und viele junge Ägypter vervollkommneten ihren mathematischen Genius bei den Chaldäern.

Während der letzten fünfzig Jahre hatten sowohl die Ägypter als auch die Chaldäer fortwährend die Frage nach der Wiederkunft des Königs erörtert – danach, wo sich der neue Stern am Himmel zeigen werde. Im Land der Juden, im Volke Abrahams, meinten die Ägypter. Und die Chaldäer schlossen sich dieser Meinung an, denn auch ihre Berechnungen sprachen für Judäa. Dennoch hofften viele, der Stern werde sich über Griechenland zeigen.

Nur noch sechzehn Jahre waren es bis zum Anbruch des neuen Zeitalters, und in dieser Zeit des Wartens wurde Anjalis geboren. Er war Balthasars jüngster Sohn aus der Ehe mit der Ägypterin Me Rete.

Balthasar war ein Mann von großer Genauigkeit und kühlem Intellekt, obwohl es ihm nicht immer gelang, die brennende Leidenschaft in seinem Herzen zu unterdrücken. Er wusste, dass er einer der Auserwählten war, dem neuen König Geschenke darzubringen, und diese Gewissheit verlieh seinem ganzen Wesen Glanz. Möglicherweise war es diese geheimnisvolle Leuchtkraft, von der Me Rete angezogen wurde, als sie sich eines schönen Tages in den jungen Chaldäer verliebte, der in Heliopolis an der Mysterienschule studierte.

Trotz des Widerstandes ihrer Familie und der zahlreichen Warnungen ihrer Freunde war sie ihm zu der Gemeinde in der Wüste gefolgt. Er hatte sie gut vorbereitet und nicht mit Worten gespart, als er ihr von dem harten Leben in der Oase erzählte, die die Magier nur mit knapper Not am Leben erhielt. Zur Genüge hatte er ihr die schwere Arbeit auf den kleinen Kulturen geschildert, die wenigen Bäume und die sengende Hitze der roten Wüste.

Die Chaldäer hielten sich keine Sklaven.

Balthasar hatte sich nicht wegen ihres schönen Äußeren zu der Ägypterin hingezogen gefühlt, obwohl sie von außerordentlicher Schönheit war. Natürlich schmeichelte ihm ihr Interesse an ihm, er war betört von ihren Grübchen und den schrägstehenden Augen, doch ausschlaggebend war die rätselhafte Trauer, die dieses Mädchen umgab.

Zu diesem Zeitpunkt hatte Me Rete noch auf die Befreiung von dem Schatten gehofft, der ihr Leben in Dunkelheit hüllte. Sie hatte geglaubt, die Liebe eines Mannes und ein hartes und einfaches Leben – eingebunden in eine große Aufgabe – würden ihr Herz beruhigen und ihr Freude schenken. Sie hatte nicht verstanden, dass ihre Trauer so alt war wie Ägypten selbst, dass sie den Schmerz aller Mütter auf Erden um zerstörtes Leben, um nie ganz verwirklichte Liebe und um die im Krieg umgekommenen Söhne in sich barg.

Nein, sie hatte angenommen, die Schatten wären der ägyptischen Erde entwachsen, die schwarz war wie die Trauer, nachdem der Nil sie bei den Menschen zurückgelassen hatte. Auch die Luft über dem alten Land war von ihr getränkt, dachte sie, wie eine ständig anwesende Wehmut. Diese Schatten würden sie in einem anderen Land verlassen, wo die Erde rot und die Erinnerungen schon lange von der Sonne ausgebrannt waren, begraben unter dem Sand.

Das Leben würde leicht werden.

Doch natürlich trat nicht ein, was Me Rete sich erhofft hatte. Den Schmerz hatte sie mitgenommen, er hatte nur eine andere Farbe angenommen, hier in der Wüste unter der unbarmherzigen Sonne. Und das Gefühl der Fremdheit verstärkte den Schmerz noch.

Die Frauen hatten sie, die Ägypterin, niemals wirklich in ihren Kreis aufgenommen, obwohl sie härter arbeitete als die meisten, drei Söhne und zwei Töchter geboren hatte und ihre Kinder und Äcker besser versorgte als jede andere.

Die Feindseligkeit unter Frauen tritt nicht immer offen zutage und hat verborgene Widerhaken. Balthasar bemerkte sie nie, und Me Rete beklagte sich nie. Doch die rätselhafte Traurigkeit bekam einen bitteren Geschmack.

Als das letzte Kind in ihr zu wachsen begann, schöpfte sie

erneut Hoffnung auf Befreiung. Das erstaunte sie, hatte sie sich doch schon seit langer Zeit mit dieser Schwermut als Bestandteil ihres Lebens abgefunden.

Nun überschwemmte sie zuweilen solche Freude, dass es ihr kaum möglich war, sie zu bändigen. Sie konnte mitten in der Arbeit innehalten; ihre Hände über dem Bauch gefaltet, ließ sie dann dieses ungewöhnliche Gefühl in sich hineinfließen.

Tanzen wollte sie – doch natürlich gehörte sich das nicht; singen wollte sie – doch sie kannte keine Lieder. Manchmal entschlüpfte ihr ein lautes Lachen, sehr zur Verwunderung all derer, die an ihr nur die hochmütige ägyptische Zurückhaltung kannten.

Die älteren Kinder sahen das Licht, das die Mutter umgab, und freuten sich darüber. Immer war sie ihnen eine gute Mutter gewesen, gewissenhaft und umsichtig. Mit jedem Kind verband sie eine tiefe Liebe, jedes einzelne hatte seinen ihm eigenen Wert.

Aber ihre Traurigkeit blieb, obgleich jeder versuchte, sie zu trösten.

Für die Söhne, die schon früh die Schule in dem Tempelturm besuchten, war es eher zu ertragen, ihnen taten sich neue Ziele und Hoffnungen auf – sie bekamen eine neue Rolle im Drama der chaldäischen Magier.

Für die Töchter dagegen war es schwer.

Schließlich bemerkte selbst Balthasar das Leuchten in seinem Heim und an seinem Tisch – Me Rete war zum ersten Mal seit vielen Jahren voller Erwartung. Da entschloss er sich, für sein ungeborenes Kind ein Horoskop zu erstellen.

Es würde eine offene und äußerst freimütige Seele geboren werden, ein Junge, von ungewöhnlich großem Wuchs. Balthasar seufzte und lächelte, als er an seinen Urgroßvater väterlicherseits dachte, von dem überliefert war, dass er die Datteln direkt von den Palmkronen pflücken konnte. Dieser Mann hatte den Kopf voller Träume gehabt, und von ihm wurde erzählt, er habe nie so genau gesehen, was sich auf der Erde abspielte.

Bei dem jetzt zu erwartenden Sohn würde alles genau andersherum sein, sah Balthasar voraus. Aus ihm würde einmal ein aufmerksamer Beobachter werden.

Was ihn jedoch bekümmerte, ja geradezu erschreckte, waren die beiden entfernt voneinander liegenden Pole im Horoskop: großes Einfühlungsvermögen, aber auch bittere Einsamkeit. Und doch steckte darin kein Widerspruch, der Sohn würde ein vollkommener Mensch mit reicher Begabung sein.

Balthasar suchte lange nach Worten für die Besonderheit, die das Kind auszeichnete, fand jedoch keine. Zögernd ging er mit seinen zahlreichen Berechnungen schließlich zum Ältesten, wo er geduldig die Vorwürfe erwartete, die kommen würden. Die Chaldäer erstellten für gewöhnlich kein Horoskop für ein noch ungeborenes Kind: Damit könnte man den Himmel herausfordern und das Kind im Mutterleib beeinflussen.

Doch nachdem er seine Bedenken geäußert hatte, studierte der Älteste mit wachsender Verwunderung und unter großem Schweigen das Horoskop. Als er endlich sprach, war zu spüren, daß er seine Worte sorgfältig wählte.

Die Himmelsgabe für das zu erwartende Kind würde das *Wort* sein, sagte er; sein Werkzeug wäre die Fähigkeit zu *sehen*, und zwar eine ungewöhnliche Art zu sehen.

Er sagte nichts von der großen Einsamkeit, sprach stattdessen von einem ungewöhnlichen Drang nach Freiheit. Sein Schicksal würde von der neuen Zeit geprägt werden, wenn bei der Geburt alles gut ginge und das Kind zur errechneten Zeit geboren werde, sagte der Alte. In dieser neuen Zeit müssten die Menschen lernen, dass Liebe etwas anderes bedeutete als das persönliche Band zu demjenigen, dem man in Familie und Stamm nahestand.

»Wir wissen noch so wenig von der Wiederkehr des Königs«, sagte er, »doch ich deute die Zeichen deines Sohnes so, dass sein Schicksal an eine Wiedergeburt geknüpft ist.«

Der Älteste erlaubte Balthasar, mit seiner Gattin darüber zu sprechen, doch müsste selbstverständlich allen anderen gegenüber das Horoskop verschwiegen werden. Als Balthasar abends neben Me Rete im Bett lag, erzählte er also von dem Horoskop, und wie es der Älteste gedeutet hatte.

Sie indessen war weniger interessiert, als er erwartet hatte, sie war nicht einmal erstaunt. Doch sie sagte es nicht laut, denn sie war immer solidarisch mit ihm, aber ihm war klar, was sie dachte: Das Wissen, das ihr Körper ihr mit jedem Herzschlag und jedem Atemzug vermittelte, war weitaus wahrer als das der Sterne.

Me Rete hatte sich nie für seine Arbeit interessiert, so als würde sie an keinerlei Verbindung zwischen den kalten Sternen in ihrer fernen Unberührtheit und einem warmblütigen, flüchtigen Menschenleben glauben.

Doch tags darauf, als sie in ihrem Garten arbeitete, kam der Älteste vorbei, blieb bei ihr stehen und grüßte: »Vielleicht«, sagte er, »kann der ungebundene Mensch nur aus einer großen Trauer heraus geboren werden.«

Me Rete lächelte ihn an und dachte: ja, genauso ist es. Nur wem es über Jahre gelingt, die Bürde der Trauer zu ertragen, kann der neuen Freiheit Leben schenken.

Der Junge kam am angesetzten Tag zur rechten Stunde zur Welt. Der erste Eindruck von ihm war seine enorme Größe; und er war ein freundliches Kind.

Als wollte sie die Mutter trösten, sagte die Hebamme: »Er scheint von geduldigem Wesen zu sein.«

Me Rete brauchte keinen Trost, sie fühlte, die Frau hatte Recht – der Junge an ihrer Brust hatte eine Langmut, so groß, wie der träge dahinfließende Nil. Noch oft würde sie in den kommenden Jahren an die Worte denken, die bei seiner Geburt gefallen waren.

Das Kind erstaunte jeden mit seinem geduldigen Interesse für alles langsame Geschehen. Er beobachtete alles ganz genau: den Weg der Raupe über ein Palmblatt, den Flug der Vögel und das Licht, das sich in den kostbaren Wassertropfen aus der Quelle brach, wenn sie erst in der Dämmerung über den Garten versprengt wurden, damit sie nicht sofort in der Sonne verdunsteten. Die größte Aufmerksamkeit schenkte er jedoch den Menschen: Wenn sich die Geschwister unterhielten, saugte er jedes Wort in sich auf, auch jedes Gefühl, das sich in den Gesichtern widerspiegelte, und die Bewegungen der Menschen, die einander trafen, sich begrüßten und miteinander ins Gespräch kamen.

Er selbst ließ sich nur selten mitreißen, beteiligte sich sehr wenig am Geschehen und ergriff fast nie Partei. Er verhielt sich seltsam frei – auch der Mutter gegenüber. Nicht einmal die ungewöhnlichsten Ereignisse erschreckten ihn, ruhig und beinahe freudig beobachtete er alles, was um ihn herum passierte – mit wachen Sinnen und immer erwartungsvoll.

Bald brachte er die Mutter dazu, mit seinem Blick zu sehen, und zum ersten Mal in ihrem Leben nahm sie die Schönheit der Erde wahr und verstand die Gesetze, die das Leben der Pflanzen, Tiere und Menschen zusammenhielten.

Ich habe wie eine Blinde gelebt, dachte sie.

Balthasar sah die Freude, die das Kind der Gattin schenkte. Doch die Einsamkeit des Jungen bekümmerte ihn, sein Unvermögen, an den Spielen und Streitigkeiten der anderen Kinder teilzunehmen.

Anjalis stellt sich neben das Leben, dachte er.

Eines Tages sprach er mit Me Rete darüber, und zum ersten und einzigen Mal in ihrem langen gemeinsamen Leben sah er sie wütend werden.

»Du selbst konntest dich doch nie am Leben erfreuen«, sagte sie nachdrücklich und mit brennenden Augen. »Ich verstehe deine Verwunderung über einen Menschen, der sich nicht, wie du es gewohnt bist, unter den Sternen, sondern auf der Erde aufhält. Anjalis nimmt das Kleine, das Eigentliche um sich herum wahr.«

»Jetzt«, sagte sie, »und nicht vor tausend Jahren, auch nicht in ferner Zukunft.«

»Hier«, sagte sie, »und nicht im Himmel.«

Nach diesem Gespräch wechselten die beiden nie wieder ein Wort über den jüngsten Sohn.

Ihre Trauer war noch nicht überwunden, kam in Wellen zurück, die über ihr zusammenschlugen und die Erde in Asche verwandelten. All die Mysterien, die ihr der Junge gezeigt hatte, verschwanden wieder vor ihren Augen; blind und von aller Aufmerksamkeit abgeschnitten, war sie erneut den Schatten ausgesetzt. Auch der Junge bemerkte ihre Trauer, doch im Unterschied zu seinen Geschwistern fühlte er sich nicht schuldig an dem, was die Mutter bedrückte.

Im Übrigen staunte jeder über seine Größe, als er heranwuchs. Mit elf Jahren war er ebenso groß wie die meisten Erwachsenen unter den Chaldäern, mit vierzehn überragte er sie bereits um einen Kopf. Dann plötzlich hörte er auf zu wachsen.

Er durchlief die gleiche Schule wie alle Söhne der Chaldäer und zeigte große Sorgfalt bei seinen Mathematikaufgaben. Er glänzte jedoch nur dann, wenn im Unterricht von den uralten Legenden, den Gedichten über die Wege der Völker auf der Erde und deren unterschiedlichem Verhältnis zu ihren jeweiligen Göttern die Rede war.

Mit zwölf Jahren sprach er sieben Sprachen und hatte alle Schriftrollen in der riesigen Bibliothek gelesen.

Sogar unter den Chaldäern galt dies als ein Wunder, und so ergab es sich von selbst, dass er zur weiteren Ausbildung in Ägypten vorgesehen war. Zu diesem Zeitpunkt war er vierzehn Jahre alt, und seine Mutter, die seit Jahrzehnten nicht mehr ihr Heimatland besucht hatte, begleitete ihn. Die jüngste Tochter übernahm den Haushalt, die älteste war bereits verheiratet und hatte zwei kleine Kinder, die Anjalis liebte.

Sie ritten über die alte Karawanenstraße, durchquerten die Große Wüste, zogen weiter über die Bergketten des Sinai und sahen den Ort, wo Moses die Gesetzestafeln entgegengenommen hatte. Dann setzten sie ihren Weg fort über Tharu, durch Gosen bis zu der Stadt, die die Griechen Heliopolis nannten.

Anjalis war, wie nicht anders zu erwarten, überwältigt von dem, was er während der Reise sah. Als sie die Stadt mit der Mysterienschule erreichten, bekam er Fieber und mußte sich ins Bett legen.

Es waren zu viele Eindrücke gewesen.

»Ich werde mit ihnen nicht fertig«, sagte er dem ägyptischen Arzt und Priester, der ihn besuchte.

»Du musst größere Pausen zwischen all deinen Betrachtungen einlegen«, riet der Arzt.

Anjalis wusste, dass der Ägypter Recht hatte und dass auch er sich erst einmal gewöhnen musste an die Hunderte von Begegnungen, Tausende von blühenden Mandelbäumen, den Wirrwarr von Ochsen und Wagen, an die Geräusche und all den Lärm, der auf ihn einstürmte und seine Aufmerksamkeit herausforderte.

Nach ein paar Monaten war er soweit, doch nun hatte er zuweilen den Eindruck, dass ihm etwas fehlte, seitdem er sich nicht mehr auf jeden Gegenstand und jedes Geschehen behutsam einlassen konnte.

Trotzdem liebte er Ägypten. In nächtlichen Träumen erschien ihm das Land wie eine Schatzkammer, gefüllt mit glitzerndem Gold, funkelnden Diamanten und dunkelroten Rubinen. Ihm war bewusst, er könnte zu all diesen Reichtümern Zugang haben, falls seine Kraft dazu ausreichte und ihn sein Mut nicht verließ. Mit leidenschaftlichem Eifer vertiefte er sich in die Erkenntnisse, die man ihm im Sonnentempel vermittelte. Die ägyptischen Priester staunten über diesen Jungen, dessen Interesse so groß und dessen Sinne so wach waren.

Das war kein gewöhnlicher Chaldäer, darin waren sie sich alle einig. »Er hat mehr von einem Ägypter«, sagten sie, »und in seinen Adern fließt eher ägyptisches Blut – das Blut seiner Mutter.«

Anjalis selbst sah sich mehr als Griechen.

Immer schon hatte er sich vom griechischen Denken angezogen gefühlt. Schon in jungen Jahren hatte er Aristoteles gelesen und sich über dessen Klarheit gewundert. Als er in Platons Schriften auf Sokrates stieß, erkannte er mit klopfendem Herzen, dass es wohl nie zuvor einen größeren Mann auf Erden gegeben hatte als diesen kleinwüchsigen Athener.

Der Glaube der Pythagoräer, die Zahl sei der Schlüssel zum Wesen aller Dinge, stimmte mit der chaldäischen Auffassung überein, dennoch wunderte sich Anjalis über das Streben der Griechen nach absolutem Verstehen. Schon früh war er zu der Einsicht gekommen, dass die großen Seinserkenntnisse nicht in Worten ausgedrückt werden können, und dass das *Wort*, das am Anfang stand, verloren gegangen war.

Doch das Streben der Pythagoräer nach mystischer Vereinigung mit Gott konnte er nachvollziehen. Von den buddhistischen Mönchen, den Männern aus Indien, die die Sterndeuter aus der Wüste schon so manches Mal besucht hatten, wusste er, dass die Welt eine Illusion, die Seele unsterblich war und in immer neuen Erscheinungsformen wiedergeboren wurde. Anjalis fand es erstaunlich, dass zwei Menschen zur selben Zeit, aber an weit voneinander entfernten Orten der Erde der gleichen Auffassung über Leben, Tod und Wiedergeburt waren.

Auch Xenophanes hatte ihn sehr beeindruckt, der Grieche, der den einzigen und unveränderlichen Weltgeist beschrieben hatte: »Nicht Gestalt und Gedanke entsprechen dem Sterblichen, sondern er, der ohne Mühe alles bewegt mit seiner Gedanken Kraft.« Xenophanes' Weltgeist sprach Anjalis mehr an als der furchterregende Jahve der Hebräer.

Ebenso hatten ihn Heraklit aus Ephesus und seine Lehre von der Einheit der Gegensätze beschäftigt. Doch der Gedanke, dass Gut und Böse eins seien und für den Einen Gott nur das Gute existierte, löste bei ihm Widerstand aus. Auch Platon fand er größtenteils unsympathisch, doch er liebte das Gleichnis von der Höhle; er hatte es so oft gelesen, dass er es auswendig konnte.

Nach einigen Monaten im Tempel von Heliopolis besuchte Anjalis gemeinsam mit seiner Mutter die großen Pyramiden.

Er war stumm vor Bewunderung. Als sie den Ort verlassen mussten, erinnerte er sich daran: Hier hatte Pythagoras vor fünfhundert Jahren gestanden, hier hatten die ägyptischen Architekten ein Verfahren entwickelt, nach dem ein rechtwinkliges Dreieck unendlich oft auf den Durchmesser eines Kreises gezeichnet werden kann.

Vielleicht hatte der große Grieche all seine Kraft aus den Pyramiden geschöpft, als er das Rätsel um das rechtwinklige Dreieck löste, dachte Anjalis.

Während eines ägyptischen Mysterienspiels wurde Anjalis klar, welcher aller griechischen Gedanken der größte, schwierigste und auch der einfachste war. In einem einzigen schwindelerregenden Augenblick erkannte er, dass alles Leben einen gemeinsamen Ursprung hatte und dass sich an dem Tag, an dem er sich selbst erkannte, die Wirklichkeit offenbaren würde. Nicht, dass alle die gleichen Rollen oder Aufgaben in dem großen Drama hätten. Da gab es Schwärmer, Rechenmeister, Maßvolle, und einige waren wie Schmetterlinge unter der Sonne – Genießer, die ihre Lebenslust an jeder Blume stillten.

Andere waren Trauernde wie seine Mutter, und wieder andere Felsen, in die das Feuer eingeschlossen war – wie sein Vater. Viele, viele unter ihnen waren Arbeiter, und es gab Emsige und Arbeitsscheue. Manche hatten als Kind die Unterwelt besucht und waren geprägt für alle Zeiten von der Erinnerung an diese Reise.

Doch der Unterschied bestand nur an der Oberfläche dieses Spiels des Lebens, in den fortwährenden Versuchen, neue Ausdrucksweisen, neue Formen auszuprobieren. Die Wirklichkeit, tief unter den Vorgängen und dem Spiel verborgen, war ein und dieselbe, so wie auch die Menschen einander glichen. Daher genügte die Kenntnis von Einem, dem Einzigen, von dem man etwas mit ziemlicher Sicherheit wissen konnte.

Wer aber war Anjalis, der Chaldäer aus Ur?

Dieses stolze ägyptische Lieblingskind war sehr hochmütig.

Nun war er dabei zu erforschen, wohin Hochmut führte, indem er beständig auf die überlegenen, die großartigen und herausfordernden Rollen im Leben zusteuerte. Er beobachtete an sich, wie gekränkt er sich fühlte, wenn ihm ein anderer die Rolle des Überlegenen streitig machte, und wie die Gedanken aussahen, die zu Rache und Vergeltung führten.

Und es gab viele Gelegenheiten für diese Beobachtungen in Heliopolis, denn dort verachtete man die Chaldäer ein wenig, das Bauernvolk aus der Wüste. Niemand war empfindsamer gegenüber dieser Geringschätzung als Anjalis, der sich selbst öfter als nötig seine ägyptische Mutter erwähnen hörte.

Was fiel ihm noch auf?

Er bemerkte seine Zurückhaltung und fühlte sich nicht wohl dabei. Er konnte eine plötzliche Kühle an den Tag legen, die sich zwischen ihn und die Menschen schob, die ihm zu nahe kamen. Nun stellte er fest, dass er Menschen verletzte, indem er sie anzog, um sie dann wegzustoßen.

Die dritte auffallende Eigenschaft war die Selbstgenügsamkeit. Oft dachte er über sein starkes Bedürfnis nach, frei und sich selbst genug zu sein – lag es vielleicht an Me Retes Trauer, die ihn schon früh gelehrt hatte, sich nicht von den Bedürfnissen anderer vereinnahmen zu lassen?

Da traf er eine bewusste Entscheidung: Er würde sein Schicksal nicht an das eines anderen Menschen binden.

Die Konsequenzen hatte er jedoch klar vor Augen.

Einsamkeit. Und die war verbunden mit Kälte.

Er war jetzt in dem Alter, wo man sich verliebte, doch Anjalis band sich an niemanden.

»Kein anderer soll die Bürde meiner Träume tragen«, sagte er einmal zu Me Rete, die auf eine Schwiegertochter wartete. Zwar verstand sie ihn nicht, aber insgeheim war sie zufrieden. Für gewöhnlich sah er, was sie dachte, und lachte über sie, außer, wenn sie den Vater enttäuschte – dann verabscheute er sie.

Zuweilen befiel Anjalis Traurigkeit, wenn er an seinen Vater dachte, der mit der Gewissheit sterben würde, der schönen Ägypterin niemals genügend Freude gegeben zu haben. Doch im nächsten Moment stieg in Anjalis auch Zorn über den Vater auf; wie dumm, auch noch die Verantwortung für das Glück eines anderen zu übernehmen.

Mit dem Segen der ägyptischen Priester ging Anjalis ins Freudenhaus, lebte dort seine Lust aus, staunte und beobachtete, so wie er es immer tat. Diese Erfahrungen flößten ihm großen Respekt vor den Frauen ein, für das Wundervolle, das in den Gegensätzen lag, und für die gewaltige Kraft, die der Selbstvernichtung innewohnte.

Die Huren stehen der Wirklichkeit sehr nahe, dachte er.

Anjalis hatte nun beinahe ein Jahr lang an den Unterweisungen in Heliopolis teilgenommen und war bereit für die Prüfung zur Initiation. Alle Prüflinge hatten ein heiliges Versprechen ablegen müssen, nichts von dem, was in den dunklen Krypten unter dem großen Tempel vor sich ging, preiszugeben, damit es nicht möglich war, sich vorzubereiten.

Mit der ihm eigenen Genauigkeit hatte er die Schüler beobachtet, die unterschiedlich lange in den unterirdischen Gewölben verweilt hatten. Einige waren lange dort unten geblieben und niedergeschlagen, mit leeren Augen, zurückgekommen; andere kehrten bereits nach wenigen Tagen mit leuchtendem Blick wie Sieger zurück, und ihre Worte und Taten offenbarten Kraft. Diese hatten den Tempel schon bald verlassen.

Einem der jungen Priester wagte er, eine Frage zu stellen, und erhielt eine Antwort, die ihn auch nicht klüger machte: »Sie haben einen anderen Weg gewählt.«

Ein junger Grieche, der mit leuchtender Stirn und einem Blick voller Entschlossenheit aus der Krypta kam, fand Anjalis' besondere Bewunderung. Der Grieche verliebte sich kurz darauf in ein junges Mädchen, und diese Liebe strahlte eine solche Freude aus, dass die Leute sagten, die beiden würden die nächtlichen Straßen der Stadt erleuchten.

Eines Abends begegnete Me Rete ihnen, als sie von einem Verwandtenbesuch kam, und zu Hause konnte sie bestätigen: »Es ist wahr, Anjalis, die beiden leuchten von innen heraus.« Und sie erzählte von dem Gerücht aus ihrer Jugendzeit, wonach

Kleopatra Antonius in die Krypta hinabgeführt und ihn auf diese Weise in unüberwindlicher Liebe an sich gebunden hatte.

Doch auch jener junge Grieche verließ den Tempel, nicht als Eingeweihter und Priester, sondern als glücklicher Kaufmann: Er hatte in dem Handelshaus seines Schwiegervaters, mit Sitz in Pelusium, eine Anstellung gefunden.

Die chaldäischen Jünglinge, allesamt Anjalis' Kameraden, hielten sich unterschiedlich lange in der Krypta auf, kehrten dann zwar erschöpft, doch mit neuer Entschlossenheit in ihrem Gang zurück. Ein jeder von ihnen erhielt die Weihe, und sie verrichteten so lange ihren Tempeldienst als Priester, bis sie alle für die Heimreise wieder beisammen waren.

Als schließlich Anjalis an der Reihe war, legte er das neue, weiße Gewand an, das Me Rete für ihn genäht hatte, und ging vor Sonnenaufgang zu Fuß den kurzen Weg zum Tempel hinauf. Nur einer der alten Priester nahm ihn in Empfang. Er war einsilbig und seine Erscheinung auffallend alltäglich. »Erst einmal musst du dich an der Tempelquelle waschen«, erklärte er.

Also zog Anjalis das neue Gewand aus und stieg im Innenhof des Tempels in den Quellwasserbrunnen. Es herrschte noch Dunkelheit, und das Wasser war eisig kalt. Ein altes, schmutziges und übelriechendes Gewand wurde ihm gereicht, und er folgte dem Alten durch das schwere Portal in die gewundenen Gänge unter dem Tempel.

Der Weg nahm kein Ende, und Anjalis überlegte, ob ihn der Priester nicht täuschte und im Kreise führte. Da hielt der Alte vor einer verschlossenen Tür inne, öffnete sie mit einem schweren Schlüssel und führte Anjalis in einen kleinen Raum, dessen kahle Wände nur von einer armseligen Öllampe erhellt wurden.

»Rechts hast du Wasser und Brot«, sagte der Priester. »Und hier im Gang links findest du den Abort. Jetzt lasse ich dich allein.« Der Priester ging, und Anjalis blieb einsam im Halbdunkel zurück.

Nichts gab es hier zu sehen, nichts zu beobachten oder zu

erforschen, und Anjalis wappnete sich innerlich für den Augenblick, wo das Öl in der Lampe zur Neige gehen und die Dunkelheit undurchdringlich werden würde.

Zunächst versuchte er die verstreichende Zeit zu schätzen und maß sie an den Tropfen, die aus der Quelle in der rechten Ecke des Raumes sickerten. Solange er noch mit Hilfe der Tropfen eine Zeitrechnung anstellen konnte, empfand er das Geräusch als angenehm, doch irgendwann mußte er aufgeben. Schließlich war es ihm nicht mehr möglich, Tag und Nacht zu unterscheiden, und das stete Tröpfeln machte ihn beinahe wahnsinnig. Er aß etwas von dem Brot, das so schwarz war wie die Erde des Nildeltas und scheußlich schmeckte. Doch fühlte er sich gesättigt, und im nächsten Augenblick kam eine solche Ruhe über ihn, dass er sich in seinen Mantel hüllte und auf dem harten Boden einschlief.

Er hatte gehofft, freundliche Träume würden ihm gute Ratschläge geben, doch der Schlaf war ebenso schwarz und leer wie der Raum. Beim Erwachen fühlte er sich so verlassen, dass er in Tränen ausbrach. Er weinte wie ein Kind und rief nach Me Rete. Aber schließlich nahm er sich zusammen, wusch sich sorgfältig an der Quelle, löschte seinen Durst und aß ein weiteres Stück von dem schweren Brot.

Dann setzte er sich in die Mitte des Raumes und dachte nach.

Plötzlich schoss heiße Wut in ihm hoch, und glasklar erkannte er, dass er Opfer eines Spieles geworden war, eines heuchlerischen Dramas, das die verdammten ägyptischen Priester aufführten. Das war nicht der Weg, Weisheit zu erlangen, denn die zeigte sich im klaren Tageslicht, wenn Menschen einander begegneten und Gedanken austauschten.

Aber kaum hatte er den Gedanken zu Ende gedacht, nahm dieser die Gestalt eines freundlichen Mannes an, der plötzlich neben ihm stand. Anjalis blickte in ein Gesicht, das dem seines Vaters sehr ähnlich war, und musste wieder weinen – diesmal vor Erleichterung.

Der Mann sagte: »Dein Misstrauen ist sicherlich gerechtfertigt, denn du hast zur Genüge von den Täuschungen und Betrügereien der schwarzen Priesterschaft von Heliopolis gehört. Komm, ich habe den Schlüssel nach draußen, ich werde dich befreien.«

In diesem Augenblick begriff Anjalis, und er schleuderte sein Nein gegen die Steinwände, die das Echo in den Raum zurückwarfen. Der freundliche Mann entschwand, und Anjalis hüllte sich wieder in seinen Mantel, um zu schlafen.

Er wurde von dem alten Priester geweckt, der ihn sanft rüttelte und sagte: »Jetzt bist du bereit, diese Kammer zu verlassen.«

Draußen war es Nacht, und niemals zuvor waren Anjalis die Sterne freundlicher erschienen als in diesem Augenblick. Erneut badete er in dem Brunnen, bekam frische Kleider und eine Mahlzeit, die aus Fisch und Früchten bestand. Sogar ein Becher Wein wurde ihm gereicht, der das Blut berauschte und sein Gemüt tröstete.

Vor der Morgendämmerung führte ihn der Alte erneut in die Krypten, aber sein Misstrauen, er würde wieder in dem Labyrinth irregeführt, war gewichen.

Die nächste Prüfung wäre Anjalis beinahe zum Verhängnis geworden, obwohl ihm sofort klar war, worauf sie hinauslief. Dieses Mal wurde er geradewegs in die ägyptischen Schatzkammern geführt, die er in seinen Träumen gesehen hatte. Sie waren beeindruckender und größer als in seiner Erinnerung. Aus allen Winkeln leuchtete ihm Gold entgegen, rotes Gold, das sein eigenes Licht auszusenden schien, denn der Raum war so hell erleuchtet, als hätte er Fenster nach Süden.

Er könne sich nehmen, was er wollte, sagte der Mann, der die Schätze bewachte, und sah neugierig und freundlich zu Anjalis hinüber – augenzwinkernd und mit einem verschmitzten Lächeln.

Wählte er ein Schmuckstück aus Gold, könnte er in die Welt hinausziehen und ein reicher Mann werden; alles, was er anfasste, würde sich in Gold verwandeln.

Dieser Versuchung widerstand Anjalis mit Leichtigkeit, denn wie alle Chaldäer war er an Reichtum nicht interessiert und vertraute darauf, immer genügend Mittel für ein sorgenfreies Leben zu haben.

Er griff zu einem Diamanten und sah ihn in seiner Hand funkeln. Doch legte er ihn sofort zurück, als der Mann sagte, dass er, wenn er ihn wählte, große weltliche Macht erringen würde. Anjalis strebte zwar nach Macht, Macht über das Bewusstsein der Menschen. Aber die Verantwortung eines Herrschers, die der Diamant versprach, fürchtete er.

Daraufhin reichte ihm der kleine Mann einen Rubin, der wie eine Rosenknospe geschliffen, ebenso groß wie sie und doch leuchtender war als jede Rose.

»Wähle ihn und du wirst berühmt.«

Zum ersten Mal in seinem Leben erfuhr Anjalis, wie groß sein Ehrgeiz war, und welche Kraft damit einherging. Tag und Nacht kämpfte er mit der Verlockung und sah seinen Namen um die Welt gehen:

Ein großer Philosoph, ein berühmter Mann.

Anjalis wusste nicht mehr, ob es seine eigene Stimme oder die des kleinen Mannes war. Aber die Bilder, die vor seinem inneren Auge entstanden, hatte er selbst erschaffen. Bilder, wie er ehrerbietig von den Gelehrten der ganzen Welt gegrüßt wurde.

Anjalis, der berühmte Chaldäer.

Es war verlockend, und ein Frösteln ging durch seinen Körper, denn niemals, zu keinem Zeitpunkt, hatte sich Anjalis etwas sehnlicher gewünscht als das. Und er wusste, die ägyptischen Priester würden ihn nicht täuschen.

Er könnte so wie die anderen den Rubin wählen, und Ehre würde ihm zuteil.

»Welchen Schaden würde er dir bringen?« fragte der Mann. Wäre es die chaldäische Weisheit nicht wert, in der ganzen Welt verbreitet zu werden? Würde die große Kunst, die Sprache der Sterne zu deuten, nicht Segen bringen, neue und erstaunliche

Gedankengänge befruchten, den Unruhigen Ruhe geben und die Menschen vor großen Gefahren bewahren, wie Pest und Krieg?

War nicht gerade er zur Verbreitung dieser Kunst auserwählt worden – er mit seiner Sprachgewandtheit, seiner Phantasie und seinem wachen Geist? War das nicht genau der Grund, weshalb er geboren war und seine ungewöhnliche Begabung erhalten hatte?

Anjalis kam nie dahinter, ob er es nun war, der gesprochen hatte oder der kleine Priester. Ungeachtet der Kälte legte er sich in der Schatzkammer schlafen und fror erbärmlich, dazu quälte ihn das rote Licht des Rubins, den er fest in seiner Hand umschlossen hielt.

Auch jetzt kamen keine Träume, die ihm den Weg zeigten. Als er erwachte, zitterte er vor Kälte und bemerkte eine Brandwunde in seiner Hand, die den Rubin noch immer umklammert hielt. Und wiederum erschienen die Bilder des großen Anjalis, den die Welt wie einen Ebenbürtigen Platons feierte.

Verlockend und süß war die Vorstellung.

So erging es ihm Tag für Tag. Es erschien ihm, als sei ein volles Jahr vergangen, als die Bilder endlich ihre Zauberkraft verloren, verblassten und grau wie Asche wurden. Da war der Zeitpunkt gekommen, und er konnte dem kleinen Priester sagen, er würde von allen Geschenken Abstand nehmen.

Als er den Rubin wieder zurücklegte, sah er zu seiner Verwunderung, dass die Wunde geheilt war.

Doch als Anjalis nach der Prüfung aus der Krypta geführt wurde, war er krank; er hatte Schüttelfrost und merkte, dass er nun den Erbärmlichsten unter den Geweihten glich – niedergeschlagen und die Augen leer.

Anjalis hatte die Prüfung bestanden, die zum Inhalt hatte, seine Angst zu überwinden. Bei der vierten Prüfung musste er sich um ein krankes Kind kümmern, das er nächtelang in seinen Armen herumtrug, ohne zu schlafen. Kraft seiner Fürsorge überlebte das Kind, und diese Aufgabe erschien ihm als die leichteste.

Unvergleichlich schwerer wurde die fünfte und letzte Prüfung, obwohl der Raum, in den er nun geführt wurde, hell und angenehm war. Hier gab es einen gedeckten Tisch mit Früchten aller Art, schöne Stühle und weiche Teppiche.

Auf einem Sofa an der Schmalseite des Raumes, der sich zu einem blühenden Garten hin öffnete, saß ein Mädchen, und als sie sich umdrehte und ihn anblickte, schlug sein Herz wild vor Glück. Sie war voller Anmut, jung, beinahe noch ein Kind. Ihr Haar war griechisch blond, und die großen Augen mit den langen Wimpern waren dunkel wie der Himmel in der Dämmerung.

Sie konnten miteinander über alles sprechen, und sein Herz knüpfte ein starkes Band zu ihrem Herzen. Er war wild und verrückt vor Verliebtheit. Und noch nie in seinem Leben war er so glücklich.

Gleich darauf umarmte und küsste sie ihn, und dem Reiz dieser Begegnung erliegend, erkannte er sich selbst kaum wieder. Als er ihre Brüste streicheln wollte, errötete sie verschämt und sagte: »Warte, Anjalis, warte. Erst, wenn wir ein Heim haben und die Kinder empfangen können, die uns bestimmt sind.«

Ein Schwert bohrte sich in sein Herz, und er hatte das Gefühl, zerteilt zu werden. Die Versuchung war ungeheuerlich: Dieses Mädchen erfüllte all seine Träume, so unschuldig, treu, klug und schön war sie.

Aber all das war auch seine Mutter. Und er hatte seinen Weg gewählt, den Weg der Einsamkeit. Stammelnd versuchte er ihr zu erklären, dass er auserwählt sei, einem göttlichen Kind zu dienen, und dass sie sich nicht an ihn binden möge.

Sie weinte, und ihr Weinen war stark und echt.

Anjalis dachte, er würde es nicht überleben. Doch er nahm Abschied von ihr und wandte sich zur Tür; da entdeckte er seine Mutter im Raum, deren Augen dunkel vor Verzweiflung waren.

Endlich erschien der Alte und öffnete die Tür. Anjalis flüchtete an ihm vorbei, hin zu einem Freudenhaus, wo er in den Armen der sanftäugigen Hure, die ihm früher schon so viel Trost gespendet hatte, seine Verzweiflung hinausschrie. Aber er bekam keine Erektion, und die Sanftäugige warf ihn schließlich hinaus auf die Straße und in die Nacht, die ebenso kalt war wie seine Einsamkeit. Zum ersten Mal sah er ein, dass ihn sein Drang nach Unabhängigkeit beinahe alles kostete, was das Leben lebenswert machte. Dieses Bedürfnis nach Freiheit würde andere immer verletzen, so wie es seine Mutter seit jeher verletzt hatte.

Doch er kehrte nach Hause zurück und wurde von Me Rete empfangen. Entsetzt darüber, wie bleich er war, gab sie ihm Wein und ein warmes Bett. Als er zu später Stunde am nächsten Tag erwachte, dachte er, nun fähig zu sein, die Ehe von Balthasar und Me Rete mit größerem Verständnis zu sehen. Er ahnte jetzt, wie fein das Band gewebt war, das Frau und Mann zusammenhielt.

Vor der Initiation hatte Anjalis mit dem Ältesten der ägyptischen Hierophanten eine Unterredung, einem Mann, um den sich in der Tempelstadt das Gerücht rankte, er sei einhundertzwanzig Jahre alt. Er wirkte wie eine weiße Flamme, durchsichtig und flackernd, und Anjalis bewegte sich behutsam und atmete leicht, als fürchte er, den Alten umzupusten.

»Du hast keine Angst vor dem Tod«, sagte der Priester.

»Bisher habe ich noch nicht über ihn nachgedacht.«

Das Lachen des Alten breitete sich von den hellbraunen Augen in tausend Runzeln über das ganze Gesicht aus.

»Dir bleibt noch eine ungewöhnlich lange Zeit«, beteuerte er ihm. »Doch die Kenntnis vom Tod ist von großer Wichtigkeit für ein gutes Leben. Und sie erfordert Reinheit.«

»Reinheit?«

»Ja, der Tod ist das Ende dessen, der sich ein Bild macht. Wenn du das zu deinen Lebzeiten nicht verstanden hast, wirst du dir im Grenzland weitere Bilder machen. Sie sind beladen mit der Kraft des Todes, und sie suchen die Menschheit heim, ebenso wie die Neugeborenen, deren Reinheit damit verloren gegangen ist.«

Anjalis versuchte zu verstehen.

»Von dem, was nach dem Tod kommt, kann man sich keine Bilder machen?«

»Nein, so ist es«, sagte der Alte und lachte wieder. »Dort ist alles neu, außerhalb von Zeit und Vorstellung – eine Erkenntnis, die der Geist niemals erfassen kann.«

»Ich glaube, ich erahne es«, sagte Anjalis, und der Alte sprach weiter: »An dem Tag, an dem du vollkommene Erkenntnis erlangt hast, hören deine Träume auf. Aber wahrscheinlich hast du dann verstanden, dass der Tod ein ewiges Rätsel ist, eine Erinnerung, die gespeichert wird, die sich ändert und vergeht.«

Anjalis nickte; das verstand er, hierin steckte eine Weisheit, die er wiedererkannte. Doch seine Gedanken kehrten zum Tod und dessen Bedeutung zurück.

»Es ist schwer zu begreifen, dass etwas existieren soll, wo es kein Ich gibt«, sagte er.

»Ja, um das zu verstehen, müsste man den Mut haben, sich der Trauer hinzugeben.«

»Der Trauer!«

Anjalis' Stimme klang erregt, war voller Einwände.

»Ja«, sagte der Alte, »im Grenzland zwischen Leben und Tod herrscht große Trauer, die Summe allen menschlichen Leidens. Ja, eigentlich die jahrtausendealte Trauer über die Unwissenheit des Menschen, über Grausamkeit und Chaos. Dort ist die Verzweiflung aller Wesen über ihr Unvermögen anzutreffen, sich aus dem Gefängnis zu befreien.«

Anjalis dachte an Me Rete und wurde zornig. »Trauer führt zu nichts – sie lähmt nur.«

»Du verwechselst Trauer mit Selbstmitleid«, sagte der Alte. »Mit der großen Trauer ist es anders. Erst, wenn du von ihr gekostet hast, kann dein Mitgefühl geboren werden – verstehst du?«

»Ich verstehe wohl die einzelnen Worte.«

»Versuche, dich an sie zu erinnern. Eines Tages können sie zu einem Wissen werden, dann kannst du deine Gefängnistore öffnen.«

Im Tempel war es lange Zeit still. Junge, trotzige Augen begegneten den alten Blicken. Schließlich wiederholte der Hierophant: »Das ist die eigentliche Bedeutung, wenn es heißt: sterben, um bei sich selbst anzukommen. Solange du dem Tod ausweichst, machst du dir weiterhin Bilder.«

»Und Bilder stellen Gefängnisse dar?«

»Ja.«

»Auch die schönen?«

»Gerade die, denn mit deren Hilfe machen wir uns das Gefängnis erträglich, anstatt die Tür zu durchbrechen.«

»Vor mir liegt noch ein weiter Weg«, sagte Anjalis.

Die endgültige Initiation ängstigte Anjalis nicht mehr, er war jetzt jenseits aller Empfindungen und ließ sich im heiligen Raum des Tempels gelassen in den Sarkophag einschließen. Kurz darauf verließ er seinen Körper und flog hinweg über die Wüsten, jenseits aller Zeit. Auf dem Berg Zion erblickte er Abraham, der gerade dabei war, seinen Sohn zu opfern, und er überlegte, dass der Wahnsinn der Menschheit größer war als der Kosmos.

Während der feierlichen Zeremonie nahmen Anjalis und die übrigen Priester schwere Goldketten in Empfang und rezitierten die jahrtausendealten Worte aus dem Totenbuch, die Worte, mit denen die Toten Osiris begrüßen:

»Gott, du großer, der Wahrheit Meister, du mächtiger Herrscher! Nun trete ich vor dich! ... Ich habe nicht getötet, noch einen Mord angestiftet. Meine Mitmenschen ließ ich nicht Tränen vergießen. Die Hungersnot habe ich nie verursacht ... Nie habe ich Leiden veranlasst. Nicht habe ich durch zu viel Sprechen gesündigt. Nie habe ich, um mich zur Geltung zu bringen, Ränke geschmiedet. Nie fehlte es mir vor den Göttern an Ehrfurcht ...«

Wenige Tage später traten die Chaldäer ihre Heimreise an. Keiner von ihnen sprach von seinen Erlebnissen im Tempel. Aber eines Abends bei Sonnenuntergang in der Wüste Sinai sagte einer von Anjalis' Kameraden:

»Die Welt sieht anders aus, nachdem man die Todesangst überwunden hat.«

Daraus entnahm Anjalis, dass die Prüfungen unterschiedlich und mit Sorgfalt ausgesucht waren.

Beim Anblick der chaldäischen Siedlung, die sich gegen den Horizont des Sandmeeres abhob, bemerkte Anjalis, dass er Heimweh hatte. In unendlichem Frieden ragte dort der Turm gen Himmel – eine trotzige Herausforderung menschlicher Gedanken – die flachen Behausungen, der fruchtbare Boden, mühsam der unbarmherzigen Wüste abgerungen.

Darauf folgte jedoch eine Zeit der Enttäuschung – wie klein und eng war doch die Welt in seiner Heimat. Er benötigte geraume Zeit, um die Langsamkeit des Sehens wiederzuerlangen, die jener Ort ihm abverlangte.

Widersprüchlich war die Begegnung mit seinem Vater; Balthasar wartete fieberhaft auf das Erscheinen des Sterns. Natürlich freute er sich über die Rückkehr der Gattin und des Sohnes, doch nur halbherzig schenkte er ihnen seine Aufmerksamkeit.

Die Chaldäer wussten, dass der neue Stern in der Nacht zum 29. Mai geboren würde, wenn die beiden großen Planeten Saturn und Jupiter nahe der Erde und nur 0,21 Grad voneinander entfernt aufeinander trafen. Dieses seltene Schauspiel würde im Bogen zwischen den Fischen stattfinden.

Bereits den alten Sumerern war bekannt, dass Jupiter der Himmelskörper des Lebens war, und die Weisen Babylons hatten behauptet, Saturn sei der Wohnsitz der gefallenen Engel und deren gesamten Anhangs.

Zu Beginn des Fischezeitalters sollte eine Begegnung zwischen den Gegensätzen des Daseins stattfinden.

Rechtzeitig vor dem festgesetzten Zeitpunkt erschienen die ägyptischen Priester am Tempelturm in der Wüste. Das ganze Dorf befand sich in feierlicher Erwartung, die alltäglichen Gespräche verstummten, die gewöhnlichen irdischen Freuden verloren ihre Bedeutung.

Und nicht zuletzt waren auch alle Sorgen unwesentlich geworden.

Keiner in der Wüste sollte jemals das Himmelsereignis und die Geburt des neuen Sterns vergessen. Wie ein leuchtender Diamant tauchte er plötzlich genau im Westen auf, über dem jüdischen Land, so wie es die Ägypter vorausgesagt hatten.

Die ägyptischen Priester lachten, und einer von ihnen sagte zum Ältesten: »Ihr habt vergessen, dass Saturn nach uraltem Glauben auch der Aufenthaltsort für den einzigen Gott der Juden ist.«

Die drei auserwählten Chaldäer machten sich für die Reise fertig, und bereits am nächsten Morgen lenkten sie ihre Kamele nach Westen durch die Große Wüste. Sie waren beladen mit Geschenken für das neugeborene Kind: Gold, Weihrauch und Myrrhe. Im Gepäck befanden sich auch ihre kostbarsten Gewänder, die schwarzen Samttuniken und die lila gefütterten Umhänge, an denen man sie als Magier erkennen konnte.

Siebenundzwanzig Tage waren sie unterwegs gewesen, und als sie zurückkehrten, hatten sie erstaunlich wenig zu berichten. Aber sie hatten das göttliche Kind gesehen und ihre Gaben überreicht. Und in ihren Augen fand sich ein solcher Friede, wie ihn allein die Begegnung mit Gott schenken kann.

Sie sagten, dieses Mal sollte die Menschwerdung aus Gründen, die außerhalb der Reichweite des menschlichen Verstandes lägen, unter sehr bescheidenen Umständen stattfinden. Das Kind sei arm und sein Leben vom ersten Augenblick an bedroht.

Der Stern hatte sie auf kürzestem Weg nach Jerusalem geführt, aber in den Bergen der Moabiter waren sie auf einen

Juden gestoßen, der sie an Henochs Buch erinnert hatte, in dem geschrieben steht, der König würde im Lande Davids, in Bethlehem, geboren. Dort hatten sie das Kind auch gefunden, berichtete Balthasar einsilbig und gab damit zu verstehen, er wolle sein Erlebnis nicht schmälern, indem er es in Worte presste.

Nur Me Rete wagte eine Frage: »Wie war sie, die Mutter des Kindes?«

»Sie besaß große Unschuld«, antwortete Balthasar.

Ohne es eigentlich zu wollen, wurde auch Anjalis von der feierlichen Stimmung erfasst, die den Vater umgab. Am folgenden Tag suchte er in der großen Bibliothek nach den hebräischen Schriften und hatte bald gefunden, wonach er suchte: Jesajas Prophezeiungen über die Geburt des Messias.

Verwundert hielt er bei den Worten inne: »Als er gemartert ward, litt er doch willig und tat seinen Mund nicht auf.«

Was konnten sie bedeuten?

Kurz darauf fand er den Vers, den er aus seiner Kindheit kannte:

»Denn jeder Stiefel, der mit Gedröhn dahergeht,
und jeder Mantel durch Blut geschleift,
wird verbrannt und vom Feuer verzehrt.
Denn uns ist ein Kind geboren,
ein Sohn ist uns gegeben,
und die Herrschaft ruht auf seiner Schulter,
und er heißt
Wunder-Rat,
Gott-Held,
Ewig-Vater,
Friede-Fürst ...«

Als Anjalis, die schönen Worte des alten Propheten im Ohr, die Bibliothek verließ, dachte er mit Zittern an das ungeheure Drama, das sich bald auf der Erde abspielen würde.

Die Priester aus Heliopolis verweilten noch, sie berieten sich drei Tage lang mit den Männern, die das Kind gesehen hatten, und den Ältesten der Chaldäer. Gemeinsam versuchten sie zu verstehen.

Einig waren sie sich darin, dass Armut und Verbannung im Leben des Kindes wohl der Wille des Himmels waren, und eines Tages würden sie auch wissen, weshalb. Doch bis dahin?

Das Kind befand sich nun in Ägypten, bereits auf der Flucht vor der Bosheit, die die Menschwerdung bedrohte. Und die Bosheit der Welt war grenzenlos, stellte eine ungeheure Kraft dar. War sie möglicherweise so stark, dass Gott selbst eine Niederlage erleiden konnte?

Sollten sie das Kind und seine Eltern ihrem Schicksal überlassen und zu hoffen wagen, der Himmel selbst würde eingreifen, um sie alle zu schützen? Oder sollten sie ihren Einfluss geltend machen und ein schützendes Netz um die Familie knüpfen?

War die unendliche Unschuld der Mutter der beste Schutz für das Kind? Würde der Himmel Hilfe schicken?

»Der Mensch ist für die Erde verantwortlich«, sagte der Älteste der Chaldäer. »Satan, der alle guten Pläne zunichte macht, zögert nie. Weshalb sollten wir dann zögern?«

Die Hierophanten aus Ägypten hörten aufmerksam zu und waren bereit, ihm Recht zu geben.

»Wozu sind die Menschen mit einem freien Willen ausgestattet worden, wenn sie ihn nicht nützen?« fragten sie.

Aber ein Ägypter unter ihnen gab zu bedenken, das unfreiwillig Böse würde oft so leicht und aus den besten Absichten heraus geboren. Er war der Ansicht, solange sich ihnen der Zweck der bescheidenen Geburt nicht erschlösse, bestünde die Gefahr, dass sich der gute Wille ins Gegenteil verkehre, und er fragte: »Was für ein Mensch war der Vater?«

Noch einmal berichtete Balthasar von Josef, der in die Stadt Davids gekommen war, um sich gemäß dem kaiserlichen Gebot schätzen zu lassen. Ein nicht mehr ganz junger Mann, vorsichtig und klug; ein freier Handwerker, geschickt, treu und beständig.

Balthasar suchte nach dem richtigen Wort und fand es schließlich: »Reinen Herzens«, sagte er, »er ist ein ernsthafter Mann mit reinem Herzen.«

Gewissenhaft ja, und Balthasar würde es nicht verwundern, wenn er mit Geld umsichtig, um nicht zu sagen geizig, umginge.

»Ein glücklicher Mann?« Es war wieder der Ägypter, der fragte, und Balthasar dachte lange über die Antwort nach: »Nein«, sagte er schließlich, »ein düsterer Mann, bereits heute von einer Verantwortung niedergedrückt, die er nicht versteht.«

»Es lag etwas wie Verwunderung über ihm«, sagte Balthasar, »vielleicht mit einer Spur von Misstrauen.«

»Das klingt glaubhaft«, sagte der Ägypter und fragte weiter: »Ich verstehe, er ist ein Laie. Ist er abergläubisch?«

Balthasar zögerte: »Mit den Juden ist es so: Sie kennen ihre Schriften, und noch der Ärmste unter ihnen hat tief in sich das Gefühl, ein Auserwählter zu sein. Jedes Kind lernt die Gesetze, und jeder einzelne Jude kennt die großen, überlieferten Texte auswendig.«

Die Männer um den Tisch in der chaldäischen Bibliothek nickten. Einer sagte:

»Der Glaube, sie seien Auserwählte, gibt ihnen Kraft. Aber darin steckt auch ein Fluch.«

Die alten Männer schüttelten ihre Köpfe bei dem Gedanken, wie kompliziert das Erbe dieses auserwählten Volkes war.

An diesem ersten Tag kamen sie bei ihren Beratungen zu keinem Ergebnis und wünschten sich beim Abschied gute und aufschlussreiche Träume. Am nächsten Morgen wollten sie das Horoskop, das die Chaldäer für das Kind erstellt hatten, und einen Brief des Hundertjährigen aus dem Sonnentempel in Heliopolis verlesen. Denn der hatte in der Nacht, als sich der Stern gezeigt hatte, in der großen Pyramide gewacht.

Als sie sich erneut versammelten, waren sie besserer Stimmung, aber der Brief des Hundertjährigen gab auch nicht mehr Aufschluss. Er war reich an Worten und begann mit einer langen und umständlichen Einleitung. Darin bedauerte er, dass seine Fähigkeit wahrzusagen mit den Jahren abgenommen habe.

Die von ihm empfangene Botschaft hatte er so gedeutet, dass sie ihr Vertrauen auf die Fischer an dem blauen See setzen und die Saat in deren Hände legen sollten, damit sie über die ganze Erde verbreitet würde, mit Hilfe der Griechen und in Übereinstimmung mit der römischen Gesetzesmacht.

Doch das Reich war nicht von dieser Welt.

Lange Zeit saßen sie schweigend um den Tisch, dachten über die Worte nach und machten sich widerstrebend klar, dass ihre Zeit lediglich die des Säens war.

Wer aber waren die Fischer am blauen See? Und wo war die Verbindung zwischen ihnen und dem Sternbild der Fische?

Nach langem Schweigen sagte einer der Hierophanten: »Die Deutung dieser Botschaft lautet wohl, nicht einzugreifen.«

Die anderen sahen ihn lange Zeit an und mußten ihm widerstrebend Recht geben. Das Gefühl der Hilflosigkeit war schwer zu ertragen.

Das von den Chaldäern erstellte Horoskop war leichter zu verstehen. Ort und Zeitpunkt der Geburt deuteten auf ein kurzes Leben hin, unauffällig bis zum dreißigsten Lebensjahr. Danach folgten bedeutende Taten und ein grausamer Tod.

Am Nachmittag, nachdem jeder für sich beim Mittagsschlaf Trost für seine Enttäuschung gesucht hatte, setzten sie sich wieder zusammen, um einen Entschluss zu fassen. Man würde keinen Kontakt zu den jüdischen Priestern aufnehmen, und das Kind sollte, gemäß dem Horoskop, unerkannt aufwachsen.

Nur in einem Punkt waren sie sich nicht einig: Sollten Griechenland und Rom miteinbezogen werden?

In Griechenland lebten die besten Denker der Welt. Ihre Ideen waren klar wie der Himmel, und sie vermochten zu blenden wie Blitze. Ihr Glaube war jedoch so weit entfernt von der

Kenntnis um den alleinigen Gott. Oder stimmte das nicht? Wie war Platon zu erklären? Wie der Zusammenhang zwischen Pythagoras' Zahlenmystik und diesem unglaublichen Pantheon zu verstehen, der von unzähligen, äußerst menschlichen Göttern bewohnt wurde – allesamt kleingeistig und spöttisch?

Und die Römer? Was wusste man über deren Denken und Glauben? Welche Rolle spielten sie in der Geschichte? Sie waren bedeutende Staatsmänner und für die Ordnung zuständig.

Und für das Blutvergießen.

Ein verschlossenes Volk, ohne Herz; ein Volk der Härte und Macht.

Nur Epigonen in ihrem Denken.

Gewichtige Worte wurden da an dem Tisch geäußert, bis schließlich einer der Ägypter sagte: »Wir wissen sehr wenig von dem, was in den Herzen der Völker dort in den westlichen Ländern vor sich geht. Wir kennen ihre Schriften, doch wer von uns hat je die Tiefe ihres Glaubens ausgelotet? Und was wissen wir über die Bedeutung der Bilder, die ihre Träume lenken?«

Alle pflichteten ihm bei, und der Hierophant fuhr fort: »Ich schlage vor, wir schicken einen Mann los, dessen Denken klar und ohne Vorurteile ist, um an Ort und Stelle die Gesinnung der Meeresvölker zu erkunden.«

Der Vorschlag brachte neues Leben in die Beratungen. Also konnte man doch etwas tun. Wenn die westlichen Länder als Werkzeug für den neuen Glauben ausersehen waren, dann mussten die alten Völker der Erde lernen zu verstehen, wie dieses Werkzeug funktionierte.

Der Hierophant schlug Anjalis für den Auftrag vor. »Er ist in der griechischen Philosophie bewandert und zudem äußerst sprachkundig«, sagte der Priester.

»Er ist viel zu jung«, kam der Einwand vom Ältesten.

»Seine Jugend ist ein Vorteil«, sagte der Ägypter, »außerdem wirkt er bei seiner Größe viel älter.«

Die Chaldäer begriffen, dass der Hierophant auf Anjalis'

Kenntnisse baute, die er bei seinen geheimen Prüfungen in Heliopolis erworben hatte, und stimmten dem Vorschlag zu. Balthasar konnte nur schwerlich seinen Stolz verbergen.

Also rief man Anjalis hervor, der gemeinsam mit den übrigen Mitgliedern der chaldäischen Bruderschaft den Beratungen gefolgt war.

Das Meer.

Woge um Woge rollte es an die Strände von Tyrus, der Stadt, von der aus König Hiram einst Bauherren und libanesische Zedern für Salomons Tempelbau nach Jerusalem geschickt hatte. Lange, unbesiegbare Wellen durchfluteten Anjalis' Gemüt und reinigten es. Der Himmel über dem Meer ist weiter als der über der Wüste, dachte er, und das Meer selbst ist frei – ohne Geschichte, ohne Erinnerung und daher auch ohne Angst.

Als Kind hatte er gern an der Quelle in der Wüste gesessen und dem Zwiegespräch zwischen Wasser und Sand, zwischen den Palmen und den Sternen gelauscht. Dort war die Botschaft des Wassers – das Leben sei trotz allem großartiger als der Tod – leise gewesen, kaum vernehmbar. Hier am Meer war ihre Stärke zu spüren, eine erhabene Versicherung der Kraft des Lebens.

An dem alten phönizischen Strand verstummten in Anjalis alle Gedanken. Als er schließlich wieder die Herberge aufsuchte, von wo aus er die Ankunft des Schiffes nach Athen erwartete, hatte er das Gefühl, Gott selbst habe mit ihm gesprochen.

In Heliopolis hatte er die römischen Truppen gesehen, die wie Schatten aufgetaucht und wieder verschwunden waren und im Alltag für Spannung gesorgt hatten. Auf die Welt im Tempel hatten sie allerdings keinen Einfluss.

Hier dagegen zeigten sich die römischen Soldaten auf jedem Platz und in jeder Gasse.

Die Juden in der Stadt hatten sich eine Fertigkeit zugelegt, die Römer nicht zu beachten, einfach durch sie hindurchzusehen, als existierten sie nicht. Vielleicht gelang es auf diese Weise, die Macht dieser Lederbeschürzten zu mindern, dachte Anjalis. Aber für ihn, den Fremden, blieben die Soldaten umso gegenwärtiger.

Als ihn der Wirt am nächsten Morgen mit der Nachricht weckte, der römische Befehlshaber der Stadt wünsche den chaldäischen Magier zu sprechen, empfand Anjalis Angst. Die Augen des jüdischen Wirtes weiteten sich vor Schreck, die Angst ging auch auf ihn über.

Während Anjalis sich anzog, dachte er an die eingebildeten Gefahren in der ägyptischen Krypta, und als er zu dem Treffen mit dem Römer aufbrach, war er wieder ganz er selbst.

Man führte ihn durch die großen Säle der alten Stadtfestung, und schließlich verbeugte er sich tief vor einem älteren Mann mit unbewegtem Gesicht und Augen, die es gewohnt waren, niemals eine Regung zu verraten. Anjalis erkannte sofort, daß sich dahinter starke und leicht entzündbare Gefühle verbargen. Fünf Kohorten standen in Tyrus unter Gaius Mancinius' Befehl; seine Aufgabe war es, die Land- und Seewege durch das Land der Juden offen zu halten.

Ruhig zeigte ihm Anjalis seine Dokumente, abgestempelt in der Kanzlei des Partherkönigs in Ekbatana. Er erklärte in einem anfangs noch zögerlichen Latein, das im Verlauf der Unterhaltung jedoch an Sicherheit gewann, er sei auf dem Weg nach Athen, um dort Philosophie zu studieren. Danach wolle er weiter nach Rom reisen.

»Hast du den Partherkönig getroffen?«

»Nein, aber die Sternenforscher aus Ur stehen gemäß einer Tradition aus babylonischer Zeit unter dessen Schutz.«

Außerdem hatte Anjalis einen Brief vom obersten Priester aus Heliopolis bei sich. Das imponierte dem Römer.

»Du hast an der Mysterienschule im Sonnentempel studiert?«

»Ja.«

»Und die Prüfung abgelegt?«

Anjalis nickte und bemerkte zu seiner Verwunderung, wie beeindruckt der Römer war.

»Bist du in Jerusalem gewesen?«

»Nein.«

Lange betrachtete Mancinius das jugendliche Gesicht. Er war ein guter Menschenkenner; mit größter Sicherheit war dieser hochgewachsene Chaldäer der, für den er sich ausgab.

»Du bist Magier«, sagte er. »Vielleicht kannst du in deinen Sternen lesen, wie wir dem ewigen Aufruhr der Juden ein Ende setzen können.«

Anjalis sah quälende Unsicherheit in den Augen des Römers.

Zögernd, als wolle er eine Schändlichkeit aufdecken, sagte Mancinius: »Ich habe kein Vertrauen mehr in meine eigenen Priester und ihre Deutungen.«

»Kann ich sie treffen?«

»Selbstverständlich.«

Den ganzen Vormittag verbrachte Anjalis gemeinsam mit den römischen Priestern und beobachtete sie bei der Deutung der Eingeweide immer neuer, frisch geschlachteter Opfertiere. Er äußerte sich nicht dazu, hoffte nur, sein Gesicht würde sein Befremden nicht verraten. So primitiv waren sie also, diese sogenannten Weltherrscher.

Am Abend war er zum Essen bei Mancinius geladen. Vorsichtig äußerte er, dass er nicht genügend Wissen über Roms Religion besäße, um zu den von ihm beobachteten Ritualen Stellung zu nehmen. Mancinius lächelte. Als er in die intelligenten Augen sah, wusste Anjalis, dass er durchschaut war – seinen Abscheu vor dem Aberglauben der römischen Priester hatte er nicht verbergen können.

»Was die Juden betrifft ...«, begann Anjalis, zögerte aber weiterzusprechen.

»Fahre fort.«

»Nun, ich bin der Ansicht, der Sieg fällt letztendlich immer dem zu, der sich in Ruhe über seine Feinde informiert.«

Mancinius nickte zustimmend: »Daran ist etwas Wahres. Was weißt du über die Juden?«

Anjalis erzählte die lange Geschichte von Abrahams Auszug aus Ur, von dem Pakt mit dem Einen Gott und von den großen Propheten, die wieder und wieder in den Lauf der Geschichte eingegriffen und die Juden ermahnt hatten, als das Volk Gottes dieses Bündnis einzuhalten. Er fand auch Worte für das Besondere ihrer Lage, jene Mischung aus Stolz und Leiden, zu der sie das Schicksal gezwungen hatte. Mit großem Interesse hörte der Römer zu, sagte aber zum Schluss, das alles sei schwer zu verstehen.

»Die gesamte Schöpfung beweist Gottes Mannigfaltigkeit«, sagte Mancinius. »In der Wüste und auf dem Meer herrschen unterschiedliche Gesetze, ebenso in der Welt von Mann und Frau, in Krieg und Frieden. Und ich verstehe die Religion als Pflicht des Menschen, überall und immer die Gesetze des herrschenden Gottes zu erfüllen.«

»Du meinst, das Recht, von Ort zu Ort und von Zeit zu Zeit zu wechseln?«

»Ja, natürlich.«

Anjalis staunte. Er wusste, dass man Gott in seinem Streben, das Leben zu formen, unterstützen musste, doch er war nie der Ansicht der Römer gewesen, die Bedingungen seien unterschiedlich, die Gesetze vieldeutig und aus gut könne schlecht werden.

Er schwieg lange, bis Mancinius endlich fragte: »Woran denkst du, Magier?«

Da antwortete Anjalis: »Ich denke, es besteht eine tiefe Kluft zwischen deiner scharfen Vernunft und der deiner Priester …«

Er hielt inne, war sich mit einem Mal der Gefahr bewusst. Doch der Römer hatte verstanden, sein Lächeln war nachsichtig und beinahe herzlich, als er sagte: »Wahrscheinlich begreift unsereiner niemals die Religion eines anderen Volkes. Du verstehst uns nicht, ich verstehe die Juden nicht – folglich …«

»Folglich?«

»Folglich kann der Traum der Römer von einer vereinten Welt in Frieden und Ordnung, in der Platz für alle Götter ist, nie Wirklichkeit werden.«

Ihm entging Anjalis' Verwunderung, er war in die Welt seiner Jugend, zum Krieg in Germanien, zurückgekehrt, und nun musste Anjalis seltsamen Erzählungen über weit entfernte, fremde Völker zuhören.

»Dort oben im Norden gibt es riesige Wälder, so grenzenlos wie das Meer. Der Winter ist lang, ein Alptraum aus Eis und Schnee. Doch die Germanen sind ihn gewohnt, und sie haben riesige Städte, starke Heere und kampferprobte Häuptlinge. Bei ihnen herrschen fürchterliche Sitten, sie beten zur Erdgöttin Nerthus, die in einem Wagen in einem heiligen Hain wohnt und Menschenopfer fordert.

Viele dieser Stämme glauben, der Heldentod sei der Weg zum Himmel, in dem ihre Götter leben«, sagte Mancinius. »Deshalb sind sie unbesiegbar. Uns gelingt es nicht, unsere Grenzen viel nördlicher als bis zum Rhein zu ziehen.«

»Das erinnert an das jüdische Problem.«

»Ja, in gewisser Weise schon. Aber hier müssen wir unsere Stellungen halten, müssen die Wege nach Ägypten und dem Osten offen halten.« Mancinius war wieder in Tyrus, bei den alltäglichen Problemen. »Die Römer haben gerade eine Gruppe jüdischer Aufständischer gefangengenommen und verhört«, sagte er. »Hast du von den Zeloten gehört?«

»Nein«, antwortete Anjalis aufrichtig.

»Auch nicht vom Messias?«

Anjalis wusste, daß er seine Verwunderung nicht verbergen konnte.

»Doch«, sagte er. »Die ägyptischen Priester berichteten, die Juden erwarteten die Ankunft des Einen Gottes, eines heiligen Mannes, der der Erde Frieden schenken wird.«

Mancinius schüttelte den Kopf: »Die Zeloten sehen in ihm

den Befreier der Juden, einen Aufrührer, der die Römer ins Meer werfen soll.«

Anjalis dachte an Jesajas Prophezeiung, die er ins Griechische übersetzt hatte. Jetzt las er sie dem Römer vor: »Denn jeder Stiefel, der mit Gedröhn dahergeht ...«

»Das waren schöne Worte«, sagte Mancinius. »Die Juden haben den gleichen Traum von einem Friedensreich auf Erden wie wir.« Er erzählte vom Janustempel in Rom, von dem Gott mit dem doppelten Antlitz, dessen Tempel vom Kaiser geschlossen worden war, weil er den hundertjährigen Frieden ausgerufen und ihm einen stattlichen Altar errichtet hatte.

»Ein Friede im Schutz der Waffen«, sagte Anjalis.

»Ja, natürlich, es gibt keinen anderen Frieden, solange die Menschen schlecht sind.«

»Schlecht sind sie, weil sie Angst haben«, sagte Anjalis. »Und je mehr Waffen, desto mehr Angst herrscht.« Anjalis fühlte sich sehr jung und unerfahren, als Mancinius nickte und sagte, da stünde man vor einem unlösbaren Problem.

Als sie sich trennten, sagte er freundlich, zur Jugend gehörten schöne Träume, und er gönne sie Anjalis noch einige Jahre lang.

Dann gab er ihm einen Brief mit auf die Reise, ein Dokument mit römischen Stempeln.

»Er kann dir möglicherweise dein Leben erleichtern«, sagte Mancinius. Anjalis dankte ihm und empfand viel Sympathie für diesen Mann.

Als er zu seiner Herberge zurückkehrte, machte er die unangenehme Entdeckung, dass der jüdische Wirt und seine späten Gäste ihn keines Blickes würdigten.

Er war ein Verräter geworden, ein Mann der Römer.

Auf dem Weg zum Hafen, wo er sich endlich einschiffen konnte, sah er am nächsten Tag, wie die Römer die zwölf Zeloten kreuzigten. Auf der Hinrichtungsstätte herrschte Gedränge, und nicht einmal die Juden der Stadt konnten der Verlockung widerstehen, den Tod, zum Spektakel verwandelt, mit anzusehen – genußvoll, beschämend und grausam.

Anjalis stand am Rand des Platzes, doch so nah, daß er die Rufe der Sterbenden nach Barmherzigkeit hören und sehen konnte, wie sich ihre Därme entleerten. Die Luft stank nach Blut und Kot, nach Schrecken und schlimmster Erniedrigung.

In diesem Moment wurde die Grundlage von Sinn und Vernunft erschüttert, auf die Anjalis sein Leben aufgebaut hatte. Sein Magen krampfte sich zusammen, und er erbrach sich, aber als die Übelkeit vorüber war, flammte roter Hass vor seinen Augen auf. Er dachte an die Worte des alten Hierophanten: ›Hast du keine Angst vor dem Tod?‹

Ja, jetzt hatte er fürchterliche Angst. Aber schlimmer war der Hass.

Diese verdammten Römer, ein Volk ohne Herz. Dieser liebenswerte Mancinius hatte, ohne zu zögern, das Urteil über die Aufständischen gefällt. Das alles in Übereinstimmung mit irgendeinem unbekannten Gott, der, zu dieser Zeit und auf diesem Platz, solch eine himmelschreiende Grausamkeit forderte.

Auf schwankenden Beinen ging Anjalis zur Herberge zurück, um zu packen und seine Rechnung zu begleichen. Gott ist einzig und unteilbar, und seine Gesetze gelten überall und zu allen Zeiten, dachte er.

Nur, so recht vermochte ihn der Gedanke nicht zu trösten.

Anjalis hatte sich auf die Reise übers Meer gefreut, aber seine Sinne waren verschlossen und seine Welt in Verwirrung. Nicht einmal die unendliche Weite des blauen Meeres konnte seine Scham vertreiben, und als er sich nachts auf das Oberdeck legte, hatte er keine Augen dafür, dass die Sterne mit dem Meer verbunden waren. Es gelang ihm, ein wenig zu schlafen, aber er wurde von wilden Träumen geweckt, in denen er Mancinius erdrosselte und es genoss, als dessen Augen aus ihren Höhlen quollen.

Am folgenden Tag, als sie in den griechischen Archipel segelten, wurde er ruhiger. Seine Wut ging in Verzweiflung über, und er dachte an die Trauer, von der der Alte im Tempel gesprochen hatte – die große Trauer, die mit der Wanderung des Menschen auf Erden einhergeht.

So endlos wie das Meer ist sie, dachte er, unermesslich tief und grenzenlos.

In der folgenden Nacht an Bord des Schiffes fand er keinen Schlaf. Im Schutz der Dämmerung weinte er ein wenig; es war ein stummes Weinen, das langsam die Konturen dessen, was er auf der Hinrichtungsstätte gesehen hatte, auswischte. Und als die Sonne am nächsten Morgen aufging, erblickte er das Pantheon wie eine Luftspiegelung über der Akropolis und war wieder voller Bewunderung für den Menschen. Wie stark war er doch in seiner Bedeutungslosigkeit und seiner Gewissheit um den Tod.

Als sie am Kai in Piräus anlegten, kam er mit einem Griechen ins Gespräch, der sagte, er solle sich von Athen nicht allzuviel erwarten.

»Die Stadt ist verwahrlost, alt und müde«, sagte der Grieche. »Und von den Römern verunglimpft. Aber wir machen vor ihnen nicht die Augen zu wie die Juden, wir überleben durch unseren Humor. Du wirst immer neue Scherze über die Barbaren hören.«

Das klang schon besser, fand Anjalis.

Die Beamten zeigten deutliches Misstrauen, als sie im römischen Magistrat in Piräus Anjalis' Dokumente schweigend prüften. Doch als sie schließlich Mancinius' Brief lasen, veränderte sich die Stimmung im Saal, und über das Gesicht des diensthabenden Offiziers glitt ein Lächeln. In einer Atmosphäre von beiderseitigem Respekt erhielt Anjalis seinen Stempel und war damit frei, sich in Athen niederzulassen.

Wie gewöhnlich beobachtete Anjalis auch sich selbst, und er verließ den Dienstraum mit quälendem Schamgefühl. Er hatte sich gefürchtet, und seine Angst hatte ihre Wurzeln in dem Hass, den er bei den Kreuzigungen der Zeloten in Tyrus empfunden hatte.

Die uneingeschränkte Macht der Römer hatte auch in ihm erschrockene Unterwürfigkeit hervorgerufen. Zu tief hatte er sich verbeugt und war freundlicher gewesen, als es die Höflichkeit verlangt hätte.

Ein Kriecher.

Am schlimmsten war für ihn jedoch, dass er auch noch stolz auf die Bekanntschaft mit Mancinius war, dem Mörder mit dem unbewegten Gesicht.

Mit üblem Geschmack im Mund machte sich Anjalis auf den Weg von Piräus nach Athen und suchte sich eine Herberge, zu müde, um noch in der Stadt des Sokrates auf Entdeckungsreise zu gehen. Das, was er bisher gesehen hatte, entsprach nicht seinen Träumen, doch am meisten enttäuscht war er über sich selbst.

Und die Enttäuschung ging einher mit Mutlosigkeit.

Würde er genügend Kraft und Kenntnisse besitzen, um sich in einer fremden Welt zurechtzufinden? In der Welt an sich, korrigierte er sich, und ihm wurde plötzlich klar, dass er sein ganzes Leben in geschlossenen Systemen innerhalb schützender Zufluchtsstätten verbracht hatte.

Sorgfältig wusch er sich auf seinem Zimmer in der Herberge. Es ist heiß wie in der Wüste, nein, schlimmer noch, dachte Anjalis. Die Wärme in Athen war drückend schwül, und das Atmen fiel schwer.

Doch er schlief ein, und der Schlaf war wohltuend. Die Mahlzeit, die er in der Kühle des Abends einnahm, gab ihm seine Neugierde zurück. Das griechische Essen war besser als sein Ruf, und der Wein hob die Stimmung.

Am nächsten Tag war es bedeckt und überraschend kühl. Er mietete zwei Zimmer bei einer Witwe, die ein Haus am Abhang des Areopag besaß, nicht weit entfernt vom Gerichtshof. Nachdem sie sich über den Preis geeinigt hatten – wobei ihm nicht klar war, ob er zu hoch oder angemessen war –, ging er zu einem Geldwechsler und tauschte die Goldmünzen aus dem Partherreich um in Drachmen. Er bekam verblüffend viele und zog den voreiligen Schluss, die Athener seien ein ehrliches Volk. Noch hatte er nicht gelernt, dass man ihm überall mit dem Respekt begegnete, den man einem Zauberer sicherheitshalber zollte.

Es sollte eine Weile dauern, bis Anjalis auffiel, welchen Schutz die Legenden über die Magier aus Chaldäa boten.

Am Nachmittag stieg er den gewundenen Pfad zur Akropolis hinauf. Vor dem Parthenon fühlte er, dass die langen Säulengänge geradewegs auch zu seinem Gott führten. Nie zuvor hatte er darüber nachgedacht, dass Gott sich in der Schönheit ausdrückt. Für einen Moment schien er zu verstehen, was Platon mit seiner Ideenwelt, mit den Erscheinungsformen meinte, die im Verborgenen existieren und die nur in begnadeten Augenblicken eingefangen und vom Menschen dargestellt werden können.

Wieder auf dem Weg nach unten, versuchte er an Sokrates zu denken, der hier gewandert war, barfuß und mit einer Leichtigkeit, als wäre er von irdischen Bürden befreit. Die rechte Andacht wollte allerdings nicht aufkommen, und so lag es näher, an Phidias zu denken, der hier an den Berghängen seine Bildhauer angeleitet hatte.

Anjalis musste zugeben, dass der gewaltigen Statue der Athene auf dem Berg eine Kraft innewohnte, als sei die Gottheit eingefangen worden und in der Materie zurückgeblieben.

Der Dank der Griechen war Phidias' schmählicher Tod in einem Kerkerloch.

Eine schmerzliche Düsternis steckt in dem griechischen Licht, dachte Anjalis, und er fragte sich, ob sie wohl selbst ihre Schatten verstünden, diese Griechen, die alles zu verstehen meinten.

Vor den öffentlichen Gebäuden der Agora standen die römischen Wachsoldaten und blickten, wie zu Bildsäulen erstarrt, mit leeren Augen über das Menschengewimmel hinweg. Anjalis spürte, wie sich Furcht von hinten an ihn heranschlich, seinen Kopf beugte und seine Bewegungen aller Freimütigkeit beraubte. Schnell wandte er sich einer Gasse zu, wo er mit zwei Indern zusammenstieß, die in blaue Seide und hellgrüne, mit edlen Steinen geschmückte Turbane gekleidet waren. Sie blieben stehen und blickten verwundert auf Anjalis, der um Verzeihung bat und eilig in die erstbeste Weinstube flüchtete.

Er schien zu fiebern und erinnerte sich zurück an die erste Zeit in Heliopolis: Um alle Eindrücke bewältigen zu können, musste er sehr vorsichtig sein.

Es war ein großer Raum, der, sauber und weiß getüncht, nach Kräutern und frisch gebackenem Brot duftete. Anjalis setzte sich im hinteren Teil der Weinstube an eine warme Wand und fand heraus, dass das Wirtshaus an die Backstube des Viertels angebaut war.

Er bekam seinen Wein, lehnte sich gegen die warme Mauer und schloss die Augen.

Als er wieder aufsah, stand ein junger Grieche vor ihm: »Darf ich mich setzen?«

»Gerne«, erwiderte Anjalis und hoffte, die Stimme würde seine Freude nicht verraten.

»Ich heiße Anaxagoras«, sagte der Mann, »genannt nach dem ersten Philosophen, der behauptete, die Materie sei beseelt. Ich selbst studiere an der Akademie.«

Anjalis lachte, aber er unterließ die Frage, was der junge Grieche wohl unter Materie verstünde. Er stellte sich ihm vor und bestellte Wein für seinen Gast, während er überlegte, wo er Anaxagoras, dieses offene Gesicht, den entschlossenen Mund und den direkten Blick aus den blauen Augen schon einmal gesehen haben mochte. Das Gefühl des Wiedererkennens war so deutlich, dass er fragen mußte: »Sind wir uns früher schon begegnet?«

»Das glaube ich kaum«, sagte der Grieche. »Du bist nicht gerade ein Mensch, den man vergisst. Weshalb fragst du?«

»Ich meine, ich würde dich wiedererkennen. Hast du in Heliopolis studiert?«

»Leider nein«, antwortete Anaxagoras. »Ich bin aus Korinth, und Athen stellt für mich die erste Begegnung mit der Welt dar.«

Trotz der Offenheit des Griechen war das Gefühl des Wiedererkennens so stark, dass es Anjalis schwer fiel, der Antwort Glauben zu schenken. Auch war er seltsam erregt. Er schloss die Augen, trank einen großen Schluck Wein und dachte erneut daran, das Tempo seiner Wahrnehmungen zu verringern, um nicht von den vielen Eindrücken überrumpelt zu werden.

»Ich sah dich neulich auf der Agora und beschloss, dir zu folgen. Ich interessiere mich für die Mystik der Chaldäer.«

»Bei uns gibt es keine Mystik«, sagte Anjalis. »Wir sind geschickte Astronomen, das ist alles.«

Anaxagoras' Lächeln war breit und skeptisch, und er fuhr

fort: »Was hat dich an dem Verhalten der römischen Wachleute so betroffen gemacht?«

Anjalis fühlte sich bedroht. Ich muss mich besser unter Kontrolle halten, dachte er. Der offene Blick flößte ihm jedoch Vertrauen ein, und mit einem Mal begann er von der Kreuzigung in Tyrus zu erzählen, von all dem, was er bei der Hinrichtung gefühlt und über sich selbst gelernt hatte, von der Angst, die ihm über den Rücken gekrochen, und die mit dem wilden Hass verwandt war.

Anaxagoras folgte seinem Bericht mit großem Interesse und mit einer Verbitterung, die er nicht zu verbergen suchte. »Ich kann dir keinen Trost geben. Ich kann dir nur sagen, dass man sich nach einiger Zeit daran gewöhnt; man muss es«, sagte er.

»Was sind das nur für Menschen? Wie soll man sie verstehen?«

»Sie sind Barbaren«, sagte der Grieche. »Ein primitives Bauernvolk.«

Anjalis dachte an die römischen Priester in Tyrus und nickte. Gleich darauf fiel ihm der Befehlshaber ein, der liebenswürdige und gebildete Mancinius. Anaxagoras sah sein Zögern und fuhr fort: »Von all dem, was sie von uns hätten lernen können, griffen sie nur einen Gedanken auf, den über die Logik. Und darin sind sie Meister geworden.«

Er hatte die Stimme gesenkt und sah sich vorsichtig um. Auch er hat Angst, dachte Anjalis und erzählte von den Juden in Tyrus und der Art, wie sie auf die Römer blickten, als würden diese nicht existieren.

»Die sind mutiger als wir«, sagte Anaxagoras. »Wir arbeiten mit den Römern zusammen, beugen uns und machen uns gleichzeitig über sie lustig – hinter ihren Rücken.«

Sie aßen gemeinsam, und als sie sich spät am Abend trennten, wussten beide, daß aus ihrer neu gewonnenen Bekanntschaft eine Freundschaft geworden war.

Jeden dritten Monat sollte ein Bote einen Brief bei Anjalis abholen, einen Bericht, der von den ägyptischen Priestern und den Chaldäern eifrig studiert werden würde. Bereits an seinem vierten Tag in Athen fing Anjalis an, sich über seine schriftlichen Niederlegungen zu beunruhigen.

Er verstand so wenig, und was schlimmer war: Je mehr er sah, desto weniger verstand er.

Er ging in der Stadt von Tempel zu Tempel und sah die Athener ihre Opfergaben Zeus und Athene, Apollo und Artemis, Poseidon und Hera und, wie ihm schien, zahllosen anderen Göttern darbringen. Im Tempel herrschten ernste Freude und eine Natürlichkeit in der Begegnung zwischen Gott und den Menschen – frei von aller Feierlichkeit. Die Rituale waren mehr als bloße Gewohnheit, und soweit Anjalis verstand, nahmen die Griechen ihre Gottesdienste zweifellos ernst.

Lange suchte er nach den rechten Worten für diese Begegnungen mit den Göttern und fand schließlich den Begriff Teilnehmerschaft. Hier gab es eine sich geradezu gegenseitig bedingende Gemeinschaft zwischen dem menschenähnlichen Gott und dem göttlichen Menschen.

Von Ehrfurcht war wenig zu spüren, von Furcht gar nichts. So weit Anjalis verstand, fehlte es auch an Mystik, dem Wunder, das der Kern seiner eigenen religiösen Erfahrung war.

Als hoffte er auf eine Einsicht des Herzens für das Geheimnis des Götterkults, begann er, an den Gottesdiensten teilzunehmen. Aber das Gefühl blieb ebenso stumm wie der Verstand.

Er suchte die Gesellschaft der Philosophen: Die Akademien, die Epikuräer und Stoiker führten noch immer ihre eigenen Schulen. Doch es schien, als hätte Rom seine schwere Hand auch auf das griechische Denken gelegt. Sie betrachten alles, was nicht eine Wiederholung des Denkens der Alten ist, als Spitzfindigkeiten; Athens Philosophen treiben Haarspalterei und verbringen Stunden damit, die Sinnlosigkeit in ihren Aussagen mittels Rhetorik zu vertuschen, dachte Anjalis.

Anfangs war er beschämt über seine Einstellung, und jeden Morgen dachte er, heute würden die Vorlesungen Flügel bekommen und sich in lichte Höhen erheben, wenn es ihm nur gelänge, richtig zuzuhören.

Aber ein Tag glich dem anderen.

Anaxagoras bemerkte Anjalis' Enttäuschung über die Vorlesungen und hatte Verständnis dafür: »Die Leute kommen aus der ganzen Welt hierher, um über das griechische Denken aufgeklärt zu werden«, sagte er, »doch sie haben vergessen, dass die großen Denker vor Hunderten von Jahren gelebt haben.«

»Und du selbst? Weshalb studierst du hier?«

»Ich bin ja auch einer dieser Toren, die nach der Wahrheit suchen«, sagte der Grieche und lachte.

Anjalis wollte nicht sagen, dass er nicht nach der Wahrheit, sondern eigentlich nach dem Verständnis der griechischen Seele suchte.

Anaxagoras kannte jede Gottheit in dem Gedränge der olympischen Welt, er fand für jede alltägliche Handlung ein passendes Zitat der großen Dichter und kannte tausend Sagen. Nur befriedigte nichts davon sein Bedürfnis.

Eines Tages wagte Anjalis die Frage, was Anaxagoras denn suche, das ihm seine Götter nicht geben könnten.

Doch der Grieche verstand die Frage nicht. Seine Götter gehörten dem Leben an, sie traten so alltäglich wie Menschen auf, unberechenbar und spöttisch. Sie füllten das Dasein mit ihren Festen, ihrem Zorn, ihrer Freude und ihren unzähligen Abenteuern.

Sie waren anwesend, so einfach war das.

»Und der Sinn des Lebens? Die Sehnsucht der Seele?«

Anaxagoras sah so erstaunt aus, dass Anjalis lachen mußte.

»Die olympischen Götter haben nichts mit den ewigen Fragen zu tun«, sagte er. »Ich sagte dir doch, sie sind wie unsereiner. Sie können zuweilen einem Sterblichen helfen, falls dessen Streben mit ihren Interessen übereinstimmt.«

»Und sie lassen sich durch Huldigungen und Schmeicheleien beeinflussen?«

»Natürlich.«

Anjalis, der die Abende damit verbrachte, die griechischen Mythen zu lesen, und dabei den Eindruck gewann, das höhnische Lachen der Götter halle durch die Welt, fühlte sich bemüßigt zu fragen: »Warum sind sie so herzlos?«

Anaxagoras dachte lange nach und antwortete dann: »Sie besitzen enorme Macht, und außerdem sind sie unsterblich. Vielleicht empfindet man kein Mitleid, wenn man keine Angst vor dem Tod haben muss.«

Anjalis nickte und dachte erneut an die Worte des alten Hierophanten, der Tod sei der Weg zur großen Trauer, und erst wenn man es vermag, in keine neuen Vorstellungen zu flüchten, kann Mitleid geboren werden.

»Worüber denkst du nach?«

Der Grieche, der Anjalis in Gedanken versinken sah, stellte seine Frage so offen, daß Anjalis nicht dazu kam, weiterzugrübeln, und er antwortete: »Ehrlich gesagt, verstehe ich die Bedeutungen all eurer Götter nicht.«

Anaxagoras blickte plötzlich erschrocken um sich, seine ängstlichen Blicke glitten forschend über die Wände der Gaststube, in der sie saßen.

»Anjalis«, sagte er, »sieh dich vor. Sie befinden sich hier in Griechenland, und sie haben große Ohren.«

»Trotzdem gibt es viele Griechen, die meine Überlegungen teilen«, sagte Anjalis. »Kennst du Xenophanes' Gedicht über die Tiere?« Und er begann zu zitieren, während ein Lächeln um seine Augen spielte:

»Doch wenn die Ochsen und Rosse und Löwen Hände hätten oder malen könnten mit ihren Händen und Worte bilden wie die Menschen, so würden die Rosse roßähnliche, die Ochsen ochsenähnliche Göttergestalten malen und solche Körper bilden, ein jeder entsprechend der eigenen Gestalt.«

Anjalis wollte die Rolle dessen diskutieren, der sich ein Bild im Leben macht, aber er war zu weit gegangen und bereute es, als er die Reaktion des Freundes sah.

Anaxagoras war peinlich berührt, und zum ersten Mal war ihr Abschied kühl und ohne das übliche: »Dann bis morgen.«

In der Abendkühle ging Anjalis nach Hause, heim zu seinen Aufzeichnungen. Sorgfältig schrieb er seine Unterhaltung mit Anaxagoras auf.

Danach blieb er noch eine Weile sitzen.

Xenophanes' Weltseele, die ihn so beeindruckt hatte, besaß keine Realität für die Griechen, zumindest nicht für diejenigen, denen er bisher begegnet war. Wenn die Rede auf das Unausweichliche kam, und das war oft der Fall, sprachen sie von Schicksal.

Schicksalsglaube.

Anjalis griff wieder zum Stift und suchte nach einem treffenderen Ausdruck, um dem Glauben der Griechen das rechte Gewicht zu geben, alles – das Leben der Götter und der Menschen, Saat und Ernte, Krieg und Frieden – sei von ewigen, unabänderlichen Gesetzen gesteuert.

Schicksal, sagte man dazu, oder zuweilen auch – Notwendigkeit.

Dieses tiefe Gefühl für die Gesetzmäßigkeiten der Natur und des Lebens ist möglicherweise die Quelle der griechischen Wissenschaft, schrieb er. Die Gesetze sind unveränderlich, aber es ist möglich, sie zu studieren, sie gegeneinander abzuwägen und Schlüsse daraus zu ziehen.

Lange Zeit saß er da und dachte über die Zurückhaltung nach, von der in allen griechischen Schriften die Rede war. Viel von ihr sah er nicht, im Gegenteil, die Athener übertrieben in allem. In der griechischen Seele herrschten Gewalttätigkeit, Trotz und Aufruhr, aber auch Leichtigkeit und Freiheit von Schuld und Angst.

Anjalis stöhnte, als er all die Widersprüchlichkeiten in seinem Bericht sah.

Am anderen Morgen ging er vor der Vorlesung auf Anaxagoras zu und bat ihn um Verzeihung. »Ich war taktlos.«

Auch der Grieche war beschämt, als er fragte: »Hast du den Eindruck, ich sei abergläubisch?«

»Dieses Wort hören wir Magier so oft, dass wir es selbst nie in den Mund nehmen«, sagte Anjalis und lachte. »Nur derjenige, der alles von allem weiß, hat das Recht, über die Suche anderer zu urteilen.«

»Aber du glaubst nicht an die Existenz unserer Götter«, sagte Anaxagoras und senkte wieder die Stimme.

»Ihr habt sie erschaffen, wie ihr es mit euren Kunstwerken und Dichtern getan habt. Und die existieren tatsächlich.«

»Das verstehe ich nicht.«

»Es hat keine Bedeutung«, sagte Anjalis. »Außerdem zielte meine Frage auf etwas anderes ab.«

»Worauf?«

Nun überlegte sich Anjalis seine Worte besser:

»Andere Völker sind der Ansicht, ihre Götter hätten die Welt erschaffen und damit einen Anspruch auf sie. Eure haben sie lediglich in Besitz genommen. Und was tun sie? Kümmern sie sich um sie? Unterstützen sie die Arbeit des Bauern auf dem Feld oder die des Handwerkers in der Stadt? Nein, sie amüsieren sich, feiern Feste, betrinken sich, lachen über die Leiden der Sterbenden, spotten, lügen und entführen Frauen. Und obendrein betrügen sie einander und die übrige Menschheit. Du magst das ganz natürlich finden, aber du musst verstehen, daß es bei einem Fremden Erstaunen hervorruft.«

Anaxagoras schüttelte den Kopf.

»Sie sind nun einmal so, wie sie sind«, sagte er. »Es gibt sie, und sie sind, wie sie sind.«

»Nur fragt man sich doch nach dem Grund, weshalb sie eitel, unzuverlässig und schlecht sind«, entgegnete Anjalis.

Anaxagoras schüttelte wieder den Kopf, aber Anjalis beharrte: »Du weißt so gut wie ich, dass Gott existiert, und zwar jenseits aller menschlichen Bilder.«

Anaxagoras wich seinem Blick aus, als er antwortete, die große Frage nach der Existenz Gottes sei Sache der Philosophen.

Nach der Vorlesung, die so bedeutungslos wie immer war, sagte der Grieche: »Ich möchte gern, dass du meine Schwester kennenlernst. Sie hat die gleichen Ansichten wie du, obwohl sie sich nicht so unverblümt dazu äußert. Außerdem ist sie Mitglied einer orphischen Vereinigung.«

Anjalis wusste nur wenig vom Orphizismus und freute sich: »Wo kann ich sie treffen?«

»Nun ja, sie ist in Korinth verheiratet, aber wenn die Schulen im August schließen, kannst du mich vielleicht nach Hause begleiten. Wir könnten den Weg über Delphi nehmen und das Orakel befragen.«

Anjalis freute sich. »Was werden aber deine Eltern dazu sagen?«

»Sie werden hocherfreut sein. Ich habe ihnen schon von dir geschrieben.«

Die Nachmittagsvorlesung handelte von Pythagoras' Zahlenmystik. Sie war undurchsichtiger und unverständlicher als die bisherigen, aber zum ersten Mal, seit Anjalis die Akademie besuchte, war sein Interesse geweckt. Anschließend stellte er Fragen, und bald waren er und der Pythagoräer in lange Diskussionen verwickelt.

Die Luft begann zu vibrieren, Griechen und Römer waren voller Enthusiasmus. Viele Argumente überstiegen ihre Köpfe – die Griechen waren in der Mathematik weit weniger bewandert, als Anjalis angenommen hatte. In die Debatten kam Schwung, die Gedanken stiegen wie Vögel in die Lüfte und spornten die Phantasie an.

Bereits am gleichen Abend trat man mit einer Frage an Anjalis heran: Ob er eine Reihe von Vorlesungen über den Vergleich zwischen der pythagoräischen Zahlenmystik und der chaldäischen Astrologie halten würde?

Er bat, darüber nachdenken und in ein paar Tagen Bescheid geben zu dürfen.

Den Abend verbrachte er mit dem pythagoräischen Philosophen. Immer wieder gelang es ihnen, sich gegenseitig zu überraschen, besonders als es um die irrationalen Zahlen ging, die die Pythagoräer jahrhundertelang beschäftigt hatten.

Der Philosoph war erstaunt, daß Zahlen für Anjalis ohne Bedeutung waren – er hatte nie Wert darauf gelegt, alles zu verstehen.

»Siehst du das Leben nicht als Herausforderung für die Gedanken?«

»Nicht in erster Linie«, antwortete Anjalis zögernd. »Ich sehe es vielleicht eher als eine Frage nach dem Sinn, der hinter den Gedanken liegt. Für mich besteht die Herausforderung darin zu vertrauen, ohne zu verstehen.«

»Dieses Ziel respektiere ich«, sagte der Pythagoräer. »Nur wie sähe der Weg dorthin aus und wie könnte man ihn finden?«

Anjalis' Blick verlor sich in der Ferne.

»Ich glaube nicht, dass es einen Weg gibt«, sagte er schließlich. »Hier handelt es sich um einen Sprung ins Unbekannte und um den Mut, sich in schwindelnde Tiefen fallen zu lassen.«

Der Pythagoräer schüttelte den Kopf: »Wir haben doch das Feuer von Prometheus bekommen«, sagte er.

Anjalis verstand ihn zwar nicht, nahm jedoch die Gelegenheit dankbar wahr, tiefer in die griechische Religion einzudringen.

»Ich bin verwirrt«, gab er zu. »Es ist schwer, einen Zusammenhang zwischen der bewundernswerten griechischen Kultur und dieser beinahe primitiven Götterwelt herzustellen.«

Er versuchte, die Worte so zu wählen, dass sie nicht verletzten, doch er hatte sich unnötig angestrengt. Der Grieche lächelte: »Du verstehst sicherlich, dass die Menschen Bilder nötig haben«, sagte er.

Anjalis dachte wieder an die Worte des Hierophanten, der Tod sei das Ende für den, der sich ein Bild macht. Möglicherweise haben das die Griechen erkannt, dachte er, vielleicht tanzen deshalb ihre Götter auf der Erde und stehen mitten im Leben.

Der Pythagoräer unterbrach seine Grübeleien. »Du hast noch nicht verstanden, dass die griechischen Götter unsere verbotenen Gefühle verkörpern – Neid, Rachsucht, Verzweiflung und Hass.«

Anjalis streckte seinen langen Rücken und schöpfte Atem. »Die persönlichen Gefühle jedes einzelnen Menschen?«

Der Philosoph lachte über sein Erstaunen: »Es gibt keine persönlichen Gefühle«, erklärte er. »Die Liebe, der Hass, die Träume und die Vorstellungen des Einzelnen bilden die Seele des gesamten Volkes!«

Ehe sie sich voneinander verabschiedeten, erhielt Anjalis den Rat: »Der von dir gesuchte Zusammenhang besteht zwischen der griechischen Mystik und der Philosophie. Lies die Stoiker, suche die Gesellschaft der Orphiker auf. Doch zunächst musst du Prometheus verstehen.«

Obwohl er spät nach Hause kam, saß Anjalis noch lange an seinem Schreibtisch und zeichnete die Unterhaltung auf – Satz für Satz. Er war zu neuen, wichtigen Erkenntnissen gelangt.

Schon früh am nächsten Morgen war er auf den Beinen, suchte und fand die Sage von Prometheus.

Er hatte sie früher schon gelesen, damals jedoch nicht verstanden.

Nun traf sie ihn mit ihrer uralten Kraft. Vielleicht entsprach das Feuer, das Prometheus den Menschen schenkte, der Frucht vom Baum der Erkenntnis, dachte er. Einerseits eine Gabe: der freie Gedanke als Geschenk an die Menschen. Andererseits ein Fluch, nämlich die Vertreibung aus dem Paradies.

Dann blieben seine Gedanken an der grausamen Strafe, die Prometheus heimgesucht hatte, hängen, und in einem schwindelerregenden Moment sah er den Zusammenhang: Diese Sage war die griechische Deutung der Menschwerdung. Ein Mann war von den Göttern gesandt worden, um der Menschheit Licht und Wärme zu schenken.

Er dachte an das neugeborene Kind in Bethlehem und an das Horoskop, das auf einen grausamen und frühen Tod hingewiesen hatte.

Und an das Lamm, das seit Entstehung der Welt geschlachtet worden war.

Im Laufe des Tages machte er sich einen Plan für seine Vorlesungen, notierte Stichpunkte und überlegte weit voraus. Er würde mit Xenophanes beginnen, den Griechen dessen altes Bild der Weltseele nahebringen, die allem Sein innewohnt. Von dort würde er überleiten zu der Botschaft der Sterne, der chaldäischen Astronomie und Astrologie.

Er hatte sich oft über die zweifelhaften Astrologen gewundert, die mit schlampig erstellten Horoskopen, die man an jeder Straßenecke Athens kaufen konnte, große Summen verdienten. Sie hatten diese großartige Kunst verkommen lassen.

Beenden wollte er seine Vorlesungen mit einem Seitenhieb auf den griechischen Schicksalsglauben, wobei er seine Betonung auf den freien Willen des Menschen legen wollte, der, unabhängig von Schicksal und Sternen, sich selbst und die Welt verändern konnte.

Anjalis' Lehrerdasein begann wie ein Spiel, aber es wuchs sich schnell zu harter, bezahlter Arbeit aus. Er erhielt keine zehn Talente für eine Vorlesung, wie einstmals Herodot aus Halikarnassos, aber doch ein Gehalt, mit dem er gut auskam. Also brauchte er die Goldmünzen der Parther nicht einzutauschen.

Die Vorlesungen wurden zu einem großen Erfolg.

»Das liegt an der Begeisterung der Athener für alles Exotische«, sagte Anaxagoras, der zwar lachte, sich aber nicht ganz wohl dabei fühlte. »Das ist etwas Neues – endlich«, fügte er noch hinzu.

Als der Sommer zur Neige ging, legte Anjalis seine Pläne für den Herbst fest, und die beiden beschlossen, ihre Reise bis zum nächsten Frühjahr aufzuschieben. Bald leitete Anjalis eine eigene Schule in Athen, und Schüler aus aller Welt besuchten sie – Ägypter, Römer, Syrer, natürlich auch Griechen vom Festland und aus den Kolonien. Er war ein bekannter Mann, und manchmal dachte er leicht amüsiert an die großen Qualen zurück, unter denen er den roten Rubin in der ägyptischen Krypta zurückgewiesen hatte.

Der Herbst zog in die Stadt ein. Mit ihm auch Regen und Kälte. Anjalis war ungeheuer überrascht. Und begeistert. Zuweilen stand er im Platzregen auf der Agora, hielt sein Gesicht in das herabrauschende Wasser und genoss den reichen Segen, aber auch die Kälte, die durch die nasse Kleidung bis auf Haut und Knochen drang.

Wie viele Dichter, die er in der Wüste gelesen hatte, mochten wohl den Winter beschrieben haben? Wie hatte er ihn sich ausgemalt, wie ihn sich vorgestellt? Zu seinem Erstaunen erinnerte er sich nicht mehr daran.

Manchmal schneite es, zwar nicht so sehr, dass die Stadt weiß wurde, doch es reichte für eine Handvoll dieses flockigen Wassers, und er sah fasziniert zu, wie es in der Wärme seiner Hand schmolz. Eis bildete sich auf den Fensterscheiben seines Zimmers, und in den Nächten fror er so sehr, dass er kaum Schlaf fand. Die Wirtin kam mit einer extra Decke, doch als Anjalis klagte, er würde immer noch frieren, lachte sie ihn aus und sagte, er sei kein sehr geschickter Magier, wenn er sich nicht einmal ein wenig Wärme zaubern könnte.

Anjalis bedankte sich für den Rat und kaufte sich einen dicken, pelzgefütterten Mantel.

Immer schon hatte er Kinder gemocht und ein gutes Händchen für sie gehabt, daher war es ganz selbstverständlich, dass er auch junge Schüler in seinen Unterricht aufnahm. An zwei Nachmittagen in der Woche unterrichtete er junge Knaben in Mathematik. Anaxagoras fand es unmöglich, daß ein Philosoph Kinder unterrichtete.

Aber Anjalis merkte bald, dass sie ihm über die griechische Volksseele mehr beibringen konnten als jeder Erwachsene. Was die Griechen von ihren Vätern lernten, war aus all ihren Schriften bekannt, was sie, wenn sie noch klein und daher am aufnahmefähigsten waren, allerdings von ihren Müttern lernten, wurde vor der Welt verschwiegen.

Athens beste Familien schickten ihre Kinder in seine Schule – er war in Mode gekommen. Anfangs wurden die Knaben von ihren Müttern begleitet, und Anjalis führte mit ihnen lange und kluge Gespräche. Er wunderte sich über deren Interesse für Kinder, über ihre Fürsorge und Liebe.

Während der Zeit in Griechenland war ihm oft in den Sinn gekommen, dass er eigentlich keine griechische Frau kannte, dass die Frauen hier sogar unsichtbarer waren als in Ägypten. Ohne Macht, ohne Eigentum und ohne Recht auf eigene Meinung.

Nun stellte er fest, dass sich in einer Gemeinschaft, in der die Frau sichtlich die Öffentlichkeit mied, ihre unsichtbare Macht auf die Kinder konzentrierte. Der Einfluss dieser griechischen Mütter hatte Gewicht; sie spannen ein so feinmaschiges Netz um ihre Söhne, dass sie als erwachsene Männer ein Leben lang darum kämpften, es wieder loszuwerden. Es war aus verborgenen Erinnerungen an die goldene Kindheit geknüpft, als sie noch die Spenderin aller guten Gaben war.

Der Übergang ins Erwachsenenalter ging oft rücksichtslos vonstatten, worin die Ursache für die Brutalität der Jungen lag.

Auch für seine Befreiung benötigt er Götter, dachte Anjalis. Der Held ohne Schatten ist nötig, der entschlossene Gott, der den Konflikt zwischen Gefühl und Tat mit dem Schwert ausficht.

Von den Kindern lernte Anjalis, wie offenkundig die Götter in das Leben der Griechen eingriffen.

In seiner Gruppe war ein Achtjähriger von schwächlichem

Wuchs, ein etwas furchtsamer Sonderling. Der Junge hatte einige Wochen später als die anderen Kinder angefangen und war ohne Freunde.

Anjalis erstaunte die Aufgewecktheit der Griechen immer wieder von neuem. Den Jungen traf der beißende Hohn seiner Kameraden mitten ins Fleisch – Anjalis sah es, zögerte aber, einzugreifen. Die Kinder deshalb zu tadeln, könnte alles noch verschlimmern; dem Jungen dagegen erhöhte Aufmerksamkeit zu schenken, könnte ihn noch mehr isolieren.

Doch als die Kinder das nächste Mal zum Unterricht kamen, hatte der Junge das Problem selbst beseitigt. Er schien einen ganzen Zoll gewachsen zu sein und unbesiegbar, als habe er dem schwächlichen kleinen Körper eine unsichtbare Rüstung angelegt.

Er war unverletzbar und zeigte es mit solcher Sicherheit, dass niemand daran zweifelte. Der eine oder andere Pfeil wurde noch auf ihn abgeschossen, doch sie alle prallten an der Rüstung ab und fielen zu Boden.

Am Äußeren des Jungen fiel allerdings etwas besonders auf: Er trug Stiefel mit blinkenden Beschlägen rund um die Fersen. Anjalis beobachtete, wie der Pfiffigste unter den Angreifern seinen Blick auf die Stiefel richtete – er hatte verstanden.

Aber was?

Nach dem Unterricht bat Anjalis den Jungen mit den Stiefeln, noch ein wenig zu bleiben. In den braunen Augen des Jungen blitzte einen Moment lang Angst auf, doch gleich darauf war er wieder unangreifbar.

»Sag mir, was für eine unsichtbare Rüstung hast du dir da zugelegt?«

»Die des Achilles«, sagte der Junge. »Jetzt kann der Pfeil nur noch in die Ferse treffen, und deshalb habe ich die Stiefel an.«

Anjalis wunderte sich. »Haben alle deine Kameraden gesehen, dass du Achilles bist?«

»Ja, natürlich«, sagte der Junge und schwelgte nun in langen

Erzählungen von der Rache des göttlichen Helden an Hektor, und wie dessen erbärmliche Leiche hinter Achilles' Wagen um die Mauern Trojas geschleift wurde, zur ewigen Schande für Priamos' Königsgeschlecht.

»Und wer ist Hektor?«

Der Name wurde mit der ganzen Wucht der Rache hervorgestoßen: »Alchios natürlich!«

Alchios war der bissigste Spötter von allen.

Während der Zeit seines Erwachsenwerdens hatte Anjalis die Verhaltensweisen der Menschen studiert, ihr verstecktes Spiel, das sie vor Kränkung schützen sollte. Seine Mutter war ihm darin eine gute Lehrmeisterin gewesen.

Wie immer mischten sich in seine Gedanken an Me Rete Schmerz und Zorn. Die Mutter, die niemals wütend wurde und sich niemals verletzen ließ, doch deren Trauer von Jahr zu Jahr zunahm. Er erinnerte sich, wie rasch sie jedes schlechte Gefühl leugnete, so ausschließlich, dass es für sie einfach nicht existierte. Und er wusste auch, dass die eingeschlossenen Gefühle in ihrem Gemüt derart wucherten, dass sie schließlich ihr ganzes Dasein überschatteten.

Die Griechen waren der Welt vitalstes Volk, engagierten sich ständig mit Hingabe für neue Gedanken, waren voller Neugier und Schaffensfreude. Selten ließen sie sich von verleugneten Gefühlen niederdrücken.

In den folgenden Tagen schärfte Anjalis seine Aufmerksamkeit. Eines Abends beobachtete er während eines Festes, wie ein verheirateter Mann einem jungen Mädchen schamlos den Hof machte. Seine Gattin verschloss sich wie eine Muschel und verschwand mit einer Freundin im Garten. Als sie zurückkam und Anjalis ihr Lächeln und den triumphierenden Blick sah, den Nacken stolz erhoben, erkannte er in ihr Hera wieder.

Genau so hatte sie in ihrem Tempel in Athen ausgesehen, die vor Eifersucht sprühende Gattin des Zeus, die stets Rache nahm.

An jenem Abend begann Anjalis seine Theorie zu formulieren. Das geheime Wissen, das die griechischen Mütter ihren Kindern mit auf den Weg gaben, bestand darin, in kritischen Situationen die eigene Persönlichkeit hinter sich zu lassen, um mit einem Gott oder Helden zu verschmelzen, schrieb er.

Nachdem man die Gestalt des Gottes angenommen hatte, war es möglich, Gefühle ohne Scham zuzulassen, dann konnte das Drama gespielt, Rache genommen und dem Zorn freier Lauf gelassen werden.

Man wurde geläutert.

Einige Tage später, wenn die Gefühle abgeklungen waren, suchte man den Tempel des Gottes auf und stattete ihm seinen Dank ab – nicht für dessen Hilfe, eher dafür, dass der Gott existierte und bereit war, die dunklen Triebe der Menschen auszudrücken und zu verkörpern. Anjalis war so begeistert, dass er kaum Schlaf fand, und es fiel ihm schwer, bis zum Morgen zu warten, um Anaxagoras seine Schlussfolgerungen zu zeigen.

Erstaunt hörte der Grieche zu, Anjalis' Einsichten waren für ihn selbstverständlich, aber noch lange nicht ausformuliert.

»Beim Satan«, sagte Anjalis. »Das hättest du mir schon vor Monaten sagen können.«

»Nein«, antwortete Anaxagoras. »Das konnte ich nicht, denn ich habe nie und nimmer daran gedacht.«

Anjalis lachte so sehr, dass ihm die Tränen kamen, und er bestellte noch mehr Wein. Als sie ihre Becher erhoben, sprach Anaxagoras nochmals von seiner Schwester.

»Deine Gedanken werden sie interessieren«, sagte er.

Der Winter in Athen war die Zeit der Träume, der Frühling die der Versprechen. Er kam wie eine sehnsuchtsvolle Ahnung, das Licht nahm zu, und Wärme durchdrang den gefrorenen Marmor in den Säulengängen. Anjalis hatte nie begreifen können, dass die Wiedergeburt so schmerzhaft ist.

Wie ein eingeschlossenes Tier maß er sein Zimmer ab, Schritt für Schritt, sah die Sonne am Himmel immer höher steigen und die Schatten auf dem Areopag beständig kürzer werden.

Als sich der Magnolienbaum vor seinem Fenster in eine Wolke aus blaßrosa Blüten verwandelte, steigerte sich seine Schwermut zur Verzweiflung.

Weil das Leben so kurz war?

Oder die Schönheit so unerträglich?

Er wusste es nicht, und auch das war neu für ihn.

Im April sollte die Reise in den Norden stattfinden. Sie würde über die Ebenen von Thessalien zum Olymp führen, nicht Zeus' wegen, sondern wegen des Schnees, wie Anaxagoras sagte. Dann würden sie in einem Bogen Richtung Südwesten nach Delphi reisen und danach Korinth erreichen.

Im Laufe des Winters hatte Anjalis reiten gelernt, was nicht einfach war, und so richtig hatte er seine Angst vor Pferden nicht überwinden können. Ein Pferd war unberechenbarer als die Kamele, mit denen er aufgewachsen war. Schließlich hatte er sich doch mit einem freundlichen Gaul ausgesöhnt, der so langbeinig war wie er selbst. Doch es war eine nervöse Freundschaft, die niemals Überraschungen ausschloss.

Seitdem er es für viel Geld gekauft hatte, war die Zuneigung zu dem Pferd gewachsen.

Anaxagoras litt nicht unter der Schwermut des Frühlings. Als sie aus Athen hinausritten, war er fröhlich wie die Lerchen, die im Himmel über ihren Köpfen trällerten.

Zwei ihrer Sklaven begleiteten sie auf der Reise, in gebührendem Abstand. Wie immer war Anjalis verunsichert, er würde niemals lernen, wie man einen Menschen behandelte, der das Eigentum eines anderen war, und er sah mit Erstaunen, dass auch Anaxagoras Abstand hielt – nicht unfreundlich, doch mit einer beinahe immerwährenden Kühle. Der Grieche war sich seines Verhaltens nicht bewußt, er hatte es mit der Muttermilch eingesogen.

Nach einigen Stunden Ritt machten sie Pause und hielten Rast, und sogar Anjalis mußte zugeben, dass es angenehm war, Sklaven zu haben. Im Nu hatten sie das Sonnenzelt aufgeschlagen und die Mahlzeit serviert, die sie flugs über einem Lagerfeuer erwärmt hatten.

Doch er dankte den Sklaven mit übertriebener Freundlichkeit und sah zu seiner Genugtuung, dass sich Anaxagoras darüber ärgerte.

Als er in der Nachmittagssonne erwachte, lag er lange da und blickte in den griechischen Himmel, beobachtete die stete Verwandlung der vorüberziehenden weißen Wolken.

Er mußte sich von seiner Verstimmung losmachen, um Anaxagoras' Freude an der Reise und auch seine eigene nicht zu zerstören. Aber um mit der inneren Unruhe fertig zu werden, war es auch nötig, sie zu verstehen, ihren Namen und ihre Ursache zu kennen.

Der griechische Frühling zeigte sich in tausendfachen Blumen, ihre Kelche dem Himmel – und auch ihm – geöffnet. Er konnte die Winde in ihrer anspruchslosen Freude über die Felder streichen hören, jeden in seiner eigenen Stimme. Er sah, wie sich die Geheimnisse der Anemonen in ihren Kelchen entfalteten, tiefschwarz gegen das leuchtende Blau oder Rot, und eine Ahnung stieg in ihm hoch, wie unerträglich Schönheit doch sein konnte.

An einem Bach, perlend vor Leben, hatten sie Rast gemacht. An der Uferböschung wuchs eine große Zahl Narzissen, und als er zum Wasser ging, um sich Gesicht und Hände zu waschen, blieb er stehen, betrachtete die Blumen und erinnerte sich an den jungen Mann, der den Blumen seinen Namen gegeben hatte, nachdem er aus Liebe zu sich selbst gestorben war.

Aber die Erzählung tröstete ihn nicht. Sie war so griechisch, so durch und durch griechisch, und sein Gefühl, ein Fremder zu sein, war grenzenlos. Plötzlich spürte er eine unerklärliche Sehnsucht nach der Wüste, nach dem kargen Land, das sein Zuhause war.

Das Gefühl war so stark, dass er hätte weinen können, als die Bilder aus dem Land seiner Kindheit vor ihm aufstiegen: die Wüste, zeitlos, schonungslos, nackt, wie die Wahrheit selbst. Eine Landschaft, die keine Gefühle heraufbeschwor, von der Sonne ausgelaugt, verbrannt, verkümmert.

Ein Land ohne Erinnerungen, obwohl es dort mehr zu erinnern gab als in irgendeinem anderen Land der Erde, dachte er. Aber die Erinnerung gaukelt mir etwas vor, sie vergoldet alles. Die Wüste lässt keine Heuchelei zu, dort gibt es keine Möglichkeit, sich zu verstellen.

Am nächtlichen Lagerfeuer konnte er mit Anaxagoras darüber sprechen.

»Merkwürdig, ich habe Heimweh«, sagte er.

»Wieso ist das merkwürdig?«

»Weil Griechenland viel angenehmer ist.«

»Erzähl mir von deinem Land.«

Zögernd versuchte es Anjalis. Es war nicht leicht, denn die Wüste ist ein unbekanntes Land, selbst für den, der sie kennt.

»Es ist ein Land, von Gott und allen Menschen verlassen, die chaldäischen Sterndeuter ausgenommen«, sagte er. »Deshalb ist alles Leben dort nahezu ausgestorben, alles lässt man hinter sich. Wenn man dort lebt, lässt man sogar sich selbst hinter sich. Verstehst du?«

»In gewisser Weise schon. Du versuchst eine Wirklichkeit zu beschreiben, die so gegenstandslos ist, dass sie den Geist frei macht?«

»Ja«, erwiderte Anjalis dankbar. »In der Wüste ist das Leben offen für die eigenen Rätsel.«

»Das klingt großartig und einfach zugleich«, sagte Anaxagoras.

Anjalis lachte: »Wenn in deinen Worten ein Vorwurf steckt, dann verdiene ich ihn.« Doch Anaxagoras schüttelte den Kopf: »Wie immer denkst du zu schnell für mich.«

Nach ein paar Tagen durchquerten sie den Fluss Larissa und erreichten bei niedrig stehender Nachmittagssonne die Wälder an den Hängen des Olymp. Anjalis, den die Unterhaltung über seine Heimat froh gestimmt hatte, staunte.

Sie ritten durch den grünen Dom, und das Brausen und Vogelzwitschern in den Baumwipfeln gehörte zu der Stille – einer Stille, die größer war und mehr zu Herzen ging als die der Wüste.

Anaxagoras wollte tiefer in den Wald hineinreiten, doch der älteste der Sklaven riet, das Nachtlager am Waldrand aufzuschlagen. »Der Wald steckt voller Gefahren, hier gibt es Wölfe und Bären«, sagte er, verschwieg aber die Räuberbanden, die oft Reisende auf dem Weg zu den olympischen Spielen ausplünderten.

Anjalis, ganz erfüllt vom Duft des Waldes und vom Gesang der Vögel, hatte nicht zugehört, doch er bemerkte, dass Anaxagoras dem Vorschlag des Erfahreneren nachgab, und beteiligte sich an der Suche nach einer Quelle, damit sie ihren Wasservorrat auffüllen konnten.

Der Sklave, der nun die Rolle des Führers übernahm, wollte

das Nachtlager nicht bei der Quelle aufschlagen. »Dorthin kommen die Tiere, um zu trinken«, sagte er.

Schließlich fand man eine Lichtung auf einer Anhöhe, die einen Rundblick erlaubte.

»Wir müssen das Feuer bewachen«, sagte der Sklave, als sie das Nachtmahl eingenommen hatten und sich schlafen legten. Anaxagoras übernahm die erste Wache, Anjalis wurde die Wache bei Morgengrauen aufgetragen.

»Die Hundewache«, sagte der Sklave und grinste breit über Anjalis' Verwunderung.

Als er im Morgengrauen geweckt wurde, wusste er warum. Er fror erbärmlich und kämpfte gegen den Schlaf an, aber der Sklave gab ihm einen Becher heißer Suppe, und Anjalis kauerte sich neben das Feuer und fühlte sich bald besser.

Kurze Zeit später war er geradezu dankbar für die Aufgabe, denn nun sah er die ersten Sonnenstrahlen durch das grüne Dunkel fallen, die auch die Vögel in den hohen Baumkronen weckten.

Nie zuvor hatte er solch einen Gesang gehört: Aus tausend Kehlen erscholl ein Lobgesang auf die Schöpfung. Schließlich konnte er der Versuchung nicht widerstehen und griff verstohlen in seine geheime Manteltasche, wo er die Flöte versteckt hielt, jene Silberflöte, die jeden Chaldäer durch sein Leben begleitet, wie ein Symbol seiner Aufgabe, den Gesang der Sterne auf Erden am Leben zu erhalten.

Und so erwachten die drei anderen der Reisegruppe von einer Melodie, deren helle Töne denen der Vögel gleichkamen. Sie waren entzückt, Anaxagoras beinahe stumm vor Verwunderung.

»Ich wusste gar nicht, dass du ein Musiker bist«, sagte er schließlich.

»Ich bin nicht sehr geübt«, erwiderte Anjalis und dachte, weshalb habe ich die Flöte nur den ganzen Winter über vergessen?

Später, wenn er an die Reise zurückdachte, erinnerte er sich vor allem an den Wald. Die schwindelerregenden Berge des

Olymp ließen ihn nicht unberührt, doch Zeus' Tempel konnte ihn nicht begeistern. Der Schnee war es, der ihn an den Bergen am stärksten beeindruckte, genauso, wie es Anaxagoras vorausgesagt hatte.

In den Städten Thessaliens begegneten ihnen die Festzüge des Dionysos, tanzende Frauen, die, berauscht vor Freude, den Frühling begrüßten.

Den ersten Zug sahen sie nur von weitem, in der nächsten Stadt hatten sie dann mehr Glück. Anaxagoras ließ die Pferde bei den Sklaven zurück und zog Anjalis mit sich, der seinen Augen nicht zu trauen wagte.

Noch weniger seiner Vernunft.

Seine Scham war so rot wie das Blut der rohen Fleischstücke, die die Frauen mit ihren Zähnen zerteilten, und er spürte seinen Herzschlag so hart, dass er kaum den Gesang hörte. Ekel ergriff ihn, krampfte den Magen und presste seinen Inhalt in den Hals.

Er schluckte und sagte: »Ich bin doch nicht so frei von Vorurteilen, wie die Ägypter angenommen haben.«

Anaxagoras lachte, aber seine Augen glänzten vor Lust, als er rief: »All das geschieht zu Ehren der Götter, für das wiedererwachte Leben, für die Blumen, Anjalis, für das heranreifende Getreide und die Weinstöcke, die Knospen treiben. Gib nach, Anjalis, gib nach!«

Da versenkte sich Anjalis in seine Scham und spürte aus deren Tiefen eine Lust aufsteigen, so glühend und gewaltig, dass sie ihn zu zerreißen drohte.

Er hatte eine Erektion, und sie war so heftig, dass es schmerzte.

Er sah zu Anaxagoras und beobachtete ihn in seiner Schamlosigkeit, holte Luft und fühlte sich dann befreit von aller Sittlichkeit, von allem, was er je gelernt hatte, von allem, was er wusste, dachte, gemeint hatte. Mit einem gewaltigen Schrei, der aus der uralten Erinnerung des Körpers emporstieg, mischte er sich unter den Zug und ließ sich von den Tänzen mitreißen.

Nackt und von Sinnen zogen die Frauen die Männer mit sich den Berghang hinunter; entblößt, die Schenkel, die Brust, der Schoß von Frauen umschlungen, aufgepeitscht von der immer wilder werdenden Musik, verlor sich Anjalis in dem gewaltigen Orgasmus der großen Verschmelzung. Das hier war anders als alle Orgasmen, die er bisher erlebt hatte: Ewig, neugeboren, immer wieder neu geboren in wiederholter Vereinigung, tief und schmerzvoll, Schläge, Bisse und wilde Schreie, wie die der Möwen, und so kraftvoll, dass sie direkt in das Herz des Gottes drangen, zur Freude des uralten und ewigjungen Dionysos.

Einige Tage später nahmen sie den Weg am Parnassos vorbei, und bald darauf sahen sie von der Talsenke des Pleisthos aus das Meer und die Schiffsroute nach Italien. An diesem Tag wurde in Delphi kein Orakel gesprochen. Anjalis war es gleich – er hatte keine Fragen an Pythia, das Sprachrohr Apollos. Die Berge, die Aussicht und die herrlichen Tempel sind Wunder genug, dachte er, als er in den Nabel der Welt blickte, und wiederum bewunderte er die Schöpferkraft der Griechen.

Dann ritten sie in Korinth ein, einer neuen Stadt ohne Vergangenheit. Niemand konnte berichten, wie der Römer Lucius Mummis die alte Stadt geplündert, niedergebrannt und schließlich dem Erdboden gleichgemacht hatte. Korinth wimmelte von römischen Truppen, und wie üblich konnte man spüren, wie sich bedrückender Ernst über alles legte. Überall erregte Anjalis Aufmerksamkeit, aber er hatte sich daran gewöhnt, und es beschämte ihn nicht länger.

Die Eltern von Anaxagoras waren genau so, wie Anjalis sie sich vorgestellt hatte: reiche Leute, behäbig und offen. Den Heimkehrern wurde ein Bad bereitet, sie bekamen eine leichte Mahlzeit und erzählten nur kurz von der Reise, zu müde für ein langes Gespräch. Dann schlief Anjalis in einem kühlen Bett ein.

Am nächsten Tag würde er Ariadne treffen, die Schwester von Anaxagoras, die ihm den orphischen Weg durch die griechische Religion zeigen würde.

Er erkannte sie sofort wieder, und sein Herz setzte aus.

Als es erneut zu schlagen begann, schmerzte seine Brust, und es fiel ihm schwer, sich in dem Zimmer zurechtzufinden. Die Wände schienen einzustürzen, und der Fußboden schien sich zu heben, steil wie die Berge des Olymp.

Aber er nahm sich zusammen, als sich das Mädchen ihm vorstellte, und bemerkte, dass auch sie ihn wiedererkannte und noch überraschter war als er.

Sie war hochschwanger, doch sie glich vollständig dem Bild, das er von ihr in sich trug: dem Mädchen mit den vertrauensvollen blauen Augen, deren Licht er in der Krypta bei den Hierophanten gesehen hatte und das er liebte wie sein eigenes Leben.

»Verzeihen Sie, es geht mir nicht gut«, war alles, was sie hervorzubringen vermochte.

Und dann verschwand sie, begleitet von ihrer Mutter und zwei Dienerinnen.

Anaxagoras' Vater wollte nach einem Arzt rufen, Ariadne aber ließ ausrichten, dass sie bald wieder sie selbst sein würde; sie sollten von den Erfrischungen nehmen, die im Garten bereitstanden.

Anjalis leerte einen großen Becher weißen Weines in einem Zug. Sein Herz beruhigte sich, und einige Gedanken in seinem Kopf nahmen Gestalt an.

Als erstes stieg der Zorn über die Ägypter in ihm hoch, diese verdammten Priester, die im Tempel ihre Magie ausübten und mit der Sehnsucht der Menschen ihr Spiel trieben.

War es zwei Jahre her? Oder länger?

In erbarmungsloser Klarheit erkannte Anjalis die Wurzel seiner Schwermut. Heimweh, lächerlich! Bereits vom ersten Tag an hatte ihm Griechenlands Lebensart zugesetzt, ihr Land und ihr Wesen, von dem er sich innerlich distanziert hatte.

Und nun? Nein, diese Begegnung war keine neue Prüfung, er hatte für immer Abstand genommen. Sie war für ihn verloren, trug das Kind eines anderen Mannes in sich. Bei diesem Gedanken schien sich ein Messer in seine Eingeweide zu bohren.

Er versuchte, eine Birne zu schälen, doch seine Hände zitterten so offensichtlich, dass sie ihn beinahe verraten hätten. Zum Glück beachtete ihn niemand, denn eben erschien ein römischer Offizier, der ebenfalls zum Essen geladen war und der mit der üblichen bewundernden Verachtung begrüßt wurde.

Anjalis wollte flüchten.

Aber in diesem Moment kam sie zurück, entschuldigte sich freundlich, auch für die Verspätung ihres Mannes. Sie widmete sich mit großer Aufmerksamkeit dem Römer, der geschmeichelt und entzückt war.

Nur ein einziges Mal wagte sie in Anjalis' Richtung zu sehen, und er bemerkte die Frage in ihren Augen, diese beinahe unerträgliche Verwunderung, die sie zeigte.

Nun kam ihr Mann, ein rundlicher, gemütlicher Grieche, bedeutend älter als sie, und Anjalis erinnerte sich, daß Anaxagoras mit Bedauern über diese Ehe gesprochen hatte.

Irgendwie überstanden sie beide die Mahlzeit mit den vielen Gängen. Anjalis' Hände hatten aufgehört zu zittern, und er beobachtete sich selbst, wie er an der Unterhaltung teilnahm. Erstaunt hörte er seiner eigenen Stimme zu – er war klug und zugleich witzig.

Als die Gesellschaft schließlich aufbrach, bat er, zu Fuß nach Hause gehen zu dürfen, und als Anaxagoras ihn begleiten wollte, sagte er: »Sei mir nicht böse, aber ich möchte allein sein.«

Anjalis sah, dass er ihn verletzte, aber was sollte er dem anderen sagen?

Dass deine Schwester vor Gott meine Gattin ist, dass wir uns seit Äonen kennen, dass wir immer schon zusammengehörten. Doch dass jetzt alles verloren ist, weil ich den Traum von einem Gotteskind dem eines einfachen Lebens, gemeinsam mit einem Menschen, den ich liebe, vorgezogen habe.

Dass ich mich zu dir, Anaxagoras, hingezogen fühlte, weil du ihr glichst. Dass etwas in deinem Wesen war, das mich an sie erinnerte. Dass somit auch unsere Freundschaft eine Lüge war, wie mein ganzes Leben.

Die Nacht über Korinth war sternenklar, und Anjalis' Augen suchten am Firmament nach Sirius, dem Stern, der seit seiner Geburt zu ihm gehörte. Er lächelte ihm jedoch nicht länger in heimlichem Einverständnis zu, sondern blinkte kalt aus unerreichbarer Ferne.

In dieser Nacht wurde er zudem von Venus überstrahlt, die wie ein höhnischer, riesengroßer Diamant am griechischen Himmel leuchtete.

Zu Hause wartete Anaxagoras auf seinen Freund mit einem großen Krug Wein.

»Ich weiß nicht, was mit dir passiert ist«, sagte er, »aber am besten betrinkst du dich jetzt.«

»Du bist mehr, als ich verdiene«, entgegnete Anjalis, und dann betranken sie sich zielstrebig und mit Ausdauer. Noch vollständig bekleidet fielen sie aufs Bett, und als Anjalis erwachte – schmutzig, unrasiert und ohne jegliche chaldäische Würde –, war das Kopfweh größer als die Verzweiflung.

Ein verständnisvoller Sklave erschien mit eiskalter Milch, und nun brachte Anjalis den ersten Gedanken des Tages zustande: Er würde diese Tage in Korinth überstehen, ohne sich zu offenbaren und sie zu verraten. Mit pochendem Kopf badete er und zog sich an, erschien elegant und bleich in dem großen Atrium.

»Anaxagoras ging ein paar alte Freunde besuchen«, sagte

seine Mutter, und wiederum dankte Anjalis innerlich seinem Freund.

Die Mutter hatte das Haus voller Gäste, Frauen zum vormittäglichen Besuch, und es war offensichtlich, dass Anjalis vorgezeigt werden sollte.

Er tat sein Bestes, um die Erwartungen aller zu erfüllen, und so verbrachte er die längsten Stunden seines Lebens in dem Salon. Doch auch die liebenswürdigste Konversation hat ein Ende und als die Gäste aufbrachen, sagte er: »Ich gehe etwas spazieren.«

Wie von selbst trugen ihn seine Füße zu Ariadnes Haus. Ohne jede Verwunderung empfing sie ihn, und wieder lud sie ihn im Garten zu ein paar Früchten ein. Im Plauderton begann sie die Unterhaltung: »Verzeih mir den Wirbel, den ich gestern verursacht habe, aber ich habe dich von einem langen Traum her wieder erkannt, den ich vor einigen Jahren hatte.«

»Vor zwei Jahren«, sagte Anjalis.

»Du weißt es also.« Ihre Augen weiteten sich – ein blauer Blick begegnete den schwarzen Augen und sah in ihnen den schneidenden Schmerz.

»Oh, Anjalis, warum wolltest du mich nicht haben?«

»Weil ich ein Dummkopf war.«

Das war brutal, und er sah, wie sie erbleichte.

»Dann war das alles ein Irrtum«, flüsterte sie, und ihre Hände zeigten in unbeholfener Bewegung auf das Haus, den Garten und blieben auf ihrem Bauch liegen, wo das neue Kind heranwuchs.

Tiefes Schweigen folgte, und sogar das Plätschern des Springbrunnens schien in Anjalis' Ohren zu schmerzen. Er hatte keine Antwort für sie, nur nackte Verzweiflung.

»Ich hatte Angst vor der Nähe«, wollte er rufen, »Angst vor Bindung und Verantwortung.« Aber er schwieg.

»Du hast von der bevorstehenden Geburt eines Gotteskindes gesprochen, und du bist ausersehen, ihm zu dienen?«

Er erinnerte sich an den neuen Stern, das klare Licht über Bethlehem, das er mit eigenen Augen gesehen hatte. Und ihm fielen die Worte Jesajas ein – große und schöne Worte:

»Denn uns ist ein Kind geboren,
ein Sohn ist uns gegeben,
und die Herrschaft ruht auf seiner Schulter.
Und er heißt:
Wunder-Rat,
Gott-Held
Ewig-Vater,
Friede-Fürst…«

»Es ist wahr«, sagte er zu Ariadne. »Gott möge mir vergeben, aber ich muss sein Geheimnis verraten.«

Er begann von dem Zeitalter zu erzählen, das von den Chaldäern errechnet worden war, und dass die Erde nun in das Sternbild der Fische übergehen würde; von der Menschwerdung, von dem Kind, das in Armut in Judäa geboren wurde, und von der neuen Religion, die sich, mit Hilfe der Griechen und Römer, über die Erde ausbreiten würde.

Ihre Ruhe wurde so groß, dass sie auch auf ihn überging.

»Ich wusste, dass nichts vergeblich sein würde«, sagte sie. »Alles in unserem Leben hat einen Sinn.«

Sie erzählte von den Orphikern, von deren tiefem Glauben an Saat und Ernte, Tod und Auferstehung und von deren geheimen Gesellschaften, die über ganz Griechenland verstreut waren.

»Morgen wirst du mehr darüber erfahren«, sagte sie noch. »Du musst meinen Priester kennenlernen.«

»Nicht einmal er darf es wissen«, sagte Anjalis plötzlich voller Angst.

»Nein, ich habe verstanden, du kannst ganz ruhig sein. Ich werde dein Geheimnis für mich behalten, ich wusste schon lange davon.«

Am nächsten Tag machte Ariadne ihn mit Orest, Orpheus' Priester in Korinth, bekannt. Er war ein Mann von großer Ruhe, noch jung und den ägyptischen Priestern nicht unähnlich.

Endlich erschloss sich Anjalis der tiefere Sinn der griechischen Religion. Durch Orest kam er mit dem großen Netzwerk dieser Gesellschaft in Kontakt, das die Eingeweihten miteinander verknüpfte und in dem sich die Sehnsucht der Griechen offenbarte.

Das Haus war nicht groß, aber hübsch, das schönste, das Anjalis je gesehen hatte.

Anmutig schmiegte es sich in seine grüne Umgebung, es lag wie in einem großen Garten Eden. Sie pflanzten Rosen über Rosen, und Lilienzwiebeln, dicht bei dicht.

Probleme ganz eigener Art füllten nun das Leben aus – hatte es Anjalis doch nie für möglich gehalten, dass es so wichtig sein könnte, für eine Wand genau den richtigen Farbton zu finden, dessen Nuance einem Bild Schimmer und Tiefe gab.

Es war ein großes Gemälde, das sie gemeinsam und erst nach langen Überlegungen gekauft hatten. Meer und Wüste trafen hier aufeinander, tosende Weite verband sich mit stummer Unendlichkeit, Kühle mit Hitze.

»Deine und meine Welt sind hier vereint«, sagte Ariadne, die immer die passenden Worte fand.

Am schönsten waren die Nächte. Sie schliefen so dicht beieinander, dass aus zwei Hälften ein vollendetes Ganzes wurde. Und ihr gemeinsames Aufwachen, wenn sein Körper von ihrem aufgenommen wurde und er das Kind in ihr fühlte, das neue Leben, das aus dem Ende der Getrenntheit entsprang.

Immer wieder aber kam der Augenblick, da sie wegging, um irgendein Werkzeug zu holen, einen Spaten etwa, um damit umzugraben, oder einen Hammer, um einen Nagel einzuschlagen. Anfangs wartete er geduldig auf ihre Rückkehr, wartete auf ihr Lächeln und auf den Blick ihrer blauen Augen. Später dann spürte er, wie die Unruhe ihn umklammert hielt, sobald sie verschwand, und er lief von Zimmer zu Zimmer, um sie zu suchen.

Dann verwandelte sich das Haus in eine Burg mit düsteren Sälen, angefüllt mit Plunder und überzogen von Spinnweben. Hier würde kein Kind leben, kein Lachen würde bis unters Dach steigen.

Alle Bilder waren verschwunden, und im Garten waren die Blumen verdorrt. Vor den Fenstern der Burg breitete sich die Wüste aus. Trotzdem lief er weiter, hörte das Echo von den kahlen Wänden widerhallen, als er nach ihr rief, und wusste schließlich, dass es vergebens war, dass sie das Haus verlassen hatte.

Im dem letzten der Säle stieß er auf die schwarze Katze, die er hasste, und die ihn doch jedesmal von dem Alptraum befreien und in die Wirklichkeit zurückführen sollte.

Die Wirklichkeit war ein schmales Bett in einem gemieteten Zimmer in Athen.

Jede Nacht, kurz vor dem Morgengrauen, kam der Traum zurück, und er wagte nicht, wieder einzuschlafen. Es war nicht das Gefühl des Verlustes, das war in den wachen Stunden ebenso schlimm, nein, die Katze machte ihm Angst – dieses lautlose, geschmeidige Tier.

Geheiligt in den ägyptischen Tempeln.

Wie lebt man in leeren, widerhallenden Sälen mit einer schwarzen Katze als einziger Gesellschaft? Darauf wusste Anjalis keine andere Antwort, als einfach aufzustehen und sich an die tägliche Arbeit zu begeben. Er teilte seine Tage so streng ein, dass nur wenig Zeit blieb, an *sie* zu denken.

Zum Glück war Anaxagoras in Korinth geblieben. Anjalis hoffte, er würde dort verweilen und es würde ihm glücken, ihn zu vergessen, so wie die übrige Familie.

Bereits am nächsten Tag reiste er von Athen aus zu einem Fischerdorf außerhalb von Piräus, dem Versammlungsort der Orphiker am Meer. Bei sich trug er einen Brief vom Priester aus Korinth.

In der großen Halle des einfachen Hauses, weit draußen zwischen den Klippen, ließ man ihn warten, nachdem er das Schreiben abgegeben hatte. Anjalis stellte sich ans Fenster und blickte über das Meer, hörte es gegen die Felsen donnern, rhythmisch und regelmäßig, wie ein riesengroßes Herz. Das beruhigte sein Gemüt.

Da erscholl eine Stimme hinter ihm: »Sei von Herzen willkommen, Anjalis.«

Der Mann, der ihn begrüßte, war weder alt noch jung, er war groß, beinahe ebenso groß wie Anjalis. Über sein schmales Gesicht huschte ein überraschend helles Lächeln, sein Blick war der eines Mystikers – tief und voller Einsicht.

Anjalis war solchen Blicken schon früher begegnet und wusste, sie konnten alle Mauern eines Menschen durchdringen; und er wusste auch, dass der Priester ihm seine Verzweiflung sofort ansah. Aber der zog es vor, taktvoll den Blick abzuwenden, ehe er zu sprechen begann.

»Ich heiße Dimitrios«, sagte er, »und leite hier die orphischen Versammlungen.«

Er erwähnte, sie hätten Anjalis schon lange erwartet, hätten seine Vorlesungen in Athen aufmerksam verfolgt und gewusst, dass der chaldäische Magier sie früher oder später aufsuchen würde.

»Soweit wir verstanden haben, hast du eine Botschaft für uns Griechen«, sagte er.

»Vor allem habe ich hier eine Aufgabe«, erwiderte Anjalis und erzählte, wie er von den ägyptischen Priestern und den chaldäischen Astronomen über das Meer geschickt worden war, um die griechische Seele kennenzulernen.

Als er Dimitrios' Erstaunen sah, fuhr Anjalis fort: »Für uns in der alten Welt ist es wichtig, den innersten Kern des Bewusstseins zu kennen, das die Griechen über die Erde verbreiten.«

»Das verstehe ich«, entgegnete Dimitrios, und Anjalis spürte: Dem Mann war bewusst, dass man ihm nur die halbe Wahrheit offenbart hatte.

»Ich habe große Umwege gemacht«, fuhr Anjalis fort, und er erzählte von seinem Bestreben, die olympische Götterwelt zu verstehen, und davon, wie er bei den Erwachsenen ins Leere gelaufen war, den richtigen Zugang dann aber durch die Kinder gefunden hatte.

»Möglicherweise war das ein wichtiger Umweg«, sagte der Priester. »Willst du erzählen, zu welchem Schluss du gekommen bist?«

Etwas unsicher berichtete Anjalis von seinen Ergebnissen. Der Grieche nickte, zunächst nur interessiert und dann mit immer mehr Einverständnis.

»So klar habe ich es nie gesehen«, sagte er. »Du weißt ja so gut wie ich, dass wir ursprünglich alle blind für unsere eigenen Fehler und Mängel sind. Nur in einem Punkt sind wir beide unterschiedlicher Ansicht: Du glaubst, die Götter seien nur Bilder, mit der Kraft der Menschen selbst versehen. Aber ich weiß, dass sie existieren, so wie dein Freund Anaxagoras es behauptet. Sie folgen dir wie Schatten – dein dunkler Bruder, der junge Held, die Göttin, die die Schwester der Seele ist, die eifersüchtige Hera oder die strahlende Athene.«

Anjalis hielt seine Einwände zurück, aber Dimitrios sah seine Skepsis und fuhr fort: »Es ist etwas anderes, wenn du die Götter in dir erkennst. Dann verlieren sie ihre Macht und Stärke, und du kannst sie zur Läuterung der Sinne einsetzen, genau so, wie du es beschrieben hast. Wenn du ihnen aber erlaubst, ihr Leben in dir zu leben, ohne es zu billigen, dann wächst ihr Einfluss.«

»Das wiederum verstehe ich«, erwiderte Anjalis.

»Der Mensch muss erst einmal mit seinen eigenen Göttern in Kontakt kommen, um dann Gott kennenlernen zu können.«

»Du meinst also, um sich selbst zu erfahren, muss man die griechische Auffassung übernehmen?« fragte der Chaldäer.

»Ja, so ist es«, stimmte ihm der Priester zu.

Lange Zeit war es still im Raum, und wieder hörte Anjalis den Schlag der Wellen gegen die Klippen, schloss die Augen und dachte darüber nach, wie wenig er sich doch selbst kannte, wie weit sein Weg zur Gottheit war.

Und doch wusste er um das große Geheimnis, dass Gott auf Erden geboren war.

Gleichzeitig war ihm bewusst, dass der Mann vor ihm mit größter Wahrscheinlichkeit seine Gedanken las, und er sagte: »Den eigentlichen Grund für meine Reise darf ich nicht preisgeben. Ich bin an ein heiliges Versprechen gebunden.«

Dimitrios lächelte und antwortete: »Nicht über deine Botschaft habe ich eben nachgedacht, sondern über deinen Schmerz.«

Anjalis fielen die Prüfungen in den Krypten ein, auch die geheime.

»Darüber darf ich ebenfalls nicht reden«, sagte er.

»Aber nichts kann dich daran hindern, mein Mitleid anzunehmen.«

Anjalis vermochte die Tränen nicht zurückzuhalten, die seinen Blick trübten. Aber er versuchte zu lächeln, als er eingestand:

»Ich muss allerdings zugeben, dass es gerade jetzt gut für mich wäre, wenn ich zu einem griechischen Gott Zugang hätte, der meine Trauer verkörpern könnte.«

Gemeinsam nahmen sie eine einfache Mahlzeit ein – frisch gebackenes Brot, Ziegenkäse, Oliven und einen leichten Wein. Dimitrios begann vom Orphizismus zu sprechen, über den verrückten Pan, der vor undenklichen Zeiten vom Thrakien der Barbaren fortgewandert und über die Grenze zu den Griechen getanzt war, die bereits Gefangene ihrer Zivilisation waren.

»Er besaß eine Kraft, ungezähmt und wild wie das Leben selbst. Und im Spiel seiner Flöte lag die Erinnerung an ein herrliches Dasein, an die Zeit der Unschuld auf Erden, als den Dingen noch keine Geheimnisse innewohnten und Gott ohne Verkleidung unter den Menschen wandelte.«

»Wie sich Pan schließlich mit dem göttlichen Wahnsinnigen Dionysos vereinte, blieb im Dunkel der Geschichte verborgen«, fügte Dimitrios noch hinzu. »Doch Orpheus kam und war mehr als der mystische Held, der in die Unterwelt hinabstieg, um seine Geliebte zu holen. Er war ein Religionsstifter und der Vorgänger von Pythagoras. Es gibt eine Verbindung zwischen ihm und Pan: die Musik. Ja, es ist die Musik, die die Einsicht in die Großartigkeit des Lebens und die Nähe Gottes vermitteln kann.«

Plötzlich fiel Anjalis seine Flöte ein. Er vergaß sie oft, dabei begleitete sie ihn immer in der Manteltasche. Er folgte seinem Impuls, holte das Instrument hervor und spielte für Dimitrios – eine langsame Melodie, voll Wehmut und Dankbarkeit.

Nachdem der letzte Ton verklungen war, schwieg der Priester eine ganze Weile. Dann lachte er und sagte: »Also hast du auch einen Gott, der deiner Trauer Gestalt geben und dich befreien kann.«

Am Nachmittag spazierten beide am Strand entlang, und Dimitrios erzählte weiter von den Orphikern, die über die gesamte griechische Welt verstreut in Vereinigungen zusammenlebten. »Diese Gemeinschaften waren dazu da, die ursprünglichen Mysterien zu bewahren, sie hielten die einfachen Hoffnungen in der vom Sophismus besetzten griechischen Welt am Leben«, sagte er. »Es waren Menschen aller Schichten; sie lebten in Eigentumsgemeinschaften, in denen die Frau denselben Stellenwert hatte wie der Mann. Es war ein gleichförmiges Leben, randvoll angefüllt mit einer großen Aufgabe.«

Anjalis fiel auf, dass das alles große Ähnlichkeit mit der chaldäischen Gemeinschaft hatte, in der er aufgewachsen war. Über sie, den Tempelturm und die Bibliothek in der Wüste durfte er berichten.

Und Dimitrios hörte mit großem Interesse zu.

Als die Abendkühle heraufzog, saßen sie wieder in der großen Halle, aßen Gemüse, tranken eiskaltes Wasser und setzten das Gespräch fort.

»Wir warten darauf, dass Gott auf Erden geboren wird«, sagte Dimitrios und schien Anjalis' Verwunderung nicht zu bemerken. »Gottes Geburt ist wegen der Bosheit und des Leides notwendig.«

Soweit stimmte ihm Anjalis zu. Aber er schwieg zu Dimitrios' Behauptung, dass letztendlich Gott für das Böse in der Welt verantwortlich sei, dass er selbst es geschaffen hätte, so wie alles andere auch.

»Der Gott, auf den die Welt nun wartet, wird ein leidender Mensch sein«, sagte der Priester. »Sein Leben wird voller Schmerzen sein; er muss das Schicksal eines gewöhnlichen Menschen erdulden, wo es am grausamsten ist.«

Anjalis erinnerte sich an die Unterhaltung in der Bibliothek der Chaldäer, an die Anstrengungen der alten Männer, die versuchten zu verstehen, warum für die Menschwerdung ein geringes und armes Kind im weitentfernten Judäa erwählt wurde, einem Land, wo den Grausamkeiten der Römer keine Grenzen gesetzt waren.

Dimitrios las die ganze Zeit Anjalis' Gedanken und begann überraschend von den Juden zu sprechen und den jüdischen Versammlungen in beinahe allen Städten der Erde.

Die Orphiker unterhielten mit ihnen Kontakt und standen den großen Kenntnissen der Hebräer über den Einen Gott offen gegenüber. Aber es war ein verschlossenes Volk, eingenommen von seinem Glauben an die eigene Auserwähltheit.

»Oft erstaunt mich das«, sagte er. »Es kommt vor, dass sie Gott bitten, sie vom Leiden zu verschonen. Doch wie vermöchte Gott dem Menschen gegenüber einem Gott zu helfen?«

Anjalis war stumm vor Verwunderung, etwas Derartiges hatte er noch nie gehört. Dimitrios lächelte und sagte: »Sicherlich verstehst du, dass das Böse sich selbst gegenüber schlecht verhält, ebenso wie das Ganze sich selbst ergänzt.«

Anjalis schüttelte den Kopf, er dachte an das Wort Heraklits von der Einheit der Gegensätze, dass Gut und Böse ein und dasselbe, und dass für den Einen Gott alles gut sei. Gleich darauf erinnerte er sich jedoch an die Kreuzigung der Zeloten in Tyrus, und der Zorn loderte wie ein Feuer in ihm auf.

Der Priester sah ihn erröten und sagte: »Wenn man keine Kenntnis vom Tod besitzt, kann man all das nicht verstehen.«

»Und wer hat die?« fragte Anjalis. »Nicht einmal euer eigener Orpheus konnte etwas anderes erzählen als eine hoffnungslose griechische Sage über das Schattenreich. Und niemand sonst ist, soweit ich weiß, jemals von dort zurückgekehrt und konnte Zeugnis ablegen.«

»Wir alle sind zurückgekommen«, sagte Dimitrios.

»Ohne uns zu erinnern und ohne etwas gelernt zu haben?«

»Natürlich erinnerst du dich«, entgegnete Dimitrios. »Du gehörst ja nicht zu den Unseligen, die sich in Lethes Fluten ins Vergessen getrunken haben.«

Als Anjalis in der Nacht nach Hause ritt, dachte er wieder an Ariadne, das Mädchen, das für ihn wie seine eigene verlorene Hälfte war.

Oft noch trafen sich Dimitrios und Anjalis nach dieser ersten Begegnung. Im prachtvollen Eleusis wurde Anjalis in die Mysterien eingeweiht. Hier forderte man keine Selbstprüfungen wie bei den Ägyptern, aber der Kern der Erfahrungen war der gleiche. Und er lernte die schönen Worte, die nach Eintritt in den Hades an die Quelle bei den weißen Zypressen gerichtet werden mussten:

»Siehe, ich bin ein Kind der Erde,
doch auch des sternenübersäten Himmels,
und dem Himmel strebe ich zu, das wisst ihr selbst.
Siehe, ich werde von Durst und Sehnsucht geplagt.
So gib mir schnell kühlen Trank,
der aus den Seen des Vergessens fließt.«

Nach einiger Zeit, während der er die verschiedenen orphischen Versammlungen besuchte, faßte Anjalis seinen Beschluß. Er fand Platz auf einem Schiff nach Alexandria und fuhr weiter nach Heliopolis, wo er die Erlaubnis einholte, den orphischen Priestern von der Geburt des Kindes zu erzählen, das unter einem neuen Stern am Übergang in das Zeitalter der Fische geboren war.

Die Ägypter wollten nicht allein Stellung dazu nehmen, sondern reisten gemeinsam mit Anjalis zu der Wohnstätte der Chaldäer in die Wüste, wo seine überraschende Rückkehr große Freude auslöste.

Nach einer Woche der Beratungen war man übereingekommen, dass Anjalis nach Griechenland zurückkehren sollte, um den Orphikern das Geheimnis preiszugeben.

Anjalis führte seine Schule in Athen noch einige Jahre weiter. Die meiste Zeit reiste er allerdings mit Dimitrios zu den Korinthern, Galatern, Ephesern, Philippern, zu den Kolossern und den Thessalonikern. Überall wurden Verbindungen geknüpft, auch zu den jüdischen Versammlungsgemeinschaften, und die Botschaft von der Geburt des Messias in Judäa breitete sich überall hin aus.

Während der Winter in Athen studierte Anjalis in der geheimen Akademie der Stoiker, und er war von deren Philosophie so eingenommen, dass viele seiner Briefe nach Heliopolis Berichte darüber enthielten. Hier freundete er sich zum ersten Mal mit einem Römer an, dem jungen, scharfsinnigen Petronius Galba.

Nach beinahe sechs Jahren in Griechenland folgte Anjalis einer Einladung von Petronius nach Rom, um den Stoikern auf dem Forum Vorlesungen zu halten. Bereits am ersten Tag wurde er gemeinsam mit seinem Freund in eines der größten und reichsten Häuser zum Essen eingeladen. Dorthin kam zur allgemeinen Verwunderung Cornelius Scipio, ein Adliger und Feldherr, bekannt für seine Unlust, am römischen Gesellschaftsleben teilzunehmen.

»Ich habe gehört, dass du ein großer Lehrer bist«, sagte er. »Ich habe ein Kind, das der Hilfe bedarf.«

3. TEIL

»Wer misst die Wasser mit der hohlen Hand,
und wer bestimmt des Himmels Weite
mit der Spanne
und fasst den Staub der Erde mit dem Maß
und wiegt die Berge mit einem Gewicht
und die Hügel mit einer Waage?«

Jesaja 40, 12

Durch die offenen Fensterläden fielen die Sonnenstrahlen auf Marcus' Bett. Langsam erwachte er und tauchte nur unwillig aus dem Dunkel empor in das unbarmherzig gleißende Tageslicht.

Deutlich spürte er, dass etwas Unglaubliches mit ihm geschehen war, aber erst als er den Gesang der Vögel vom Garten her hörte, wurde ihm bewusst, dass seine schützende Dunkelheit für immer verloren war. Die weiche, schattenlose Welt ohne Kontraste hatte er für immer hinter sich gelassen.

Angestrengt zog Marcus die Stirn kraus und kniff dabei die Augen zu – er wollte Zeit zum Nachdenken finden. Doch das Licht drang rötlich schimmernd durch die Augenlider. Er zog sich die Bettdecke über den Kopf, aber sie war dünn und außerdem weiß, konnte ihm seine Dunkelheit nicht zurückgeben. Jetzt erging es ihm wie allen anderen: Er musste sich der Wirklichkeit stellen.

Gestern noch hatte es ihm Spaß gemacht, über die Hügel zu springen und zu sehen, wie sinnenreich und schön die Welt war. Es hatte ihn überwältigt, er hatte vergessen nachzudenken.

Er hatte den Preis vergessen.

Todmüde hatte Anjalis ihn vom Teich nach Hause tragen müssen, ins Bett, wo er in seine vertraute Dunkelheit zurückkehrte.

Vorsichtig öffnete er die Augen und betrachtete seine Hand unter der Decke. Wie klein sie war, und auch sie schimmerte rötlich von dem pulsierenden Blut. Sie war schmutzig, unter den Nägeln waren schwarze Ränder.

Das tröstete ihn ein wenig.

Im Dunkeln war ihm sein Körper groß und undurchdringlich erschienen, nun aber sah er deutlich, wie zerbrechlich er war – eine magere Kinderfaust an einem schmalen Arm, und das rote Blut nur von dünner Haut zurückgehalten.

Lange Zeit lag er da, sah auf seine Hand, ballte sie, so dass die Knöchel weiß hervortraten, und öffnete sie wie eine Blüte, die sich zur Sonne hin entfaltet.

Genauso zart wie eine Blume, aber lange nicht so schön, dachte er, und gleich darauf wurde er neugierig, er wollte sich anschauen.

Er erinnerte sich, wie Anjalis' Finger über sein Gesicht geglitten waren, und er dabei gesagt hatte, dass er hübsch sei. Aber Anjalis hatte geflunkert, das hatte er selbst zugegeben. Seleme hingegen hatte ihm nichts vorgemacht, oft hatte sie gesagt, Marcus sei so hässlich, dass es schon wieder rührend wäre.

Das hatte er nicht verstanden und verstand es jetzt immer noch nicht – rührend?

Eneides hingegen hatte sich gern im Spiegel betrachtet, und Marcus hatte dann hinter ihm gestanden und dessen Bild im Spiegel bewundert. Der Junge hinter Eneides war hässlich und gekrümmt. Marcus errötete bei der Erinnerung, und wieder tauchte das merkwürdige Wort vor ihm auf: rührend?

Auf dem Tischchen in der Halle lag ein silberner Handspiegel, er wusste davon, weil sich Nadina hin und wieder darin betrachtete und dabei über die Runzeln und grauen Haare seufzte. Jetzt – rasch, bevor jemand wach wurde, wollte Marcus ihn holen.

Ja, er wollte sich anschauen.

In dem Teil des Hauses, wo er gemeinsam mit Nadina wohnte, war es noch still; ebenso in den großen Zimmern nach hinten hinaus, wo sich Anjalis' Bibliothek und Schlafzimmer befanden. Merkwürdig verlassen schien alles zu sein, wo waren sie nur?

Doch dann dachte er, es sei gut, so ganz allein zu sein.

Schon war er aus dem Bett und schlich auf leisen Sohlen zur Halle, wo der Spiegel lag. Zurück im Bett, machte er sich aus der Decke wieder ein Zelt und lag lange mit geschlossenen Augen da, den Spiegel in der Hand. Er ängstigte sich.

Schließlich nahm er einen Abzählreim zu Hilfe: Eins, zwei drei, bei dem vierten muss es sein, und beim fünften gilt es.

Braune Augen versanken in braunen Augen, fanden keinen Halt, keinen Boden.

Das sollte er sein? Wer?

Ob hässlich oder hübsch, das war jetzt ohne Bedeutung. Das Gesicht im Spiegel sollte sagen, wer er war, aber den Gefallen tat es ihm nicht. Es war ein kleines Gesicht, so verblüffend klein wie die Hand, schmal, beherrscht von den großen Augen mit ihren Fragen darin. Sein Herz schlug so hart, dass Marcus kaum mehr denken konnte. Erneut schloss er die Augen und fasste den Entschluss, er würde, wenn das Herz sich beruhigt hatte, das Gesicht Stück für Stück zu einem Bild zusammensetzen – es musste ihm eine Antwort geben.

Nach einer Weile versuchte er es von neuem: Braunes, lockiges Haar, ein gerader Haaransatz, eine hohe Stirn und dann die großen Augen, denen er auswich. Die schmale Nase und ein großer Mund, der deutlich Angst widerspiegelte. Schließlich noch ein kräftiges Kinn mit einem Grübchen darin.

Was sagte ihm das Bild?

Nichts! Er blieb weiterhin ein Nichts, obwohl er das Augenlicht zurückgewonnen hatte.

Nein, noch einmal von vorn: die Augen, der Blick, der immer noch starr auf ihn gerichtet war. Diesmal kamen sie ihm nicht so bodenlos vor. Ganz tief im Inneren war jemand, einer, der sich fürchtete, der aber auch neugierig war.

Diese Entdeckung gab Marcus seinen Mut zurück und er ging wieder in die Halle. Dort rückte er einen der schweren Hocker vor den großen Wandspiegel. Er kletterte auf den Hocker und betrachtete, seltsam berührt, seinen Körper.

So sehr war er in diesen Anblick vertieft, dass er Nadinas Kommen nicht hörte und beinahe heruntergefallen wäre, als sie sagte: »Aber Marcus, du stehst ja ganz nackt im Kalten. Du wirst krank werden.«

Lange schaute er sie an, sah, dass es stimmte, was sie über die Runzeln und die grauen Haare gesagt hatte; entdeckte aber auch ihre Freude, die weit größer war als seine Furcht.

In wildem Glück umschlang Anjalis eine Frau, und im lusterfüllten Schmerz des Orgasmus wusste er, dass es Ariadne war, mehr noch – seine Seele.

Er selbst war unsichtbar wie ein Gott, und er konnte ihre Verwunderung, aber auch ihre Angst wahrnehmen, als sie seinen Rücken und seine Schultern streichelte, ohne sie wirklich zu sehen. Er wollte sie beruhigen, doch nicht einmal seine Stimme erreichte sie, auch die gehörte einer anderen Erscheinungsform an.

Lange saß er noch auf ihrer Bettkante und betrachtete sie – unsichtbar und jenseits aller Zeiten. Binnen weniger Augenblicke zogen Monate vorüber, er sah das Kind in ihrem Schoß wachsen. Und er liebte das noch ungeborene Wesen.

Aber das Kind hatte einen weltlichen Vater, und als er das erkannte, wurde seine Verzweiflung so groß, daß sein ganzer Körper schmerzte. Voller Angst wachte er schweißgebadet auf.

Erst nachdem er sich im Badezimmer von Schweiß und Samen gereinigt hatte, erinnerte er sich, dass das Kind, das er im Schoß der Frau hatte wachsen sehen, Marcus' Gesichtszüge trug.

Marcus, der gestern auf seine, Anjalis', Verantwortung hin geboren worden war.

Würde ich den Jungen nicht lieben, dachte er, während er sich anzog, wäre die Aufgabe leichter.

Marcus saß beim Frühstück, den Mund voll Brot, das nicht weniger werden wollte, und in den Augen tausend Fragen.

»Er ist müde heute und hat keinen Appetit«, sagte Nadina, aber in ihrer Stimme klang keine Besorgnis mit, sie war voller Vertrauen.

Bei Cornelius wäre es ebenso, dachte Anjalis, und er hätte am liebsten geschrien: Siehst du denn nicht, dass er gerade erst geboren ist, dass er eine Babyflasche braucht?

Doch gleich darauf schluckte Marcus das Brot hinunter, und Anjalis korrigierte seinen Gedanken: Wir müssen seine Würde achten.

»Anjalis«, fragte der Junge, »wann reist du ab?«

»Ich reise nicht ab, ich habe vor, noch viele Jahre hier zu bleiben.«

Zum ersten Mal dachte Anjalis mit Zufriedenheit daran, wie viel Zeit seine Aufgabe hier erforderte. Noch hatte er von Rom nicht viel zu Gesicht bekommen, aber was er bisher gesehen hatte, machte ihm klar, dass die Arbeit hier schwieriger werden würde als in Athen; die Römer waren unergründlicher und vieldeutiger als die Griechen.

In Marcus' spontanem Lächeln lag Erleichterung – er hatte auf die schwerste Frage eine Antwort bekommen.

»Wir fangen gleich an, Marcus«, sagte Anjalis.

»Womit fangen wir an?«

Erwartung und ein bißchen Neugier schwangen in der Frage mit.

»Als erstes werden wir malen«, antwortete Anjalis.

»Cornelius empfängt heute seine Bittsteller«, rief ihnen Nadina hinterher, als sie zu Anjalis' Bibliothek hinübergingen.

Großer Gott, ich danke dir, dachte Anjalis.

Kohlestift, dicke, weiche und kleine, feste Pinsel. Schnell hatte Anjalis Farbblöcke zu Pulver zerrieben, füllte Becher um Becher mit feurigem Rot, himmlischem Blau, Waldgrün und Sonnengelb.

»Ich möchte, dass du mit der Seerose beginnst«, sagte er, und der Junge nahm den Kohlestift und zeichnete mit verblüffend sicherer Hand die Konturen der Blüte – die vier inneren Blätter, die sechs äußeren, den beinahe quadratischen Kelch mit den goldenen Blütenständen, den langen, zerbrechlichen Stengel und die großen Blätter, die auf der Wasseroberfläche schwammen. Den Stengel und die großen Blätter habe ich ihm nie beschrieben, entsann sich Anjalis, aber die Verwunderung darüber war klein im Vergleich zu dem beinahe atemlosen Erstaunen über das Talent des Jungen. Er ist ein Künstler, dachte Anjalis und schloss in schweigender Dankbarkeit die Augen.

»Marcus«, sagte er, »diese Seerose werde ich mir über mein Bett hängen.«

Kurz darauf hatte Anjalis einen Spiegel geholt, einen großen, klaren Spiegel, den er vor Marcus auf den Tisch stellte. Beim Anblick seines eigenen Bildes zuckte der Junge zusammen, aber er wich ihm nicht aus.

»Ich habe mich schon im Spiegel angesehen«, sagte er. »Ich weiß, dass ganz hinten in den Augen jemand ist.«

»Gut, dann zeichne ihn«, sagte Anjalis.

Schwierig war das, schwieriger als die Seerose. Marcus zögerte, fing an zu zeichnen, wischte es aus, seufzte. Schließlich fand er die richtigen Züge, das Verhältnis von Kinn zu Nase und Stirn.

Die Augen waren allerdings das reine Elend. Wie sehr er sich auch bemühte, er fand den Boden nicht, den er am Morgen noch erahnt hatte.

»Fang mit dem Mund an, Marcus.«

»Warum?«

»Der Mund drückt oft mehr über das Gefühl aus, das uns gerade bewegt. Die Augen sprechen weniger deutlich – sind hintergründiger, verstehst du?«

»Hmm.«

Marcus hielt sich lange mit dem Mund auf, und schließlich, mit einem einzigen Strich, war sie dort, die Angst als feiner Bogen in einer ausdrucksvollen Oberlippe.

»Ich habe so fürchterliche Angst«, sagte er.

»Aber das musst du, von jetzt an musst du Angst haben, zumindest darfst du es eine Zeitlang.«

»Anjalis, kann ich nicht erst einmal bei dir anfangen zu üben?«

»Ja natürlich, das ist eine gute Idee.«

Es war etwas schwierig für Anjalis, seinen hochgewachsenen Körper in die richtige Pose zu zwingen, und beide lachten, als er sich dabei abmühte. Schließlich zeichnete Marcus mit sicherer Hand die charakteristischen Gesichtszüge des Zauberers, den großen, schelmischen Mund, der immer zu lachen schien, die gerade Nase, die schrägstehenden Augen mit den Brauen, die in ständiger Verwunderung nach oben gezogen waren.

»Jetzt kommt das Schwierige«, sagte Marcus.

Es dauerte nicht lange, und ein zufriedenes Lächeln glitt über sein Gesicht. Er hatte Anjalis' Blick eingefangen und ihn auf dem Papyrus festgehalten.

»Jetzt darfst du schauen.«

Voller Verwunderung holte Anjalis tief Luft, als er in sein eigenes Gesicht blickte, wie es ihm so bisher noch nie in einem Spiegel begegnet war.

»Aber Marcus, aus dir kann ein großer Künstler werden!«

»Willst du diese Zeichnung auch über dein Bett hängen?«

»Ja«, sagte Anjalis hintergründig, »das könnte ganz nützlich für mich sein.« Lange schaute er in seine eigenen Augen, sah diesen neugierigen, prüfenden Blick, der einen deutlichen Abstand zwischen ihm selbst und den anderen herstellte.

»Du siehst geheimnisvoll aus, auch in Wirklichkeit«, sagte Marcus.

»Ich finde, du hast mein Geheimnis gelüftet.«

»Ein bisschen vielleicht.«

»Wenn du dich getraut hast, mich zu entlarven ...«

»Dann traue ich mich auch bei mir selbst ...«

»Ja, du hast viel weniger zu verbergen, Marcus.«

»Es ist nicht das, was so schwer ist, Anjalis. Es ist nur, dass ich niemand bin.«

»Das kann nicht stimmen, Marcus. Es kann ja nicht niemand sein, der diese Zeichnung gemacht hat.«

Anjalis hielt sein Porträt vor das Gesicht, und Marcus musste lachen.

Den ganzen Vormittag machten sie weiter, ein Bild von Marcus nach dem anderen entstand, und auf jedem wurde sein Blick ihm immer ähnlicher, das Bodenlose fand Halt, und das Ungesagte wurde ausgedrückt.

Nadina verkündete, die Mittagsgrütze sei fertig, aber Marcus konnte kein Ende finden. Immer wieder drang er in sein Bild ein, gab ihm immer größere Festigkeit, und schließlich war er einigermaßen zufrieden. Nadina wärmte das Essen auf, und der Junge aß – müde, aber weit weniger ängstlich.

»Darf ich bei dir Mittagsschlaf halten, Anjalis?«

»Ja natürlich.«

Marcus wachte vor Anjalis auf, blieb neben ihm liegen und sah ihn an. »Wenn du schläfst, siehst du schöner aus«, sagte er, als Anjalis die Augen aufschlug und seinem Blick begegnete.

»Das ist sicherlich bei jedem so, glaubst du nicht? Wenn man wach ist, setzt man eine Maske auf.«

»Warum?«

»Wohl, um sich zu schützen.«

»Dann fürchtet sich wohl jeder?«

»Ja, die allermeisten.«

»Auch der Großvater?«

Anjalis nickte. Marcus war ungeheuer erstaunt, Cornelius Scipio konnte sich doch nicht fürchten!

»Ich bin mir nur nicht ganz sicher, ob er das weiß«, sagte Anjalis.

»Aber dann macht es doch nichts, ich meine, wenn man es nicht weiß.«

»Doch«, antwortete Anjalis, »ich für meinen Teil glaube im Gegenteil, dass es dann erst recht gefährlich ist.«

Im selben Moment bereute er seine Worte; der Junge sollte sein Vertrauen in den Alten behalten, doch Marcus hatte den Sinn seiner Worte erfasst: »Wir müssen sehr lieb zu Großvater sein«, sagte er.

»Sollen wir am Fluss unten baden gehen?« Es war Anjalis, der fragte, und Marcus, der den Kopf schüttelte:

»Lieber nicht.«

Kurze Zeit war es still; Anjalis wartete ab. Der Junge schien jetzt ängstlicher als am Vormittag. Zögernd kamen Marcus die Worte über die Lippen:

»Am schlimmsten ist es mit meinem Körper. Er ist so dünn, er kann von mir abfallen und außerdem ...«

»Außerdem?«

»Und außerdem ist er so schief gewachsen und so hässlich, so hässlich ...!«

Sein Schreien ging in Weinen über. Wie immer durfte er zu Ende weinen, ehe Anjalis weitersprach.

»Eigenartig«, sagte er, »ich finde, du hast einen hübschen Körper.«

»Du schwindelst, du hast selbst gesagt, dass du oft schwindelst.«

Anjalis setzte sich im Bett auf und zog den Jungen zu sich auf den Schoß, so dass sie sich in die Augen sehen konnten.

»Hör mal, Marcus, das hier ist schwierig, und ich verlange nicht, dass du es jetzt schon verstehst. Ich werde dich niemals anlügen. Ich sagte, dass ich dich mit der Seerose beschwindelt habe, aber ich habe mich zu ungenau ausgedrückt. Du weißt genauso gut wie ich, dass unsere Seerose tatsächlich existiert, in deiner Vorstellung gab es sie, und sie hat dir jetzt viele Wochen lang beigestanden. Und seit heute gibt es sie auch in der Form, die wir Menschen als Wirklichkeit bezeichnen, nämlich in deiner Zeichnung.«

Anjalis' Ernst machte auf den Jungen Eindruck.

»Es gibt Sachen, die es eigentlich gar nicht gibt? Das ist schwer zu verstehen.«

»Ja«, entgegnete Anjalis, »das ist schwer zu verstehen. Trotzdem weißt du, dass die Seerose tatsächlich existiert, dass sie immer schon da war. Es gibt eine innere Wirklichkeit, Marcus, und die ist genauso wichtig und genauso wirklich.«

»Als du zu mir gekommen bist, hast du gesagt, dass ich hübsch bin. Stimmt das, hast du da das Äußere gemeint... damals... oder das, was man in Wirklichkeit nicht sehen kann?«

»Das ist keine leichte Frage«, sagte Anjalis. »Du weißt, dass ich dich beinahe sofort gemocht habe. Und das, was man gern hat, ist für einen schön. Ob du es nun bist oder nicht, ja, wie kann man das wissen...?«

»Die Blumen sind schön, auch wenn man sie nicht mag«, entgegnete Marcus.

»Sind sie das?« Anjalis klang nachdenklich.

»Warum bist du so schweigsam?«

»Ich versuche, mir eine Blume vorzustellen, die ich nicht mag, aber mir fällt keine ein.«

Jetzt überlegte Marcus, und er kam zu dem gleichen Ergebnis. »Alle Blumen sind schön, und deshalb mochten die Menschen immer schon Blumen.«

»Nein, das glaube ich nicht«, sagte Anjalis. »Alle Blumen haben dem Menschen etwas zu sagen, und deshalb liebt man sie.«

»Mir wird das zu verzwickt, Anjalis.«

»Das verstehe ich. Versuchen wir es trotzdem, wir sehen uns die Zeichnungen noch einmal genau an, die du heute morgen von dir gemacht hast, die Bilder von Marcus. Dann kannst du selbst entscheiden, ob du hässlich oder hübsch bist.«

»Sie... sie sehen mir ähnlich.«

»Ja, sehr.«

Anjalis ließ Marcus mit seinen Porträts allein. Aber ebenso wie am Morgen, als er sich im Spiegel betrachtet hatte, verlor die Frage, ob hübsch oder hässlich, ihre Bedeutung. Das hier war er, es gab ihn. Und in dem Gesicht war nichts Erschreckendes mehr.

Anjalis kam mit dem Gärtnermeister und dem Türwächter, zwei großen Männern, zurück. Mit ihrer Hilfe hob der Zauberer den schweren Spiegel in der Halle von der Wand und trug ihn in die Bibliothek, wo sie ihn vorsichtig gegen die Wand lehnten. Nadina stand dabei und bat sie in Jupiters Namen, auf den vergoldeten Rahmen zu achten.

Als sie allein im Raum waren, sagte Anjalis: »Jetzt zeichnen wir ein Porträt von deinem ganzen Körper, Marcus.«

Der hatte das Geschehen mit der gleichen Verwunderung beobachtet wie Nadina, denn in Cornelius' Haus hatten alle Gegenstände ihren angestammten Platz.

»Du bist nicht ganz gescheit«, sagte er und kicherte vergnügt.

»Nein, gemessen an den Römern bin ich es nicht«, entgegnete Anjalis, und auch er lachte.

Das Lachen machte es für Marcus leichter, und bald war er voller Elan dabei, sich selbst in ganzer Größe zu zeichnen. Es war schwierig, schwieriger als das Gesicht.

»So ergeht es wohl jedem«, sagte Anjalis. »Man kennt sein Gesicht besser als seinen Körper.«

»Ist es mehr man selbst?«

»Ja, in gewisser Weise schon.«

Eine Zeichnung um die andere wurde verworfen.

»Du machst dich schmaler und kleiner, als du wirklich bist. Und gekrümmter. Du hast zwar eine etwas schlechte Haltung, aber so zur Erde gebeugt bist du nun doch nicht. Versuche es noch mal und richte dich auf.«

Marcus reckte und streckte sich: »Bald bin ich genauso groß wie du«, sagte er.

»Naja, ein bisschen fehlt schon noch.«

Sie lachten wieder, doch so ganz echt war die Freude nicht, und die nächste Zeichnung zeigte unverändert die gleiche klägliche Gestalt, demütig, flehend.

»Marcus, nimm deine Augen zu Hilfe. Es gibt keine Ähnlichkeit zwischen dem Jungen im Spiegel und dem auf der Zeichnung.«

Da warf Marcus Zeichenstift und Papyrus von sich und schrie: »Ich traue mich nicht!«

Anjalis nahm den Jungen in den Arm und sagte: »Wir machen morgen weiter. Jetzt gehen wir baden.«

Zusammen wanderten sie den Hügel hinauf. Es war August und sehr heiß, schweißgebadet kamen sie am Seerosenteich an – dort, wo es keine Seerosen gab. Marcus vergaß, sich wegen seines Körpers zu schämen, riß sich die Kleider herunter und sprang ins Wasser.

Er schwamm wie ein Fisch und jubelte Anjalis zu, der sehr vorsichtig hinterherkam.

»Kannst du nicht schwimmen?«

»Nein«, sagte Anjalis. »Ich bin ein Kind der Wüste, und wir hatten nie genug Wasser, um darin zu schwimmen.«

»Ich bring es dir bei.«

»Ja, prima.«

Marcus schrie wie ein Centurio: »Nimm die Hände zusammen und dann die Beine, streck dich, zieh sie an und streck dich, anziehen und strecken!« Aber jedesmal, wenn Marcus Anjalis' Kinn losließ, sank der Magier wie ein Stein nach unten. Schließlich mussten sie sich ans Ufer schleppen, prustend vor Lachen.

»Du lernst es sicher bald«, sagte Marcus überlegen und tröstend, als sie nach Hause gingen.

»Hoffen wir es«, erwiderte Anjalis. »Aber es war schon etwas beängstigend, als ich so schnell untergetaucht bin.«

»Ach was, du konntest doch die ganze Zeit ein Bein auf den Grund stellen.«

»Ja, stimmt auch«, sagte Anjalis, »dumm, dass ich nicht daran gedacht habe. Ich habe wohl zu viel Angst gehabt.«

Marcus verlangsamte seinen Schritt; die freudige Überlegenheit war mit einem Mal wie fortgeblasen. Anjalis, der einige Schritte hinter ihm ging, sah, wie der Junge wieder in sich zusammenfiel und diese hoffnungslose Haltung annahm.

In der Bibliothek trafen sie Cornelius, der endlich die lange Reihe seiner Bittsteller hinter sich gebracht hatte und schweigend an dem großen Tisch stand. Er betrachtete die zahlreichen Zeichnungen mit all den Gesichtern von Marcus.

»Es wohnt ein Künstler in deinem Enkelkind«, sagte Anjalis.

»Ja, das sehe ich«, sagte der Alte, doch seine Augen wanderten in der Zeit zurück und ließen tiefe Trauer erkennen, als er sagte: »Einer meiner Söhne war auch ein großer Zeichner.«

»Dann liegt das in der Familie«, entgegnete Anjalis.

»Ja, das und so vieles mehr.«

Marcus bemerkte die Stimmung der Erwachsenen nicht, unbedingt musste er jetzt erzählen, dass Anjalis nicht schwimmen konnte und wie er, Marcus, versucht hatte, es dem Zauberer beizubringen.

»Verstehst du, er ist so ängstlich, er glaubt nicht, dass er es kann, und deshalb ist er immer untergegangen.«

Die Stimme klang eifrig und froh. Cornelius lachte, und die beiden waren so miteinander beschäftigt, dass Anjalis Zeit fand, die mißglückten Zeichnungen einzusammeln und zu verstecken.

»Morgen zeichnen wir weitere Bilder von Marcus in ganzer Größe«, sagte er. »Deshalb haben wir den großen Spiegel hier hereingeholt.«

»Ich verstehe«, antwortete Cornelius und sah Anjalis lange an, ehe er fortfuhr: »Wir essen zeitig zu Abend, dann kann Marcus mit uns essen.«

»Auch Nadina.«

»Natürlich. Lauf und hol sie.«

Die beiden Männer blieben eine ganze Weile unter sich, denn

Nadina mußte sich und Marcus noch baden und bessere Kleidung heraussuchen, da es ja eine unerwartete Ehre war, bei Cornelius in dem großen Haus zu Tische liegen zu dürfen.

»Du bist ein seltsamer Mann, Anjalis. Ich nehme an, du kannst schwimmen.«

»Nein, glücklicherweise kann ich es tatsächlich nicht«, sagte Anjalis, und beide lachten.

»Heute Abend möchte ich mich gern mit dir unterhalten«, sagte Anjalis, und Cornelius fand seine Stimme merkwürdig bescheiden und dachte, nun kommt die Bitte, jetzt geht es um den Preis. Aber das war völlig in Ordnung, Cornelius wollte seinen Verpflichtungen gerne nachkommen.

Als sie zu Tische lagen, erzählte Anjalis von seinem Zuhause in der Wüste, von den Wassertropfen aus der Quelle, die ebenso wichtig waren wie das Leben selbst, von den Palmen und dem Gemüse, das sie trotzdem bewässern konnten, und von den Schafen, die auf die denkbar dürftigste Weise überlebten.

Marcus lauschte mit atemlosem Interesse, und Cornelius wollte wissen, weshalb sie so beharrlich daran festhielten, weiterhin dort zu leben. Also musste Anjalis von der Weisheit der sumerischen Mondpriester erzählen, von der babylonischen Mathematik und der Astronomie, die es notwendig machte, dass einige Menschen die Verantwortung für das fortwährende Studium der Himmelskörper und deren Bewegung übernahmen.

Stolz beschrieb er den großen Turm mit den zahlreichen Sterndeutern. Und die Bibliothek mit Literatur aus aller Welt, tausend Jahre alte Beobachtungen, in genauesten Aufzeichnungen festgehalten.

»Das klingt alles nicht besonders mystisch«, sagte Nadina, worauf Anjalis lächelte und sagte, dass er nie behauptet habe, es sei etwas Geheimnisvolles oder Wunderliches an den chaldäischen Magiern.

»Das habe ich erst erfahren, als ich nach Griechenland kam«, sagte er, und alle lachten.

»Aber ihr beschäftigt euch doch auch zum großen Teil mit Voraussagen«, warf Cornelius vorsichtig ein.

»Ja, die Sterne können einiges über den Menschen und dessen Schicksal aussagen. Diese Kenntnis ist allerdings nicht merkwürdiger als die der römischen Priester, die die Eingeweide der Opfertiere studieren.«

Cornelius sah das verschmitzte Lächeln auf Anjalis' Gesicht.

»Vermutlich ist es sogar weniger merkwürdig«, sagte er und lächelte ebenfalls.

Anjalis erzählte davon, wie die Weltenherrscher vieler Jahrhunderte durch die Wüste zu den Chaldäern geritten kamen, um deren Rat einzuholen.

»Einer der größten war Alexander«, sagte er. »Als ich von seinem Besuch erfahren hatte, las ich in der Bibliothek den Bericht darüber und war ziemlich enttäuscht.«

»Warum?« Marcus' Stimme klang schrill vor Aufregung.

»Es bestand ein so großer Unterschied zwischen dem, was die Alten tatsächlich in seinem Schicksal gesehen hatten, und dem, was sie ihm zu sagen wagten«, antwortete Anjalis.

»Sie waren also feige«, sagte Marcus.

»Ja, und sie wurden reichlich belohnt für ihre glücksverheißende Voraussage.«

Aus seiner Stimme klang noch immer die Bitterkeit heraus, die die Entdeckung in ihm hervorgerufen hatte, und Cornelius musste ein Lächeln verbergen, als er sagte: »Du kannst doch nicht als erwachsener Mann hier sitzen und dich darüber beklagen, dass es im Leben immer und überall nur um das Überleben geht«, sagte er.

»Trotzdem tue ich es«, entgegnete Anjalis. »Darin bin ich ziemlich kindlich, Cornelius Scipio.«

»Das noch zusätzlich«, erwiderte Cornelius.

Auch an diesem Abend schlief Marcus in seinen Kleidern ein, und Nadina trug ihn ins Bett.

»Du wolltest mit mir reden?«

»Das scheint nicht mehr so wichtig zu sein«, sagte Anjalis. »Einmal im Laufe des Tages fürchtete ich, du könntest Marcus für einen ganz normalen Jungen halten, jetzt, wo er sein Augenlicht wiedererlangt hat. Aber ich merke, du hast die Blindheit nur als Symptom gesehen und weißt, daß er noch einen langen Weg vor sich hat, bis ...«

»Bis ...?«

Anjalis schrak zusammen, als er die Angst in der Stimme und im Gesichtsausdruck des anderen bemerkte.

»Cornelius Scipio, Marcus wird seinen Verstand nicht verlieren. Aber er hat keinen Lebenswillen.«

Anjalis suchte nach Worten.

»Es ist, als wäre das Band, das ihn am Leben hält, schwach wie ein dünner Faden. Daran dachte ich, als du sagtest, es ginge im Dasein des Menschen immer und überall um das Überleben. Für Marcus ist es nicht so, es scheint, als würde er immerfort zögern, als wollte er nicht richtig in die Welt zurückkehren.«

Der alte Römer dachte an Cornelias mühevolle Schwangerschaft und nickte. »Das verstehe ich«, sagte er.

»Willst du darüber sprechen?«

Lange herrschte Schweigen zwischen ihnen, ehe Cornelius bereit war. Er begann mit dem Feldzug in Dakien, den Worten seines alten Arztes über die Inzucht, und wie er, Cornelius, Salvius ausgewählt und sich für ihn als den geeigneten Erneuerer des scipionischen Blutes entschieden hatte.

»Ich habe mich geirrt und war ein Dummkopf«, sagte er.

»Salvius war haltlos und ein Trinker, und Cornelia hasste ihn vom ersten Augenblick an. Es war sicher um meinetwillen, oder besser gesagt, um des Erbes willen, dass sie miteinander schliefen. Als meine Tochter endlich schwanger wurde, hasste sie dieses Leben, das in ihr wuchs.«

»Nicht ganz«, sagte Anjalis. »Sicherlich sah sie in dem Kind auch einen Befreier.«

»Das mag sein«, sagte Cornelius. »Beide brauchten sie den Jungen, Salvius vor allem wegen des Geldes. Aber es war Eneides, den er liebte; den anderen verabscheute er, wie er Cornelia verabscheute.«

»So unverständlich ist das nicht«, sagte Anjalis, »Marcus war ja dein Kind, auf deinen Wunsch hin entstanden.«

»Jetzt, im Nachhinein, habe ich verstanden, dass es nicht nur um einen Erben ging, um eine Weiterführung des Geschlechts.«

Und Cornelius begann, von den Toten zu erzählen, die ihn an den Abenden besuchten, all die Toten, die aus den Nebeln des Lacus Albanus emporstiegen und die Terrasse aufsuchten, auf der er saß.

»Sie sind ohne Gesicht«, sagte er. »Sogar meine Söhne haben kein Gesicht. Trotzdem wollen sie alle wiedererkannt werden. Und zuweilen … zuweilen kommt es mir vor, als trügen sie alle Marcus' Gesichtszüge …«

Anjalis wußte nicht, was er darauf antworten sollte. Tief bewegt bemerkte er, dass er hier an einer Tragödie beteiligt war, schicksalsschwerer als er angenommen hatte – wie immer, wie alles im Leben, dachte er.

Dieses Mal konnte er nicht fliehen.

Doch warum eigentlich nicht? Er liebte Marcus, wie er Ariadne geliebt hatte, und vor ihr war er geflohen.

Gleich darauf erinnerte er sich an den morgendlichen Traum, als er das Kind in dem schlafenden Leib der Frau hatte wachsen sehen, sein Kind, das Marcus' Gesicht trug. Wider alle Vernunft hatte auch er eine Verantwortung.

Plötzlich hörte er sich von seinem Traum erzählen, und als er schwieg, sagte Cornelius:

»Das ist der Traum von Eros und Psyche.«

Anjalis holte tief Luft. Er erinnerte sich, dass er an die Frau als seine eigene Seele gedacht hatte.

»Das habe ich nicht erkannt.«

»Das Kind, das aus dieser Umarmung geboren wurde, war eine Tochter mit Namen *Freude*«, sagte Cornelius.

»Ja!« Beinahe laut rief Anjalis dieses Ja. »Siehst du das nicht, Cornelius? Siehst du nicht, wie viel Freude er uns schenkt?« Cornelius antwortete nicht, und es dauerte eine ganze Weile, ehe Anjalis den Grund dafür begriff.

»In letzter Zeit kommen mir so leicht die Tränen«, sagte der alte Römer.

Erst als er allein war, dachte er daran, dass kein Wort über Anjalis' Preis gefallen war. Und als er sich zur Ruhe legte, sagte er zu sich selbst, wie schon so viele Male während der Wochen zuvor:

»An ihm ist etwas Mystisches.«

Anjalis hatte sich vorbereitet, ehe er am nächsten Morgen Marcus abholte. Mit Hilfe des Torwächters, der gleichzeitig ein geschickter Schreiner war, hatte er eine Staffelei angefertigt, etwas größer als der Junge. Auf ihr hatte er einen Papyrus befestigt, der über einen Meter lang war. Ganz zuoberst hatte er eines von Marcus' Selbstporträts angebracht, das am Tag zuvor entstanden war.

»Ich habe mir gedacht, es würde leichter sein, wenn du dich in natürlicher Größe zeichnest.«

»Aber ich werde den schönen Bogen zerstören.«

Die Stimme klang jämmerlich, doch Anjalis kümmerte sich nicht darum. »Nimm am Anfang den Kohlestift, dann kannst du es wieder wegwischen, wenn . . .«

»Aber es wird von der Seite sein«, sagte Marcus und blickte in sein Spiegelbild.

»Ein wenig, du kannst den Körper ja etwas drehen.«

»Hmm.« Sein Einverständnis kam missmutig.

Als Marcus wieder zu zeichnen anfing, begab sich Anjalis zu seinen Notizen auf dem großen Tisch in der Bibliothek. Er musste sich auf die Vorlesungen vorbereiten, die er im September in Rom halten würde. Es war keine schwierige Arbeit, im großen und ganzen mußte er nur die Vorträge aus Athen ins Lateinische übersetzen.

Trotzdem ging es schleppend voran, seine Gedanken wanderten immer wieder zu der Unterhaltung, die er am Vorabend mit Cornelius geführt hatte.

Er versuchte sich vorzustellen, wie der Junge in Cornelias Bauch herangewachsen war, ein magerer und verkrampfter Körper, beherrscht von einem Geist an der Grenze zum Wahnsinn. Auch dort in ihrem Körper war es darum gegangen, nicht zu viel Platz einzunehmen, nicht zu lebhaft und fordernd zu sein.

Der letzte heiße Wunsch eines verbitterten alten Mannes war die einzig treibende Kraft für das Kind gewesen.

Vielleicht verlange ich ihm zu viel ab, dachte Anjalis, wollte sich jedoch nicht eingestehen, dass auch er sich nun ängstigte. Der Junge zeichnete, wischte aus und strengte sich bis zum Äußersten an, so, wie er sich schon einmal abgemüht hatte, auf die Welt zu kommen. Damals wie heute hätte er am liebsten aufgegeben.

Aber er hat es nicht getan, dachte Anjalis und ertappte sich dabei, daß er nicht ins Lateinische, sondern ins Ägyptische übersetzte.

Er fluchte und fing ebenfalls an auszuwischen.

»Bei dir scheint es auch nicht so gut zu gehen«, sagte Marcus.

»Nein, ich habe nicht sehr viel Übung, aber Aufgeben gilt nicht.«

Marcus' Stoßseufzer kam aus tiefster Seele.

»Darf ich mal sehen?«

»Es ist so schlecht, Anjalis.«

Und das war es auch. Der gleiche demütig gekrümmte Körper wie am Tag zuvor stand in groteskem Widerspruch zu dem ausdrucksvollen Kindergesicht. Er hatte versucht, die Figur kraftvoller darzustellen, hatte ihr breite Schultern und einen größeren Bauch gegeben, was die Gestalt merkwürdig aufgeblasen erscheinen ließ.

»Vielleicht solltest du dich für den Anfang weniger um die Maße kümmern«, sagte Anjalis. »Versuche stattdessen die Haltung einzufangen.«

»Aber das ist hoffnungslos.«

»Erinnerst du dich, wie dir dein Körper gestern vorkam, als

du mir das Schwimmen beibringen wolltest? Da hast du ausgesehen wie ein Feldherr an der Spitze einer unüberwindbaren Legion.«

Marcus versuchte zu lachen, aber das Lachen blieb im Ansatz stecken. An das Gefühl des Triumphes vom Vortag am Seerosenteich vermochte er sich nicht mehr zu erinnern.

Er wischte die Zeichnung vollständig aus und wollte gerade von neuem beginnen, als er plötzlich den Kohlestift weglegte und sagte: »Darf ich dich etwas fragen?«

»Ja.«

»Was bedeutet es, wenn man rührend ist?«

Anjalis' Aufmerksamkeit war jetzt äußerst gespannt, er wollte Zeit gewinnen: »Weshalb fragst du?«

Marcus errötete vor Scham, zwang sich aber, zu antworten: »Seleme sagte oft, ich sei so hässlich, dass es rührend sei.«

Gleich darauf wich er vor dem rasenden Zorn in den Augen des Zauberers zurück, und als Anjalis seine Reaktion sah, schlug er die Augen nieder.

»Warum wirst du so wütend?«

Marcus' Stimme war für seine sechs Jahre viel zu kindlich, und nun konnte Anjalis seine maßlose Wut nicht länger zurückhalten und schrie:

»Immer, wenn du so rührend warst, war sie nett zu dir, stimmt's? Je demütiger du dich verhalten hast, desto freundlicher war sie zu dir.«

»Ach lieber Anjalis«, der Junge drängte sich an ihn und flehte inständig. Doch das half ihm nichts, Anjalis schrie weiter: »Hör zu, ich bin nicht lieb. Und du bist nicht rührend.«

Augenblicklich ging Anjalis' Wut auch auf Marcus über und er schrie: »Du bist ungerecht. Ich weiß ja nicht mal was das ist – rührend zu sein!«

»Oh doch, mein süßer Prinz«, sagte Anjalis, und seine Stimme bebte. »Das weißt du sehr wohl, dein ganzes Wesen weiß das.«

»Du bist verrückt!« schrie Marcus. Anjalis wurde klar, dass er sich beruhigen musste, er holte tief Luft und wollte gerade sagen, dass sie sich zusammensetzen und darüber reden müssten, als die Tür aufging und Cornelius über die Schwelle trat.

»Ich habe geklopft«, sagte er. »Aber ihr habt so geschrien, daß ihr nichts hörtet.« Anjalis sah seine Beunruhigung und sagte: »Gut, dass du kommst. Eben sind wir auf etwas Wichtiges gestoßen, und du kannst uns dabei helfen. Willst du Marcus erklären, was rührend bedeutet?«

»Rührend?«

»Ja, sage ein Beispiel für: rührend.«

Cornelius überlegte; keine leichte Frage für einen römischen Offizier. »Junge Hunde«, sagte er schließlich, »neugeborene Hundebabys.«

»Aber die sind doch süß!« schrie Marcus.

»Ja, wahrscheinlich rühren sie deshalb so ans Herz«, sagte Cornelius verlegen.

Lange war es still, und es war offensichtlich, wie Marcus seinen Zorn zu zügeln versuchte, um nachdenken zu können.

»Ich kenne etwas, das noch rührender ist«, sagte Anjalis schließlich, und seine Stimme war mit einem Mal so ruhig, beinahe feierlich, dass sich im Raum große Erwartung breitmachte. »Neugeborene Kätzchen. Die sind völlig hilflos und auch unglaublich hässlich, Marcus, dünn und jämmerlich. Und außerdem«, fuhr er fort und betonte jede Silbe, »außerdem sind sie blind.«

Da fiel Marcus über Anjalis her, harte Knabenfäuste zielten Schlag um Schlag auf das Gesicht des Zauberers. Doch Anjalis, der auf dem Boden saß, kam schnell auf die Beine, und der Junge musste sich damit zufrieden geben, ihn zu treten und in den Bauch zu schlagen.

Als Anjalis die Arme des Jungen festhielt, biss der in die Hand des Zauberers, und es tat so weh, dass Anjalis aufschrie und seinen Griff lockerte.

Marcus schlug weiter auf ihn ein.

Cornelius wollte eingreifen, aber Anjalis stoppte ihn mit einem Blick. Verwundert sah der Römer, dass der Chaldäer mit der Situation äußerst zufrieden war.

»Fühle sie, Marcus«, rief er, »spüre der Kraft in deinem Körper nach! Und mit diesem Gefühl gehst du jetzt zu deiner Zeichnung zurück, sofort, hörst du?«

Marcus hielt mitten in einem Tritt inne und blieb eine ganze Weile stehen, ohne sich zu rühren. Dann ging er zurück zur Staffelei und begann, mit Händen, die zwar müde waren von der Wucht der Schläge, aber noch voller Wut steckten, erneut zu zeichnen. Es ging zügig voran, niemand im Raum sagte etwas, bis Marcus schließlich rief: »Jetzt!«

Und die beiden Männer sahen, dass der Kopf, den er tags zuvor gezeichnet hatte, den passenden Körper erhalten hatte, aufrecht und kraftvoll wie der eines Soldaten.

Marcus starrte lange abwechselnd auf die Zeichnung und sein Spiegelbild, auf die Zeichnung und zurück in den Spiegel.

»Jetzt bin ich müde«, sagte er und richtete schließlich seinen Blick auf Anjalis, plötzlich erschrocken, als er das Blut von der Hand des Zauberers tropfen sah.

»Anjalis, du blutest ja!«

Anjalis lachte, er hatte das Gefühl, als würde sich die Decke der Bibliothek heben.

»Das war es wert, Marcus«, sagte er. Und zu Cornelius gewandt fügte er hinzu. »Nun, Römer, ist der Zeitpunkt für ein Dankesopfer an deine alten Schutzgeister gekommen.«

Als Marcus an diesem Abend eingeschlafen war, versuchte Anjalis, Cornelius und Nadina zu erklären, was vorgefallen war. Nadina konnte einiges davon berichten, wie Marcus sich in den früheren Jahren im Haus in Rom zurückgehalten hatte.

»Eneides war ein so starkes und hübsches Kind, das verschlimmerte alles noch«, fügte sie hinzu.

»Die Mutter brauchte das, deshalb ist er so geworden«, entgegnete Anjalis.

»Eneides kam bereits reich beschenkt auf die Welt«, sagte Cornelius.

»Marcus ebenso.«

»Ja, natürlich.« Cornelius streckte sich.

»In ihm steckt viel zurückgehaltener Zorn, es werden also schwierige Wochen auf uns zukommen«, überlegte Anjalis laut.

»Trotzdem darf er nicht auf Leute einschlagen«, entgegnete Nadina, die erschrocken Anjalis' Hand verbunden hatte.

»Wenn er dich schlägt, schlage zurück«, sagte Anjalis. »Aber versuche, an sein Gewissen zu appellieren. Keine Tränen und keine Vorwürfe, verstehst du?«

»Ja«, erwiderte Nadina. »Ich glaube, ich verstehe, was du mit dem Jungen machst.«

»Du hast es die ganze Zeit über schon verstanden«, sagte Anjalis. »Cornelius hat es da schwerer, er hat ständig die Magie in Verdacht.«

»Ich bin ein alter Dummkopf«, warf Cornelius ein. »Aber im Augenblick ist es gleichgültig, denn ich bin beinahe glücklich. Ein eigenartiges Gefühl, ich hatte es vergessen.«

Er erhob den Becher und fuhr zu Anjalis gewandt fort: »Heute Abend, mein lieber Zauberer, werden wir endlich über deinen Preis verhandeln. So wie es jetzt steht, bist du aus römischer Sicht in unverschämtem Vorteil.«

Beide lachten, doch in Cornelius' Gesicht zeigte sich erneut Besorgnis, als Anjalis sagte: »Mit Geld kannst du das nicht bezahlen.«

Den warmen Augustabend verbrachten sie auf der Terrasse, und Anjalis berichtete Cornelius von seinem Auftrag – dass ihn die Ältesten der Chaldäer und die ägyptischen Hierophanten in den Westen geschickt hatten, um Götter und Glauben der Römer und Griechen zu studieren. Er erwähnte dabei weder das Zeitalter der Fische noch die göttliche Menschwerdung, sprach aber viel von dem Traum der Vereinigung östlicher Mystik mit dem logischen Gedanken Athens und Roms. Er kam nicht weit, denn Cornelius unterbrach ihn:

»Lass uns im Park spazieren gehen.«

Erstaunt folgte ihm Anjalis zur Bank, die inmitten einer Rasenfläche stand und Anjalis immer schon merkwürdig einsam platziert erschienen war.

»Auch in meinem Haus haben die Wände Ohren«, erklärte Cornelius.

Verwundert nahm Anjalis neben dem Römer auf der Bank Platz. »Du meinst, du kannst dich nicht einmal auf deine eigenen Diener verlassen?«

»Die erste Regel, die man in Rom lernen muss, lautet: Verlass dich auf niemanden.«

»Aber mein Auftrag ist vollkommen harmlos.«

»Dein Auftrag kann von welchem Gericht auch immer als Spionage gewertet werden«, sagte Cornelius mit trockenem Lachen. Dann fuhr er fort:

»Die andere Regel, um in Rom zurechtzukommen, lautet, nichts ist harmlos, zumindest nicht, ehe es vom Kaiser gutgeheißen wurde.«

Anjalis schien den festen Boden unter den Füßen verloren zu haben. Lange Zeit sah er Cornelius an, in dieses entschlossene Gesicht, dessen Züge sich deutlich im Mondlicht abzeichneten.

»Sicherlich bin ich naiv«, sagte er. »Trotzdem glaube ich, du sprichst nicht die Wahrheit. Du, Cornelius Scipio, bist ein Mann, dem man vertrauen kann.«

»Das ist sicherlich einer der Gründe, weshalb ich in Rom eine verdächtige Figur bin«, erwiderte er. »Unser Kaiser von Gottes Gnaden hat keine Ahnung, wie er sich einer Person gegenüber verhalten soll, die einige dieser alten römischen Tugenden besitzt, von denen er so viel spricht.«

Anjalis sah ihn lachen, breit und sicher. Er kam sich wie ein Dummkopf vor und sagte es.

»Nein, dumm bist du nicht. Aber darin hast du Recht, du bist naiv, das ist eine deiner seltsamen Widersprüchlichkeiten. Du bist ebenso kalt wie warm, und ebenso weise wie kindlich.«

Ein neuer Cornelius saß hier auf der Bank, viel jünger, scharfsinniger, kraftvoller.

»Lass uns wieder von deinem Auftrag sprechen«, sagte er. »Du studierst Religion in Griechenland und Rom, damit uns die alten Weisen im Orient besser verstehen sollen. Aus welchem Grund wünschen sie das?«

»Der Grund des Interesses liegt wohl bei Platon«, antwortete Anjalis. »Seine Schriften beschäftigen die Lehre des Orients, angefangen bei den Buddhisten tief in Indien bis zu den ägyptischen Weisheitslehrern. Auch die Chaldäer haben großes Interesse an der pythagoräischen Tradition.«

»Das sind Schwärmer«, sagte Cornelius.

»Ganz so einfach sehen wir das nicht.«

»Verzeih mir, darüber weiß ich zu wenig. Aber ich wünsche mir dein Ehrenwort darauf, dass deine Studien nichts mit Macht zu tun haben.«

»Mit Macht?« So offensichtlich war die Verwunderung in der jungen Stimme, dass Cornelius lachen musste.

»Die Griechen erobern die Gedanken des Volkes, und die Römer erobern die Welt. Mich persönlich würde es nicht wundern, wenn die Völker des Ostens Informationen suchten, um zu einem Gegenangriff überzugehen. Rom ist voller jüdischer Schwärmer, und deren Einziger Gott hat großen und wachsenden Einfluss. Nicht zu reden von dem Mithraskult, der nicht länger aufzuhalten ist.«

»Cornelius, hör mir bitte zu. Ich besitze eine griechische Kopie meiner Berichte über Griechenland. Es wäre das beste, du würdest sie lesen, um selbst Stellung dazu nehmen zu können, ob darin irgendetwas steht ... etwas, das missbraucht werden könnte.«

»Das will ich gern tun. Wie gelangen deine Berichte nach Heliopolis?«

»Jeden dritten Monat kommt ein Bote vorbei, um einen Abschnitt mitzunehmen.«

»Jeder Brief, der von hier abgeht, wird geöffnet und genau durchgesehen.«

»Beim Zeus!« rief Anjalis, und Cornelius lachte erneut: »Hier schwören wir beim Jupiter. Aber dieser Abend ist zu kurz, um dir zu erzählen, wie es in Rom zugeht, wie Machtmissbrauch und Angst sich überall ausbreiten und aus den Menschen Feiglinge werden. Sogar aus mir, wenn ich im Senat sitze und schweige.«

»Glaubst du ernsthaft an Spione unter deiner eigenen Dienerschaft?«

»Ich weiß es und kümmere mich nicht weiter darum.«

»Hast du einen Beweis dafür?«

»Hin und wieder taucht in Rom irgendein Wort von mir auf, eine Bemerkung, die ich am Esstisch oder gegenüber einem meiner Sklaven am Abend auf der Terrasse habe fallen lassen. Zwischendurch und gar nicht so selten kauft sich ein Sklave gegen Geld frei, das er nicht auf ehrliche Weise verdient haben kann. Oft habe ich auf eine Gelegenheit gewartet, dich zu warnen, aber bis jetzt haben sich unsere Unterhaltungen zumeist um Marcus gedreht.«

»Du erschreckst mich, Cornelius. Und ich möchte keine Angst haben.«

»Daran gewöhnt man sich«, sagte der Alte und erhob sich. »Wir sollten hier nicht länger sitzen, denn auch das erweckt Misstrauen. Du bist hier als Lehrer von Marcus, und wenn du dich als fähig und geschickt erweist, werde ich dir ein anständiges Honorar bezahlen.«

»Aber ich brauche kein Geld, ich habe mehr als genug.«

»Es wird ein Konto bei meinen Advokaten eingerichtet«, entgegnete Cornelius. »Du musst dich langsam an die Spielregeln gewöhnen. Wo hast du dein Geld untergebracht?«

»In einem Kästchen in meinem Zimmer.«

Cornelius lachte laut: »Bald sage ich wie Marcus: Du bist nicht ganz gescheit, Anjalis.«

»Ich bin in einer Gemeinschaft großgeworden, wo man sich um Geld und Politik nicht kümmern musste.«

»Das klingt nach einer glücklichen Kindheit.«

Sie gingen durch die große Halle des Seitenflügels zu Anjalis' Zimmer. Bald hatte er seine Berichte aus Griechenland gefunden, etwa zehn schwere Buchrollen.

»Du musst ja nicht alles lesen«, sagte er.

»Du kannst sicher sein, dass ich es tun werde.«

»Willst du mein Geld an dich nehmen?«

»Natürlich. Meine Advokaten werden es so anlegen, dass du reichlich Zinsen bekommst.«

Anjalis schüttelte den Kopf – heute Abend war er in eine neue Welt eingetaucht. Als er sein unverschlossenes Kästchen hervorholte und es öffnete, schnappte Cornelius vor Verwunderung nach Luft.

»Das ist ja ein Vermögen!«

»Ich bekam doch eine Reisekasse«, entgegnete Anjalis und zeigte auf die Goldmünzen der Parther. »Aber ich hatte sie bisher noch nicht nötig, da ich ein gutes Gehalt für die Vorlesungen in Athen erhielt.«

Cornelius blickte auf die Unzahl griechischer Drachmen und fragte: »Wie viel ist das?«

»Reichlich«, antwortete Anjalis und lachte.

Aber Cornelius blieb ernst: »Morgen zählst du sie und überlässt sie mir. Du bekommst eine Quittung, und sag nicht, du brauchst keine. Denn dann wäre alles, was ich dir heute Abend über die Welt beizubringen versucht habe, vergebens gewesen.«

Anjalis lachte: »Zumindest kann man sagen, dass du heute Abend wieder deine römische Überlegenheit angenommen hast.«

Da lachte auch Cornelius.

Er wünschte eine gute Nacht, doch an der Tür blieb er stehen:

»Welche Vorteile hast du dir versprochen, als wir uns begegnet sind, auf meiner Terrasse saßen und du mich von Marcus sprechen hörtest?«

»Ich dachte, es käme mir sehr gelegen, und dein Name und deine Stellung würden mir die richtigen Kontakte vermitteln. Ich dachte, dass ich aus deinem Einfluss Nutzen ziehen könnte.«

»Ich verstehe.«

»Doch dann ...«

»Ja?«

»Dann bin ich dem Jungen begegnet und fühlte mich ... mit starken Gefühlen an ihn gebunden.«

Cornelius sah verwundert, wie sich das junge Gesicht durch Schmerz verhärtete. »Du fürchtest dich vor Liebe«, sagte er.

»Ja.« Anjalis senkte den Blick. Als seine Augen wieder auf die von Cornelius trafen, war Distanz in ihnen zu finden.

»Du hast gerade eines meiner Geheimnisse enthüllt, und das habe ich nicht gerne«, sagte er und versuchte seinen Worten durch ein Lächeln die Schärfe zu nehmen.

Cornelius schüttelte den Kopf: »Du bist ein wunderlicher Mensch. Du musst doch verstehen, dass du all das für Marcus nur tun konntest, weil du ihn liebtest.«

Damit ging er, und Anjalis blieb lange auf seinem Bett sitzen. Von all dem Merkwürdigen, das er heute Abend zu Ohren bekommen hatte, war das letzte am schwierigsten zu verstehen.

Doch in seinen Träumen während der folgenden Nacht wurde er vor einen römischen Richter geschleppt, gefoltert und getötet. Trotz aller Schmerzen glückte es ihm, das Geheimnis des Gotteskindes zu bewahren, das in Judäa geboren wurde, und als er bei Morgengrauen gekreuzigt wurde, war die Erleichterung größer als der Schmerz. Als ihn jedoch der Haussklave mit Honigwasser und duftendem frischem Brot weckte, starrte ihn Anjalis in wildem Schrecken an.

»Sie haben sehr lange geschlafen, Herr«, sagte der Sklave. »Cornelius möchte mit Ihnen sprechen.«

Die Sonne stand hoch am Himmel, als Anjalis das Haus verließ. Im Garten saß Nadina, lächelte ihm zu und sagte:

»Marcus ist spielen gegangen, es dauerte ihm zu lange, auf dich zu warten.«

Alles war wie immer – alltägliche Gemütlichkeit umgab die Alte, die mit ihrer Handarbeit im Schatten des großen Ahornbaumes auf dem Hof saß. Sie ängstigt sich nicht, dachte Anjalis, sie fühlt sich auch nicht beobachtet. Ob sich Cornelius irrte, sich etwas eingebildet hatte?

Als Anjalis jedoch den langen Arkadengang hinunterging und über die große Rasenfläche mit der einsamen Bank blickte, sah er ein, dass Cornelius ein ungewöhnlich vernünftiger Mensch war. Und als er vom Torwächter empfangen wurde, fiel ihm zum ersten Mal auf, dass ihn die Augen des Mannes neugierig beobachteten.

»Cornelius erwartet Sie in der Bibliothek«, sagte der Mann, der auch ein geschickter Schreiner und bis zu diesem Augenblick Anjalis' Freund war.

Jetzt sah ihm der Magier so lange in das freundliche Gesicht, bis der Sklave den Blick senken musste. Er fürchtet sich, dachte Anjalis.

»Ich war gestern Abend so müde, ich verstehe das gar nicht«, sagte er, als er den Alten fand.

»Junge Menschen brauchen viel Schlaf«, erwiderte er. »Ich selbst bin schon mit der Sonne aufgestanden und habe gelesen.«

Er deutete auf den großen Tisch, auf dem sich Anjalis' griechische Berichte stapelten.

»Ich habe sie beinahe zur Hälfte gelesen und wollte dir eigentlich nur sagen, dass ich sehr beeindruckt bin. Es ist eine hervorragende Studie, Anjalis. Vieles sehe ich mit neuen Augen und bekomme Antworten auf Fragen, die ich mir schon seit vielen Jahren gestellt habe.«

Anjalis konnte nur mühsam seine Freude verbergen, er errötete heftig vor Glück und Befangenheit und hatte seine Stimme nicht mehr so recht unter Kontrolle, als er für die Anerkennung zu danken versuchte.

»Ja, es gibt viel Gutes, das ich den chaldäischen Weisen und den Hierophanten aus Ägypten berichten kann«, sagte er zum Schluss. »Aber besonders ermunternd ist es nicht gerade.«

»Und kein anderer hat es je zuvor gelesen?«

»Nein.«

»Ich sehe allmählich einen Plan für die weitere Arbeit«, sagte Cornelius. »Wir machen einen Spaziergang und diskutieren darüber.«

Anjalis spürte erneut die schleichende Angst und blickte sich im Zimmer um, in dem keine weitere Menschenseele war.

»Hast du dein Geld gezählt?«

»Nein, das habe ich vergessen.«

Cornelius sah die Furcht in Anjalis' Gesicht verschwinden, stattdessen nahm es einen verschmitzten Ausdruck an. In den dunklen Augen des Chaldäers blitzte es, als er plötzlich lauter als notwendig sagte: »Ganz so fahrlässig, wie du glaubst, bin ich nun doch nicht, Cornelius. Du weißt, dass man einen chaldäischen Magier nicht bestiehlt, weder in Athen, noch hier.«

»Aha, und warum nicht?«

»Jeder weiß ja«, antwortete Anjalis, als wäre es das Natürlichste der Welt, »dass ein Magier die Menschen durchschaut. Das ist eine göttliche Gabe, die wir von Geburt an besitzen und in der wir uns ein ganzes Leben lang üben.«

»Ja, ich habe davon gehört«, ging Cornelius widerstrebend auf den spaßigen Ton ein, aber er war weniger amüsiert, als Anjalis erwartet hatte. Sie verließen das Haus, und sehr leise sagte er: »Setze dich keinen unnötigen Risiken aus, Anjalis.«

»Aber wir können uns doch nicht einfach so damit abfinden.«

Mehr wurde nicht gesagt, denn plötzlich stand der Gärtnermeister vor ihnen, ein freigegebener Grieche mit offenem und ehrlichem Gesicht. An der Hand hielt er Marcus, der schmutzig war und aus der Nase blutete.

»Der junge Herr hat sich drüben bei den Dienern mit den anderen Kindern geprügelt. Ich weiß nicht, wer angefangen hat...«

»Ich war das!« schrie Marcus.

»...aber ich möchte, daß Sie ihn bitten, sich von unseren Wohnungen und Gärten fernzuhalten«, sagte der Grieche, als habe er den Zwischenruf nicht gehört.

»Das werde ich tun«, antwortete ihm Cornelius. »Und ich bitte dich, meine Entschuldigung entgegenzunehmen und an alle Beteiligten weiterzugeben.«

Der Gärtnermeister verschwand, und Cornelius wandte sich an Marcus, düster und wütend, ernsthaft wütend:

»Wir prügeln uns nicht mit Sklaven«, sagte er. »Das darf nie wieder vorkommen, Marcus, hast du verstanden?«

»Wir haben mit Steinen geworfen, und die anderen waren viel besser als ich!« rief Marcus.

Inmitten seiner Wut bekam Cornelius Angst, etwas hilflos blickte er zu Anjalis, der fast unmerklich nickte.

»Jetzt lauf, wasch dich und zieh dich um«, sagte Cornelius zu dem Jungen. »Dann werden wir einen langen Spaziergang machen, du, Anjalis und ich.«

Marcus schluckte die Tränen hinunter und verschwand; vom Seitenflügel her war Nadinas erschrecktes Jammern zu hören, als sie ihn säuberte und ihm neue Kleider anzog.

»Das habe ich vorher nicht bedacht«, räumte Anjalis ein. »Natürlich besteht die Gefahr, dass Marcus' Wut auf Eneides nun alle Sklavenkinder trifft.«

»Wir machen einen Ausflug, Großvater, das stimmt doch, oder?«

Auf den ersten Blick sah Cornelius dem Jungen die Angst an, sah, wie jämmerlich und demütig er war. Ruhig nahm er ihn auf den Arm und drückte ihn liebevoll.

»Ja, natürlich«, erwiderte er, »sag Nadina, sie soll einen Essenskorb vorbereiten.«

Als er Marcus wieder auf den Boden ließ, sah er, dass der Junge weinte. Cornelius hob ihn noch einmal hoch, setzte sich bedrückt auf die Bank und nahm den Kleinen auf den Schoß.

»Wir werden Anjalis bitten, mit Nadina zu reden«, sagte er und zog sein Taschentuch heraus.

Den ersten Teil des Weges wanderten sie nebeneinander her, ohne viel zu sprechen. Marcus lief wie früher, als er noch blind war, und hielt sich an der Hand des Großvaters fest.

Sie wanderten den Berg hinauf, den gleichen Weg, den Cornelius einige Tage zuvor mit dem Kind gegangen war. Bald erreichten sie die Stelle, an der Marcus die Glasflasche zerschlagen hatte. Anjalis sammelte die Scherben auf, grub ein Loch in die Erde und legte die zerbrochene Flasche hinein.

»Warum machst du das?«

»Damit die Tiere sich nicht schneiden.«

»Was denn für Tiere, Anjalis?«

»Sicherlich gibt es hier Füchse. Und vielleicht das eine oder andere entlaufene Schaf.«

»Außerdem gibt es hier hin und wieder Wölfe«, sagte Cornelius.

»Oh ja, ich möchte, dass jetzt ein Wolf kommt.«

»Und was würdest du dann tun?« fragte Anjalis.

»Ich würde ihn erschlagen, das ist doch klar. Was würdest du denn machen?«

»Ich würde die Augen schließen und zu den Göttern beten, Cornelius möge sein Schwert nicht umsonst bei sich tragen.«

»Da kann ich dir versprechen, dass dein Gebet erhört wird«, sagte Cornelius. »Meine Kräfte reichen immer noch aus, einen Wolf zu töten.«

Alle lachten, doch als Anjalis den Essenskorb öffnete, überlegte Cornelius, dass alles, was gesagt wurde, eine doppelte Bedeutung hatte, deren Sinn ihm aber verborgen blieb.

»Manchmal wirst du mich für dumm halten«, sagte er zu dem Zauberer, der sein schelmisches Lächeln zeigte und antwortete: »Dann sind wir quitt, Cornelius. So dumm, wie ich mir gestern vorkam, fühlte ich mich seit den Prüfungen in den Krypten unter dem Sonnentempel in Heliopolis nicht mehr.«

Dunkle Schatten überzogen sein Gesicht, als er hinzufügte: »Das stimmt nicht ganz. Bis auf einen Tag in Korinth vor etlichen Jahren.«

Der Junge war im Schatten auf seiner Decke eingeschlafen, und die beiden Männer nahmen ihr Gespräch wieder auf, das am Vormittag unterbrochen worden war. Cornelius entwickelte seinen Plan: Anjalis' griechische Berichte sollten zusammen mit dem Ersuchen, seine Studien in Rom fortsetzen zu dürfen, Jupiters Oberpriester übergeben werden. Alles sollte offiziell vonstatten gehen, Offenheit und Einblick in die Arbeit waren Voraussetzung.

»Flamen Dialis wird deine Bitte schwerlich abschlagen können«, sagte er. »Sicherlich wird er von deinem Bericht ebenso beeindruckt sein wie ich.«

»Kann er eigenhändig Entschlüsse fassen?«

»Da bin ich mir nicht so sicher, möglicherweise spricht er mit dem Kaiser darüber. Doch das ist nicht unser Problem – Augustus hat volles Vertrauen in Flamen Dialis.«

»Kennst du ihn?«

»Ja, wir sind alte Freunde, soweit man Freunde in Rom haben kann. Ich meine damit, dass wir uns schätzen, doch er würde keinen Finger rühren, mir zu helfen, wenn es ihm selbst schadete.«

Cornelius lachte sein trockenes Lachen wie am Vorabend.

»Flamen Dialis ist sehr intelligent und belesen, in vieler Hinsicht ein beeindruckender Mann. Auf seine Weise ist er tief religiös und kommt seinen Pflichten als Jupiters Oberpriester mit großem Ernst nach. All das sage ich dir, damit du verstehst, dass du ihm nichts vormachen kannst, nicht einmal du, Anjalis, mit deiner schnellen Zunge und deiner Schlagfertigkeit. Wenn du ihn triffst, dann lüge nicht, sonst wird er dich in Widersprüche verwickeln.«

Lange Zeit herrschte Schweigen. Anjalis dachte an die Geburt des Gotteskindes, und Cornelius, der sein Zögern bemerkte, sagte: »Falls du lügen musst, sei dir dessen bewusst, präge dir jedes Wort, das du nicht sagen darfst, in dein Gedächtnis ein.«

»Ich verstehe.«

In der späten Nachmittagssonne machten sie sich auf den Heimweg, und Anjalis fragte: »Gibt es keinen anderen Weg? Ich meine, kann ich nicht wie in Athen in die Tempel gehen, zuhören, zusehen und mich mit den Leuten unterhalten?«

»Versprich mir, dass du es nicht tun wirst.«

Cornelius war so ernst, dass Anjalis die Träume der letzten Nacht einfielen:

»Ich verspreche es.«

Marcus lief voraus, Cornelius blieb einen Augenblick stehen, als sie von der letzten Anhöhe aus sein Haus zu Gesicht bekamen.

»Dort unten«, sagte er, »geht in diesem Moment ein lebhaftes und ängstliches Geschnatter vor sich, verursacht durch einen gewissen Magier, der darauf besteht, die Leute zu durchschauen. Ich muss zugeben, das amüsiert mich. Aber ich möchte nicht, dass du sie noch weiter erschreckst. Es kann nämlich passieren, dass die relativ harmlosen Spione gegen andere, erfahrenere, ausgetauscht werden.«

»*Weshalb* haben sie gerade dich ausgewählt?«

»Weil man annahm, ich sei ohne Vorurteile.«

»Und, stimmte das?«

»Nein, ich war sehr jung und romantisch. Ich war von den Griechen begeistert.«

»Und in den Römern sahst du ein primitives Bauernvolk?«

»Ich hatte mir wohl gar kein Bild von euch gemacht. Ich erinnere mich an eine Diskussion, bei der jemand sagte, der römische Gedanke sei eine vereinfachte Kopie des griechischen. Doch ich weiß auch noch, dass die Ältesten der Chaldäer behaupteten, Rom stelle etwas Neues dar, die Römer seien die ersten Menschen mit festem Ziel vor Augen und würden deshalb das Bewusstsein der Welt verändern.«

Flamen Dialis' Lächeln war undurchschaubar, und er ließ sich von seinem Thema nicht abbringen:

»Vieles von der Verwunderung, die man aus deinem Bericht herauslesen kann, spiegelt deinen Ausgangspunkt wider, der dir aber selbst gar nicht klar ist. Du bist Kind einer engen Glaubensrichtung und eines Weltbildes mit sinnvollem Überbau, wo noch alles in den Plan Gottes passen muss.«

Für einen Moment genoss er Anjalis' Verwunderung, dann fuhr er fort: »Griechen und Römer besitzen eine Kultreligion, deren Ziel die direkte Erfahrung ist. Verstehst du? Bei uns wird die Gottheit in Ritualen immer wieder neu erschaffen, was nichts mit Intellekt zu tun hat. Der Überbau, den die Menschen trotz allem errichten, kann von daher archaisch und naiv wirken.«

Anjalis hatte das Gefühl, Flamen hätte ihn seiner Kleider beraubt, als säße er schamlos nackt in der nun folgenden Stille.

»Sicherlich hast du Recht«, sagte er schließlich.

Diesmal lächelte Flamen ganz offen.

»Sieh nicht so bedrückt aus. Unsere eigenen Ausgangspunkte bleiben uns verborgen. Der Mensch ist nicht dazu in der Lage, seine eigene Prägung zu erkennen. Übrigens hast du einen ausgesprochen interessanten Bericht verfasst.«

Nach kurzer Pause setzte er etwas widerstrebend hinzu:

»Er hat selbst mir einiges zu denken gegeben.«

Doch Anjalis wollte keine Aufmunterung, und zum ersten Mal während des Gesprächs wagte er einen Einwand:

»Glaubst du, die Wahrheit liegt auf einer anderen Ebene und nach ihr zu suchen wäre zwecklos?«

»Ja, dem Menschen steht es nicht frei, zu suchen.«

Anjalis errötete heftig und erwiderte: »Nach meiner Auffassung ist der Mensch sogar zur Suche und zur Freiheit verurteilt.«

Über Flamens Gesicht lief ein Schatten, als er antwortete: »Dann ist er auch zum Unglück verurteilt.«

»Nein, zum Kampf und zu jener Unruhe, die immer dann folgt, wenn man die Leere mit seinem Leben ausfüllen muss.«

Flamen Dialis schüttelte den Kopf: »Ich sehe das Leben nicht als Leere. Für mich ist es eher so köstlich wie eine Frucht, die man maßvoll genießen muss. Jeden Tag ein kleines Stück, mit seinem jeweils eigenen Aroma.«

»Aber auch du bist letztlich dafür verantwortlich, dass die Kerne in fruchtbaren Boden gepflanzt werden«, antwortete Anjalis.

Cornelius hatte Anjalis mit pedantischer Sorgfalt auf das Zusammentreffen mit Jupiters Oberpriester vorbereitet. Trotzdem war Anjalis von dem großen Palast, der Gattin, dem feierlichen Festmahl und der endlosen Prozession der Gäste überrascht.

Das Haus auf dem Capitol hinter Jupiters Tempel war unüberschaubar mit seinen Atrien, den zahllosen Räumen, Gängen, Treppen und dazwischen immer wieder neu angelegten Gärten. Doch die Größe wirkte keineswegs pompös, die riesigen Gemächer waren so leicht und hell wie ein Sommertag am Meer.

Hier also wohnt der Priester des Tages.

Immer wieder kam Anjalis dieser Gedanke, während er durch Säle, über Treppen empor, durch weitere Hallen, vorbei an neuen, blinkenden Wasserbecken, ausgekleidet mit türkischen Mosaiken, und weiter durch begrünte Peristylen und andere Säle geführt wurde. Die Größe der Räume schien durch die zierlichen, zuweilen lackroten, ein anderes Mal vergoldeten Wandschirme, in den Atrien mit jeweils blauen Spalieren, wie weggezaubert. Hohe Spiegelwände spielten mit den Formen der Räume, hatten aber auch den überraschenden Effekt, dass man immer wieder seinem eigenen Bild begegnete.

Anjalis hatte bisher mit seiner Größe nie Schwierigkeiten gehabt, jetzt aber erschien sie ihm beinahe unanständig, eine Erscheinung, die die Maßstäbe verrückte und die schönen Proportionen beeinträchtigte. Gleich darauf vergaß er jedoch sein Spiegelbild beim Anblick der ausgesuchten Wandmalereien, den zahlreichen Porträts, die in unveränderlicher Weisheit auf ihn herabblickten. Ähnliche Malereien hatte er früher schon gesehen und sich bereits damals über diese den Römern eigene Kunst gewundert, die mit ihrer fein abgestimmten Ausstrahlung das Rätselhafte im Wesen des Betrachters ansprach.

An der Tür zum größten Saal des Hauses wurde er von Flaminica empfangen, der Gattin, die die dunklen Geheimnisse der Nacht in ihrer Ehe mit dem Priester des Tages verkörperte. Ihre Erscheinung umgab jedoch nichts Dunkles, im Gegenteil – sie strahlte Geborgenheit und Wärme aus.

Plötzlich und überraschend sehnte er sich nach Me Rete. Allerdings fielen ihm gleich darauf Cornelius' Worte ein: ›Sieh zu, dass du nicht von ihr betört wirst.‹

Nun waren sie bei Flamen Dialis angelangt, der wie ein Echo auf Anjalis' Gedanken sagte:

»Lass dich nicht von Flaminicas lichtem Wesen verzaubern. Sie ist wie jede unserer Mütter mit den dunklen Seiten vertraut, die in allem Sein schlummern.«

Flamen selbst saß auf einem Stuhl ohne Lehne, platziert auf einem Podest inmitten des Raumes. Immer neue Gäste gingen an ihm vorüber und wurden mit einer gemessenen und sehr bestimmten Geste seiner rechten Hand, die er in Gesichtshöhe hielt, gesegnet. Er war klein gewachsen und dick, und der unbequeme Hut, der Apex des Jupiterpriesters, ließ ihn beinahe komisch erscheinen.

Doch nichts Lächerliches war an Gaius Aurelius Cotta, Vertrauter des Kaisers Augustus und Sohn von Roms altem Pontifex. Und das lag nicht an Titel und Macht.

Anjalis blickte in ein Gesicht, in welches das Leben von den Augenwinkeln bis zu beiden Seiten des Mundes, und von der Nasenwurzel bis zum Kinn hinunter tiefe Furchen gegraben hatte. Das leichte Lächeln des schmalen Mundes war unmöglich zu deuten – Ironie oder Mitgefühl? Der Blick der kleinen Augen wahrte Abstand; das Gesicht war voller Gegensätze, schlau und unschuldsvoll.

Eines wusste Anjalis mit Sicherheit, nachdem die Vorstellung beendet und ihm ein Platz hinter dem Oberpriester zugewiesen worden war: Flamen Dialis war beängstigend intelligent. Cornelius hatte es bereits erwähnt, trotzdem hatte sich Anjalis kein rechtes Bild davon machen können.

Mehr als intelligent, dachte er. Auf jeden Fall klug. Weise? Er hatte keine Antwort darauf; etwas von dem unschuldigen Wissen der Mystiker war im Wesen dieses Manns. Dennoch ...

Von seinem Platz hinter Flamens Rücken aus bemerkte Anjalis, welches Aufsehen er erregte. Es war, als würde der gesamte Raum vor Neugier vibrieren.

Für Anjalis schien sich die Prozession unendlich lang hinzuziehen. Gegen Ende dann nahm sie eine andere Form an: Die lange Reihe der Männer mit steifem Gesichtsausdruck und weißen Togen wurde abgelöst von Frauen in farbenfrohen, leuchtenden Tuniken, behangen mit kostbarem Schmuck.

Nun überließ Flamen den Platz seiner Gattin; es war offensichtlich ihre Aufgabe, die Frauen zu segnen. Flamen verschwand, und wenig später wurde Anjalis abgeholt und in dessen Arbeitszimmer geführt.

Dort saßen sie nun und maßen einander. »Unsere bisherige Unterhaltung war nur ein Beweis für das, was ich anfangs bereits sagte«, erklärte Flamen. »Wir beide haben es schwer, einander zu verstehen, unsere Ausgangspunkte sind zu verschieden.«

»Vielleicht doch nicht so ganz«, entgegnete Anjalis. »Auch ich muss allmählich einsehen, dass wir uns nicht in der Wirklichkeit befinden, sondern in einer Beschreibung derselben. Und unsere Schwierigkeiten beruhen darauf, dass die Beschreibung nicht genügt, um unsere Erfahrungen umzusetzen.«

Die Augenbrauen des Oberpriesters hoben sich so weit in die Stirn, dass sich die Runzeln in seinem Gesicht glätteten. Dann lachte er – offen und beinahe munter: »Du verblüffst mich immer wieder«, sagte er. »Es ist dir also bewusst, dass das Nichtmanifestierte unsere Geschicke lenkt und dass jeder Versuch, dieses Nicht-Sein zu verstehen, uns zur Selbsttäuschung führt. Wie sieht nun dein eigener Gott aus?«

»Er ist nicht so verschieden von dem deinen«, antwortete Anjalis. »Mein Gott hat keine Qualitäten. Wir müssen ihn lieben wie er ist, als Nicht-Gott, Nicht-Geist, Nicht-Person.«

Zum ersten Mal während des langen Gesprächs fühlte Anjalis, wie ihn Wärme durchflutete, und in Flamens Stimme schwang persönliches Interesse mit, als er fragte: »Aber wonach suchst du?«

»Danach, ob die Zeit ein Ziel hat, ob es eine unbekannte Bestimmung gibt, nach der alles abläuft.«

»Und zu welchem Ergebnis bist du gekommen?«

»Ich habe keine sichere Meinung, nur ein starkes Gefühl. Meiner Ansicht nach liegt hinter jedem Tag und jeder Begebenheit eine Absicht, ein Sinn, den ich verstehen und aus dem ich lernen muss.«

»Und dass die Qualität der Kerne, die wir mit solcher Sorgfalt einpflanzen müssen, sozusagen davon abhängt, wie wir das Fruchtfleisch essen.«

»Ja, so kann man es vielleicht ausdrücken.«

»Darin liegt ein moralischer Anspruch. Und ein Risiko für Schuldgefühle.«

»Ja.«

»Und kaum etwas anderes läßt eine Frucht schneller verderben als Schuld«, ergänzte Flamen. Zum ersten Mal empfand Anjalis, dass dieser Mann, der ihm da gegenübersaß, berührt war. Aber Flamen senkte den Blick und fuhr fort: »Wie steht es mit deinen Schuldgefühlen?«

Die Stimme war verführerisch väterlich, und Anjalis konnte sich nicht zurückhalten zu antworten: »Nicht immer zum besten. Ich habe den Fehler, dass ich nicht genug zu lieben vermag.«

Gleich darauf dachte er, weshalb in Himmels Namen habe ich das gesagt, und wieder hörte er Cornelius' Warnung, die unter anderem gerade Flamens Fähigkeit galt, einem Menschen seine Geheimnisse zu entlocken.

Aber Flamen Dialis nickte nur. »Nachdem du nun formell darum ersucht hast, die römische Religion studieren zu dürfen, muss ich ein paar lästige Fragen stellen.«

»Das verstehe ich«, erwiderte Anjalis, der die Warnung in der Stimme des anderen hörte, und ihm kam in den Sinn, dass dieser Mann trotz allem nicht unsympathisch war.

Flamen Dialis beugte sich über die Dokumente auf seinem Tisch, nahm eines zur Hand und sagte: »Am neunten Juni vor sechs Jahren hast du in Tyrus mit Mancinius gespeist. Bei dieser Gelegenheit zeigtest du großes Interesse für die Geschichte und Religion der Juden.«

Obwohl Anjalis vorbereitet war, spürte er, dass er vor Zorn und Furcht errötete. Sie sind wahnsinnig, dachte er, sie wissen alles, sammeln alle Fakten. Beim Zeus, Cornelius hat recht.

»Ich erinnere mich, dass Mancinius zum Essen geladen hatte, um mich über den jüdischen Glauben geradezu ins Kreuzverhör zu nehmen. Er hatte kurz zuvor einige jüdische Aufwiegler ergriffen, die davon sprachen, sie würden auf ihren Messias warten. Mancinius wusste nichts von einem Messias, ich aber hatte die alten jüdischen Propheten gelesen.«

Flamen nickte. »Das klingt sehr einleuchtend«, sagte er. »Weshalb bist du nun so erregt?«

»Sicher wärest du ebenfalls wütend, wenn die Worte, die du als sehr junger Mensch in privatem Zusammenhang geäußert hast, viele Jahre später in einem offiziellen Bericht auftauchten.«

Flamen Dialis lachte, aber in seiner Stimme schwang Zurechtweisung mit, als er sagte: »Ein römischer Offizier lädt zu keinem privaten Essen. Für uns ist es völlig natürlich, dass er einen Bericht über die Unterhaltung mit dir angefertigt und ihn nach Rom geschickt hat. Es ist kein unvorteilhafter Bericht, und außerdem stimmt sein Bild von dir gut mit dem überein, das ich mir eben von dir zu machen versuche. Du hast dich weniger verändert als du annimmst.«

»Ich war so naiv, wie ich es niemals hätte sein dürfen«, sagte Anjalis und dachte dabei an die gekreuzigten Zeloten.

»Du bist noch immer sehr naiv«, entgegnete Flamen.

Anjalis vermied es, sich zu verteidigen, und nach einigem Schweigen sagte Flamen: »Diese Juden sind ein eigenartiges Volk. Ich habe große Achtung vor ihrem Gott, der allerdings offenkundig ungerecht und grausam ist. Zumindest wissen sie, dass Satan bereits vor dem Menschen auf Erden existiert hat und dass wir ihm gegenüber nicht viel ausrichten konnten, als er sich unserer Seelen bemächtigte.«

»Was mit deiner Ansicht übereinstimmt, dass wir keine Verantwortung tragen«, sagte Anjalis daraufhin, hörte den Sarkasmus in seiner Stimme und bat innerlich erschrocken, guter Gott steh mir bei, meine Zunge in Zaum zu halten.

Doch Flamen Dialis nahm es nicht übel und antwortete stattdessen mit großem Ernst:

»Natürlich muss unser Verhalten so gut wie möglich sein. Aber selbst du wirst zugeben, dass es in der menschlichen Natur auch sehr unangenehme Wesenszüge gibt.«

»Ja.«

»Also worüber sind wir uns nun uneinig?«

Anjalis ereiferte sich so, dass er alle Vorsicht vergaß, als er sich über den Tisch beugte und sagte: »Wie ich verstehe, bist du der Ansicht, der Mensch sei schlecht und für alle Zeiten festgelegt. Ich aber bin überzeugt, er kann sich verändern, indem er sich seiner eigenen Schlechtigkeit bewusst wird. Wir können unsere dunklen Triebkräfte ans Tageslicht holen und sie unschädlich machen.«

Die Blicke der beiden Männer befanden sich im Zweikampf, keiner wich dem anderen einen Zoll aus, und schließlich sagte Anjalis: »Bei Gelegenheit werde ich dir von Marcus erzählen.«

»Von Scipios' Jungen – ja, das will ich mir gern anhören. Aber jetzt habe ich noch weitere Fragen. Etwas früher im gleichen Jahr, in dem du Mancinius in Tyrus getroffen hast, reiste eine große Delegation ägyptischer Priester von Heliopolis zu den Chaldäern in die Wüste. Weshalb?«

Anjalis sah, wie sich der Abgrund vor ihm auftat, und blieb seltsam ruhig.

»Das muss in Verbindung mit dem eigentümlichen Zusammentreffen von Saturn und Jupiter gestanden haben«, antwortete er. »Ich erinnere mich, dass zu jener Zeit viele Ägypter bei uns weilten; von der Wüste aus kann man die Himmelsphänomene besonders deutlich beobachten.«

»Es war der 29. Mai«, fuhr er nachdenklich fort. »Saturn war nur 0,21 Grad von Jupiter entfernt, was für die Chaldäer von großer symbolischer Bedeutung ist, da sie immer schon die

Ansicht vertraten, das neue Zeitalter würde in genau jenem Frühjahr beginnen.«

Flamen Dialis' Gesicht verriet nichts als Neugier, und Anjalis fuhr ruhig und bestimmt fort: »Wie du weißt, ist Saturn ein schwarzer Planet, nach uraltem Glauben die Heimstatt des Teufels und seines Gefolges von Drachen und Schlangen. Jupiter dagegen – und niemand kann es besser wissen als du – ist der Stern des Lichts, die lebensspendende Kraft. Aus astrologischer Sicht war es also ein großes Ereignis, als Tod und Leben so nahe der Erde aufeinandertrafen, die auf der Schwelle zu einem neuen Zeitalter stand. Ich erinnere mich sehr gut daran, nicht wegen der ägyptischen Priester, sondern wegen des ungeheuer leuchtenden Himmelsphänomens.«

Anjalis' Stimme war völlig ruhig, und er lächelte wie in freudiger Erinnerung.

Flamen Dialis machte sich Notizen. Anjalis verstand, dass die Angaben kontrolliert werden mussten, und er lächelte amüsiert, weil er wusste, hier müsste erst einmal ein Astrologe kommen und sie bestätigen. »Aus der Begegnung zwischen den beiden großen Planeten ist der Stern von Bethlehem hervorgegangen und hat zwölf Nächte lang am Himmel geleuchtet, um dann zu verschwinden.«

»Ich bin weit weniger in der Astrologie bewandert, als du vorauszusetzen scheinst«, sagte Flamen Dialis, und Anjalis, der ihn im Verdacht hatte zu lügen, tat, als wundere er sich.

»Was ist ein neues Zeitalter?«

»Diese Frage erfordert eine lange und verwickelte Erklärung. Vielleicht genügt es, wenn ich sage, dass die Astrologen im Osten seit langem wissen, dass die Welt sich augenblicklich auf dem Weg zu einem neuen Äon im Zeichen der Fische befindet. Über den genauen Zeitpunkt ist man sich uneinig, syrische Astronomen rechnen mit einer Übergangsphase von einigen hundert Jahren, wohingegen die Chaldäer behaupten, der Übergang würde in einer Nacht stattfinden.«

»Keine weiteren Zahlen«, sagte Flamen. »Aber was beinhaltet der Übergang in das Zeitalter der Fische?«

»Auch darüber gibt es verschiedene Ansichten«, antwortete Anjalis. »Das Zeichen besteht aus zwei Fischen, die einander in die Schwanzflossen beißen. Einige sehen das Bild vertikal und sind der Meinung, das stumme Tier aus den Tiefen der Meere würde eine Bewegung, einen jähen Sprung zum Licht und zum Tag hin machen, um dann wieder hinabzutauchen. Die Chaldäer sehen das Bild dagegen horizontal, und sie sind der Meinung, das neue Zeitalter würde eine Begegnung zwischen Ost und West mit sich bringen.«

»Ist das der Hintergrund deines Auftrages?«

»Ja.« Unergründlich war Flamen Dialis' Miene, trotzdem erschien es Anjalis, als sei er beeindruckt.

Nach langem Schweigen sagte der Priester: »Nun möchte ich wissen, weshalb Cornelius und du so viele, lange und einsame Gespräche auf der Bank draußen im Park geführt habt.«

Anjalis' Ruhe verschwand, und wieder wurde er rot vor Zorn. »Weil Cornelius ernsthaft glaubt, unter seinen Hausangestellten befänden sich Spione.«

»Meine Frage bezog sich eher auf den Inhalt eurer Gespräche.«

Anjalis griff sich an die Stirn.

»Ich erzählte Cornelius von meinen Studien, von meiner Absicht, mich hier in Rom, wie ich es auch in Athen getan habe, umzuhören und an Gottesdiensten teilzunehmen, mit den Menschen zu reden, bei Priestern und weltlichen Leuten Erkundigungen einzuholen. Immer wieder musste mir Cornelius erklären, dass ... das in Rom nicht üblich ist.«

»Sagte er auch, warum?«

»Er erzählte mir vom Bürgerkrieg, über den Geist des Misstrauens, der sich unter den Menschen breit gemacht hat, und wie sorgfältig der Kaiser darüber wachen muss, dass keine ... neuen Verschwörungen entstehen.«

»Sonst nichts?«

»Nein.«

Anjalis sah, dass man ihm nicht glaubte, und sein Zorn wuchs. Wieder beugte er sich über den Tisch und sagte sehr erregt: »Cornelius' und mein Gespräch bewegte sich ungefähr auf dem Niveau, auf dem wir uns gestern Abend hier befanden. Ein unerfahrener Spion, der zudem je nach Grad der Verdächtigung bezahlt wird, könnte leicht missverstehen ...«

Zum ersten Mal während des langen Abends schlug Flamen Dialis die Augen nieder und errötete selbst.

»Hier ist ein Punkt, der nicht nur mit meiner Naivität zu tun hat, sondern ich fühle mich gekränkt und äußerst getroffen«, betonte Anjalis. »Ich weiß nicht, was man für einen Verdacht gegen Cornelius hegt, einen untadeligen alten Mann, der seinem Land und seinem Kaiser mit größerem Einsatz gedient hat, als er ihn für sein privates Leben aufbrachte.«

Flamen Dialis blieb eine Antwort schuldig und ließ das Thema fallen.

»Nur noch eine Frage«, sagte er. »Wie war es dir sechs Jahre lang möglich, in Griechenland herumzureisen, Fragen zu stellen und Untersuchungen zu machen, ohne dass jemand Verdacht schöpfte? Die Griechen sind meiner Meinung nach ziemlich misstrauisch und schlau. Aber dir gelang es, dass sich die Menschen immer und überall öffneten.«

Anjalis lehnte sich zurück und ließ zum ersten Mal sein dröhnendes Lachen hören.

»Ganz einfach«, sagte er, »selbst wenn es einige Zeit dauerte, bis ich es selbst verstand. Die chaldäischen Magier sind für die Menschen hier im Westen legendär. Die Legende besagt, ein Magier könne einen Menschen durchschauen. Verbirgt er etwas, kann sich der Magier rächen, da er ja ein Zauberer ist, wie der kleine Marcus zu sagen pflegt.«

Auch Flamen Dialis lachte nun. »Davon habe ich auch gehört«, sagte er. »Stimmt es denn nicht?«

»Nein«, entgegnete Anjalis und lachte wieder. »Heute Abend ist es dir sehr gut gelungen, all deine Geheimnisse für dich zu behalten, und hast du irgendwann einmal gelogen – und das hast du mit Sicherheit –, dann weiß ich nicht, an welcher Stelle.«

Während Flamen noch lachte, klopfte es an der Tür und Flaminica erschien:

»Schön, dass ihr euch amüsiert«, sagte sie. »Aber ihr seid mittlerweile sicher hungrig, und Anjalis wird von uns Römern ein völlig falsches Bild bekommen. Wir sind ein gastfreundliches Volk, und ich hoffe, Anjalis wird mit uns ein einfaches Mahl einnehmen.«

»Danke, sehr gern«, erwiderte Anjalis.

»Wir waren gerade fertig«, sagte Flamen, und Anjalis dachte, sie kommt gerade zum rechten Zeitpunkt.

Sie lud zu schmackhaftem geräucherten Fisch ein, schwarzen Oliven, Brot, Käse und Wein. Es wurde über das Wetter geredet, wie schön doch die lauen Abende nach den heißen Augusttagen seien. Doch bald wechselte Flaminica das Thema:

»Neulich traf ich Marcus' Kinderfrau im Tempel«, sagte sie. »Dort dankte sie den Göttern für die Genesung des Kindes und erzählte viel von dem, was du dafür getan hast. Doch ich muss sagen, dass ich nicht alles verstand.«

»Ach, das ist eine lange Geschichte, und ich hoffe, du hast ihr nicht geglaubt, falls sie von Magie sprach.«

»Aber das tat sie nicht, sie hat im Gegenteil eifrig betont, dass es sich nicht um Magie handelte, sondern um eine besondere Kenntnis von dir. Was für Kenntnis ist das?«

Anjalis lachte und antwortete: »Das ist schwer auszudrücken. Aber ich weiß einiges darüber, wie erschreckende und schmerzhafte Kindheitserlebnisse aus dem Bewusstsein verdrängt werden. Wenn das passiert, wiederholt sich die Situation im Laufe eines Menschenlebens immer wieder und kehrt zurück, wie ein Schicksal.«

»Dann ist es Schicksal?«

»Ja, das glaube ich«, sagte Anjalis und fuhr fort: »Damit er überleben konnte, musste Marcus' Augenlicht immer mehr zurückgehen. Als das Sklavenmädchen verschwand, das sein einziges Bindeglied zum Leben war, wurde er blind.«

Sehr ernst fragte Flaminica weiter: »Dann hast du ihn also dazu gebracht, sich wieder zu erinnern?«

»Ja, aber erst, nachdem Cornelius, Nadina und ich ihm ein Gefühl von Sicherheit gegeben hatten.«

Zu seiner Verwunderung sah Anjalis, dass Flaminica Tränen in den Augen hatte.

»Entschuldige«, sagte sie. »Aber ich hatte einen kleinen Bruder, der über Nacht gelähmt wurde.«

»Wenn du darüber nachdenkst, wirst du sicher herausfinden, was ihn lähmte.«

»Ja«, sagte sie.

Flamen Dialis und Flaminica begleiteten Anjalis höchstpersönlich durch die zahlreichen Räume bis zum Tor, wo die Sänfte auf ihn wartete, um ihn zu Salvius' Haus zu bringen.

Es war eine ungeheure Ehre, deren er sich allerdings nicht bewusst war.

Bevor sie sich trennten, fragte Anjalis, wann er den Bescheid bekommen werde, und Flamen antwortete, er würde innerhalb von zwei Tagen mit dem Kaiser zusammentreffen, um ihm die Sache vorzutragen.

»Du triffst also nicht selbst die Entscheidung?«

»Ich habe keine Macht. Macht besitzt keine Autorität, und deshalb habe ich mich immer von ihr fern gehalten.«

»Das klingt … bequem«, sagte Anjalis, worüber Flamen lächelte, aber Flaminica brach in lautes Lachen aus.

»Anjalis«, sagte sie, »du musst eine Spur großzügiger denken. In Rom darf man es mit der Wahrheit nicht so genau nehmen.«

»Ich werde es versuchen, das verspreche ich.«

Marcus erwachte davon, dass er um sein Leben rannte, weg von einem Alptraum, an dessen Inhalt er sich nicht mehr erinnern konnte, aber die damit verbundenen Gefühle waren noch da. Anjalis ist in Rom, war sein erster Gedanke.

Der Junge wollte nicht wach sein, aber auch nicht wieder einschlafen. Also blieb er im Bett liegen, wo unter der Decke das Blut hellrot durch die dünne Haut seiner Hände schimmerte.

Einen Moment lang versuchte er zu weinen, hatte jedoch einen Kloß im Hals.

Er wollte nicht sehen, wollte andererseits auch nicht in die Dunkelheit zurück, weil er wusste, dass sie jetzt voller Bilder sein würde – wie im Traum.

Als ich blind war, habe ich nicht geträumt, dachte er.

Durch die Baumkronen vor seinem Fenster strich ein leichter Wind, es hörte sich an, als würde er mit dem Laub flüstern. Es ist eine Linde, hatte Nadina gesagt, und er spürte dem Wort nach – es klang schön. Unten bei dem Stall bellte ein Hund, ein Vogel rief.

Ich will sterben, dachte er.

Es war kein bedrückender Gedanke, eher beruhigend und gar nicht so abwegig.

Aber schwierig zu begreifen.

Sterben, Tod?

»Was passiert, wenn man stirbt?« fragte er Nadina, als sie ihn wecken kam.

Sie schrak zusammen, war peinlich berührt. Als sie aber den Jungen anblickte, merkte sie, dass er die Frage ganz allgemein gestellt hatte.

Kinder machen sich nun mal über so etwas Gedanken, überlegte sie, klappte die Fensterläden auf, und das Sonnenlicht strömte in den Raum.

»Darüber gibt es viele verschiedene Meinungen«, sagte sie. »Die meisten Menschen glauben, sie kommen dann in das Totenreich.«

»Was ist das?«

»Nun ja, ein Ort, wo die Toten wie Schatten leben.«

Marcus war ungeheuer erstaunt: »Wie leben denn Schatten?«

»So richtig begreife ich es ja auch nicht«, antwortete Nadina. »Da musst du schon Cornelius fragen.«

»Also ist es dort nicht zu Ende«, sagte Marcus, und wieder fühlte Nadina diese Unruhe in sich, denn nun war der Junge aufgeregt, und betrübt erwiderte sie: »Ich weiß es nicht. Manchmal habe ich mir vorgestellt, dass es so ist, als würde man schlafen, man ist weg, aber dann träumt man plötzlich.«

»Träumt …« Marcus' Stimme war so schwach, dass sie sich im Raum verlor. Aber er stand auf und aß sein Frühstück.

Als ihn Nadina wenig später durch den Garten auf das Haus des Großvaters zugehen sah, war der Körper des Jungen zusammengesunken, und wie so oft zuvor dachte sie:

Er bewegt sich wie ein alter Mann.

Als er den Großvater im Arbeitszimmer fand, war es Marcus völlig klar, dass man einen so alten Mann wie Cornelius nicht nach dem Tod fragen konnte.

Es kamen also nicht ganz die richtigen Worte über seine Lippen, als er sagte: »Du darfst mir nicht wegsterben.«

Und Cornelius antwortete, wie er es schon früher getan hatte: »Ich verspreche dir, dass ich hundert Jahre alt werde.« Lachend setzte er hinzu. »Natürlich nur unter der Bedingung, dass du groß und erwachsen wirst.«

Das hätte er nicht sagen dürfen; er hatte es eher scherzhaft gemeint, und besser wäre es ungesagt geblieben, denn er konnte sehen, wie sehr die Worte Marcus trafen.

Aber die Stimme des Jungen war ruhig, als er sagte:

»Das verspreche ich.«

Bereits nach der Mittagsruhe und früher als vorgesehen kehrte Anjalis zurück. Marcus sprang den Hügel hinunter, flog ihm entgegen und wurde von Anjalis auf dem Pferderücken aufgefangen, begleitet von seinem dröhnenden Lachen.

»Wie ich sehe, ist alles gut verlaufen«, sagte Cornelius, während sich die Sklaven um das Pferd kümmerten und Anjalis noch immer lachte.

»Genau weiß ich es nicht, aber ich habe ein gutes Gefühl. Der Beschluss erfolgt in einer Woche, da Flamen Dialis erst mit dem Kaiser sprechen muß.«

Cornelius' Lächeln war weniger offen als das von Anjalis, und seine Stimme klang zurückhaltend, als er sagte: »Du kannst später erzählen.«

Anjalis badete erst einmal, und Cornelius dachte währenddessen, dass die Zauberkünste der Chaldäer in der Lage seien, sogar Flamen den Kopf zu verdrehen. Doch dann schämte er sich vor sich selbst wegen seiner Zweifel an dem jungen Mann, dem nun die Türen zu allen mächtigen Häusern Roms offenstanden.

»Beim Jupiter«, sagte er laut, »es lief genau so, wie ich es geplant hatte.«

Kurz darauf lauschte er höchst befriedigt Anjalis' Wiedergabe der langen Unterhaltung in Flamens Palast. Erst als Anjalis berichtete, was er über die Spione in Cornelius' Haus hatte verlauten lassen, reagierte er, fuhr hoch und entgegnete erregt: »Das hättest du nicht sagen dürfen.«

Erstaunt blickte Anjalis den Römer an und nahm dessen Angst wahr. »Aber Cornelius«, wandte er ein, »ich musste doch sagen, was ich denke.«

Cornelius stöhnte. »Nein, nicht hier, doch nicht in Rom. Ich dachte, ich hätte dir das bereits beigebracht.«

»Anjalis, was ist der Tod?«

Wie so oft gingen Anjalis und Marcus in der Dämmerung kurz vor dem Abendessen mit Cornelius zum Teich.

Der Zauberer blieb stehen, um Zeit zu gewinnen, sah Marcus an und sagte: »Weshalb fragst du?«

»Natürlich, weil ich es wissen will.«

»Aber es gibt niemanden, der es weiß.«

Marcus war so erstaunt, dass er darüber beinahe den Tod vergaß. Es gab also etwas, das die Erwachsenen nicht wussten – Nadina nicht und nicht Anjalis.

»Auch nicht Cornelius?«

»Nein, er ...«

Anjalis hielt inne, Cornelius sollte selbst von seiner Begegnung mit den Toten in den nebligen Frühjahrsnächten berichten.

Der Junge blieb mitten auf dem Weg stehen, starr vor Staunen. »Und es weiß wirklich niemand?«

»Nein, noch keiner ist zurückgekehrt und konnte darüber berichten. Es gibt verschiedene Auffassungen; die einen glauben, dass wir viele Leben haben, dass wir geboren werden, sterben und wieder geboren werden.«

»Und was glaubst du, Anjalis?«

Der Chaldäer schwieg lange, und in dieses Schweigen fiel Marcus' nächste Frage: »Nadina sagt, man kommt in das Totenreich, und dort lebt man wie ein Schatten. Aber ich verstehe das nicht.«

»Ich auch nicht«, erwiderte Anjalis. »Eigentlich glaube ich nicht an den Tod, ich meine, dass es ihn tatsächlich gibt.«

»Aber Anjalis«, schrie Marcus, »Seleme ist doch ...«

»Ja, für Seleme ist diese Welt hier verschwunden. Aber ich denke, es gibt noch andere Welten.«

Jetzt waren sie am Teich angelangt, sie setzten sich und ließen wie immer die Füße über den Rand baumeln. Anjalis legte den Arm um den Jungen und fuhr fort, als dächte er laut:

»Wenn man die Sterne studiert, so wie mein Volk es in der Wüste getan hat ...«

»Seit tausend Jahren.« Marcus war ganz bei der Sache.

»Nein, seit vielen tausend Jahren«, erwiderte Anjalis. »Und sie haben alles, was sie beobachteten, niedergeschrieben und unendlich viele Berechnungen angestellt.«

»Ja ...«

»Wenn man das alles studiert, wird man von Bewunderung für die Schöpfung erfüllt, dafür, wie sinnvoll alles eingerichtet ist. Dort oben in dem unendlichen Himmelsraum geschieht nichts zufällig, Marcus. Alles wird nach bestimmten Gesetzen gelenkt. So kann man sehr deutlich sehen, wie das Leben und Schicksal jedes einzelnen Menschen mit dem Lauf der Sterne zusammenhängt, und deshalb ...«

»Deshalb?« Marcus war voller Eifer.

»Ja, deshalb nimmt man an, dass der Mensch ewig ist wie die Sterne, und dass es ein Gesetz und eine Bestimmung auch für unser Dasein gibt.«

Lange sah Marcus zu den ersten Sternen empor, die sich am nun dunkler werdenden Himmel zeigten.

»Ach Anjalis, das ist schwer zu verstehen.«

»Ja, es fragt sich, ob man das überhaupt verstehen kann.«

Als sie zum Haus zurückkehrten, wo das Abendessen auf sie wartete, war die Lebensenergie in Marcus' Körper zurückgekehrt.

Seine Freude dauerte den Abend über an, aber am nächsten Morgen war Marcus verschwunden, bevor Nadina und Anjalis aufwachten. Er kehrte gemeinsam mit dem Hundezüchter zurück, einem alten Germanen, der seit den Feldzügen nördlich des Rheins in Cornelius' Dienst stand.

»Dieser Lümmel hier hat einem ganzen Wurf junger Hunde

die Kehle durchgeschnitten«, sagte der Hundezüchter, und seine Stimme war rasend vor Zorn. »Es war ein Wurf von Belio, Cornelius' bestem Jagdhund.«

Verzweifelt fügte er noch hinzu: »Die Hündin bellt wie besessen.«

Anjalis spürte, wie Körper und Gedanken erstarrten, und hörte seine eigenen Worte von weither kommen: »Hatte er selbst ein Messer?«

»Ja, das lag auf dem Tisch im Hundezwinger. Man rechnet hier ja nicht mit Mördern.«

»Ich nehme mich des Jungen an«, sagte Anjalis, und die Worte kamen immer noch von fern. »Geh du zu Cornelius und berichte ihm, was geschehen ist.«

Nun saßen also der Junge und sein Lehrer in der Bibliothek. Der Junge erschrak darüber, wie bleich Anjalis war, und jammerte:

»Anjalis, verzeih mir, hörst du, verzeih mir doch.«

»Ich kann dir nicht verzeihen«, erwiderte Anjalis, und auch der Junge hörte jetzt die Worte aus weiter Ferne kommen:

»Das kann nur die Mutter der Welpen, die jetzt überall herumläuft und nach ihren Jungen ruft.«

»Ach, die vergisst das schnell.«

Nun starrte Anjalis Marcus an, sein Blick kam von weither und war voller Verwunderung, als hätte er den Jungen noch nie gesehen.

»Warum hast du das getan?«

»Sie waren ekelhaft«, kam schnell die Antwort.

»Es hat ...«

»Was hat es?«

»Es hat Spaß gemacht.«

»Spaß?«

»Ja.« Der Junge war mit einem Mal voller Leben, voll trotzigem Leben.

Anjalis spürte sein Herz gegen den Brustkorb hämmern, hier

stand er auf unbekanntem Boden und musste seine Hände zwingen, nicht zuzuschlagen und dem vergnügten Lächeln um den Mund des Kindes ein Ende zu machen.

In der Stille hörten sie die Hündin wehklagen. Wie ein entfesselter Wind fegte sie durch den Garten auf der Suche nach ihren verlorenen Jungen. Anjalis kniff die Augen zusammen, aber Marcus verstand es falsch und begann wieder zu jammern.

»Anjalis, sei doch nicht so wütend. Vergib mir, ich bitte dich um Verzeihung.«

»Du weißt nicht, was dieses Wort bedeutet, Marcus. Würdest du es verstehen, dann wüsstest du, dass niemand außer Gott dir vergeben kann. Marcus, die Hunde sind tot, nichts kann das, was du getan hast, ungeschehen machen.«

Und damit machte Anjalis auf dem Absatz kehrt und verschwand. Auf dem Hof traf er Nadina. Und Cornelius, der rot vor Zorn war.

»Es war ein sehr wertvoller Wurf«, sagte er. »Wo hast du den Jungen gelassen?«

Anjalis nickte in Richtung Bibliothek.

»Er bereut es nicht einmal«, sagte er, und seine Verwunderung war so groß, dass sie Cornelius trotz seiner Wut betroffen machte.

»Wir müssen uns beruhigen«, entschied er. »Es ist doch nur ein dummer Jungenstreich.«

»Er ist noch so klein«, pflichtete ihm nun auch Nadina bei. »Er versteht das nicht.«

Anjalis blickte von einem zum anderen, als sähe er sie ebenfalls zum ersten Mal.

»Ich werde etwas ausreiten«, sagte er. »Ich brauche Zeit und Ruhe zum Nachdenken.«

Anjalis ließ das Pferd den Weg selbst finden, und es trug ihn unter den hohen Baumkronen hindurch auf Wegen, die als solche kaum zu erkennen waren. Wie im Schmerz erstarrt wanden sich die Wurzeln der knorrigen Korkeichen über den Boden,

Pferd und Reiter scheuchten Vögel auf, ein Fuchs schrie. Mit einem Mal wirkte der ganze schöne Wald feindselig und bedrohlich.

Heimweh durchfuhr Anjalis' Körper wie ein Stoß, er wollte weg aus dieser Welt mit ihrer Schönheit, nach Hause zu seiner Wüste, die das Leiden auslöscht und das Leben einfach macht.

Als das Ufer des Lacus Albanus erreicht war, waren Pferd und Reiter müde. Anjalis ließ sich aus dem Sattel gleiten und bemerkte in den braunen Augen des Pferdes wilde Freude nach diesem Ritt.

Aber auch das Pferd war ihm ein Rätsel, und Anjalis' Gefühl des Fremdseins steigerte sich zur Verzweiflung. Er setzte sich auf einen Felsvorsprung oberhalb des Sees und ließ das Pferd selbst seinen Weg zum Wasser finden, um zu trinken.

Marcus hat kein Herz, dachte er.

Und er erinnerte sich an den sympathischen Mancinius in Tyrus, den ersten Römer, der ihn zum Essen geladen und mit dem Anjalis einen Abend in liebenswürdigem Gespräch verbracht hatte, während zur selben Zeit seine Soldaten die Kreuze auf der Hinrichtungsstätte errichteten.

Sie sind unbegreiflich wie das Böse selbst, dachte er.

Und gleich darauf: Ich verlasse Marcus.

Ich habe meine Aufgabe erfüllt, Marcus hat sein Augenlicht wieder, und das war Cornelius' Ziel. Dass aus dem Jungen ein Mensch werden sollte, hatte der alte Römer nie beabsichtigt, und dass der Junge dazu keine Chance haben würde, hatte Anjalis nicht verstanden. Anjalis würde nach Rom ziehen und mit Flamens Hilfe die Studien über das Verhältnis der Römer zu ihren Göttern bald abgeschlossen haben.

Und dann – nach Hause.

Die Mittagshitze nahm zu. Anjalis rutschte den Felsen hinab und ging zum Ufer, wo er sich Gesicht, Hals und Hände in dem kalten Wasser wusch.

Nach dem Entschluss war er ruhiger geworden, langsam fand

er zu sich selbst zurück. Er würde Marcus vergessen, wie er Ariadne vergessen hatte. Auch diesmal konnte er mit ruhigem Gewissen sagen, dass sein Leben dem Dienst Gottes, der in Judäa geboren war, hatte nachgeben müssen.

Plötzlich raschelte es weiter unten am Strand im Gebüsch. Anjalis fuhr herum, sah das Pferd sich aufbäumen und hinter ihm eine schwarze Katze, so groß wie ein junger Tiger. Sie fauchte das Pferd an, das in wildem Schrecken den Pfad hinaufstob, zurück zum Stall und in Sicherheit.

Anjalis blieb stehen und sah die gelben Augen funkeln, ehe sich das geschmeidige Tier mit den Schatten des Laubwerks vermischte und verschwand. Er sog tief die Luft ein und merkte, dass er Angst hatte.

Wovor?

Nicht vor der Katze; von Cornelius' Leuten hatte er gehört, dass es im Wald Wildkatzen gab.

Gleich darauf sah er die Bilder der Träume in Athen in voller Schärfe vor sich. Er sah das Haus, das er und Ariadne eingerichtet hatten, und wie sie verschwand, wie er durch die Räume eilte und nach ihr suchte, um wieder und wieder – mal ganz weit weg, mal ganz nah – auf die Katze zu stoßen, die schwarze Katze.

Lange Zeit blieb Anjalis am Strand stehen, ließ die Bilder der alten Träume kommen und gehen und fühlte seine Trauer.

Noch immer stand er im Briefwechsel mit Anaxagoras und wusste auch den Grund dafür. Er hoffte nämlich, in Anaxagoras' Briefen die Schwester erwähnt zu finden.

Hin und wieder erfuhr er auch flüchtig etwas aus ihrem Leben. Ariadne hatte zwei Söhne und eine Tochter geboren. Wenn die Kinder erwachsen wären, würde sie sich mit den Orphikern in Piräus vereinen.

Im letzten Brief hatte gestanden, sie sei dick geworden. Anaxagoras hatte sie bedauert, noch keine dreißig Jahre alt und schon eine Matrone. Doch Anjalis hatte großen Schmerz verspürt.

Mit einem Mal dachte er an seinen Vater und an etwas, das dieser nach der Rückkehr aus Bethlehem gesagt hatte. Über die Liebe; über die Liebe, die das Gotteskind auf Erden verbreiten würde.

Doch die Erinnerung verblasste, er kam nicht mehr auf Balthasars Worte.

Er schloss die Augen, um sich besser konzentrieren zu können, und landete mitten im Strom der Erinnerungen an die letzten Wochen hier in den Bergen, Erinnerungen an den Jungen, der wie ein junger Vogel in Anjalis' Armbeuge geschlafen hatte, an die nächtlichen Wanderungen, als Marcus nur im Dunkeln zu sehen vermochte. Ein Kind, sein Kind.

Von Beginn an geschädigt, unwillkommen, seiner Lebensfreude beraubt.

Vielleicht kann solch eine Verletzung nie verheilen, dachte Anjalis und erinnerte sich gleich darauf an Balthasars Worte über das arme jüdische Kind: Von ihm sollen wir lernen, dass man sich Liebe nicht erst verdienen muss.

Langsam wanderte Anjalis den steilen Weg hinauf und durch den Wald, in dem sich das Licht der Nachmittagssonne golden brach.

Zu Hause saß der Junge vor dem Kaminfeuer in Cornelius' Haus. Er war in Decken gehüllt, aber dennoch fror er so, dass er zitterte. Bleich und ohne Tränen versuchte er zu erklären, er allein habe verstanden, dass Anjalis nicht zornig war wie die anderen, wie Cornelius und der Hundepfleger, sondern dass Anjalis betrübt war.

Dass er seiner Wege gegangen war.

Immer wieder sagte der Junge zu Cornelius: »Er kommt nie mehr zurück.«

Und jedesmal antwortete Cornelius: »Er ist nur ein wenig ausgeritten.«

Die heiße Mittagssonne erfüllte allmählich den Raum, aber

der Junge fror. Cornelius überlegte gerade, ob er den alten Arzt rufen sollte, als der Stallmeister bat, eintreten zu dürfen. Anjalis' Pferd sei ohne Reiter zurückgekehrt, sagte der Mann.

»Ich habe es gewusst«, rief Marcus, »ich habe es ja gewusst. Er ist weggegangen und hat das Pferd zurückgeschickt!«

»Beruhige dich«, sagte Cornelius. »So etwas macht Anjalis nicht. Außerdem hat er hier immer noch seine Sachen.«

»Für Anjalis sind die Sachen nicht wichtig!« schrie Marcus so laut, dass es dem Römer durch Mark und Bein ging und er wütend befahl: »Du bist jetzt still. Du heulst ja genauso wie die Hündin, die ihre Jungen vermisst.«

Cornelius ging hinaus, um einen Suchtrupp in den Wald zu schicken. Doch es war gar nicht nötig, den verängstigten Dienern Befehle zu erteilen, denn in diesem Augenblick tauchte Anjalis am Waldrand auf.

»Das Pferd scheute vor einer Wildkatze und ist mir weggelaufen«, erklärte er.

»Im Moment weiß ich nicht, ob ich lachen oder weinen soll«, sagte Cornelius und umarmte den großen Chaldäer.

»Habe ich dich erschreckt?«

»Der Junge hat mich erschreckt. Er heult wie ein Verrückter, du hättest uns für immer verlassen.«

Anjalis zuckte zusammen, aber seine Stimme verriet nichts von seiner Verwunderung, als er erwiderte: »Ich habe eine Idee. Komm mit mir zu den Hundezwingern, dann versuche ich sie dir zu erklären.«

Als sie quer durch den Garten gingen, sprach er weiter. Sie würden Marcus einen jungen Hund geben, klein und hässlich, aber kräftig genug, um zu überleben. Sobald Marcus sein Geschenk in Empfang genommen hätte, sollte er keinerlei Hilfe bei der Pflege erhalten – ganz allein sollte er die Verantwortung für das Leben des Welpen übernehmen.

»Das schafft er nie« kam der Einwand von Cornelius.

»Oh doch«, entgegnete Anjalis.

Marcus saß in dem großen Haus und zitterte vor Kälte. Nadina brachte ihm heiße Milch, gehorsam trank er sie und versuchte eine Annäherung:

»Er wird nie mehr zurückkommen.«

»Blödsinn«, sagte sie. »Er ist doch schon hier, er ist mit Cornelius am Hundezwinger.«

Da setzte der Junge langsam und vorsichtig den Becher ab. Die Kälteschauer hörten auf, er rollte sich zusammen und war auf der Stelle eingeschlafen.

Und er glaubte zu träumen, als Anjalis ihn weckte, als er vor ihm stand, groß und schön wie immer, einen jungen Hund im Arm.

»Den bekommst du von mir, Marcus. Du sollst ihn ganz allein betreuen und die Verantwortung dafür übernehmen, dass er überlebt.«

Mit großen Augen blickte Marcus den langhaarigen Welpen an, den ihm Anjalis auf die Knie gelegt hatte. Er war widerlich, er winselte.

»Ich will nicht«, flüsterte er.

»Du musst«, beharrte Anjalis. »Du wirst gleich jetzt damit anfangen und ihm von der Milch geben, vorsichtig und Löffel für Löffel, damit er sich nicht verschluckt. Er ist es gewohnt zu saugen, verstehst du?«

Daraufhin machte Anjalis kehrt und ging.

In dieser Nacht lag Marcus stocksteif im Bett, verängstigt und verzagt. Der Welpe winselte in seinen Armen, Marcus verabscheute ihn.

»Wenn er traurig ist, musst du ihn streicheln«, hatte ihm Anjalis erklärt. Und jedesmal, wenn Marcus sich überwand, mit der Hand über das schwarze Fell zu streichen, seufzte der Hund und schlief ein. Aber nur für wenige Augenblicke, dann war er wieder wach, wühlte sich in seine Armbeuge, stupste ihn mit seiner Schnauze, suchte und wimmerte.

Ich könnte ihn ja im Liegen erdrücken, dachte er. Nicht einmal Anjalis könnte mir deshalb Vorwürfe machen.

Doch im nächsten Moment wusste er, dass Anjalis es könnte, ja, er würde es tun.

Marcus versuchte sich auf die Seite zu drehen, mit dem Rücken zum Hund, aber da jaulte er in höchsten Tönen, und Nadina kam gelaufen.

»Der Ärmste«, sagte sie, » das klingt wie bei einem verlassenen Kind.«

Sie hatte einen kleinen Tonkrug mit warmer Milch vorbereitet und ein fest zusammengerolltes Stück Stoff in den Hals des Kruges gepresst.

»So haben wir das auf dem Land gemacht, wenn ein Mutterschaf gestorben war und wir uns um das Lamm kümmern mußten«, erklärte sie. »Versuche, ihn zum Saugen zu bringen.«

Es klappte, der Welpe saugte, und Marcus sah, wie die hellrote Zunge die Stoffkugel abschleckte, bis er endlich satt war und einschlief.

»Jetzt kannst du auch schlafen«, flüsterte Nadina.

»Warum hat er keine Augen?«, fragte Marcus so leise er konnte.

»Natürlich hat er Augen«, flüsterte Nadina zurück. »Er will sie nur noch nicht aufmachen. Ich wünsche dir eine gute Nacht, die Lampe lasse ich brennen.«

Das flackernde Licht der Öllampe spendete Trost, und bald schlief der Junge ein, den Hund in den Armen. In der dunkelsten Stunde der Nacht wachten beide auf, im Bett war es nass, und Marcus fühlte sich schlecht. Wieder winselte der Hund und weckte Nadina, die leise mit frischer warmer Milch hereinkam.

»Er hat mich angepinkelt«, sagte Marcus.

»Damit musst du dich abfinden«, erwiderte die Alte und füllte wieder den Krug. »Gib ihm noch mal von der warmen Milch und singe ihm etwas vor.«

Marcus kannte keine Lieder, er fütterte den Hund und versuchte, sich an eine Melodie zu erinnern, die Seleme immer gesummt hatte. Schließlich tauchte sie aus der entferntesten Landschaft der Erinnerung wieder auf, unsicher und zögernd. Und mit ihr kam Seleme, mit dem honigfarbenen Haar und dem Duft von warmer, süßer Milch.

Mit einem Mal konnte er ihre blauen Augen sehen, die voller Zärtlichkeit waren. Du armer kleiner Kerl, summte sie, du armer kleiner Kerl.

Die Melodie war ebenso einfach wie die Worte, die Marcus nun dem Welpen vorsang: Du armer kleiner Kerl.

Das Licht der Öllampe flackerte, und Marcus überlegte, ob das Öl wohl bald aufgebraucht sein würde. Er sang nicht weiter, und wieder winselte der Welpe.

»Wenn du damit aufhörst, mache ich das Fenster auf«, sagte Marcus. »Draußen scheint der Mond.«

Der Welpe war ruhig. Marcus war so verblüfft, dass er auf halbem Weg zum Fenster stehenblieb und zum Bett zurückging.

»Du hast auf mich gehört«, sagte er und streichelte mit der Hand über das Fell.

Dieses Mal war die Hand weich und ohne Angst, und der Welpe rollte sich wie ein Ball zusammen, ruhig und voll Vertrauen.

Marcus blieb auf der Bettkante sitzen, seine Hand strich über den kleinen Tierkörper, und er spürte das Herz unter dem lockigen schwarzen Fell pochen. Er blickte auf den Hund und sah Seleme weit weg in der Erinnerung.

Dann begann er zu frieren und schlüpfte entschlossen ins Bett, zog mit sicherer Hand den Hund zu sich heran, drückte seine Nase in das Fell und schlief gleich darauf ein.

Im Morgengrauen, als die ersten Sonnenstrahlen durch die Sprossen der Fensterläden fielen, wachte er davon auf, daß ihn jemand ansah. Erstaunt blickte er hoch und schaute in zwei kohlschwarze Augen, die ihn beobachteten.

Er war nicht blind, er hat nur die Augen zugemacht, dachte der Junge.

Lange Zeit lagen sie da, das Kind und der Welpe, und sahen einander an.

Ein Augenblick voller Ewigkeit verrann, ehe der Hund mit einem zufriedenen Seufzer die Nase unter Marcus' Kinn drückte und einschlief.

Marcus war glücklich, und als Nadina kurz danach hereinkam, um ihn zu wecken, lag ein Licht über dem schmalen Jungengesicht.

»Anjalis, er wird überleben!«

»Ich habe es gewusst«, mehr sagte der Zauberer nicht.

Nadina zeigte stolz auf den Milchkrug, den sie zurechtgemacht hatte, und Anjalis war voller Bewunderung.

Kurz darauf hörte er Marcus singen: »Du armer kleiner Kerl, du armer kleiner Kerl …«

»Das ist aber ein trauriges Lied.«

»Es ist das einzige, das ich kann. Und er ist ja ein armer Kerl.«

»Jetzt nicht mehr«, lachte Anjalis.

Während der folgenden Tage versuchte Anjalis, über die Welpen zu reden, denen Marcus den Hals durchgeschnitten hatte. Der Junge wich nicht aus, er versuchte wahrheitsgetreu zu erklären, wie er dort auf der Schwelle zum Hundezwinger stand und das Messer auf dem Tisch liegen sah. »Ich habe dir doch gesagt, dass es irgendwie Spaß gemacht hat.«

»Aber hast du nicht darüber nachgedacht, dass sie lebendig waren …?«

»Nein, eigentlich habe ich mir nichts gedacht. Oder doch, mir fiel wieder ein, dass Cornelius gesagt hat, Hundewelpen sind rührend.«

Anjalis stutzte. Er erinnerte sich, wie der Junge nach dem Tod gefragt hatte.

»Du hast gedacht, für die, die rührend sind, wäre es das beste zu sterben?«

»Och, nein«, erwiderte Marcus, »ich habe nichts gedacht.«

Weiter kam Anjalis nicht, und das Rätsel wurde nicht gelöst. Er konnte nicht verstehen, dass Marcus angesichts dessen, was er getan hatte, nicht einmal Unbehagen verspürte.

»Wenn nun jemand käme und deinem Hund den Hals durchschneiden würde...?«

»Dann würde ich ihn erschlagen«, antwortete Marcus mit Überzeugung.

Eines Abends brachte ihm Anjalis ein neues Lied bei, ein aramäisches Wiegenlied, das von einem Karawanenführer handelte, der von Kamel zu Kamel ging und jedes fragte, weshalb es so betrübt dreinschaute. Sie alle hatten eine tragische Geschichte zu erzählen.

»Dein Lied ist aber noch trauriger«, sagte Marcus, der von schneller Auffassungsgabe war und den die fremdklingenden Worte begeisterten. »Mein Hund braucht über nichts traurig zu sein.«

Eines Tages kam bei Sonnenuntergang ein Bote von Flamen Dialis mit der Nachricht, Anjalis solle nach Rom kommen. Es war ein Offizier aus Flamens Leibwache, und Anjalis sah mit Befremden, wie Cornelius den Mann nahezu unterwürfig empfing, ihn zu Früchten einlud und ihm den ältesten Wein des Hauses anbot.

Als sie der Mann wieder verlassen hatte, sagte Cornelius: »Das war ein gutes Zeichen, Flamen hätte uns auch einen Sklaven mit dem Brief vorbeischicken können.«

Im Morgengrauen des folgenden Tages ritt Anjalis von der Villa aus hinab in die Wälder, wo die ersten Sonnenstrahlen auf den Waldboden fielen. Er hielt, wie er es immer getan hatte, auf dem Platz oberhalb der Campagna an und gab sich der Aussicht auf Rom hin, der Stadt, die unaufhaltsam über ihre Mauern hinauswuchs und sich entlang des Tiber bis nach Ostia und dem Meer hin ausdehnte.

Doch es war nicht die Stadt, die er bewunderte, sondern die großartigen Aquädukte, deren Mauerbögen sich bergabwärts in schnurgeraden Linien bis nach Rom hinzogen.

Er hatte ihre Namen behalten – Aqua Marcia, Aqua Tepula, die neue Aqua Julia und die älteste Aqua Appia. Allein schon Aqua Marcia leitete täglich beinahe 200 000 Tonnen Wasser bis nach Rom.

Anjalis versuchte sich vorzustellen, wie das Wasser dort oben unter dem Himmel dahinströmte, klares Wasser im Überfluss, auf dem Weg zu den Brunnen und Badehäusern der Stadt.

Doch ihm schwindelte bei dem Gedanken.

Er hatte die Pyramiden gesehen, diese abweisenden Kolosse, die über die Geheimnisse der Toten in Ägypten brüteten. Und den Parthenon, der zu Himmel, Gott und dem Licht aufstrebte.

Diese römischen Bauwerke hier waren nicht weniger eindrucksvoll, doch sie bargen keine Geheimnisse und sangen den Göttern keine Lobgesänge. Sie standen im Dienst des einfachen Lebens im Alltag der Menschen.

Als er die Via Appia entlang auf den Marstempel am Stadttor zuritt, empfand er tiefe Sympathie für die römische Denkungsart.

In Salvius' Haus auf dem Palatin saß Cornelia und spielte mit einer Sklavin ein Brettspiel, ein Spiel mit hohen Einsätzen. Das Mädchen wollte sich freikaufen, um sich mit dem Sohn eines Tuchfärbers zu vermählen, einer von den Syrern, die entlang der kleinen Gassen die Luft durch ihre Arbeit verpesteten.

Cornelia hatte den Mann und seinen übelriechenden Laden immer schon gehasst, und das steigerte die Spannung des Spiels noch. Der Einsatz war die Sklavin; verlor sie, würde sie an die Bordelle unten am Tiber verkauft, ein Leben, das selbst für die Jüngsten und Widerstandsfähigsten nicht von langer Dauer war.

Würde die Sklavin als Siegerin aus dem Spiel hervorgehen, bekäme sie ihre Freiheit wieder.

Cornelias Augen glänzten vor Erregung, die eingesunkenen Wangen hatten Farbe bekommen. Die Sklavin war von vornherein verurteilt, sie atmete schwer, ihr Denken ging langsam, und sie rechnete schlecht. Bei jeder verlorenen Partie erscholl Cornelias Lachen, und das Haus hielt den Atem an.

Als Anjalis in der Tür stand, blickte Cornelia irritiert auf. Ganz kurz nur begegnete sie seinem Blick und deutete seine Verwunderung als Verachtung.

»Ah ja«, sagte sie, »Cornelius Scipio hat mir mitteilen lassen, daß du heute Nacht hier schlafen sollst.«

Daraufhin ließ sie Ganymedes, den Hofmeister, rufen und befahl ihm, ohne Anjalis eines Blickes zu würdigen: »Lass dem Mann ein Bett bei den Kutschern in den Sklavenunterkünften herrichten.«

Ganymedes verbeugte sich; Anjalis sah gerade noch eine Spur Schadenfreude in seinen Augen, spürte aber auch seine eigene Wut. »Danke«, sagte er. »Ich suche mir ein Nachtquartier in der Stadt.«

Er machte auf dem Absatz kehrt und verließ das Haus. Als er sich bereits draußen im Atrium befand, vernahm er noch Ganymedes' ängstliche Stimme und Cornelias Schreie, hörte, wie das Brett umgeworfen wurde, und das Weinen der Sklavin.

Doch er ging ruhig weiter bis zum Tor.

Wegen des Gedränges in den Gassen kam er nur mühsam voran, das Pferd war an die Menschenmassen nicht gewohnt und scheute, und Anjalis musste absitzen und es den Abhang hinunterführen, vorbei an den lärmerfüllten Bauplätzen auf dem Forum rund um das Capitol und hinauf zum Hügel des Aventin. Dort fand er eine Herberge und im vierten Stock ein Zimmer zu einem Innenhof hinaus. Es war ein großes Zimmer, doch mit niedriger Decke, unordentlich und schmutzig, wie er bemerkte, als er die Waschschüssel mit Wasser füllte.

In der Weinstube neben den Verkaufsständen draußen auf der Straße bekam er eine einfache Mahlzeit – Brot, Fisch und Früchte. Und Wein. Lange blickte er auf das dunkelrote Getränk in dem Becher und wusste, dass diese seltsame Ruhe, die ihn erfasst hatte, mit dem Wein verschwinden würde. Also wartete er ab und beobachtete sich weiterhin.

Sein Stolz war grenzenlos. Er kannte ihn, trotzdem erstaunte es ihn, dass ihn die Beleidigung einer verrückten Frau in diesen lähmenden Zustand versetzen konnte.

Schließlich konnte er dem Wein nicht mehr widerstehen, und gleich darauf traf ihn das Gefühl mit voller Kraft, Kränkung. Ihm, Anjalis, Sohn der mächtigen Weisen aus der Wüste und von größerer Bildung als jeder andere in Rom, war ein Quartier in den Sklavenunterkünften dieses versoffenen Hauses zugewiesen worden!

Wut brannte in ihm.

Er trank nur so viel, dass er jederzeit fähig war, Abstand zu dem Gefühl zu wahren und zu merken, wie unangemessen es war. Als er auf der schwankenden Außentreppe zu seinem Zimmer hinaufstieg, sah er die Szene noch einmal vor sich – die erregte Cornelia und das gespenstisch bleiche Sklavenmädchen.

Worum ging es bei dem Spiel? Was ging in diesem Haus vor? Welche Botschaft steckte hinter dem Schweigen und den Augen Ganymedes', als er Anjalis zum Tor hereinließ?

Die Bosheit Roms, dachte er. Wie immer unbegreiflich.

Und im Traum erschien erneut Cornelias Gesicht, die glänzenden Augen und das befriedigte Lächeln, als das Sklavenmädchen seine unbeholfenen Züge auf dem Brett machte.

In dem Moment, als er aufwachte, wurde ihm klar, daß ihn Cornelias Lächeln an Marcus erinnerte; an den geheimnisvollen Zug um den Mund des Jungen, als er von den Welpen sprach, denen er den Hals durchgeschnitten hatte.

Nein.

Niemals zuvor hatte Anjalis so viel Mühe für sein Aussehen aufgewendet wie jetzt. Er wusch sich am ganzen Körper, rasierte sich gründlich und bürstete das blauschwarze Haar, bis es glänzte.

Dann legte er die elegante Samttunika um, die er in seinem Gepäck mit sich führte, und drapierte mit großer Sorgfalt den kurzen Umhang über den Schultern, am Rücken eng anliegend, so dass er vorn an Weite gewann und bei jeder Bewegung das schimmernde Lila des Seidenfutters zur Geltung kam.

Schließlich noch die schwere Goldkette.

Als er auf dem Weg zu Flamen Dialis' Palast an den Verkaufsständen vorüberging, bemerkte er zufrieden die Aufmerksamkeit, die er erregte.

Er hatte noch genügend Zeit, hielt am Fuße des Capitols an und sah zum Jupitertempel hinauf, der streng, beinahe abweisend, dalag. Rhythmisches Trommeln war in der Ferne zu hören, und Anjalis zögerte einen kurzen Moment, ehe er seinem Impuls folgend die steile Treppe hinaufstieg und in den Tempel ging.

Da er kein Aufsehen erregen wollte, blieb er innerhalb der Säulenreihen stehen und sah von seinem Platz im schützenden Dunkel aus die Priester, die sich in gemessenem Rhythmus unter dem gewaltigen Haupt des Gottes bewegten. Ein beinahe steifer Tanz, so langsam, dass die Bewegungen kaum wahrzunehmen waren. Die Trommler konnte er nicht sehen, seltsamerweise schienen ihre Klänge hier drinnen aus weiter Ferne zu kommen.

Anjalis lehnte sich gegen eine Säule und kreuzte die Arme über der Brust, während sich seine Augen langsam an die Dunkelheit gewöhnten. Wie überall in Rom drängten sich die Menschen, doch hier herrschte Stille unter der Menge, düster und feierlich. Die Trommeln verlangsamten den Takt, es gab nun lange Pausen zwischen den Schlägen, und die Bewegungen der Priester schienen in der Luft innezuhalten. Dennoch musste es eine Bewegung geben, denn die Szene veränderte sich – leise, unmerklich, wechselten die Männer ihre Stellungen und Plätze.

Als Anjalis das Antlitz Jupiters rot im Fackelschein leuchten sah, dachte er, es wäre durchaus möglich, dass Gott auch hier, in den düsteren römischen Gesichtszügen, anwesend sei.

Plötzlich beschleunigten die Trommeln ihren Takt, ihr Jubeln stieg zu den Gewölben empor, und Anjalis begab sich in seine eigene Mitte, wo alles Licht und Schweigen war.

Seine Andacht dauerte nur einen Augenblick – ein kurzer Tod und eine leichte Wiedergeburt –, doch lange genug, um ihn von Cornelias Schimpf und der Angst zu befreien, die der Traum in der Herberge hinterlassen hatte.

In der großen Halle in Flamen Dialis' Haus standen Männer in weißen Togen in Gruppen beieinander und unterhielten sich angeregt, wie das bei den Römern immer und überall üblich zu sein schien. Das Stimmengewirr verstummte bei Anjalis' Erscheinen, und gleich darauf wurde er an den Wartenden vorbei durch das große Atrium und die breite Marmortreppe hinaufgeführt.

In den Laubengängen dufteten die Rosen, und alles war noch immer so erschreckend schön, wie es Anjalis in Erinnerung behalten hatte. Er wurde in die Bibliothek geleitet, einen langgestreckten Raum, dessen Wände von breiten Regalen für Tausende von Buchrollen eingenommen wurden. Ein Sekretär erwartete ihn, verbeugte sich und bat ihn höflich, an dem Tisch in der Mitte des Raumes Platz zu nehmen.

Es war ein großer Tisch, der auf mächtigen Löwenfüßen stand.

Flamen ließe noch etwa eine Stunde auf sich warten, sagte der Mann. Doch Anjalis könne während der Wartezeit die Dokumente einsehen, die auf dem Tisch ausgebreitet lägen. Im übrigen hoffe Flamen, Anjalis würde später am Abend an dem Mahl teilnehmen.

Anjalis verbeugte sich. Der Sekretär verbeugte sich ebenfalls und verschwand, unverändert höflich, aber ohne Wärme.

Weit entfernt spielte jemand eine Melodie auf einer Harfe;

runde, volle Töne erreichten Anjalis, der einen Augenblick an Flaminica dachte, und der Gedanke tröstete ihn.

Dann öffnete er das erste Dokument, unterzeichnet von Augustus selbst und mit einem schweren kaiserlichen Siegel versehen. Bereits aus der Überschrift entnahm er, dass das Ziel erreicht war: Das Wort *Genehmigung* war in fein verzierten Buchstaben dort zu lesen.

Unter der Überschrift stand, dass dem Astrologen und Wissenschaftler Anjalis, Sohn des Balthasar, Bürger des Partherreiches, kaiserliche Unterstützung zugesagt werde, seine religiösen Studien in Rom zu betreiben. In der nächsten Zeile folgte eine Aufforderung an die Priester und andere freie römische Mitbürger, ihm in jeglicher Weise behilflich zu sein; ausgenommen seien die uralten kultischen Geheimnisse sowie Auskünfte, die dem Ansehen des Reiches schaden könnten.

Obwohl sich Anjalis eines positiven Bescheides ziemlich sicher gewesen war, verspürte er jetzt doch Erleichterung. Er fand, die erwähnten Einschränkungen seien annehmbar, obwohl er verstand, dass der Paragraph über den Schaden am Ansehen des Reiches beunruhigend weit auslegbar war.

Beinahe eine Drohung.

Er legte die Genehmigung zur Seite und begann das nächste Dokument zu lesen. Das Gefühl der Bedrohung nahm zu. Jeder Bericht, den er schrieb, sollte von Flamen Dialis gutgeheißen und kopiert werden, bevor er auf einem römischen Schiff nach Heliopolis weitergeleitet wurde.

Private Boten aus den ägyptischen Tempeln seien nicht zugelassen.

Die Worte waren eindeutig und massiv, an ihnen war ebensowenig zu rütteln wie an den Säulen der römischen Tempel. Anjalis fühlte sich plötzlich einsam, von den Wurzeln abgeschnitten.

Beinahe noch schlimmer war das Dokument, das davon handelte, wie er seine Studien zu betreiben habe, aufgestellt wie der

Stundenplan für einen Schuljungen. Er sollte zum Monatswechsel zwischen September und Oktober im Haus der Vestalinnen beginnen, um die Studien dann im Jupitertempel über die Priesterausbildung fortzusetzen. Die Voraussagen der Auguren dürften gedeutet werden, doch die uralte Kunst der Haruspices, aus den Eingeweiden der Opfertiere die Zukunft abzulesen, bliebe römisches Geheimnis.

Höhnisch verzog sich Anjalis' breiter Mund – danke, dachte er, ich bin nicht neugierig. Und gleich darauf: Wie wenig sie doch begriffen haben, alles nehmen sie so wörtlich.

Er las weiter, Dokument um Dokument; abgefasst in vollendetem Latein war seine Zukunft in den Schreiben festgelegt. Das hier war ein Plan mit schnurgeraden Richtlinien und genauem Ziel, wie der Verlauf der Aquädukte über die Campagna.

Doch dann lächelte er: Über Gedanken kann keiner verfügen.

Im Turm in der Wüste und im Tempel von Heliopolis war er für sein Gedächtnis geradezu berühmt.

Als Flamen den Raum betrat und Anjalis sich erhob, stand in den Augen immer noch das Lächeln, und Flamen sagte: »Wie ich sehe, bist du zufrieden.«

»Ich bin sehr dankbar«, erwiderte Anjalis. »Aber auch sehr erstaunt, denn so gut geplant und großartig, wie hier in den Dokumenten dargelegt, habe ich meinen Auftrag nie gesehen.«

Verwirrt sagte Flamen: »Dein griechischer Bericht war doch auch systematisch und voller Details.«

Anjalis nickte und war plötzlich unglaublich froh über all das, was der Bericht nicht enthalten hatte, froh über die bruchstückhaften Schilderungen der Orphiker und die Aussparung der Versammlungen jüdischer Glaubensgemeinschaften in den griechischen Städten.

Waren es Vorahnungen gewesen, genau diese Schwerpunkte in der Kopie, die er in Rom bei sich hatte, wegzulassen? Oder hatte ein freundlicher Gott bei ihrer Anfertigung seine Hände geführt?

»Darf ich fragen, was dich so erheitert?« fragte Flamen Dialis, und Anjalis' Antwort kam völlig aus der Luft gegriffen: »Ich dachte an Cornelius und wie sehr er sich über den Beistand des Kaisers freuen wird.«

Auch Flamen lächelte: »Ich möchte, dass du Cornelius meine Grüße überbringst. Sage ihm, dass ich und meine Familie nächsten Donnerstag bei ihm zu Mittag essen werden.«

Die Worte klangen eher wie eine Bekanntgabe, und Anjalis antwortete verwundert:

»Ich werde es ihm mitteilen.«

Vor dem Mahl wurde Anjalis einem Mann ohne Alter vorgestellt, mit rätselhaften, braunen Augen und einem Anflug von Lächeln in einem feingeschnittenen Gesicht. Sie erkannten einander augenblicklich wieder, ohne sich vorher je gesehen zu haben.

Mit großer Ruhe war der Blick des Mannes auf Anjalis gerichtet.

Er hieß Oannes, war Syrer, Philosoph und Astrologe. Als Flamen ging, um weitere Gäste zu begrüßen, sagte Anjalis auf aramäisch:

»Osiris?«

»Ja«, antwortete der Mann und deutete auf das Futter seiner Toga, eine kurze Geste, die auf seine Flöte hinweisen sollte.

Im selben Moment hörte Anjalis die Musik der großen Reise aus dem Sarkophag in Heliopolis. Nur wenige Töne, hell wie ein Gedenken an das Land, an das sich keiner erinnern kann.

Flamen stellte die nächsten Gäste vor, einen Griechen, der Anjalis' Bericht gelesen hatte und nicht genug Worte der Bewunderung dafür fand.

»Ein Meisterwerk«, sagte er und sprach lange über die intelligente Zusammenfassung und gelungene Beobachtung. Doch Anjalis hörte kaum zu, trotz seiner Freude über die Schmeichelei.

Er wollte weiterhin von Oannes' Ruhe umgeben sein. Flamen sah es und deutete lachend auf ihn:

»Unser syrischer Freund hat über das neue Zeitalter die gleichen Ansichten wie du.«

»Ich weiß«, sagte Anjalis, und gleichzeitig sah er die Warnung in Oannes' Augen.

»Ihr kennt euch?«

»Nein, wir sind uns bisher noch nie begegnet.«

Neue Gäste kamen an, unter ihnen Petronius, der junge Adlige, der Anjalis' Vorlesungen in Athen gehört und ihn nach Rom eingeladen hatte.

»Ich habe eben von der Unterstützung des Kaisers für deine Studien hier gehört«, sagte er. »Das ist sehr interessant, aber ich hoffe, du findest trotzdem noch Zeit für die versprochenen Vorlesungen.«

»Selbstverständlich.«

Schließlich kündigte der Hofmeister feierlich die Ankunft von Flamen Martialis an, und alles erhob sich. Der Oberpriester des Mars war ein magerer älterer Mann, dessen hohe Kopfbedeckung ihn komisch erscheinen ließ. Er war ebenso misstrauisch wie vordem Flamen Dialis, doch machte er weniger Anstalten, es zu verbergen.

»Ich habe dem Kaiser davon abgeraten, dir seine Unterstützung zu geben«, sagte er zu Anjalis, während sich die Gesellschaft zu Tisch begab.

»Darf ich fragen, weshalb?«

»Die Götter sind ein Maß für den Wert, den sich ein Volk selbst beimisst«, antwortete Flamen Martialis. »Daher muss ihr Kult ein Geheimnis bleiben.«

»Du meinst, die Götterbilder bestimmen den Wert der Menschen?«

Der Marspriester wich der Antwort aus, setzte aber unter Betonung jeder Silbe hinzu: »Roms Götter sind grausam, aus Gründen, die ein Fremder nie verstehen kann. Auch du wirst es missverstehen.«

Um den Tisch herum entstand Schweigen; Anjalis und der

Marspriester maßen einander mit den Augen. Schließlich sagte Anjalis: »Ein interessanter Gedanke, aber ich bezweifle, dass du Recht hast. Der gewöhnliche Grieche ist tatsächlich rechtschaffener und angenehmer als seine Götter.«

»Die Griechen haben ihre Wurzeln durchtrennt. Für sie gibt es keine Hoffnung.«

Der Priester hatte sein Urteil gefällt, und die Gesellschaft um den Tisch schien keinerlei Einwände dagegen erheben zu wollen.

Der griechische Gast lachte laut: »Ein befreites Volk also.«

Doch Anjalis entgegnete, ohne zu lachen: »Nach meiner bisherigen Beobachtung sind die Römer ernster als die Griechen. Also mag deine These über das Gottesbild und die Menschenwürde stimmen. Und in diesem Fall ...«

»Ja, und?« die Frage kam wie ein Peitschenhieb.

»In diesem Fall wird mein Auftrag leichter.«

»Weshalb?«

»Weil es dann eine gemeinsame Grundlage für Roms Religion und meine eigene gibt«, erwiderte Anjalis. »Auch wir Bewohner des Ostens nehmen Gott ernst.«

Zum ersten Mal beteiligte sich Oannes am Gespräch: »Ich bin der Ansicht, Rom hat ebenso wie Athen seine Wurzeln durchtrennt. Es gibt immer mehr Gottlose in der Hauptstadt der Welt.«

Um den Tisch wurde es still. Man hörte Flamen Dialis seufzen, schließlich sagte er: »Ich frage mich ständig, was mit einem Volk geschieht, das die oberste Macht leugnet.«

»Es verliert seinen Anstand«, erwiderte Flamen Martialis.

»Ja«, bestätigte Oannes. »Wenn die Frage nach dem Sinn des Lebens im großen Dunkel eines jeden Menschen beantwortet werden muss, wird er Opfer seiner eigenen Bosheit.«

Schwer fielen die Worte, und das Gespräch stockte. Nach einiger Zeit blickte Flamen Dialis von seinem Teller auf: »Also nimmt Gott im Schicksal Gestalt an. Ist es das, was du meinst, Anjalis?«

»Ja.« Anjalis war zurückhaltend und ernst, und Flamen Dialis sah, dass sogar der Marspriester beeindruckt war.

»Willst du das erklären?«

Anjalis suchte nach Worten, und seine Augen wandten sich hilfesuchend an Oannes.

»Die inneren Widersprüche des Menschen, sein Hass und seine Liebe, sein Hochmut und seine Bescheidenheit …«

»Sein Wille zum Guten und die Lust am Bösen«, ergänzte Oannes.

»Ja, all diese Gegensätze können im Einzelnen niemals auf ihrer eigenen Stufe vereint werden. Dazu bedarf es einer dritten Kraft, eines Gottes und der Mythen, die den Kampf darzustellen vermögen und das Böse ans Tageslicht bringen.«

»Wobei der Satan sichtbar wird«, sagte Oannes.

»Ja, und es möglich macht, Stellung zu beziehen.«

»Du meinst, wenn die Götter geleugnet werden, fehlt den Menschen das Werkzeug.« Flamen Dialis' Stimme klang herausfordernd.

»Davor fürchte ich mich«, sagte Anjalis. »Eigentlich handelt es sich immer um moralische Konflikte, und moralische Probleme sind metaphysischer Art, sie können mittels Vernunft nicht gelöst werden.«

Doch Petronius protestierte. »Ich verstehe euch nicht«, sagte er. »Wenn die Götter geleugnet werden, ist der Mensch doch endlich Herr in seinem eigenen Haus.«

Anjalis lachte über diesen unerschütterlichen Glauben.

»Die Sterne verschwinden ja nicht vom Himmel, wenn du dich weigerst, sie zu sehen«, erwiderte er. »Nicht zu reden von der glühenden Lava im Inneren des Vulkans.«

Alle lachten mit, doch es war kein heiteres Lachen.

Als die Früchte aufgetragen wurden, sagte Flamen Dialis: »Ich habe Oannes, den Astrologen des Kaisers, gebeten, heute abend hier zu sein, weil er mehr als du über das neue Zeitalter zu wissen scheint, Anjalis.«

Anjalis nickte und lächelte bei dem Gedanken, das müsste Oannes natürlich, ein Mann, der nach dem babylonischen Gott der Fische benannt war…

Der Syrer begann in leichtem Ton: »Wie Anjalis bereits erwähnt hat, ist die Erde soeben in das Zeitalter der Fische übergewechselt. Die Tiere der großen Tiefen machen nun den Versuch, an das helle Tageslicht zu gelangen.«

Trotz des Tones entstand um den Tisch eine feierliche Stille, sogar die Sklaven standen unbeweglich und warteten atemlos.

»Das bedeutet, das Namenlose erhält einen Namen und das Unbewusste wird bewusst, nimmt Gestalt an und wird sichtbar«, fuhr Oannes fort.

»Gott wird auf Erden geboren werden«, warf Flamen Dialis ein.

»Das weiß man nicht«, sagte Oannes. »Es kann beinhalten, dass Gott in jedem Menschen geboren wird, und nicht, dass Gott zum Menschen wird. Die Astrologen streiten sich darüber, wie die Zeichen gedeutet werden sollen. Mit Sicherheit wissen wir, dass nach dem Zusammentreffen des schwarzen Planeten mit den leuchtenden Himmelskörpern die Zeit reif ist. Doch das Zeitalter der Fische soll zweitausend Jahre andauern, und niemand weiß, wann sich das Wunder vollziehen wird.«

Die Spannung ließ nach, die Gäste atmeten erleichtert auf, und die Sklaven bewegten sich wieder um den Tisch.

»Die Juden glauben an Gottes Geburt als Messias«, sagte Flamen Martialis.

»Die Juden sind keine guten Astrologen«, erwiderte Oannes mit leichter, aber gut hörbarer Verachtung. »Und im übrigen wurde deren Messiastraum zu einem Politikum. Sie warten auf den Volkshelden, der das Königreich Davids wieder errichten soll.«

Für einen kurzen Moment traf sein Blick Anjalis.

Flamen Martialis wollte noch bei den Juden verweilen:

»Sie warten auf David, doch sie hassen Augustus und bekämpfen den Kaiserkult«, sagte er, und seine Stimme war voller Unmut, als er hinzufügte: »Und das, obwohl Augustus Jahve jeden Tag in Jerusalems Tempel zwei Tiere opfert.«

»Die Juden sind ein sachliches Volk«, entgegnete Oannes.

»Das ist eine merkwürdige Äußerung. Aus römischer Sicht sind sie Fanatiker.«

»Ich meine nur, dass ihr Messiastraum sehr praktisch ist«, fügte Oannes hinzu.

»Und was haltet ihr beide von dem Kaiserkult?« Die Stimme des Marspriesters klang frostig.

»Jede Gottesdarstellung beinhaltet einen neuen Aspekt des göttlichen Mysteriums«, warf Anjalis freimütig ein.

»Außerdem stellt jeder König ein Sinnbild für den kosmischen Menschen dar«, sagte Oannes abschließend.

Stockdunkle Nacht lag über Rom, als sie sich bei ihrem Gastgeber bedankten und aufbrachen. Anjalis bat, Flaminica seine Grüße zu übermitteln, und Flamen Dialis erinnerte noch einmal an die Nachricht für Cornelius.

Oannes und Anjalis gingen zusammen die breite Marmortreppe hinunter, und Oannes sagte in einem Ton, so leicht wie der Sommerwind: »Wir werden beschattet und abgehört.«

Er äußerte die Worte auf ägyptisch, und sie klangen wie ein freundlicher Gruß. Bevor sie sich vor dem Tor trennten, wagte Anjalis dennoch eine Frage: »Wann werde ich dich wiedersehen?«

»Ich bleibe noch eine Weile in Rom. Wir sehen uns wieder.« Und gleich darauf schluckte ihn das Dunkel der Gasse.

Niemals zuvor hatte sich Anjalis in Rom so sicher gefühlt wie jetzt, als er vom Capitol hinunter zu seiner Herberge ging. Sobald er seinen Kopf auf das Kissen gelegt hatte, schlief er ein.

Im Morgengrauen wurde er jedoch durch die Schreie eines Mädchens im Stockwerk über ihm geweckt. Das Haus war hellhörig, als wäre es aus Strohmatten erbaut, und für einen Augenblick dachte er an all die Geschichten, die er über die Brände gehört hatte, die in den Innenhöfen Roms wüteten und die Bewohner unter herabstürzenden Ziegeln begruben.

Gleich darauf sah er die Blutflecken auf seinem Kopfkissen und erinnerte sich an seine Träume im Morgengrauen, in denen er wie eine besorgte jüdische Mutter an seinem Haar und seinen Kleidern herumgezerrt hatte.

Sein langes Haar war voller Läuse.

Er wusch sich hastig und schlüpfte eilig in seine Reisekleider, bezahlte den schlaftrunkenen Wirt und holte sein Pferd. Hinauf zur Via Appia und auf dem kürzesten Weg hinaus aus der Stadt, nach Hause zu Nadina, die sicherlich ein Hausmittel gegen das Ungeziefer hatte.

Um ihn herum erwachte die große Stadt in einem Gestank, der noch schlimmer war als in seinen Erinnerungen. Durch die Gassen zogen die Stadtreiniger, überall schlichen die Bewohner der Mietshäuser mit ihren Nachttöpfen zu den Latrinenhaufen. Unmittelbar im Bereich des Stadttores befand sich einer der größten – Abfall und Exkremente flossen in Strömen. Plötzlich hielt Anjalis das Pferd an und glitt aus dem Sattel, wie versteinert vor Schreck.

Mitten in der Latrine schrie ein Kind, ein neugeborenes und gesundes Mädchen.

Doch das Schreien rettete es nicht, binnen weniger Augenblicke rutschte es in die Kloake, und Anjalis konnte sehen, wie ihr die Kotbrühe langsam in Augen, Mund und Nase drang.

Dann war das Kind verschwunden.

Anjalis war sehr bleich, als er sich langsam abwandte und merkte, dass er beobachtet wurde. Ein hochmütiger Römer in weißer Toga stand neben ihm, einen eigentümlichen Zug von Lust und Neugier in dem hübschen Gesicht.

»Jeder setzt hier seine unerwünschten Kinder aus«, sagte er.

»Aber weshalb tötet man sie nicht, bevor …?«

»Manchmal geschieht es, dass sich im Morgengrauen eine kinderlose Matrone hier ein Kleines holt.«

Anjalis versuchte die Versteinerung von sich abzuschütteln.

»Nimm es nicht so ernst«, sagte der Mann. »Viele in Rom wünschten, sie könnten ihr Leben rückgängig machen.«

Anjalis nickte und sagte, auch für sich selbst überraschend: »Eigentlich habe ich an etwas ganz anderes gedacht. An vier Welpen, denen ein Junge die Kehlen durchgeschnitten hat.«

Der Mann sah erstaunt aus, dann sagte er in bedauerndem Ton: »Die Menschen sind grausam, nicht wahr?«

Es dauerte nicht lange und Anjalis lag in der Villa in den Albaner Bergen in einem heißen Bad, wobei Nadina seine Kopfhaut mit beißendem Weinessig einrieb.

»Wie ist es dir ergangen?«

»Ich habe in einer schmutzigen Herberge auf dem Aventinhügel übernachtet.«

»Warum denn das?«

»Cornelia bot mir ein Bett bei den Kutschern in den Sklavenunterkünften an. Und dieses Angebot anzunehmen war ich zu stolz«, erwiderte Anjalis und lachte, als er hinzufügte:

»Für manche folgt die Strafe Gottes auf dem Fuß.«

Nadina war so aufgebracht, dass sie beinahe den ganzen Essigkrug auf einmal über Anjalis' Kopf geleert hätte.

»Beim Jupiter«, schrie sie. »Anjalis, ich bitte dich, erzähle das nicht Cornelius!«

»Warum nicht?«

Nadina weinte beinahe: »Er würde Cornelia kurz und klein schlagen, wenn er es erführe.«

In der Bibliothek des großen Hauses saß Cornelius und las Anjalis' sämtliche Genehmigungen. Als der Chaldäer an die Tür klopfte, lächelte er, als wäre es sein Sieg.

»Ich gratuliere«, sagte er.

»Danke, auch für die Hilfe«, antwortete Anjalis herzlich. »Ich werde heute Abend mehr erzählen, denn erst einmal muss ich mich jetzt um Marcus kümmern. Ich komme nur, um eine Nachricht von Flamen Dialis auszurichten. Er lässt mitteilen, dass er und seine Familie nächsten Donnerstag zum Essen hierher kommen.«

Anjalis hatte nicht gewusst, wieviel die Nachricht für Cornelius bedeutete. Der Römer wuchs vor seinen Augen, und seine Stimme war jung und kraftvoll, als er sagte: »Danke, Anjalis.« Daraufhin erhob er sich und ging zum Altar mit den alten Hausgöttern der Scipionen.

Marcus schlief mit dem Welpen im Arm, und der Hund gab dem Jungen von seiner überströmenden Lebenslust ab.

An diesem Morgen wachte der Junge als erster auf, rüttelte den Welpen und flüsterte: »Wach auf, Anco. Heute fahren wir ans Meer, zu Eneides.« Dabei hob er das lange Hundeohr hoch, damit ihn der Welpe auch ganz sicher hörte und verstand.

»Das ist mein Bruder, verstehst du? Er weiß noch gar nichts.

Er weiß noch nicht, dass ich sehen kann.

Und dass ich kämpfen kann. Dass ich schon beinahe lesen kann und dass ich einen Hund habe.

Er wird neidisch sein, Anco, aber wir müssen lieb zu ihm sein und dürfen ihn nicht ärgern.

Aber zuerst werde ich ihm eine runterhauen. Und du darfst ihn beißen, aber nur ein bisschen. In den Fuß. Verstehst du?«

Verschlafen öffnete Anco die funkelnden, kohlschwarzen Augen und leckte zustimmend über Marcus' Gesicht.

Im nächsten Moment war der Junge aus dem Bett und fegte durchs Haus.

»Nadina, steh auf, wir müssen jetzt fahren!«

»Anjalis, wach auf, so wach doch schon auf!«

Der Hund bellte wie verrückt, als er und Marcus über den Hof liefen.

»Cornelius, Großvater, wach auf, wir müssen los!«

Alle im Haus kamen auf die Beine, weit früher als geplant, und noch war die Sonne nicht richtig aufgegangen, da rollte schon der große Wagen den Berg hinunter, in Richtung Meer.

Zwei Tage zuvor waren Flamen Dialis und dessen ganze Familie zu Besuch dagewesen, und alles war gut verlaufen, besser als Anjalis es zu hoffen gewagt hatte. Verblüfft hatte er mitangesehen, wie das ganze Haus auf den Kopf gestellt wurde, kostbare Stoffe und merkwürdige Bronzestatuen aus bisher ungekannten Kisten hervorgeholt, Rosen geschnitten und Spiegel geputzt wurden; wie das gesamte Haus wie für ein großartiges Fest geschmückt worden war.

Der Gästeflügel war bis in den kleinsten Winkel geputzt worden, obwohl es sich nur um eine einzige Übernachtung handelte.

Flamen durfte nicht länger als eine Nacht von Rom fernbleiben, hatte Nadina erklärt. Zudem sollte er auf keinen Fall etwas von den Arbeiten bemerken, daher musste vor seiner Ankunft alles fertig sein – der Garten gesäubert, die Arkadengänge geharkt, und das Essen vorbereitet sein.

Als sie eine Pause einlegte, um Atem zu schöpfen, konnte Anjalis endlich eine Frage dazwischenwerfen:

»Warum soll er niemanden bei der Arbeit sehen?«

Einen Moment lang hatte sie mitten in ihrem geschäftigen Treiben innegehalten und ernsthaft versucht, seine Frage zu beantworten: »Roms Schicksal und das von Flamen Dialis sind miteinander verknüpft.«

»Aha«, erwiderte Anjalis.

Cornelius hatte mit dem Koch, den man aus dem Haus in Rom hatte kommen lassen, lange zusammengesessen und sich mit ihm beraten.

»Was wurde bei Flamens Mahl gereicht?« fragte er Anjalis.

»Von allem und viel zu viel.«

»Was meinst du mit von allem?«

Anjalis hatte versucht, sich zu erinnern: Eier, geräucherten Fisch, gebratenen Fisch mit säuerlicher Soße, Fisch in Gelee, mindestens drei verschiedene Fleischgerichte, die Anjalis geschickt ausgelassen hatte, Kuchen und Früchte. Dem Magen hat das nicht gut getan, hatte er gesagt.

Darüber hatten Cornelius und der Koch die Nase gerümpft.

Da hatte Anjalis verstanden, dass Flamen Dialis' Besuch ein Zeichen dafür war, dass Rom Lucius Cornelius Scipio wieder in Gnaden aufgenommen und ihm seine Sünden vergeben hatte, welche es auch immer gewesen sein mochten.

Von dem Besuch war Anjalis der Spaziergang mit Flaminica und den Kindern am besten in Erinnerung geblieben, drei Töchtern, die erstaunlich freimütig und ebenso wild wie Marcus und der Welpe waren. Überall waren sie herumgetollt, ungeachtet der Erwachsenen, die genügend Zeit hatten, sich ungestört zu unterhalten.

Die Gesellschaft hatte am Teich Halt gemacht, und Anjalis hatte von der Seerose erzählt und von Marcus' gesamter Entwicklung während des Sommers. Flaminica hatte sehr aufmerksam zugehört und viele Fragen gestellt, wohldurchdachte Fragen, die Anjalis ermöglichten, die Zusammenhänge zu erkennen und sicherer zu werden.

Sie hatte Verständnis für seine Besorgnis wegen des Vorfalles mit den getöteten Welpen gezeigt. Doch zum Schluss hatte sie geäußert:

»Grausamkeit steckt in jedem von uns, auch in dir, Anjalis.«

»Wenn das so ist, dann gebe ich es nicht gerne zu.«

Einmal hatte sie versucht, ihm Cornelia näher zu beschreiben, musste jedoch aufgeben.

»Ich habe sie nie verstanden. Als wir Kinder waren, hat sie mir oft leid getan. Ich erinnere mich, dass ich sie nach dem Selbstmord ihrer Mutter aufgesucht habe, aber das Mädchen hat gelacht, tagelang hat es gelacht, Anjalis.«

Doch nun waren sie auf dem Weg durch Latiums Laubwälder, und noch bevor die Sonne am höchsten stand, konnten sie etwas von dem Salz in der Luft spüren, Salz und dazu einen feinen Duft von Pinien, der vom Wald am Strand herüberwehte.

Dann, nahezu dramatisch, veränderte der Wald seinen Charakter – er wechselte von schimmerndem Laubwald in die feierlichen Pinien am Tyrrhenischen Meer. Stolz und ernst standen sie dort, und wenn es einem Laubbaum hin und wieder geglückt war, sich zwischen die Pinien zu drängen, hatte auch er einen schlankeren Stamm und dunkleres Laub.

Der Boden war übersät mit purpurroten Alpenveilchen.

Bald hatten sie die Küste erreicht. Weiß wie die Wolken war der Sand und das Meer blauer als der Himmel; in endloser Wiederholung spülte die Brandung über den Strand, um in tosender Gischt zusammenzufallen.

Anjalis spürte die gleiche Freude wie vormals in Tyrus, wo er der blauen Weite zum ersten Mal begegnet war. Sie machten Rast, aßen den mitgebrachten Proviant, und der Welpe und der Junge badeten, verschwanden in der Dünung und ließen sich wie Treibgut an den Strand zurückwerfen.

»Anjalis«, rief er, »siehst du, wie die Erde atmet?«

Nadina lachte ihm zu, doch Anjalis nickte ernst:

»Ja, ich sehe es.«

»Es war hier, wo Aeneas mit seinem Schiff an Land gegangen ist«, sagte Cornelius und zitierte aus dem Gedächtnis das schöne Gedicht vom Land, das sich Trojas Helden geöffnet hatte, dem Land, das die Götter erwählt hatten und aus dem Rom entstehen und die Welt besiegen würde.

Die Stimme des alten Römers klang feierlich und ernst, zweifellos kamen die Worte direkt aus seinem Herzen.

Doch Marcus sagte: »Das verstehe ich nicht. Kannst du es nicht mit einfachen Worten sagen?«

Aber das konnte Cornelius nicht, verlegen schwieg er, und Anjalis übernahm die Aufgabe. Also erfuhr Marcus im Getöse der Brandung von den Seefahrten der besiegten Helden, von den zwanzig Schiffen, die gemäß Gottes Beschluss und nach unzähligen Abenteuern genau hier an diesem Ort neues Land gefunden hatten.

»Aber gab es hier keine Menschen?«

»Doch.« Anjalis erzählte von den Latinern, die unter dem Schutz der Göttin Juno standen, und wie sie sich nach langen Kämpfen dem Allvater beugen und in ihrem Reich den Trojanern Platz machen mussten. Eine Bedingung stellte die Göttin: Das neue Volk sollte die Sprache der alten Bewohner beibehalten, das klangvolle Latein.

»Was für ein Glück«, sagte Marcus, »ich hätte ja niemals Trojanisch verstanden.«

»Doch doch«, entgegnete Anjalis. »Die Trojaner sprachen Griechisch. Aber ich bin deiner Meinung, es war ein Glück, denn Latein ist eine wundervolle Sprache.«

»Die schönste der Welt«, sagte Marcus. »Aber wie ist es weitergegangen?«

Anjalis fuhr fort, in großartigen Bildern nahm die Sage in all ihrer gewaltigen Kraft Gestalt an. Der Junge war außer Atem, und Cornelius ergriffen.

»Ich wusste nicht, dass du dir Vergil zu Herzen genommen hast«, sagte er, als sie die Reise am windumtosten Strand nach Süden hin fortsetzten.

»Vielleicht gibt es für mich ja doch noch Hoffnung«, erwiderte Anjalis und lachte. »Aber ein richtiger Römer wird nie aus mir werden, ich komme nie aus dem Staunen heraus.«

»Wie so oft verstehe ich dich nicht«, sagte Cornelius.

Er dachte an das Gespräch ein paar Tage vor der Abreise, als ihn Nadina aufgesucht hatte, nachdem der letzte Bittsteller gegangen war. Sie kam, um ihm zu erzählen, Marcus könne lesen.

»Das ist nicht möglich«, hatte Cornelius gesagt.

»Aber komm und höre selbst.«

Er hatte sich in Anjalis' Bibliothek geschlichen und dort den Jungen gemeinsam mit dem Welpen auf dem Boden sitzen sehen. Aus großen Buchstaben, die er selbst gemalt hatte, legte er ein Puzzle und formte Wort für Wort:

BALD BEIST ANCO (ich habe zu wenige A, Anjalis!) JLIS IN DEN FUS.

Anjalis hatte nicht einmal von seiner Arbeit aufgesehen und lediglich gesagt: »Aber dann mache dir neue, Marcus.«

Dann erst hatten beide Cornelius bemerkt.

»Willst du dich nicht setzen?«

Bedrückt hatte Cornelius Platz genommen, er musste nachdenken. Erinnerungen aus seiner eigenen Schulzeit stiegen in ihm hoch: wie ihm die Buchstaben in den Kopf gehämmert wurden von einem Lehrer, der so erregt war wie ein Centurio im Kampf und ebenso eifrig schlug, nur mit einem Rohrstock anstelle eines Schwertes. Er erinnerte sich deutlich, wie unfassbar schwer es zu verstehen war, vom Laut zum Zeichen überzugehen und das gesprochene Wort mit der Schrift zu verbinden.

»Anjalis«, hatte er gesagt, »man kann einem Kind schlecht das Lesen im Spiel beibringen.«

»Ich finde, das klappt ausgezeichnet«, hatte Anjalis mit seinem lauten Lachen erwidert. »Hast du jemals darüber nachgedacht, wie Kinder sprechen lernen, Cornelius?«

»Aber das ist doch etwas ganz anderes, das kommt von selbst. Sie ahmen nach.«

»Ja, richtig.«

Auf dem Weg nach draußen hatte Cornelius Marcus rufen hören: »Jetzt habe ich fünf A, aber sie sind lange nicht so schön!«

Auf dem Hof war er bei Nadina stehengeblieben, die unter der großen Linde saß und nähte.

»Er ist wohl doch ein Zauberer, Nadina.«

»Nein«, hatte Nadina geantwortet. »Viel merkwürdiger, er ist ein Mensch, der die Dinge vereinfacht.«

Vielleicht ist das die simple Wahrheit über den Chaldäer, dachte Cornelius, als sie an den eleganten Sommervillen von Antium vorbei und auf die Landzunge hinausfuhren, wo sich Salvius' Haus gegen das blaue Meer abhob.

Kaum hatte der Wagen angehalten, war Marcus schon ausgestiegen, fiel auf die Nase, war aber schnell wieder auf den Beinen und rannte über den sonnenverbrannten Rasen.

»Eneides, Eneides . . . !«

Der Ruf übertönte die Möwen, die erstaunt auf den kleinen Jungen hinunterblickten, der mit dem Hund auf den Fersen davonlief.

Plötzlich erschien Eneides, der ebenfalls rannte so schnell wie er konnte, und mitten auf dem Hügel trafen sie aufeinander, verknäulten sich zu einem einzigen Körper mit vier Beinen und ebenso vielen Armen. Unter wildem Geheul rollten sie den Abhang hinab, kämpften wie die Verrückten, die Arme gingen wie Trommelstöcke, und ihre Rufe stiegen zum Himmel.

Schließlich lag Eneides auf dem Rücken, besiegt, und Marcus saß rittlings über ihm. Er lachte, dass ihm die Tränen liefen, und Marcus schrie: »Ich kann sehen, und ich kann kämpfen. Und ich habe einen Hund!«

»Ich seh' es!« schrie Eneides zurück, und im nächsten Moment biss ihn Anco in den Fuß, während Marcus schrie: »Hör auf, Anco, hör auf! Das ist mein Bruder, kannst du nicht sehen, dass er mein Bruder ist?«

Der Hund krümmte sich zusammen, den Schwanz zwischen den Beinen, und Eneides nahm ihn auf den Arm und strich ihm mit sanfter Hand über das Fell.

Anjalis hatte die ganze Szene sehr aufmerksam beobachtet. Er hatte gesehen, dass sich Eneides von dem kleineren Jungen hatte besiegen lassen, dass es für ihn ein Leichtes gewesen wäre, Marcus zu Boden zu werfen. Und er hatte die Hände gesehen, die den Welpen aufgenommen und gestreichelt hatten, die Zärtlichkeit in der Bewegung.

Als Eneides Anjalis begrüßte, sagte er: »Ich habe viel von dir geträumt.« Anjalis nickte: »Wir beide haben uns etwas zu schnell voneinander getrennt.« Und dann so leise, dass es nur Eneides hören konnte: »Es war schade, ich wusste nicht, dass ich einen Verbündeten hatte.«

Der Junge begriff augenblicklich. »Aber mit ihm ist jetzt alles gut?«, flüsterte er zurück.

»Beinahe, aber er ist sehr empfindlich.«

»Das ist er immer schon gewesen.«

Gleich darauf war er mit Marcus auf dem Weg zum Meer verschwunden.

»Das Wasser ist warm, Marcus.«

»Ich weiß, ich habe schon gebadet.«

»Er wirkt älter als sieben Jahre«, sagte Anjalis zu Nadina, als sie zum Haus hinaufgingen, wo Salvius sie erwartete.

»Ja«, bestätigte sie, »er war schon immer etwas frühreif. Und ein erstaunliches Kind, auf eine wunderliche Weise liebenswert.«

»Er ist vom Schicksal reich beschenkt worden«, sagte Cornelius, der dem Gespräch zugehört und ebenfalls bemerkt hatte, dass sich Eneides bei dem Ringkampf freiwillig hatte besiegen lassen.

Bereits vor einem Monat hatten sie gehört, dass Salvius' Schwester zu ihrem Bruder gezogen war, um sich Eneides und dem Haushalt zu widmen. Sie war erst vor kurzem Witwe geworden, und ihre erwachsenen Kinder wohnten an verschiedenen Orten draußen in der Provinz. Jetzt begrüßten sie sie, eine kleine, etwas rundliche Frau mittleren Alters mit energischen Zügen, das Haar im Nacken durch einen Knoten zusammengehalten. Anjalis fiel sofort jene Ruhe an ihr auf, die sich Menschen erst erkämpfen müssen, bemerkte aber auch den Kummer in den fein gezeichneten Falten um die Augen. Doch ihr Lächeln war warm und ihr Willkommensgruß voller Würde, als Salvius sie vorstellte.

Er selbst war nüchterner und zurückhaltender, als ihn Cornelius jemals angetroffen hatte.

Seine Schwester sah Anjalis lange an. »Verzeih mir meine Neugier«, sagte sie, »aber Eneides redet die ganze Zeit von dir, und ich habe mir so viele Bilder gemacht.«

»Das klingt schlimm«, antwortete Anjalis. »Bilder stimmen so selten mit der Wirklichkeit überein.«

»Diesmal tun sie es«, sagte Salvia und lachte.

Sie wies ihnen ihr Quartier im Obergeschoss zu, einfache und sehr saubere Zimmer mit Aussicht auf das Meer. Sie wuschen sich den Staub der Reise ab, wechselten die Kleidung und gingen dann auf die Terrasse, wo ihnen Früchte und erfrischende Getränke gereicht wurden.

Kein Wein, dachte Cornelius.

»In einigen Stunden gibt es Essen«, sagte Salvia, während Anjalis sich entschuldigte und hinauf in sein Zimmer ging, wo er sich der Länge nach auf das Bett warf.

Lange lag er so und sah ein golden gebräuntes Jungengesicht mit wachen, eindringlich blauen Augen vor sich. Nun wird alles einfacher werden, dachte er.

Bisher war alles so viel schwerer gekommen, als er es sich jemals vorgestellt hatte. Immer wieder kehrte er zu dem Bild zurück, wie die schmalen Jungenhände den Welpen gestreichelt hatten.

Das Licht im Zimmer färbte sich rot. Anjalis erhob sich und sah zu, wie die Sonne im Meer unterging. Immer dann, wenn ihn die westlichen Länder mit ihrer Schönheit überraschten, verzehrte sich sein Herz vor Heimweh.

Da hörte er vom Vorhof her Eneides rufen: »Anjalis, Anjalis!«

Er warf den Mantel über die Schultern und lief eilig die Treppe hinunter auf den Jungen zu.

»Marcus traut sich nicht hineinzugehen.«

Erst in diesem Augenblick erinnerte sich Anjalis an etwas, das er gesehen hatte, ohne es bewusst wahrgenommen zu haben: Marcus hatte Salvius nicht begrüßt.

Der Junge stand unten am Hügel, klein und völlig in sich gekehrt. Neben ihm war Anco, ebenso unglücklich.

»Komm, wir gehen ein Stück.«

Wieder drückte die kleine Gestalt diese Hoffnungslosigkeit aus, die Schultern hingen nach vorn, der Rücken war gekrümmt. Langsam liefen sie den Strand entlang in Richtung Norden.

Eneides war zögernd zurückgeblieben, doch Anjalis sagte: »Komm du auch mit, Eneides.«

Schnell brach die Dunkelheit herein, und sie erreichten einen Felsen, der am flachen Strand überraschend aus dem Wasser ragte. Anjalis ließ sich nieder, einen Arm um jeden Jungen gelegt.

»Erzähle mir von ihr«, sagte er.

Da fing Eneides an zu weinen, ein stilles, hoffnungsloses Weinen, das Marcus aus seiner Versteinerung weckte. Er holte tief Luft und sagte: »Seleme konnte mit den Vögeln sprechen.«

»Ja«, Eneides schluckte und erzählte unter Schniefen: »Jeden Morgen stand sie hier auf dem Felsen, und dann kamen sie angeflogen, verstehst du, all die großen Meeresvögel kamen und setzten sich zu ihr.«

»Sie war so hübsch, Anjalis. Ebenso hübsch wie Eneides.«

»Das verstehe ich«, sagte Anjalis, »und außerdem hatte sie liebevolle Hände.«

»Ja, aber wieso kannst du das wissen?«

Eneides war so erstaunt, dass er zu weinen aufhörte. Sie hörten das Rauschen der schweren Brandung und das Spiel des Abendwindes in den Pinien.

»Salvius war böse zu ihr«, sagte Marcus plötzlich.

»Das glaube ich auch.«

»Sie hat sich nichts daraus gemacht«, sagte Eneides. »Nur uns und die Vögel hat sie gemocht.«

»Am meisten mochte sie dich.« In Marcus' Stimme war keine Gehässigkeit, es war lediglich eine Feststellung. Dennoch wollte Eneides trösten: »Sie hat auch dich gemocht, Marcus.«

Anjalis sagte ganz ruhig: »Aber dich hat sie geliebt, Eneides.«

»Ja.« Marcus' Stimme war dünn und klein.

Dann schmiegte er sich in Anjalis' Arme, und endlich flossen die Tränen, doch sein Weinen war nicht einmal in der Stille zwischen den anbrandenden Wellen zu hören.

»Willst du ihn denn nicht trösten?« Eneides war aufgebracht.

»Nein.«

»Das Leben ist lang«, sagte Eneides zögernd. »Und man darf sich nicht vergraben, das hat mir jedenfalls Salvius beigebracht.«

Er konnte den Zauberer im Dunkeln lächeln sehen.

»Und dann vergisst du es?«

Die Stimme war ernster als die Worte, und Eneides seufzte und sagte: »Zumindest … für eine Zeit lang. Deshalb wird es auch so schlimm, wenn es zurückkommt, wie vorhin, als Marcus …«

Die Stimme brach ab, und Anjalis sagte: »Weine, mein Junge.«

Lange Zeit saßen die drei am Strand, und auch Eneides lernte, dass es keinen Trost im Leben gibt.

Schließlich holte Anjalis seine Flöte hervor: »Siehst du, wie der Mond dort über dem Wald aufgeht, Marcus? Es ist fast Neumond – so, wie es die Flöte haben will.«

Und er spielte noch einmal die alte Melodie, die die Menschen durch den silbern schimmernden Wald zur Wüste hin führt, wo alles ausgelöscht und erträglich ist.

Marcus' kleine, schweißnasse Faust lag in Anjalis' Hand, als sie endlich über die Schwelle ins Haus traten.

»Hier sieht es anders aus«, stellte er fest.

»Ja, ich habe einiges umbauen lassen«, sagte Salvia, die Augen im Kopf hatte und verstand.

»Jetzt wascht euch schnell, denn das Essen wartet schon.«

In ihrer Stimme war kein Vorwurf, doch Anjalis begriff, dass sie viel zu spät zu Tisch kamen, und bat um Entschuldigung.

»Wir sind am Strand sitzen geblieben, um über Seleme zu reden«, sagte er.

»Das war verdammt unangebracht«, rief Salvius, der nun nicht mehr nüchtern war. »Und du willst der Lehrer meines Sohnes sein …«

Doch Cornelius brachte ihn mit einer Handbewegung zum Schweigen.

»Anjalis entscheidet allein, wie und wann die beiden Jungen hier lernen werden; falls er Eneides als Schüler akzeptiert.«

»Ach bitte, Anjalis.« Eneides schnappte nach Luft.

Der Chaldäer lächelte den Jungen breit an. »Aber das ist doch selbstverständlich, Eneides.«

»Und ich soll wie immer nichts zu sagen haben«, protestierte Salvius.

»Nein«, kam als Antwort die simple Feststellung seiner Schwester.

Schweigen machte sich am Tisch breit, doch nur für einen Moment, denn Salvius musste die Frage loswerden: »Was habt ihr über Seleme gesagt?«

»Ach, wir haben davon geredet, wie hübsch sie war und wie gutherzig. Und Eneides erzählte, dass sie mit den Vögeln sprechen konnte«, erwiderte Anjalis.

Da sah Marcus, dass auch Salvius betrübt war.

Das half dem Jungen über die Angst hinweg.

Sie aßen frisch gefangenen gebackenen Fisch, und Marcus sagte: »Das war mächtig gut, kann ich noch mehr bekommen?«

Als die Jungen in ihren Betten lagen, in dem alten Kinderzimmer am Ostgiebel des Hauses, und Anco wie ein Verrückter zwischen beiden hin und her rannte, um sich dann schließlich wie gewohnt bei Marcus niederzulassen, sagte Eneides:

»Seleme hat mich am meisten geliebt, und dich hat Anjalis am liebsten.«

Marcus fühlte, wie sich das Glück in seiner Brust niederließ und dann langsam im ganzen Körper breit machte.

»Ja«, flüsterte er.

»Das ist nur gerecht«, sagte Eneides, und dann schliefen beide ein, müde von den Ereignissen des Tages.

In der grauen Stunde kurz vor Tagesanbruch träumte Anjalis den uralten Traum des Ikaros vom Flug zur Sonne, hin zu dem Licht, dem sich kein Sterblicher nähern darf.

Anjalis aber flog dennoch auf kräftigen Schwingen mitten in die blendende Helle und weiter mit offenen Augen auf das Verderben zu. Der Schmerz raubte ihm den Atem, als die Hitze das Wachs der Flügel schmelzen ließ und Haut und Augen versengte, und er fiel hinab in die schwindelnde Tiefe, der Erde entgegen, wo die Dunkelheit über den Bergen herrschte.

Seine Furcht war ebenso groß wie der Weltenraum, doch der Schrei des Adlers, dessen Echo von den Felsen zurückgeworfen wurde, weckte ihn – jedesmal nur Augenblicke, bevor er an den Felsen zerschmettert werden würde.

Nacht für Nacht kehrte der Traum wieder, und er erwachte immer beim ersten Tageslicht, das grau und ohne Hoffnung war. Dann setzte er sich im Bett auf, kalter Schweiß lief ihm über den Körper, während er die flackernde Öllampe entzündete. Dabei gelang es ihm, die Bilder wieder hervorzuholen, die zu deuten ihm nicht schwer fiel.

Doch er fand darin keine Befreiung.

Es war sein vierter Winter in Rom, und die Alpträume setzten ihm zu.

Und hartnäckig wiederholte sich ein weiterer Traum: Er war ein Kind in einer unschuldigen Welt am Strand des Tiber, als plötzlich Flammen aus seinem Haar schlugen. Das Feuer erfasste alles, was auf seinem Weg lag, und alle flüchteten vor ihm, dem

Kind, das in seiner Pein vergeblich um Hilfe rief. Kurz darauf schlugen die Flammen auch aus seinen Augen, die vom Feuer verzehrt wurden.

Als er erwachte, erinnerte er sich an die Legende von Lavinia, dem Mädchen, deren brennendes Haar den verheerenden Krieg zwischen ihrem eigenen Volk und Trojas Eroberern ankündigte.

Sie erblindete nicht, musste jedoch als Preis für den Frieden das Bett mit Aeneas teilen.

Auch dieser Traum war nicht schwer zu verstehen. Dennoch ließ er seine ganze Verlassenheit bei Anjalis zurück.

Er erinnerte sich an ein Gespräch mit Oannes:

»Die Seele ernährt sich von den Träumen, doch deute sie nicht. Übersetze nicht die Botschaft des großen Lebens in die Sprache der Toten.«

»Aber du sagst doch selbst, dass sie eine Botschaft enthalten.«

»Ja, wir müssen ihr gehorchen.«

Nun versuchte er aus Oannes' Worten Trost und den Glauben zu schöpfen, die fürchterlichen Träume würden seiner Seele Nahrung geben.

Wachstumsschmerzen, sagte er sich, doch das Lächeln wurde zu einer Grimasse, und die Frage blieb unbeantwortet:

Wie befolgt man eine Botschaft, die man nicht deuten darf?

Er machte sich Sorgen um Marcus. Eigentlich grundlos, so schien es, denn der Junge gewann an Kraft und Wissen, war stets anhänglich und die meiste Zeit über vergnügt. Dennoch gelang es Anjalis nicht, dem innersten Wesen des Kindes Leben einzuhauchen, dem Ort, wo eigentlich das Mitgefühl seinen Platz hat und die Liebe wachsen sollte.

Während des Winterhalbjahres wohnten sie auf dem Palatinhügel, in dem Haus, das Salvius verpfändet und das Cornelius wieder übernommen hatte, indem er die Hypotheken einlöste. Er hatte einen neuen Eingangsbereich bauen lassen, ein weiteres Atrium und im Obergeschoss Zimmer für sich, Anjalis, die Kinder und Nadina. Die alte Bibliothek wurde als Schulzimmer für Anjalis, die Jungen und die Töchter von Flamen Dialis hergerichtet, die auf Bitten von Flaminica Anjalis' Schülerinnen wurden.

Mit Takt und Geschick wurde der Haushalt von Salvius' Schwester geführt. Er selbst nahm am Familienleben nicht teil, doch Cornelia war ständig wie ein ängstlicher Schatten im Alltag des Hauses anwesend. Sie hatte die roten Nebel überwunden und ihre Handlungskraft wiedergewonnen. Ihre Macht aber war gebrochen; die Schwägerin, die alle Fäden im Haus in ihrer Hand hielt, behandelte Cornelia wie ein krankes Kind und ließ sie auch in den Augen der anderen als solches erscheinen.

Und Cornelia fügte sich, als wäre sie dankbar dafür, dass endlich jemand ihrer Bosheit Grenzen setzte. Sie füllte ihr Leben mit ihrer großen Spielleidenschaft aus.

»Es wäre das Beste für uns alle, wenn sie tot wäre«, sagte Marcus eines Tages, als sie Cornelia in ihrer Sänfte auf dem Weg zu den Pferderennen verschwinden sahen. Anjalis schaute den Jungen lange an, bemerkte dessen Ernst und war erstaunt über die Sachlichkeit in seiner Stimme.

Eneides, der damit beschäftigt war, ein Modell eines Aquädukts zu bauen, um Anjalis zu zeigen, welches Gefälle notwendig sei, sah von seiner Arbeit auf und rief: »Ja, es wäre wunderbar, wenn sie sterben würde!«

Seine Stimme stieg bis unter die Decke, und seine Augen glühten vor Hass, ein Gefühl, das Anjalis viel besser verstehen konnte als Marcus' Sachlichkeit.

Im übrigen hatte sich für Anjalis alles gut entwickelt, eigentlich so, wie er es gewohnt war. Seine Vorträge waren in aller Munde, und seine Studien des römischen Götterkultes verliefen planmäßig.

In einem seiner Berichte hatte er erwähnt, die Römer besäßen die gleiche Fähigkeit wie die Griechen, ihre Persönlichkeit hinter sich zu lassen und sich mit einem Gott vollständig zu identifizieren. Der Römer tat es allerdings nicht, um seine inneren Konflikte auszuleben, sondern ging einen Schritt weiter und verschmolz bei seinen Handlungen mit Gott.

Auf diese Weise, so hatte er geschrieben, werden alle Götter der Römer zu Triebkräften. Die Götter treten auf der Welt in Handlungen ein, die immer gegen das Leben gerichtet sind, und sie stellen daher eine immerwährende Erinnerung an den Tod dar.

Das moralische Prinzip der Götter ist, dass ihre Handlungsweise richtig, klar und unpersönlich zu sein hat.

Auf dem Schlachtfeld verkörpert der römische General den Mars und bei ruhmreichen Triumphen den Jupiter. Der Sklave auf den Triumphwagen, der an die Sterblichkeit des Siegers erinnert, stellt keine Tradition dar, sondern eine Sicherheitsmaßnahme dafür, dass die Grenzüberschreitung des Feldherrn nicht im Wahnsinn endet. In gleicher Weise verkörpert der Priester in den bis ins Kleinste ausgestalteten Riten den Gott, dem er dient.

Das Ritual ist etwas, das geschieht, der Mythos ist etwas, das einst geschah, hatte Anjalis geschrieben – und hinzugefügt: Das ist, so sehe ich es, sowohl die Erklärung für die machtvolle Energie der Römer als auch für ihre mystische Armut. Der Mythos wird nicht im Geist des Menschen erzeugt, er wird in den Kriegen und den großen weltumfassenden Geschehnissen wiedererschaffen.

Er hatte angenommen, dieser ganze Abschnitt würde gestrichen werden, und er würde zu Flamen Dialis gerufen und gewarnt werden. Aber Flamen hatte den Bericht kopieren lassen und ihn nach Heliopolis gesandt.

Mehrere Monate später hatte er einen Kommentar dazu abgegeben: »Der Kaiser fand deine Schlüsse interessant.«

Augustus selbst hatte Anjalis für die neuen Gesichtspunkte damit gedankt, dass er ihn in seinem Palast empfing.

Dort hatte sich der Chaldäer über den Mann selbst und über seine ruhige Autorität sowie die illusionslose Intelligenz gewundert, aber auch über seinen Palast, der auf dem besten Wege war, den gesamten Hügel des Palatin zu erobern.

Den größten Eindruck hatte allerdings Livia, die Kaiserin, mit ihrer zeitlosen Schönheit und ihrer unglaublichen Ruhe auf ihn gemacht.

Anjalis fand, dass er nie zuvor einem Menschen begegnet war, der sein innerstes Wesen so verschloss und damit so geheimnisvoll wirkte. War sie schlecht, gar die Bosheit selbst?

Das jedenfalls behaupteten flüsternde Zungen in Rom, die sie wegen des Mordes am Thronerben beschuldigten, der ihrem eigenen Sohn im Weg stand.

Geheimnisvoll wie die römische Bosheit war sie in jedem Fall. Und auch sie schlich sich in seine Träume ein, Alpträume, die während der Nächte dieses langen Winters noch zunahmen.

Seine Blässe beunruhigte die Frauen des Hauses, Sorge sprach aus Salvias Blicken ebenso wie aus Nadinas ständiger Nörgelei wegen seines schlechten Appetits. Eines Tages konnte er ihre Fürsorge und seine eigene Einsamkeit nicht mehr länger ertragen, und er erzählte ihnen von den Alpträumen, die ihn nachts plagten.

Nadina beruhigte sich wieder – wenn es nichts Schlimmeres war. In Zukunft wollte sie Anjalis mitten in der Nacht wecken, ehe ihn die Träume heimsuchten. Dann würde sie ihm einen Trank aus beruhigenden Kräutern bringen.

Sie besaß mehrere alte Rezepte, die sollten durchprobiert werden, bis der beste Trank für Anjalis gefunden war.

Doch Salvia war unruhig, als sie sagte: »Das sind die Priester der Isis, die ihren bösen Blick auf dich geworfen haben. Sie nehmen Rache, weil du ihnen die Geheimnisse ihres Kultes entlockst.«

Anjalis lächelte leicht, nahm aber dankbar ein Halsband mit einem Amulett entgegen, das ihn vor dem bösen Blick schützen sollte. Wieder in seinem Zimmer, dachte er lange an sein Gespräch mit dem Isispriester und an etwas, das der magere Mann mit den brennenden Augen gesagt hatte:

»Der Himmel und alle Vorstellungen vom Paradies sind sinnlos. Nur in der Hölle können die Samen gedeihen.«

Entweder bewirkten Nadinas Kräuter oder Salvias Halsband, dass Anjalis nun schlief, ohne weitere Träume zu haben.

Dann geschah etwas, das ihm und der Familie Angst machte.

Es war an einem gewöhnlichen Abend, die Jungen schliefen, und Cornelius und Anjalis saßen wie so oft bei leise geführten Gesprächen in der Bibliothek, als sich die Welt für den Chaldäer auflöste. Ohne Übergang verfiel er in einen Alptraum, der ganz und gar kein Traum war. Er hatte Erscheinungen, entsetzliche Erscheinungen vom Tod, von der Hinmetzelung Tausender von Menschen.

Es regnete, es stürmte, ein Fluss war da und ein endloser Wald. Und Krähen, ganze Wolken von Krähen. Er sah, wie die stolzen römischen Feldzeichen im Schlamm zertrampelt wurden, zusammen mit unzähligen Toten und Verstümmelten.

Doch er hörte keine Schreie und nahm den Geruch von Blut und Schlamm nicht wahr.

»Anjalis!«

Es war Cornelius' Stimme, aber er konnte das Gesicht des Alten nicht sehen.

»Ich sehe...«

»Was siehst du?«

Und Anjalis konnte die Bilder in ihrer ganzen unfassbaren Grausamkeit wiedergeben.

Als er wieder zu sich kam, war es Morgen, er lag in seinem Bett und wollte nicht aufwachen, sich nicht erinnern.

Aber Cornelius saß an seiner Seite.

»Hast du die Nacht über hier gewacht?«

»Ja, du hattest Visionen, Anjalis.«

»Ich weiß, aber ich will nichts davon hören.«

»Soll ich den Arzt bitten zu kommen?«

»Nein, bitte Nadina. Sie hat einen Beruhigungstrank.«

Cornelius sagte den Kindern, Anjalis sei krank, doch das Gerücht von dem, was geschehen war, ging durch das ganze Haus, und voller Angst zogen sich die Menschen zurück.

Einige Tage später erreichte Rom die Nachricht von der Vernichtung der drei Legionen im Teutoburger Wald.

Die Stadt am Tiber hielt den Atem an, als sie zum ersten Mal seit Menschengedenken erkennen musste, dass auch sie, die Beherrscherin der Welt, bedroht werden konnte, dass die Grenzen gegen die Wilden im Norden ohne Verteidiger waren, und dass zwanzigtausend Tote nach Rache riefen.

Doch Cornelius Scipio hieb mit seiner schweren Faust auf den Tisch: »Ich habe es immer gesagt, und ich werde es ständig wiederholen: Rom soll seine Grenze bis zum Rhein ziehen. Wir können Zivilisationen besiegen, aber die wilden Stammesvölker dulden niemanden über sich.«

Daraufhin bohrte er seinen Blick in Anjalis' Augen und sagte: »Also ein Zauberer bist du in jedem Fall.«

»Ich bin ebenso verwundert wie du«, erwiderte der Chaldäer.

Nach dem Massaker im Teutoburger Wald nahmen Anjalis' Alpträume ein Ende. Doch er entsann sich, dass er von dem schwachen Quinctilius Varus, dem General, den Rom verbannte, große Zuneigung erhalten und auch für ihn empfunden hatte.

Ohne dass viele Worte über die Angelegenheit fielen, wusste Anjalis von Oannes' Vermittlerrolle zwischen ihm und den Ältesten in der Wüste. Bereits einige Tage, nachdem die Zustimmung des Kaisers zu Anjalis' Studien durch Flamen Dialis überbracht worden war, hatte er Oannes getroffen und gesagt:

»Es ist zwecklos, Oannes. Ich kann nicht an den Kern der römischen Seele herankommen, wenn jeder Schritt, den ich mache, festgelegt und kontrolliert wird.«

»Lass es ungesagt sein, Anjalis. Worte sind wie Schößlinge, über die meisten wächst allmählich Gras.«

Anjalis hatte gelacht, war aber beharrlich geblieben: »Von dir können die Alten weit mehr erfahren, der du Rom in- und auswendig kennst.«

Er wusste von Oannes' heimlichen Treffen mit den jüdischen Gemeinden in Rom.

Doch der Syrer hatte ihm lachend entgegnet: »Dein Auftrag hat anscheinend einen anderen Zweck.«

»Und der wäre?«

Anjalis hatte gewusst, dass es sinnlos war, die Frage zu stellen, da die Antwort ausbleiben würde.

Der Einzige, der gegen Anjalis' Berichte Einwände hatte, war Oannes.

»Du wertest die römischen Mythen ab«, hatte er gesagt.

Anjalis, der Kritik nicht leicht ertragen konnte, hatte sofort protestiert: »Das tue ich nicht. Ich erlaube mir nur, ein wenig über sie zu lächeln.«

»Damit riskierst du, dass die Mythen eines Nachts an einem schwarzen Meer zu deinen eigenen werden.«

»Zuweilen ist deine Weisheit nicht zu ertragen«, hatte Anjalis erwidert und dann doch in das Lachen des Syrers eingestimmt.

Noch immer hatten sie nicht von dem Kind gesprochen, in dessen Dienst sie standen.

*An*jalis fand sich mittlerweile in Rom zurecht; mit Hilfe beinahe unsichtbarer Erkennungsmerkmale konnte er eine Gasse von der anderen unterscheiden. Mal war es ein Balkon, der überraschend gelb gestrichen war, mal ein Laden mit exotischen Käfigvögeln, oder eine Straßenecke, wo es scharf nach Zwiebeln roch.

Überall standen die gleichen schäbigen Häuser mit Löchern in den Dächern, die wie rohe Wunden aussahen. Eng aneinandergebaut, hoch und niedrig, atmeten sie ihre stickige Luft ineinander. Hier und da drohte ein Haus umzukippen und lehnte sich gegen den Nachbarn, der kurz davor war, das Gefühl für seinen eigenen Schwerpunkt zu verlieren.

Und in den Winkeln hinter den grellbunten Geschäften und den zahlreichen Weinstuben tummelten sich die Ratten.

Zuweilen dachte er, Armut sei etwas Hässliches, doch dann schämte er sich des Gedankens. Das Mitleid aber, das er während der ersten Zeit noch empfunden hatte, war bald erschöpft beim Anblick der Bettler, der betrunkenen Huren, der elenden Kinder mit ihren fliegenbedeckten Gesichtern und der älteren Frauen, deren Augen schon alles gesehen hatten und in denen keine Hoffnung mehr war.

Und überall der Gestank, ein Gemisch aus Urin, Schweiß, saurem Wein und faulendem Gemüse. Und Angst.

Die Armen, die Bedrückten, die Unterwürfigen und Hungernden erschienen ihm unmenschlich.

Doch ihre Angst war ansteckend.

Er lernte den unterschiedlichen Rhythmus der Stadt kennen, sowohl den, der mit den Tagesstunden und den Jahreszeiten wechselte, als auch einen anderen Rhythmus, gewaltig wie Ebbe und Flut. Dieser zog seine Kraft aus der Spannung, die den Volksmassen innewohnte, aus der Irritation, die von Tag zu Tag dermaßen an Stärke zunahm, dass die Luft vibrierte. Die Rufe wurden schärfer, Streitereien wuchsen sich zu Schlägereien aus.

Dann an einem Tag, an dem die Spannung die Grenze des Erträglichen erreicht hatte, leerten sich Geschäfte, Weinstuben und Gassen; in endlosen Scharen zogen die Menschen zu den Spielen, wo die Gladiatoren sie erlösten. Stundenlang waren die gewaltigen Schreie von der Arena her zu hören, und als der Abend hereinbrach, atmete die Stadt aus, man zog heimwärts – gereinigt, müde, befreit.

Ein einziges Mal wohnte Anjalis den Spielen bei und kehrte erschüttert nach Hause zurück.

»Das ist unmenschlich«, sagte er zu Cornelius. »Rom und die Menschen hier werde ich nie verstehen.«

Cornelius, der selbst nie bei den Spielen dabei war, hatte zu erklären versucht: »Menschen, die in einem Ameisenhaufen wohnen und ein sinnloses Leben führen, brauchen ein Ventil für ihre Wut...«

»Aber die Senatoren, der Kaiser selbst...?«

Cornelius hatte an seiner Erklärung festgehalten: »Wenn wir die Spiele nicht hätten, gäbe es Aufruhr...«

Doch als Anjalis mit verschlossenem Herzen, aber wachen Augen und offenen Ohren durch die Gassen lief, gingen seine Gedanken in eine andere Richtung. Überall war das Leben voller Dramatik, Streitereien konnten jederzeit ausbrechen, der Klatsch war intensiv, Gelächter zerriss jedes Gespräch. Tausende kleiner Dramen spielten sich fortwährend innerhalb des großen Dramas ab, welches Rom selbst war.

Rufe in allen Sprachen der Welt ertönten, von Menschen aus allen Ecken der Welt.

Vielleicht haben Menschen, die nicht länger im eigenen Boden verwurzelt sind, ein starkes Bedürfnis, jedem alltäglichen Geschehen Bedeutung beizumessen, dachte Anjalis. Hier suchen Millionen abgeschnittener Wurzeln nach Nahrung – in der Luft, anstatt in der Erde.

Wenn das Leben seine Kontinuität verliert, verwandelt es sich in Spiel, es wird gespielt und nicht gelebt, schrieb Anjalis am Abend in seinen privaten Aufzeichnungen, die er neben den offiziellen Berichten führte.

Es geht um viel mehr als um Aggressivität, schrieb er, es handelt sich um den unerkannten Verlust des eigenen Lebensrhythmus, um den der Geschlechter, die Generation auf Generation einander folgen; es geht um den Verlust des sinnvollen Zusammenhaltes und des tiefen Gefühls, ein bedeutendes Glied in einer langen Kette zu sein.

Das ist Roms Grausamkeit, schrieb er. Männer, verdammt dazu, nicht gebraucht zu werden. Und die Frauen ... Wie immer waren die Frauen gefährdeter, hatten aber auch größere Bedeutung. Sie wurden gebraucht, sie wurden hier jeden Augenblick gebraucht in ihrem ewigen Kampf gegen Elend und Schmutz. Und sie traten, wie sie es immer schon getan hatten, für Ordnung und Zusammenhalt auf dem kleinen Fleck ein, wo sie ihre Kochtöpfe, ihre Kohlebecken und ihre Waschschüsseln stehen hatten und sich für das Überleben der Kinder einsetzten.

Lange arbeitete er an seinen Aufzeichnungen, doch als er sie am nächsten Morgen noch einmal durchlas, schüttelte er den Kopf. Wenn Cornelius' Erklärung zu einfach war, war seine ein wenig überspannt.

Für Roms Grausamkeit gab es keine Erklärung.

Seine größte Zufriedenheit fand Anjalis im Zusammensein mit den Kindern. Beinahe täglich überraschte ihn Eneides mit seiner großen Offenheit, seiner Freude und Neugier.

Ein bemerkenswertes Kind, genau wie Nadina sagte.

Eines Tages konnte Anjalis der Versuchung nicht widerstehen und erstellte ein Horoskop für Eneides. Er suchte Salvius auf, der immerhin nüchtern war, doch ungeheuer sentimental wurde, als er von der Nacht am Meer berichtete, der milden Herbstnacht, in der der Junge geboren wurde. Er fand sogar Worte für das Glück, das er empfunden hatte, als er mit dem Neugeborenen in seinen Armen am Strand entlang gewandert war.

Anjalis war erstaunt und fragte, obwohl er es eigentlich nicht wollte: »Erinnerst du dich auch an Marcus' Geburt?«

Salvius' Gesicht verschloss sich: »Ich war mir so sicher, dass sie sterben würde. Die Götter selbst hatten es mir versprochen, und als die Ärzte ihr ins Gesicht schlugen, damit sie das Kind losließ, war ich mir ganz sicher. Aber …«

Und überraschend fügte er noch hinzu: »Die Bosheit ist eine ungeheure Kraft, und sie steckt in dem Jungen. Glaub mir, er war bei seiner Geburt still wie ein echter Scipione; nie schrie er so, wie es normale Kinder tun.«

Salvius' Augen glänzten vor Hass, und Anjalis fragte schnell, als wolle er sein klopfendes Herz unter Kontrolle halten: »Kommt dir nie in den Sinn, dass du Marcus' Vater bist?«

»Ich habe darüber nachgedacht und bin zu dem Schluss gekommen, dass ich es nicht bin«, antwortete er langsam.

»Glaubst du, Cornelia war untreu?«

»Ich glaube, Cornelius selbst hat sie begattet«, erwiderte Salvius mit einem Lächeln, das ebenso schlüpfrig war wie Roms Gassen im Herbstregen.

»Du lügst und du weißt es auch. Sieh dir deine Hände und die deiner Schwester an und vergleiche sie mit Marcus' Händen, dann hast du ein deutliches Merkmal für seine Zugehörigkeit zu eurem Geschlecht.«

Salvius betrachtete seine Hände, sie waren ungewöhnlich kurz und breit. Dann seufzte er und sagte: »Ist dir aufgefallen, wie wenig Marcus' Hände zu seinem Körper passen? Das ist ein Versehen, wie überhaupt der ganze verdammte Junge.«

Anjalis wollte zuschlagen, mitten in dieses aufgedunsene Gesicht, und seine Stimme war unnatürlich ruhig, als er antwortete: »Nein, bis jetzt noch nicht. Aber abgesehen davon, ob die Hände passen oder nicht, sie sind ein sicherer Beweis für deine Vaterschaft.«

Er ging, er ertrug diesen Mann und auch seine eigene Wut nicht länger. Doch an der Tür wurde er von der schleppenden Stimme zurückgehalten: »Sag, was du willst, er ist eine Blutschande, der Junge.«

Als sich Anjalis umdrehte, jagten Salvius' Blicke wie wahnsinnig geworden von der entsetzlichen Wut des Chaldäers durch den Raum.

Ich erschlage ihn.

Doch er hob Salvius lediglich vom Boden hoch, packte ihn sich auf den Rücken, schleppte ihn ins Atrium und warf ihn in das Wasserbecken.

Ganymedes, der Hofmeister, stieß einen wilden Schrei aus, und Cornelia lachte wie eine Verrückte, während Anjalis in sein Zimmer hinaufging, um die langwierige Arbeit an Eneides' Horoskop zu beginnen.

Kurz danach stand Marcus in der Tür, mit erschrockenem, aber auch glücklichem Lächeln. »Verschwinde«, sagte Anjalis.

Eine Stunde später hörte er Cornelius nach Hause kommen, und wie Marcus und die Sklaven sich gegenseitig das Wort aus dem Mund nahmen.

Als Cornelius an Anjalis' Tür klopfte, musste er sich beherrschen, den alten Römer nicht auch zur Hölle zu wünschen.

Doch es gelang ihm zu sagen: »Ich muss meine Wut noch etwas festhalten.«

»Ich wollte nur meine Zufriedenheit über das, was vorgefallen ist, ausdrücken«, erklärte Cornelius, und dann mussten sie beide lachen.

Beim Abendessen war alles so wie immer, als wäre überhaupt nichts vorgefallen. Nur aus Eneides' Augen sprach tiefe Trauer.

Kurz vor Mitternacht hatte Anjalis das Horoskop beendet, und es bestätigte lediglich das, was er von dem Jungen bereits wusste: Eneides war zu einem der glücklichsten Zeitpunkte der Erde geboren worden, und sein Leben würde lang, hell und für viele ein Segen sein.

Noch ein Kind weckte Anjalis' Interesse – Marcia, Flamens älteste und hässlichste Tochter.

Die beiden anderen Schwestern waren lieblich anzusehen und freundlich, doch bereits gebeugt unter dem Joch der Frauen, deren Los es ist, gefällig und zu Diensten zu sein.

Marcia aber war fürchterlich groß, mager und kantig. Sie hatte zu große Zähne, rotes Haar, und unzählige Sommersprossen bedeckten die Wangen und die hohe Stirn. Dazu kam noch ein sehr bestimmtes und wenig angenehmes Wesen.

Sie war allerdings das begabteste Kind in der Gruppe, schneller im Denken als Eneides und mit größerem Talent ausgestattet, Schlüsse und Zusammenhänge zu erfassen.

»Ihre Intelligenz ist eine Tragödie«, hatte Flaminica gesagt, als sie das Kind in Anjalis' Obhut gab.

»Weshalb eine Tragödie?«

»Aber Anjalis, weißt du denn gar nichts über das Leben einer Frau?«

Oft noch würde er sich in den Jahren, in denen er Marcias Entwicklung beobachtete, an das Gespräch erinnern, und zuweilen dachte er: Wenn sie doch ein Junge wäre ...

Die gesamte wundervolle Welt stünde Marcia offen, wäre sie als Mann geboren. Sie war eine hervorragende Mathematikerin, und ihre astronomischen Berechnungen eröffneten sogar Anjalis noch neue Einsichten.

»Bald gibt es nichts mehr, was ich dir beibringen kann.«

»Oh doch, Anjalis, noch habe ich dir nicht alles entlockt.«

Sie hatte Humor, aber auch diese Eigenschaft stellte für ein Mädchen eine Belastung dar.

Wäre sie ein Junge, hätte das innerhalb der Gruppe Schwierigkeiten machen können.

Doch so nahmen sie weder Marcus noch Eneides ernst, und ihre verblüffende Begabung war keine Bedrohung für sie.

Die Jungen neckten sie, und sie ihrerseits tat das gleiche mit Eneides, den sie Traumprinz nannte. Marcus gegenüber legte sie indessen eine Zärtlichkeit an den Tag, die schon an Mütterlichkeit grenzte, und Anjalis sah zufrieden, dass es dem Jungen gut tat.

Er brauchte das, war er doch ganz offensichtlich der langsamste und schwächste in der Gruppe.

Anfangs hatte sich Anjalis noch mit Flamen Dialis' Beschwerden auseinandersetzen müssen:

»Die Kinder behaupten, sie müssten nur das lernen, was ihnen Spaß macht.«

»Ja natürlich, du hast auch nur das gelernt, was dich interessierte.«

Das war einer der wenigen Fälle während der Jahre in Rom, wo der Oberpriester Anjalis die Antwort schuldig blieb. Bald machte sich auch Flamen um die Kinder keine Sorgen mehr; es war ganz offensichtlich, dass sie größeres Wissen als andere Kinder besaßen.

Eines Tages im zeitigen Frühjahr kam endlich Oannes nach Rom. Anjalis erhielt durch einen kaiserlichen Sklaven einen Brief, worin ihn der Astrologe bat, ein Treffen an einem abgeschiedenen Ort zu arrangieren.

Zum ersten Mal seit Monaten verspürte Anjalis wieder seine alte Freude. Er ging zu Cornelius und bat ihn, zwei Pferde für einen freien Tag leihen zu dürfen, den er mit einem Freund verbringen wollte.

An einem sonnigen Morgen ritten sie aus der Stadt hinaus, versehen mit Decken und einem großen Korb voll Brot, Käse, Früchten und Wein. Von der Via Appia aus ging es genau nach Süden, hinauf in die Berge und durch den Wald, begleitet von dem Jubelruf der Vögel im Frühling. Mit einiger Mühe fand Anjalis den Pfad zum Lacus Albanus hinunter, dem Vulkansee, dessen Wasser nach dem Frühlingsregen violett schimmerte.

Sie rasteten auf dem Platz, wo Anjalis einst der Wildkatze begegnet war, und mit einem Mal konnte er von Marcus erzählen, von seiner großen Liebe zu dem römischen Kind. Und von den Hundewelpen und der Sorge um den Jungen, dem es an Lebenswillen mangelte und der sich ebenso verletzlich wie gefühllos zeigte.

Oannes antwortete darauf, es sei selbstverständlich, dass die frühe Kindheit niemals dem Körper entzogen werden könne.

Doch dann saß er lange Zeit schweigend da, vergaß das Brot in seiner Hand und den Becher Wein vor sich.

»Davon wusste ich nichts«, sagte er schließlich.

Verwundert stellte er fest, dass ihn seine gewohnte Sicherheit verlassen hatte.

»Ich verstehe es nicht. Was hat das zu bedeuten, dass ich davon nichts wusste?«

Anjalis hatte ihn nie zuvor zögernd gesehen oder gar wortlos, und nun schienen er selbst, der Wald und der tiefe See den Atem anzuhalten.

Schließlich sagte Oannes: »Er ist genauso alt.«

Es folgte ein Schweigen, als hätte das Leben innegehalten und die Bewegung aufgehört. Oannes' Blick schweifte über den Wald und die Berge, jenseits des Meeres und der Wüsten und weiter zum Himmel, zum Sternbild des Osiris empor. Doch als der Blick zu Anjalis zurückkehrte, fand sich in ihm keine Antwort, es lag immer noch die gleiche Verwunderung darin.

»Hier ist etwas, zu dem mir das Wissen fehlt.«

Es war eine endgültige Feststellung. Trotzdem konnte er sich von dem Rätsel noch nicht lösen.

»Hast du sein Horoskop erstellt?«

»Nein«, antwortete Anjalis. »Ich möchte es nicht.«

»Willst du mir sein Geburtsdatum geben?«

»Nein.«

Die Stimme war stark und klar, und im selben Moment begann die Natur sich wieder zu bewegen, der Wind strich wie eine weiche Liebkosung durch den Wald, die Wogen umspülten den Strand, und die Vögel sandten ihren Lobgesang zu den Göttern.

Oannes legte seine feste Hand auf Anjalis' Schulter: »Ich verstehe.«

Nun wagte Anjalis von den Träumen des Winters zu berichten. Oannes hörte aufmerksam zu und war weit weniger erstaunt.

»Aber höre auf sie«, sagte er.

»Und wie?«

»Sie zeigen dir, dass du mit Rom zusammenwächst und die Träume der Stadt zu deinen eigenen werden. Bald bist du ein Römer und hast dich mit den römischen Mythen identifiziert.«

Und dann eifriger: »Ich habe dich schon früher gewarnt, Anjalis. Du hast über Roms Mythen gelacht, und ich sagte dir…«

»… dass sie meine eigenen werden könnten, eines Nachts, an einem schwarzen Meer.«

Lange saßen sie schweigend da, Anjalis mit der Verwunderung, die aus einer unbehaglichen Wahrheit erwächst.

»Reise nach Hause, Anjalis. Brich auf.«

»Aber…«

»Ja, ich weiß, der Junge. Sein Blut in deinem Herzen. Aber nimm ihn mit, besuche dein Zuhause und nimm ihn mit.«

Eine große Freude, stark wie der Frühling selbst, stieg in dem Chaldäer hoch.

»Ich glaube, das lässt sich machen, selbst wenn er der Augenstern des alten Scipio ist.«

»Ich werde das schon regeln«, sagte Oannes.

Als sie sich in der Dämmerung trennten, dachte Anjalis an all das, was er hatte fragen wollen. Es beunruhigte ihn, konnte seine Freude aber nicht schmälern.

Einige Wochen später zog Cornelius mit Anjalis, Nadina und Marcus wieder in die Villa in den Bergen.

»Es braucht ein paar Tage, bis man die Stadtluft ausgeatmet hat«, sagte Nadina, und erst hier draußen in der Sonne sah Anjalis, wie sehr der lange Winter an der alten Frau gezehrt hatte.

Marcus lernte reiten; seine und Anjalis' Freiheit war groß wie das Leben selbst.

Als der Sommer seine größte Hitze erreicht hatte, kam die Nachricht, auf die Anjalis gewartet hatte: ein Brief seiner Mutter. Er las ihn Cornelius und Marcus vor.

Freundlich, aber ernst bat Me Rete Anjalis, zu Besuch nach Hause zu kommen. Sein Vater sei krank, und obwohl der Tod noch auf sich warten lasse, wünsche er seinen jüngsten Sohn zu sehen.

Bringe gern den römischen Jungen mit, der dir ans Herz gewachsen ist, schrieb Me Rete. Versichere Cornelius Scipio, wir werden alles tun, damit das Kind nach dem Besuch bei uns reiche Erinnerungen mit nach Hause nimmt.

Cornelius war stumm vor Verwunderung, in gewisser Weise hatte er Anjalis immer frei von allen Bindungen gesehen, von Familie und allem, was damit zusammenhing. Er fand keine Zeit, sein Erstaunen auszudrücken, denn Marcus rief wild vor Freude:

»Ich will es, Großvater, ach, ich will mit Anjalis durch die Wüste zu dem Turm unter den Sternen reiten. Ach Großvater, sag, dass ich es darf!«

Als es still wurde, sagte Cornelius zu Anjalis:

»Es tut mir leid um deinen Vater.«

»Danke«, erwiderte Anjalis warm und von Herzen.

Dann wandte sich Cornelius zu Marcus um und sagte: »Du wirst morgen meine Entscheidung hören. Zuerst müssen Anjalis und ich unter vier Augen reden.«

Doch in seinen Mundwinkeln zuckte es, und sowohl Anjalis als auch der Junge wussten, dass er besiegt war.

Als die beiden Männer nach der Mahlzeit allein waren, war es Cornelius schwer ums Herz.

»Ich möchte von keinem Gefolge oder von Sklaven begleitet werden«, sagte Anjalis. »Der Junge soll so einfach reisen, wie ich es gewohnt bin.«

»Natürlich«, entgegnete Cornelius Scipio. »Das wird ihm gut tun.«

Doch noch immer lag die Düsternis auf den Gesichtszügen des Römers.

»Meine Mutter ist Ägypterin von vornehmster Herkunft. Und mein Vater …«

»Anjalis«, unterbrach ihn Cornelius zornig, »ich bin nicht hochmütig.«

»Verzeih, aber was ist der Grund für diese Schwermut?«

Cornelius erhob sich und ging auf die Terrasse hinaus. Anjalis hörte ihn seufzen, folgte ihm trotzdem nach draußen, stellte sich neben ihn und blickte über die Gärten und Wälder.

»Willst du mir dein Ehrenwort geben, dass du mit dem Jungen zurückkommst?«

Die Stimme war leise, beinahe demütig.

»Ja«, antwortete Anjalis einfach.

Als im Herbst die ersten Regenwolken vom Tyrrhenischen Meer heranzogen, gingen Anjalis und Marcus im Hafen von Ostia an Bord eines ägyptischen Schiffes. Sie sahen Cornelius von seinem Wagen aus winken, doch sie mussten in der engen Kajüte auf dem Achterdeck vor dem Regen Schutz suchen.

Vor der Südspitze Italiens gerieten sie in einen Sturm, dem ersten in diesem Jahr und ein übler Zeitgenosse, wie sich der ägyptische Kapitän ausdrückte. Tagelang waren sie pitschnass, froren die Nächte hindurch und ernährten sich von Zwieback, der vom Salzwasser aufgeweicht war. Aber Marcus wurde nicht seekrank und war nicht ängstlich. Niemals hörte man von ihm ein Jammern, und alle an Bord staunten über seine Geduld und sein Durchhaltevermögen.

Als sie bei Flaute und glühender Sonne am Kai in Alexandria anlegten, klammerte sich der Junge an Anjalis' Hand. Doch als sie in der von Menschen wimmelnden Stadt mit all ihren fremden Düften an Land gingen, gewann er seine Würde zurück und lief kerzengerade wie ein Soldat neben Anjalis her.

In einem Flussboot folgten sie dem Nil flussaufwärts, und die Augen des Jungen wurden vor Staunen immer größer, als sie zu der großen Pyramide kamen. Anjalis erzählte von Pythagoras und den Dreiecken, aber Marcus hörte gar nicht zu. Schließlich sagte er: »Gegen das hier ist das Forum Romanum ja winzig klein.«

»Oh nein«, entgegnete Anjalis, »aber merkwürdig ist es schon, das größte Bauwerk der Welt, errichtet als Huldigung an den Tod.«

»Ach«, brachte Marcus nur hervor, und seine Stimme war so eigentümlich, dass Anjalis forschend in das magere Jungengesicht blickte.

Ohne Übergang brach die ägyptische Dunkelheit herein, doch Marcus konnte sich nicht von der Stelle rühren.

»Wir müssen uns ein Nachtquartier suchen«, sagte Anjalis, und seine Stimme war belegt.

Am darauffolgenden Tag reisten sie nach Heliopolis weiter, wo die alten Hierophanten sie neugierig und herzlich empfingen; sie bekamen ein warmes Bad und frische Kleidung.

Besonders großes Interesse erweckte das römische Kind, und Anjalis be obachtete, dass sich auch die alten Ägypter über das Rätsel um die Bedeutung des fremden Jungen innerhalb des großen Dramas Gedanken machten.

Vier Tage lang setzten sich Anjalis und die Priester zu Besprechungen zusammen. Dann zogen sie mit einer Kamelkarawane durch das Sinaigebirge und weiter durch die Große Wüste. Während der heißesten Stunden des Tages schliefen sie in schwarzen Zelten, und nachts ritten sie unter dem Sternenhimmel dahin.

Marcus saß vor Anjalis auf dem Kamel und sagte während der langen Reise eigentlich nur eines.

Aber er sagte es immer wieder:

»Das ist alles so, wie ich es geträumt habe.«

Eines Morgens bei Sonnenaufgang überquerten sie den Euphrat, und Me Rete, schön wie eine Königin in ihren prachtvollen Kleidern und edelstem Schmuck, empfing sie unten am Fluß. Anjalis hob seine Mutter hoch und drückte sie an sich, und beide weinten, als er sie behutsam, als wäre sie aus Glas, wieder absetzte.

Da erst bemerkte sie den Jungen, und in ihren Augen erschien die alte Trauer.

»Mein Kind«, sagte sie und wollte ihn willkommen heißen, musste jedoch innehalten.

Eine leichte, aber doch hörbare Betonung lag auf dem ersten Wort, und Marcus überwand seine Zurückhaltung und lief geradewegs in ihre Arme.

Nun also lag die Oase vor ihnen, grün, reich an Blumen, Obstbäumen und Palmen, die nicht einmal halbwegs bis zur Spitze des alten Turmes reichten. Es lag Ruhe über dem Bild und Ordnung, eine unzerstörbare Ordnung, die den Menschen Hoffnung schenkte.

Balthasar saß groß und stattlich in seinem Haus und wartete auf den Tod. Seine schönen Augen leuchteten vor Stolz über Anjalis und vor Freude über den römischen Jungen.

»Nun musstest auch du einen anderen Menschen in deinem Herzen aufnehmen«, sagte er zu Anjalis, dem es nicht gelang, den Blick abzuwenden und den heftigen Schmerz zu verbergen.

Anjalis verbrachte die meiste Zeit des Tages bei geheimen Gesprächen mit seinem Vater. Am Abend schlich sich Marcus allein zu dem Alten hinein.

»Stimmt es, dass du sterben musst?«

»Ja, in einiger Zeit.«

»Bist du traurig darüber?«

»Nein, Gott ruft mich endlich zu sich, und ich darf heimkehren.«

Noch nie zuvor hatte Marcus etwas so Großartiges, so Wahres gehört. Er drängte sich an Balthasar und flüsterte:

»Kannst du mich nicht mitnehmen?«

»Nein, Marcus. Zuerst musst du wie alle anderen deinen Dienst hier auf Erden verrichten.«

Der Junge nickte bedächtig, endlich hatte er verstanden.

Und während der folgenden Monate lag eine leuchtende Freude über ihm.

Er zeigte Me Rete gegenüber so viel Zuneigung, wie es – so schien es ihr – keines ihrer eigenen Kinder oder Enkel je getan hatte. Er betete sie an, ging ihr, so gut er vermochte, zur Hand und nannte sie Mama, wie es Anjalis einst getan hatte.

Sie selbst rief ihn nie bei seinem Namen, sagte immer nur *mein* Kind zu ihm.

Tag für Tag saß Anjalis in der Bibliothek des Turmes und diktierte den Schreibern aus seinen Aufzeichnungen über Roms Götter und Menschen all das, was seine Berichte nicht enthalten durften. Marcus sah er so selten, dass er nach einem Monat verblüfft feststellte, wie sehr er gewachsen und gereift war.

Jeden Abend bis spät in die Nacht waren sie jedoch gemeinsam auf dem Turm, der die großen Sternkarten beherbergte. Und Marcus fand, die funkelnden Sterne über der Wüste waren genauso seine Freunde geworden wie all die anderen friedlichen Menschen in der Oase auch.

Als ihn Anjalis eines Abends ins Bett brachte, sagte der Junge: »Ich will nicht mehr nach Hause.«

Wie angewurzelt blieb Anjalis mit geschlossenen Augen stehen. Die Versuchung war ungeheuerlich, aber er sah das düstere Gesicht von Cornelius vor sich und sagte: »Du musst, Marcus. Wir müssen beide nach Rom zurückkehren.«

»Warum?«

»Weil jeder von uns den Platz einnehmen muss, der uns auf der Erde bestimmt ist.«

»Aber dein Platz ist hier.«

»Ja, uns bleibt nur noch ein gemeinsames Jahr, Marcus.«

Marcus zeichnete wie nie zuvor; er machte ein großes Porträt von Balthasar, und alle aus dem Dorf kamen, um es zu betrachten und dem Jungen dafür zu danken. Danach begann er Me Rete zu zeichnen, und es entstanden beinahe fünfzig Skizzen, bis er zufrieden war.

Doch eines Tages hatte er die rätselhafte Trauer auf ihrem schönen Gesicht eingefangen.

»Sie sieht aus wie du«, sagte er zu Anjalis. »Aber sie ist …«

»Hübscher?«

»Nein, anders, mehr wie ein Mensch.«

Anjalis musste sich abwenden, um seine Betroffenheit über diese harten Worte nicht zu zeigen.

Karawanen kamen und gingen, sogar aus Indien kamen sie, beladen mit Kräutern und Seide für die Reichen Alexandrias. Zwei Briefe schrieb Marcus an Cornelius, in beide hatte er ein Porträt von Me Rete hineingelegt.

Sie kehrten nicht vor Ende des Winters nach Rom zurück.

Cornelius' Freude kannte keine Grenzen, als er Marcus wiedersah.

»Er ist ja beinahe erwachsen geworden!« rief er aus.

»Ja, es ist ihm gut ergangen«, erwiderte Anjalis, »und meiner Mutter hat er sehr nahegestanden.«

»Ich konnte es seinen Briefen entnehmen. Wenn die Zeichnungen ihr ähneln, muss sie die schönste Frau der Welt sein ...«

»Ja, vielleicht«, sagte Anjalis und konnte seinen Stolz nicht verbergen.

»Und dein Vater?«

»Ich glaube, ihm bleiben noch ein paar Jahre auf Erden.«

Viel mehr wurde nicht gesagt. Marcus hatte einen Brief von Me Rete an Cornelius dabei. Was aber darin stand, erfuhren weder Anjalis noch Marcus.

Es wurde noch einmal Sommer. Und noch einmal Winter in Rom, ehe das neue Frühjahr in den Wäldern der Albaner Berge Einzug hielt.

»*Es* gibt einen Ort, Marcus, trotz der Entfernung gibt es einen Ort, wo wir uns begegnen können.«

In Marcus' Versteinerung drängte sich eine Erkenntnis: Er ist ebenso traurig wie ich. Aber er hatte sich verschlossen und war dankbar für die Mauer, die er um Körper und Seele errichtet hatte.

»Ich verstehe nicht, was du meinst.«

Er wusste, wenn er nachgeben würde, wenn der geringste Riss entstünde, würde ein jämmerlicher Sechsjähriger schreien: Nimm mich mit!

Aber er war nicht mehr sechs Jahre alt, er war zwölf, außerdem war er kein Chaldäer und würde niemals Magier werden. Er war Römer und würde Soldat werden, wie seine Väter seit Jahrhunderten schon. Ein paar Jahre weiter, und er würde der sein, für den ihn das Schicksal bestimmt hatte: ein römischer Offizier, tapfer und beherrscht im edlen Kampf für das Vaterland. Anjalis war doch nur ein läppischer Tor, der sich vor Gewalt und Blut fürchtete; man brauchte bloß den Ton seiner Stimme zu hören.

Und Marcus achtete nicht länger auf die einzelnen Worte, nur noch auf den inständigen Ton in der Stimme:

»Marcus, hör mir zu. Wir haben schon oft davon geredet, dass es eine äußere und eine innere Wirklichkeit gibt. Erinnerst du dich noch an die Seerose, als du klein und blind warst?«

Marcus wollte ihn auslachen und antworten: Dann willst du also als Seerose in mir wohnen, wie?

Doch er konnte sich nicht dazu überwinden, von Träumen und Blumen zu reden.

Lange sah er Anjalis mit den neuen, versteinerten Augen an. Es war nicht Trauer, die er hinter der Maske verbarg, es war Hass.

Ich hasse dich, du Taschenspieler, dachte er.

Anjalis ließ das Thema fallen.

Er erkannte dieses versteinerte Gesicht wieder; oft war es ihm begegnet, bei Mancinius in Tyrus zum ersten Mal. Er hatte ja selbst gewünscht, Marcus solle ein Römer werden, verwurzelt in der Kultur, der er seit seiner Geburt angehörte.

Es gab Augenblicke, in denen sie den Abschied vergaßen, wenn sie über den Büchern saßen, durch die Wälder ritten und beim Spiel mit Anco, der trotz seines reifen Alters immer noch an Ringkämpfen auf dem großen Rasen Gefallen fand.

In der Regel war es Cornelius, der sie in die Wirklichkeit zurückführte. Er kam und ging, immer wieder mit einer neuen Formulierung derselben Botschaft:

»Falls du in Schwierigkeiten gerätst...«

Der Inhalt war stets der gleiche: Anjalis solle wissen, daß Rom und das Geschlecht der Scipionen immer dann ihre Hand ausstrecken würden, wenn Anjalis ihrer bedurfte.

Die große Unbeholfenheit in der Abschiedstrauer des Alten war rührend, aber auch irritierend. Zuweilen musste Anjalis die Zähne zusammenbeißen, um nicht zu schreien, dass es an Rom liege, falls er in Schwierigkeiten käme.

Es konnte auch passieren, dass Anjalis in ihnen Feinde sah – in Cornelius, Flamen Dialis, in den Stoikern auf dem Forum –, und dann dachte er: Es war vielleicht von großem Vorteil für mich, dass ich alle Ecken und Winkel der römischen Seele kennen gelernt habe.

Diesem Gedanken folgte ein gutes Gefühl, die Erkenntnis, dass er seinen inneren Zwiespalt endlich überwinden würde. Er würde frei sein, um Rom mit allen ihm zur Verfügung stehenden Mitteln zu bekämpfen.

Aber was war mit dem Kind?

Tausend Fäden verbanden ihn mit dem Jungen. Wenn Marcus für einen Moment das versteinerte Gesicht verlor und sein Lächeln ihm zeigte, dass sie alles voneinander wussten, dann dachte Anjalis, kein Gott könnte dieses Opfer von ihm fordern.

»Wenn du nur den geringsten Zweifel hast...«, sagte Cornelius.

Es war das einzige Mal während der langen Zeit des Abschieds, dass Anjalis die Beherrschung verlor.

»Gütiger Gott, Cornelius«, schrie er, »so schweig doch. Meine Zweifel sind so groß wie der Himmel. Verstehst du nicht, dass ich nichts lieber täte, als hier zu bleiben? Aber was für ein Leben wäre das?«

»Ein herrliches Leben, Anjalis, das Leben eines großen Philosophen in der Hauptstadt der Welt, Erfolg, vielleicht eine Gattin und eigene Kinder.«

»Wie der Tanz auf dornigen Rosen für einen Mann, der seinen Glauben und seine Ehre im Stich gelassen hat. Ich habe dir doch gesagt, ich bin den gleichen heiligen Pflichten unterworfen, wie du es gegenüber Rom bist.«

Anjalis stürmte aus dem Zimmer, wie angewurzelt stand Cornelius da und dachte wie schon so oft: Ich bin ein Idiot, immer war ich ein Idiot, wenn es um Menschen ging.

Nach diesem Ausbruch kehrte etwas Ruhe ein, es war, als hätten sie nun alle drei ihre steinerne Maske angelegt, und als könnte so die Trauer ihr eigenes Leben hinter den verschlossenen Gesichtern leben. Nur ein einziges Mal noch versuchte Anjalis in Marcus zu dringen:

»Du willst mir jetzt nicht zuhören, und ich verstehe das. Trotzdem möchte ich noch sagen, dass all das, was uns verbunden hat, niemals zerstört werden kann. Unsere Erinnerungen werden einen großen Platz in unseren Herzen haben und dort ihr eigenes Leben führen. Wir können immer zu ihm zurückkehren und Kraft aus ihm schöpfen. Verstehst du mich?«

»Nein«, sagte Marcus.

Schließlich sehnten sie alle drei den Abreisetag herbei, und als es endlich soweit war, konnten sie ihre Erleichterung schwer voreinander verbergen. Auf Cornelius' größtem Wagen wurden Anjalis' Bücher und Dokumente verstaut, seine Kleider, Bilder und die kostbare Sammlung von Zeichnungen. Es waren Marcus' Zeichnungen, von den Selbstporträts, die er mit sechs Jahren angefertigt hatte, bis zu dem neuesten, das Anjalis zu seinem letzten Geburtstag bekommen hatte und das sein Gesicht zeigte, eingeschlossen in einer Seerose.

Der Vierspänner führte sie in munterem Trab nach Ostia. Sie wechselten sogar einige Worte über das Wetter und noch ein paar mehr über die Schiff-Fahrt, über die Segelkunst der Ägypter und wie sie sich von der griechischen und römischen unterschied.

Aber dann waren alle Themen erschöpft, und sie waren zu Schweigen und Einsamkeit verurteilt.

Erst als Marcus das große römische Schiff am Kai klar zum Ablegen sah, brach das steinerne Gesicht auf.

»Es stimmt nicht!« schrie er. »Es darf nicht wahr sein!«

Anjalis nahm das Gesicht des Jungen in seine Hände und strich mit den Fingern über die Stirn, die Augenbrauen, über den Mund und das Kinn, so wie er es bei ihrer ersten Begegnung getan hatte.

Aber die Stimme des Zauberers klang gebrochen, als er hervorbrachte:

»Marcus, ich habe dir gesagt, dass es nicht die ganze Wahrheit ist.«

Die Zeit war knapp, und das war das einzig Gute an diesem schlimmen Tag. Cornelius und Marcus gingen mit an Bord, aber es blieben ihnen nur einige ganz kurze Augenblicke. Der Junge war weiß wie Marmor, während Cornelius sagte:

»Ich habe ein Abschiedsgeschenk für dich.«

Er nahm seine Silberkette mit dem kleinen Lederbeutel ab,

die er, solange ihn Anjalis kannte, täglich getragen und die oft seine Neugier geweckt hatte. Dann legte er sie Anjalis um den Hals.

»Sie hat mein Geschlecht seit Jahrhunderten begleitet und man sagt von ihr, sie verleihe dem Kraft, der sie trägt. Vielleicht wird sie dir einmal von Nutzen sein.«

Stumm drückten die beiden Männer einander zum letzten Mal die Hand, dann verließ Cornelius gemeinsam mit dem Jungen das Schiff. Marcus hatte ihm nicht Auf Wiedersehen gesagt und sich nicht umzudrehen gewagt.

Doch als das Schiff langsam vom Kai ablegte, rief Anjalis: »Marcus.« Der Junge blieb stehen, wandte ihm sein bleiches Gesicht zu, und Anjalis rief mit erhobener Hand:

»Wir sehen uns wieder, Marcus, wir sehen uns in Jerusalem wieder!«

Daraufhin drehte er sich abrupt um und verschwand in seiner Kajüte. Dort warf er sich auf das breite Bett und versuchte zu weinen – um Ariadne und Marcus, wegen des großen Betrugs im Leben. Doch die Versteinerung wich nicht von ihm – sich zu befreien, war kein einfacher Weg.

Erst am nächsten Morgen weit draußen auf dem Meer erinnerte er sich an Cornelius' Abschiedsgeschenk. Er hörte auf, mit leerem Blick über die Wasseroberfläche zu starren, und ging in seine Kajüte, um den Lederbeutel zu öffnen.

Dann musste er tief Luft holen. In der Hand hielt er den Rubin aus der Krypta in Heliopolis, der wie eine Rosenknospe geformt und ebenso groß war.

Er erinnerte sich, wie er mit dem Edelstein in der Hand geschlafen hatte, beinahe verrückt von der Versuchung, den Stein anzunehmen, der ihm Ruhm versprach. Am Morgen dann war er mit einer Brandwunde in der Handfläche aufgewacht, genau an der Stelle, wo sich die Lebenslinie mit der Todeslinie verbindet.

Hier stand er nun als der Besitzer des leuchtend roten Steins.

Die Gedanken wirbelten ihm durch den Kopf, als er mit der

Hand den Rubin umschloß und dessen Brennen immer noch fühlte, heiß, als wäre er langsam von der Glut eines erlöschenden Feuers aufgeheizt worden.

Einen Moment lang dachte er an den Hundertjährigen in Heliopolis, den einzigen, der ihm vielleicht helfen konnte, all das zu verstehen.

Doch der Alte war seit vielen Jahren tot, und es wäre sowieso müßig. Jeder Mensch hat sein eigenes Lebensrätsel, und jeder muss es für sich lösen.

»Großvater, hast du gehört, was er gerufen hat?«

»Ja.«

»Was hat er damit gemeint, und warum hat er es nicht früher gesagt?«

»Ich glaube, es war eine seiner Eingebungen, wie er sie manchmal hatte.«

»So wie er auch von den Legionen im Teutoburger Wald wusste?«

»Ja.«

Lange war es still im Wagen, doch schließlich sagte Cornelius: »Es kann wohl so gedeutet werden, dass er wissen wird, wenn dein Leben einmal unerträglich ist, und dass er dann nach Jerusalem reist.«

»Aber das ist es jetzt, Großvater!«

»Nein, Marcus, es ist nur schmerzlich.«

»Und was kann man da machen?«

Nun weinte Marcus, und so viel hatte Cornelius gelernt, dass er jetzt nicht versuchen durfte, ihn zu trösten.

»Ich glaube, Anjalis hätte gesagt, man soll in seiner Trauer bleiben und nicht vor ihr davonlaufen.«

»Ja«, flüsterte Marcus, »das hätte er gesagt.«

Und nach einer erneuten langen Pause fügte er hinzu: »Er hat alles von mir gewusst. Und irgendwie wusste ich alles von ihm.«

»Ja, das habe ich bemerkt«, sagte Cornelius. »Ich glaube, das ist sehr ungewöhnlich. Dafür muss man dankbar sein, Marcus.«

»Für die Erinnerung, meinst du?«

»Nein, dass man genau so gesehen wurde, wie man ist, denn man hätte ja auch ausweichen und sich verstecken können.«

»Versteckst du dich?«

»Ja, ich glaube. Wenn man nie jemandem begegnet ist, der einen so gesehen hat, wie man wirklich ist, dann beginnt man, alles auch vor sich selbst zu verstecken.«

»Wir müssen es durchstehen, so gut es geht«, sagte der Alte, und Marcus fand die passenden, tröstenden Worte:

»Es wird schon alles gut gehen.«

Das war die erste Lüge.

Doch Cornelius' Gedanken gingen in eine andere Richtung.

»Du hast gesagt, du wüsstest alles über Anjalis. Aber es gab ein großes Geheimnis in seinem Leben.«

»Ja, deswegen musste er abreisen.«

»Dann kennst du es also ...?«

»Nein, nicht wirklich. Aber ich weiß, wie er gedacht und gefühlt hat.«

Zum ersten Mal wurde Marcus bewusst, dass er viel mehr als die Erinnerungen an die glücklichen Tage hatte, dass er noch immer viel Kraft von Anjalis bekommen konnte, wenn er sein Herz offen halten würde.

Das hat er also mit dem geheimen Raum gemeint, dachte der Junge.

Kalt lag der Frühling über den blauen Inseln, als sie Kythera an Griechenlands Südspitze umrundeten und nach Nordost in Richtung Ephesus drehten. Es war ein großer Lastensegler, einer von vielen, die ägyptischen Weizen nach Rom brachten. Auf der Rückreise nahm man Ladung, die sich gerade bot, und nun im zeitigen Frühjahr sollte sich das Schiff mit jüdischen Heimkehrern füllen, die auf dem Weg nach Jerusalem zum großen Passahfest waren.

Nächtelang hatte Anjalis mit langen Schritten das Oberdeck durchmessen, allein mit den Sternen und dem Ausblick auf das Meer hatte er sich müde gelaufen und von den Gedanken befreit.

Nun endlich hatte er seinen Freiraum.

Ein harter Wind traf sie beim Einlaufen vom Land her, das Schiff kämpfte gegen die unruhige Gegenströmung an, als die großen Segel eingeholt wurden, und Anjalis hörte Kommandorufe und Peitschenhiebe. Gegen Mittag hatten die Galeerensklaven den Wind besiegt und das Schiff am Kai vertäut.

Er sah Dianas Tempel gegen die blauen Berge leuchten, doch seine Neugier war verschwunden, und er ging nicht an Land, obwohl er genügend Zeit hatte.

Hier war er schon früher gewesen, und irgendwie wusste er, ohne darüber nachgedacht zu haben, dass er noch eine Ewigkeit vor sich hatte, um Ephesus kennenzulernen.

Nun stand er hier oben und schaute den jüdischen Familien zu, die sich an Bord drängten und das gesamte untere Deck in Beschlag nahmen, es Stück für Stück im ständigen Streit mit den römischen Steuermännern eroberten. Ganze Sippen richteten sich dort unten häuslich ein, markierten ihre Grenzen mit Bündeln, Kochgefäßen, Lederranzen voller Essen, Mänteln, Buchrollen. Und Kindern.

Die alten Menschen sind schön, dachte Anjalis, ebenso schön wie die Kinder. Besonders vielleicht die alten Männer, die den Propheten in den jüdischen Schriften ähneln.

Auch die Kinder hatten diese Würde, die jüdischen Kinder, die alle mit großen Erwartungen empfangen wurden.

Messianischen Erwartungen.

Kein Volk hat so überwältigende Mythen wie die Juden, dachte er, aber er war nicht in der Lage, seine Gedanken weiter zu spinnen, und er wollte keine Kinder sehen.

So ging er in seine Kajüte hinunter und zog sich in die Abgeschiedenheit zurück, die er sich mit seinem Geld erkauft hatte. Doch die Geräusche, die vogelgleichen Rufe der spielenden Kinder, konnte er nicht aussperren. Auch die Düfte zogen zu ihm herein, es roch nach Schafshäuten, Wolle, getrocknetem Fleisch und brennendem Schafskot.

Es war ein eigentümliches Gemisch von Gerüchen, an das er sich so gewöhnen würde, dass er es mit der Zeit nicht mehr würde unterscheiden können. Aber das war ihm nicht bewusst, als er in seiner Kajüte lag und versuchte, sich einige kurze Stunden Bewusstlosigkeit zu erkämpfen.

Dem tiefen Schlaf wagte er sich nicht auszuliefern, er könnte Träume enthalten und Marcus und Ariadne möglicherweise zum Leben erwecken. Sehr früh am nächsten Morgen wurde er von Kindergeschrei geweckt, und er war froh darüber, denn er war gerade dabei gewesen, in einen Traum zu verfallen, in dem ihn diese unbestimmte Angst erwartete.

Sie hatten Rückenwind, die kalten Winde aus dem Norden gaben dem Schiff volle Fahrt nach Joppe, wo sie das Gesindel vom untersten Deck los sein würden, wie sich der Kapitän am Frühstückstisch ausdrückte.

Anjalis befand sich meilenweit entfernt von dem fetten Römer, aber die Worte erreichten ihn trotzdem und blieben haften. Gegen Mittag hatte er sich entschlossen, das Schiff in dem jüdischen Hafen zu verlassen, auch er wollte nach Jerusalem wallfahrten.

Es dauerte nicht lange, mit dem Kapitän eine Abmachung zu treffen, nachdem Anjalis das Geld hatte sprechen lassen. Seine kostbare Bibliothek und der größte Teil seines Gepäcks sollte mit dem Schiff nach Alexandria gebracht werden, wo es an die Priester von Heliopolis weitergereicht werden sollte. Ihnen sollte der Kapitän auch einen Brief aushändigen, worin Anjalis erklärte, er habe sich entschlossen, die letzte Strecke durch das jüdische Land zurückzulegen und sich innerhalb von vierzehn Tagen in Heliopolis einzufinden.

Der plötzliche Entschluss, an den großen Festlichkeiten der Juden in Jerusalem teilzunehmen, überraschte Anjalis selbst, gab ihm jedoch auch Handlungsfreiheit. Erst auf dem steilen Weg von der Küste zur Stadt hinauf bereute er es. Das Gedränge, Geplapper, diese Vertrautheit unter den vielen Menschen, die ihm zu nahe kamen, deren Glaubenskraft und heilige Freude, die Gesänge und Psalmen – all das berührte ihn schmerzlich. Auf halbem Wege begegneten sie einer römischen Truppe, und der Widerwille im Gesicht des Centurios übertrug sich auch auf Anjalis' Gefühle.

Beim Jupiter, wie er die Juden verabscheute.

Auch Jerusalem verabscheute er, diesen wimmelnden Ameisenhaufen, der auf orientalische Weise am Berg hinauf und hinunterkroch, arm, schmutzig, ein Nest, das im Größenwahn einen Tempel für einen Gott errichtete, der größer war als alle anderen Götter. Und folglich musste dieses Gotteshaus auch beinahe so groß wie eine Pyramide sein.

Die Stadt quoll über von den Menschenmassen, Juden, die aus allen Winkeln der Erde zu den Feierlichkeiten kamen. Die Menschen drängten sich dicht an dicht in die kleinen Häuser. In

Zimmern, die für drei vorgesehen waren, mussten zwanzig oder mehr Platz finden.

Doch Anjalis war unbesorgt, er vertraute seiner Fähigkeit, hier, wie überall auf der Welt, das zu bekommen, was er begehrte, ein kühles und ruhiges Zimmer, ein sauberes Bett und gutes Essen.

Und auch hier in Jerusalem wirkte sich seine chaldäische Kleidung zum Vorteil aus. Bald fand er einen Pensionswirt, der sagte: »Geh durch das Kidrontal und die Olivenhaine von Gethsemane. Frage nach Joachim, das ist der Mann mit den Ölpressen. Er behält immer die besten Zimmer für die reichen Gäste zurück.«

Eine leichte Betonung lag auf dem *reich,* und Anjalis hatte verstanden, bezahlte den Pensionswirt mit klingenden Silbermünzen und begab sich durch das große Tor der östlichen Stadtmauer.

Im Kidrontal blühten die Anemonen. Auf dem Abhang des Ölberges hatten die Juden ihre Lager aufgeschlagen, ein Zelt stand neben dem anderen.

Anjalis lief unter den uralten Bäumen mit ihren silbergrauen Blätterkronen einher und hatte schnell das Haus des Ölpressenbesitzers gefunden. Hier ließ er wieder die Münzen sprechen und erhielt bald ein großes Zimmer ganz für sich allein.

Er nahm eine leichte Mahlzeit zu sich, trank mehr Wein, als er es sonst tat, und fand tatsächlich Schlaf.

Im Traum sah er, wie Marcus gekreuzigt wurde, in einem Jerusalem, dessen Straßen von Schmerzen widerhallten. Er selbst floh vor den Juden nach Gethsemane, und dort, unter den großen Bäumen, traf er einen Mann, einen jüdischen Mann, noch jung und mit einem Gesicht so voller Liebe und Trauer, wie es Anjalis noch nie begegnet war. Er lag auf den Knien und betete.

Und er sagte zu Anjalis:

»Kannst du denn nicht eine einzige Stunde mit mir wachen? Wache und bete, dass du nicht geprüft wirst.«

Anjalis wurde durch sein eigenes Herzklopfen geweckt. In dem Traum aber klang etwas anderes mit als in den alten Alpträumen in Rom, eher Verzweiflung als Angst.

Lange Zeit stand Anjalis an seinem Fenster und schaute zu, wie die Sonne hinter dem Ölberg aufging. Wieder sah er, wie Marcus gekreuzigt wurde, von Anjalis im Stich gelassen. Soweit war der Traum eindeutig. Doch wer war der Mann in Gethsemane und was bedeuteten die Worte, die er gesprochen hatte:

»Wache und bete.«

Er dachte an Oannes – höre auf deine Träume. Hier war eine Botschaft, auf die er hören musste.

Aber was sollte das für eine Prüfung sein?

Als er entlang der Stadtmauer zum Berg Zion ging, war sein Schmerz stärker als die Leere.

Außerhalb der südlichen Stadtmauer fand er, wonach er suchte, aber es war schon später Vormittag, bis er sich schließlich mit einem syrischen Karawanenführer geeinigt hatte, der am nächsten Tag in südlicher Richtung nach Ber Sheba und weiter auf dem Wüstenweg nach Ägypten ziehen wollte.

Nachdem er so seinen Fluchtweg gesichert hatte, fühlte er sich ruhiger, und die Stadt war leichter zu ertragen. Noch einmal ging er zum Tempel, dem gewaltigen Koloss, der seine vergoldeten Zinnen und korinthischen Säulen dem Himmel entgegenstreckte.

Der Gestank von Blut zeugte von endlosen Opferungen, und Anjalis blieb am Fuß der Treppe stehen. Er hatte genug gesehen vom Prunkbau des Herodes.

Das heilige Herz des Judentums.

Im nächsten Moment fiel sein Auge auf ein Kind, das auf der Treppe kauerte, merkwürdig einsam inmitten des Menschengewimmels. In diesem Augenblick kannte Anjalis den Grund, weshalb er hergekommen war und den Umweg über Jerusalem hatte nehmen müssen.

Der Junge verharrte völlig regungslos, und die Welt stand still in dieser Bewegungslosigkeit; all die Menschenmassen blieben stehen, die Zeit selbst hielt inne. Die Entfernung war zu groß, als dass Anjalis seine Gesichtszüge oder den Ausdruck in seinen Augen hätte erkennen können.

Als der Junge zögernd einen Schritt die hohe Treppe hinunter machte, kam wieder Leben in die Szene, die Geräusche stiegen hinauf in den Himmel, die Bewegungen pflanzten sich durch die Stadt und über die Welt hinaus fort. Jetzt lief er schneller, lässig, jede Bewegung erfüllt von dieser sprudelnden Lebensfreude, die für Zwölfjährige so typisch ist.

Marcus.

Es gab Ähnlichkeiten.

Anjalis fühlte seinen Pulsschlag bis zum Hals. Nur mit äußerster Kraftanstrengung konnte er tief Luft holen und die Kontrolle wiedergewinnen. Gleich darauf ging das Kind an ihm vorüber, hielt einen Moment vor dem hochgewachsenen Zauberer inne, sah erstaunt und neugierig zu ihm auf, wie es alle Kinder beim Anblick des Chaldäers taten.

Aber auf dem Grund seiner Augen leuchtete ein blitzschnelles Wiedererkennen und Erstaunen auf, das größer als das sonst übliche war und sich vertiefte zu Schmerz.

Der Junge kämpfte mit dem Rätselhaften seines eigenen Schicksals und wehrte sich gegen den Mann, der um das Rätsel wusste.

Im nächsten Moment war er in der Menge verschwunden.

Lange blieb Anjalis stehen und rührte sich nicht. Dann ging er langsam den Berg ins Tal hinunter, durch Gethsemane, wo es nach Thymian duftete.

Seine Verwunderung war grenzenlos, als er endlich Worte für sein Erlebnis fand.

Eben war er dem Blick des einzig sehenden Menschen auf Erden begegnet.

Augen, die sahen.

Sie glichen, erinnerten an ...

Erst viel später wagte er es, sie in Worte zu kleiden:

Diese Augen hatten starke Ähnlichkeit mit denen von Marcus, als er blind war.

Gleich nach Tagesanbruch am nächsten Morgen war er auf den Beinen und verabschiedete sich von Joachim und dessen Frau. Als er mit leichtem Gepäck, das er über die Schulter geworfen hatte, durch die Zionspforte ging, waren seine Gedanken klarer als am Abend zuvor.

Das Gotteskind war auch ein Mensch, ein ganz gewöhnliches Kind, das die üblichen Fragen stellte und sich so gut es ging dem Platz anzupassen versuchte, an dem es geboren war. Bisher gab es nur ein dunkles und beängstigendes Gefühl für sein Lebensrätsel und noch keinerlei Gedanken an die ungeheure Aufgabe, die es auf Erden erfüllen musste.

Eine große Leere erfüllte Anjalis, als er auf seinem Kamel Platz nahm und in Richtung Süden davonritt. An der Grenzstation in Ber Sheba, die sie am nächsten Morgen erreichten, erkannte ihn der wachhabende römische Offizier wieder.

»Ich habe deine Vorlesungen auf dem Forum gehört«, sagte er und war voller Bewunderung.

Anjalis lächelte und winkte freundlich ab, als man ihm eine römische Eskorte durch die Wüste anbot.

Lange stand der Römer da und sah den stattlichen Chaldäer am Horizont der roten Wüste verschwinden. Und dieser Anblick war der letzte, den Rom von dem Philosophen Anjalis bekommen sollte.

4. TEIL

»Siehe, ihr alle,
die ihr ein Feuer anzündet
und Brandpfeile zurüstet,
geht hin in die Glut eures Feuers
und in die Brandpfeile,
die ihr angezündet habt!«

Jesaja 50, 11

»*Nobenius* hat eine Säure, die er hütet wie seinen Augapfel. Wenn man nur einen einzigen Tropfen davon nimmt, stirbt man.«

Eneides, der auf dem Boden lag und las, blickte interessiert auf.

»Man wird blau im Gesicht und alle Eingeweide werden zerfressen, und man schreit wie ein Verrückter. Dann ist man tot«, fügte Marcus hinzu.

»Wozu braucht er die?«

»Er ätzt damit Bronze.«

»Aha.«

Nobenius war einer der berühmtesten Porträtmaler Roms, und Marcus besuchte dessen Kunstschule. Über die Unterrichtsstunden des ganzen letzten Winters hatte er bisher kein Wort verlauten lassen, und es war das erste Mal, dass er den Namen des Künstlers nannte.

Eneides kniff die Augen zusammen, wie er es immer tat, wenn er ganz bei der Sache war:

»Ich habe gehört, die ägyptischen Seeleute verkaufen ein Pulver, das Menschen tötet«, sagte er. »Das ist viel besser, weil man danach nicht das Geringste sehen kann – bei der Leiche, meine ich.«

Marcus hörte auf, seine sinnlosen Figuren auf die Wachstafel zu kritzeln, und blickte zu seinem Bruder: »Ist es teuer?«

»Ich glaube schon.«

Es war der letzte Sommertag in den blauen Bergen, die niedrig stehende Nachmittagssonne suchte sich ihren Weg durch die

Kronen der Linden und schien durch die offenen Fensterläden. Am nächsten Tag würden sie nach Rom zurückreisen.

»Im September wird Salvia wegfahren«, sagte Marcus. »Sie will ihre Kinder in Pompeji besuchen.«

Mehr wurde nicht gesagt, und bereits an ihrem ersten Nachmittag in der Stadt gingen die Jungen zum Hafen am Tiber.

Dort lag kein ägyptisches Schiff.

Eneides war erleichtert, Marcus aber war enttäuscht. Einige Tage darauf sagte er:

»Wir machen einen Ausflug nach Ostia.«

Salvia fand die Idee gut, sorgte für Reiseproviant und Pferde und redete lange und ermahnend mit den Sklaven, die die Jungen begleiten sollten.

Aber auch in Ostia war kein ägyptisches Schiff aufzufinden.

Die Jungen besuchten eine neue Schule auf dem Capitol, von der man sagte, sie sei die beste in Rom. Aber für sie gab es zu Cornelius' Leidwesen und dem der griechischen Lehrer nicht viel zu lernen.

In diesem Herbst würden sie vierzehn, und erst im darauffolgenden Jahr konnte er sie auf die Akademie nach Athen schicken. Er sorgte dafür, dass sie auf dem Marsfeld Unterricht im Schwertfechten und Reiten bekamen, und freute sich über Marcus' Interesse. Aber Eneides trieb sich am liebsten am Hafen herum, wo die Sprachkenntnisse, die er bei Anjalis erworben hatte, nun von gutem Nutzen waren.

Über den Chaldäer sprachen sie nie.

Dann legte eines Tages ein ägyptisches Schiff mit Doppeldeck am Kai des großen Hafenbeckens am Emporium unterhalb des Aventinhügels an. Beladen war es mit Porphyr und Weihrauch aus dem Orient, mit Gewürzen und Korallen aus dem fernen Indien und Papyrus aus Ägypten.

Doch die kostbarste Fracht war die Seide. Sie war über die

endlosen Karawanenstraßen durch Asiens schneebedeckte Bergketten und die Große Wüste zu den Häfen des Roten Meeres gelangt, wo die ägyptischen Schiffe warteten.

Eneides war von der Seide wie verzaubert, diesen schimmernden Stoffen, verlockend wie die Sünde und unwiderstehlich – aber auch ein ständiges Problem für die römische Staatskasse. Wie festgenagelt stand er am Kai, als die großen Ballen vom Schiff abgeladen wurden und auf den Wagen der Seidenhändler verschwanden.

Doch Marcus vergaß sein Vorhaben nicht, und als er den Steuermann zu Gesicht bekam, der das Löschen der Ladung vom Kai aus überwachte, sammelte er seinen ganzen Mut und ging auf den Mann zu. Er sprach ihn in seinem besten Ägyptisch an, aber der Mann lachte ihn bloß aus und antwortete in breitem Griechisch, er habe von diesem Gift noch nie gehört.

Und außerdem solle Marcus heim zu seiner Mama gehen, anstatt hier zwischen den Füßen der Erwachsenen herumzulungern, die genug zu tun hätten.

Marcus sank vor Enttäuschung in sich zusammen und bemerkte Eneides' strahlendes Gesicht nicht, als sie sich durch die schmutzigen Gassen über den Aventin auf den Heimweg machten, denn Salvia würde unruhig werden, falls sie zu lange fortblieben. Aber sie waren nur ein paar Häuserblöcke weit gekommen, als sie von einem Seemann, einem Nubier, der zu dem Schiff gehörte, eingeholt wurden.

»Ich habe gehört, dass du nach dem weißen Schlaf gefragt hast«, sprach er Marcus an. »Ich kann dir vielleicht ein paar Unzen davon verkaufen.«

Eneides war sichtlich verlegen, doch Marcus' Frage kam prompt: »Was soll es kosten?«

»Zweihundert Dinar. Und ich lasse nicht mit mir handeln.«

Eneides dachte, so viel Geld könnten sie nie beschaffen, aber Marcus antwortete: »Können wir uns hier morgen zur selben Zeit wiedersehen?«

»In der Weinstube dort drüben«, sagte der Nubier. »Ich warte in dem Raum zum Hof hin.«

Marcus nickte, aber als sie ihren Weg durch die Gassen fortsetzten, musste selbst er einsehen, dass es hoffnungslos war. Sie redeten davon, eventuell eine Vase aus Salvius' Sammlung zu stehlen, sahen aber ein, dass sie sie nie verkaufen könnten, ohne entdeckt zu werden.

Als sie nach Hause kamen, hatte Eneides die ganze Sache bereits vergessen.

Marcus aber konnte an diesem Abend nicht einschlafen, und plötzlich hatte er eine Idee: Me Retes Abschiedsgeschenk.

Er bewahrte es in seinem Elfenbeinkästchen zusammen mit den anderen Andenken an die Reise auf, Mondsteine, die er im Sand am Euphrat ausgegraben hatte, eine Sternkarte, die einer der Chaldäer gezeichnet hatte, und ein kleines, geschnitztes Kamel aus Holz, dessen Duft ihn jedesmal an die wunderbare Reise erinnerte.

Auf nackten Füßen schlich er zur Kleidertruhe, und dort, auf dem Boden, fand er das Kästchen. Me Retes Geschenk war eine Halskette aus Gold, nicht besonders schwer, aber fein ziseliert. An der Kette hing ein Anhänger aus Silber und Lapislazuli, zwei Fische, die aus der Flut sprangen, der eine nach oben in Richtung Himmel, der andere in entgegengesetzter Richtung in die Tiefe.

Er schützt vor dem Bösen, hatte Anjalis' Mutter gesagt, als sie ihm ihr Geschenk überreichte.

Und Marcus dachte, das passe gut, ja – das stimmte. Doch am meisten beschäftigte ihn die Frage, wieviel der Schmuck wert sei, ob es wohl reichen würde.

Am Morgen zeigte er den Halsschmuck Eneides, der sofort protestierte: »Du bist nicht ganz gescheit, der ist viel mehr als zweihundert Dinar wert!«

»Das macht nichts«, entgegnete Marcus.

Zur verabredeten Zeit trafen sie den Nubier in der Weinstube. Seine Augen blitzten vor Begeisterung, als er den Schmuck zu Gesicht bekam, und es drängte ihn, den Handel abzuschließen.

Der Halsschmuck wurde gegen einen kleinen Lederbeutel mit knapp einem Löffel voll weißem Pulver eingetauscht.

»Reicht das?«

»Das reicht, um ein Pferd zu töten«, antwortete der Nubier und war gleich darauf im Menschengewimmel der Gasse verschwunden.

»Hast du nicht gesehen, wie erstaunt er war? Das Halsband war viel mehr wert«, sagte Eneides. »Du kannst ihm nicht trauen, dieses Pulver da kann ja Salz oder Sand sein. Du hättest es nicht tun dürfen!«

Eneides hielt Marcus während des gesamten Heimwegs seine Einwände vor, aber der kümmerte sich nicht darum, er war ruhig und sich seiner Sache sicher.

»Wir werden ja sehen«, sagte er bloß.

Mitte September reiste Salvia wie vereinbart ab. Nadina war für Marcus kein Grund zur Beunruhigung, sie war jetzt so alt, daß sie schlecht sah und den ganzen Tag über schlief.

»Du musst mir nur dabei helfen, Ganymedes und die Sklaven fernzuhalten«, sagte Marcus, und Eneides nickte.

Die Jungen wählten einen Tag, an dem Cornelius schon frühmorgens zur Kurie ging, wo er bis in den späten Nachmittag hinein beschäftigt sein würde. Sie nahmen einige Stunden lang an den vormittäglichen Griechischstunden teil. Am Nachmittag würden sie auf dem Marsfeld bei dem Wettreiten mitmachen. Alles war wie immer.

Als sie zur Tagesmitte nach Hause kamen, döste das Haus im Mittagsschlaf. Marcus ging sofort in sein Zimmer hinauf, wo er das weiße Pulver in einem Becher mit Wasser vermischte. Dann stand er hinter seiner Tür, bis er Eneides rufen hörte: »Ganymedes, bei Cornelius sind Diebe!«

Er hörte Ganymedes und die übrigen Sklaven durch das Atrium und weiter zu Cornelius' Halle eilen, wo erschrockene Stimmen schrien, das Schloss sei aufgebrochen worden.

Gleich darauf war Marcus in Cornelias Zimmer. Sie schlief, aber Marcus hob mit festem Griff ihren Kopf vom Kissen und sagte: »Trink das, kleine Mama, trink.«

Sie machte die Augen nicht auf, aber sie gehorchte ihm und trank den Becher bis zum letzten Tropfen aus. Dann zog sie eine Grimasse, doch als Marcus ihr die Lippen trocknete, war sie schon wieder in den Schlaf zurückgesunken.

Im Nu war alles vorüber, und als Ganymedes, die Sklaven und Eneides zurückkamen, ging Marcus gerade von seinem Zimmer aus die Treppe hinunter und sagte: »Wir müssen uns aber beeilen, Eneides, gleich müssen wir auf dem Marsfeld sein.«

Die Jungen verließen das Haus in der Sänfte, und es war noch über eine Stunde Zeit, bis Cornelia ihren Mittagsschlaf beendet haben würde. Als der Lärm der Stadt über der Sänfte zusammenschlug, flüsterte Marcus: »Es war so leicht, Eneides. Sie hat einfach getrunken, und dann schlief sie weiter.«

Eneides stöhnte, und erst da bemerkte Marcus, dass der Bruder weiß wie Marmor war und aussah, als sei ihm übel.

»Niemand kann uns etwas tun«, sagte er beruhigend. »Du weißt, was wir abgesprochen haben.«

Eneides dachte an all das, was sie zu sagen vereinbart hatten, und sah ein, dass der Plan sicher war. Doch es half nichts, noch bevor sie das Marsfeld erreicht hatten, musste er aus der Sänfte steigen und sich übergeben.

»Es war doch nur ein Spiel, Marcus«, sagte er dann. »Nur ein Spiel.«

»Natürlich«, antwortete Marcus und lächelte seinen Bruder voller Wärme an. Und fügte hinzu: »Denke an Seleme, Eneides.«

Sie warteten, bis Eneides' Gesicht wieder Farbe angenommen hatte, und kurze Zeit später saßen sie auf ihren Pferden. Marcus ritt wie nie zuvor, wie der Wind war er, unmöglich zu besiegen, und glücklich lächelte er den Reitlehrer an, als dieser sagte: »Heute scheint dein Tag zu sein, Scipio.«

Erst als zum späten Nachmittag hin die Stadt etwas abkühlte, erblickten sie Cornelius unter den Zuschauern, und beide verstanden sofort, was das bedeutete.

»Ich habe dir etwas … Trauriges zu sagen, Marcus«, sagte der Alte. »Deine Mutter ist tot.«

Kein Muskel bewegte sich in Marcus' Gesicht, aber er senkte den Blick, der die Gefühle nicht zu verbergen vermochte. Eneides dagegen begann völlig überraschend zu weinen.

Cornelius legte seinen Arm um den Jungen und sagte beruhigend: »Es war ein leichter Tod, sie ist im Schlaf gestorben. Und sie hatte ja keine Freude am Leben.«

Eneides entspannte sich, und Marcus wiederholte die Worte: »Sie hatte keine Freude am Leben.«

Über der Nasenwurzel des Arztes war eine Falte, Marcus sah sie sofort, als er in Cornelias Zimmer trat. Die Mandelmilch, die sie jedesmal trank, wenn sie aus dem Mittagsschlaf erwachte, war unberührt geblieben. Ganymedes schwieg zu dem Einbruchsversuch, er hatte das Schloss bei Cornelius repariert und schwor, er sei den ganzen Tag im Atrium gewesen und habe Cornelias Schlafzimmertür im Auge behalten.

»Du bist sicher, dass niemand bei ihr war?«

»Ganz sicher.«

Der Arzt sah, dass Cornelius von Fragen gequält wurde, und zuckte mit der Schulter.

»Dann war es wohl ein Herzschlag«, sagte er und wiederholte, was Cornelius geäußert hatte und was man in den kommenden Wochen noch oft hören sollte: »Sie hatte ja keine Freude am Leben.«

Einzig Salvius nahm diese Worte nie in den Mund, er legte eine unerwartet große Trauer an den Tag. Schließlich war er nur noch in den Thermen anzutreffen. Über der Toten war er zusammengebrochen und hatte wie ein Kind geweint. Er ist betrunken, dachte Cornelius mit Abscheu.

Flaminica war die einzige Außenstehende, die Cornelias Begräbnis mit ihrer Anwesenheit ehrte. Die Stadt hatte ihren Tod kaum beachtet, sie betrauerte den großen Augustus und richtete ihr Augenmerk voller Furcht auf den Erben Tiberius.

Und in aller Munde war die Nachricht vom Mord an Agrippa Postumus, dem Jüngling, der des Landes verwiesen worden war und den Augustus trotz allem geliebt hatte.

Nach dem Begräbnis wurde es merkwürdig still im Haus auf dem Palatin, stumm und in gewisser Weise schattenlos. Salvia sagte sogar einmal:

»Es ist eigenartig, aber manchmal ertappe ich mich dabei, dass ich sie vermisse.«

Im Oktober sollte Marcus bei Nobenius seine Zeichenstunden wieder aufnehmen. Doch er weigerte sich und blieb in dem heftigen Streit mit Cornelius hart.

»Ich habe es Anjalis versprochen«, sagte der Alte.

»Und ich denke nicht daran, an seinem Gängelband zu hängen!«, schrie Marcus. »Es war sein Traum, dass ich Künstler werden sollte, nicht meiner. Und jetzt ist er weg. Ich will mein eigenes Leben führen.«

Nicht ohne Respekt blickte Cornelius den Jungen an. Er wird erwachsen, dachte er und musste wohl oder übel nachgeben. Aber er fügte noch hinzu: »Ich möchte gern wissen, weshalb Anjalis so sehr darauf beharrte.«

»Er wollte, daß ich genauso ein Weichling werde wie er!«, schrie Marcus.

Da begann auch Cornelius zu schreien: »Er war kein Weichling, und jetzt hältst du deinen Mund!«

Cornelius ging selbst zu dem Porträtmaler, um den Platz

unter den Schülern zu bezahlen, den Marcus nicht nutzen würde.

»Es ist schade, gerade fing er an, Fortschritte zu machen«, sagte der Künstler. Und fügte rätselhaft hinzu: »Ich weiß ja, dass es schwer für ihn war.«

»Aber er ist doch so begabt«, entgegnete Cornelius erstaunt.

»Ja, darum ging es ja eben«, sagte Nobenius.

Im folgenden Winter erkrankte Salvius, und jeden Tag verschlechterte sich sein Zustand – er konnte das Essen nicht bei sich behalten und hatte zunehmend schlimmere Schmerzen.

Der alte Arzt kam, drückte auf Salvius' Bauch und schüttelte den Kopf. Zu Salvia sagte er: »Es ist Krebs, viel Zeit bleibt ihm nicht mehr.«

Frühmorgens, zur Tagundnachtgleiche im Frühling desselben Jahres, wurde Salvius endlich von seinen Schmerzen erlöst. Eneides wachte bei ihm, als ihn das Leben verließ, und ihm ging der Satz durch den Kopf, der zuvor schon bei Cornelia gefallen war: Er hatte keine Freude am Leben, auch er nicht.

Doch Cornelius' Gedanken gingen in eine andere Richtung, als er an dem Morgen herunterkam, um sich von dem Schwiegersohn zu verabschieden. Ganz deutlich erinnerte er sich an Anjalis' Worte, die er einst vor langer Zeit einmal gesagt hatte: Die beiden halten sich durch ihren Hass gegenseitig am Leben.

Kurze Zeit später verließ auch Nadina diese Welt und wechselte hinüber in den großen Schlaf. Eneides weinte tage- und nächtelang, er trauerte um die alte Frau mehr, als er um seinen Vater getrauert hatte.

Nur Marcus vergoss keine Träne, er behielt sein steinernes Gesicht. Cornelius und Salvia bemerkten es, und sie dachte: Er ist hart wie Feuerstein.

Doch Cornelius dachte an Selemes Tod zurück und an das Kind, das daraufhin erblindete, und er versuchte, sich nicht zu beunruhigen.

An einem kalten Sonnentag im März saßen sie bei den Advokaten. Eneides hatte sich auf das Schlimmste vorbereitet, und dennoch fühlte er Unwillen in sich aufsteigen, als die trockenen Stimmen über Salvius' Hinterlassenschaften Bericht erstatteten.

Salvius' gesamter Besitz war beliehen, nicht nur das Haus, sondern auch die komplette Sammlung kostbarer Kunstgegenstände, ebenso der Schmuck. Die Hypotheken waren von Cornelius Jahr für Jahr diskret ausgelöst worden.

Lediglich das Sommerhaus in Antium verblieb Eneides als Erbe.

»In meinem Haus wirst du immer einen Platz als Marcus' Bruder und als mein Pflegekind haben«, sagte Cornelius, und Eneides senkte den Blick.

Gnadenbrot für das Sklavenkind.

Und er hasste sie alle und dachte, eines Tages, ja, eines Tages würde er …

Da sagte plötzlich der jüngste der Advokaten: »Wir haben auch noch eine Schenkungsurkunde für Eneides Salvius, ausgestellt von dem parthischen Staatsbürger Anjalis, Sohn des Balthasar.«

In dem Raum wurde es so still, dass die Rufe von der Straße durch die Mauern hereindrangen. Eneides fiel es schwer, den Advokaten zu folgen, als sie den Brief verlasen, in dem Anjalis ihm seine gesamten Einkünfte aus den Jahren in Athen und Rom als Geschenk übertrug, frei verfügbar nach Vollendung des siebzehnten Lebensjahres.

Es war kein geringes Vermögen.

Schließlich flüsterte Eneides: »Steht in dem Brief irgendein Grund, ich meine, warum er das gemacht hat?«

»Es gibt noch einen persönlichen Brief«, erwiderte der Advokat, und Eneides nahm ihn entgegen, brach ihn auf und dachte: Er ist sicher mit irgendeiner fürchterlichen Bedingung verknüpft.

Doch der Brief war sehr kurz, und in ihm stand lediglich, der Spender sei sicher, das Geld käme in gute Hände und würde ihm zum Segen gereichen.

Eneides war einige Zoll gewachsen, als sie das Kontor der Advokaten verließen.

Salvia begleitete sie nach Athen. Gemeinsam mit sechs von Cornelius' Sklaven richtete sie ihnen in einer römischen Villa im grünen Randbezirk der Stadt eine Wohnung ein, unweit des großen Landweges nach Piräus.

Eneides und Marcus wurden an der Akademie und der Schule der Epikuräer eingeschrieben. Ihnen gefiel die Stadt, und sie fanden sich schnell zurecht. Sie war offener, nicht so beängstigend und unberechenbar wie Rom. Ein weiter Himmel wölbte sich über Athen, und er schien ohne Geheimnisse zu sein.

Aber alles war kleiner, als sie es sich vorgestellt hatten. Sie waren mit den großen griechischen Dichtern aufgewachsen und besuchten nun die Plätze, die von den Poeten besungen worden waren. Immer wieder wunderten sie sich, wie klein, wie einfach alles war, beinahe ländlich. Nirgendwo glich das Land dem, das sie in ihren Träumen gesehen hatten.

Ausgenommen die Akropolis, sie übertraf sogar ihre Phantasie. Viele Tage verbrachten sie auf dem uralten Felsen und lernten, was Kunst bedeutete und was sie in einem Menschen bewirken kann. Marcus hatte es während seines Unterrichts bei dem Maler Nobenius widerstrebend geahnt und vermochte Eneides nur halbherzig zuzustimmen, als dieser sagte:

»Ich begreife, was die Griechen damit meinen, wenn sie behaupten, wir ahmten nur nach und unsere Kunstwerke seien ohne Seele.«

Eneides versteht nicht, wie viel Mut das erfordert, dachte Marcus.

Stundenlang verharrte er vor der Athene des Phidias, die von dort oben, beinahe zwölf Meter hoch, über das Meer blickte. Ihre Wehmut war es, die ihn in ihren Bann zog, diese nur zu ahnende Trauer, in der sie dort stand, über Jahrhunderte zurückblickte und über all das nachsann, was für immer verloren gegangen war.

Jetzt zeugten nur das Meer, die grünen Hügel und ihr Lächeln von dem, was man dem Menschen genommen hatte, als er seiner Unschuld beraubt wurde.

Derjenige, der lange in das Antlitz der Athene Parthenos blickte, zweifelte nicht an der Güte, der großen mütterlichen Güte, die alles verzieh.

»Sie sieht aus wie Me Rete«, flüsterte Marcus, schüttelte aber sogleich den Kopf. Athene mit dem drolligen dreieckigen Gesicht und dem traurigen Mund glich wohl doch nicht der Ägypterin.

Aber Eneides verstand, was Marcus meinte, ihm schien nämlich, als habe die Göttin Ähnlichkeit mit Seleme. Doch das konnte er nicht aussprechen, er vermochte nicht von seiner Mutter zu reden. Und er verstand ja, dass die Bilder, die er von Seleme hatte, nur seinen Träumen entsprungen waren.

Auf den Straßen und Plätzen begegnete ihnen kühle Zurückhaltung, eine Kühle, auf die sie Cornelius schon vorbereitet hatte. Im gesamten Imperium würde der Römer auf sie stoßen, hatte er gesagt. Und man müsse sie ertragen, ohne je zu zeigen, dass man sie bemerkte oder deren Bedeutung verstünde.

Am Abend unterhielten sie sich ausgiebig darüber.

»Und doch haben wir Ordnung und Frieden geschaffen«, sagte Marcus, der gekränkter war, als er zugeben mochte.

»Du bist nicht ganz gescheit«, entgegnete Eneides. »Wir haben die Stadt niedergebrannt, sie geplündert und ihre Kunstwerke gestohlen. Warum findest du es hier so arm und heruntergekommen? Wir erheben weiterhin unsere schrecklichen

Steuern. Und wir holen uns Sklaven; ich habe mit einem Mann gesprochen, der berichtete, dass aus beinahe jeder Familie hier ein Mitglied als Sklave nach Rom verkauft wurde.«

Marcus schwieg.

»Aber du musst doch einsehen ...«

Marcus wollte nichts einsehen, er wollte, dass die große Liebenswürdigkeit der Griechen auch ihn miteinbezog. Doch ihm fiel nichts ein, das er sagen könnte.

»Sulla ...«, sagte Eneides, aber Marcus unterbrach ihn.

»Kannst du nicht damit aufhören?«

»Sulla«, beharrte Eneides, »hat sich in Athen wie ein Schwein aufgeführt, er wütete und brandschatzte. Und das ist noch gar nicht so lange her.«

»Bist du nicht stolz, ein Römer zu sein?«

»Nein, ich wäre gern ein Grieche gewesen wie meine Mutter.«

Das öffnete eine Kluft zwischen ihnen, und Eneides schämte sich, als Marcus sagte: »Man wählt ja nicht, man kann ja nicht wählen ... seine Mutter, meine ich.«

»Auch nicht seinen Vater, nicht sein Geschlecht und nicht sein Vaterland«, entgegnete Eneides.

Eines Abends sprachen sie davon, was ihnen widerfahren war und woran sie sich noch aus ihren ersten Lebensjahren erinnerten. Doch es war wenig – und das machte sie unendlich traurig.

Zum ersten Mal sprachen sie dabei von Anjalis, und plötzlich hatten sie reichlich Erinnerungsstoff. Marcus erzählte von der Wanderung in die Berge, damals, als er sein Augenlicht wiederbekommen hatte.

»Glaubst du, er hat gezaubert?« Eneides' Augen weiteten sich vor Staunen.

»Er hat immer gesagt, er würde keine Magie anwenden. Aber du weißt ja, dass er jedesmal dabei lachte, wenn er das sagte.«

Beide erinnerten sie sich an Anjalis' Lachen, an sein Lächeln, das an das eines Fauns erinnerte und ebenso schwer zu deuten war.

Plötzlich erzählte Eneides davon, wie sie am Strand des Tyrrhenischen Meeres gesessen und von Seleme gesprochen hatten, dem Vogelmädchen.

»Niemals hat er getröstet«, sagte er.

»Nein, es gibt nämlich keinen Trost«, erwiderte Marcus. »Alle, die zu trösten versuchen, lügen.«

»Nein, das glaube ich nicht«, entgegnete Eneides.

Da kam ihnen die Zeit in den Sinn, als Marcus blind war und Eneides den Zauberer zum ersten Mal gesehen hatte.

»Ich habe geglaubt, er sei ein Königssohn.«

»Diese Chaldäer dort in der Wüste sind wohl alle so eine Art alter Könige.«

Marcus erzählte nun vom Turm der Astrologen, von den mächtigen Sterndeutern und der Bibliothek, die größer war als die größte in Rom.

»Ich hätte mir nie vorgestellt, dass es überhaupt so viele Bücher gibt«, sagte er. »Die ältesten waren viele tausend Jahre alt, und sie waren in gebrannten Lehm geritzt, mit merkwürdigen Zeichen, die jeder dort lesen konnte.«

»Wie die alten Hieroglyphen der Ägypter?« Eneides' Interesse war so groß, dass ihm der Atem wegblieb.

»Nein, nicht direkt. Ich weiß es, weil ich sie verglichen habe. In der Bibliothek gab es auch alte ägyptische Steintafeln.«

Irritiert über Marcus' Wortarmut wechselte Eneides das Thema.

»Ich würde ihm gern schreiben.«

»Worüber denn?«

»Über alles, wie es uns geht und so.«

»Wir kümmern ihn nicht länger.«

»Das glaube ich nicht. Und ich will mich für sein Geschenk bedanken.«

An diesem Abend konnte Marcus nur schwer einschlafen, seine Gedanken wirbelten durcheinander, aber sie hielten bei der Erinnerung daran inne, wie er Cornelia den Todestrank verabreicht hatte. Nicht einen Moment lang hatte er die Handlung bereut, ja, insgeheim war er sogar täglich stolz darauf.

Doch das konnte er Eneides nicht sagen, den sogar Alpträume wegen Cornelia plagten.

Und merkwürdigerweise trauerte er auch um Salvius.

Am folgenden Tag trafen sie, mitten auf der Agora, einen chaldäischen Magier. Wie eine Offenbarung kam er auf sie zu, seine goldene Halskette glänzte in der Herbstsonne, und der kurze Mantelumhang mit dem lila Futter flatterte im Wind.

Sie blieben stehen und waren wie versteinert. Im nächsten Augenblick eilte er an ihnen vorüber, so nah, dass sie ihre Hand hätten ausstrecken und den Umhang berühren können. Aber das wagten sie nicht.

Er bog in eine Gasse ein und betrat eine Weinstube, da erst erwachten die beiden aus ihrer Versteinerung und folgten ihm. Eneides sammelte seinen ganzen Mut und ging zum Tisch des Chaldäers. Er war kleiner als Anjalis und nicht so gutaussehend. Aber eine Ähnlichkeit, eine Verwandtschaft war da.

»Dürfen wir uns setzen?«

Verwundert sah der Chaldäer die Römer an – zwei Jungen, beinahe erwachsen.

»Bitte, aber ich habe keine Zauberkünste zu verkaufen«, sagte er und lachte – ein Lachen, das die Jungen wiedererkannten.

»Darum geht es nicht«, sagte Marcus leise. »Ich, wir ... wir kannten Anjalis.«

Der Mann wurde ernst und schweigsam. Schließlich nickte er, blickte Marcus an und erwiderte: »Aha, du bist also der römische Junge ...«

»Du erkennst mich wieder?«

»Nein, ich war nicht in Ur, als du uns besucht hast. Aber …«

Er sprach den Satz nicht zu Ende, besann sich und schloss die Augen. Er dachte an all das, was die Ältesten über das römische Kind gesagt hatten, das Anjalis geliebt und von dem er Abstand genommen hatte. Er hatte sie von dem Schatten des Gotteskindes flüstern hören.

Doch über dem Jungen lag nichts Dunkles, wie er dort an seinem Tisch saß, nur eine Trauer, so groß wie der Ozean.

Gleich darauf nahm er sich zusammen, er musste der Zärtlichkeit widerstehen, die der Junge weckte. Und er sagte das, worauf man sich geeinigt hatte für den Fall, dass die Römer Nachforschungen anstellen sollten:

»Anjalis ist in Indien. Er setzt seine Untersuchungen über die unterschiedlichen Religionen der Erde fort und studiert den Buddhismus.«

»Ach …«

Hoffnungslosigkeit schwang in der Stimme des Jungen mit, als er flüsterte:

»Das wollte er also machen.«

Der Chaldäer wollte trösten:

»Er musste es tun. Wir müssen den Geboten ebenso gehorchen wie die römischen Soldaten.«

Das half dem Jungen ein wenig, er versuchte sich zusammenzunehmen. Doch in seinen Augen stand noch immer die Hoffnungslosigkeit, und sein Körper war eigentümlich zusammengesunken.

Das werde ich Anjalis niemals erzählen können, dachte der Chaldäer. Der andere Junge, offener und lebhafter, stellte eine Frage: »Ich würde Anjalis gerne schreiben … das kann doch nicht verboten sein?«

»Und wer bist du?«

»Ich heiße Eneides und bin Marcus' Halbbruder.«

Der Chaldäer nickte, dachte nach und sagte dann: »Schreibe ihm, dann werde ich den Brief mitnehmen und ihn seiner Mutter aushändigen. Er kann bei ihr so lange liegen bleiben, bis Anjalis zu Besuch nach Hause kommt.«

»Willst du Me Rete von mir grüßen?«, fragte Marcus, und die Worte kamen von tief innen, wollten eigentlich gar nicht an die Oberfläche.

»Das werde ich machen. Soll ich ihr etwas Besonderes von dir übermitteln?«

»Nein.«

Lange Zeit schwieg er bis zur nächsten, beinahe ebenso widerwilligen Frage: »Ist Balthasar gestorben?«

»Ja.« Der Chaldäer lächelte sie glücklich an.

»Wo kann ich den Brief abgeben?«, fragte Eneides.

»Wir können uns morgen hier treffen, lass mich nachdenken ... Kannst du zeitig, wenn möglich zur vierten Stunde kommen, denn ich segle gegen Mittag von Piräus ab.«

»Ich werde kommen«, sagte Eneides. »Und ich bin dir ungeheuer dankbar.«

Danach gab es nichts mehr zu sagen, verlegen erhoben sie sich, verbeugten sich höflich und gingen.

Der Chaldäer sah Marcus noch lange nach und dachte, der Junge bewegt sich wie ein alter Mensch.

Eneides saß die ganze Nacht über an dem Brief, schrieb, änderte, schrieb neu. Aber als Marcus bei Tagesanbruch aufwachte, war er fertig.

»Willst du ihn lesen?«

»Nein.«

»Soll ich von dir grüßen?«

»Nein.«

Niemals hatte Marcus jemanden so sehr gehasst wie Anjalis. Nicht einmal Cornelia.

Die Vorlesungen an der Akademie waren beinahe ebenso langweilig wie die mörderischen Rhetorikstudien in Rom. Doch bei den Epikuräern trafen sie auf einen Lehrer, der ein großer Kenner des Philosophen Poseidonios war, der die Geschichte aus einem anderen Blickwinkel als dem der Macht sah.

Seine Schriften behandelten die Völker, ihre Götter und Kultur, die Geschicke und Gedanken und die darin enthaltenen Verbindungen zur Natur des Landes, dessen Lage und Klima.

Fasziniert lauschten sie den Abhandlungen über die keltischen Priester, und Eneides dachte, das hätte auch Anjalis interessiert. Mehrere Wochen lang beschäftigten sie sich mit allem, was Poseidonios über die Germanen zu berichten wusste.

»Die jungen Völker im Norden werden einmal Roms Untergang sein«, sagte der Lehrer und blickte dabei die Römer in der Gruppe herausfordernd an. Und Marcus dachte an den Teutoburger Wald und alles, was er von den Kimbern und Sueben, den Langobarden und Helvetiern, den Markomannen, den Quaden und Goten gehört hatte. Und von den sagenumwobenen Sweonen, deren Land im höchsten Norden lag, wo das Meer zur Unbeweglichkeit erstarrt war und wo die Sonne niemals unterging.

Sie folgten Poseidonios in die geheimnisvollen Haine, wo rätselhafte Göttinnen verehrt wurden, sie erfuhren von schlichten Bräuchen, von Treue und kriegerischen Ehren. Sie versuchten sich den Häuptling und dessen Gefolge vorzustellen, die jungen Männer, die für den Häuptling kämpften und starben, weil auch er für das Volk kämpfte und starb.

Doch als der Lehrer von den hochgewachsenen und schönen Menschen in Germaniens Wäldern berichtete, seufzten sie erleichtert auf. Sie hatten germanische Gefangene in Rom gesehen. Barbaren. Und Marcus fiel Cornelius' Hundezüchter ein, mit seinem schmutzigen Bart und Augen, die Marcus verabscheute.

Eines Tages schlichen sich die Jungen aus den verstaubten Vorlesungssälen und zogen nach Piräus hinaus, wo sie an den Kais entlangwanderten und den Schiffen zusahen, so wie sie es in Rom immer getan hatten. Hier wirkten die römischen Weizenschiffe wie klotzige Waschbottiche mit ihren eidechsenhaften Steven und den lächerlichen Vorsegeln.

»Das Segel dort haben sie bloß, um die Steuerung zu erleichtern«, sagte Eneides und schnaubte. Marcus begriff nicht, was an einem Segel so verachtenswert sein sollte, das nur zum Steuern diente, aber er fand die griechischen Schaluppen auch hübscher mit ihren leuchtenden Farben und den großen Augen, die auf den Vordersteven aufgemalt waren.

Dort lag auch ein römischer Dreiruderer, größer als die anderen Schiffe. Doch nicht einmal der fand vor Eneides' Augen Gnade.

»Er ist klotzig und schwer zu manövrieren«, sagte er.

Ganz überraschend mischte sich ein Grieche in das Gespräch ein: »Du scheinst etwas von Schiffen zu verstehen.«

Marcus und auch Eneides erröteten vor Freude, als sie sich überrascht umwandten und dem Blick des Mannes begegneten. Kein Grieche hatte bisher freiwillig mit ihnen ein Gespräch begonnen.

»Eigentlich weiß ich nicht so viel darüber«, antwortete Eneides, »aber ich interessiere mich für sie.«

Der Grieche war ein Mann um die vierzig, mit krausem, braunem Bart und einem Kranz von Locken um den sonst kahlen Scheitel. Aber das Überraschende an ihm waren die Augen, dunkel, munter und intelligent. Er war gut gekleidet, mit dem langen Mantel der Griechen, den er elegant über die Schulter geworfen hatte.

»Du siehst nicht allzu römisch aus«, sagte er zu Eneides.

»Meine Mutter war Griechin, aus den griechischen Kolonien in Bithynien.«

»Dort bauen sie schöne Masten«, sagte der Mann.

»Das habe ich nicht gewusst.«

»Doch, wir bezogen die Mastbäume immer aus Bithynien, als wir noch große Schiffe hier in Piräus bauen konnten ...«

Beiden Jungen kam es vor, als zöge eine Wolke vor die Sonne, als sie an die berühmten Schiffswerften in Piräus dachten, die Sulla niederbrennen ließ.

»Einen Teil haben wir wieder aufgebaut«, sagte der Mann, als habe er ihre Gedanken gelesen. »Kommt mit, dann könnt ihr es euch ansehen.«

Sie gingen am Strand entlang, ein ganzes Stück am Fischereihafen vorbei bis hinaus zur Einfahrt, wo eine solide Mole als Wellenbrecher diente. Von Sullas Bränden war nichts mehr zu sehen, doch die neuen Schiffswerften, mühevoll aus der Asche errichtet, waren klein.

»Heutzutage fehlt es uns ständig an Geld«, erklärte der Grieche, aber Eneides hörte nicht hin, denn er war fasziniert von einem neu erbauten Schiff auf einer der Hellingen, und seine Fragen kamen Schlag auf Schlag.

Vor allem interessierte ihn das Ruder.

Bald kletterten alle drei auf den Planken des Schiffes herum, der Grieche erklärte, Eneides fragte und Marcus versuchte zu verstehen. Es war eine völlig neue Konstruktion, ein Ruder, von dem man sagte, man könne es mit einem Zeigefinger bedienen.

»Ich hatte mir gedacht, es würde dich interessieren, als ich dich vom Steuersegel der Römer sprechen hörte«, sagte der Grieche. »Ich bin Konstrukteur und Schiffsbauer, vielleicht wollt ihr euch meine Werkstatt ansehen?«

Und ob sie das wollten.

Der Grieche stellte sich als Origenes vor und erzählte, dass sein Geschlecht bereits seit Jahrhunderten Schiffe in Piräus baute. Marcus sagte, so leise er konnte, er heiße Scipio. Doch Eneides lächelte über das ganze Gesicht, als er erklärte: »Ich heiße Salvius Eneides.«

Die Werkstatt war groß wie eine Kaserne, über den Boden verstreut lagen Modelle, losgelöst aus ihrem Zusammenhang und für Marcus unbegreiflich. Doch ihm gefiel der Raum, in dem das glitzernde Sonnenlicht im Widerschein des Wassers draußen spielte.

Es dauerte eine Weile, bis die Jungen begriffen, dass sie sich über der Meeresoberfläche befanden, das Haus also größtenteils auf Pfählen im Wasser ruhte. Marcus fand es verwunderlich und ein bisschen beängstigend. Er suchte nach Rissen im Boden, doch er war sorgfältig mit Werg abgedichtet, und Origines sagte:

»Du brauchst keine Angst zu haben, Scipio. Die Pfähle sind mit römischem Eisen an den Felsen befestigt.«

Um seine Mundwinkel zuckte es, aber Marcus bemerkte es nicht, sondern dachte, dass der Grieche den Namen also doch gehört hatte, diesen herausfordernden römischen Kriegernamen.

Im hinteren Teil der Werkstatt über dem Meer hatte der Grieche sein Atelier, dessen Wände mit Zeichnungen bedeckt waren, ein Papyrus neben dem anderen, mit unglaublich vielen Einzelheiten von Schiffskielen, Rudern, Steven und Takelung.

Jede Zeichnung war umgeben von einem Kranz von Zahlen.

Eneides war glücklich.

Auf einem großen Tisch inmitten des Raumes lagen Skizzen für ein weiteres Schiff, und selbst Marcus begriff allmählich, dass es sich um ein Schiff handelte, das größer werden sollte, als es die Welt je gesehen hatte.

»Kann ein so großes Schiff denn überhaupt schwimmen?«, fragte er, doch sie hörten ihn nicht, denn Eneides hatte tausend

Fragen über Wasserverdrängung, Ladevermögen, Segeloberfläche und Geschwindigkeitsberechnung.

Augenblicklich hatte er die ungeheuren Möglichkeiten des Schiffes erfaßt.

»Wenn ich mir leisten könnte, es zu bauen, wäre es möglich, mit einer einzigen Ladung eine große Stadt ein Jahr lang mit Weizen zu versorgen«, sagte Origines. »Aber dazu wäre einiges nötig – eine neue Werft, um nur einen Punkt zu nennen.«

Sein Lachen war ohne Bitterkeit.

»Hast du ausgerechnet, was die Werft und alles andere kosten würde?«

Origines nannte eine Zahl in griechischen Drachmen, und Eneides, der, was Kopfrechnen betraf, schnell wie der Blitz war, konnte nur noch denken: Bei allen Göttern, mein Geld würde reichen. Doch er war klug genug zu schweigen und ging davon aus, dass der Grieche das Aufblitzen in seinen Augen nicht bemerkt hatte.

Origines schaffte Käse, Brot und Wein herbei, und sie saßen in der großen Werkstatt und aßen, jeder mit seinen eigenen Träumen beschäftigt. Für Eneides und den Griechen war es der gleiche Traum, nur Marcus dachte, zu gerne würde er jetzt vom Fenster des Hauses aus direkt ins blaue Meeer springen. Wenn es nicht so spät im Jahr und so kalt wäre.

Auf dem Heimweg sprach Eneides mit Marcus über das Geld von Anjalis, das für den Bau ausreichen würde. Marcus' Augen wurden rund vor Verwunderung. Eigentlich müsste er Eneides warnen, fand er, doch ihm fiel nichts ein, und kurz darauf war er von Eneides' Eifer angesteckt.

Viele Nachmittage verbrachten sie nun im Haus auf dem Wasser. Marcus zeichnete, und Eneides machte sich immer mehr mit dem großen Projekt vertraut.

Eines Tages sagte er vorsichtig: »Ich kann vielleicht das Geld beschaffen.«

Doch er wurde ausgelacht.

»Du bist ein Träumer«, erwiderte Origines. »Versteh doch, es handelt sich um ein Vermögen, und für das Geld gibt es keinerlei Garantie.«

»Er könnte ja auch ein Schurke sein«, sagte Eneides auf dem Heimweg.

»Nein, das glaube ich nicht. Er ist ein rechtschaffener Mann.«

»Die Griechen sind listiger, als wir annehmen«, gab Eneides zu bedenken.

Eines Tages sprachen sie mit Salvia über ihre Nachmittage und Eneides' Pläne; sie nahm es mit größerer Ruhe auf, als die beiden erwartet hatten.

»Du kannst über dein Geld erst verfügen, wenn du die Toga angelegt hast. Cornelius ist dein Vormund, und ihn kannst nicht einmal du umstimmen.«

Eneides wurde erst in einem Jahr mündig; er hatte bereits darüber nachgedacht.

»Ich reise nach Rom, um mit Cornelius zu sprechen«, sagte er.

Da musste Salvia einsehen, dass er nicht aufzuhalten war, und widerstrebend ging sie auf den Vorschlag ein. Marcus solle in Athen zurückbleiben und seine Studien fortsetzen, sagte sie. Und Eneides sollte nicht allein reisen, die beiden ältesten Sklaven des Hauses würden ihn begleiten.

Außerdem bestand sie darauf, dass er innerhalb eines Monats zurück war.

»Ich schwöre es bei meiner Ehre, teure Tante«, sagte Eneides, der sich so freute, dass es um ihn herum nur so glänzte.

»Das gilt nicht viel«, entgegnete Salvia. »Junge Leute, die ihre Schule schwänzen, sollten nicht so große Worte um die Ehre machen.«

Aber sie lächelte, nicht einmal sie hatte Eneides jemals widerstehen können.

»Du musst zur Werft hinausfahren und Origines sagen, dass ich nach Rom gefahren bin, um das Geld zu beschaffen«, sagte er zu Marcus.

»Ich? Und was … wieviel darf ich sagen?«

»So wenig wie möglich.«

Scipio wirkt sicherer, wenn sein Bruder nicht dabei ist, dachte der Grieche, als Marcus am folgenden Tag sein Atelier betrat. Und das war er auch, ruhig und erwachsen erzählte er von Eneides' Plänen.

Der Grieche war stumm vor Verwunderung.

»Hat er wirklich Geld?« fragte er schließlich.

»Ja, aber er verfügt erst nächstes Jahr darüber. Mein Großvater ist sein Vormund.«

»Nie hätte ich mir das träumen lassen, ich habe geglaubt, er würde phantasieren …«

Der Grieche war aufgeregt, und Marcus dachte, wenn er lügt, dann ist er der beste Schauspieler Griechenlands.

Lange Zeit war es still, und Origines' Augen wanderten in die blaue Ferne. Dann kehrten sie wieder in die Werkstatt und zu Marcus zurück: »Willst du mir von deinem Großvater erzählen?«

»Er ist ein alter römischer Feldherr, und er lässt sich nicht hinters Licht führen.«

»Das ist gut so. Ich will auch kein … Kind hereinlegen.«

»Wir sind keine Kinder«, sagte Marcus gekränkt, doch dann stockte er, plötzlich auf das wichtige Wort aufmerksam geworden:

»Was meinst du mit hereinlegen?«

»Aber begreif doch, es kann schief gehen. Es ist ein Wagnis, Scipio.«

»Du meinst, wenn das Schiff zu groß wird und sinkt?«

Origines lachte, bis ihm die Tränen kamen.

»Ein Seemann wirst du nie, Scipio, aber du solltest Künstler werden.«

»Ich habe dir doch gesagt, ich werde Soldat.«

Mit großem Interesse hatte der Grieche die Zeichnungen studiert, die Marcus an den langen Nachmittagen angefertigt hatte, wenn er und Eneides sich mit den zahlreichen Berechnungen über das Schiff befassten.

»Du bist geschickt«, hatte er gesagt.

»Ja, aber etwas fehlt noch.«

»Das kommt mit der Übung.«

»Nur, wenn man genug Mut hat.«

»Wenn es dir an Mut fehlt, kannst du wohl kein Soldat werden.«

»Ach was«, hatte Marcus geantwortet. »Es geht doch nicht um diesen Mut, es geht um etwas viel Schwierigeres.«

Eneides konnte nicht verhindern, dass sich Cornelius beunruhigte, als er im Haus auf dem Palatin auftauchte, und er beeilte sich zu sagen: »Mit uns ist alles in Ordnung, Marcus geht es gut.«

»Aber ...«

»Hör zu«, sagte Eneides.

Und es dauerte Stunden, bis auch Cornelius dazu kam, sich zu äußern. Eneides zeichnete, rechnete, redete, überredete und endete schließlich völlig erschöpft damit, dass er eine Kalkulation der Frachtmöglichkeiten für Weizen von Afrika bis Rom vorlegte.

»Entweder bist du verrückt oder im Gegenteil ein Genie«, sagte Cornelius abschließend. Daraufhin verzog er den Mund zu einem Lächeln und fügte hinzu: »Ich bin geneigt, auf letzteres ein Pferd zu setzen.«

Eneides seufzte erleichtert: »Dann erlaubst du mir also, über das Geld zu verfügen?«

»Nein«, erwiderte Cornelius. »Zuerst möchte ich alles wissen, was über deinen Griechen ausfindig zu machen ist. Danach werde ich mit dir nach Athen reisen und mir selbst ein Bild von dem Mann und seiner Werft machen. Wenn wir beide, du und ich, uns dann einigen, werde ich die Hälfte des benötigten Kapitals investieren.«

»Warum das?«

»Weil ich dich nicht noch einmal bettelarm sehen will. Bei der Erbteilung wurde mir klar, dass du mich niemals um Geld bitten wirst.«

Ein bitterer Ton lag in seiner Stimme.

Und als Eneides an diesem Abend zu Bett ging, dachte er, Cornelius sieht mehr, als er sich anmerken lässt.

Am nächsten Morgen klopfte er bei Cornelius an, noch bevor der alte Römer aufgestanden war.

»Ich war damals, als das Testament durchgesprochen wurde, so aufgeregt«, sagte er. »Wegen Papa, wegen seines Todes ... und weil alles so offenkundig wurde.«

Und plötzlich wütend: »Es war nicht nur Marcus, der es schwer hatte.«

Verblüfft mußte Cornelius fragen: »Und was wolltest du eigentlich sagen?«

Eneides wurde puterrot, als er antwortete: »Dass du immer ..., dass ich dankbar bin ... für deine Treue. Und dass ich weiß, dass du der einzige warst, der versucht hat ... Mama zu retten.«

Damit eilte er aus dem Zimmer. Cornelius stieg aus dem Bett und verwünschte den Jungen, der so gefährlich für sein Herz war.

Am Vormittag hatte er Klienten zu Besuch, aber er sandte seinen Advokaten eine Nachricht, worin er bat, über einen gewissen Origines in Piräus Untersuchungen anzustellen. Allerdings machte er sich keine großen Hoffnungen und sagte Eneides, sie müssten sicherlich ihre Nachforschungen in Athen betreiben.

»Willst du dich um eine Überfahrt von Brundisium aus kümmern?«

»Ja.« Eneides war voller Zuversicht.

Aber bereits am selben Nachmittag erschienen die Advokaten im Haus auf dem Palatin mit den Auskünften über Origines. Die Familie war alt und wohlbekannt. Seit Jahrhunderten hatte sie in Piräus Schiffe gebaut und ihr gesamtes Vermögen verloren, als Sulla die Werft niederbrannte, genauso, wie es der Grieche angegeben hatte.

In Roms Annalen fand sich nichts Unvorteilhaftes über Origines, er hatte ordnungsgemäß seine Steuern bezahlt und niemals irgendwelche Prozesse über Schadenserstattungen geführt wie andere Griechen. Er war verheiratet und hatte zwei erwachsene Töchter, aber keinen Sohn.

Im Haus in Athen war die Überraschung groß, als Cornelius höchstpersönlich mit Eneides eintraf.

»Ich hoffe, du hast den Jungen zur Vernunft gebracht«, sagte Salvia.

»Zuerst werde ich mir selbst ein Bild machen.«

Marcus musste bis ins Detail über sein Gespräch mit Origines berichten und legte seine Hand dafür ins Feuer, dass der Grieche ehrlich war.

Bereits am nächsten Morgen fuhren Cornelius, Eneides und Marcus in einem geliehenen Wagen nach Piräus.

Römer und Grieche maßen einander mit Blicken, Länge, Breite, Festigkeit und Inhalt. Beide waren vom anderen beeindruckt, doch es gelang ihnen, es voreinander zu verbergen.

»Es war nicht meine Absicht, Eneides zu irgendeiner Entscheidung zu überreden«, sagte Origines.

»Ich hatte auch nicht den Verdacht«, antwortete Cornelius Scipio. »Und man kann ihm nicht so leicht etwas vormachen, wie er vielleicht den Eindruck macht.«

Tagelang gingen sie die Kalkulationen durch.

»Ich möchte nicht verheimlichen, dass es uns misslingen kann«, sagte der Grieche.

»Alle Feldzüge können missglücken«, antwortete Cornelius. »Morgen kommen wir mit unseren Advokaten zurück und schreiben eine Vereinbarung. Du bringst deine Kompetenz und deinen Grund und Boden ein, und Eneides tritt als Schiffseigner ein. Wenn das Schiff fertiggestellt ist, bezahlt es Eneides, und die Werft gehört wieder dir. Von dem Kapital, das im Augenblick benötigt wird, steuern ich und Eneides jeweils die Hälfte bei. Der Gewinn wird durch zwei geteilt.«

»Willst du leer ausgehen?« fragte der Grieche verwundert.

»Ich«, antwortete der Römer, »habe lediglich die Aufgabe, meinen Pflegesohn zu unterstützen.«

Und mit diesen Worten verabschiedete er sich und verließ die Werkstatt.

»Er war typisch römisch«, sagte Origines, als er zu Hause seiner Gattin davon berichtete. »Du hättest ihn hören sollen, hochtrabend, sentimental und großartig.«

»Das ist eine günstige Vereinbarung«, erwiderte sie nur. »Und seit Jahren warst du nicht mehr so glücklich.«

Und so ergab es sich, dass Eneides in Griechenland blieb. Vier Jahre später lief das größte Schiff, das die Welt bisher gesehen hatte, vom Stapel der neuen Werft in Piräus. Tausende von Menschen schauten zu, einer von ihnen war der Dichter Lukianos, der darüber schrieb:

»Was für ein gewaltiges Schiff das war! Es sei hundertundzwanzig Ellen lang, sagte mir der Schiffszimmermann, über dreißig Ellen breit und vom Überlauf bis in den untersten Boden, wo die Pumpe steht, neunundzwanzig tief. Und was für ein erstaunlicher Mast! Was für eine gewaltige Rahe er zu tragen hat! Was für ungeheure Taue, die es zu beiden Seiten festhalten! Wie das Achterschiff sich in langsamem Bogen erhebt und abschließt mit einer goldenen Gans, und wie das Vorschiff in harmonischen Proportionen emporragt, nach vorn ausläuft und auf beiden Seiten das Bild der Göttin Isis führt, die dem Schiff den Namen gab!

Um nicht von den übrigen Verzierungen zu reden, den Malereien, der purpurnen Flagge, den Ankern und Hebezügen und von den Kajüten, die sich im hinteren Teil des Schiffes befinden.

Alles, mit einem Wort *alles* schien mir bewunderungswürdig. Es gibt eine so erstaunliche Menge von Matrosen, dass man sie mit einem Kriegsheer vergleichen möchte; und der Laderaum soll, wie man sagte, so groß sein, dass alle Einwohner von Athen ein ganzes Jahr lang damit versorgt werden könnten. Und alles Wohl und Wehe des Schiffes liegt in den Händen eines einzigen, kleinen alten Mannes, der mit einer schwachen Stange ein Steuerruder von so ungeheurer Größe zu regieren weiß! Denn sie zeigten mir den Steuermann, ein halbkahles, krauslockiges Männchen, den sie meines Wissens Heron nannten.«

Als das Schiff mit seiner ersten Ladung Ostia erreichte, erweckte es großes Aufsehen. Doch da lag das Schwesterschiff bereits in der Werft in Piräus auf Kiel. Und Eneides hatte sein Vermögen vervielfacht.

Sie wollte Marcus.

Und sie war ehrlich genug, die damit verbundenen Vorteile zuzugeben: Cornelius Scipio hatte in der Gunst des Augustus nicht allzuhoch gestanden und war daher in Tiberius' Augen weniger verdächtig; außerdem war er gutherzig, redlich und mutig genug, sie und ihre Mutter unter seinen Schutz zu nehmen.

Noch etwas sprach dafür, etwas, das ihre Mutter einmal geäußert hatte, als sie den Glanz in Marcias Augen während eines Festes bemerkt hatte, auf dem Marcus sie mit seiner Größe, seiner Stärke und seiner Ruhe überraschte:

»Die Familie ist älter als die unsere. Und sie ist außerordentlich vermögend.«

Die Mutter sah keine Zeichen am Himmel, und natürlich erreichten die schleichenden Gerüchte Roms sie niemals. Nur Marcia machte ihre Augen auf, lauschte und zog ihre Schlüsse. Da war die Angst, die man zuweilen bei den Mahlzeiten in den Augen des Vaters bemerkte, da waren die Gäste, die bei Flamen Dialis' Einladungen ausblieben, und die zahlreichen Gespräche, die verstummten, wenn sich ein Mitglied von Flamens Familie näherte. Und da war der merkwürdig beunruhigte Ton in den Briefen der Schwestern, beide längst mit Männern verheiratet, die im Dienste des Staates standen – der eine in Syrien, der andere in Gallien.

Die Mutter ist blind wie ein Huhn, dachte Marcia voller Zärtlichkeit.

Marcia hatte der Mutter immer Sorgen bereitet. Als sie sechs

Jahre alt war, hatte sie der Vater mit Hilfe von Augustus in Vestas Tempel schicken wollen, wo sie ein Leben in Tugend und Ehre verbringen sollte. Noch heute erinnerte sie sich an ihre Angst und an die leise, überredende Stimme der Mutter, die sich im Laufe vieler Nächte bis zu Raserei und Hass steigerte, ehe Flamen dann seinen Beschluss änderte.

Marcia hatte nichts vergessen, überhaupt vergaß sie nie etwas. Schon gar nicht die letzten Worte während der langen Diskussion zwischen den Eltern, die sich in ihren Kopf eingemeißelt hatten: »Von jetzt an kannst du ganz alleine die Verantwortung für das Mädchen übernehmen.«

Bald, dachte Marcia, kann ich ganz alleine die Verantwortung für die Mama übernehmen.

Trotzdem, wenn sie Marcus nicht gewollt hätte, wäre sie nicht so entschlossen gewesen und hätte sich nicht so gut vorbereitet. Liebe, die Leute redeten von Liebe. Und vielleicht war es das, was sie für Marcus empfand.

Zärtlichkeit war es, ja, die hatte es immer zwischen ihr und dem Sohn von Scipios Tochter gegeben. Und ein Reiz, etwas Rätselhaftes.

Anjalis liebte ihn, dachte Marcia.

Die Mutter war nun weniger besorgt als früher. Marcia wurde bald zwanzig und hätte natürlich seit langem verheiratet sein müssen. Doch dass die Ehe noch nicht erfolgt war, lag nicht am Wesen des Mädchens, wie Flaminica befürchtet und worüber sie sich jahrelang Sorgen gemacht hatte.

Marcia war hübsch geworden, hochgewachsen und grazil, ihre Zähne passten jetzt zu ihrer Größe, und das flammendrote Haar umrahmte ihren Kopf wie ein goldener Kranz. Und das Beste von allem, sie war klug genug, ihre Intelligenz zu verbergen. Sie ließ sich von den jungen Männern belehren, und nur die, die sie gut kannten, konnten das spöttische Lächeln in ihren Mundwinkeln erkennen.

Marcus war bei der Feldausbildung, und Marcia wusste wohl, sein Mut und die Ausdauer, die er an den Tag legte, beeindruckten sogar abgehärtete Centurionen.

Sie wollte ihn haben. Seit sie ihm bei einem Familienessen begegnet war, begehrte sie ihn noch mehr: braungebrannt und gutaussehend in der rotumrandeten Tunika eines Tribuns, mit dem goldenen Helm und den weißen Federn daran. Flaminica hatte berichtet, wie stattlich er war.

»Ein Mann«, hatte sie gesagt, »ein richtiger Mann.«

Flamen hatte nicht geantwortet, er hörte immer weniger zu.

Bereits am folgenden Tag statteten Flaminica und ihre Tochter Cornelius einen Besuch ab. Marcia war blendend schön in goldfarbener Seide und blaugrünem Stirnband, das ihre Augen noch grüner als sonst erscheinen ließ. Sie und Marcus saßen in der alten Bibliothek, in der Anjalis sie unterrichtet hatte, aber er sagte nicht viel, und sie merkte bald, dass der Chaldäer kein geeignetes Gesprächsthema war.

Er ist immer schon etwas langsam gewesen, dachte das Mädchen und erhob sich irritiert. Doch da sprang Marcus schnell auf, und nun standen sie sich gegenüber und sahen einander in die Augen.

Um seine Mundwinkel zuckte es. Wenn er über mich lacht, schlage ich ihm ins Gesicht, dachte sie, ging dann einen Schritt auf ihn zu und küsste ihn hart auf den Mund.

Marcus ging vor allem durch den Kopf, er dürfe jetzt seine Verwunderung nicht zeigen, doch dann hatte er es schon vergessen, denn der Kuss war aufreizend und erregte ihn.

»Was willst du von mir?« fragte er.

Da grub sie ihr Gesicht in seinen Hals und flüsterte:

»Ich will dich.«

Doch Marcus schob sie von sich: »Das ist nicht möglich, ich, ich, ja, du weißt doch…«

»Was weiß ich?«

»Mit mir stimmt etwas nicht, Marcia.«

Sie sagte alles, was sie sagen musste, dass sie ihn immer schon geliebt und dass sie seinetwegen so viele Freier abgewiesen habe.

Marcus war stumm vor Staunen – vor Dankbarkeit und vorsichtiger, aber deutlicher Freude.

»Ich habe nicht davon zu träumen gewagt ...«

Doch als sie zu Cornelius und Flaminica hineingingen, um ihnen ihre Verlobung mitzuteilen, dachte sie unentwegt darüber nach, was er wohl damit gemeint hatte, dass etwas nicht stimmte ...

Natürlich herrschte große Freude, der beste Wein des Hauses kam auf den Tisch, und Salvia wurde hereingerufen, um auf die Frischverlobten feierlich anzustoßen.

Trotzdem war Marcia unruhig, und nach einiger Zeit sagte sie:

»Ich möchte, dass du allein nach Hause fährst, Mama. Du musst mit Vater unter vier Augen sprechen, und ich möchte mich weiter mit Marcus unterhalten.«

Flaminica sah nichts Merkwürdiges in dem Vorschlag, sie umarmte die Tochter, küsste Cornelius und tätschelte Marcus' beide Wangen, ehe sie verschwand.

»In einer Stunde schicke ich die Sänfte zurück«, sagte sie.

»Ich werde die Zeit gut nutzen«, antwortete Marcia.

Und das tat sie auch. In Cornelius' abgelegenem Arbeitszimmer erzählte sie von Tiberius und Flamen, belegte Anzeichen für Anzeichen, dass der Vater in Ungnade gefallen war. Sie war sachlich, aber die Furcht ließ ihre Nasenflügel zittern.

»Ich möchte gern, dass ihr es wisst«, sagte sie. »Falls es nicht gut ausgeht, könntet ihr in das Unglück der Familie Cotta mit hineingezogen werden.«

Marcus mochte es nicht glauben, während seiner gesamten Kindheit hatte Flamens Familie zu den Auserwählten gehört, unantastbar wie der Kaiser selbst und auf dem gleichen uneinnehmbaren Gipfel.

»Das musst du dir einbilden, Marcia«, sagte er.

Cornelius aber war keineswegs erstaunt, ihm waren die Gerüchte bereits zu Ohren gekommen, und er hatte die Bedrohung gesehen, die über allen Vertrauten des Augustus schwebte.

»Du hast es gewusst?« Marcias Stimme klang erschrocken.

»Ja«, antwortete der Alte düster. »Und das ändert nichts, Marcia. Ich bin auch früher schon in Ungnade gefallen, ich bin es gewöhnt. Und solange ich lebe, werden deine Mutter und du in der Villa in den Albaner Bergen Schutz finden, unabhängig davon, ob du nun Marcus heiratest oder nicht.«

Letzteres wurde sehr deutlich und mit Betonung auf jeder Silbe gesagt.

Da fing Marcia an zu weinen:

»Mein Vater hat für dich nie einen Finger gerührt.«

»Das war seine Sache«, entgegnete Cornelius. »Das hier ist meine, und ich bin nicht so ehrgeizig.«

Marcia weinte nun an Marcus' Schulter.

»Mama versteht nichts, weiß nichts, sieht nichts . . .«

Cornelius stöhnte, er hielt große Stücke auf Flaminica, hatte es schon immer getan. Doch auch er wagte nicht, mit ihr zu reden, und sagte deshalb: »Vielleicht ist es so am besten, Marcia. Lass ihr die Freude so lange wie möglich.«

Salvia klopfte an die Tür und teilte mit, Marcias Sänfte warte draußen. Das Mädchen trocknete die Tränen und ging auf Cornelius zu, um sich von ihm zu verabschieden.

»Eines möchte ich noch wissen«, sagte der alte Römer, »und ich möchte außerdem, dass du es schwörst, Marcia: Liebst du Marcus?«

Marcia erhob ihre Hand, streckte sich und blickte Cornelius tief in die Augen, als sie schwor:

»Bei allen Göttern und allem, was heilig ist, schwöre ich, daß ich Marcus geliebt habe, seitdem er ein kleiner Junge war und wir nebeneinander in Anjalis' Schule saßen.«

Cornelius wurde rot und Marcus unglaublich verlegen. Er

selbst, was hatte er empfunden? Er erinnerte sich an ein lustiges Mädchen, hässlich und mit mehr Köpfchen als jeder andere.

Sie war nett zu ihm gewesen, daran konnte er sich erinnern.

In dieser Nacht schlief Marcus schlecht. Als er gegen Morgen von einem unerklärlichen Traum erwachte und nicht mehr einschlafen konnte, ging er in das Atrium hinunter, lief dort vor Cornelius' Schlafzimmertür auf und ab und dachte darüber nach, dass alle Beschlüsse über seinen Kopf hinweg gefasst wurden, dass er nur eine Marionette in den Händen erfahrener Spieler war. Dann dachte er daran, wie ruhig Cornelia den Gifttrank entgegengenommen hatte, und dass es das erste Mal in seinem Leben war, dass er sie berührt hatte.

Marcia konnte ebenfalls kaum schlafen. Sie war nach Hause gekommen, und es kam ihr vor, als sei ihre Mutter kleiner geworden, hätte sich in einen Schatten verwandelt, unfähig, zuzuhören und zu verstehen. Flamen hatte endlich den Mut gefunden, mit seiner Gattin zu reden. Marcia konnte sich gut vorstellen, wie das vor sich gegangen war, wie Flaminica zu ihm geeilt war, warm, voller Eifer, erfüllt von der guten Nachricht über die Verlobung.

Und wie er vor Erleichterung geseufzt hatte, und Cornelius und sein altes treues Herz gesegnet hatte. Dann hatte er gesagt, die Hochzeit müsse sofort stattfinden, alles müsse in großer Eile geschehen, während Flaminica protestierte und sich in lustvollen Beschreibungen des großen Festes mit allen seinen vergnüglichen und nützlichen Vorbereitungen erging.

Und da hatte er es ausgesprochen, dass seine Tage gezählt seien, dass die Soldaten des Kaisers jederzeit an seine Tür klopfen konnten.

Natürlich hatte sie ihm nicht geglaubt, erst langsam, barmherzig langsam, war die Wahrheit in sie eingedrungen, hatte sie versteinert und kleiner werden lassen.

Als Marcia das Zimmer betrat, hatte er ihr rundheraus gesagt: »Ich nehme an, du bist geblieben, um Cornelius Scipio über alles zu unterrichten?«

»Ja.«

»Und was hat er geantwortet?«

»Dass er sich der Mutter und meiner im Haus in Albanus annehmen würde.«

Noch einmal hatte Flamen vor Erleichterung geseufzt. Und hinzugefügt, ehe er den Raum verließ: »Das war schnell gehandelt, Marcia, und sehr wohlüberlegt.«

Sie war die Tochter ihres Vaters, obwohl sie ihn nicht mochte, und sie war nicht in der Lage, mit ihm zu brechen und ihn zu verletzen.

Die Mutter schlief noch, betäubt von den starken Schlafmitteln, als sich Flamen Dialis sehr früh am nächsten Morgen zu Cornelius' Haus bringen ließ. Die beiden Männer schlossen sich im Arbeitszimmer ein, und worüber dort gesprochen wurde, bekam niemand zu hören. Marcus wurde hineingerufen, und es wurde ihm lediglich mitgeteilt, dass die Hochzeit bereits am nächsten Feiertag stattfinden sollte.

»Mein Vermögen wird beschlagnahmt«, sagte Flamen, »aber Flaminicas Mitgift bleibt ohne Zweifel verschont, ganz leer gehst du also nicht aus.«

Marcus starrte den Alten an. »Ich hatte nicht vor, wegen des Geldes zu heiraten«, sagte er.

»Nein, das brauchst du auch nicht.«

Als Flamen sie verlassen hatte, fragte Cornelius: »Du willst sie doch auch haben, Marcus?«

Lange war es still, ehe die Antwort kam, und sie klang eher wie eine Frage: »Ja, das möchte ich wohl.«

Doch er stattete Marcia keinen Besuch ab, bevor er wieder ins Lager zurückkehrte, wo die anderen Legionen ihre Offiziere und Soldaten ausbildeten. Tag für Tag kämpfte er wie ein Verrückter mit dem Holzschwert und dem korbgeflochtenen Schild, und seine Raserei war dermaßen groß, dass ihn der alte Centurio, der mit ihm übte, zurückhalten musste: »Noch ist es nicht Ernst, Scipio.«

Marcus war ein Meister im Reiten geworden, seine Fähigkeit, sich in einer schweren Rüstung auf ein Pferd in vollem Galopp zu schwingen, weckte allgemeine Bewunderung. An den Abenden studierte man Strategien für Angriff und Belagerung, und Marcus wurde immer wieder wegen der Verwegenheit gewarnt, mit der er die Truppen in der künstlich aufgebauten Landschaft auf dem Tisch im Haus der Tribunen anführte.

Beinahe schien es ihm zu glücken, Marcia zu vergessen.

Doch das Gerücht um die Hochzeit verbreitete sich im Lager schnell, und in den Gratulationen, die er entgegennahm, lag eine eigentümliche Scheu und eine widerwillige Bewunderung.

In der großen Bibliothek seines Hauses auf dem Palatin schritt Cornelius unruhig auf und ab. Nicht, weil er wieder einmal erwarten musste, zu den Ausgestoßenen zu gehören, obwohl er es bedauerte. Er hatte Sympathien für Tiberius gehegt und zu den ganz wenigen gehört, die das barsche Wesen und die seltsamen Angewohnheiten des neuen Kaisers schätzten.

Zufrieden hatte Cornelius gehört, dass Tiberius in brüsken Worten den Titel Vater des Vaterlandes abgewiesen und dem Senat verboten hatte, ihm einen Tempel zu weihen. Und als der Kaiser den Vorschlag abgelehnt hatte, den Monat September nach ihm zu benennen, und den Senat gefragt hatte, wo er wohl die Monate herzunehmen gedenke, wenn Rom mehr als zwölf Kaiser bekäme, ja, da hatte Cornelius in der ehrwürdigen Versammlung laut gelacht. Später versuchte Tiberius gegen die Prostitution in dieser immer schamloser werdenden Stadt vorzugehen, und Cornelius begann auf eine neue Zeit für Rom zu hoffen.

Aber diese Hoffnung erlosch schon nach wenigen Wochen, in denen Cornelius im Senat saß und Tiberius beobachtete. Etwas Merkwürdiges war im moralischen Eifer des Kaisers, in der Leidenschaft, die zu immer neuen Verboten gegen das Lotterleben und die Verschwendungssucht führte.

Cornelius versuchte zu verstehen, doch er kam nicht weiter, er verlor sich im Wundern. Er hatte nichts von den Gerüchten gehört, die in der Stadt herumschwirrten und von Tiberius' dunkler Schattenseite munkelten, seiner Vorliebe für Kinder und perverse Grausamkeiten.

Was Cornelius sah, war ein schuldbewusster und bedrückter Mensch. In dem scharfen Blick lag Angst, und Cornelius erinnerte sich, dass während der Feldzüge in Illyricum behauptet wurde, Tiberius könne sogar im Dunkeln sehen.

Immerhin war er ein tüchtiger Feldherr. Scipio hatte selbst in Pannonien gekämpft und kannte die Schwierigkeiten. Es war offensichtlich, dass Rom Tiberius für den Sieg großen Dank schuldete. Ausgesprochen gut konnte sich Cornelius vorstellen, was geschehen wäre, wenn die Pannonier Gelegenheit bekommen hätten, sich mit den siegestrunkenen Germanen nach Varus' Niederlage im Teutoburger Wald zu vereinigen.

Cornelius versuchte sich zu erinnern, was er von der Kindheit des Kaisers gehört hatte, in der er sich mit seinen Eltern ständig auf der Flucht befand. In immerwährender Angst, so könnte man vermuten.

Doch der Junge war auch bis zum Irrsinn aufgestachelt worden von dem wahnwitzigen Ehrgeiz seiner Mutter. Die eigenartigsten Vorzeichen hatten sich Livia offenbart, während sie das Kind erwartete. Seufzend erinnerte sich Cornelius an den Astrologen Scribonius, einen Scharlatan, der während Livias Schwangerschaft in das Feuer geblasen und dem Sohn eine leuchtende Zukunft vorausgesagt hatte.

Angst bekam Cornelius erst, als Aelius Sejanus, der Anführer der Prätorianergarde und ein Freund von Tiberius, zusammen mit der Leibgarde in Rom eine neuerbaute Kaserne bezog.

Der Tag kam, an dem ein unterwürfiger Prätor Tiberius fragte, ob man die Gerichtsbarkeit für Majestätsverbrechen zusammenrufen solle. Tiberius' Antwort war ungewöhnlich klar, denn im allgemeinen drückte er sich schwierig und allzu wortreich aus. Er sagte lediglich, Gesetze seien dazu da, befolgt zu werden, und da wussten die alten Männer im Senat, dass Rom vor einem neuen Terror stand.

Die alten Gesetze hatten sich gegen Verbrechen an der Majestät des römischen Volkes gewandt, nun sollten sie die des Kaisers schützen. Das geringste Versehen sollte als Majestätsbeleidigung aufgefasst werden, und nach grotesken Gerichtsverfahren und Schuldgeständnissen unter Folter sollten die Köpfe rollen.

Die blutigen Dramen nahmen augenblicklich ihren Anfang, nahezu jeder war bedroht, und der abscheuliche Sejanus sorgte penibel dafür, dass alle verschwanden, die seinem Ehrgeiz im Wege standen.

Viele in Rom begingen Selbstmord, um Folter und Erniedrigung zu entgehen.

Flamen Dialis war offenbar auch bedroht, jeder wusste, dass er große Kenntnisse von obskuren Dingen am Hof des Augustus hatte. Und das Gerücht war schon seit langem im Umlauf, er sei der einzige, der im Grunde von Augustus' zwiespältiger Einstellung zu Tiberius wußte.

Der alte Jupiterpriester durfte nicht länger am Leben bleiben.

Cornelius' Beschluss, Flamens Gattin zu helfen, würde man nicht gerade schätzen, aber er glaubte nicht, dass Sejanus so weit gehen würde, das Geschlecht der Scipionen öffentlich zu verfolgen. Nicht einmal Augustus hatte das gewagt. Er selbst würde sich zurückziehen, er war jetzt siebzig Jahre alt und konnte den Senat mit Hinweis auf sein Alter verlassen.

Ohne Freunde und mit Sklaven, die über alles Bericht erstatteten, könnte er ein ruhiges Leben in seiner Villa verbringen.

Was den alten Römer zutiefst beunruhigte, war wie immer Marcus. Ein ums andere Mal hatte er dem jungen Menschen versichert, es sei nicht notwendig zu heiraten, obschon es Flaminicas Sicherheit und die ihrer Tochter stärken würde.

Doch Marcus fand das hübsche Mädchen verlockend. Und er hatte gesagt, er bewundere sie für ihre Offenheit und Klugheit.

Klug, ja, das war sie.

Anjalis hatte einmal geäußert, sie sei überbegabt.

Wie ihr Vater.

Immer schon hatte Flamen mehr Kopf als Herz gehabt.

Er versuchte mit Salvia über seine Besorgnis zu reden. »Ob sie wohl ein ziemlich kühles Mädchen ist?«

»Marcus ist ja auch nicht gerade eine warmherzige Natur, deshalb passen sie vielleicht zusammen«, hatte sie vorsichtig geantwortet.

Und dann hatte sie, wie Frauen es nun einmal tun, von Kindern gesprochen und von Enkeln, die Cornelius' Alter vergolden würden. Er fand es komisch, aber es tröstete ihn.

Dann machte er sich daran, Eneides einen langen Brief zu schreiben. Er war noch immer in Piräus und würde nicht zur Hochzeit des Bruders kommen können. Wie immer kehrte beim Gedanken an Eneides in Cornelius Ruhe und Freude ein.

Es war Flamen selbst, der bei der Vermählung eine Rede auf das junge Paar hielt, und Marcia gestand sich zögernd ein, dass es tapfer und rührend war. Cornelius' Bewunderung für den alten Freund kannte dagegen keine Grenzen, Marcus allerdings fand die Rede peinlich.

Flaminica bewegte sich wie eine Puppe, es war nicht ganz klar, ob sie den Anlass des Festes überhaupt begriff.

Es gab keine fröhlich lärmenden jungen Leute, die die Braut in die Brautkammer hätten geleiten können, und die wenigen Gäste brachen zeitig auf.

Cornelius hatte in aller Eile den Gästeflügel der Villa herrichten lassen, der nun Marcus' und Marcias Heim werden sollte. Sie hatte gehofft, die Angst würde verschwinden, als die Eltern sie zurückließen, merkte aber, dass sie nun völlig von ihr Besitz ergriffen hatte.

»Willst du dich nicht ausziehen?«, fragte Marcus das Mädchen, dessen weitoffene Augen ihn anstarrten, ohne ihn zu sehen.

Wie ein Kind gehorchte sie ihm.

Als sie nackt zu ihm kam, zitterte sie am ganzen Körper.

»Marcus«, sagte sie, »lieber Marcus.«

Sie war unendlich rührend, und er verlor jede Beherrschung. Er warf sich über sie, und als sie um Schonung bat, legte er ein Kissen auf ihr Gesicht. In diesem Moment begann Marcia um ihr Leben zu fürchten und gab ihren Widerstand auf. Die Vergewaltigung wurde vollzogen. Still weinte das Mädchen, es tat unendlich weh, als er in sie eindrang, und sie blutete unnatürlich stark.

Als Marcus von seinem eigenen Orgasmus verschlungen wurde, war er völlig sicher, er würde sterben, er würde sich dem Tod nähern, nach dem er sich sein ganzes Leben lang gesehnt hatte.

Doch er kehrte ins Leben zurück und hörte sie weinen, und noch einmal versuchte er es, wie früher schon bei dem Chaldäer:

»Verzeih mir«, sagte er. »Verzeih mir.«

Nach einiger Zeit fügte er hinzu: »Ich habe dich gewarnt.«

»Das hatte ich damals nicht verstanden«, sagte sie.

»Du verstehst verdammt gut, Marcia, du bist niemand, der schwer begreift. Aber du hast dir Sicherheit erkauft und musst den Preis dafür bezahlen.«

Marcia hatte nicht die Kraft zu entgegnen, dass Cornelius ihr und der Mutter doch auch ohne Heirat Schutz versprochen hatte, sie winselte nur wie ein Hund.

Eine Hündin, die ihre Welpen verloren hat, dachte Marcus und merkte, wie die dunkle Trauer seinen Körper in Besitz nahm.

Bei Tagesanbruch konnte sie endlich ein wenig schlafen, während er wach lag und den fein abgegrenzten Haaransatz über der hohen Stirn und den hübschen Mund betrachtete, der sogar im Schlaf noch in leisem Weinen zitterte. Sie war ehrlich, klug und hübsch und noch vieles mehr, was er gar nicht verdiente.

Er war ein Schwein.

Sie erwachte davon, dass er weinte wie ein Kind.

Bereits am nächsten Abend kam die Botschaft aus Flamens Palast. Flaminica bat sie, sich von Flamen zu verabschieden, und schickte Sänften, die ihren Wagen an der Porta Appia treffen sollten.

Ein Offizier aus der Garde der Prätorianer hatte die Mitteilung über die bevorstehende Gefangennahme überbracht. Nach Lage der Dinge wussten alle in Rom, was das bedeutete, Tiberius gab seinem Opfer Gelegenheit zum Selbstmord.

In vollem Ornat erwartete sie Jupiters Oberpriester. Das warme Bad war im größten Badezimmer des Hauses bereitet, würdig legte sich Flamen in die Wanne und schnitt sich die Pulsadern auf.

Flaminica saß gleich daneben und blickte auf ihren Mann, ohne ihn zu sehen, die übrigen umstanden die beiden, und niemand sagte ein Wort, als sich das Wasser langsam rot färbte und das Leben aus ihm wich.

Die beiden Frauen durften nichts als die Kleider, die sie trugen, aus dem Haus mitnehmen. Alles in dem großen Palast, die Möbel, Spiegel, Bilder, Statuen und die Sklaven waren nun Eigentum des Staates.

Cornelius hüllte Flaminica in einen großen Pelzumhang, und beunruhigend still folgte sie ihm zur Sänfte und weiter zum Wagen, der am Stadttor wartete.

Auch Marcia weinte nicht, aufrecht wie ein Soldat saß sie im Wagen und achtete genau darauf, Marcus nicht zu nahe zu kommen.

Am folgenden Tag verließ Marcus das Haus auf dem Berg, sein Urlaub war zu Ende.

Flamens Tod und die Plünderung seiner berühmten Schätze

im Palast auf dem Palatin hätten sogar Rom in Aufruhr versetzen müssen, das sich schon an die unglaublichsten Grausamkeiten gewöhnt hatte. Doch der Tod trat völlig in den Hintergrund angesichts des Gerüchts, das jetzt in der Stadt von Mund zu Mund eilte – Germanicus sei gestorben, ermordet auf Anordnung von Tiberius.

Ohne dass jemand besonders darüber nachgedacht oder es geplant hätte, kümmerte sich nun Cornelius um Flaminica, und Salvia nahm sich Marcias an. Wie ein Kind kroch das Mädchen bei Salvia unter, und sie gab ihm die Nähe, die ein Säugling brauchte. Sie steckte Marcia ins Bett, legte sich zu ihr und schloss das Mädchen in die Arme, erleichtert, als es endlich zu weinen anfing.

Aus dem Weinen wurde schnell ungeheures Wehklagen, ein Schreien, das den Dienern das Blut in den Adern gefrieren ließ, als sie den beiden Frauen warme Getränke und etwas zu essen brachten.

Marcia schrie ihre Verzweiflung heraus über den Tod des Vaters und das grauenhafte Unrecht.

Am meisten aber klagte sie über ihr eigenes Leben und ihre Angst vor Marcus. Sie verlor vollständig die Beherrschung und konnte es nicht vor Salvia verbergen, deren Mitgefühl so unendlich groß war wie das Meer. Viele Worte des Trostes fand sie, aber nicht ein einziges zu Marcus' Verteidigung.

Als Marcia eines Morgens den schlimmsten Schmerz überwunden hatte, wusste sie, dass sie eine Freundin und Verschworene im Kampf gegen Marcus gewonnen hatte.

»Die Kälte geht nicht von Marcia aus«, sagte Salvia zu Cornelius.

Aber der hörte ihr nicht zu, ihn beschäftigte allein seine Sorge um Flaminica, die aus ihrer Versteinerung nicht erwachte.

Während dieser Tage dachte er unentwegt an Anjalis und was

er, Cornelius, von dem Zauberer gelernt hatte. Er ging mit Flaminica durch den Garten und den Stall, so wie einst Anjalis mit Marcus, und beschrieb und erklärte die Rosen und die Pferde, und er erzählte ihr von den seltenen Gewürzen, die er anpflanzen wollte.

Aber sie blieb versteinert, und Cornelius verlor die Geduld, wurde schroffer, fordernder und wortkarger, als er im Grunde wollte.

Eigenartigerweise war es seine Wut, die schließlich ihren Panzer durchbrach, und eines Tages kniete sie sich hin und begann, das Unkraut um seine Rosen herum zu jäten, als wolle sie ihn besänftigen.

Er schämte sich, aber Marcia, die nun auch wieder auf den Beinen war, meinte, die Arbeit im Garten würde der Mutter gut tun, er solle sie gewähren lassen.

Bei Cornelius' Mahlzeiten lag die elegante Flaminica nun mit abgebrochenen Fingernägeln, sonnenverbrannt und schmutzig zu Tisch. Marcia versuchte, das zu übersehen, und nahm sich der Mutter mit all der Zärtlichkeit an, deren sie fähig war. Aber es war vergeblich.

Schließlich griff Salvia ein, die verstand, was Flaminicas unnatürlich große Pupillen bedeuteten. Ohne ein Wort darüber zu verlieren, durchsuchte sie das Zimmer der vornehmen Dame und hatte bald das weiße Pulver gefunden, von dem Flaminicas Ruhe herrührte.

Sie ging damit zu Marcia, und gemeinsam verbrannten sie das Gift. Als Flaminica bemerkte, was geschehen war, machte sie eine so gewaltige Szene, dass das Mädchen und Salvia erschraken, die während der langen Frühlingswochen bei ihr Wache gehalten hatten.

Niemals gelang es Flaminica zu weinen, aber sie lernte, ohne Beruhigungsmittel auszukommen, und gewann ihre Würde zurück.

»Ich habe ihn nie gemocht«, sagte sie eines Abends zu Cornelius.

Sie saßen auf der Terrasse und sahen die Nebel aus dem Vulkansee im Tal emporsteigen, und er war froh über die Dunkelheit, die seine Verwunderung verbarg. Die Ehe von Flamen Dialis war den Römern ein Vorbild für Harmonie und Treue gewesen.

»Er war kalt wie ein Fisch«, sagte Flaminica. »Ich musste lernen, für die Kinder und die glanzvolle Rolle als Flaminica zu leben.«

Plötzlich begann sie von Cornelia zu reden.

»Ich denke oft daran, wie ich sie als Kind hier besuchte«, sagte sie. »Aber es war nicht leicht, Nähe zu ihr herzustellen und sie zu verstehen.«

»Ja«, antwortete Cornelius düster.

»Nach Marcus' Geburt hätte ich ihr helfen können. Ihr Ziel war damals, in Junos Mysterien eingeweiht zu werden, aber Flamen hatte es mir verboten.«

»Ich glaube, niemand hätte Cornelia helfen können.«

Die Stimme des Alten war abweisend, und Flaminica schwieg.

Als der Sommer seinen Höhepunkt erreicht hatte, kam ganz überraschend Marcus zu einem erneuten Urlaub nach Hause.

Marcia zitterte vor Angst und sagte zu Salvia: »Ich nehme einen Dolch mit ins Bett.«

»Nein«, entgegnete Salvia. »Das kannst du Cornelius nicht antun. Du musst dich da hineinfinden, Marcia, gib nach, sei sanft und fügsam.«

»Aber er ist verrückt, Salvia.«

»Nein, ich glaube, es ist dein Widerstand, der ihn gefährlich macht.«

»Du brauchst keine Angst zu haben«, sagte Marcus, als sie am ersten Abend allein waren. »Ich habe nicht vor, dich anzufassen, nie mehr werde ich dich anrühren.«

Marcia war so erleichtert, dass sie seine Verzweiflung nicht sah.

Es wurde eine verregnete Woche; jeden Abend zogen schwere Wolken vom Meer heran und begegneten der Wärme der Berge mit krachendem Donner und mit Wolkenbrüchen. Nach dem Essen kamen alle für gewöhnlich in der Bibliothek zusammen, wo sie fast immer ein Gesprächsthema fanden.

Ich habe eine neue Familie bekommen, dachte Cornelius, aber so richtig mochte er seiner Freude nicht trauen.

Eines Abends sprachen sie von Anjalis, und Marcia sagte, sein Bericht habe sie trotz all der glänzenden Schlussfolgerungen betroffen gemacht. »Vieles hat er gar nicht gesehen«, sagte sie. »Die große Sehnsucht des römischen Volkes nach Tiefe und Sinn ist ihm entgangen. Ganz zu schweigen von all diesen orientalischen Religionen, dem Judentum und dem Mithraskult.«

»Er hatte schwierige Bedingungen, und jeder Bericht musste von deinem Vater gutgeheißen werden«, wandte Cornelius ein, der keinerlei Kritik an Anjalis' Arbeit duldete.

Da lachte Marcus, laut und überraschend.

»Marcia, du hast dich geirrt. Anjalis hat alles gesehen.«

Und er berichtete von den langen Tagen in der Wüste, als der Chaldäer mit vier Schreibern in dem Turm der Ältesten saß und aus seinen Aufzeichnungen diktierte, die kein Römer jemals zu Gesicht bekommen hatte.

»Ich war noch zu klein, um es richtig zu verstehen. Am meisten sprach er von den Stoikern auf dem Forum, und ich erinnere mich, dass er immer wieder auf das große Bedürfnis nach Mystik zurückkam, auf die große Sehnsucht in der römischen Volksseele. Er sagte merkwürdige Sachen über den Mithraskult, der verflachte und dessen Band zum großen Zoroaster durchtrennt wurde.«

Marcus erzählte voller Eifer, und seine Schilderung war so anschaulich, dass ihn Marcia verwundert ansah: »Was hast du gemacht, während er arbeitete?«

»Ich war mit seiner Mutter zusammen«, antwortete Marcus. »Sie war, sie ist wunderbar.«

Trauer und Sehnsucht waren ihm anzusehen, und Marcia dachte, jetzt könnte ich ihn lieben.

Cornelius war empfindlich getroffen: »Ganz loyal war er also nicht...«

Aber da hatte er alle gegen sich, und beruhigt sah er letztlich ein, dass Rom Bedingungen gestellt hatte, dass die Beschränkungen, die man Anjalis auferlegt hatte, ihn gezwungen hatten, entsprechend zu handeln.

»Vor allen Dingen war er seinen Auftraggebern gegenüber loyal«, warf Flaminica ein. »Ich möchte gern wissen, wo er jetzt ist.«

»Er ist in Indien«, sagte Marcus zur großen Verwunderung aller, und mit leiser Stimme erzählte er von dem Chaldäer, den er und Eneides in Athen getroffen hatten.

Als die jungen Leute an diesem Abend in ihr Zimmer kamen, schmiegte sich Marcia in Marcus' Umarmung und flüsterte:

»Können wir es nicht noch einmal versuchen?«

Doch er bekam keine Erektion und weinte verzweifelt in ihren Armen. Das erschreckte sie beinahe ebenso wie seine Gewalttätigkeit.

Am nächsten Morgen sagte er beim Aufwachen: »Das ist deine Schuld, du bist mager wie eine unterernährte Kuh, und ich fand dich schon immer hässlich.«

Dann nahm er sie mit Gewalt und ließ sie entsetzt und weinend zurück.

Am folgenden Tag fuhr er wieder ins Lager.

Einige Zeit darauf versuchte Marcia, mit ihrer Mutter zu reden, aber Flaminica sagte nur, dass es, mein kleines Mädchen, etwas sei, womit sich alle Frauen abfinden müssten, und dass Marcus sicher nicht schlimmer sei als andere Männer.

»Du meinst, du hast es… du hast dich… damit abfinden müssen?«

»Ja, natürlich.«

»Bist du froh, dass er tot ist?«, flüsterte Marcia, doch im gleichen Moment erschrak sie selbst über die Frage in ihrer ganzen Schamlosigkeit. Aber die Mutter begegnete ihrem Blick ohne zu erröten und sagte kurz:

»Ja.«

Als Marcia schwieg, war sich Flaminica gewiss, dass sie sich nun auf dem Anwesen in den Bergen geborgen fühlte und bei Cornelius in Sicherheit war.

Die Advokaten hatten begründete Hoffnung, Flaminicas Erbe retten zu können. Es war kein großes Vermögen, aber es würde ausreichend sein, um ihr die Selbstachtung zurückzugeben. Sie wäre nicht auf Gnadenbrot angewiesen.

Zu Marcia sagte sie abschließend: »Kind, der Grund für meine Unruhe während all der Jahre war, dass du es einmal schwer haben könntest, dich in dein Schicksal als Frau zu finden.«

»Gibt es bei diesem Schicksal keine Freude?« Marcia flüsterte noch immer.

»Doch«, antwortete Flaminica und lächelte froh. »Kinder, Marcia, Kinder, die auch du einmal bekommen wirst.«

Aber Marcia glaubte nicht daran, jemals Kinder bekommen zu können. Und als ihr morgens regelmäßig übel wurde, zog sie keine Schlüsse daraus, bis Salvia ihr sagte:

»Du bekommst ein Kind, mein Mädchen.«

Marcias Erleichterung galt vor allem Cornelius. So schnell wie möglich wollte sie ihm berichten, dass sie ihrer Pflicht nachgekommen sei, und bereits am selben Abend suchte sie ihn auf der Terrasse auf, wo er mit Flaminica zusammensaß.

Das Lachen der Mutter war voller Freude, und Cornelius sah aus, als habe er ein Königreich geschenkt bekommen.

Er fand keine Worte, als er seine Schwiegertochter zum ersten Mal in die Arme schloss, und er war so feierlich, dass Marcia ein wenig erschrak.

»Die Scipionen sind nie besonders fruchtbar gewesen«, sagte Flaminica erklärend. Und stolz fügte sie hinzu: »Aber wir sind es, mein Mädchen.«

Der Sommer blieb kühl, beinahe täglich zogen vom Meer her Regenwolken heran und schütteten ihren Inhalt über den Bergen aus.

Eines Tages kam die Nachricht, Eneides sei geschäftlich in Rom, er würde nach Hause kommen und eine Woche bleiben.

Flaminica und Marcia sahen mit Verwunderung Cornelius' Freude, vor allem aber Salvias. Sie eilte durchs Haus und machte Ordnung, wo es bereits ordentlich war, und gemeinsam mit dem Koch verbrachte sie Stunden in der Küche.

Eigentlich ist das Leben ganz schön, dachte Marcia.

Aber das war, bevor Cornelius eine Nachricht in Marcus' Lager sandte, worin er für ihn um Urlaub bat.

Bereits zeitig am nächsten Morgen erschien Eneides, und Marcia bemerkte, dass sie vergessen hatte, wie schön und wie unbefangen er war. Wie ein Sturmwind stob er ins Haus, hob Salvia hoch in die Luft und schwenkte sie herum, lief dann direkt in Cornelius' Umarmung und sagte: »Du wirst erstaunt sein, alter Römer. Und froh.«

Ein wenig Distanz war in den blauen Augen zu entdecken, als er Marcia begrüßte, Flaminica aber nahm er bei den Händen.

»Ich habe Flamen nie kennengelernt«, sagte er zu ihr, »aber dich habe ich immer schon gemocht. Und ich war deinetwegen traurig.«

Danach wandte er sich wieder Cornelius zu: »Bleibe hier, bleibe im Winter hier. Die Angst schleicht durch Roms Straßen, alle sagen, es könne zum Schlimmsten kommen.«

Das ist zu viel, dachte Marcia, er ist zu viel für mich, er ist unglaublich; für Marcus kann es nicht leicht gewesen sein.

Am Abend nach dem großen Mahl, das Marcia nicht gut bekommen war, nahm er sie zu einem Spaziergang durch den Garten mit. Der Mond schien, und sie konnte den Ernst in seinen blauen Augen sehen, als er sagte: »Hast du es schwer mit Marcus?«

»Ja«.

»Das kann ich verstehen.«

Sie wusste, dass es stimmte, er war der erste, der richtig verstand.

»Er ist für mich ein Rätsel, Eneides.«

»Ja, er ist ein Rätsel. Sogar für sich selbst, Marcia.«

Doch nichts Rätselhaftes lag über dem Marcus, der am nächsten Tag den Hügel heraufgeritten kam. Er sprang aus dem Sattel und flog in die Arme des Bruders. Sie rollten sich im Gras, wie damals als Kinder, zwei Körper wurden zu einem mit vier Beinen und ebenso vielen Armen.

Auch diesmal gewann Marcus den Kampf, aber erst, als sich Eneides freiwillig ergab.

Er ist noch ein Kind, dachte Marcia, und Zärtlichkeit schwang in dem Gedanken mit.

Aber beinahe offene Feindschaft ging von ihm aus, als er sie begrüßte. Sie senkte den Blick, um ihre Angst zu verbergen.

An diesem Abend ging sie früh zur Ruhe, sie wollte den beiden Brüdern Zeit füreinander lassen. Die Nacht war schon weit fortgeschritten, als er zu ihr kam, in der Hoffnung, sie schliefe schon – das wusste sie. Doch sie musste ihm ihre Neuigkeit erzählen.

Also zündete sie eine flackernde Öllampe an und sagte: »Wir werden ein Kind bekommen, Marcus.«

»Ich weiß«, antwortete er, »Cornelius hat es mir gesagt. Und ihm zuliebe hoffe ich, es ist mein Kind.«

Sie sank in die Kissen zurück, die Hände fest gegen den Schoß gepresst. Dem Kind zuliebe, dachte sie, dem Kind zuliebe muss ich versuchen, ruhig zu bleiben.

So wie es mir Salvia beigebracht hat.

Marcus lag still auf dem Rücken und versuchte herauszubekommen, mit welchem der Sklaven sie wohl herumgehurt hatte. Aber er wusste, dass er sich selbst belog, dass es sein Kind war, das geboren würde, und dass er ein schlechter Mensch war.

Viele Stunden verbrachte Eneides gemeinsam mit Cornelius und lieferte ihm einen umfassenden Bericht über die neue Werft in Piräus und all die Besonderheiten des neuen Schiffes. Der Alte war beeindruckter, als er sich eingestehen wollte.

»Bleibe mit den Beinen auf der Erde, Eneides«, sagte er.

Aber Eneides lachte nur: »Es gibt nichts Beunruhigendes bei der ganzen Sache, Cornelius Scipio.«

Gemeinsam reisten die Brüder nach Rom; Marcus wollte von dort aus in sein Lager zurückkehren, und Eneides hatte vor, seine Verhandlungen mit den Advokaten zu Ende zu führen. Einen Abend verbrachten sie noch gemeinsam in der Stadt, dabei nahm Eneides die Gelegenheit wahr, Marcus mit Imitri, der ältesten und mütterlichsten Dirne aus einem der besten Häuser der Stadt, bekannt zu machen.

Marcus war verlegen, aber er erinnerte sich: »Anjalis ist auch hierher gekommen.«

»Natürlich«, erwiderte Eneides, »vertraue dich Imitri ruhig an, sie kann dir noch einiges beibringen.«

Als das Kind geboren wurde, befand sich Marcus auf dem Weg ins Feld, über die Pässe der Alpen zu den Wäldern Germaniens. Der römische Heeresweg, der unter ungeheuren Anstrengungen durch die Bergmassive geschlagen worden war, der Schnee, die Stürme, die goldfarbenen Adler am blauen Himmel – alles zusammen trug zur Freude an dem Vorhaben bei.

Auf dem großen Platz vor Cornelius' Haus hatten die Linden

bereits Knospen angesetzt, als an jenem Morgen bei Tagesanbruch das ganze Haus auf den Beinen war. Flaminica und Cornelius waren blass vor Aufregung, aber der Arzt und auch Salvia waren voller Zuversicht.

Marcia entpuppte sich als tüchtige Gebärende, sie arbeitete zielbewusst mit, und es gelang ihr, zwischen den Wehen auszuruhen. Vor der Mittagszeit hatte ein neuer Scipio das Licht der Welt erblickt. Er besaß die charakteristischen Familienmerkmale, aber er war ein hellerer, eher blonder Typ.

Cornelius wusste nicht, wie er dem Mädchen danken sollte. Er hatte Tränen in den Augen, als er mit dem Kind auf dem Arm bei ihr stand.

Mit Verwunderung nahm Marcia ihre eigene überwältigende Freude wahr; sie spürte beinahe schmerzhaft das Glück in ihrem Herzen, wie sie dort in ihrem Bett saß und auf ihren Jungen blickte. Ihre Freude war dermaßen groß, daß sich Salvia sogar einen Moment lang ein wenig um sie sorgte.

Wenn nun etwas passierte.

Aber es passierte nichts, der Junge schlief und trank und wuchs – alle waren gerührt und der einhelligen Meinung, dass es ein ungewöhnlich tüchtiges Kind war. Und Marcia wurde die beste aller Mütter.

Marcus erreichte die Nachricht während des langen Marsches nach Norden. Cornelius war es, der schrieb: Ein neuer Scipio wurde geboren, und alle sagen, er gleicht dir voll und ganz.

Voll brennender Scham dachte Marcus an das, was er Marcia über die Vaterschaft gesagt hatte; Worte, die er niemals vergessen würde. Und wenn er etwas über sie gelernt hatte, dann, dass sie nie etwas vergaß.

Und es gab für sie vieles, woran sie sich erinnern könnte. Auch er würde niemals den letzten Urlaub vor der Abreise vergessen. Damals war sie hochschwanger gewesen, mit einem Bauch, der ihr ständig im Weg war.

»Du siehst aus wie eine Vogelscheuche«, hatte er ihr gesagt, und sie hatte mit blanken Augen um Schonung gebeten:

»Marcus, sei barmherzig.«

»Ich meine ja nicht«, hatte er gestammelt, »ich meine ja nur, dass ... dir deine Kleider zu eng sind, sie platzen ja aus allen Nähten.«

Da hatte sie geschrien: »Und woher soll ich das Geld für anständige Kleider nehmen?«

Sie hatte sich gefühlt, als hätte er sie geschlagen, und seine Scham war ins Unermessliche gewachsen, als sie weiterschrie: »Sogar die Sklaven des Hauses sind besser gekleidet als meine Mutter und ich. Sie lachen schon über uns!«

Auch Cornelius hatte sich wie ein Hund geschämt. Er hatte seine Wut an Flaminica ausgelassen: »Aber warum hast du nichts gesagt?«

»Du hast selbst Augen, Cornelius. Und wenn nicht einmal du es als peinlich empfindest, dass Marcus' Gattin, Mutter eines neuen Scipio, schlechter gekleidet ist als eine Sklavin ...«

Dann hatte sie zu weinen begonnen, und Cornelius war auf seinem Pferd den Berg hinabgeritten, um sich mit seinen Advokaten zu besprechen.

Auch Marcus war verschwunden. Er war mit Salvia an seiner Seite in einem Wagen nach Rom gefahren und mit Näherinnen und Ballen von Seide und Baumwolle zurückgekehrt. Alles, was Marcia benötigte, sollte besorgt werden, auch für das Kind und für Flaminica.

Sie war nach dem Streit mit Cornelius ganz geknickt gewesen und hatte Marcus die fürchterliche Peinlichkeit zu erklären versucht, dass ihr das Erbe durch den Beschluss von Setonius aberkannt worden war. In einem kurzen Schreiben hatte er mitgeteilt, sie hätte für die Schulden ihres Gatten aufzukommen, und der Staat nähme daher ihr gesamtes Eigentum in Beschlag.

»Ich bin sicher, er steckt es in seine eigene Tasche«, hatte sie gesagt.

Am nächsten Tag zur Mittagszeit war Cornelius zurückgekommen. Er war in Begleitung der Advokaten und hatte einen ganzen Stapel von Dokumenten bei sich. Im ersten war festgelegt, Marcus solle einen Teil des Erbes bereits jetzt überschrieben bekommen. Außerdem war da noch eine Schenkungsurkunde für Flaminica mit einem Betrag, der ihrem verlorenen Vermögen entsprach.

Und schließlich wurde eine Vollmacht auf den Tisch gelegt, wonach Marcus seiner Gattin das Recht zuerkannte, frei über sein Vermögen zu verfügen.

Sie hatten sich in der Bibliothek um den Tisch versammelt, und die Advokaten hatten ein Dokument nach dem anderen verlesen. Ohne zu zögern hatte Marcus die Vollmacht für Marcia unterzeichnet.

Marcia hatte sich geschämt.

»Ich ganz allein habe uns alle in eine peinliche Situation gebracht«, hatte sie gesagt. »Ich bitte um Verzeihung, aber es ist so schwer, plötzlich arm zu sein.«

»Jetzt bist du es nicht mehr«, hatte Marcus geantwortet und dabei versucht, sie anzulächeln.

Die Erinnerung daran wärmte Marcus das Herz, als sie ihren Ritt durch die Berge nach Helvetia fortsetzten.

Am Abend lud er die Offiziere seiner Kohorte zum Wein ein.

»Auf das Wohl meines Sohnes, der gerade in Rom zur Welt gekommen ist«, sagte er, und alle jubelten.

Am Abend im Zelt fielen ihm noch weitere tröstende Erinnerungen ein. Er erinnerte sich plötzlich, wie sehr sich Marcia und Flaminica über all die wunderschönen Stoffe gefreut hatten, wie sie wie Schmetterlinge um das feine Gewebe und den Schmuck herumgetanzt waren und Marcia ihn gebeten hatte, sie geschmacklich zu beraten.

»Marcus, soll ich die grüne Seide nehmen, oder meinst du, ich bin darin zu blass?«

Sie hatte ein bißchen kokettiert, das sah er jetzt, aber er hatte seine ganze Überzeugungskraft in die Antwort hineingelegt: »Du bist so schön, Marcia, alles an dir wird schön aussehen.«

Es war besser zwischen ihnen geworden, nicht gut, aber besser.

Er hatte einiges von Imitri gelernt; oft war er zu ihr gegangen und hatte viel Trost erhalten. Mit der Zeit hatte sie ihm beigebracht, sich ihrem Rhythmus anzupassen, den Genuss hinauszuzögern, damit auch sie als Frau zu ihrem Höhepunkt kam.

»Du bist gelehrig, junger Scipio. Aber für die Kunst der Liebe hast du wenig Talent.«

Deutlich erinnerte er sich an die Worte und wusste, was er gedacht und gesagt hatte, dass es an den verdammten Händen läge, den breiten, klobigen Händen, die er hasste.

Imitri hatte es ihm nicht geglaubt.

»Die Hände können nur das ausdrücken, was im Herzen vor sich geht«, hatte sie gesagt. »Es ist die Zärtlichkeit, die fehlt, Scipio, darin musst du dich üben ...«

Sie wusste nichts von Salvius, und er konnte ihr nichts von ihm erzählen.

Aber er hatte nun gelernt, den Todestrieb beim Orgasmus einzudämmen, sich mit einem Teil seines Kopfes klarzumachen, was er tat. Er war für sich selbst und für Marcia keine Gefahr mehr.

Und sie war in seinen Händen weicher geworden und dankbar. Er konnte ihr keine Befriedigung geben, aber sie brauchte sich nicht länger zu fürchten. Nur vor dem Streit, den schrecklichen Worten, die hinterher aus seinem Munde kamen, mit einer Vehemenz, die er nicht steuern konnte.

Er hatte es Marcia zu erklären versucht, aber sie hatte es nicht verstanden. Und er konnte sie deswegen nicht tadeln, er verstand es ja selbst nicht.

Woher kommen die Worte, die man nicht meint?

Als er schlafen ging, versuchte er, an das Kind zu denken, es vor sich zu sehen. Aber er hatte keine Vorstellung, wie ein Neugeborenes aussah.

Im Morgengrauen wurde das Lager abgebrochen, die einundzwanzigste Legion sollte zur Grenze des Rheins weiterziehen. Gerade hatte man die Marschkolonne formiert, als das Horn der westlichen Wache die Stille zerriss. Gleich darauf sprengte ein römischer Reitertrupp nach vorn zum Feldherren der Legion, dem alten Visellius Varro.

Die Männer waren ebenso müde und schmutzig wie ihre Pferde, ihre Standarten aber hielten sie hoch über ihren Köpfen – das Zeichen der sechsten Legion.

Der gallischen Legion.

Marcus war nur einer von sechstausend Leuten, die sich plötzlich der Gerüchte in Rom entsannen, des aufgeregten Geflüsters von Mund zu Mund: Vierundsechzig gallische Stämme seien abtrünnig geworden, und die Germanen würden in den Grenzgebieten gemeinsame Sache mit ihnen machen. Er hatte es allerdings nicht ernst genommen, in Rom brodelten in einem fort Gerüchte, denen Glauben geschenkt wurde und die sich dann immer weiter aufbauschten.

Cornelius hatte auf das Gerede über den gallischen Aufstand nur mit einem Achselzucken reagiert. So erbärmlich wie der Frieden in Rom sei, gäbe es natürlich eine Unmenge Menschen, die sich nach Krieg sehnten und wünschten, es möge endlich gehandelt werden, hatte er gesagt und gleichzeitig darauf hingewiesen, dass Tiberius weder seinen Aufenthaltsort noch sein Verhalten änderte. Der Kaiser war, wie immer, in sich verschlossen und unnahbar.

»Und trotz allem ist er ein großer Stratege«, hatte Cornelius noch hinzugefügt.

Hier im fahlen Morgenlicht und in der Eiseskälte sah Marcus ein, dass sich Cornelius geirrt hatte. Er selbst und seine Leute verharrten unbeweglich wie Standbilder.

Kurze Zeit später wurden sämtliche Offiziere zu Varro gerufen, wo sie von den geänderten Marschrouten erfuhren und kurze Instruktionen bekamen. Gaius Silius, der Befehlshaber in Gallien, rückte gerade nach langwierigen Kämpfen in den Ardennenwäldern auf heidnisches Gebiet vor. Dort war es den römischen Legionen geglückt, den Treverern, deren Anführer Selbstmord begangen hatte, alle Fluchtwege abzuschneiden. Nun blieb noch der Kampf gegen die an Zahl bedeutend größeren Heiden, deren Anführer die Hauptstadt Augustodunum eingenommen hatte, unterstützt von vierzigtausend Mann, achttausend bewaffneten Legionären, der Rest ausgerüstet mit Jagdspeeren und Messern.

Die Stimme des alten Varro klang wie trockenes Reisig. Die Zeit schien stillzustehen, fahl blieb das Morgenlicht. Marcus fühlte sein Herz schlagen und musste die Tränen zurückblinzeln, damit sie seine wilde Freude nicht verrieten.

Aber als er sich in der Gruppe junger Tribunen und mit Narben bedeckter Centurionen umsah, fand er in ihren Augen das gleiche Gefühl, die gleiche Begeisterung. In diesem Moment schien das Leben groß und einzigartig. Hier war nicht länger eine beliebige Anzahl von Individuen beisammen, jedes mit seinem rätselhaften Eigenleben, seinen versteckten Gedanken, seinen verborgenen Sorgen und seinem offenen Geltungsdrang. Hier wurden sie zu einem einzigen Körper, von einem einzigen Willen vereint.

Während der Eilmärsche in westlicher Richtung sollte sich Marcus wundern, was dieser Wille zustande brachte. Tag für Tag rückten sie vor, Unterbrechungen gab es nur für Mahlzeiten und

Schlaf im zweistündigen Wechsel. Nicht einer klagte, obwohl die Belastungen unzumutbar waren. Sie stießen auf dem Weg zu anderen Legionen auf weitere Boten; die römische Kriegsmaschinerie arbeitete, alles funktionierte mit der selbstverständlichen Kraft eines Wasserrades.

Am dritten Tag durchquerten sie in ungebrochenem Tempo die Ardennenwälder und schlugen alle Treverer nieder, die ihre Toten zu finden und zu begraben versuchten. Am Nachmittag holten sie Silius' Tross ein und erfuhren, er rücke mit zwei Legionen auf Augustodunum vor. Er habe bereits Hilfstruppen vorausgeschickt, die die Ortschaften der Sekvarer verwüsteten.

Einige Stunden später schloss sich die einundzwanzigste Legion mit der Haupttruppe zusammen und wurde mit Jubel begrüßt. Wieder geschah das Wunder, sechstausend Soldaten vereinigten sich mit den zwölftausend zu einem Körper.

Durch die Reihen gingen Rufe von einem Fahnenträger zum nächsten, man solle erst anhalten, wenn man dem Feind von Angesicht zu Angesicht gegenüberstünde. Nachts wurde kein Lager aufgeschlagen, trotzdem stellte sich ein bleierner und merkwürdig tiefer Schlaf unter freiem Himmel ein. Bei Sonnenaufgang am nächsten Morgen erreichten sie die Ebene, und dort, hinter dem zwölften Meilenstein, stand Sacrovirs Armee.

Marcus sah sie vom Rücken seines Pferdes aus, eine unüberschaubare Menschenmenge.

In diesem Augenblick wurde ihm bewusst, dass er nicht sterben wollte.

Sacrovirs Heer aus gallischen Aufrührern hielt die Schlachtordnung genauestens ein; an der Front standen die Gladiatoren in ihren eisernen Rüstungen aufgereiht wie eine Mauer, und an den Seitenflügeln befand sich die gut bewaffnete Kavallerie. Die Nachhut bildeten die unzähligen Stammeskrieger mit ihren Jagdspeeren, ein Menschenmeer breitschultriger, hochgewachsener Männer, allesamt größer als die Römer.

Gleich darauf hörte Marcus den Ruf des Gaius Silius: »Schlagt sie in Grund und Boden, nehmt die Flüchtenden gefangen!«

Der Kampfruf des Römers stieg gen Himmel, wild und primitiv. Es herrschte weiterhin Disziplin, die Infanterie rückte nach vorn auf das Zentrum der Feinde vor, und gleichzeitig umringte die Kavallerie die Seitenflanken.

Nach einigen Stunden hatten sie alle vorhandenen Truppen niedergemäht, und nun machten sie vor der speerbewaffneten Nachhut halt, rasenden Stammeskriegern, für die nur eines galt: Sieg oder Tod. Die Römer mussten ihre Taktik ändern und verloren viele Leute, ehe sie, nun mit Beil und Hacke, weiterzogen.

Rund um Marcus verwandelten sich lebende Menschen in eine klebrige, übelriechende Masse, die Pferde rutschten auf Gedärmen und Blut aus, Urin und Exkremente spritzten in die Gesichter der Legionäre. Marcus, der mit seiner Kavallerie von der rechten Flanke her angriff, verlor sein Pferd im Gewühl der kämpfenden Männer, fand aber schnell ein anderes und war gleich darauf an der Seite seines Standartenträgers wieder auf dem Weg nach vorn. Das gesamte Geschehen griff so rasend schnell ineinander, dass Einzelheiten kaum noch zu unterscheiden waren, alles verschmolz zu einem einzigen Rausch, einem wahnwitzigen Freudentaumel, der jegliche Grenzen sprengte.

Die Wirklichkeit verlor ihren sicheren Boden, sie verschwand unter den Pferden, zwischen den Exkrementen und Eingeweiden. Nur ein paar einzelne Bilder blieben im Gedächtnis zurück. Marcus erinnerte sich an einen siegessicheren, blauäugigen Gallier und an dessen unglaubliche Verwunderung, ehe Marcus seinen Kopf abschlug. Dieses Zögern, das nur wenige Augenblicke währte, prägte sich ihm ein, während er sich den Schweiß von der Stirn wischte, um besser sehen zu können, und als er merkte, dass sich die Hand von Blut rot färbte, ergriff ihn plötzlich ebenso Furcht wie eine unbändige Lust zu leben.

Er würde auch nie den Abend nach der Schlacht vergessen,

als die Ereignisse sich langsam beruhigten und Tausende von Verwundeten ihre Schmerzen und Todesängste auf dem riesigen Schlachtfeld hinausschrien. Er lief wie die anderen Offiziere umher und suchte nach seinen Toten, und ein heftiger Schmerz ergriff ihn, als er den alten Centurio fand, der ihn im Lager außerhalb von Rom trainiert hatte.

In dieser Nacht sollte Augustodunum Klagelieder anstimmen, als die Stadt von den siegestrunkenen Römern überwältigt und geplündert wurde.

Erst bei Tagesanbruch stellte sich heraus, dass Sacrovir entkommen war, und Marcus führte die Heeresabteilung an, die einige Matronen der Stadt auf römische Art und Weise unter Folter zwangen, sein Versteck preiszugeben.

Bei Sonnenaufgang ritten drei Kohorten zu dem Gehöft, wo Sacrovir und seine engsten Vertrauten Zuflucht gefunden hatten. Aber sie hatten sich bereits alle selbst getötet, und die Römer mussten sich damit begnügen, ihre Leichen zu verbrennen.

Äußerlich hielt der Sieg den römischen Verband noch einige Tage zusammen, danach zerfiel er wieder in die alten Gegensätze. Die Rivalität der beiden Feldherren Varro und Silius konnte nicht länger verborgen bleiben. Die einundzwanzigste Legion, die große Verluste erlitten hatte, verlangte nach Verstärkung, ehe man den Marsch zum Rhein hin wieder aufnahm. Unterschiedliche Schilderungen über die Ereignisse während der Schlacht wurden von den einzelnen Standartenträgern geliefert, und sie gerieten untereinander in Streit. Zusätzlich schlugen sich die Legionen um die Beute. Der Neid schrie zum Himmel, und die Disziplin ging zum Teufel. Marcus schenkte seiner Truppe viel Zuwendung; weinerliche Männer suchten wie Kinder bei ihm Schutz.

Hinter den Gesichtern der Offiziere verbargen sich erneut deren persönliche Geheimnisse, und das Leben wurde vieldeutig und schwer begreiflich.

Marcus Scipio erhielt aus der Hand von Gaius Silius einen Orden, verbunden mit einer Rede, worin der Feldherr seine Zufriedenheit darüber ausdrückte, dass die Söhne der alten Geschlechter nicht immer aus der Art schlugen. Die Rede war an den jungen Cato, Marcus' Offizierskameraden gerichtet, der schon zu Beginn der Schlacht verwundet und aus dem Kampf gezogen worden war.

Alles war wie immer.

Erneut war Marcus in die Einsamkeit, die sein Schicksal war, zurückgekehrt.

Sie gelangten bis zu den Grenzlagern am Rhein, und erst da dachte er an Marcia und das Kind. Anfangs war die Erinnerung noch unscharf und schwebend, fast unwirklich, als gäbe es die Frau und das Kind nicht.

Als habe er sie nur geträumt.

Mit der Zeit aber gewannen die Bilder festere Konturen, und mit jeder Einzelheit, zu der er zurückfand, stieg seine Verzweiflung. Sie war jetzt glücklich, er sah sie vor sich, ruhig und glücklich mit dem Kind, das ihr bei Cornelius das Wohnrecht sicherte.

Marcus kam in ihrer Welt nur wie ein böser Schatten vor.

Sicherlich hatten sie die Nachricht von der Schlacht bei Augustodunum erhalten und wussten, dass Marcus den Namen Scipio in Ehren gehalten hatte. Cornelius war mit Sicherheit erfreut darüber, aber Marcia? Er fragte sich, ob sie wohl Enttäuschung darüber empfand, dass er nicht gefallen war.

Aber dann hörte er auf, weiter herumzurätseln. Er wusste es und sagte laut in die Nacht hinaus:

»Ich konnte dir den Gefallen nicht tun und sterben, Marcia. Ich habe gelernt, dass auch ich leben will.«

Es schneite, es schneite wochenlang. Wie so viele Römer staunte auch Marcus über den Winter, über diese unwirkliche Kälte der Nordwinde und die weiße Decke, die alles in Schweigen hüllte.

Hier müßte es sich leicht sterben lassen. Marcus spielte mit dem Gedanken, sich in eine Schneewehe zu legen und einzuschlafen, während langsam eine daunenleichte Decke über ihn gebreitet wurde.

Er hatte alte Krieger vom Schneetod als dem sanftesten aller Tode sprechen hören.

Bevor er am Abend einschlief, bildete er sich ein, Marcia zu hassen, um aus dem Gefühl neues Leben zu schöpfen. Aber er hasste nicht, in seiner Verzweiflung war zu wenig Kraft.

Manchmal streifte ihn die Ahnung, er sei bereits gestorben.

Das Jahr schritt fort. Das Licht nahm an Kraft zu, und die Schneefelder fingen an zu blenden. Eines Tages kam der Befehl zum Aufbruch.

Im April durchquerten sie den Rubicon und ritten dem grünen Frühling entgegen, dem Frühling Italiens, der seinen heimkehrenden Soldaten entgegenlachte und Anemonen auf ihren Weg streute. In der Poebene schneite es von den Mandelbäumen, weiße Blüten legten sich wie Daunen über Pferde und Rüstungen. Und die Soldaten lachten froh und dankbar.

Im Lager vor den Toren Roms lieferte Marcus seine Berichte ab, die bereits seit langem fertiggestellt waren. Er sollte nun eine wohlverdiente Sommerpause einlegen, wie sich der alte Varro ausdrückte, als sie sich voneinander verabschiedeten.

Marcus machte einen Umweg um Rom herum und erreichte die Via Appia am späten Nachmittag. Vor seiner Rückkehr hatte er keine Nachricht nach Hause geschickt.

In der Dämmerung löste er sich langsam aus dem Schatten des Waldrandes und sah sie alle im Garten vor dem Haus beisammensitzen. Er hatte das Gefühl für die Wirklichkeit so sehr verloren, dass er sie wie Schauspieler auf einer Bühne wahrnahm, und er machte die Augen zu, um sie nicht sehen zu müssen.

Die Szene hatte nichts mit ihm zu tun.

Gleich darauf hatte ihn Marcia entdeckt, und die Unwirklichkeit wuchs zur Panik an, als er ihre Freude sah und sie seinen Namen rufen hörte, während sie ihm über den Rasen entgegenlief.

In diesem Moment benötigte er all seine Kraft, um nicht das Pferd herumzureißen und wieder im Wald zu verschwinden.

Aber er blieb, glitt aus dem Sattel und nahm sie in die Arme. Aber sein Kuss war hart vor Verzweiflung, und er merkte, dass er sie erschreckte.

Alles ist wie immer, dachte er.

Lange stand er über die Wiege des Kindes gebeugt. Der Junge schlief, und Marcus war erstaunt; so unglaublich wohlgestaltet war dieser kleine Mensch und so schön. Es tat weh, als die Zärtlichkeit, schmerzlich und voller Leben, sein Innerstes berührte.

Er erkannte sie wieder.

Anjalis, dachte er, und mit einem Mal erinnerte er sich an seine Zeichenstunden bei Nobenius, an die missglückten Versuche, den mangelnden Mut. Da machte das Kind die Augen auf, der klarste Blick der Welt traf den seinen, und Marcus wurde sich bewusst, dass er dieses Kind meiden musste.

Marcia hatte sich von diesem Augenblick so viele Vorstellungen gemacht, dass sie gar nicht wahrnahm, was hier geschah. Oberflächlich stimmte ja alles – Marcus käme nach Hause, würde seinen Sohn sehen und ihn lieben, er würde merken, dass hier ein Wunder geschehen war, das sie füreinander und für ihre Liebe öffnete.

Barmherzig langsam erkannte sie, dass es Panik war, die aus Marcus' Blick sprach, ein Erschrecken von solcher Wucht, dass nichts auf dieser Welt dagegen helfen konnte.

Alles ist wie immer, dachte sie.

Dennoch nahm sie das Kind auf und legte es in Marcus' Arme,

kitzelte es am Bauch, damit es vor Freude gurgelte. Er war entzückend, das sah Marcus, und seine Furcht wich, auch er lachte jetzt. Schließlich sagte Flaminica:

»Er gleicht dir ja so sehr. Genauso hast du ausgesehen, als du ein halbes Jahr alt warst.«

»Ich bin mir ganz sicher, dass du irrst«, entgegnete Marcus.

Marcias Augen waren voller Tränen, als sie das Kind, das Marcus ihr reichte, wieder an sich nahm, und sie ging ihm die Windeln wechseln. Erleichtert stellte Marcus fest, dass Cornelius der Unterhaltung nicht zugehört hatte, er war zusammen mit Salvia im Haus verschwunden, um das Willkommensmahl vorzubereiten.

Und um am Ahnenaltar ein Opfer darzubringen.

Die Nacht war besser, als sie zu hoffen gewagt hatten. Marcias Körper war nach der Geburt des Kindes reifer geworden, und vielleicht ahnte sie auch zum ersten Mal, was sich in Marcus' Seele bewegte. Hinterher erging er sich nicht wieder in Grobheiten, sondern vermochte von der großen Schlacht auf dem Feld bei Augustodunum zu erzählen.

Gespannt hörte sie zu, weniger erschrocken, als Marcus befürchtet hatte, und plötzlich fand er Worte, nicht nur für all das Schreckliche, nein, auch für das Sinnvolle, für die große Einmaligkeit, die entsteht, wenn das Leben auf seine äußerste Spitze getrieben wird.

Als er schwieg, sagte sie, und ihre Augen waren dabei groß vor Verwunderung:

»Es ist wie bei der Geburt, Marcus, es sind die gleichen Gefühle, alle Zerrissenheit und alles Kleinliche bleibt hinter einem zurück, und das Leben wird großartig und schön.«

Er nickte, ja, er konnte sie verstehen.

Mit einem Mal merkte er, wie müde er war: »Ich glaube, so viel habe ich nicht mehr geredet, seit … Anjalis abgereist ist.«

»Jetzt schlafen wir.«

Er nickte dankbar, aber der Schlaf wollte sich nicht einstellen. Irgendwie musste er ihr das von dem Kind sagen, dass sie keine Forderungen stellen sollte und sie den Jungen vor ihm beschützen müsse.

Schließlich sprach er es aus, grob und kurz angebunden wie immer, wenn seine Gefühle zu mächtig wurden. Und er hörte sie weinen, als er endlich in den Schlaf hinüberglitt.

Als er am nächsten Morgen aufwachte, saß sie schon auf dem Stuhl am Fenster und stillte das Kind. Sofort bemerkte er seinen Neid, die schmerzliche Eifersucht auf den Jungen, den sie so lustvoll an ihrer Brust hielt.

Jetzt fühlte er ihn, den Hass.

Sie blickte auf, sah, dass er wach war, und lächelte ihn an:

»Ich habe darüber nachgedacht, was du heute Nacht gesagt hast, und ich glaube, du hast Unrecht, Marcus. Kinder müssen die Eltern, die sie bekommen haben, akzeptieren. Und der Junge braucht seinen Vater.«

»Wie gemein du bist, so verdammt raffiniert und bösartig!« Er schrie und war gleich darauf aus dem Bett, riss seine Kleider an sich und lief hinaus zur Treppe, aus dem Haus, zum Pferd im Stall, das ihm Gelegenheit geben sollte, ein paar Stunden vor dem Unabwendbaren zu entfliehen.

Bei allen Göttern, wie er sie und das Kind und ihr ganzes ekelhaftes Glück hasste.

Zwischen ihnen wurde es nicht besser und auch nicht schlechter, sie beschuldigten sich weiterhin und behielten noch lange Jahre die Fähigkeit, einander weh zu tun.

Anfang August brach Marcus auf, angeregt durch die Gerüchte über einen großen Aufstand in Nubien. Und wieder erwartete sie ein Kind.

Feierlich verabschiedete sich Cornelius, und er konnte sich nicht zurückhalten, Scipio Africanus zu erwähnen, denn Marcus würde ja nun auf demselben Boden kämpfen wie der große Vorfahre.

Im Wald war es drückend heiß, als Marcus am See vorbei in Richtung Via Appia ritt. Im Lager würde es unerträglich heiß werden, dachte er zufrieden, eine gute Möglichkeit, für den Wüstenkrieg zu üben.

Im Lager erfuhr er, dass der Rädelsführer und Deserteur Tacfarinas Verstärkung aus dem inneren Afrika bekommen und dem Kaiser eine Nachricht gesandt hatte, er fordere Grund und Boden, auf dem er und sein Volk sich frei ansiedeln könnten.

Es wurde behauptet, Tiberius habe dies als die größte Kränkung angesehen, die Rom je erfahren hatte, und nie zuvor sei er so empört gewesen.

Sie segelten auf einem von Eneides' großen Schiffen, das von der Kriegsmacht beschlagnahmt worden war, über das Meer, und Marcus lächelte bei dem Gedanken, wie wütend sein Bruder wohl darüber geworden war.

Im Krieg in Nubien wurde Marcus Legat, für sein Alter eine bemerkenswerte Auszeichnung. Er und seine Kohorte wurden für die Kriegführung im Untergrund eingeteilt, und bald zeigte sich, dass der Auftrag für ihn genau der richtige war. Er war schlau und kühn und besaß einen untrüglichen Instinkt dafür, Tacfarinas Soldaten in den zahlreichen Verstecken der Wüstengebirge aufzuspüren.

Der Feldherr Junius Blaesus zog seine Truppen nicht zurück, als der Sommer zu Ende ging, er setzte den Krieg den ganzen Winter hindurch und bis weit ins Frühjahr hinein fort, und in jener Zeit wurde Tacfarinas Bruder gefangen genommen.

Als Marcus nach Hause zurückkehrte, war sein zweiter Sohn bereits drei Monate alt.

In diesem Sommer unternahmen sie die lange Reise nach Piräus, wo Eneides geheiratet hatte und Vater eines Kindes geworden war, eines kleinen Mädchens.

Seine Frau war Griechin, die Tochter einer reichen Kaufmannsfamilie aus Korinth. Sie hieß Ariadne, benannt nach ihrer Mutter, einer Witwe und Priesterin in der orphischen Gemeinde in Piräus. Bereits im Herbst des vorangegangenen Jahres war Eneides in Rom gewesen und hatte seine Frau vorgestellt.

Nur Marcus hatte sie noch nie gesehen. Trotzdem war sie ihm ganz vertraut. Während der ersten Tage überlegte er unentwegt, wo er ihr schon einmal begegnet sein mochte. Aber er war ja nur mit so wenigen Frauen zusammengekommen.

Sie muß mich an jemanden erinnern, dachte er.

Sie hatte ein angenehmes Wesen, war liebevoll und ganz von ihrer Mutterrolle erfüllt. Obwohl sie weit weniger kompliziert war als Marcia, waren die beiden Freundinnen geworden.

»Ich schöpfe aus ihrer Natürlichkeit Kraft«, sagte Marcia.

Und niemand lachte herzlicher und so häufig über Marcias geistreiche Bemerkungen wie Ariadne.

Marcus rätselte weiter. Wem glich sie, und weshalb fühlte er diesen Schmerz, sooft er ihr begegnete?

Eines Tages entschloss er sich, mit Eneides diese Frage zu erörtern. Es war auf dem Heimweg von einem Besuch auf den großen Schiffswerften, wo sie auch Origines getroffen hatten.

»Eneides, deine Frau erinnert mich an jemanden.«

»Lass uns für einen Moment absitzen.«

Sie machten Rast an einem Felsabsatz auf dem Weg zu dem großen Haus, das Eneides auf dem Berg oberhalb der Hafeneinfahrt gebaut hatte, mit weiter Aussicht über den schimmernden griechischen Archipel.

»Ich selbst habe es gar nicht bemerkt«, sagte Eneides. »Für mich war es, als sei ich nach Hause gekommen, und ich war der Meinung, so ist es eben, wenn man verliebt ist. Im Herbst dann, als wir in Albanus zu Besuch waren, sagte Cornelius ... Ariadne sei ... meiner Mutter sehr ähnlich.«

»Seleme«, sagte Marcus, selbst überrascht von der Trauer, die sich in ihm hochdrängte.

Lange blieben sie sitzen, so lange, dass die Pferde unruhig wurden und Eneides sie losmachte und in der Dämmerung nach Hause traben ließ.

Im Laufe der nun folgenden Jahre bekam Marcia fünf Kinder, vier davon waren Söhne, die alle die alten Vornamen der Scipionen erhielten. Aber das Mädchen, das in dem Jahr geboren wurde, als Marcus in Dakien gekämpft hatte, wurde nach ihr benannt.

Marcus war zu Hause in jenem Herbst, in dem er und sein Bruder dreißig Jahre alt wurden, und es gab ein großes Fest in Albanus. In der Nacht nach dem großen Festmahl ritten die Brüder den alten Weg hinunter zum See und machten wie früher am Strand ein Feuer – um sich zu wärmen und um Geister und Wildkatzen fernzuhalten.

Sie sprachen über Cornelius, der sich auch im Alter nicht veränderte, klar und körperlich frisch war, trotz seiner achtzig Jahre.

»Das macht das Glück«, sagte Eneides. »Er hat alles bekommen, wovon er geträumt hat, eine ganze Heerschar von munteren kleinen Scipionen.«

»Ich glaube nicht, dass er glücklich ist«, entgegnete Marcus. »Er macht sich immer noch Sorgen um mich.«

»Das hat er schon immer getan.«

Marcus' Lachen zerschnitt die Nacht.

»Er muss seinen Preis bezahlen«, sagte er.

Mitten im Winter brachen die Friesen, das Volk auf der anderen Rheinseite, den Frieden und kreuzigten die römischen Soldaten, die die Steuern eintrieben. Lucius Apronius, Proprätor in Germanien, führte vier Kohorten, Fußvolk und Reiter in Booten über den Fluss, aber die Friesen waren kampfbereit und schlugen die Römer in die Flucht. Mehr als neunhundert Mann fielen, und das Stammesvolk jubelte.

Als Marcus und seine Legion nahten, war der Krieg bereits

entschieden, Rom hatte Truppen genug eingesetzt, um die Aufrührer vernichtend zu schlagen. Marcus bekam den Auftrag, mit seiner Truppe die Strafexpedition durchzuführen.

Den gesamten langen Winter hindurch brannten sie die Ortschaften entlang des Flusses nieder und töteten deren Bewohner. An einem der ersten Frühlingstage bekam Marcus einen Pfeil in den Rücken, er glitt am Schulterblatt ab und bohrte sich durch die Rippen in die Halswirbel.

Aber er drang nicht hindurch.

Zum Glück blieb er bewusstlos, während ihm die Ärzte den Pfeil herausschnitten. Eine Woche verbrachte er mit schlimmen Schmerzen und bösen Träumen, und die Ärzte waren beunruhigt wegen des Fiebers, das nicht weichen wollte.

Wochenlang lag Marcus auf dem Bauch in der Sänfte, die ihn nach Hause brachte, ihn durch die Bergpässe und die gallische Tiefebene in Richtung des Meeres schaukelte, wo das Schiff wartete.

Während des größten Teiles dieser beschwerlichen Reise schlief er einen glücklichen Schlaf. Oftmals war er erstaunt, wenn er geweckt wurde, so gewiss war er sich des Todes gewesen.

In Ostia wartete Cornelius auf ihn.

Als zu Hause der Körper zur Ruhe kam, kehrten auch die Kräfte zurück – gegen seinen Willen, denn er wünschte sich fort. Die Stunden des Schlafs wurden jedoch unerbittlich weniger, und die wachen Stunden nahmen zu.

Und in den wachen Stunden begegneten ihm alle seine Niederlagen, Marcia und die Kinder.

Erst als im Mai die Rosen knospten, fing Marcus allmählich wieder an, sich außerhalb des Hauses zu bewegen, durch den Garten zu laufen, Cornelius' Pferde und Hunde zu begutachten. Er wurde nach Rom beordert, um neue Auszeichnungen entgegenzunehmen, und zu seiner Verwunderung empfingen ihn große Volksmassen, die taktfest seinen Namen riefen.

Marcus zuckte darüber nur mit den Schultern.

Im September starb Sulpicius Quirinius an Altersschwäche. Es war in Rom ein großes Ereignis, da seit vielen Jahren kein Patrizier mehr eines natürlichen Todes gestorben war. Tausende von Menschen gaben ihm das letzte Geleit.

Marcia hatte den alten Saal im Haus wieder hergerichtet, den sie immer noch Anjalis' Schule nannten. Sie unterrichtete ihre Kinder selbst, nach Anjalis' Vorbild.

»Es erschien so einfach, Marcus, erinnerst du dich noch? Es war ihm selbstverständlich, den Kindern das Wissen spielerisch beizubringen. Aber einfach ist es nicht, Marcus.«

Er machte nicht einmal den Versuch, ihr Interesse zu teilen, stattdessen fragte er: »Hast du keine Zeichnungen gefunden, als die Schule wieder hergerichtet wurde?«

»Doch, ich legte sie in den großen Schrank in seinem Schlafzimmer.«

Nach dem Frühstück ging Marcus in das Zimmer, gefolgt vom fünfjährigen Lucius. Er war der dritte der Jungen, und er war derjenige, der am beharrlichsten den Kontakt zu seinem Vater suchte und Marcus mehr als die anderen Kinder irritierte.

Als sich der Junge durch die Tür in Anjalis' Zimmer schlich, wurde Marcus rasend vor Wut:

»Raus!« schrie er. »Lass mich in Ruhe!«

Der Junge verschwand wie ein verschrecktes Hündchen.

Marcus fand die Zeichnungen wieder, die ersten, die entstanden waren, nachdem er sein Augenlicht wiedererlangt hatte. Er betrachtete das Gesicht, das auf dem Papyrus hervorwuchs, und er erinnerte sich, wie seine Hand trotz der großen Angst die furchtsamen Gesichtszüge des Kindes und dessen große, fragende Augen eingefangen hatte.

Betroffen sah er im nächsten Augenblick, wie sehr das Gesicht dem von Lucius glich, dem verängstigten Fünfjährigen, den er soeben hinausgeworfen hatte. Eine Unruhe überfiel Marcus, zwang ihn auf die Füße, hinaus, die Treppe hinunter.

»Lucius, Lucius!«

Er schrie Marcia an, als er ihr begegnete, und seine Angst ging nun auch auf sie über.

»Ich dachte, der Junge wäre bei dir?«

»Er ist hinausgelaufen.« Marcus hatte keine Zeit, sich seiner Lüge zu schämen. Sie liefen durch den Garten, an den Ställen vorbei durch die Sklavenunterkünfte und riefen ununterbrochen.

Dann zwang Marcia ihn stehenzubleiben.

»Beruhige dich, Marcus. Die Kinder sind es gewöhnt, sich frei zu bewegen.«

Aber Marcus hörte nicht hin.

»Der Teich«, rief er. »Der Teich!«

Er machte auf dem Absatz kehrt und zog sie mit sich, den Berg hinauf, zum Teich.

Das Kind lag still auf dem Grund, an der Stelle, wo die Seerosen wuchsen, die Blumen, die es nie gegeben hatte. Und Marcus wusste bereits, als er zu ihm hinuntertauchte, dass der Junge tot war.

Nächtelang hörte er Marcias lautes Klagen, wie einst das der Hündin.

Er brachte es nicht fertig, ihr eine Hand zum Trost zu reichen, und er verließ das Bett nicht, als der Junge beerdigt wurde. Nach vierzehn Tagen lag er immer noch dort, unfähig, mit irgendjemandem zu reden.

Cornelius kam und ging, er versuchte, die Mauer zu durchdringen, aber Marcus war unerreichbar.

Bis Cornelius eines Tages sagte:

»Ich glaube, es ist Zeit, dass du dich nach Jerusalem begibst.«

Lange sahen sie einander an und erinnerten sich der

Abschiedsworte am Kai in Ostia: »Wir sehen uns wieder, Marcus, wir sehen uns in Jerusalem wieder.«

Marcus' Beine zitterten wie die eines neugeborenen Kalbes, als er aus dem Bett stieg. Er ging in den Baderaum, wurde rasiert und angekleidet. Auf der Treppe traf er Marcia und bemerkte, dass sie gealtert war. Er konnte ihr nicht in die Augen sehen, als er zu ihr sagte:

»Es war meine Schuld.«

»Nein, Marcus, es war Schicksal.«

Er wollte ihr sagen, dass sie ihn bald los wäre, dass er seiner Wege gehen würde. Aber er fand nicht die Kraft dazu.

Cornelius und Marcus ließen sich in der Bibliothek nieder, schlossen sorgfältig die Tür hinter sich und sorgten dafür, daß sich keine Sklaven in Hörweite befanden. Zuerst einmal einigten sie sich, dass für Marcus' Reise nach Palästina die Zustimmung des Kaisers erforderlich sei.

»Und wenn er sich weigert?«

»Dann müssen wir nach anderen Lösungen suchen.«

Danach diktierte Cornelius Marcus einen Brief, worin er in ehrerbietigen Formulierungen um eine Audienz auf Capri bat.

»Ist das notwendig? Weshalb kann ich im Brief nicht einfach um die Erlaubnis für die Reise bitten?«

Aber Cornelius kannte Tiberius und schüttelte den Kopf: »Wir dürfen ihm keine Zeit lassen, sich in widerstreitende Gedankengänge zu verwickeln.«

Auf der langen Heimreise des Kranken vom Rhein war Marcus von seinem Leibkoch und dem Centurio Pantagathus, der ebenfalls leicht verletzt war, begleitet worden. Sie waren als Scipios Gäste in Albanus geblieben, jagten in den Wäldern und genossen ihr Dasein. Panthagathus war ein echter Römer, der Sohn eines bekannten Barbiers, aufgeweckt und schlagfertig.

»Der Centurio macht sich bereits heute mit dem Brief auf den Weg«, sagte Cornelius.

Kurz darauf fand sich Pantagathus ein, untersetzt und stämmig, mit ungeahnten Kräften und funkelnden, wachen Augen. Er war einer von Marcus' engsten Mitstreitern bei dem Untergrundkampf in Nubien gewesen, aber ihre Freundschaft beruhte nicht nur darauf, dass beide gewitzt und rücksichtslos waren. Marcus fühlte sich wegen dessen Humor zu Pantagathus hingezogen und wegen seiner Fähigkeit, in den schwierigsten Situationen unerwartete Lösungen zu finden. Pantagathus wiederum mochte Marcus wegen seines feierlichen Ernstes. Für ihn war Marcus Cornelius Scipio der letzte wirkliche römische Edelmann in einer Zeit voller Bosheit.

Bereits nach fünf Tagen kehrte der Centurio zurück – Marcus hatte bei Tiberius eine Audienz bekommen.

Am festgelegten Tag, bei strahlender Herbstsonne, fuhr er zu der blauen Felseninsel, die das Zuhause des Kaisers geworden war. Er wurde sogleich durch etliche Säle und vorbei an Salons in die größte der zwölf Villen geführt, und er dachte dabei, das Haus ist wie der Mann selbst, dunkel und verschlossen.

Von den allzu bekannten Lasterhaftigkeiten bekam er nichts zu Gesicht.

Als der Offizier der Prätorianergarde die Türen zum Empfangssaal des Kaisers öffnete, hatte Marcus Herzklopfen. Seine gute Erziehung ließ ihn jedoch nicht im Stich, seine Verbeugung war entsprechend tief, und er wartete ohne sichtbare Nervosität darauf, angesprochen zu werden.

»Welch eine Überraschung, junger Scipio. Ich hoffe, deinem Großvater geht es gut, trotz seines hohen Alters.«

Marcus richtete sich aus seiner Verbeugung auf und begegnete dem Blick des Kaisers, er dachte, dass er nie einen unglücklicheren Menschen gesehen hatte, und höflich antwortete er, Cornelius sei bei hervorragender Gesundheit.

Tiberius war abschreckend hässlich, diesmal hatte das

Gerücht die Wahrheit gesagt. Wie ein zerrupfter alter Uhu saß er dort mit seinem entstellenden Gesichtsekzem, das notdürftig von Pflastern verborgen wurde.

»Setz dich«, sagte er.

Marcus ließ sich auf dem Besucherstuhl nieder und bemerkte dabei den leichten Geruch von altem Eiter und starken Medikamenten, der den ganzen Raum erfüllte.

»Du nimmst deinen Platz im Senat nicht ein?«

»Nein, ich bin auf dem Feld von größerem Nutzen.«

Tiberius nickte, sein Lächeln war nicht zu deuten, aber in seiner Stimme lag etwas Drohendes, als er sehr langsam sagte: »Du hast Flamens Tochter geheiratet.«

»Ich war verliebt«, entgegnete Marcus schlicht.

Wieder nickte der Kaiser, seine Stimme klang beinahe munter, als er fortfuhr: »Und das bist du nun nicht mehr. Sie scheint ihrem Vater zu gleichen, die stolze Marcia.«

Marcus schwieg, und es entstand eine lange Pause. Der Kaiser ging im Geiste den Bericht über den jungen Scipio durch, den er am Morgen gelesen hatte. Hervorragende militärische Heldentaten, Ergebenheit und Mut, aber ein merkwürdiger Mangel an Ehrgeiz. Er zog die Stirn in Falten bei dem Gedanken, wie der Pöbel in Rom Scipio zugejubelt hatte, erinnerte sich aber auch, dass der junge General die Stadt verlassen hatte und nicht zurückgekehrt war.

»Wie steht es um deine Verletzung?«

»Danke, sie heilt.«

Nun war Tiberius am Ende seiner Geduld: »Und was ist dein Anliegen?«

Sehr kurz beschrieb Marcus die geplante Reise nach Palästina und sagte, so wie es Cornelius ihm aufgetragen hatte, er habe gerüchteweise gehört, Anjalis, sein alter Lehrer, würde sich dort aufhalten.

»Weshalb sollte er dort sein?«

»Er studiert die jüdische Religion.«

Überraschenderweise zeigte Tiberius Interesse. »Anjalis' Abhandlung über die römische Religion war bemerkenswert«, sagte er und setzte hinzu, zuweilen würde er, der Kaiser, sie sich noch einmal vornehmen, wenn schwierige religiöse Fragen auftauchten.

»Weißt du, wohin er gegangen ist, nachdem er Rom verlassen hat?«

»Ja, er ging nach Indien und fertigte eine Studie über den Buddhismus an.«

»Steht ihr im Briefwechsel?«

»Nein, ich habe nie etwas von ihm gehört.«

Marcus erzählte kurz von der Begegnung mit dem Chaldäer aus Ur in Athen.

Daraufhin erfolgte die Frage, die Marcus erwartet und gefürchtet hatte: »Weshalb willst du ihn treffen?«

»Aus persönlichen Gründen. Er war mein Lehrer und ... hat mir viel bedeutet.«

»Also aus sentimentalen Gründen«, korrigierte ihn Tiberius.

»Ja.«

»Falls du ihn in Judäa findest, wirst du ihn hierher zu mir bringen. Ich wünsche, ihn zu treffen. Nicht aus gefühlsmäßigen Gründen, sondern weil ich alles Wissenswerte über die Juden und ihren Gott erfahren muß.«

Marcus verbeugte sich.

Gleich darauf griff der Kaiser zur Feder und schrieb einen kurzen Brief an Pontius Pilatus, den Prokurator in Judäa. Der Brief wurde vom Sekretär mit dem großen kaiserlichen Siegel verschlossen. Die Audienz war beendet, Tiberius winkte bei Scipios Dankesbezeugungen mit der Hand ab.

Erst auf dem Schiff, auf dem Weg zum Festland, fiel Marcus ein, dass die Unterredung Anjalis möglicherweise schaden könnte. Falls er sich tatsächlich in Jerusalem befand.

Selbst Cornelius wurde unruhig, das Ganze war zu schnell und zu einfach vor sich gegangen.

»Was wissen wir über den Inhalt des kaiserlichen Briefes an Pilatus?« fragte er.

Und über den Prokurator sagte der Alte verächtlich: »Er ist ein Grobian aus einer alten Schlachterfamilie, der seine Offizierswürde während des Bürgerkrieges erworben hat.«

Bereits am folgenden Tag fuhr Marcus nach Brundisium, um sich von dort zunächst einmal um eine Schiffsüberfahrt nach Piräus zu kümmern. Er wollte sich von seinem Bruder verabschieden. Begleitet wurde er von Pantagathus, dem Koch und sechs sorgfältig ausgewählten Sklaven.

Zu Marcia sagte er, Cornelius würde ihr die Absicht seiner Reise erklären.

5. TEIL

»So kommt denn
und lasst uns miteinander rechten.«
»Zu Ende gewebt hab ich mein Leben
wie ein Weber,
er schneidet mich ab vom Faden.
Tag und Nacht gibst du mich preis.«

Jesaja 38, 12

Falls Marcus noch eine Hoffnung gehabt hatte, eine bescheidene, menschliche Hoffnung, dann sollte Eneides sie nun zerschlagen. »Das ist ja lächerlich!« rief er. »Als würde man dem Wind hinterherjagen. Du verstehst doch sicher, dass Anjalis die Worte nur zum Trost gerufen hat!«

»Er hat nie getröstet.«

»Beim Zeus, wie sollte er nach zwanzig Jahren wissen, dass du verzweifelt bist und nach Jerusalem fährst?«

»Nach achtzehn Jahren«, sagte Marcus.

»Pilatus ist ein Ungeheuer und Tiberius ein Fuchs. Nur die Verdammten aus dem Totenreich können wissen, was in dem Brief steht.«

»Ich muss das Risiko eingehen.«

»Aber warum?«

»Es gibt keinen anderen Ausweg, Eneides. Entweder ich mache die Reise oder … ich werde verrückt.«

Eneides nahm die Ernsthaftigkeit wahr, er hatte mit einem Mal verstanden und sagte: »Am wahrscheinlichsten ist, dass du ermordet wirst.«

»Das wäre ja auch keine schlechte Lösung.«

»Marcus …«

Lange Zeit war es still zwischen den Brüdern. Schließlich tat Eneides das, was er immer tat – er suchte Kraft im Handeln.

Marcus und seine Begleiter sollten mit einem seiner eigenen Schiffe fahren, einem neuentwickelten Schnellsegler, der die römischen Schiffe leicht hinter sich lassen konnte. Er sollte während Marcus' Landaufenthalt in Cäsarea stets segelbereit auf der Reede liegen.

»Wieviel weiß dein Freund, der Centurio?«

»Nichts.«

»Ich merke, du lügst wie immer. Ich werde wohl selbst mit ihm reden.«

»Ja, natürlich. Aber zuerst einmal musst du mir zuhören.«

Kurz und knapp, wie es seine Art war, brachte Marcus sein Anliegen vor: Er wollte, dass der Bruder versprach, Marcias Leben und das der Kinder zu schützen, falls Cornelius starb.

»Ich habe keine Ahnung, wieviel von dem Besitz der Scipionen noch übrig ist. Außerdem könnte alles im selben Augenblick, in dem der Alte stirbt, beschlagnahmt werden.«

»Ein hinreichend großer Anteil des Vermögens befindet sich hier, ich glaubte, du wüsstest das. Marcia hat jahrelang in meine Reedereien investiert.«

Marcus verzog den Mund zu einem Lächeln – immer die gleiche besonnene Marcia.

»Ich möchte, dass du noch einen Schritt weitergehst«, fuhr er fort. »Falls es notwendig wird, sollst du meine Familie hierher bringen und die Kinder adoptieren.«

»Das verspreche ich«, sagte Eneides schlicht.

Viel mehr blieb nicht hinzuzufügen, und eine merkwürdige Stille trat zwischen die beiden. Jeder saß auf seinem Platz an dem großen Tisch in Eneides' Kontor und schwieg. Schließlich wagte keiner mehr, den anderen anzusehen.

Ich muss mich zusammennehmen, dachte Eneides. Er rief den Centurio herein und sprach vom Zweck der Reise und von seiner Besorgnis.

»Wir haben doch den Beistand des Kaisers«, entgegnete Pantagathus.

»Was ihr habt, ist ein Brief, versehen mit einem Siegel, das nur von Pilatus aufgebrochen werden darf. Was darin steht ...«

Pantagathus ließ sich auf den nächsten Stuhl fallen und dachte gerade an Germanicus, als Eneides dessen Namen erwähnte.

»Wir alle erinnern uns an Tiberius' Brief an Piso«, sagte er. »Er durfte ja niemals vor dem Gerichtshof verlesen werden, und wahrscheinlich enthielt er den Befehl, Germanicus zu töten.«

»Ich bin nicht Germanicus, und ich bedrohe Tiberius' Position nicht«, sagte Marcus beinahe heiter, aber Pantagathus hatte verstanden.

»Wir haben unseren eigenen Koch bei uns«, erklärte er. »Ausgenommen von ein paar Mahlzeiten ...«

»Ja, das ist gut, Pilatus wird es nicht wagen, einen Scipio an seinem eigenen Tisch zu vergiften.«

Daraufhin erklärte Eneides seinen Plan mit dem Schnellsegler, der während der gesamten Reise auf der Reede in Cäsarea liegen würde.

Pantagathus wünschte einen Boten als Verbindung zwischen sich und dem Schiff, und Eneides erklärte sich einverstanden. Einmal in der Woche sollte der Centurio mit einem der Steuermänner an Bord Kontakt aufnehmen.

»Ich habe da einen Mann«, sagte er. »Ein Jude, zwar kein Steuermann, aber jemand, der in der jüdischen Menge nicht auffällt.«

»Und, kann ich ihm trauen?«

»Ja.«

Die beiden Männer vertieften sich in Einzelheiten, währenddessen Marcus den Raum verließ, um Origines einen Besuch abzustatten.

Ariadne verbreitete wie immer Ruhe um sich, und es wurde trotz allem ein guter gemeinsamer Abend. Als sie sich vom Tisch erhoben, sagte sie: »Marcus, du könntest mir einen großen Dienst erweisen. Ich habe hier einen jüdischen Jungen, er ist blind, seitdem die Römer ..., seitdem sein Vater gekreuzigt wurde. Ich habe ihm versprochen, dass er nach Hause zu den Eltern seiner

Mutter gebracht wird, sie wohnen in einem Dorf außerhalb von Jerusalem. Würdest du vielleicht ...?«

Eneides hatte mehrmals versucht, seine Frau zu unterbrechen, jetzt sagte er: »Marcus hat keine Zeit, Ariadne.«

Marcus hingegen fragte: »Wurde er blind, als sein Vater getötet wurde?«

»Ja, ist es nicht eigenartig? Und ich glaube, er gewinnt sein Augenlicht zurück, wenn er nach Hause kommt, verstehst du?«

»Wie alt ist er?«

»Zwölf Jahre.«

»Ich werde ihn mitnehmen.«

»Das war unnötig, noch etwas, das uns die Sache zusätzlich erschwert«, sagte Pantagathus zu Eneides, als er von dem kleinen Josef hörte.

»Man kann nie wissen«, entgegnete Eneides, »vielleicht tut es Scipio gut, wenn er in dem Jungen eine Beschäftigung hat.«

Und so war es auch. Während der Überfahrt, die bei den starken Frühlingsstürmen beschwerlich wurde, widmete sich Marcus unentwegt dem blinden Jungen, beschrieb ihm das Schiff und die Menschen, erzählte ihm die alte griechische Sage von Poseidon und all seinen Meereswesen – und das so liebevoll und mit einer Geduld, die Pantagathus erstaunte.

In Albanus hatte er ja gesehen, wie wenig geduldig Scipio mit seinen eigenen Kindern war.

Josef durfte in Marcus' Kajüte im Arm des Römers schlafen, was an Bord einigen Anlass zu Spekulationen gab, Pantagathus jedoch kümmerte es nicht. Er nahm die Reise zum Anlass, den Juden kennenzulernen, der sein Verbindungsglied zu dem Schiff sein sollte.

Und er hatte von dem Mann einen guten Eindruck.

Als endlich Cäsarea in Sicht kam, nahm Marcus Josef mit an Deck und beschrieb ihm das Land, das sich vor ihnen aus dem Meer erhob, selbst verwundert, wie groß und weiß die neue

Hafenstadt war. Und plötzlich rief der Junge: »Ich sehe, ich sehe es selbst, oh Scipio, ich kann sehen!«

Von diesem Ereignis sollten alle an Bord noch lange reden, davon, wie der Ruf des Knaben in den Himmel stieg, und von der Freude des römischen Generals. Pantagathus nahm es als gutes Omen.

Sie gingen an Land – Pantagathus, um Pferde und sonstige Reiseausrüstung zu kaufen, und Marcus, um sich beim Prokurator anzumelden.

Pontius Pilatus aber befand sich nicht in seiner Residenz, er war tags zuvor noch zu später Stunde in sein Haus auf dem Land gereist. Nach kurzer Überlegung wurde beschlossen, Marcus solle einen Boten mit einem Brief losschicken und für den nächsten Morgen um eine Unterredung bitten.

Pontius Pilatus hatte sich eine Villa in den Bergen oberhalb der neuen Stadt erbaut, ein helles und weiträumiges Haus, wohin er sich zurückziehen und ausruhen konnte. Außerdem ging es seiner Gattin, die unter ständigen Kopfschmerzen litt, dort besser als in dem windigen Cäsarea. Von Jerusalem ganz zu schweigen, das sie wegen des quälenden Wüstenwindes fürchtete.

Der Prokurator war gerade aus dem Bad gestiegen, als er Scipios Brief bekam, und fühlte seine Knie weich werden. Ein Scipio hier! Ein General! Bei allen Göttern, weshalb, und was konnte das bedeuten?

Er rief so laut nach Wein, dass seine Frau gelaufen kam, und sie, die immer Ängstliche, presste nun ihrerseits die Hand gegen das Herz und versuchte, es zu beruhigen, während er sie fragte: »Was macht er hier? Was will er? Was hat das zu bedeuten?«

»Du hast doch wohl nichts getan ...?«

»Wenn man in Tiberius' Diensten steht, kann man immer etwas getan haben«, brüllte er.

»Der Tetrarch Herodes?«

Sie konnte es nur flüstern.

»Ja doch, schreibt der verdammte Tetrarch einen Brief, dann kommt er auch an.«

Pilatus hatte lange Zeit versucht, den Briefwechsel zwischen dem Tetrarchen von Galiläa und dem Kaiser zu stoppen; die Boten waren jedesmal auf ihrem Weg nach Rom auf merkwürdige Weise verunglückt, und der Sohn des großen Herodes hatte es nie gewagt, die Sache gegenüber dem Prokurator zu erwähnen.

Nun rief Pilatus nach mehr Wein, und die Gattin wagte nicht zu protestieren.

Entgegen seiner Gewohnheit nahm er nur ein kleines Nachtmahl ein; so war er denn unsicher auf den Beinen und lallte ein bisschen, als er zu Bett ging. Am nächsten Morgen meinte er als erstes, sie hätten keine andere Wahl, als ihn zum Essen zu bitten, und das genügte, damit die Gattin erneut Kopfschmerzen bekam.

Als Pilatus aber am Vormittag Marcus Cornelius Scipio und Pantagathus hereinbat, war er ruhig und freundlich, ein unangefochtener römischer Beamter empfing einen angesehenen Gast.

»Ich bin geehrt«, sagte er, »und auch erstaunt. Es geschieht nicht oft, dass einer von Roms Edelmännern und ein Freund des Kaisers in diese unruhige Ecke der Welt findet.«

»Mein Anliegen ist privater Natur«, entgegnete Marcus.

Privat. Pilatus versuchte die Bedeutung des Wortes zu verstehen, aber die Angst, die ihn noch zusätzlich demütigte, hinderte ihn daran. Der Mann vor ihm auf dem Stuhl repräsentierte all das, was er fürchtete und am meisten verabscheute, die verdammte Überlegenheit des Patriziers, dessen Bildung, diese gesellschaftliche Stellung, in die Scipio hineingeboren war und die er als eine Selbstverständlichkeit ansah. Er war sehr elegant gekleidet; Pilatus hatte seine Gattin erröten sehen, als sie zur Begrüßung einen Knicks machte, der allzu ehrfurchtsvoll ausfiel.

Marcus bemerkte Pilatus' Unterlegenheit, die ihn anfangs amüsierte, bald jedoch zu langweilen begann. Mit einer Geste überließ er Pantagathus das Wort. Trotz dieser weiteren Beleidigung war Pilatus erleichtert, als der Centurio zu sprechen begann.

Die beiden sprachen eine Sprache.

»Wir suchen einen Wissenschaftler, einen chaldäischen Forscher, er war vor ziemlich vielen Jahren in Rom der Lehrer des Generals«, begann er. »Du hast sicher von dem berühmten Anjalis und seinen Schriften gehört.«

Das hatte Pilatus nicht, und alle merkten es, als er antwortete: »Natürlich. Sollte er sich hier befinden?«

»Wir wissen es nicht mit Sicherheit, es ist lediglich ein Gerücht, dem wir nachgehen. Und natürlich erhoffen wir bei unserem Vorhaben Beistand und Schutz.«

Allmählich wurde Pilatus klar, dass der Centurio nicht log, dass die Reise privater Natur war und die Geschichte von dem verschwundenen Wissenschaftler tatsächlich stimmte. Seine Erleichterung war dermaßen groß, dass sie jedermann auffiel.

»Wir haben ein... Empfehlungsschreiben vom Kaiser bei uns«, sagte Scipio und winkte einen Sklaven heran, der den Brief überreichte. Pilatus nahm ihn entgegen, und sein Eifer war so groß, dass er nicht wahrnahm, wie Pantagathus den Platz tauschte und sich so nah vor den Prokurator stellte, wie es die Höflichkeit zuließ.

Pilatus brach das kaiserliche Siegel, las langsam, nickte zustimmend, und plötzlich zeigte sich in dem Gesicht feste Entschlossenheit. Pantagathus merkte, wie die Besorgnis in ihm wuchs, und er wußte, noch ehe Pilatus den Mund aufgemacht hatte, dass der Brief einen geheimen Befehl enthielt, der nicht vorgelesen werden durfte.

Pilatus heftete den Blick auf Marcus und sagte, jetzt schon sicherer: »Du bist dem Kaiser persönlich begegnet?«

»Ja.«

»Auf Capri?«

»Ja.«

»Ich hoffe, der Gottgesandte... war bei guter Gesundheit?«

»Er sah aus, als würde es ihm gut gehen«, antwortete Marcus und lachte laut bei dem Gedanken, wie wenig göttlich der übel riechende Greis war.

Das Lachen ließ Pilatus' Unsicherheit wieder wachsen, doch er fügte hinzu: »Wo könnte sich nur dieser...«, ein kurzer Blick in den Brief, »... dieser Anjalis aufhalten, falls er sich im Land befindet? Ich meine, wo sollen wir ihn suchen?«

»Er interessiert sich für Religion«, entgegnete Marcus. »Vielleicht im Tempel in Jerusalem? Unter der Priesterschaft?«

»Hmm, schon möglich, aber wir kennen die Priester dort recht gut. Hat er igendwelche besonderen Merkmale?«

»Ja«, antwortete Marcus, »er ist ungewöhnlich groß.«

Im nächsten Moment ärgerte er sich, er wollte Pilatus' Hilfe bei der Suche nicht und würde nie zulassen, dass Anjalis nach Rom und zu Tiberius gebracht würde.

»Ich habe mir gedacht, ich suche die unterschiedlichen heiligen Plätze im Land auf, sehe mich um und komme mit den Leuten ins Gespräch.«

»Als Römer kommt man mit den Juden nicht ins Gespräch«, sagte Pilatus, und diesmal war er es, der in Lachen ausbrach.

»Ich denke, ich versuche es trotzdem«, erwiderte Marcus. »Und ich wäre dankbar für eine Genehmigung, mich überall im Land frei bewegen zu dürfen, außerdem für deine Hilfe, falls ich in Schwierigkeiten kommen sollte.«

»Natürlich«, entgegnete Pilatus, und sein Lächeln war vollkommen echt, als er erleichtert fragte, ob er sie nun zum Wein einladen dürfte, obwohl es noch früh am Tag war.

Scipio nahm das Angebot dankbar an, ebenso die Einladung zum Essen am selben Abend.

Der Prokurator bemerkte allerdings, dass keiner seiner Gäste trank, bevor er nicht selbst den Becher zum Mund geführt hatte.

»Ich habe nicht geglaubt, dass dieser Hornochse seine Maske so gut bewahren würde«, sagte Pantagathus, als sie den Berg hinunter zum Kai in Cäsarea ritten.

»Der Brief kann also einen Befehl enthalten, mich ... aus dem Weg zu räumen?«

»Nein, das kann ich mir nur schwer vorstellen. Dann hätte er sich abweisender gezeigt.«

»Aber es stand etwas Geheimes darin?«

»Ja«, antwortete Pantagathus ernst, »er enthielt ein Geheimnis.«

Schweigend ritten sie weiter, und bevor sie bei den Baustellen der neuen Stadt anlangten, saß Pantagathus ab. Marcus tat es ihm nach, und sie legten sich eine Weile ins Gras, als würden sie die Aussicht über das Meer genießen.

»Er trinkt zu viel«, sagte der Centurio. »Hast du gesehen, dass es ihm schwer fiel, seine Hände ruhig zu halten, und dass er seinen Becher vollkommen leer getrunken hat?«

»Ich habe auch schon daran gedacht.«

»Heute Abend«, sagte Pantagathus langsam, »werde ich Pilatus unter den Tisch trinken, und du gehst mit der zarten, kleinen Frau im Mondschein spazieren.«

Das Mahl war vorzüglich, üppig und ermüdend, und Marcus, der gewöhnlich nur wenig aß, hatte Mühe mit den vielen Gängen. Ebenso mit der Gattin von Pilatus; sie war nervös und flatterte von einem Thema zum nächsten. Es dauerte geraume Zeit, bis er einen Gesprächsstoff gefunden hatte, der auch ihre Interessen berührte.

Es ging um Kopfweh und Träume, und sie beschrieb ausführlich die Schmerzen, die sich von hinten an sie heranschlichen, im Nacken anfingen und allmählich ihren ganzen Körper befielen.

Er drückte sein Mitgefühl aus und erzählte von seiner Rückenverletzung, und wie er den ganzen Weg vom Rhein bis nach Rom mit der offenen Wunde getragen werden musste, die nicht verheilen wollte.

Sie bekam vor Mitleid Tränen in die Augen. Dann wollte sie wissen, was er während der Krankheit geträumt hatte.

Aber Marcus erinnerte sich nicht an seine Träume und hörte nur mit halbem Ohr zu, als sie von ihren eigenen erzählte; ihn beschäftigte eher das immer lauter werdende Gejohle von Pantagathus und Pilatus. Der Centurio machte seine Sache offenbar gut; eine seiner ungewöhnlichen Eigenschaften war, dass er ununterbrochen trinken konnte, ohne betrunken zu werden. Bei Pilatus schien genau das Gegenteil der Fall zu sein.

Die beiden Männer wurden immer vertraulicher.

Als die Gastgeberin plötzlich die Stirn runzelte, ergriff Marcus die Gelegenheit: »Ich sehe, das Kopfweh lauert schon wieder im Hinterhalt. Komm, wir machen einen Spaziergang im Garten.«

Sie war gerührt und froh über seine Fürsorge, und es glückte ihr sogar, ihrem Mann zu erklären, sie brauche etwas Luft, und der General würde sie begleiten. Pilatus nickte, schickte aber eine Sklavin zur Begleitung der Gattin mit.

»Ein wunderlicher Mann«, sagte der Prokurator vorsichtig, als beide den Esssaal verlassen hatten.

»Ja, Scipio ist eigenartig«, stimmte ihm Pantagathus zu. »Allein diese merkwürdige Idee, in ein wildfremdes Land zu reisen, um einen alten Lehrer zu suchen.«

»Diese Art von Leuten ist es wohl gewohnt, ihren Launen nachzugeben«, sagte Pilatus weiter.

»Tja, an den Mitteln hat es wohl nie gefehlt. Aber er ist ein guter Soldat...«

»Er ist hochmütig wie der Kaiser selbst, ich meine, als ob er Kaiser von Rom wäre.«

»Vielleicht ein bisschen aufgeblasen, aber er hat in Nubien einmal mein Leben gerettet, wobei er sein eigenes in Gefahr brachte.«

Das stimmte nur zur Hälfte, Pantagathus wollte einen Grund für seine Loyalität angeben; vor allem aber wollte er zum eigentlichen Thema zurückkommen.

»Ich war erstaunt, dass er den Beistand des Kaisers für seine Reise hierher und die Suche bekommen hat. Vielleicht wollte Tiberius dem jungen Scipio eine Gunst erweisen.«

»Nein«, Pilatus fing nun an zu lallen und lachte geheimnisvoll. »Tiberius will diesen Anjalis ergreifen.«

»Aha«, erwiderte Pantagathus, »das erklärt die Sache allerdings. Wozu braucht er den Chaldäer wohl?«

»Das hat nicht im Brief gestanden«, entgegnete Pilatus. »Die Großen geben selten eine Erklärung ab.«

»Das stimmt«, sagte Pantagathus.

Im Garten erzählte Pilatus' Gattin vom Propheten in Nazareth und von seinen Predigten in den Ortschaften rund um den See Genezareth. »Es heißt, er könne Blinde sehend und Lahme wieder gehen machen«, sagte sie.

Marcus war ganz still geworden.

»Wo, hast du gesagt, könnte man nach ihm suchen?«

»In einem kleinen Ort an der Nordspitze des Sees. Er heißt Kapernaum.«

Als sie am nächsten Morgen bei strömendem Regen aus Cäsarea ritten, war Pantagathus so froh wie schon lange nicht mehr.

»Ich wette meinen Kopf darauf, dass der Brief keine Anweisungen enthielt, dich zu ermorden. Es ist dieser Anjalis, den der Kaiser ergreifen will.«

»Ich habe es geahnt«, sagte Marcus erregt. »Schon auf der Rückreise von Capri mit diesem verdammten Brief habe ich es gewusst. Das macht es uns noch schwerer, Pantagathus. Zur Hölle, niemals wird Anjalis in Tiberius' Hände fallen.«

»Ich verstehe«, entgegnete der Centurio. »Doch erst einmal mache ich mir darüber keine Sorgen, noch haben wir ihn nicht gefunden.«

»Und wenn?«

»Wenn ...«

Nach einiger Zeit bemerkten sie, dass sie verfolgt wurden, eine ganze römische Truppe war ihnen auf den Fersen.

»Beim Jupiter, wie plump«, sagte Pantagathus und lachte. Sie machten überraschend Rast, saßen da und grüßten höflich die römischen Soldaten, die an ihnen vorbeiziehen mussten.

»Sicherlich wird er schlauer sein, wenn er erst einmal seinen Rausch ausgeschlafen hat«, sagte Marcus.

Josef saß vor Marcus auf dem Pferd, eingehüllt in den Mantel des Römers und fröhlich wie ein frischgeschlüpftes Vögelchen. Sie ritten nach Nordosten, über die Ebene von Saron und hinauf zu den Höhenzügen des Karmel. Dort hörte der Regen auf, und im nassen Grün glitzerte überraschend der Sonnenschein. Zu Marcus' Verwunderung war das Land mit Wäldern bedeckt und ausgesprochen lieblich.

»Das ist nicht Judäa und die Wüste«, sagte Josef.

»Nein, ich weiß«, antwortete Marcus und erschauderte, als die hohen Terebinthen ihre Regentropfen über ihn und sein Pferd abschüttelten.

Als sie die Furt durch den Kison durchquerten, weitete sich die Landschaft vor ihnen zu offenem Weideland, niedrigwüchsige Myrte, Ginster und Akanthus sprossen zwischen den Steinen am Bergabhang. Ostwind schlug ihnen entgegen und brachte kalte, kristallklare Luft mit sich.

Als sie den ersten blauen Schimmer des See Genezareth im Osten sahen, machten sie Rast, entzündeten ein Feuer und trockneten ihre Kleider. Die ganze Reisegesellschaft sprach staunend darüber, wie schön es war, das Land der Juden, und Josef war stolz, als wäre es sein Verdienst.

Während der Reise waren sie zahlreichen Menschen begegnet, und Marcus hatte gemerkt, dass sich die Juden auf andere Weise als alle anderen Menschen von den Römern distanzierten.

»Sie sehen uns gar nicht«, sagte er zu Pantagathus.

»Ja, das habe ich gestern schon bemerkt«, bestätigte der Centurio. »Sie blicken durch uns hindurch, als existierten wir nicht.«

»Genauso, wie es die Römer mit allen anderen machen«, sagte Josef, und da schwiegen Marcus und Pantagathus.

In der Dämmerung erreichten sie Tiberias, und begeistert badeten sie in den warmen Quellen des Sees. Marcus ging, um eine

Audienz bei dem Tetrarchen von Galiläa zu erwirken, bekam jedoch zu hören, er sei nach Jerusalem gereist.

Am folgenden Tag zur Mittagszeit kamen sie nach Kapernaum, und die Sklaven zogen los, um eine Herberge ausfindig zu machen, die bereit war, sie aufzunehmen. Wie erwartet kamen sie mit dem Bescheid zurück, alle Herbergen der Stadt seien belegt. Da nahm der Centurio den kleinen Josef mit sich, um, wie er sagte, mit einem vernünftigen Menschen ins Gespräch zu kommen. Er brachte nach seiner Rückkehr die Nachricht mit, dass einige Zimmer im Haus des Steuereintreibers Levi außerhalb der Stadt für sie bereit gemacht würden.

Das Leben in Palästina dürfte nicht leicht werden.

Doch die Zimmer waren sauber, und der Mann selbst zeigte großes Interesse an Marcus, der die halbe Nacht aufblieb und Levis Erzählung über den Wundertäter aus Nazareth lauschte, von dem immer mehr Menschen annahmen, er sei der erwartete Messias.

»Und Jesus ging ringsum in alle Städte und Dörfer, lehrte in Synagogen und predigte das Evangelium von dem Reich und heilte alle Krankheiten und alle Gebrechen. Und die Kunde von ihm erscholl durch ganz Syrien. Und sie brachten zu ihm alle Kranken, mit mancherlei Leiden und Plagen behaftet, Besessene, Mondsüchtige und Gelähmte; und er machte sie gesund. Und es folgte ihm eine große Menge aus Galiläa, aus den Zehn Städten, aus Jerusalem, aus Judäa und von jenseits des Jordans.«

Marcus hörte gebannt zu und merkte, wie die Stille immer mehr Macht über ihn gewann. Sogar Pantagathus' Ohren waren weit geöffnet, obwohl er alles nur Mögliche versuchte, um einzuschlafen.

Marcus lehnte sich an eine Zypresse, ein ungewöhnlicher Baum, und ein Fremdling wie er selbst auf dem sanft abfallenden Hügelzug oberhalb von Kapernaum. Die ausgebreiteten Äste verdeckten ihn nicht, und doch fühlte er die gleiche Geborgenheit wie in einem guten Versteck.

Im Grunde war das unnötig – niemand unter all den Menschen dort auf dem Berg hatte Augen für etwas anderes als den Mann, der dort redete.

Der Abstand war groß, eigentlich hätte Marcus kein einziges Wort vernehmen können. Und doch drang jeder einzelne Laut in dem kraftvollen Aramäisch zu ihm herüber, als spräche der Mann direkt zu ihm.

»Selig sind, die da geistig arm sind; denn ihrer ist das Himmelreich. Selig sind, die da Leid tragen; denn sie sollen getröstet werden.«

Die Stille in Marcus setzte sich in der Landschaft fort, kein Windhauch strich durch die Baumkronen, und alle Menschen hatten aufgehört zu atmen. Vollkommen leer war diese Stille, nicht ein Gedanke, nicht ein Gefühl war mehr in ihr vorhanden. Dann erscholl erneut die Stimme:

»Selig sind die Friedfertigen; denn sie werden Gottes Kinder heißen.«

Und Marcus fühlte den Schmerz, die unendliche Trauer über sein vertanes Leben.

»Ihr seid das Salz der Erde. Wenn nun das Salz nicht mehr salzt, womit soll man salzen? Es ist zu nichts mehr nütze, als dass man es wegschüttet und lässt es von den Leuten zertreten.«

Endlich, dachte Marcus, endlich ein Mensch, der nicht lügt.

»Ihr seid das Licht der Welt. Es kann die Stadt, die auf einem Berge liegt, nicht verborgen sein. Man zündet auch nicht ein Licht an und setzt es unter einen Scheffel …«

Tief drangen die Worte in Marcus ein, etliche von ihnen verstand er nicht, aber das schien ohne Bedeutung.

»… Ich aber sage euch, dass ihr überhaupt nicht schwören sollt, weder bei dem Himmel, denn er ist Gottes Thron … Auch sollst du nicht bei deinem Haupt schwören; denn du vermagst nicht ein einziges Haar weiß oder schwarz zu machen. Eure Rede aber sei: Ja, ja; nein, nein. Was darüber ist, das ist von Übel.«

Das habe ich schon immer gewusst, dachte Marcus, aber sein Schmerz wurde größer, als der Mann fortfuhr und Marcus einsah, dass auch darin Wahres steckte:

»Liebet eure Feinde und bittet für die, die euch verfolgen, damit ihr Kinder seid eures Vaters im Himmel.«

Kurz darauf durchdrang ein weiteres Wort seinen Schmerz:

»Denn wo dein Schatz ist, da ist auch dein Herz.«

Dann vergoldete sich das kalte Sonnenlicht:

»Sehet die Vögel unter dem Himmel an: sie säen nicht, sie ernten nicht, sie sammeln nicht in die Scheunen; und euer himmlischer Vater ernährt sie doch. Seid ihr denn nicht viel mehr als sie? … Verurteilt nicht, so werdet auch ihr nicht verurteilt.«

Nach einigen Augenblicken? – einer Stunde? – einem Tag? – sah er den Propheten den Berg hinuntersteigen. Ohne Verwunderung bemerkte Marcus, wie der Mann seine Hand ausstreckte und einen Aussätzigen heilte.

Langsam ging Marcus Scipio zu Levis Haus zurück, voller Trauer und doch glücklich. Aber an der Tür begegnete er einem Sklaven, der aufgeregt erzählte, der kleine Josef sei ganz plötzlich und überraschend krank geworden.

Marcus eilte zu dem Jungen, der schreckliche Schmerzen hatte und, noch viel schlimmer, eine Lähmung, die es ihm unmöglich machte, auch nur den Kopf zur Seite zu drehen.

»Er stirbt«, sagte der Sklave, und Marcus kämpfte mit der gleichen Versteinerung, die ihn damals bei Lucius' Tod ergriffen hatte. Da drehte er sich auf dem Absatz um und eilte in die Stadt, wo er den Propheten und seine Jünger auf dem Weg zu Simon Petrus' Haus fand.

Ohne zu überlegen, ging er auf den Mann zu und sagte:

»Herr, mein Knecht liegt zu Hause und ist gelähmt und leidet große Qualen.«

»Ich will kommen und ihn gesund machen«, sagte Jesus zu ihm, und Marcus hörte das aufgeregte Murmeln im Gefolge des Propheten.

»Ich bin nicht wert, dass du unter mein Dach gehst«, sagte er. »Aber sprich nur ein Wort, so wird mein Knecht gesund. Denn auch ich bin ein Mensch, der Obrigkeit untertan, und habe Soldaten unter mir; und wenn ich zu einem sage: Geh hin!, so geht er; und zu einem anderen: Komm her!, so kommt er; und zu meinem Knecht: Tu das!, so tut er's.«

Marcus' Aramäisch war fließend, aber seine Wortwahl unterschied sich völlig von der, die man sonst von ihm gewohnt war, und er sah, dass sich Jesus wunderte, als er sich an sein Gefolge mit den Worten wandte:

»Wahrhaftig, solchen Glauben habe ich in Israel bei keinem gefunden! Aber ich sage euch: Viele werden kommen von Osten und von Westen und mit Abraham und Isaak und Jakob im Himmelreich zu Tisch sitzen; aber die Kinder des Reichs werden hinausgestoßen werden in die Finsternis; dort wird sein Heulen und Zähneklappern.«

Marcus begriff den Sinn der Rede nicht, sein Kopf war nun so leer wie sein Herz. Als sich der Prophet jedoch an ihn wandte, setzte sein Verstand wieder ein.

»Geh hin, dir geschehe, wie du geglaubt hast.«

Pantagathus stand einige Schritte hinter Marcus, und er wagte den Propheten nicht anzusehen; er wollte doch lieber die Suche nach einem Arzt fortsetzen. Aber Marcus lachte nur, als er leichten Fußes in der Dämmerung nach Hause ging und Josef frisch und munter vorfand.

»Er hat Hunger«, sagte der Koch, der sich nicht getraut hatte, dem Jungen etwas zu essen zu geben.

»Natürlich soll er etwas zu essen bekommen, Brot und Früchte, und außerdem Fisch«, entgegnete Marcus, »es heißt, der Fisch aus dem See Genezareth soll gut sein!«

Keiner aus der römischen Gruppe sagte ein Wort, als sie während der Mahlzeit das Brot brachen und sich von dem fetten Fisch nahmen, von dem sie nicht einmal den Namen kannten. Nur Josef, der gar nicht wusste, wie krank er gewesen war, redete, und es klang wie Vogelgezwitscher, hell und voller Hoffnung.

Schließlich war er müde und schlief sehr schnell ein.

Am nächsten Morgen war der kleine Ort voller Menschen, und die Römer waren froh über ihre Herberge außerhalb der Stadtmauer. Pantagathus kehrte von einem Besuch in Kapernaum zurück und berichtete, der Prophet und seine Jünger seien in einem Boot zum anderen Ufer des Sees gefahren. Eigenartigerweise war Marcus dafür dankbar. Er brauchte Ruhe, um über das nachzudenken, was er erlebt hatte.

In der Nacht hatte er kein Auge zugetan, ein Sturm hatte an dem Dach des Hauses gerüttelt, ein kräftiger Wind, der zwischen den Bergen getobt und sich mit einem Schlag überraschend gelegt hatte, als habe ihm jemand gedroht. Aber nicht der Sturm war es, der Marcus Scipio wach gehalten hatte, es war das Unglaubliche, das mit ihm geschehen war; trotzdem hing es weder mit den Worten der Bergpredigt zusammen noch mit der Genesung des Jungen.

So wie viele andere hatte Marcus nur die Erinnerung, an die er sich halten konnte, und er versuchte, sich die Begegnung auf dem Weg noch einmal vor Augen zu führen, Bild für Bild und Wort für Wort.

Doch die Erinnerung wollte sich nicht mehr einstellen.

Nur Jesus' Augen, die auf ihm geruht hatten, sah er vor sich. Dieser Blick erkannte alles, was Marcus in seinem Leben gedacht und getan hatte, selbst das Allerschlimmste.

Sein Verstand sagte ihm, dass ihm nicht verziehen war, dass das nicht möglich war und dass seine Schuld bis zum Ende aller Zeiten bestehen würde.

Und dennoch ...

Es war nicht so, dass er verzieh, dachte Marcus, aber er verstand, weil er alles von Anfang an sah.

Aber auch das war nicht das Entscheidende bei dieser Begegnung gewesen, es war noch etwas anderes, etwas Ungreifbares und doch Bekanntes.

Sie beschlossen, noch einige Tage länger im Haus des Steuereintreibers außerhalb von Kapernaum zu bleiben, um sicher zu sein, dass der Junge für die weitere Reise stark genug wäre. Pantagathus war der Meinung, sie sollten den Weg am Jordan entlang nehmen, südwärts in Richtung Bethania, Josefs Heimat in den judäischen Bergen. Der Centurio hatte trotz allem, was ihnen widerfahren war, seinen Auftrag nicht vergessen, und berichtete, er habe Pilatus' Späher in der Volksmenge bemerkt.

Bisher hatten sie nichts zu verbergen, darin waren sie sich einig, als Marcus mitten in der Unterhaltung von plötzlicher Müdigkeit übermannt wurde; er entschuldigte sich und wollte sich ein wenig ausruhen.

Auf der Stelle schlief er ein, und bald hatte er einen langen und klaren Traum. Er handelte von Anjalis und begann so altvertraut, dass er dachte, all das müsse er vor langer Zeit schon einmal erlebt haben.

Anjalis stand ihm in der alten Bibliothek in Albanus gegenüber, er war groß und ausnehmend schön, seine Augen aber waren voller Trauer, als er sich eindringlich an Marcus wandte:

»Hör mir zu. Wir haben ja oft davon gesprochen, dass es zwei Wirklichkeiten gibt, eine äußere und eine innere. Erinnerst du dich an die Seerose, als du klein und blind warst?«

Marcus konnte die Blüte deutlich unter der Wasseroberfläche schimmern sehen, und dort im Kelch, umschlossen von goldenen Blütenstempeln, leuchtete ihm Lucius' Gesicht entgegen, sein kleiner Sohn, der sterben musste, weil sein Vater ein anderes Kind suchte.

Aber Anjalis' Stimme rief ihn in die Bibliothek zurück:

»Du willst mir jetzt nicht zuhören, und ich verstehe das. Trotzdem muss ich dir sagen, dass das, was wir beide gemeinsam erlebt haben, an einem Platz in deinem Herzen sein eigenes Leben leben wird. Von dort wirst du immer Kraft schöpfen können.«

Daraufhin stand Marcus erneut vor dem Propheten, der ihm zulächelte, die Hände erhob und die gleiche Geste machte, mit der er den Aussätzigen geheilt hatte. Diesesmal jedoch berührten seine Hände nicht das Gesicht, sondern das Herz, und mit einem Mal war Marcus alles klar.

Als er aufwachte, hatte er mehr Angst als jemals zuvor – das, was er in seinem Leben am meisten gefürchtet hatte, war eingetreten: Die Tür zu seinem geheimen Zimmer war geöffnet worden, es war leer, stumm und still, und seine Zärtlichkeit war grenzenlos und der Schmerz unerträglich.

Auf der Reise nach Süden übernachteten sie in Jericho, der uralten Stadt, deren gewaltige Quellen der Erde Segen spendeten. Hier begegnete ihnen der Sommer mit seinem fruchtbaren Grün, und Josef erzählte von der Oase, die von der Königin von Saba geliebt worden war und die sie König Salomo als Geschenk abverlangt hatte.

In Jericho trafen sie auf römische Truppen in einem gut eingerichteten Quartier, also ergaben sich keine Schwierigkeiten wegen der Übernachtung. Der befehlshabende Centurio war ein alter Kriegskamerad von Pantagathus, und seine Begeisterung war groß, aber auch sein Erschrecken, als er Marcus' Rang und Namen erfuhr.

Der junge Scipio war jedoch auffallend schweigsam und ging früh zu Bett. Im Laufe des Abends überredete Pantagathus in der fröhlichen Kameradenrunde seinen Freund, ein schärferes Auge auf die Späher zu haben, die ohne Grund den General Scipio verfolgten.

»Die wären wir los«, sagte Pantagathus lachend, als die Gesellschaft am nächsten Morgen aufbrach. Aber Marcus dachte mit Unbehagen daran, dass der Centurio in Jericho Schwierigkeiten mit Pilatus bekommen würde.

»Er ist doch dein Freund«, sagte er.

»Ach, er ist einer von denen, die sich immer behaupten.«

Das Tote Meer bekamen sie nicht zu Gesicht, aber sie hörten Josef von dem See erzählen, der so salzhaltig war, dass man darin nicht ertrinken konnte. Sie staunten über die hohen Wüstenberge, als sie zwischen den Höhenzügen nach Osten auf Ephraim zuritten, wo der Weg südlich nach Bethania und Jerusalem abbog.

Eisiger Wind fegte durch die Kleider und drang durch Mark und Bein.

Sie hatten angenommen, Josef würde lebhafter werden, je näher sie seinem Zuhause kamen. Stattdessen saß er niedergeschlagen vor Marcus im Sattel.

»Glaubst du nicht, dass du willkommen bist?«

»Doch.« Der Junge wirkte ganz überzeugend, doch nach einer Weile flüsterte er: »Sie werden euch aber nicht empfangen, sie dürfen es nicht.«

»Das weiß ich«, antwortete Marcus ruhig, »und übrigens verstehe ich es auch.«

Josef entspannte sich.

Einen Augenblick lang dachte Marcus, es wäre vielleicht am besten, er würde außerhalb der Stadt das Quartier aufschlagen und den Jungen das letzte Stück allein nach Hause gehen lassen. Doch er wollte mit eigenen Augen sehen, wie die Großeltern seinen Schützling in Empfang nahmen.

Also setzten sie ihren Weg durch die Ortschaft fort, wo die Leute wie üblich durch sie hindurchsahen. An einem Haus am südlichen Abhang sprang der Junge vom Pferd und lief geradewegs in die Arme einer älteren Frau. Marcus sah, wie sich ihre Augen vor Freude weiteten, und hörte sie nach ihrem Gott und ihrem Mann rufen.

Letzterer kam herbeigeeilt, er war jünger und kräftiger, als Marcus ihn sich vorgestellt hatte, und er zeigte die gleiche staunende Freude wie vorher seine Frau.

Als sie den Jungen ins Haus zogen, rief er laut: »Warte auf mich, Scipio, warte, ich muss unbedingt ...!«

Daraufhin wurde die Tür geschlossen.

Als die Römer zum Brunnen auf dem Marktplatz gingen, um ihre Pferde zu tränken und selbst ihren Durst zu löschen, liefen die Menschen zusammen, und merkwürdigerweise sahen sie plötzlich mit großen Augen voller Fragen auf die Fremden ...

Geduldig warteten Marcus und seine Männer, und Pantagathus sagte mit einem Lachen, das über den Platz rollte: »Jetzt haben die Leute ein Problem, diesmal können sie nicht so tun, als seien wir unsichtbar.«

Auch Marcus musste ein wenig lächeln.

Josef kam zurück, gefolgt von seinem Großvater und ein paar Ältesten aus dem Ort.

»Ich weiß nicht, wie wir uns bedanken sollen«, sagte der Alte verlegen und verbeugte sich vor Marcus, unsicher, ob der vornehme Fremde wohl seine Sprache verstünde.

»Du kannst dich bedanken, indem du dafür sorgst, dass es dem Jungen gut geht«, antwortete Marcus. »Er ist mir mit der Zeit so ans Herz gewachsen, als ...«

Er wollte sagen: als wäre er mein eigener Sohn, aber er unterbrach sich, denn er merkte, dass es eine Lüge wäre.

Die alten Männer verbeugten sich erneut, immer und immer wieder. Das Schweigen war so qualvoll, dass es weh tat.

Noch schlimmer wurde es, als Marcus fragte: »Ob ich wohl für mich und meine Begleiter im Ort ein Nachtquartier bekommen kann?«

Schließlich löste sich ein jüngerer Mann aus der Gruppe, ging auf Marcus zu und sagte: »Wir sind ein gastfreundliches Volk, und eigentlich müssten wir dir zu Ehren ein Fest veranstalten. Aber es ist nun mal so, wie es ist.«

»Ich weiß, wie es ist«, entgegnete Marcus, dem die Bewohner des Ortes allmählich leid taten. »Trotzdem brauchen wir ein Nachtquartier.«

»Ich glaube, ich kann das regeln«, sagte der schmächtige, gebeugte Mann mit den blauen Augen. Der helle Blick war staunenerweckend in seiner Klarheit, der Mann strahlte großes Selbstbewußtsein und ungewöhnliche Ruhe aus.

»Mein Name ist Lazarus. Ich bin der Töpfer hier am Ort. Es gibt hier ein leerstehendes Haus, es ist groß und schön, ein syrischer Kaufmann hat es neu erbaut, doch er hält sich nie dort auf. Er lebt in Jerusalem, und wir können gern einen Boten schicken und ihn fragen, ob ihr es bewohnen dürft.«

Erleichtertes Gemurmel ging durch die Reihen auf dem Dorfplatz, Marcus lächelte und Pantagathus lachte laut, als sie sahen, wie schlau ausgedacht der Plan des jungen Mannes war. Ein Haus, erbaut von einem Syrer, war bereits unrein ...

»Wir wollen es uns ansehen«, sagte Marcus.

Es war das letzte Haus im Ort, groß und auffallend gut ausgestattet, das Haus eines reichen Mannes. Das beste daran war jedoch die Aussicht über die hohen Berge, die jetzt golden im Licht der untergehenden Sonne glänzten.

Pantagathus nickte immer wieder, als sie sich das Haus ansahen. Dann sagte er schnell auf Lateinisch zu Scipio: »Etwas Besseres als das hier können wir nicht bekommen. Von hier aus sehen wir jeden Teufel, der sich nähert, und es ist kaum eine halbe Stunde bis nach Jerusalem.«

»Noch weniger, wenn man ein gutes Pferd besitzt«, erwiderte Marcus, der ebenfalls die Vorteile sah. »Reite mit dem Boten in die Stadt und versuche, das Haus zu kaufen.«

»Egal, für welchen Preis?«

»Ja. Bitte den Syrer, sich morgen mit mir bei dem Geldverleiher Aristainos in Jerusalem zu treffen.«

Am Ort gab es nur einen einzigen armseligen Gasthof, und Marcus ließ sich dort im Garten mit seinen Männern nieder, während sie auf Pantagathus und den Boten warteten. Sie bekamen einen guten Wein, und nach einiger Zeit brachten Josef und seine Großmutter knusprige Lammkoteletts und frisches Gemüse. Ihnen folgten die übrigen Frauen des Ortes, alle mit Geschenken – Käse, Früchte und weißes Brot.

Voller Dankbarkeit aßen sich Marcus Scipio und seine Gefolgschaft satt.

Es war schon beinahe dunkle Nacht, als Pantagathus zurückkam, zufrieden und doch ärgerlich. Der Handel war geglückt, aber der Syrer hatte einen unverschämten Preis für das Haus verlangt, das schon lange zum Verkauf stand.

Marcus lachte laut auf vor Glück – er hatte ein Heim in Palästina erworben, unter Menschen, deren Hass nur äußerlich, und deren Freundlichkeit überall spürbar war.

Am glücklichsten von allen war der kleine Josef.

In dieser Nacht schlief Marcus wie ein Kind und erwachte am nächsten Morgen von Pantagathus' Lachen, das von den Bergen widerhallte. Pilatus' Späher hatten sie eingeholt und gemerkt, dass sie nichts ausrichten konnten. Niemand im Ort würde ihnen Unterkunft geben, und auf der Straße nach Jerusalem waren sie schon von weitem zu erkennen, egal, ob sie die Stadt betraten oder sie verließen.

Kurze Zeit später ritten Marcus und Pantagathus, beide in aufgeputzter Uniform, und Scipio die Brust geschmückt mit goldenen Auszeichnungen, nach Jerusalem hinunter, an den Hügeln des Ölberges entlang durch das Kidrontal und das östliche Stadttor.

Hier trafen sie den Syrer, und Marcus bezahlte ohne mit der Wimper zu zucken den vereinbarten Preis für das Haus. Pantagathus händigte dem Geldverleiher wie versprochen einen versiegelten Brief aus, adressiert an den jüdischen Steuermann auf Eneides' Schiff.

Danach wandten sie sich der Antoniaburg zu, um dem Tetrarchen einen Besuch abzustatten, der sie mit übertriebener Höflichkeit empfing.

Er sagte, Herodes habe den Bericht des Prokurators von Scipios Besuch und von seinem Anliegen in Palästina erhalten. Und ebenso wie Pontius Pilatus sei er äußerst verwirrt darüber gewesen.

»Hier, wie auch anderswo, gibt es genügend Scharlatane, die behaupten, sie seien chaldäische Magier«, sagte er. »Wahrsager und Sterndeuter, ihr kennt diese Sorte. Einen echten Chaldäer aus dem sagenumwobenen Ur haben wir hier im Land seit vielen Jahren nicht mehr gesehen.«

»Seit wie vielen Jahren nicht?« Marcus konnte den Eifer in seiner Stimme nur schlecht verbergen.

»Es gibt da eine Geschichte, vermutlich eine Lügengeschichte, dass drei von ihnen in Bethlehem aufgetaucht sind, vor … ja, wohl vor dreißig Jahren«, sagte der Tetrarch und fügte hinzu: »Wahrscheinlich versteht ihr, wie ungewöhnlich das Ereignis war, wenn die Alten heute immer noch davon reden.«

Als sie den Palast verließen, fragte Pantagathus beunruhigt:

»Warum hat er solche Angst gehabt?«

»Er ist von Geburt an schon völlig verängstigt gewesen«, entgegnete Marcus, der an den Vater des Tetrarchen dachte, Herodes den Großen. Den Verrückten.

Die Erklärung befriedigte Pantagathus allerdings nicht, und als sie in den steilen Gassen der Stadt anlangten, begegneten sie Pilatus' Spähern.

Pantagathus grüßte übertrieben höflich.

Sie passierten den Palast der Hasmonäer und erreichten den Tempelhof, wo sie in stummer Verwunderung anhielten.

Schließlich sagte der Centurio: »Wir haben viele Götter, und wenn wir alle ihre Tempel zusammen nehmen würden, könnten wir vielleicht mit dem hier wetteifern. Hat man aber nur einen Gott, dann ...« Marcus versuchte zu lachen, als er erwiderte, der eine Gott der Juden müsse eine fürchterliche Macht besitzen. Es fiel ihm indessen schwer, die Angst abzuschütteln, die dieses ungeheure Bauwerk einflößte. Da dachte er an den Propheten, der den Gott der Juden Vater genannt hatte.

Die Sonne stand schon hoch am Himmel, als sie nach Hause ritten. Marcus dachte unablässig über die Geschichte von den Chaldäern in Bethlehem nach.

Nach dem Essen saßen sie lange in Marcus' Zimmer und versuchten, einen Plan zu entwerfen. Aber auch das Gehirn des sonst so einfallsreichen Pantagathus war wie ein ausgeblasenes Ei, wie er selbst es ausdrückte. Marcus wollte nach Bethlehem reisen, einer Stadt, die sie bald auf der Karte fanden, und die nicht weit von Bethania entfernt lag.

»Eigentlich müsste es dort alte Menschen geben, die sich noch erinnern«, sagte er.

»Scipio, hör mir zu. Das alles ist vor langer Zeit passiert, als dein Anjalis noch ein Kind war. Wenn es sich überhaupt ereignet hat.«

»Es könnte einen Zusammenhang geben.«

»Und wie sollen wir das herausfinden? Unsere größte Schwierigkeit ist, wie Pilatus schon gesagt hat, dass wir mit den Leuten nicht ins Gespräch kommen.«

»Josef!« entgegnete Marcus, wusste jedoch im selben Moment, daß Pantagathus recht hatte, als dieser antwortete:

»Er ist zu klein.«

Nach der Mittagsruhe fertigte Marcus eine Zeichnung an, zögernd versuchte seine Hand sich daran zu erinnern, wie Anjalis aussah. Er übertrieb das Faunenhafte, die schrägstehenden Augen und den großen, lachenden Mund, fand dann allerdings, das gezeichnete Gesicht sähe ihm ähnlich, vergröbert zwar, aber ähnlich.

Die ganze Gesellschaft versammelte sich um den Tisch, und Pantagathus sagte: »Irgendwo in Jerusalem müssen wir diesen Mann hier ausfindig machen. Er kann als Magier oder als Priester auftreten, er kann sich praktisch als jede Art von Mensch verkleidet haben. Und er kann in einem Palast wohnen oder in den Armenvierteln, in einem Gasthaus oder im Haus des Oberpriesters.«

»Und wenn wir ihn finden sollten?«

Das war Hyperides, der älteste unter den Sklaven, ein Mann, der sich an Anjalis von der Zeit in Cornelius' Haus her erinnerte.

Marcus dachte nach.

»Falls ihr ihn findet, müsst ihr ihm, ohne dass es irgendjemand hört oder sieht, sagen, Marcus Scipio sei in Jerusalem. Auf Lateinisch.«

»Und dann?«

»Dann«, erwiderte Marcus langsam, »muss er es sein, der den nächsten Schritt tut.«

Beinahe eine ganze Woche lang gingen sie alle Straßen der Stadt ab, besuchten jeden Markt, warteten vor jeder Synagoge, mischten sich in Gasthöfen und Weinstuben unter die Menschen. Selbst Marcus und Pantagathus, die an lange Märsche mit ihren Legionen gewöhnt waren, schmerzten die Füße von den Wanderungen durch die Gassen.

Und alles war vergebens.

Am dritten Tag schienen sie ein wenig Glück zu haben. Der jüdische Steuermann vom Schiff tauchte spät abends im Haus in

Bethania auf, und Scipio sah sofort: Hier war ein Mann, der die Nachforschungen in Bethlehem in die Hände nehmen konnte.

Versehen mit genauesten Weisungen suchte der Jude den kleinen Ort auf und kehrte mit einer unglaublichen Geschichte zurück. Vor wenig mehr als dreißig Jahren hatte sich ein neuer, strahlendleuchtender Stern über Judäa gezeigt, er war über den Himmel gewandert und über einem Stall in Bethlehem stehen geblieben. Engel waren vom Himmel gestiegen ...

»Ich werde wahnsinnig«, sagte Pantagathus.

»Die Hirten, die auf den Feldern vor dem Stall über ihre Schafe gewacht hatten, hatten einen großartigen Gesang gehört. Einige Tage später waren drei chaldäische Magier mit ihren Kamelen über die Berge geritten gekommen und hatten nach dem neuen König gefragt.«

»Haben sie gesagt, wie sie gekleidet waren?«

»Ja, sie konnten jede Einzelheit beschreiben, die schwarzen Samttuniken und die mit lila Seide gefütterten Umhänge, außerdem die schweren Goldketten.«

Die Chaldäer hatten bei dem Stall abgesessen, dort, wo gerade ein Kind geboren worden war.

»Aber das macht ja keinen Sinn«, sagte Pantagathus, »jüdische Frauen bringen ihre Kinder nicht in einem Stall zur Welt.«

»Sie sagten, die Stadt sei voller Menschen gewesen, sie waren dorthin gekommen, um sich schätzen zu lassen. Sie hätten für die Geburt keinen Platz in einer Herberge gefunden.«

»Dummheiten«, erwiderte Pantagathus, »die Juden haben überall Verwandte, die sie aufnehmen können.«

Selbst der Jude verlor den Glauben an seine Geschichte – zumindest für eine Weile: »Du hast Recht«, sagte er. »Es ist unsinnig.«

»Fahre fort«, sagte Scipio.

»Die chaldäischen Magier hatten Geschenke für das Kind bei sich, Gold und kostbare Gewürze.«

»Und weiter?«

»Dann sind sie verschwunden. Am darauffolgenden Tag war auch die Familie mit dem Kind vor dem Massaker geflohen, das Herodes angeordnet hatte. Die alten Männer auf dem Platz haben aus den Schriften gelesen: ›In Rama hat man ein Geschrei gehört, viel Weinen und Wehklagen; Rahel beweinte ihre Kinder und wollte sich nicht trösten lassen, denn es war aus mit ihnen.‹«

Die um den Tisch versammelten Römer sahen einander an, außerstande, einen Sinn in der wunderlichen Geschichte zu finden. Marcus indessen sah die tiefe Ergriffenheit des jüdischen Mannes und fragte: »Was bedeutet das alles?«

»Es stimmt mit den alten Prophezeiungen von der Geburt des Messias überein«, erwiderte der Mann, und Marcus dachte an den Propheten in Kapernaum.

In dieser Nacht träumte Marcus von Anjalis, wie auch alle anderem in dem Haus in Bethania, er sah ihn in Jerusalems Gassen auf sich zukommen, der leuchtende Umhang flatterte im Wind, und sein bekanntes Lachen saß versteckt hinter den langen Wimpern. Schön wie ein Gott war er, und Marcus weinte, als er für einen neuen Tag des trostlosen Suchens erwachte.

Eines Tages ging er zur Töpferwerkstatt in Bethania und wartete davor, in der Hoffnung, Lazarus möge auf ihn aufmerksam werden. Der Mann mit den blauen Augen wirkte müde, ja beinahe krank in seiner Durchsichtigkeit, als er herauskam.

»Ich würde gern mit dir sprechen«, sagte Marcus. »Aber wo?«

»Wir können uns hier zum Ofen setzen«, sagte Lazarus und suchte sich einen Platz, der von der Straße aus nicht zu sehen war.

»Du siehst schlecht aus.«

»Meine Lungen sind nicht in Ordnung, ich habe das seit meiner Kindheit.«

Lazarus rückte dicht an den warmen Ofen, trocknete sich den

Schweiß von der Stirn und blickte Marcus fragend an. Und der Römer erzählte seine Geschichte, die ganze lange Geschichte vom Chaldäer, der ihm sein Leben und seine Sehkraft zurückgeschenkt, und der versprochen hatte, sie würden sich in Jerusalem wiedersehen, wenn das Leben unerträglich wurde.

»Und das ist es jetzt?«

»Ich habe meinen Sohn verloren ...«

Rede und Antwort folgten wie sie sollten, passten ineinander. Lazarus war freundlich und anteilnehmend, aber mit einem Mal wusste Marcus, ... dass der ihn hinters Licht führte, dass er einiges wusste, es aber verschweigen musste.

Der Moment dieser Erkenntnis währte nur einen Augenblick. Trotzdem war sich Marcus sicher, und auf dem kurzen Weg nach Hause betete er zum ersten Mal in seinem Leben zu dem Gott, den er nicht kannte.

Seine Gewissheit war so groß, dass er Pantagathus davon erzählte, und er wurde nicht ausgelacht.

»Ich habe das gleiche Gefühl«, sagte der Centurio, »das gleiche unverrückbare Gefühl, dass da etwas ist, was die gesamte verdammte Stadt weiß. Hast du die Schwestern von Lazarus gesehen, die stolze Martha und die hübsche Maria? Hast du ihre Augen gesehen?«

»Nein.«

»In den Augen der Älteren liegt Angst, und in denen der Jüngeren großes Mitgefühl«, sagte Pantagathus, und Marcus dachte, selbst der Centurio hat sich nach der Begegnung mit dem Propheten von Nazareth verändert.

Als sie am Abend aus Jerusalem zurückkehrten, berichtete der Koch, ein Jude zu Pferd habe Lazarus besucht. Und nach kurzer Zeit sei er wieder verschwunden.

»Er ist geritten, als habe das Pferd Feuer unterm Schwanz«, sagte der Koch.

Pantagathus wurde unruhig, in dieser Nacht ließ er Wache halten. Am Morgen brachte der kleine Josef frisch gebackenes

Brot für das Frühstück. Er sagte dabei: »Bald wird alles gut werden, Marcus Scipio.«

Daraufhin wollte er hinauslaufen, aber Pantagathus griff sich den dünnen Knaben und hielt ihn zurück.

»Du schuldest dem General großen Dank, Josef. Ist jetzt nicht langsam die Zeit gekommen, sie abzuzahlen?«

»Das tun wir, wir haben es gerade gemacht«, sagte Josef, und Marcus rief: »Lass den Jungen los!«

Sie hörten ihn vor Freude laut lachen, als er durch den Garten sprang, und beide kannten das Hüpfen, das plötzliche, grundlose Hüpfen, das die Luft vor Erwartung vibrieren ließ.

Pantagathus öffnete die Fensterläden in dem großen Zimmer, das Marcus bezogen hatte. Kaltes Sonnenlicht strömte über die kahlen Berge. Alles war wie immer, und lange Zeit fiel es ihnen schwer, an ihre eigene Hoffnung zu glauben.

Aber an diesem Tag stellten sie die Wanderungen durch die Stadt ein.

Am Abend, als die letzten Sonnenstrahlen hinter den Bergen verschwanden und sie in goldenes Licht hüllten, rief der wachhabende Sklave: »Eine römische Truppe ist auf dem Weg hierher!«

Marcus und Pantagathus liefen die Treppe zum Dach hinauf und sahen zwölf Mann aus der Wachabteilung von Jerusalem auf direktem Weg zu ihnen.

»Sie haben ihn gefunden«, sagte Pantagathus finster. »Es ist ihnen vor uns gelungen.«

Alle Menschen waren aus den Straßen Bethanias verschwunden, als die Soldaten sich näherten; der Ort verschloss seine Geheimnisse.

Marcus erwartete den Offizier der Wachabteilung an der Tür und sah sofort dessen Furcht und Verwirrung. Sie hätten vor einigen Stunden einen Mann, einen alten jüdischen Schuhmacher, bei einer der üblichen Kontrollen in Ephraim ergriffen, erstattete er Bericht. Der Jude habe einen großen Edelstein in einem Lederbeutel unter den Kleidern getragen und sei zum Verhör nach Jerusalem gebracht worden.

Obwohl man ihn schlug, hätte er sich geweigert anzugeben, woher der kostbare Rubin käme, als der wachhabende Offizier ihn aber näher untersuchte, hätte er das Wappen der Scipionen an der Unterseite des Steins eingeritzt gesehen.

»Das ist er!«, rief Marcus.

»Ein jüdischer Schuhmacher?« Zweifel lag in Pantagathus' Stimme.

»Er bekam den Rubin von Cornelius Scipio, als wir uns in Ostia getrennt haben.«

Während er das sagte, war Marcus schon im Sattel und ritt in irrsinniger Geschwindigkeit den Berg hinunter, dicht gefolgt von Pantagathus und den römischen Soldaten.

Marcus und Pantagathus kamen in den dunklen Kellerraum unter der Antoniaburg gestürzt, und da lag er, der Rubin, bedrohlich rot und funkelnd, auf dem Tisch des wachhabenden Offiziers. Der erbleichte, als Marcus rief:

»Das ist er, geformt wie eine Rose! Wo ist der Mann?«

»Ich befürchte, er befindet sich nicht in besonders guter Verfassung«, erwiderte der Offizier, und Marcus rief wieder:

»Wenn es Anjalis ist, wirst du dafür mit dem Leben büßen!«

Während Marcus der Wache durch die Kellergänge folgte, dachte er eigenartigerweise an Cornelius, daran, wie ihm der Alte einmal die Rose gezeigt und gesagt hatte, sie sei das besondere Zeichen der Götter für das Geschlecht der Scipionen.

Warum, zum Teufel, hatte er ihn Anjalis gegeben?

Der Raum für die Verhöre stank nach Exkrementen und Urin, eine einzige Öllampe war zwischen den nackten Steinen in der Mauer angebracht und warf flackerndes Licht in das Kellerloch. Es dauerte eine geraume Zeit, bis sich die Augen an die Dunkelheit gewöhnt hatten.

In der Ecke auf etwas Stroh lag ein alter Jude, offenbar in

großen Schmerzen, mit langem weißen Bart, der beinahe zusammenwuchs mit überraschend schwarzem Haar.

Keine Locken, wie sonst bei den Juden, dachte Pantagathus und sah Marcus fragend an, der hoffnungslos zusammengesunken war und langsam den Kopf schüttelte. Und der Centurio musste sich eingestehen, dass der auf dem Boden liegende Alte keinerlei Ähnlichkeit mit dem Porträt auf Marcus' Zeichnung hatte.

»Er muss trotzdem etwas wissen.«

»Vermutlich hat er nur den Rubin gefunden«, entgegnete Marcus.

Seine Stimme war so unsicher und kindlich verzweifelt, dass sie bis in die dunkle Ecke vordrang, in der der Jude lag. Da zuckte es um den großen Mund, und aus den Augenwinkeln blitzte es schelmisch auf, als eine überraschend deutliche und schöne Stimme in klingendem Latein sagte:

»Nun sehen wir uns doch wieder, Marcus Scipio. In Jerusalem, wie vereinbart.«

Ganz langsam sank Marcus auf die Knie und ergriff die schmale Hand. Jetzt erkannte er sie wieder, obwohl sie rissig und voller Schwielen war, wie von harter Arbeit, Sklavenarbeit.

Draußen in den Gängen hörte er Pantagathus rufen, zuallererst nach einem Arzt, warmem Wasser und Medizin. Dann folgten in einem Schwall die Flüche des Centurio, die schlimmste Strafe würde den erwarten, der den Freund des Kaisers misshandelt hatte, den Philosophen, auf den Tiberius in Rom wartete, und dessentwegen Marcus Scipio hier wäre, um ihn mitzunehmen.

Pantagathus hatte den Kopf verloren.

Dann kamen der griechische Arzt und ein Helfer. Anjalis wurde auf eine Bahre gehoben und nach oben in einen größeren und helleren Raum direkt hinter der Wachabteilung gebracht. Sie wuschen seinen ganzen Körper. Dann drehten sie ihn auf den Bauch, und die Ärzte säuberten die tiefen Wunden auf seinem Rücken, die von Peitschenhieben herrührten.

Es stank nach unverdünntem Alkoholessig, und Anjalis stöhnte, als die Ärzte den geschundenen Körper mit geübten Händen verbanden.

»Er ist jünger und kräftiger, als er aussieht«, sagte der Arzt zu Marcus. »Achte nur darauf, dass die Wunden sauber gehalten werden, so, wie ich es gemacht habe. Und gib ihm viel zu trinken.«

»Kann er fortgebracht werden?«

»Natürlich, je weiter er von diesem Haus weg ist, desto besser wird es ihm gehen.«

»Wirst du uns besuchen? Wir wohnen in Bethania.«

»Ich weiß«, sagte der Arzt. »Übermorgen werde ich kommen, aber er ist nicht in Gefahr, er wird es schaffen.«

In den müden Augen lag eine eindringliche Bitte oder auch eine Warnung, als sie denen des Römers begegneten, und gleichzeitig merkte Marcus, dass die Gefahr hier lauerte, jetzt und in diesem Raum.

»Besorge ihm eine Sänfte«, sagte er, und einer der Soldaten verschwand.

Der Offizier jedoch entgegnete: »Er ist unser Gefangener.«

Marcus' Augenbrauen zogen sich bis zum Haaransatz hoch, als er äußerst gemessen sagte: »Sieh dich vor, mit wem du sprichst.«

Der Offizier senkte den Blick und ließ sie passieren. Der Arzt und seine Begleiter folgten ihnen nach draußen und reichten Pantagathus Medizin und Verbände. Ehe sie auseinandergingen, sagte der Arzt sehr leise: »Sorge dafür, dass dem Kaiser so schnell wie möglich ein Bote geschickt wird, Cornelius Scipio.«

Marcus nickte, natürlich hatte der Mann Recht. Ebenso offenkundig war indessen auch, dass sie Rom keine Nachricht zukommen lassen konnten.

Marcus ging neben der Sänfte her, und seine Freude war so groß, dass es ihn kaum bekümmerte, als er auf dem Weg zum Ölberg hinauf einsah, wie hoffnungslos ihre Lage war. Die Einzigen, denen sie vertrauen konnten, waren nun die Menschen im Ort.

Pantagathus war vorausgeritten, sehr viel unruhiger als Marcus. Der verdammte Offizier in der Antoniaburg würde irgendwann zur Besinnung kommen, und der Legat Marcus Scipio könnte dann auf dem Heimweg einem simplen und bedauernswerten räuberischen Überfall zum Opfer fallen. Die Frage war nur, ob der Offizier ohne den Beistand von Pilatus zu handeln wagte.

Eilig brachte der Centurio eine Schar von Sklaven auf die Beine, in dichter Formation ritten sie der Sänfte entgegen. Aber er war sich vollkommen bewusst, daß seine Männer nur sehr wenige waren, und keine Soldaten.

Noch beunruhigter war er, als er auf dem Berg eine Gruppe von Menschen wahrnahm.

Ich bilde mir das nur ein, dachte er. Sie können nicht jetzt schon Späher ausgeschickt haben.

Anjalis erwachte von der kalten Nachtluft und schlug den Vorhang der Sänfte zur Seite. Er sah Marcus an, die großen schelmischen Augen suchten das Gesicht des Römers.

»Immer habe ich an dich als kleinen Jungen gedacht, General«, sagte er.

Marcus lächelte, und glückliches Lachen begleitete seine Stimme, als er erwiderte: »Ich hatte auch meine Bilder, Anjalis. Und ich kann nur schwer meine Verwunderung beschreiben.«

»Natürlich, Marcus, ich schulde dir eine lange Erklärung.«

»Morgen, Anjalis.«

»Ja.«

Er schien zu schlafen, aber noch ehe sie bei der Ortschaft und dem Haus anlangten, war seine Stimme wieder zu hören, diesmal erstaunt: »Wenn ein Mann gefoltert wird, Marcus, ist nicht der Peiniger der Feind. Es ist der Groll, den er tief in seinem Inneren begraben hat. Die verborgene Wut.«

»Hast du große Wut verspürt?«

»Eine größere, als mir bewusst war.«

Jetzt war Pantagathus mit den Leuten aus dem Haus bei ihnen angelangt. »Ich glaube, auf dem Berg sind Bewaffnete.«

»Die können doch nicht schon da sein.«

»Und doch sind sie dort«, entgegnete Pantagathus und setzte gerade zu ausgiebigen Verwünschungen an, als er von der Stimme aus der Sänfte unterbrochen wurde: »Es sind meine Leute, ihr braucht euch nicht zu beunruhigen.«

Pantagathus tauschte mit Marcus einen Blick, und beide holten tief Luft, als ihnen klar wurde, daß er wohl Recht hatte.

Gerade waren sie dabei, Anjalis in Marcus' Bett zu legen, da klopfte es an die Tür, und ein Mann kam herein, ohne Uniform, aber Soldat durch und durch, kampferprobt, beherrscht, gewohnt zu befehlen.

Er warf einen Blick auf den schlafenden Anjalis und sagte dann: »Ich gedenke nicht, mich vorzustellen, aber ich wünsche eine private Unterredung mit Scipio und dem Centurio.«

Sein Griechisch war formvollendet, das eines gebildeten Mannes. Sie setzten sich in Pantagathus' Zimmer um den Tisch.

»Wir sind in eine sonderbare Lage geraten, General. Ehe ich fortfahre, möchte ich wissen, welche Pläne Ihr mit dem Mann habt, den Ihr Anjalis nennt.«

»Ich wollte ihn treffen, er war ...«

»Ich weiß.«

»Die ganze Zeit über hatte ich gehofft, ihn vor Pilatus' Männern zu finden. Ich bin verzweifelt über ...«

»Sie haben nicht vor, ihn nach Rom zu bringen?«

»Niemals.« Markus schrie es beinahe – zum Teufel, niemals sollte Anjalis an Tiberius ausgeliefert werden!

»Sind Sie bereit, einen Eid darauf zu schwören?«

»Ja.«

Der Zelote – denn Marcus und Pantagathus war nun klar, dass

sie vor einem zelotischen Anführer standen – sprach den Eid vor, und Marcus schwor beim Geist seiner Vorväter, bei der Ehre seiner Familie, bei allen römischen Göttern.

»Das wird eine merkwürdige Zusammenarbeit«, sagte der Zelote nachdenklich, »aber wir werden euch schützen, solange Johannes bei euch ist.«

»Johannes?«

»Sein Name ist Johannes, und er ist ein Jünger von Jesus von Nazareth«, erwiderte der Zelote und nickte in Richtung des Zimmers, in dem Anjalis schlief.

»Ich hätte es wissen müssen«, flüsterte Marcus.

Pantagathus mischte sich nun ein: »In diesem Augenblick sind die Römer wahrscheinlich schon auf dem Weg zum Ölberg.«

»Das glaube ich nicht«, erwiderte der Zelote. »Sie warten bis morgen, und dann stellen sie bloß Wachen auf.«

Er lachte: »Es sollte mich sehr wundern, wenn sie das Haus stürmten. Kommt es aber soweit, werdet ihr bereits verschwunden sein. Am wichtigsten ist im Augenblick für uns, einen Boten zu dem Schiff in Cäsarea loszuschicken.«

Marcus war nicht in der Lage zu fragen, wieso der Mann etwas von Eneides' Schiff wissen konnte, er sagte nur: »Wo sollen wir einen Boten herbekommen?«

»Das machen wir schon«, beruhigte ihn der Zelote. »Bereits im Morgengrauen werden wir einen Mann auf dem Schiff haben.«

»Seht zu, dass es nach Tyrus oder in irgendeinen anderen Hafen kommt, über den Pilatus keine Macht hat.«

Der Zelote nickte und nahm Pantagathus mit sich, um ihm die Fluchtwege in die Berge zu zeigen. Der Centurio war sehr zufrieden, als er zurückkam.

»Wir können die Höhlen der Zeloten im Handumdrehen erreichen. Schlaf jetzt, Scipio, wir sind sicher wie junge Vögel in ihrem Nest. Und es war ein langer Tag für uns.«

Noch ehe Marcus am nächsten Morgen die Augen aufschlug, wußte er, dass alles gut war, dass er klein und umsorgt war, und dass er wirklich lebte.

Dann sah er Anjalis an und sagte: »Kannst du dir nicht den Bart abrasieren?«

Und das dröhnende Lachen, an das sich Marcus in all den Jahren zu erinnern versucht hatte, rollte wieder durch den Raum.

»Das ist kein schlechter Vorschlag«, erwiderte Anjalis. »Aber kann ich zuerst einmal frühstücken?« Und er aß mit gutem Appetit.

Schmerzlich verzog er das Gesicht, als er sich danach erhob, und Marcus musste ihn auf dem Weg zum Baderaum stützen.

»Herrgott«, entfuhr es ihm, als er zurückkam. »Ich habe mich seit Jahren nicht mehr im Spiegel gesehen. Du hast Recht mit dem Bart.«

Marcus war stolz auf seinen Barbier, die flinken Hände, die außerordentlich geschickt waren. Der Barbier seinerseits hatte endlich eine Aufgabe bekommen, die seiner Meisterschaft würdig war.

Pantagathus stutzte, als er nach geraumer Zeit zurückkam: »Du wirst immer jünger und Scipios Zeichnung immer ähnlicher.«

»Darf ich sie sehen?« fragte Anjalis.

»Es ist eine Karikatur«, erwiderte Marcus und bemerkte, dass Anjalis über etwas anderes staunte, als er die Skizze aufmerksam betrachtete.

»In den Bergen wimmelt es von römischen Spähern«, warf Pantagathus dazwischen. Er war nicht gerade besorgt, aber er wollte, dass alle im Haus auf eine schnelle Flucht vorbereitet waren.

»Gut, dass du dein Aussehen geändert hast«, sagte er zu Anjalis. »In ein paar Tagen wird dich kein römischer Folterer mehr wiedererkennen.«

»Hast du die Seiten getauscht?«

»Das Leben ist ein ständiger Gesinnungswechsel«, erwiderte Pantagathus. »Zumindest, wenn man überleben will.«

Dann waren sie endlich allein.

»Kannst du denn jetzt erzählen?«

»Ja natürlich, Marcus, es fragt sich nur, wo ich anfangen soll. Aber ich denke, ich gehe weit in der Zeit zurück und fange an, als du klein warst.«

»Vor tausend Jahren ...«, begann Marcus, und Anjalis lächelte, als er ihn berichtigte:

»Es war vor vielen tausend Jahren, da hatten die alten Sumerer errechnet, dass die Erde ungefähr alle zweitausend Jahre in ein neues astrologisches Zeichen eingeht. Mit jedem neuen Zeitalter würde ein neuer Gedanke unter den Menschen entstehen, verbunden mit einer langsamen, aber stetigen Veränderung. Ich glaube, noch bevor ich zu sprechen gelernt hatte, wusste ich bereits, dass wir auf das Zeitalter der Fische zugingen und dass Gott in der Gestalt eines menschlichen Körpers geboren werden würde.«

»Als Sinnbild für den neuen Gedanken?«

»Ja.«

Anjalis erzählte von Saturn, der gemeinsam mit Jupiter so nahe der Erde strahlte, dass ein neuer Stern geboren wurde. Er leuchtete eine Zeitlang, um dann wieder im Weltraum zu verschwinden.

»Unsere ganze Aufmerksamkeit war auf diesen Stern gerichtet«, fuhr er fort. »Dort, wo er stehenblieb, sollte Gott geboren werden.«

»Und er blieb über einem Stall in Bethlehem stehen.«

»Du weißt davon?«

Marcus erzählte von dem Juden, den er nach Bethlehem geschickt hatte, und Anjalis lächelte, als er sagte: »Einer von den Männern damals war Balthasar.«

»Ah ja«, sagte Marcus, »ich weiß, dass er tot ist. Und Me Rete...?«

»Sie hat noch viele Jahre gelebt, in der letzten Zeit hauptsächlich in Ägypten. Es ist jetzt fünf Jahre her, seit sie gestorben ist.«

Sie schwiegen eine Weile, dann fuhr Anjalis fort: »Ich war einer der Auserwählten, die dem Gotteskind folgen sollten.« Und er erzählte, dass die Reisen nach Griechenland und Rom eigentlich nur eine Vorübung für den großen Auftrag waren, in der Nähe des Kindes in Nazareth zu leben, um über alles berichten zu können.

»Aber du bist doch nach Indien gefahren.«

»Nein.« Anjalis' Verwunderung war groß, als Marcus von seinem Zusammentreffen mit dem Chaldäer in Athen berichtete.

»Sicherlich fürchteten sie, die Römer könnten Nachforschungen anstellen«, erklärte Anjalis. »Es war nicht vorgesehen, dass ich in Rom berühmt werden sollte, verstehst du? Ich bin direkt nach Jerusalem gereist, und ich war so traurig, wie es ein Mensch nur sein kann.«

»Ich weiß.«

»Als du dort am Kai gestanden hast, Marcus, war dein Gesicht verschlossen, als wäre es in Marmor gehauen.«

Marcus sah ein, dass sie die Erinnerung an den Abschied in Ostia endgültig hinter sich lassen mussten, und er beeilte sich zu fragen: »Was ist dann passiert?«

»Ich habe den Jungen auf der Treppe des Tempels gesehen, und zum ersten Mal gedacht, dass er ja genauso alt war wie du. Doch da war noch etwas anderes, Wichtigeres. Ich habe erkannt...«

»Was?«

»Dass er ebenfalls ein Mensch war, ein Kind, das viel Zeit und Fürsorge brauchte, um zu verstehen ...«

»Du meinst, er wusste nicht, wer er war?«

»Ja, er benahm sich wie andere Kinder auch, er ging davon aus, alle seien so wie er, andere würden das gleiche sehen, was er sah ... Herrgott, Marcus, er war so ... ausgeliefert ...«

»Das kann ich verstehen, ja, irgendwie verstehe ich es«, sagte Marcus.

»Alle Kinder haben eine Erinnerung an die Herrlichkeit Gottes in sich. Trotz all dem, was dir passiert war, hattest auch du sie in reichem Maße, Marcus. Aber diese Erinnerung war alles, was er hatte, verstehst du, und mich beunruhigte der Gedanke: Was würde geschehen, wenn ihm bewusst wird, dass es zwischen den Menschen so wenig Liebe gibt?«

»Das verstehe ich«, sagte Marcus wieder.

»Es war wohl das hilflose Ausgeliefertsein dieses Kindes, weshalb ich den schweren Auftrag annahm und jüdischer Schuhmacher wurde.«

»Aber Schuhe zu machen ist doch nicht allzu schwer?«

Wieder erfüllte Anjalis' dröhnendes Lachen den Raum, Marcus hörte die Fensterläden klappern und die Sklaven in der oberen Etage kichern.

»Schuhe zu machen ist nicht schwer, Marcus, aber Jude zu werden. Zu lernen, wie man als Jude zu gehen und stehen, zu sitzen, zu essen und zu reden hat. Und wie ein Jude zu denken. Ich glaube, niemand kann begreifen ...«

»Ich jedenfalls nicht. Wie hast du es fertig gebracht?«

»Ich wurde von einer jüdischen Handwerkerfamilie in Alexandria adoptiert, habe ihren Namen angenommen und wurde in das jüdische Familienmuster miteingewebt, das komplizierter ist, als man sich träumen kann.«

»Haben sie gewusst ...?«

»Ja, sie gehörten zu den wenigen Eingeweihten. Meine Familie ist nett, Marcus, es sind in vielerlei Hinsicht großartige Menschen. Und das war in gewisser Weise das Schlimmste ...«

»Das verstehe ich jetzt nicht.«

»Nein, du hast ja nie das ganze Ausmaß meines Hochmutes gekannt, meines riesengroßen, unermesslichen Hochmutes.«

Und wieder rollte das Lachen durch den Raum.

»Langsam fange ich an zu begreifen«, sagte Marcus, »Dort saß der hochgebildete Philosoph, der weltgewandte Anjalis, ständig mit den großen Zielen und den verblüffenden Schlussfolgerungen ...«

»Stimmt genau, Marcus. Er saß nun dort in einer kleinen Welt, wo die Probleme darin bestanden, was man zu Mittag essen sollte, ob es sich der arme Nachbar leisten konnte, die bestellten Sandalen zu bezahlen, wer den Abfall nach draußen, und wer das Wasser hereintragen sollte.«

»Aber es waren doch ... fromme Menschen?«

»Ja«, Anjalis' Stimme schallte bis unter die Decke, als er fortfuhr: »Und das war beinahe das Schlimmste, verstehst du? Für sie gab es kein Problem mit dem Sinn des Lebens und der Gewissheit des Todes. Für sie existierte nur das Wort Gottes, und es gab nichts zu diskutieren.«

»Das klingt ... man könnte neidisch werden.«

»Genau, und das ist das Gefährliche dabei.«

»Ich habe deinen ... Propheten sagen hören, selig sind, die geistig arm sind.«

»Ich habe es auch gehört, aber ich glaube nicht, dass er von diesen Menschen hier gesprochen hat. Denn selig sind sie nicht, oft streiten sie, sind kleingeistig und voreingenommen. Und außerdem sind sie langweilig, so verdammt langweilig, Marcus. Es kann nicht Gottes Wille sein, dass der Mensch so kleinlich und gelangweilt ist.«

Er wollte Marcus' Zustimmung hören, aber dessen Gedanken gingen in eine andere Richtung: »Du bist dort gewesen?«

»Ja, aber ich habe dich nicht gesehen. Und kurz danach bin

ich nach Nazareth gereist, um seine Mutter zu besuchen. Als du Hilfe für den Jungen gesucht hast, war ich schon nicht mehr in Kapernaum.«

»Wie sonderbar«, sagte Marcus, und Anjalis nickte. Nach einiger Zeit fuhr er fort: »Als ich zurückkam, war es, als wollte Er mir etwas sagen. Aber Er entschied sich zu warten, und ich ging mit ihm und den anderen zum Jordan. Erst gestern früh kam die Nachricht von Lazarus, und ich wusste sofort, wer der römische Offizier in Kapernaum war. Da bin ich nach Jerusalem aufgebrochen. Und wurde in Ephraim festgenommen.«

Nun sah Marcus, dass Anjalis müde und blass war, dass er Schmerzen hatte. »Wir müssen deine Wunden neu verbinden«, sagte er.

»Ist das nötig?« Vieldeutig verzog Anjalis das Gesicht.

»Ich glaube schon. Aber vielleicht willst du vorher erst einmal essen.«

»Noch immer tue ich alles, um das Unangenehme aufzuschieben«, entgegnete Anjalis, und sie lächelten sich an; so heftig waren ihre Gefühle, dass sie beide verlegen wurden.

»Wir hätten dir den Bart nicht abschneiden sollen«, sagte Marcus mit belegter Stimme. »Du ähnelst immer mehr dem, der du früher warst.«

Auf den Schlachtfeldern in Germanien und in den Lagern in Nubien hatte Marcus bereits Wunden versorgt, seine Hände waren also nicht ungeschickt, aber die Entzündungen um die tiefen Fleischwunden machten ihm jetzt Sorge.

Anjalis klagte nicht. Er will es mir leicht machen, dachte Marcus und erzählte nun von Eneides, von den großen Schiffsreedereien, die aus Anjalis' Geschenk hervorgegangen waren. Und er erreichte sein Ziel, Anjalis war so interessiert, dass er die Schmerzen vergaß und eine lange Reihe von Fragen stellte.

Sie zogen die Fensterläden zu und legten sich zum Mittagsschlaf nieder. Anjalis fragte nach Cornelius.

»Er muss jetzt sehr alt sein.«

»Nein, das Seltsame ist, dass er nicht altert. Er hat sich nicht verändert, seit du dich in Ostia von ihm getrennt hast.«

»Das erlebt man häufig bei Menschen, die schon früh gealtert sind«, sagte Anjalis. »Mit fünfzig sind sie alt, und dann bleiben sie so.«

Nach einer Weile veränderten sich seine Atemzüge, wurden tiefer und langsamer, und Marcus lächelte zufrieden, als er sah, dass der Chaldäer schlief.

Er selber war hellwach, lag auf dem Rücken, die Hände unter dem Nacken verschränkt, und blickte seltsam glücklich zur Decke. Gott selbst war es, der Anjalis gebraucht hatte.

Morgen bin ich an der Reihe zu erzählen, dachte er. Und ich weiß, dass er mich verstehen wird.

Während der langen Nachmittagsstunden war Anjalis noch immer müde, und seine Erzählung floss langsamer.

»Es ist schwer, das alles zu erklären, Marcus, all die Jahre, nachdem ich von Alexandria nach Nazareth umgesiedelt war und nur für einige Monate im Jahr nach Ur heimkehrte. Ich saß da und nähte meine Schuhe in Jonathans Werkstatt, du musst wissen, er ist der Bruder von Sebedaius, dem Fischer, und mit der Familie in Alexandria verwandt. Es gibt nicht so viel zu erzählen, wenn sich das Leben beruhigt, ich lebte schließlich nur noch für die Augenblicke, in denen das Kind zu Besuch kam.«

Er verlor sich in seinen Erinnerungen, es war ihm auch kaum möglich, das alles zu beschreiben – diese dunkle Werkstatt, die Schmerzen des ewig gebeugten Rückens, Jonathans mürrische Stimme, und wie plötzlich die Tür aufging, der Junge dort stand, mit einem Paar Schuhe in der Hand, die repariert werden mußten, oder einfach nur mit einem Gruß von der Mutter. Dann wurde der Raum hell, Freude drang in jeden Winkel und in alle Herzen – diese große, selbstverständliche Freude, weiß wie das Licht, das von dem Kind ausging.

»Bald hatte ich eingesehen, dass der Junge weniger Hilfe

brauchte, als ich geglaubt hatte. Weißt du, er hatte eine starke Mutter.«

Wieder war es für lange Zeit still. Als er fortfuhr, klang seine Stimme fester: »Ich würde dir gern ein Bild von Maria geben.«

»Ist sie schön?«

»Ja, das ist sie, aber mit ihr ist es wie mit Jesus – niemand erinnert sich an ihr Aussehen. Als würden die auserwählten Menschen keine Spur in jener Welt zurücklassen, die wir mit unseren Sinnen wahrnehmen.«

»Das stimmt«, erwiderte Marcus. »Ich habe oft darüber nachgedacht, wie er eigentlich aussah, der Mann, dessen Augen mich in Kapernaum zum Leben hin geöffnet haben.«

»Was ist geschehen, Marcus?«

»Nein, heute ist dein Tag, morgen werde ich von mir und den Meinen erzählen.«

Anjalis nickte und fuhr fort, Maria zu beschreiben.

»Sie muss mit der Wahrheit geboren und deshalb unverwundbar sein. Oh Marcus, wie lange hat es gedauert, bis ich das Wesentliche verstanden hatte, dass nämlich nur Lügen verletzbar sind. Die Wahrheit kann nicht verletzt oder zerstört werden.«

Zum ersten Mal war Marcus niedergeschlagen, er hatte das Gefühl, sich verteidigen zu müssen.

»Und was ist die Wahrheit?«

»Die Frage kann man so nicht stellen. Es geht mehr darum, wahr zu *sein*.«

»Und wer *ist* wahr?«

Es dauerte lange, bis Anjalis' Antwort kam, und sie war eindeutig:

»Der die Unschuld erkannt und sie zum Ausgangspunkt für seine Sicht der Welt gemacht hat.«

»Und bei Maria war das so?«

»Ja.«

Marcus stand auf, ging zum Fenster und öffnete die äußeren Läden. Es wurde von Tag zu Tag wärmer, der Frühling, von dem die Felder träumten, nahte und lag wie ein Lächeln über der kargen Landschaft.

»Sicherlich hast du Recht, Anjalis«, sagte er schließlich. »Niemals bin ich der Wahrheit nahe gewesen, und was Unschuld ist, kann ich mir nicht einmal vorstellen.«

Er drehte sich um und sah Anjalis an, wollte in dessen Bett kriechen, sich in seinen Armen ein Nest machen und die Nase in die Halsbeuge des Chaldäers drücken. Wie früher schon einmal. Doch er sah ein, dass es unmöglich war, und seine Freude verschwand.

»Morgen, Anjalis, morgen wird ein sehr schwerer Tag für uns werden.«

»*Du* hörst ganz richtig, ich habe meine Mutter umgebracht.«

Anjalis senkte die langen Wimpern, noch ehe Marcus seinen Blick wahrnehmen konnte, sein Gesicht wurde glatt und verschlossen, wie die Maske eines Schauspielers in einem griechischen Drama.

»Es war ganz einfach, Anjalis, keine große Sache, als es passierte. Und es hat mich auch nicht belastet, im Gegenteil. Während all der Jahre, wo ich ... das Besondere ... in mir schützen musste, konnte ich Kraft aus der Erinnerung schöpfen. Es war wie ein kostbares Geheimnis, dass ich die Kraft für eine solch unerhörte Tat hatte.«

»Du hast sie nie bereut?«

»Nein. Es liegt noch immer ein klares Licht darüber, wenn ich daran zurückdenke, ein Gefühl von einfacher und himmlischer Gerechtigkeit. Ich kann niemals daran zurückdenken, ohne mich zu erinnern, wie Cornelia Seleme dem Sklavenhändler ausgeliefert hat. Das sind zwei Ereignisse, und wenn man sie miteinander verbindet, bekommen sie einen tiefen Sinn. Sie schließen dich aus, Anjalis, ziehen einen Strich unter die Jahre zwischen dem Fünfjährigen, der blind wurde, und dem Vierzehnjährigen, der das Schicksal in die eigenen Hände genommen hat.«

»Ich verstehe. Was ist danach mit dir geschehen?«

»Danach hat die Angst aufgehört.«

Marcus' Antwort war einfach und klar wie die Freude, ehe sie von Gedanken überschattet wird. Anjalis hörte den Klang der

Stimme und fragte: »Dann war Cornelia der Grund für deine fürchterliche Angst?«

»Ja.«

»Es muß doch aber noch andere Folgen gehabt haben.«

Lange schwieg Marcus und dachte nach.

»Ich sagte ja, dass der Mord unabhängig von dir geschah, unabhängig auch von deinem Einfluß auf mein Leben. Die Tür zu meinem inneren Raum wurde geschlossen, so heftig und endgültig, dass ich sicher war, sie könnte nie mehr geöffnet werden.« Und er wiederholte: »So sicher.«

Jetzt machte Anjalis die Augen auf; mit eindringlichem Blick sah er Marcus an. Wie früher, dachte der Römer, genau wie früher durchdringt er mich mit seinem Blick und spürt, dass ich mich vor etwas verschließen will.

»Ich habe mit dem Zeichnen aufgehört.«

»Warum?«

»Es hat mir keinen Spaß mehr gemacht. Es gab viel Gerede deshalb, Cornelius war enttäuscht, aber als er sagte, er hätte dir versprochen, dass ich als Künstler ausgebildet werden würde, wusste ich, dass mein Entschluß richtig war. Ich blieb also fest, obwohl ich mich schämte ... am meisten vor dem Künstler, bei dem ich Unterricht genommen hatte.«

Er konnte ihn vor sich sehen, den Raum, wo er mit Nobenius saß, die Staffeleien, die anderen Schüler, die sich wie Schatten bewegten, beschäftigt mit der Aufgabe, substantiell, zu Fleisch und Blut zu werden. Und er sah das Licht wieder vor sich, das durch das Dachfenster im Norden fiel und dem Atelier unabhängig vom Wetter ein gleichmäßiges, perlglattes Licht verlieh und dabei in Ruhe verharrte, wie eine zerbrechliche Ewigkeit.

Nobenius war klein und kräftig, beinahe dick, hatte einen kleinen Mund und eine große, fleischige Nase. Er glich Anjalis so wenig, wie es ein Mensch nur tun kann, und anfangs hatte Marcus gerade das getröstet.

Es hatte den Jungen getröstet, dem niemand mehr nahe kommen durfte.

Später dann hatte er doch bemerkt, dass Nobenius mit dem gleichen Blick wie Anjalis sah, alles durchschaute, und dass er das gleiche Gefühl des Ausgeliefertseins in ihm erzeugte.

»Eine Linie«, sagte er, »muss vom geheimnisvollen Mittelpunkt der Erde aus genau durch das menschliche Herz und hinaus in den Kosmos laufen. Um sie zu ziehen, benötigt man Mut und große Hingabe.«

Marcus' Linien waren gekonnt und exakt.

»Hör zu, junger Scipio, die Welt braucht keine Zeichnungen von dir, die zeigen, wie sie aussieht. Wenn du nicht den Sprung von deinem Innersten nach draußen in das Unbekannte wagst, hast du hier nichts zu suchen.«

Das graue Nachmittagslicht hüllte sie in Stille, und Marcus fuhr mit dem Zeichnen fort, mit großer Geschicklichkeit und ohne jedes Talent.

»Ich weiß, dass du es kannst«, rief Nobenius, »ich habe die Porträts vom Chaldäer gesehen! Bei den Göttern, hat er dir die Kraft genommen, als er verschwunden ist, dieser Zauberer?«

Marcus war damals dreizehn Jahre, in einem Alter, wo ein Junge lieber stirbt, als zu weinen. Er nahm sich zusammen und erwiderte mit fester Stimme: »Vielleicht hat er das gemacht!«

Auf dem Heimweg im Wagen, als sie im Dunkeln durch den Wald fuhren, getraute er sich, das allumfassende Gefühl der Verlassenheit in sich zuzulassen.

Er kehrte trotzdem am nächsten Tag zu Nobenius zurück und auch während der folgenden Tage.

Der Künstler hatte möglicherweise die Verzweiflung des Jungen gesehen, denn er hörte auf, ihn auszuschimpfen. Und nach einigen Wochen schaute er brummend über Marcus' Schulter hinweg auf die Zeichnungen, die immer mehr zu denen eines Anfängers geworden waren.

»Du bist auf dem Weg«, sagte er.

Komischerweise verstand ihn Marcus.

Einen ganzen Winter dauerte es, seine Kunstfertigkeit beim Zeichnen abzulegen, sich zum nicht Ausgereiften, zu den Schnittpunkten des Schmerzes hin zu wagen, wo in den Linien noch jenes Zögern erkennbar war. Immer häufiger brummte Nobenius.

Plötzlich fiel Marcus der Junge an der Staffelei neben ihm wieder ein, dieses suchende Gesicht und die Augen, in denen leidenschaftliches Staunen brannte ... wie hieß er noch?

Er hätte mein Freund werden können.

Er besaß das, was Marcus fehlte, den Mut und die Bereitschaft für den besagten Sprung. Aber ein fähiger Zeichner war er nicht.

»Ich werde die Seelen aus euren beiden Körpern herausholen und sie sorgfältig mischen, ehe ich sie euch wieder einsetze«, sagte Nobenius.

Beide lachten über ihn, und Marcus sagte: »Trotz allem, du bist nun mal kein Gott.«

Auch in Nobenius' hässlichem Gesicht zeigte sich ein ungewohntes Lächeln. »Dafür müssen wir vielleicht alle drei dankbar sein«, erwiderte er.

Das Licht in dem großen Atelier nahm mit dem Frühjahr zu, und eines Tages holte Marcus tief Luft, schickte das Modell vorn auf dem Podium weg und begann mit der Zeichnung eines Kindergesichtes. Er fand die Linie der Zärtlichkeit, von der Nobenius gesprochen hatte, direkt in seinem Herzen, und durch die Hand stieg sie empor und ging über in die Zeichnung – begleitet von fürchterlicher Angst. Wenn das hier fertig ist, sterbe ich, dachte er.

Die Augen des Kindes konnten nicht sehen.

Es ist blind, wie ich es war.

Marcus merkte nicht, dass Nobenius hinter ihm stand, schweigend, ebenso ängstlich wie er selbst. Das Kind richtete den Blick, der nichts sah, weit fort in die Unendlichkeit.

Da sagte Nobenius, so leise, dass die Worte kaum zu hören waren: »Was ist es, das er nicht sehen will?«

Marcus drehte sich zum Lehrer um, und aus den Augen des sonst so aufbrausenden Mannes blickte ihm große Zärtlichkeit entgegen.

»Die Seerose«, war Marcus' Antwort.

»Und du kannst sie ebenfalls nicht sehen?«

»Nein.«

»War es die Seerose, die der Zauberer mitgenommen hat?«

»Nein«, sagte Marcus. »Die hat er mir gegeben, und ich … habe sie verloren.«

Und wieder ging das ungewohnte Lächeln über das Gesicht des Künstlers: »Wenn es nichts Schlimmeres ist. Dann müssen wir eben nach ihr suchen.«

Am nächsten Tag lag eine große, goldfarbene Seerose in einer Schale Wasser auf Marcus' Tisch.

»Ich habe sie heute Nacht in einem Garten auf dem Capitol gestohlen«, sagte Nobenius.

»Du bist nicht ganz gescheit!« rief Marcus, der das Risiko bei jedem noch so kleinen Vergehen im Rom dieser Tage kannte, wo der Kaiser im Sterben lag und die Furcht zwischen den Häusern vibrierte.

»Natürlich nicht«, entgegnete Nobenius. »Ich glaubte, du hättest verstanden, dass Verrücktheit die eigentliche Voraussetzung ist.«

Marcus blickte von dem rundlichen Gesicht hinüber ins Innere des Ateliers, wo sich Nobenius' eigene Arbeiten befanden, und er sah die Zärtlichkeit und die totale Selbstaufgabe in seinen Gemälden.

»Du bist unverantwortlich«, sagte er.

»Ja, genau das, Scipio. Nur wer selbst ohne Verantwortung ist, kann die Mauern des Betrachters durchbrechen …«

Den ganzen Nachmittag über saß Marcus mit dem Kohlestift in der Hand da und blickte auf die Seerose in der Schale, wie sie sich schloss und sich mit Selbstverständlichkeit und ohne Widerstand auf den Tod vorbereitete. Keinen einzigen Strich zeichnete er, doch er gab nicht auf.

Das Erinnerungsbild an die Blume, ihre Seele, ihr Wesen, blieb auch am nächsten Tag in seine Netzhaut eingeritzt. Und an den darauffolgenden ebenso.

Aber es gelang ihm nicht, die Blüte einzufangen.

Als die Schule für die Sommerpause geschlossen wurde, sagte Nobenius: »Vergiss sie erst einmal, Marcus. Lass sie ihr eigenes, geheimes Leben in deinem Herzen leben.«

Vielleicht tat sie das, möglicherweise befand sie sich noch immer dort, dachte Marcus, und großes Staunen lag in seinem Gesicht, als er Anjalis ansah, ohne ihn wirklich zu sehen.

In jenem Herbst gab er Cornelia den Todestrank, und erst jetzt, hier im Haus in Judäa, war er imstande, noch einmal seine Stimme zu hören, die sagte: »Trink das, Mama.«

Es war das erste und letzte Mal, dass er Mama zu ihr gesagt hatte, und vielleicht war es aus Dankbarkeit für dieses Wort, dass sie ihm gehorcht hatte.

Und noch ein Erinnerungsbild stieg in ihm von dem Jungen auf, der dort in Cornelius' Haus saß, in jenem Haus auf den blauen Berghängen, mit dem schweren Duft der Rosen. Der Junge sah auf die Zeichnung des Kindes, die einzig brauchbare, die er während all der Stunden bei Nobenius zustande gebracht hatte. Jetzt, nach Cornelias Tod und Salvius' schlimmer Krankheit, war etwas Neues in dem Bild: Das Kind, das sich weigerte zu sehen, besaß Wissen und Klugheit.

Langsam zerriss er die Zeichnung, wobei er den Entschluß fasste, nie mehr zu den Unterrichtsstunden zurückzugehen.

Marcus' Augen waren in weite Ferne gewandert, nun kehrte der Blick allmählich zurück und heftete sich auf Anjalis. »Du hast wie immer Recht«, sagte er. »Aber ein Vierzehnjähriger ist nicht so vollständig, er kann sich entscheiden, nur zum Teil zu sehen.«

»Das Äußere?«

»Ja. Als ich zu zeichnen aufgehört hatte, konnte ich werden, wozu ich geboren war – ein römischer Soldat. Der innere Raum hatte zu wachsen aufgehört, und ich nahm meinen Platz in der Welt ein.«

»Du siehst es als eine Aufteilung in das Innere und das Äußere?«

»Eher als eine Aufteilung der Kräfte. Beim Zeichnen habe ich meine Kraft verausgabt. Niemand hat das verstanden, nicht einmal du.«

»Was meinst du damit?«

»Dass ich nicht so viel innere Stärke besaß und dass ich mit einem gelähmten Willen geboren war, dem ...«

»... dem Willen zu leben«, sagte Anjalis finster.

»Aha, du hast es also gewusst.«

So traurig wie jetzt war ich noch nie, dachte Marcus. Merkwürdig, dass ich dabei nicht sterbe. Aber ich weiß ja, dass noch viel vorhanden ist, dass er mich erst loslassen wird, wenn er alles von mir weiß und mir meine letzte Kraft genommen hat.

Anjalis konnte immer schon Marcus' Gedanken lesen, nun fragte er: »Hast du geheiratet?«

»Ja, Marcia.«

»Die stärkste von Flamens Töchtern«, sinnierte Anjalis und nickte. »Gab es auch glückliche Zeiten?«

»Am Anfang, eine unsichere Hoffnung war da, sie würde ... mich sehen.«

»Armes Mädchen.«

»Ja, ich habe sie verletzt, ihr Frausein verletzt. Und wer in seinem Geschlecht verletzt wird, kann nicht leicht vergeben.«

Nun stellte Anjalis die Frage, die schon während des ganzen Tages im Raum geschwebt hatte: »Weshalb bist du nach Jerusalem gereist?«

Marcus wollte von dem Sohn erzählen, der gestorben war, sagte jedoch: »Vielleicht, um meine Dankbarkeit loszuwerden.«

Zum ersten Mal im Laufe des Gesprächs fühlte sich Anjalis verletzt. Wieder schloss er seine Augen, um den schelmischen Mund zuckte es schmerzvoll, und die Stimme war belegt, als er sagte:

»Du schuldest mir nichts. Das, was ich von dir bekommen habe, war kostbarer als das Leben, so ist nun mal die Liebe eines Kindes. Das meint Jesus damit, wenn er sagt, wir sollten alle werden wie Kinder.«

Marcus stand am Fenster und sah die Dunkelheit über Judäa hereinbrechen. Der erste Stern zeigte sich hinter den Bergen am östlichen Himmel, und Marcus dachte, dass alles, was er nun sagte, wichtig war, dass er mit dem Spott aufhören und ehrlich werden musste.

Der Wahrheitsgehalt jedes Wortes musste abgewogen werden, und so sagte er:

»Ich bin gekommen, um zu sterben. Ich wollte es seit langem, vielleicht schon immer. Aber du hast dazwischen gestanden, und deine Kraft ist groß.«

»Ja.«

»Du weißt es?«

»Der innere Raum ist immer stärker, besonders wenn man die Tür, wie du, vor der Kraft verschlossen und sie geleugnet hat. Aber sprich weiter.«

»Es ist, als hättest du einen Vertrag mit mir geschlossen. Ich bin gekommen, um ihn zu brechen.«

»Und wenn ich mich weigere?«

»Wenn du noch etwas Liebe für mich in dir hast, dann tust du es nicht. Uns bleiben noch einige gemeinsame Tage hier in dem Haus in Judäa. Wenn wir sie gut nützen, lösen wir uns von dem Versprechen, Punkt für Punkt.«

Kurz darauf war es wieder Zeit, Anjalis' Verbände zu wechseln. Marcus' Hände waren so liebevoll, als würden sie sich eines Kindes annehmen, leicht wie Vogelschwingen. Dennoch stöhnte Anjalis laut auf, als die offenen Wunden ausgewaschen wurden.

»Heute abend tut es ungewöhnlich weh«, sagte er, und Marcus dachte mit vor Unruhe blutendem Herzen: Warum heilt es nur so langsam?

Laut sagte er: »Ich hasse die römischen Folterer. Und bin doch einer von ihnen.«

Am nächsten Morgen nahm Anjalis das Gespräch wieder auf, als hätte es weder Nacht noch Schlaf je gegeben.

»Im Laufe der Jahre habe ich viele römische Soldaten in Nazareth gesehen. Einige kamen vom Grenzkrieg am Euphrat, und sie sahen glücklich aus. Andere, die zu den Wachmannschaften hier gehören, leben in ständiger Angst, und das macht sie grausam.«

»Ihr Leben ist immer in Gefahr.«

»Ja, ich kann sie verstehen. Trotzdem, etwas bleibt rätselhaft, und ich habe mich oft gefragt, was in der Seele eines Kriegers vor sich geht.«

»Na, und zu welchem Ergebnis bist du gekommen?« Marcus wollte nicht spotten, und um seine Worte abzumildern, lächelte er.

»Aber Marcus«, lachte ihn Anjalis an, »meine Fragen leiten immer zu neuen Fragen über, hast du das vergessen? Nicht der Beobachter ist es, der die Antwort findet.«

»Sondern?«

»Zuweilen habe ich gedacht, derjenige, der mitten im Geschehen lebt, wie der Soldat...«

»Nein«, sagte Marcus sehr bestimmt. »Das Beste an den Kampfhandlungen ist, dass sie Fragen ausschließen. Da bleibt keine Zeit zum Nachdenken, oder überhaupt für Gedanken. Und wenn du in einem rebellischen Land wie diesem hier deinen Dienst tust, gibt es für dich nur einen Gedanken, und der ist ganz einfach.«

»Aber sind nicht die Gedanken nur ein Teil der Erfahrungen, eine Verarbeitung dessen, was sich im tiefen Inneren abspielt?«

Marcus schüttelte den Kopf. »Bei dem, was dem Krieger begegnet, hören alle Fragen auf.«

»Ist es die Nähe zum Tod?«

»Ja, erst dort wird das Leben sinnvoll. Es ist so stark und so deutlich, Anjalis. Unerklärlicherweise wird das Leben inmitten der Schlacht zu etwas Heiligem. Ich wollte ja schon immer sterben, und als ich zu meinem ersten kriegerischen Zusammenstoß geritten bin, war ich wild vor Verlangen.

Dann, als ich den Feind sah, ungeheuerlich und erschreckend in seiner perfekten Schlachtordnung, habe ich wie alle anderen gebetet: Lass mich überleben. Der Lebensimpuls war so überwältigend... und so wunderbar... und ich und die anderen Toren haben ihn wie eine Verheißung empfunden.«

Er lachte, schüttelte den Kopf und konnte nun auch von dem jungen Gallier in der Schlacht von Augustodunum berichten, dem ersten Menschen, den er tötete, und von der unglaublichen Verwunderung in den blauen Augen des Mannes, als er sah, dass er sterben würde.

»Ich habe seinen Kopf gespalten«, sprach er weiter. »Trotzdem konnte ich noch dieses ungeheure Staunen wahrnehmen. Das war der Auslöser für das laute Lachen in mir, das aus tiefster Tiefe kommt und im Körper nach oben drängt. Hat man so etwas erst einmal gesehen, will man es immer wieder sehen, ständig sehnt man sich nach genau diesem winzigen Augenblick, wenn sich die große Verwunderung auf dem Gesicht des Sterbenden ausbreitet. Und danach das Lachen, das eigene Untergangslachen. Hat man Zeit und etwas Glück, kann man sehen, wie das Staunen über den Tod hinaus fortbesteht.«

Plötzlich konnte Marcus von der Auslöschung erzählen, von dieser unerhörten Befreiung, wenn Tausende von Individuen, sechstausend, zwölftausend, vereint in einem einzigen Willen, zu einem Körper werden. Und alles Trennende verschwindet.

»Das ist ein überwältigendes Erlebnis«, sagte er sehnsüchtig und blickte dabei Anjalis ins Gesicht.

Es war feuerrot. Vor Wut?

»Worüber du hier sprichst, ist die Befreiung von der Verantwortung, Mensch zu sein.«

»Ja«, sagte Marcus einfach.

Sie wurden vom Koch unterbrochen, der mit dem Frühstück kam, und Marcus dachte an die Antilopen in den nubischen Wüstengebirgen, wo sich Tausende von Tieren wie ein einziges bewegten, dachte, wie schön es sei und wie zweckmäßig auch. Er lächelte Anjalis an und sagte: »Du hast mich doch gebeten, zu erzählen.«

Anjalis räumte sofort ein: »Ja, verzeih mir. Aber beinahe nichts auf dieser Welt erschreckt mich so sehr wie ein Haufen, der sich zu einer Seele und einem Körper vereint, bereit zu jeder beliebigen Schandtat.«

»Aber was, glaubst du, ist ein Schlachtfeld sonst?«

Schweigend aßen sie, Anjalis, so verwundert er auch war, mit gutem Appetit. Schließlich sagte Marcus:

»Ich weiß ja nicht, wie es anderen geht, darüber wird nie gesprochen. Sicherlich gibt es Soldaten mit der großartigen Vorstellung, inmitten dieses Wahnsinns zu überleben, mit der Vision von Roms Ehre, von der Größe Gottes, der Freiheit des Volkes oder etwas Ähnlichem. Die Juden sind ein gutes Beispiel dafür.«

Anjalis nickte, seine Gedanken wanderten viele Jahre zurück.

»Ja«, stimmte er zu. »Die Juden sind ein Beispiel. Erst als ich Jude wurde, habe ich die Bedeutung des Begriffs Kultur verstanden. Sie beinhaltet eine ganz bestimmte Art, die einzelnen Dinge in ihrem alltäglichen Zusammenhang zu sehen.

Flamen Dialis sagte über meinen griechischen Bericht, ich hätte die Griechen aus dem Blickwinkel der Chaldäer beschrieben. Ich versuchte zu begreifen, was er damit meinte, aber als ich meine Aufzeichnungen durchging, war ich der Ansicht, dass er im Unrecht war. Erst nachdem ich viele Jahre in einer jüdischen Schuhmacherfamilie gelebt hatte, begann ich einzusehen, wie sich die Welt verändert, wenn du den Ausgangspunkt wechselst.

Ich lernte, wie sie zu denken und zu glauben. Mit den Träumen war es allerdings schwierig, Marcus. Es ist schwer, wie ein Jude zu träumen. Und es kommt immer noch vor, dass Athen in meinen nächtlichen Träumen wieder auflebt – Korinth, und die Frau, die ich liebte, Rom und das Kind, das ich verlassen habe.«

Anjalis schloss die Augen, seine Blässe war erschreckend.

»Wir müssen uns wohl etwas ausruhen«, sagte Marcus beunruhigt, Anjalis aber fuhr fort:

»Die Juden suchen immer nach vernünftigen Gründen, an das Unvernünftige zu glauben, sie fordern glaubhafte Argumente für das Unglaubwürdige. Das setzt Leidenschaft voraus; ein Jude zu werden heißt jemand zu werden, der leidenschaftlich nach der richtigen Antwort sucht.«

»Die es nicht gibt.«

»Diese Auffassung, Marcus, heißt, das jüdische Gesetz zu brechen. Man darf es nicht laut aussprechen. Für mich ist das schwer, der ich meine Fragen immer dazu benutzt habe, mehr Abstand zu meinen Gefühlen zu gewinnen.«

»Das wiederum verstehe ich nicht«, sagte Marcus. »Ich habe den Eindruck, mein ganzes Leben war darauf ausgerichtet, dem Anspruch, den deine Empfindsamkeit stellte, nachzukommen.«

Anjalis sah erstaunt aus.

»Vielleicht wähle ich die falschen Worte«, sagte er. »Ich meine, ich habe immer Abstand gehalten, einen Abstand, der eine Umverteilung der Wirklichkeit möglich machte: sie in einzelne Stücke zu teilen, jeden Teil für sich zu betrachten und beständig darauf hinzuweisen, wie kompliziert die Welt ist, wie widersprüchlich und verzwickt sie einem in all ihren Erscheinungsformen begegnet.«

»Ja, du hast immer gesagt, wir könnten die Wirklichkeit nie

zu Gesicht bekommen. Und jetzt hast du die Ursache dafür gefunden: Der Beobachter beeinflusst das Beobachtete.«

»Das stimmt. Aber da ist noch etwas, Marcus, etwas viel Wichtigeres. Eines Tages begann Er zu sprechen, der Prophet, wie du ihn nennst, und da habe ich schließlich gesehen, dass die Wirklichkeit einfach und unteilbar ist. Wir sind es, die sie kompliziert machen, weil wir nicht ertragen können, einfach nur da zu sein.«

»Das ist doch unmöglich!«

»Ja, trotzdem ist das die einzige Möglichkeit, alles, was ist, zu bejahen. Mit dem Verstand ist es nicht zu erfassen, aber man kann es annehmen. Es ist wie mit der Liebe, es ist wie der Wind, der mit dem Gras spielt, wie die schlichte Hingabe an eine Arbeit.«

»Schuhe zu machen!«

Anjalis lachte wieder und nickte. »Genau, Schuhe zu machen oder ein Gedicht zu schreiben. Das Leben ist ein ursprünglicher Zustand, wie Regen und Erde, Same und Baum.«

»Wie der Fuchs und das Huhn, das er tötet.«

»Natürlich, Handlungen haben nichts Kompliziertes an sich. Kannst du das nicht sehen, Marcus? Das Leben ist im Grunde nur ein Zeitabschnitt, man kann sich still verhalten und es geschehen lassen. Und die Liebe spüren, die alles verbindet.«

Marcus schüttelte den Kopf, und die Eindringlichkeit in Anjalis' Stimme war verschwunden, als er sagte:

»Möglicherweise bist du zu ernst, zu erwachsen. Oder es liegt an mir, dass ich zu viele Worte für etwas gebrauche, das es im Grunde gar nicht gibt.«

»Ich habe ihn predigen hören«, erwiderte Marcus. »Alles habe ich nicht verstanden, aber ich dachte, dass ich niemanden je habe reden hören so wie ihn. Und irgendwie verstehe ich trotz allem diese Einfachheit. Seine Worte über den Vater, und dass das Himmelreich sei wie das eines Kindes, daraus sprach so viel Vertrauen.«

»Marcus, weißt du, wo sich das Himmelreich befindet, so, wie Er sagt? In dir, in deinem Inneren ...«

Marcus' Augen wurden schmal wie Striche vor Anstrengung, die Wut zu verbergen.

»Er hat die Tür zu meinem inneren Raum weit aufgerissen, und da war nichts zu finden, nichts, hörst du? Nur das Licht, das mich gezwungen hat zu sehen.«

»Was zu sehen?«

»Die Wahrheit über mich, was sonst?«

»Die Wahrheit soll uns frei machen, sagt Er.«

»Ich werde wahrscheinlich niemals eure Einfachheit teilen, aber ich weiss, dass Er mir die Freiheit gegeben hat zu wählen.«

»Und du wählst den Tod.«

»Ja. Den ganzen Morgen hast du an mein Leben appelliert; in allem, was du gesagt hast, steckte die verborgene Absicht, mich in meinem Entschluss umzustimmen. Warum willst du, dass ich leben soll?«

»Weil ich dich liebe.«

»Du lügst, und ich meine, das solltest du nicht. Ich sagte dir doch, gib mich frei um deiner Liebe willen.«

»Ja, das hast du gesagt. Meine Liebe misst jedoch nur nach menschlichem Maß, und sie will, dass du lebst und glücklich bist. Es kann einen neuen Anfang geben, Marcus, eine Geburt.«

Marcus' Lachen durchschnitt die Luft.

»Also, ich einsam in der Wüste, während du deinem Propheten folgst. Oder was zur Hölle meinst du?«

»Ich bin frei ... in einigen Jahren. Frei, um mit der schweren Arbeit in irgendeinem abgelegenen Winkel der Erde zu beginnen.«

»Ich hatte mir vorgestellt, dass du dich verändert haben würdest, Anjalis. Aber niemals hätte ich gedacht, dass aus dir ein naiver Idiot werden würde. Du kennst mich nicht, und du weigerst dich zuzugeben, dass du mich eigentlich für all das, was ich in meinem Leben getan habe, verabscheuen müsstest.«

Anjalis hatte die Augen wieder geschlossen, seine Gedanken wanderten zurück zum Vulkansee in Albanus, zu dem Tag, an dem Marcus die Kehle der jungen Hunde durchgeschnitten hatte. Und er erinnerte sich, wie er daran gedacht hatte, zu fliehen und das Kind zurückzulassen, das keinerlei Herz hatte. Aber wie schon früher einmal konnte er Balthasars Worte vernehmen, dass die Liebe, die jetzt auf Erden geboren würde, bedingungslos sei.

Nun wusste er es und konnte es Marcus sagen.

Doch der Römer schüttelte den Kopf, und zum ersten Mal dachte Anjalis: Ich kenne ihn nicht.

»Du bist schlecht und solltest sterben«, sagte er.

»Siehst du, jetzt verspottest du mich und lässt es wie eine Flucht aussehen, und so ist es wohl auch. Aber es geht nicht nur um mich, es geht um Marcia und die Kinder. Wenn man eine Todessehnsucht hat, die so stark wie die meine ist, dann stirbt auch alles andere, das man berührt.«

Oh, Marcia, diese Nächte! Die Erinnerungen schossen durch Marcus' Kopf, und er rief aus: »In den Momenten der Liebe, Anjalis, wird der Wunsch zu sterben am größten, in dieser Verschmelzung wohnt die Vernichtung!«

»Ich weiß.«

Marcus fielen die Gerüchte über Anjalis' Liebesaffären ein, aber er zwang sich, seine Gedanken zurückzuhalten.

»Wie sollte eine Frau so etwas entschuldigen oder verstehen?«

»Gab es nicht auch etwas, das du ihr nicht verzeihen konntest?«

Nun sah es Marcus vor Augen, und er fand die Worte dafür:

»Ja, ihren Lebenswillen. Für sie war jeder Beischlaf das Versprechen eines neuen Kindes. Ich habe sie gehasst, oh Jupiter, wie habe ich sie und die Kinder gehasst, die sie zur Welt brachte. Aber das durfte ich ja nicht, um deinetwillen nicht, der mich immer gezwungen hat, das Mädchen zu sehen, das ich nur quälte.«

Dann schrie er: »Ich musste es doch tun, ich musste doch Luft haben, bevor ich erstickte!«

Die warmen Mittagsstunden hindurch hörte ihn Anjalis ununterbrochen auf dem Dach auf und ab gehen, wie ein eingeschlossenes Tier. Als er herunterkam, war er erhitzt von der Sonne und der Wut. »Was meinst du mit einem gemeinsamen Leben? Wirst du deine heiligen Pflichten meinetwegen aufgeben, jetzt, wo alles zu spät ist? Damals, als ich zwölf und noch ohne Schuld war, konntest du es ja auch nicht.«

»Meine Aufgabe hier geht ihrem Ende zu. Das, was noch aussteht, ist die schwere Arbeit an dem wahren Bericht.«

Er lächelte über die Worte, als habe er sie in Anführungsstriche gesetzt.

»Warum geht die Aufgabe ihrem Ende zu?«

»Weil Er sterben wird.«

»Gott?« flüsterte Marcus.

»Ja.«

»Woher weißt du das?«

»Er hat es auf unterschiedliche Weise und bei mehreren Gelegenheiten gesagt. Seine Jünger wollen es nicht verstehen, aber ich glaube, es wird bald sein ... vielleicht jetzt schon, im Frühjahr. Sie werden ihn sterben lassen, einen langsamen und grausamen Tod.«

»Die Römer?«

»Es ist nicht von Bedeutung, wer das Werkzeug ist. Er kann nur auf die Weise sterben, die Er selbst bestimmt hat ...«

»Und Er wählt einen langsamen und schmerzhaften Tod? Weshalb?«

»Ich glaube, dass mit diesem Tod wohl das Mitleid in der Welt geboren werden soll.«

Marcus schwieg, die Augen weit geöffnet, die vergeblich zu sehen und zu verstehen suchten.

»Stirbt Er den Opfertod, um Gott zu besänftigen, damit Er uns unsere Bosheit vergibt?«

»Nein, das ist ein primitiver Gedanke aus einem früheren Zeitalter. Gott sieht das Verborgene und braucht keine Opfer. Ich glaube, Jesus wählt den Tod, um die Menschheit mit dem Tod zu versöhnen, um ihr zu zeigen, dass der Tod keine Macht über das Leben hat.«

»Du meinst, Er kann nicht sterben.«

»So wenig, wie du es kannst.«

Im Zimmer war es still, so still, dass sie den Wüstenwind in den Kronen der Feigenbäume auf dem staubigen Hof rascheln hörten.

Schließlich sagte Marcus: »Ich hatte vergessen, wie stark du bist, wie unüberwindlich. Trotzdem wirst du diesmal verlieren.«

Sie waren beide sehr müde, als der kleine Josef mit frisch gebackenem Brot vorbeikam, und voller Zärtlichkeit blickten sie den jüdischen Knaben an. Als er sie verlassen hatte, sagte Anjalis:

»Noch etwas wollte ich über die Juden sagen. Unter ihnen besteht eine große Liebe, eine große Zuneigung, die immer bereit ist, das Ureigene in jedem Einzelnen zu sehen. Es ist allgemein bekannt, dass die Juden das erste Volk waren, das von Gottes Existenz wusste. Und sie waren auch die ersten, die begriffen, dass jedes neugeborene Kind einmalig ist, und dass die Erwachsenen die Besonderheit eines jeden Kindes annehmen müssen.«

Wie du es mit mir gemacht hast, dachte Marcus, und laut sagte er: »In deiner Familie wusste man das sicherlich auch. Ich denke an deine Mutter.«

»Das stimmt«, erwiderte Anjalis.

Dann schliefen sie endlich, einen ganzen langen Nachmittag.

Marcus träumte von Eneides, wie er und der Bruder sich in den Mittelfinger schnitten und das Blut in den Giftbecher tropfen ließen. Dann schrieben sie ein Gelöbnis auf ein Stück Pergament, einen heiligen Eid, niemals zu verraten, was geschah, als Cornelia starb.

Den Becher und das Pergament vergruben sie unter der Sykomore, die Seleme so geliebt hatte, dem verschwiegenen Baum vor Salvius' Schlafzimmer.

Mitten im Traum erwachte Marcus, und er dachte lange darüber nach, ob es ein Bild war, an das er sich von früher her erinnerte. Doch er fand keine Erklärung.

Als es dämmerte, kam zu Marcus' großer Erleichterung der griechische Arzt aus Jerusalem. Er wechselte Anjalis die Verbände und sagte, die Heilung würde gut voranschreiten, die Infektion sei nicht beunruhigend und würde bald von allein vergehen.

Obwohl er die tiefen Wunden mit unverdünntem Essig und mit viel bestimmterer Hand auswusch, als es Marcus getan hatte, jammerte Anjalis nicht. Als der Arzt gegangen war, sagte er zu Marcus: »Du siehst froh aus.«

»Ja, ich bin unruhig gewesen, weil es so langsam heilte.«

Da lächelte Anjalis sein altes verschmitztes Lächeln:

»Siehst du nun, wie töricht du bist? Durch deine Liebe überlebe ich, dagegen soll meine Liebe … zulassen, dass du stirbst.«

Marcus ließ sich nicht beirren: »Das Böse muss verschwinden, um dem Neuen Platz zu machen. Das hat dein Meister gesagt, ich habe es selbst gehört.«

»So einfach können seine Worte allerdings nicht ausgelegt werden. Nur Gott allein kann beurteilen, was böse und was gut ist. Wir haben vorhin darüber gesprochen, dass der Urteilsspruch mehr als alles andere zu dem gehört, was wir nicht verstehen, und wir müssen ihn in stillschweigender Achtung dem einzig Sehenden überlassen.«

Marcus blieb von den Worten unberührt, er wusste weit mehr über die Bosheit als Anjalis, und zwar, wie engstirnig sie war, wie leicht sie wuchs und sich ausbreitete, Erde und Menschen eroberte.

»Du hast nie begriffen, Anjalis, dass die Bosheit nicht auf bösem Willen beruht. Trotzdem ist sie überall existent. Wenn ein Mensch ihr aber einmal nachgegeben hat, muss er verschwinden, denn durch ihn bekommt die Bosheit neue Kraft.«

»Du redest, als sei sie ein Naturgesetz, als gäbe es den menschlichen Willen nicht. Haben wir ihr nichts entgegenzusetzen?«

»Sehr wenig. Wir haben weder genug Liebe noch Bosheit, um die Entscheidung zu fällen. Ganz zu schweigen von unserer mangelnden Klarsicht, dem mangelnden Urteilsvermögen, wenn wir glauben, wir würden wählen.«

»Also bleibt nur noch das Schicksal?«

»Ja, Anjalis, das Schicksal, das du dein ganzes Leben lang geleugnet hast.« Eine Weile war es still, dann fuhr Marcus fort: »Ich habe in letzter Zeit viel an deinen Propheten gedacht, auch daran, wie viele nur um der guten Sache willen bösartig sind. Kann man aber einen Unterschied machen, wenn es um die Bosheit geht? Sicherlich ist das Anliegen des Propheten größer als unseres, die wir nur Rom vertreten. Ich denke darüber nach, wie es gehen soll, Anjalis. Er ist Jude, wie alle seine Jünger. Ich meine nicht, daß Juden schlechter sind als andere Völker, sie sind nur eine Spur verbohrter.

Ich habe überlegt, weshalb sie damit so einen Widerspruch hervorrufen, und ich glaube, ich habe es im Laufe dieses Frühjahrs in Jerusalem verstanden. Die Juden belästigen die ganze Welt mit ihrem Anspruch, sie wüssten als einzige, wie man zu leben hat, was richtig und was falsch ist.«

»Ja, sie haben das alleinige Anrecht auf die Moral«, sagte Anjalis und lächelte.

Marcus blieb ernst und fuhr fort: »Dein Prophet ist ja trotz allem einer von ihnen, und Gott allein weiß, wie viel Schlimmes daraus entstehen kann, immer Recht behalten zu wollen, aus diesem schrecklichen Drang nach Gerechtigkeit.«

Zu seiner Verwunderung sah er, dass seine Worte auf Anjalis tiefen Eindruck machten.

Marcus ging in die Küche, holte Brot und Käse, machte Wasser warm und schüttete es über die getrockneten Kräuter. Rosmarin, dachte er, Rosmarin stärkt das Gedächtnis.

Als er zurückkam, hatte Anjalis das Bett verlassen und saß auf dem Stuhl am Fenster, leicht vornüber gebeugt, wegen der schmerzenden Wunden am Rücken.

»Ich denke an unsere gemeinsame Reise nach Ur. Damals warst du erst elf, du erinnerst dich doch noch daran?«

Marcus hätte beinahe das Tablett fallen lassen, so heftig schlug sein Herz. Er stellte es ab und schenkte Tee ein, ehe er antwortete:

»Ich habe noch jeden einzelnen Geruch vor mir, jeden Windhauch, jede Hand, die mich streichelte. Die Wüste, den Sternhimmel, Me Rete mit all ihrer Zärtlichkeit, die Augen deines Vaters.«

Nach kurzem Schweigen fuhr Marcus fort: »Ich glaube, Balthasar ist der einzige durch und durch gute Mensch, den ich gekannt habe.«

Anjalis sah verwundert aus, nickte dann aber und erwiderte: »Er hat ein einfaches Leben geführt, mit einem einzigen Ziel und großem Glauben.«

»Als ich noch ein Kind war, habe ich mir ein Spiel ausgedacht, es hieß: Erinnerungen an die Reise«, sagte Marcus. »Jede Einzelheit sah ich wie einen Schatz, den ich in einem wertvollen Schrein aufbewahrte, einem unsichtbaren und geheimen Kästchen aus Gold. Später dann habe ich es verloren, so wie die Seerose.«

Zum ersten Mal weinte Marcus nun ganz offen, nicht laut wie ein Kind, sondern still. Anjalis wartete. Wie er es immer getan hat, dachte Marcus dankbar und fragte schließlich: »Warum denkst du gerade jetzt an die Reise?«

»Für mich stellte sie eine große Versuchung dar. Es wäre damals so leicht gewesen, mit dir zu verschwinden, Marcus, in die Wüste jenseits des Euphrat, wohin die Römer nicht kamen. Me Rete hätte mir dabei geholfen, und Balthasar hätte sich Me

Retes Willen gefügt. Ich wusste, wir hätten es geschafft, und in schlaflosen Nächten träumte ich, Cornelius würde es verstehen. Aber ich hatte ihm mein Versprechen gegeben.«

Anjalis schloss die Augen und dachte an Cornelius auf der Terrasse in Albanus zurück, wie er Anjalis in eine Ecke gedrängt und mit angstvollen Augen gesagt hatte:

»Versprich mir, schwöre bei allem, was dir heilig ist, dass du mit dem Jungen zurückkommst.«

Anjalis hatte es geschworen.

»Ich weiß«, erwiderte Marcus, und seine Stimme war dabei wieder klar, er hatte die Tränen zurückgedrängt. »Cornelius erzählte es mir, bevor ich abreiste. Und dass er es all die Jahre über bereute.«

»Er hat es bereut?« Anjalis' Stimme überschlug sich.

»Ja, ich war ihm nie eine große Freude, obwohl ich alles getan habe, was er sich von mir erwartete – ich habe dem alten Namen neuen Glanz gegeben und Kinder bekommen.«

Noch immer war Anjalis stumm vor Verwunderung, und nach einer Weile sprach Marcus weiter:

»Da siehst du es. Nicht einmal du hattest die Kraft, gegen das Schicksal anzugehen und einen Entschluss zu fassen. Ein Versprechen dient doch nur dazu, sich der Verantwortung zu entziehen. Du hättest Cornelius auch sagen können, dass du dich nicht binden lässt.«

»Ja, meine Liebe reichte niemals aus.«

»Nein, auch nicht dein Scharfblick. Wer kann schon sagen, du hättest richtig gehandelt, falls du gehandelt hättest?«

»Niemand.«

Marcus stand am Fenster und sah zu, wie der Abend hereinbrach und die Sterne ihre Wanderung über die kahlen Berge begannen.

»Trotzdem glaube ich daran. Aus mir wäre vielleicht nie ein besonders guter chaldäischer Magier geworden, aber ich hätte auch nicht so großen Schaden angerichtet.«

»Aus dir wäre ein großer Künstler geworden«, entgegnete Anjalis, und sie sahen sich lange an, beide verzweifelt.

»Wir sollten jetzt schlafen«, sagte Marcus schließlich.

Es folgten nun ruhigere Stunden für beide, Stunden voller Wehmut. Am nächsten Morgen regnete es, und Marcus sagte: »Erinnerst du dich an die Nächte im Wald, Anjalis?«

Beide konnten sie sie sehen, den großen Zauberer und den kleinen Jungen unter den hohen Bäumen, damals, als der Junge anfing, im Dunkeln zu sehen.

»Ich bin ein Sterndeuter aus Moab, durch Jahrtausende hindurch geübt, das Dunkel im Land der Babylonier zu sehen.«

»Nein«, sagte Anjalis, »das kann ich nicht gesagt haben.«

Aber Marcus ließ sich nicht beeindrucken:

»Du hast etwas viel Wichtigeres gesagt, und zwar, das Licht, das wir sehen, käme von innen.«

»Darin erkenne ich mich wieder.«

»Ich hatte es nicht verstanden und es vergessen, bis ich deinen Propheten getroffen habe.«

»Ich habe darüber nachgedacht, was du mir gestern gesagt hast, über den Krieg, Marcus, über den Sinn beim Zusammenstoß auf dem Schlachtfeld. Die Liebe gehört zum Tod … dort, wo der Tod ist, ist auch immer Liebe anzutreffen, als wären sie untrennbar. Möglicherweise muss man den Tod lieben.«

Marcus war unendlich erstaunt. »Das habe ich doch immer getan. Trotzdem habe ich keine Liebe.«

»Das stimmt nicht, Marcus. Es ist etwas anderes, was dir fehlt, und ebenso ernst: Es ist dein Unvermögen, Liebe anzunehmen.«

»Das ist richtig«, flüsterte Marcus und dachte an sie alle – Cornelius, Eneides, Marcia, die Kinder.

»Mir fehlt der Mut, wie Nobenius sagte.«

Doch gleich darauf verschwand der verwunderte Ausdruck aus seinem Blick, er wurde fest und hart:

»Jetzt werde ich von meinem Sohn erzählen, Anjalis. Er war genauso alt wie ich, als ich blind war. Aber er ist gestorben, und an seiner Seite gab es keinen Zauberer.«

»Ich höre dir zu.«

Es wurde schwer, schwerer, als Marcus geahnt hatte. Und dennoch gelang es ihm, sie herauszulassen, die Geschichte von dem vernachlässigten Kind. Und von Lucius.

»Im Teich mit der Seerose?«

»Ja, an derselben Stelle. Marcia schrie und jammerte wie damals die Hündin, aber ich habe mich ins Bett gelegt, lag einfach dort, bis Cornelius den Vorschlag machte, ich solle nach Jerusalem reisen.«

Sie sprachen von Gott.

»Er ist voller Zorn«, sagte Marcus.

»Ja, am Anfang war es schwer, obwohl es noch nicht das Ärgste war. Und bald hatte ich verstanden.«

»Was hast du verstanden?«

Nur langsam fand Anjalis die richtigen Worte, wurde aber nach und nach sicherer.

»Wir sind ständig auf der Suche nach Liebe... Doch nach ihr kann man nicht suchen. Schon die Orphiker in Griechenland wollten mir das klar machen – man kann nicht nach dem, was immer und überall anwesend ist, forschen. Die Aufgabe besteht darin, die Hindernisse zu beseitigen, sich zu befreien, den Widerstand zu zerbrechen. Das gleiche gilt für die Wahrheit, Marcus. Sie muss nicht immer das einzige Ziel sein. Wichtig ist, sich auf das Falsche zu konzentrieren und es zu vernichten.«

Marcus saß lange schweigend da und bemühte sich zu verstehen, aber es war wie damals, als er den Propheten sprechen hörte. Er begriff nicht und wusste doch, dass etwas Wesentliches gesagt wurde. Schließlich fragte er:

»Du hast vorhin gesagt, das sei nicht das Ärgste gewesen?«

»Nein, am schwersten war für mich ... dass auch Er ein ungebildeter Jude ist und abergläubisch. Ich konnte meinen Stolz ablegen, Schicht um Schicht, ich ertrug es, arm zu sein und gedemütigt zu werden, aber ...«

» ... aber du musstest immer noch die geistige Überlegenheit behalten?«

»Ja, den Stolz, den Hochmut. Das, was der rote Rubin symbolisierte.«

Staunen schwang in seiner Stimme mit, als habe er es gerade erst jetzt eingesehen:

»Wissen ist wie ein Rausch, es macht dich abhängig und nimmt dir die Klarheit der Erfahrung.«

»Es kommt nur darauf an, wie man das Wissen einsetzt. Du brauchst Waffen, wenn du für den Sieg des Guten kämpfen musst.«

»Es ist, glaube ich, nur der Hass, der den Sieg der Liebe wahrnimmt.«

Die Tür zu Pantagathus' Zimmer stand offen, wie seit ein paar Tagen schon. Es war wie ein stillschweigendes Übereinkommen zwischen den dreien, dass der Centurio zuhören sollte; ein Versuch, seinen Auftrag leichter zu machen.

Jetzt hämmerte es an die Tür, und sie hörten, wie er sie öffnete.

»Es ist Martha«, sagte er, als er zurückkam. »Sie sagt, sie muss mit Johannes sprechen.«

Anjalis erhob sich: »Bitte sie, auf dem Hof unter dem Feigenbaum zu warten.«

Er seufzte ... mit Martha und all ihren guten Taten hatte er immer seine Schwierigkeiten gehabt. Doch jetzt war sie völlig verzweifelt: Lazarus war krank, schlimmer als je zuvor.

»Es geht auf den Tod zu, Johannes, wenn nichts geschieht.«

»Sollen wir einen Arzt …?«

Sie zitterte vor Verzweiflung am ganzen Körper.

»Kein Arzt kann noch helfen, nur der Herr selbst. Du musst zu ihm gehen!«

Er schloss die Augen, fühlte sich hin und her gerissen, aber er wusste, dass sie rasen würde, wenn er Marcus erwähnte.

»Ich selbst bin ja nicht allzu gesund«, gab er zu bedenken.

Sie sah es ihm an, musste zugeben, dass er blass war. Aber sie rief: »Dieser Römer da ist dir wohl wichtiger!«

»Martha!«

»Wer ist er überhaupt?«

Seine dunklen Augen drangen tief in sie und brachten sie zum Schweigen.

»Er ist mein Sohn«, sagte er. »Und ich versuche, sein Leben zu retten.«

Sie sammelte sich wieder, ihr kräftiger Körper spannte sich, und sie flüsterte:

»Du lügst. Er ist der andere, der Böse.«

»Wer hat das gesagt?«

Er bekam keine Antwort, stattdessen weinte sie jetzt haltlos, und schließlich sagte er: »Lass die Zeloten wissen, dass ich gehe. Morgen Abend.«

Als er ins Zimmer zurückkam, lag Marcus auf dem Bett, die Arme über den Augen.

»*Das* Himmelreich. Will die Menschheit überhaupt sein Himmelreich?«

»Ich fürchte, es sind nur wenige, die den Mut dazu haben.«

»Den Mut? Wofür?«

»Loszulassen, zugrunde zu gehen, sich dem Vertrauen auszusetzen, das die Welt hervorbringt.«

»Du meinst, es einfach geschehen zu lassen?«

»Den Mut zu haben, es geschehen zu lassen, ja.«

»Du musst dich irren«, sagte Marcus. »Ich habe doch auf diese Weise gelebt. Nie habe ich mich gefürchtet, habe es geschehen lassen. Aber es war der Teufel, der mich beherrscht hat, wie die Juden sagen.«

»Du lügst«, sagte Anjalis kurz. »So groß war deine Furcht, dass du sie gar nicht gesehen hast. Hättest du den Mut gehabt zuzulassen, was Nobenius von dir forderte, die Linie, die von deinem Innersten durch das Herz hinaus in den Kosmos verläuft...«

»Dann wäre Seleme ein weiteres Mal verschwunden, so wie du, Anjalis.«

»Nein, Marcus, zum ersten Mal schiebst du die Schuld von dir. Hättest du den Mut gehabt, dann hätte dich Cornelia noch einmal geboren.«

»Niemals hätte sie das getan, das weißt du. Du rechtfertigst dich nur. Ein Scheusal hat ein Untier geboren, und alles wäre ziemlich einfach verlaufen, wärst du nicht mit deiner Flöte über die Berge dahergewandert gekommen, allmächtig wie Gott selbst, um einen Menschen zu erschaffen. Wärst du barmherzig gewesen, dann hättest du mit den Schultern gezuckt und wärst weitergegangen, und ich wäre der geworden, der ich wurde, und hätte das tun können, was ich tat, nur ohne Schmerzen, vielleicht sogar mit wirklicher Freude.«

»Du hast den Sechsjährigen vergessen, erinnerst du dich nicht mehr, wer er war?«

Marcus stutzte, er dachte an Josef. Aber es war nur ein kurzes Zögern, dann sagte er: »Dein Machtstreben, Anjalis, ist größer als das der meisten Menschen, anders, raffinierter. Es zielt darauf ab, Macht über die Seelen zu gewinnen ... Ich kann mir gut vorstellen, dass dich ein Marcus, sechs Jahre alt und blind, gereizt hat.«

»Nicht die Annahme einer äußersten Herausforderung war damals ausschlaggebend, und du weißt das. Entscheidend war eine große ... «.

»Ich will nichts von Liebe hören, Anjalis.«

Im Laufe desselben Tages kamen sie noch einmal auf den Propheten zu sprechen, auf das, was Marcus in Kapernaum gehört hatte.

»Ich sagte dir doch schon, eigentlich habe ich nicht verstanden, was Er meinte. Trotzdem war mir klar, daß Er Recht hatte, dass endlich jemand die Wahrheit sprach.«

»Ja«, bestätigte Anjalis. »Er gebraucht die Worte in ihrem ursprünglichen Sinn, gedacht als Bindeglied zwischen Gott und den Menschen.«

Lange war Marcus still, er dachte an die Worte, die ihn während seines ganzen Lebens aufgewühlt hatten, ihn eingeengt und ausgeschlossen hatten, abgesondert, getrennt, verführt, belogen, ihn immer wieder belogen hatten ... Alle diese Worte, die mit der Wirklichkeit verwechselt werden und jeden im Leben zu einem Fremden machen.

»Du meinst, wir haben die ursprünglichen Worte verloren?«

»Manchmal denke ich, sie sind noch in unseren Träumen vorhanden, sie werden dort lebendig, wenn Worte und Bilder eins werden, wie es ursprünglich einmal war.«

»Träume sind aber doch so verwirrend …«

»Erst, wenn du dich hinterher an sie erinnerst, wenn du wach bist und über sie nachdenkst. Dann siehst du sie aus der Mitte deines Ichs, deines Bewusstseins. Träume haben jedoch viele Mittelpunkte, mehrere Blickwinkel, sind fließend und wechselnd. Deshalb sind sie wahrer, nur im Traum kannst du verstehen, dass du nicht nur der Fisch bist, der im Netz gefangen ist, sondern alles – der Fisch, das Netz und das Wasser im Fluss. Und der Fluss, der den Himmel zum Meer trägt, sogar der bist du.«

In dieser Nacht schliefen sie tief und fest. Im Morgengrauen hatte Marcus einen Traum.

Er wanderte über Judäas Berge und durch die Wälder Germaniens, unterwegs zu dem Mann, der im Besitz der Wahrheit war, vorbei an den Kreuzen auf den Felsen des Rheins, wo die Gekreuzigten ihren langsamen Tod starben, während ihre Frauen und Kinder vergewaltigt wurden. Der Duft des Waldes, der Gestank des Blutes – oh Gott – er musste weiter, glitschige Baumwurzeln, er fiel, blieb mit dem Gesicht in einem Tümpel liegen, lange, als könne das faulige Wasser die Schreie der Sterbenden ausgrenzen oder als vermöchte es, ihn zu ertränken. Doch der Tümpel war nicht tief genug, und er erhob sich, setzte die Wanderung fort, und die Berge wurden wieder kahl, wie in der jüdischen Wüste, und nun sah er ihn, den Propheten, der dort saß und wartete und der Marcus versichern würde, daß Er Gott war und das Recht besaß, zu vergeben.

Er kletterte auf den äußersten Felsen und legte sich dabei seine Frage zurecht, klar formuliert, fertig:

»Bist du Gottes Sohn?«

Als er jedoch bei ihm angelangt war, als er endlich in seine Augen blickte, die nicht sahen und deshalb alles sahen, sagte er:

»Ich habe getötet.«

Voll grenzenloser Zärtlichkeit und mit einer Liebe, größer als der Himmel, klang die Stimme des Nazaräers, als dieser antwortete:

»Und deshalb musst du sterben.«

Vom Traum gestärkt, wachte er auf. Er hatte das Recht auf seiner Seite, er würde Anjalis zwingen, es zu sehen und den Vertrag aufzuheben. Schon beim Frühstück fing er an, brutal, ohne viele Worte, die Strafexpeditionen am Rhein zu schildern.

Ort für Ort, die Kreuze, die sie in den Bergen errichteten, sichtbar aus meilenweiter Entfernung. Frauen, die vergewaltigt wurden – bis sie starben, Kinder …

Der Centurio, der Marcus mit seinem schrägen Lächeln fragte: »Sollen wir Roms Gesetze befolgen, nach denen die Jungfrauen nicht hingerichtet werden dürfen?«

Marcus, der antwortete, wie damals Tiberius, als er den Terror in Rom entflammen ließ: »Gesetze sind dazu da, dass sie befolgt werden.«

Selbst sehr kleine Mädchen durften vergewaltigt werden – vor den Augen der Väter, die am Kreuz hingen.

»Wie viele?« Anjalis' Stimme war belegt, undeutlich.

Marcus lächelte: »Ist das denn von Bedeutung?«

»Nein, eigentlich nicht.«

»Es waren sicherlich Tausende.«

Völlig still saß Anjalis auf seinem Stuhl, er hatte schon zu Beginn des Berichts die Augen geschlossen, und er machte sie nicht auf, als Marcus das Zimmer verließ.

Er hatte Anjalis besiegt, endlich.

Eigentlich haben sie sich niemals voneinander verabschiedet.

In der Dämmerung kam der Zelote, und Anjalis schlüpfte mit ihm durch das verborgene Loch in der Mauer, lief durch den Garten des Nachbarn, wo das Gestrüpp mannshoch stand, zum Tunnel der Zeloten, der sich durch die Berge zog, zu Orten, die die Römer niemals finden würden.

»Ich komme morgen zurück und hole euch nach«, sagte der Zelote. »Wir führen euch zur Grenze, dann müsst ihr allein zurechtkommen, in Tyrus wartet das Schiff.«

»Einverstanden«, erwiderte Pantagathus.

Am folgenden Abend zur verabredeten Zeit war der Zelote zurück, alles war gut gegangen mit Johannes, er hatte besser durchgehalten, als man es bei seinem Zustand erwarten konnte, berichtete der Zelote.

Die Römer hatten gepackt, alle außer Marcus.

»Ich bleibe«, sagte er und bemerkte das Misstrauen in den Augen des Zeloten, ohne dass der mit der Wimper zuckte.

»Weshalb?«

»Weil ich nach Jerusalem gehe und mit Pilatus essen werde«, sagte Scipio. »Ich werde ihm sagen, dass ich niemals einen Boten zu Tiberius geschickt habe.«

»Du kennst den Preis?«

»Ich kenne die Römer, wahrscheinlich genauso gut wie du.«

Marcus Scipio lachte, der Zelote lächelte.

»Und du belügst mich nicht?«

»Ich habe geschworen.« Pantagathus war furchtbar blass, als er sagte: »Auch ich bleibe hier.«

»Du gehorchst den Befehlen«, entgegnete Scipio. »Und deine Befehle lauten, Eneides, Cornelius und Marcia Bericht zu erstatten, den Rubin zu überbringen und bei ihnen um Verständnis zu werben.«

Die Augen des Centurio waren voller Tränen, und plötzlich schlang Marcus überraschend die Arme um ihn.

»Geh jetzt.«

»Sieh zu, dass das Haus aussieht, als wären noch alle da«, sagte der Zelote. »Öffne und schließe die Fensterläden …«

»Ja.«

In der Tür drehte sich der Jude noch einmal um und ging auf Marcus zu. »Wenn du mich betrügst, werde ich es erfahren. Und meine Rache wird auch deine Kinder treffen.«

Ängstlich erwiderte Marcus: »Und wie willst du erfahren, dass ich mein Gelübde nicht breche?«

»Das Zeichen für Wahrheit ist Silber gegen Stein«, sagte der Zelote, machte auf dem Absatz kehrt und ging.

Marcus verstand zwar nicht, aber seine Furcht war gewichen. Er vertraute dem Mann.

Als er endlich allein war, erschien ihm sein Herz so leicht, als sei es gar nicht vorhanden. Der ganze Körper war leicht, ja leer, und er dachte, jetzt kann ich endlich in dieser Leere bleiben, die mein Zuhause ist. So wenig war nur noch zu tun, und die Pflichten, die noch erfüllt werden mussten, waren gering.

Zwei Tage lang lebte er in dieser Leichtigkeit, ohne Gedanken. Er öffnete die Fensterläden, schloss sie wieder, spazierte wie gewöhnlich auf dem Dach herum, gut sichtbar für die römischen Wächter. Ohne Gefühle. Nicht einmal Trauer war mehr da.

Am Morgen des dritten Tages war er sich sicher, dass seine Männer das Schiff in Tyrus erreicht hatten. Er packte sein Hab und Gut auf sein Pferd, legte die Uniform mit allen Medaillen an und verschloss das Haus.

Bei niemandem verabschiedete er sich, nicht einmal bei Josef.

Langsam ritt er den Berg hinab und sah die Anemonen unter den alten Olivenbäumen sprießen und den Bach des Kidrontales vom Frühlingswasser über die Ufer treten.

Die Stadt füllte sich langsam, Menschen aus allen Ecken der Welt waren gekommen, um den großen Feierlichkeiten in Jerusalem beizuwohnen. Doch überall machte man dem römischen General und seinem Pferd Platz. Beim Geldverleiher schrieb er eine Schenkungsurkunde für Josef aus, vermachte ihm darin das Haus und zehntausend Dinar.

Daraufhin ritt er in gemächlichem Schritt zur Antoniaburg, um dem Tetrarchen einen Besuch abzustatten, der ihn mit Herzlichkeit empfing und ihm keine Fragen stellte.

Natürlich wäre es für sein Haus eine große Ehre, wenn Scipio sein Gast sein würde.

Marcus bedankte sich.

Man ließ ihn wissen, Pontius Pilatus würde zu den Feierlichkeiten in der Stadt erwartet.

Einige Tage später traf er einen Mann aus Bethania, der berichtete, Lazarus sei gestorben, und noch etwas später erreichte ihn das unglaubliche Gerücht, der Prophet aus Nazareth habe den Toten auferweckt.

»Sie sind verrückt«, sagte Pilatus, der am gleichen Abend in der Stadt ankam.

»Dieses Jahr werden die jüdischen Feierlichkeiten schlimmer werden denn je«, sagte er, und Marcus, der an seinen Tisch geladen war, verstand die Unruhe.

Sie habe böse Träume, vertraute Pilatus' Frau Marcus an, und er betrachtete sie mit einem gewissen Verständnis, sah, dass es stimmte, und fühlte in sich die gleiche Angst, die auch in ihren Augen stand.

Sie ging allerdings nicht von der Frau aus, sondern von der Stadt. Die Angst hatte sich in den alten Mauern eingenistet, schlich durch die Gassen, drückte sich in die Häuser und in die Gemüter der Menschen. Ihre Kraft erhielt sie von den Wüstenwinden, den trockenen Winden, die jedermanns Nerven bis zum Äußersten anspannten und ihre Botschaft mit sich führten, die schicksalsschwere und endgültige Botschaft, dass die Menschen nun für das Verbrechen bereit seien, das niemals vergessen werden sollte.

»Der junge Scipio träumt wahrscheinlich nicht«, sagte Pilatus, der sich seiner Frau wegen schämte und sie zum Schweigen bringen wollte.

»Nein«, erwiderte Marcus und lächelte so unerwartet, dass Pilatus stutzte. »Ich habe meinen letzten Traum gehabt.«

Die Absicht, verbunden mit der Einladung zum Essen, war offensichtlich. Pilatus fand viele Worte für den bedauerlichen Fehler, dass man Anjalis ergriffen und ihn verhört hatte. Der Offizier, der die Untersuchung geleitet hatte, habe seine Strafe bekommen, versicherte er. Marcus verzog keine Miene, als Pilatus sagte, der Fehler sei dennoch erklärlich, es sei ja nicht leicht gewesen, den Philosophen in dem alten Juden zu erkennen, der den Rubin der Scipionen bei sich trug.

Der römische Statthalter hatte Angst. Marcus lächelte bei dem Gedanken an die Überwachung der Grenzen, bei der es darum ging, um jeden Preis Scipios Bericht an den Kaiser abzufangen. Ein Brief wäre sicherlich nicht durchgekommen, aber ein Mann mit einer Botschaft... unmöglich, ihn in dem ständigen Strom der zurückkehrenden Römer zu entdecken, der Tribunen, Centurionen, Soldaten – all derer, die die Scipionen liebten und ihnen gehorchten.

Noch breiter lächelte Marcus, als Pontius Pilatus zu schwitzen begann. Aber höflich hörte er zu, ohne ein Wort zu sagen, genoss den Hass des anderen und las in dessen Gedanken: diese verdammten Patrizier, hochmütig und ohne Herz im Leib.

Schließlich hatte Pilatus keine Wahl mehr, er musste endlich die unvermeidliche Frage stellen: »Hast du es dem Kaiser mitgeteilt?«

»Nein, ich lege ihm meinen Bericht persönlich vor, wenn ich nach Rom zurückkomme.«

Er wusste, dass er damit sein Todesurteil unterschrieb, und er lächelte noch stärker, als er wieder in Pilatus' Gedanken las: Der junge Scipio ist ein Idiot.

Im selben Augenblick ließ ein Diener einen silbernen Löffel auf den Marmorboden fallen. Pilatus fluchte, beruhigte sich aber sogleich wieder, als er sah, dass Scipio anscheinend das laute Klirren auf dem Stein nicht gehört hatte.

Marcus hingegen verspürte in diesem Moment große Bewunderung für den Zeloten.

Den Rest der Mahlzeit über war Pilatus fröhlich und entspannt.

Wieder einige Tage später sah Marcus den Propheten auf einem weißen Esel in die Stadt reiten, umgeben von jubelnden Menschenmassen: »Hosianna, Davids Sohn!«

Später hörte er die gleichen Menschen ihr: Kreuzigt ihn! Kreuzigt ihn! rufen, und auf Golgatha dann sah er Gott sterben, den langsamen Tod am Kreuz. Nur noch wenige waren zum Schluss bei ihm, seine Mutter und Anjalis, der den Blick auf den Sterbenden geheftet hielt, seinen Arm um die Frau gelegt.

Als gäbe es irgendeine Hoffnung.

Erstaunt nahm Marcus wahr, wie groß und aufrecht Anjalis dort stand, ebenso ausnehmend schön wie zu seiner Jugendzeit.

Da ging eine Erschütterung durch den Berg, und eigenartige Dunkelheit fiel über Jerusalem herein, ein graues Dunkel, ohne Schatten.

Als Marcus den Platz verließ und sich der Antoniaburg zuwandte, fühlte er sich weniger einsam als seit langer Zeit zuvor.

Das Licht reichte aus, er ging mit sicheren Schritten und hatte bald die große Säulenhalle erreicht.

Seltsamerweise hörte er die Schleuderwaffe, und seltsam, er konnte auch noch überlegen, dass es ein leichterer Tod sein würde, als er verdient hatte, ganz zu Anjalis' Freude.

Und die Schuld würde die Juden treffen, denn die Schleuder war ihre Waffe.

Gleich darauf zog ihn die Schlinge mit gewaltiger Kraft gegen einen der Pfeiler und brach ihm den Hals.

QUELLEN

Xenophanes. Aus: Fragmente der Vorsokratiker Nr. 15
Weidmann Verlag, 1974, Hrsg. Diels / Kranz

Das Ägyptische Totenbuch, übersetzt von Gregoire Kolpaktchy
Verlag O. W. Barth, 5. Aufl. 1976

Die Lutherbibel, Deutsche Bibelgesellschaft Stuttgart, 1985

Lukian: Werke in 3 Bd., Bd. 1
Hrsg. von J. Werner u. H. Greiner-Mai. Übersetzt von Chr. M. Wieland. Aufbau Verlag Berlin u. Weimar, 1981

Marianne Fredriksson

Hannas Töchter
Roman
Aus dem Schwedischen
von Senta Kapoun
Band 14486

Simon
Roman
Aus dem Schwedischen
von Senta Kapoun
Band 14865

Maria Magdalena
Roman
Aus dem Schwedischen
von Senta Kapoun
Band 14958

Inge und Mira
Roman
Aus dem Schwedischen
von Senta Kapoun
Band 15236

Marcus und Eneides
Roman
Aus dem Schwedischen
von Walburg Wohlleben
Deutsche Erstausgabe
Band 14045

Eva
Roman
Aus dem Schwedischen
von Walburg Wohlleben
Deutsche Erstausgabe
Band 14041

Abels Bruder
Roman
Aus dem Schwedischen
von Walburg Wohlleben
Deutsche Erstausgabe
Band 14042

Noreas Geschichte
Roman
Aus dem Schwedischen
von Walburg Wohlleben
Deutsche Erstausgabe
Band 14043

Sintflut
Roman
Aus dem Schwedischen
von Ulrike Landzettel
Band 14046

Sofia und Anders
Roman
Aus dem Schwedischen
von Christel Hildebrandt
Band 15615

Fischer Taschenbuch Verlag

fi 555 001 / 4

Penelope Williamson

Manchmal in all den Jahren

Roman

Aus dem Amerikanischen von Brigitte Gruss

Band 13038

Dieser Roman führt in die erste Hälfte des 19. Jahrhunderts. McCady Trelawny, der jüngste Sohn von Lord Caerhays, experimentiert mit einer Dampfmaschine, die eine Lokomotive werden soll, doch seine Versuchsanordnung explodiert. Jessalyn Letty kümmert sich um den leicht verletzten jungen Mann. Und von da an wird die Beschäftigung mit dieser neuen technischen Erfindung – und natürlich mit McCady selbst – zum Hauptinhalt ihres Lebens. Gegen unzählige Widerstände und zähe Widersacher versucht sie, dem von seiner Idee geradezu besessenen Ingenieur zum Durchbruch zu verhelfen.

Fischer Taschenbuch Verlag

fi 13038 / 1

Barbara Wood
Himmelsfeuer
Roman
Aus dem Amerikanischen von
Veronika Cordes und Susanne Dickerhof-Kranz
Band 15616

In einer Höhle entdeckt die junge Archäologin Erica uralte indianische Wandmalereien und die Mumie einer Frau. Sie will und muss das Geheimnis ihres Volkes entschlüsseln. Aber sie muss um diese Ausgrabung kämpfen: gegen ihren alten Widersacher Jared Black, der die Rechte der Indianer Südkaliforniens vertritt und verlangt, dass die Schätze der Höhle ihren Nachkommen übergeben werden. Doch dann wird ein Anschlag auf Erica verübt, bei dem ausgerechnet Jared sie rettet. Kann sie ihm vertrauen, um die Rätsel der Vergangenheit und der Gegenwart gemeinsam mit ihm zu lösen? Mitreißend verbindet Bestsellerautorin Barbara Wood das Schicksal einer jungen Frau mit der abenteuerlichen Geschichte von Los Angeles – von der Goldgräberzeit bis heute.

»Eine Story voll Liebe, Betrug, Familiendrama und der ewigen Suche nach dem Glück.«
Journal für die Frau

Fischer Taschenbuch Verlag

fi 15616 / 1

Carlene Thompson

Sieh mich nicht an

Roman

Aus dem Amerikanischen von Anne Steeb

Band 14538

Deborah Robinson, ihr Mann Steve und die fünfjährigen Zwillinge Brian und Kimberley sind eine richtige Bilderbuchfamilie – bis zu dem Tag nach der traditionellen Vorweihnachtsfeier in ihrem Hause, als Steve spurlos verschwindet. Deborah hatte gespürt, dass Steve sich Sorgen machte. Was sie nun herausfindet, erschreckt sie zutiefst. Sie kann sich nicht länger sicher sein, Steve wirklich zu kennen. Und sie weiß, dass irgend jemand ihr Haus beobachtet, jemand, der skrupellos getötet hat – und bloß darauf wartet, wieder loszuschlagen …

Fischer Taschenbuch Verlag

fi 14538 / 1

Nancy Thayer
Zwischen Liebe und Lüge
Roman
Aus dem Amerikanischen von Veronika Cordes
Band 15296

Kann eine Lüge die Liebe zerstören? Lucy West liebt ihren Mann, ihre zwei Kinder. Aber als ihr Sohn erkrankt, droht ihr Glück zu zerbrechen. Denn sie weiß: nicht nur ihr Mann, sondern auch Chip, der Mann von Lucys bester Freundin, könnte der Vater sein.

»Ein ergreifender Roman über Freundschaft und Liebe
von der amerikanischen Bestsellerautorin
Nancy Thayer.«
ORF

Fischer Taschenbuch Verlag

fi 15296 / 1

Silvia Tennenbaum

Straßen von gestern

Roman

Deutsch von Ulla de Herrera

Band 13540

Dort, wo heute in Frankfurt die Doppeltürme der Deutschen Bank aufragen, kommt 1903 Lene Wertheim zur Welt. Die Wertheims sind eine alteingesessene jüdische Familie im feinen Westend, mit festen Grundsätzen und Regeln. Man feiert Weihnachten als prunkvolles Familienfest – zum Entsetzen der orthodoxen Verwandtschaft. »Die Juden sind wie alle anderen, und wenn sie es nicht sind, sollten sie es sein«, erklärt Eduard Wertheim, Bankier, Kunstsammler und Mäzen, seinen Nichten und Neffen. Jacob, der Intellektuelle in der Familie, gründet eine Buchhandlung am Römer. Und Elias Süßkind, Eduards Freund und Schwager, wird Direktor des Städel – bis zur Schließung der Galerie zeitgenössischer Malerei 1933. Lene erhält 1938 in Paris für sich, ihren zweiten Mann und ihre beiden Kinder Ausreisevisa für die USA. Aber nicht alle Wertheims haben das Glück, sich rechtzeitig vor den Nazis in Sicherheit bringen zu können.

Fischer Taschenbuch Verlag

fi 13540 / 1